吾乃食色 1

寒食色，女，泌尿科醫生，

整天的工作便是磨刀霍霍對準男性同胞瑟瑟發抖的小鳥……

撒空空—著

好讀出版

輯一 妳這個猥瑣女！

輯二 他說，我是妳的男人！

輯三 和狐狸談戀愛

輯四 心與心之間的沙

妳這個猥瑣女！

我叫寒食色，食色性也的食色，這性慾和食慾都是人的本性，尤其是性慾，就讓它自由旺盛地像不死鳥一輝的小宇宙那樣燃燒吧！

1 春夢？抑或噩夢？

寬鬆的白袍底下，是一具被黑色緊身皮裙包裹得緊緊的凹凸有致身軀。胸前的渾圓將那帶著極致金屬感的拉鏈綳得快要爆裂，讓那二十吋的史嬌蕊式細腰看上去更能盈盈一握。俏麗而有彈性的臀部完美撐起了黑色的皮質布料，暗暗的流光在那充滿女性魅力的半圓上劃出誘惑的光。皮裙恰如其分地在大腿根處停止，讓一雙修長筆直的美腿展露無遺。最後，是腳上那雙精緻的十吋高跟鞋，細細的鞋跟，在瓦亮瓦亮的日光燈下閃著誘惑而張揚的光。

我緩緩抬頭，瞥了眼面前排成一行站著的六個病患。他們的身材各不相同，有阿諾史瓦辛格式的肌肉男，有孱弱得連風都能吹倒的花美男，還有不肥不瘦的五花肉男。「把褲子，都脫了吧。」我命令。透過被Lancôme睫毛膏刷得快翹上天的睫毛，我看見了他們臉上共同的神色——畏縮，害羞，不安。沒有一個聽從。手中的皮鞭沉沉的，有著微小的刺，如一條小蛇。在這一刻，它是我的羅莉塔，是我的生命之光、慾望之火，是我的罪惡，是我的靈魂，是我權力的象徵。於是我釋放了它，將其往地上一甩。「啪啪」兩道清脆的響聲，讓那六名病患的身子同時一顫。「我說，」我再次重複著，聲音涼涼的，「把褲子脫了吧。」六人相互對視，用顫抖的手遲疑地、屈辱地將褲子褪下。我淡定地、習以為常地看向那六雙白花花大腿中央的物體。

話說我最喜歡的政治班導，曾將「矛盾的普遍性與特殊性，以及兩者之間的關係」講了整整三年，可到了高中畢業時，我對此依舊一頭霧水。由此，我對哲學深惡痛絕外加敬而遠之。在我狹隘陰暗的思想中，哲學的最大用處便是將人的頭繞暈，絕對比趙本山趙大叔在相聲表演《賣拐》中的忽悠哄騙更厲害，是全球性的，合法性的，不繞死人不償命性的。

豈料在出社會上班的第一天，這個困擾我多年的問題在一瞬間便被我頓悟了。具體來說，我是這麼理解的——矛盾的普遍性即事物的共通性，就是指男性同胞們腰部以下都有小鳥；矛盾的特殊性即事物的個性，就是指雖然每位男性同胞都有小鳥，但這些小鳥在長短，粗細，持久度，軟硬度，耐打耐踢耐咬度上，都有很大的不同。當想通之後，我心中那叫一片澄明啊，連先前幾天晚上看的、幾部從網路下載的日本重口味活塞運動教育片，都忘得個一乾二淨。那一刻，我忽然有點理解，當年釋迦牟尼叔叔在菩提樹下坐了七七四十九天後，終於悟道的那種心情。但轉念一想，頓覺褻瀆——就憑人家釋叔叔四十九天不吃不喝不拉屎這一點，就比我強上了好幾萬倍。

對於此次的頓悟，我的女性友人柴柴用自己的口頭禪表達了看法：「瘋了瘋了，全都瘋了！」而我的男性友人童遙同樣也用自己的口頭禪表達了看法：「一切都是命啊——」每次他說這句話時，都帶有一種宿命的味道，將他整個人的水平拉高了許多。我對他說：「這鐵定是西方哲學之父泰勒斯冥冥之中對我的牽引。」童遙微笑一下，說：「錯了，牽引妳的是東方哲學之父。」我說：「在下孤陋寡聞，敢問這東方哲學之父是誰啊？」他再次微笑，說：「老子撒。」聞言，我一口氣哽在喉頭，發不出，吞不下，直覺意識到自己被占了便宜，但細想之下又覺得沒有語病可反駁。最後只能責怪「老子」他老人家，做什麼不好，取個這破名，當年絕對沒少被人扁過，這倒楣孩子。

我之所以會想到「矛盾的普遍性與特殊性，以及這些藤藤蔓蔓的事情」，都是因爲看見了面前六位病患的胯下之物，覺得事物的特殊性在它們身上得到了充分的體現。

有人說，世界上沒有兩個人的指紋會完全相同；而我要說，世界上沒有兩個男人的鳥兒會完全相同。看看眼前的情景，六隻鳥兒大小不同，外形迴異，有的像金針菇，有的像雞腿菇。晃眼望去，簡直就是可食性菌類大本營啊。

我像巡視的領導那樣，一邊從他們面前走過，一邊揮揮手，豪氣萬丈地說道：「同志們辛苦了。」這一個個都從社會主義底下成長出來的苗根正紅好兒童，立即條件反射地回應道：「首長更苦。」我玩上了癮，又道：「同志們都脫光了。」他們回應：「首長更光！」我不太滿意這句回話，便皺緊眉頭，使出殺手鐗：「同志們都硬了。」他們繼續條件反射：「首長更硬！」我不高興了，這是赤裸裸地違背了唯物論——我一個女的，就算是想硬也沒那個本錢啊。

爲了懲罰他們對事物眞相的褻瀆，我決定以手中的皮鞭發洩我的不滿，於是狠狠往地上一甩。猙獰的皮鞭劃破空氣，呼嘯著在他們鼻子前閃過。「說清楚，是誰硬了？」我陰森森地問道。所有人呑口唾沫，不再做聲，只有其中一名身板瘦小得我吹口氣就要飄、跺跺腳就要倒的孱弱男，弱弱地說道：「妳，妳……妳眞的硬了。」我眼睛一沉，正準備拿著鞭子把他SM一下。但才低頭，卻驚恐地發現，我的下身果然多了隻小鳥，而且還是展翅高飛的階段。我嘴張大，冷汗直淌，身體僵硬，尿意澎湃，直愣愣地看著自己的小鳥越漲越大、越漲越大、越漲越大，最後「砰」的一聲巨響——「啊！」我猛地睜開眼，下意識往腹下一摸；還好、還好，還是保持原樣，沒多個東西。重新倒在柔軟大床上，我伸手抹去滿額的冷汗，實在是作孽啊，好好的AV變GV，春夢居然生生成了噩夢。鎭定下心神，看看時間也不早了，便起身梳洗。

……

在刷牙的當下，還是自我介紹一下吧。我叫寒食色，姓寒，名食色；沒錯，食色性也的食色。這個特別的名字來自我那兩位腦部構造同樣特別的老父老母。老爹姓寒，別說，是個好姓，拿到古龍金庸的小說中，男的絕對是個冷酷冰山型殺手，揮氣成冰，媲美西門吹雪那種。而女的，絕對是傾國傾城的冷美人，吐氣若蘭，媲美小龍女那種。也就是說，這個姓是非常容易取名字的，像我老爹那種猥瑣男就因爲沾了這個好姓，叫了寒竹，多文雅。

他們說，好的開頭是成功的一半，也就是說，有了這個好姓的我，眨眼翻個山頭就要勝利了。可偏偏天有不測風雲，俺娘仗著自己身懷六甲，居然跑去逛街跟別人搶購打折皮衣。二十多年前的人們是淳樸的，看見俺娘挺著一個大肚子便紛紛閃避開來，因此俺娘就像那些在LV專賣店清場選購新品的貴婦人一樣，悠悠閒閒地挑選著。這樣也就算了，還把另一位婦女披頭散髮、折損好幾年壽命才搶到的皮衣給拽了過來。人家怒髮衝冠，眼見就要發飆，但俺娘將自己的大肚子優雅一挺，那意思就是——有本事妳往這上面踹啊。那婦女只能打碎牙齒活血吞，睜著布滿血絲的眼睛，看著辛苦奪來的皮衣在光天化日朗朗乾坤之下給搶走了。

值得一提的是，我成年後也曾繼承母親的衣缽依葫蘆畫瓢，穿著孕婦裝，塞個枕頭，前一天晚上灌下幾公升的白開水，將臉弄得水腫，然後在五一黃金週商場打折時去搶購那雙我垂涎已久的靴子。但單純而熱血的我，低估了改革開放以來，資本主義糟粕對我們社會主義人民的思想侵蝕。

我站在靴子專櫃前，對著那哄搶的人群大喊一聲：「讓一讓，我是孕婦！」但那些人轉過頭來，用一種「妳有病啊」的眼神掃我一眼，接著繼續浴血哄搶。我也是個不服輸的，將袖子一掄，一個助跑，往前一衝，直接融入被資本主義糖衣炮彈所麻痺的人群中。日後每當我回憶起那個時刻，臉上總是浮現痛苦的哀愁，悲傷潺潺而流。

當時的情況非常混亂，即使我不停高聲叫嚷著「我是孕婦，不要擠，我是孕婦」，但那些瘋狂的搶購群眾卻置若罔聞。我前胸後背左肩右膀都被人擠壓著，一會兒向左，一會兒向右，完全無法動彈。當然，在世界上人口最多的國家長大的我，對付這種人海局面早就總結出了絕招，那就是——半蹲下身子，撅著屁股往前擠，遇到男的擋路就猴子偷桃，遇到女的擋路就假裝色叔叔抓她屁股。使出這種辦法，百分之九十九可以暢通無阻。

但那次實在是倒了大楣，我剛一低頭，正要撅屁股，但準備動作還沒做好，就被人一推，撞進了一個大漢的……腋下。然後我的腦袋就被他這麼夾著，那股華麗麗熱烘烘的狐臭，直接薰得我五臟六腑都差點吐了出來。我拚命地從大漢腋下逃脫，接著怒目大叫道：「沒看見老娘懷了孩子嗎？你還擠！」那大漢上下打量我一眼，從鼻子中哼出一口氣：「又不是老子的，關我屁事。」說完，那五大三粗、返祖現象嚴重的猿猴男，直接用他毛茸茸的手臂將我撞了出去。

我倒在地上，仰望商場外的藍天，剽竊了柴柴的口頭禪，喃喃唸著：「瘋了瘋了，全都瘋了。」

2 寒食色的由來

現代人連孕婦也不放在眼裡了，實在是世態炎涼，人心不古。從這件事可以看出，社會主義國家的思想建設確實應該抓緊抓牢，毫不放鬆。這個話題就此打住，再回到二十多年前。

我娘瀟灑、卑鄙以及討打地將皮衣搶來，付完帳後，報應也就來了。原本預產期在六一兒童節，但當下，我娘居然感覺到腹部一陣陣疼痛，也就是說——我要出生了。想必，當時老天在上面一邊跟仙女姐姐眉來眼去地調情，一邊腹黑地對我娘笑著說：「不治治妳，別人還眞以爲我沒長眼呢。」於是，在商場裡眾目睽睽之下，我就這麼出生了。生產過程才叫一個順利啊，根據我娘的形容——「就像吃了瀉藥後上大大一樣暢通無阻，『嗖』的一聲就把妳給拉出來了。」沒錯，她確實用的是拉屎拉尿那個「拉」字。

而那件打折皮衣則用來鋪在我娘的身下，被羊水給浸濕，徹底報廢。這是我十歲時，娘講給我聽的故事，講完之後，她問：「妳從這件事當中，記取了什麼樣的教訓呢？」我用童音說道：「這個故事教導了我們，貪小便宜要吃大虧。」我娘搖搖頭，語重心長地說：「錯了，這個故事教導我們，生孩子時一定要拿別人的皮衣鋪在身下……實在是可惜了那件皮衣啊。」我：「……」這樣的對話在我童年時期經常出現，對我的人生觀、價値觀造成了極大衝擊。我常對柴柴與童遙說，就算我以後炸了天安門也別吃驚，因爲本人體內有著父母遺傳的反人類、反社會的缺陷基因。

而我出生那天，正是寒食節。這時，我那與俺娘青梅竹馬、而且同樣不太正常的老爹出場了。我老爹寒竹，標準猥瑣男，仗著自己的老爹也就是我爺爺有幾個錢，就整天花天酒地，不學無術。最重要的是，他們那時候的花花公子打扮如下——喇叭褲，花襯衫，頂著一頭像抹了三斤豬油的爆炸頭。老爹穿成那樣，在某個八〇年代初期的舞廳裡對一個漂亮妹妹咧嘴一笑，瓦亮瓦亮的牙齒閃過淫光，搭訕道：「這位女同志，想不想跳迪斯可啊，我請妳喝飲料，美國進口的，可口可樂，名牌。」只要一想到這個場景，我就不由自主打哆嗦。

不過，標準放寬鬆點，我爹這人也不壞，待人實誠，講義氣，脾氣也好。每次我娘氣瘋了殘酷地對他打掐咬，他不惱也不還手，還笑嘻嘻地說：「敏君啊，我知道，打在我身，痛在妳心。來吧，不要憐惜我是朵嫩草，盡力地蹂躪我吧。」簡直就是極品小受一名，每每弄得我娘哭笑不得。反正我覺得，他就是一個長不大的小孩，不喜歡責任，不喜歡束縛；確實是有這種男人的。

對了，我娘叫丁敏君，就跟滅絕師太的徒弟、周芷若的師姐同名同姓。現在想起來，我娘也是個在名字上受到父母殘酷精神虐待的可憐孩子。丁敏君，丁敏君，一聽就離滅絕師太不遠了，那些個男的還不退避三舍嘛，難怪最後只能找我爹這樣的，眞是個和我同命相憐的娃兒。有時我會想，我娘是不是自己受到了虐待，所以便要她唯一的女兒——我，也嘗嘗這種折磨。別怪我思想陰暗，想想看，她就算直接把她師妹的名字給我，那也成啊，寒芷若，多好的名字。但我是沒有這麼幸運的。

我出生後，我娘要我爹取名，我爹因爲急著和朋友去跳迪斯可，便敷衍地說：「這不是現成的嗎？寒食節出生，就叫寒食吧。」我娘當即不高興了，說：「還寒食呢，眼見就離清明也不遠了，難道這孩子不是你親生的，連取名都這麼不耐煩！」我爹賠笑，「妳自己非要生在寒食節，這不是天意嗎？」聞言，我娘更氣了，咆哮道：「要不是你整天出去玩，不陪我，我會無聊到去商場搶打折嗎，如果我沒有無聊到去商場搶打折，這孩子會早產出生在寒食節嗎？寒食、寒食，食什麼，食色啊！」我爹笑嘻嘻地擺出一副無賴相，「好啊，就叫食色吧。」我娘暴怒，「你是不是說眞的。」我爹道：「當然是眞的，就看妳敢不敢取了。」我娘不服輸，「取就取，誰怕誰。」接著，兩夫妻便帶著沒有反抗能力的、襁褓中的我去報戶口了。於是乎，寒食色這個名字正式成為我一生的恥辱。

小時候，老師最喜歡做的事便是讓每個人上臺，說出自己名字的含義，以及父母取這個名字的原因。一個大眼睛的小女孩上臺，甜甜地說：「我叫吳盈盈，我媽媽說因為看見我眼睛水盈盈的，就取了這個名字。」一個長了副苦大仇深模樣的小男孩上臺，說：「我叫陳志遠，我媽媽想讓我志向遠大，我以後一定要坐上中國政壇的第一把交椅，然後把我們班同學的子女通通弄到中南海幼稚園去，從小和太子黨們奠定深刻的革命友誼。」最後輪到我上臺了，我清清嗓子，將老爹教的話原封不動說了出來：「我叫寒食色，食色性也的食色，我爸媽希望我明白，性慾和食慾都是人的本性，要我別違背事物的自然發展規律，尤其是性慾，就讓它自由地、旺盛地像阿瞬家的哥哥——一輝的小宇宙那樣燃燒吧。」說完之後教室一片寂靜，同學們睜著懵懂純潔的雙眼努力理解「性慾」這個詞語。而那位可憐的老師則在我旁邊石化，風化，火化著……

過了幾年，當我徹底明白這段話的含義後，恨不得撞牆而亡。再長大些，懂事了，看懂了別人聽說我名字後那道曖昧的、充滿笑意的目光，痛苦也就更深了一層。所以我最怕的就是去到一個新地方，自我介紹道：「我叫寒食色。」別人就會問：「食色，是食色性也那個食色嗎？」我還能說什麼，只能點頭。接著，別人眼裡淨是了然——聽名字就知道，這孩子的食慾和性慾鐵定旺盛啊。

有段時間，因為這個名字帶來的苦惱，令我經常在半夜驚醒，忽而放聲長笑，忽而哀聲痛哭，接下來就拿根鉛筆，學劉嘉玲在《東成西就》中使出三花聚頂神功走火入魔之後，抱著自己的小腿不斷戳戳戳，還邊戳邊喊道：「我讓妳叫食色，我讓妳叫食色！」那聲音嘶啞低沉瘆人，在靜謐的深夜中不斷迴響著。有鑑於先前曾敲門進來表示關心、卻被喪心病狂的我拿著鉛筆滿屋子追殺的經歷，老爸老媽仍然起了身，卻是將房門鎖好，一人分一顆安眠藥，蒙頭繼續睡。

說實話，老爸老媽對我還是挺好的。我媽不用說，我要什麼，她從不說個不字，所以我的衣櫃常被她買的東西塞爆。而老爸也挺疼我，只是方法上有些不恰當。比如說他在我小時候特別喜歡把我抱起來，猛地甩到空中，然後接住，說這可以鍛煉我的膽量。有一次閒來無事，又開始抱著我玩這個遊戲，他甩，他接，他再甩，他再接，他又甩，他……沒接到了。低頭，發現一歲的我腳朝天被甩到了角落，正半死不活地嗚嗚著。雖然立即被送到醫院，但我接近髮際線的地方永遠留下了一個小坑疤。

對此，老爹非常內疚，我上學之後每次數學考不及格時，他不但不會罵我，還總是飽含愧疚地歎息一聲，說我本來可以當數學家華羅庚第二，就是小時候被他那一甩，智商嚴重下降。但我想說的是，就憑他們倆那點數學基因，就算我從來不摔不碰，從胚胎起就開始天天補腦，也差不多就這不及格的水準。要知道，老爸老媽當年唸書時的數學成績，按他們師長的話來說，那差得簡直是驚天地泣鬼神啊。聽說有次考試他們倆還相互勾結，準備集中智慧度過難關，老媽做前面十五題，老爸做後面十五題，結果還是全軍覆沒，兩人全是零分，於是只能回家，接受各自父母的男女混合雙打。

話又說遠了，還是轉到關於名字的問題上來吧。我寒食色也是個豁達的人，青春期過了一小半之後就想通了——畢竟，這名字挺寫實的。你看啊，我從小就喜歡吃什麼果丹皮啊，大白兔奶糖，跳跳糖，無花果，太陽鍋巴，麥麗素巧克力球，娃娃頭雪糕，小浣熊乾脆麵，華華丹蜜餞，親親蝦條，糖葫蘆，噢噢佳佳奶糖，酒心巧克力，烤地瓜……總之只要是吃的，就逃不過我的血盆大口。

既然從小便喜歡吃，那爲什麼要到青春期才接受「食色」這個名字呢。原因就在「青春期」這三個字上——那時，我遇到了溫撫寞。就像平地一聲驚雷，我體內的罪惡因子徹底釋放，別人是少女懷春，春心萌動；而到我這，哪裡還只是萌動啊，那顆春心簡直就像紅軍叔叔搶渡的那條金沙江般波濤澎湃。那時每天課間做體操，我總是千方百計站在最後面，就爲了觀賞溫撫寞那挺翹而有彈性的小屁屁，然後腦子裡充滿了粉紅色的畫面，比如我的手怎樣在他白淨精瘦的胸膛上遊走，我的舌怎樣在他平坦的腹肌上舔舐……

這時我終於意識到，自己的性慾果然像小時候老爸傳授的那句話——「自由地、旺盛地像阿瞬家的哥哥——一輝的小宇宙……那樣燃燒了。」也就是那時，我才知道自己的雙親是多麼有先見之明，他們居然從泡了七個月羊水、活像皺巴巴小老頭剛出生的我臉上，看見了「色」的特質。這便是親愛的政治班導說的——透過現象，看見了本質。

思緒漂浮到這，我猛地搖搖頭，企圖將溫撫寞這三個字搖出腦海——寒食色，不是說好不再想他嗎？

3 鋸木頭的小乞丐

長長吁口氣，閉上眼，直到那張清秀得纖塵不染的臉漸漸變淡，才重新看向鏡子。裡面的那個女人，有著睡眠不足的黑眼圈，有著凌亂蓬鬆的頭髮，有著滿臉油光的皮膚，對了，眼角還有一粒眼屎。真是夢中的女王，現實中的頹唐女啊。實在是不忍多看，趕緊洗臉，擦化妝水，乳液，隔離霜，撲一層蜜粉，接著勾眼線，塗睫毛膏，最後是淡淡的唇彩。一個個步驟，馬虎不得。

以前大學期間看言情小說中了毒，認為素面朝天，接著剪個清湯掛麵髮型就一定能成為灰姑娘，等著被多金英俊的王子從一堆濃妝豔抹的壞心女配角之中拯救出來，穿上水晶鞋。於是我拒絕任何化妝品，連護唇膏都不用。但後來終於省悟，小說中，那種皮膚好得不化妝也能在陽光下呈現完美無瑕、晶瑩剔透狀態，睫毛天生又濃又翹、唇不點而紅的女主角，人家那是百年才出一個啊。再看看自己，嘴唇皴裂乾燥，皮膚暗沉有油光，雙眼無神，這樣子素面朝天只能等著升天。而且身邊那些壞心女配角類型的大美女們也不傻，誰會沒事在臉上抹漿糊，在嘴唇上塗血水啊；人家個個畫裸妝，皮膚晶瑩了，眼睛有神了，卻還是一副清水芙蓉模樣。

在東想西想之間，頭髮整理完畢，衣服也換好，我拿起手提包，出了門。

……

當我從市立某醫科大學畢業後，老爹朝自己胸口一拍，道：「女兒，我一定託人讓妳輕輕鬆鬆進入三級甲等醫院。」我那個高興啊，還覺得自己以前瞎了眼，居然認為老爹不過是個不學無術的傢伙，簡直是不孝。果然，老爹實現了諾言，攀了點關係，輕輕鬆鬆將我塞進三級甲等醫院——不過，卻是一間男性專科醫院。也就是說，我每天都必須和男人的那些事打交道，實在是讓人無語凝咽。不過好處就是，自從我接受了這份每天檢查男性同胞的性器官工作之後，我娘手上願意跟我相親的名單便大幅縮水，讓我樂得輕鬆。

剛開始工作時，我還非常有熱情，畢竟三不五時會有一兩個帥哥出現，這是最快樂的日子；因爲我可以外表嚴肅、內心淫蕩地在光天化日朗朗乾坤之下，對帥哥上下其手吃盡豆腐，最後還要帥哥掏錢付費。連武則天武姐姐也沒這個本事啊，我自豪。但日子久了，神經漸漸麻木，男人那話兒看多了就膩煩了，每天只覺得一大堆雞腿菇在眼前晃悠；而且就算是超級大美男，可他展現在我面前略帶噁心的患部，卻毫無美感可言。所以現在，我每天就面無表情地坐在診間中，等著病人進來脫褲子，檢查，開藥，交錢，走人，接著再喚一聲——「下一位」。柴柴有一天若有所思地說道：「食色，我覺得妳的工作和那些性工作者沒什麼兩樣啊。」童遙贊成：「而且妳穿的還是白袍，這簡直是制服誘惑。」我無言以對，默然接受。

我工作的男科醫院就在我公寓對面的街上，每天上下班是很方便的，只需要穿越一個地下道。地下道兩旁通常都有幾個賣小東西的攤販，比如說盜版光碟啊，鈕扣、髮飾之類的，但近一個月來，這裡多出了一個乞丐。那乞丐看上去年紀挺小的，十七八歲的樣子，總是拿著一把小提琴不停地拉奏著；說實話，這孩子身上確實有那麼一股凜然不可侵犯的貴氣。

因爲我沒什麼音樂細胞，不僅同意劉亦菲美女所說「彈鋼琴的和彈棉花的沒有多大差別」，甚至還比她更進一步認爲「拉小提琴的和鋸木頭的沒多大差別」，所以實在不清楚這孩子拉的是好是壞。再說句實話，他雖然臉上黑黑的，但從輪廓看得出相貌絕對不差；而且那雙眼睛很漂亮，燦若星辰，水盈盈的，想必是——餓出來的。這是有事實根據的，我節食減肥那兩天，餓得前胸貼後背時眼睛就會發光；看見人，閃綠光，看見食物，閃紅光，差點被交通局聘去當人工智慧型紅綠燈。

看著這孩子，我頓時心生同情，便掏出一塊錢紙鈔放入他面前的小紙盒，接著——再從裡面拿出兩張五毛鈔票。誰叫最近食用油漲價，天殺的牛肉麵從六塊漲成了六塊五，害我不得不從小乞丐這兒換零錢。拿完之後，看也不看小乞丐一眼，我臉不紅心不繼續淡定地往前走；但走著走著，忽然覺得有股憤怒灼熱的光灼燒著我的背部，怪事。

醫院門口這間麵館賣的牛肉麵尤其合我胃口，但一想到漲了五毛，我就肉痛，所以舀了三大勺辣椒油放在麵裡，這才心理平衡了些，但下手又下重了，太辣，不得不再掏腰包買碗銀耳粥，整整花了三塊，我又虧了撒。雖然醫院裡有食堂，但大家還是不約而同地選擇到外面這些小吃店吃飯。不能怪我們，主要是醫院食堂做的飯菜實在是高檔得太有技術性了！以前我們大學裡的食堂做得最過分的事，頂多就是平均三粒飯裡加一粒沙，或是辣椒炒肉裡的肉只能借物理系同學的顯微鏡來尋找；總的說來，還是正常的，只是偷斤少兩，騙點錢。但咱們醫院這所食堂，那不僅是騙錢，還騙命啊；絕對是親身經歷。

我第一天上班時，人生地不熟弄不清狀況，傻乎乎地跑去食堂吃午餐。裡面那叫一個門可羅雀啊，我當時就覺得有些不安，接著那打飯的大嬸看見我，像看見自己失散多年親生女兒似的，眼中閃著淚光，拚命往我飯盒裡塞飯，還喃喃道：「盼了這麼久，終於有新人來吃飯了。」

打完飯，我抱著飯盒猛吃到一半，忽然發現裡面居然有隻還在慢慢爬動的活生生蝸牛！肉融融的脖子，殼與身體之間的黏液，還有那左右擺動的觸角，簡直是要多恐怖，就有多恐怖。我跑進洗手間，吐了個昏天黑地。後來，我從同事口中認識到了關於這所食堂的可怕之處——給我一根裡面賣的油條，我可以用它翹起整個地球。給我一個裡面賣的麻團，我能做油條的支點。給我一個裡面賣的燒餅，我就能砸斷那根油條。據說，自從食堂的吃飯率下降後，醫院的死亡率同時也大大下降了。所以我說，這食堂的凶殘程度簡直快趕上二次世界大戰的日本七三一部隊了。

吃完牛肉麵，我起身，一邊走進醫院電梯，一邊回想早上的那個夢。佛洛伊德大叔說——夢，並不是空穴來風，不是毫無意義的，不是荒謬的。可我做的夢卻從來都是荒謬的。比如今早的六個病患脫褲子，比如天上掉下的金元寶砸在我頭上時卻變成了黃燦燦的屎，再比如說溫撫寞突然從美國回來敲我家的門，說：「寒食色，我一直沒有忘記妳……」

打住打住，怎麼又想起他了？我閉上眼，瘋狂地搖頭，忘記忘記忘記，快點把他給我忘記！一直搖了半分多鐘，我才停下來。睜眼，竟發現電梯裡的人全都用見鬼的眼神看著我。我深深吸口氣，輕聲解釋道：「沒錯，我在嗑藥。」說完，電梯打開，我留下倒地不起的眾人，快速走了出去。

4 醫院年度大戲

走進診間，換上白袍，整理好桌子，開始翻閱新一期的《知音》雜誌……剛看完一篇文章，今天第一位病人來了。是一位大叔，四十歲左右，頭頂中央的一圈已經成了地中海，只能採取地方支持中央的原則，以旁邊的頭髮小心翼翼蓋住那塊鮮紅色的頭皮。而陪伴他的那位「一臉關切」中年婦女，想必就是大叔的老婆。

我問：「哪裡不舒服？」這大叔想必是見過世面的，對我女性的身分毫不在意，大剌剌地一指，道：「下面不舒服。」這不廢話嘛，來這裡的男的哪個不是下面不舒服，難不成你牙疼還來找我？我汗，只得繼續深入地問：「具體有哪些症狀啊？」大叔想了想，道：「癢，還長了些小東西。」我指指旁邊的屏風，「到裡面去，我檢查一下。」他依言照做，跟著我來到屏風後，褪下了褲子。我看了一眼，頓時明白，張口說出了那四個字的病名。話一出口，才知道自己魯莽了——這大叔鐵定是背著老婆出去亂搞才會染病，我這麼誠實地一說，大嬸聽見了怎能不立刻引起家庭糾紛。

果然，那大嬸先是雙眼睜大呈現驚愕狀態，接著臉上閃過茫然，疑惑，恍悟，回憶，確信，憤恨，傷心，痛苦，絕望等等一連串雜七雜八的表情，接著她猛地撲到大叔跟前，抓住他的衣領，號啕大哭起來，「你、你怎麼可以這麼對我！」再來便是把大叔的衣服當衛生紙，眼淚鼻涕口水之類的全往上面抹，令我不得不豎起大拇指在內心讚上一句：「大嬸，妳果然是環保的好榜樣。」

倒不是我淡定，主要是這種事還挺常發生的。妻子陪丈夫來看病，結果發現丈夫因爲不忠得了不該得的病。一般都是大哭大鬧，要殺要剮，當場離婚的也有。對此，我早習以爲常，也就不再驚詫。俗話說，清官難斷家務事，我開好藥單正準備將他們送走，卻忽然聽見大嬸哭喊出一句：「你說，你怎麼可以這麼對我……姐夫，你怎麼可以背著我出去找別的女人！」

「哐噹」一聲，我倒在地上，手腳抽搐半響。姐夫？原來是小姨子和姐夫偷情，但姐夫胃口太大，還繼續在外面和別的女人來往。我奮力地抓住椅角站了起來，拿起紙筆，準備將這個故事賣給《知音》雜誌。一個字一塊錢啊，我隨隨便便寫個六千字，也夠吃三年的牛肉麵了。別人小學三年級時還在讀《格林童話》，我寒食色那時就開始讀老媽從圖書館借回來的《知音》。這麼多年了，本人對《知音》的感情那可叫一個深沉啊，裡面那些離奇曲折的故事，那些雷死人不償命的人物，每每都能成功擊打得我鬈髮變直，直髮變鬈，直接省掉去理髮店挨宰，多省錢。

最讓我佩服得五體投地的是，在描寫殺人案件時，作者們不僅能將殺人犯的心理揣摩得一清二楚，彷彿自己在案發現場一樣，而且還奇蹟般知曉已經死去的被害者，他們於生命最後一刻的內心刻畫，簡直就是通靈。廢話少說，趕緊構思題目。人家《知音》的文章標題一向無比優雅加冷豔，那是絕對的先聲奪人，所以我一定不能馬虎。〈姐夫變情人，情人找情人——一對親生姐妹與男子的愛恨糾葛〉……終於想出了一個題目，正在繼續思考，那對大叔大嬸又開始對話了。

大嬸說：「你還騙我，那個女人最近也查出得了這種病，你們肯定上過床了！」大叔說：「我沒有！」大嬸說：「我不信，那次你們明明在同一個旅館房間待了一晚！」大叔說：「那次我在房間裡，只是和她看電視劇打勁舞遊戲，從金融危機談到小麵漲價！」

大嬸說：「你都沒有跟我看電視劇打勁舞遊戲，從金融危機談到小麵漲價，為什麼你要跟她看電視劇打勁舞遊戲，從金融危機談到小麵漲價！」大叔說：「都是我的錯、我的錯，我不該和她看電視劇打勁舞遊戲，從金融危機談到小麵漲價。我答應妳，今後只和妳一起看電視劇打勁舞遊戲，從金融危機談到小麵漲價！」

忍住忍住，千萬不能吐，肚裡的牛肉麵值六塊五毛呢。我深深吸口氣，將想到的第二個題目寫下——〈悲慘的輪迴——我品嘗到了姐姐吃過的苦果〉。那廂，大叔大嬸還在爭執著。

大嬸（咆哮馬叔叔的模式上身）：「爲什麼？爲什麼？這都是爲什麼？爲什麼？這都是爲什麼？爲什麼？這都是爲什麼？爲什麼你到現在還要騙我！你眞的好殘忍好殘忍！」大叔（爾康上身，鼻孔擴張收縮，再擴張再收縮）：「我沒想到一向溫柔可人的妳，居然如此無情，如此殘酷，如此無理取鬧！」

大嬸（繼續咆哮馬叔叔的模式上身）：「那你就不無情？不殘酷？不無理取鬧？」大叔（繼續爾康上身，鼻孔擴張收縮，再擴張再收縮）：「我哪裡無情？哪裡殘酷？哪裡無理取鬧？」

大嬸（繼續咆哮馬叔叔的模式上身）：「你哪裡不無情？哪裡不殘酷？哪裡不無理取鬧？」大叔（繼續爾康上身，鼻孔擴張收縮，再擴張再收縮）：「我就算再怎麼無情，再怎麼殘酷，再怎麼無理取鬧，也不會比妳更無情，更殘酷，更無理取鬧！」

大嬸（繼續咆哮馬叔叔的模式上身）：「我會比你無情？比你殘酷？比你無理取鬧？你才是我見過最無情，最殘酷，最無理取鬧的人！」大叔（繼續爾康上身，鼻孔擴張收縮，再擴張再收縮）：「哼！我絕對沒妳無情，沒妳殘酷，沒妳無理取鬧！」

大嬸（繼續咆哮馬叔叔的模式上身）：「好，既然你說我無情，我殘酷，我無理取鬧，我就無情給你看，殘酷給你看，無理取鬧給你看！」接著「啪」一聲，大叔臉上出現了一道鮮紅的五指印。大叔（繼續爾康上身，鼻孔擴張收縮，再擴張再收縮）：「看吧，還說妳不無情，不殘酷，不無理取鬧。現在完全展現妳無情、殘酷、無理取鬧的一面了吧。」

我手指顫抖著，將想到的第三個題目寫下——〈我那拋棄妻兒的姐夫啊，爲何你要背著小姨子我偷情〉。

正當我竊以爲局面趨於白熱化時，老天又不要命地加了一把熱火。

一名中年婦女忽然怒氣沖沖走了進來，二話不說一把抓起大叔的衣領，高高抬起手，左右開弓，「劈里啪啦」一口氣打了十多下，將大叔本來就齷齪的臉搧得跟豬頭一樣腫。大嬸先是一怔，接著連忙「咚」的一聲跪下，拉住中年婦女的衣服，求饒道：「姐姐，不要打姐夫了！一切都是我的錯，是我控制不了我自己。姐姐，對不起，我知道妳愛他愛得好痛苦好痛苦，但我也愛他愛得好痛苦好痛苦啊！」

我，的，天，啊！我們的姐姐終於在千呼萬喚之下現身了。

大嬸的姐姐一腳將妹妹踹開，怒道：「老娘十年前就知道你們搞在一起了，今天的事跟妳沒關係，滾一邊去！」柔弱的第三者大嬸頓時化為一顆球，咕嚕咕嚕地被踹到角落去躺著。接著，如女屠夫般厲害的元配再接再厲，將袖子掄起，狠命朝自己丈夫的臉頰不停地揍去。她的拳法結合了《唐伯虎點秋香》中周星星使用的「還我漂漂拳」，以及《聖鬥士星矢》中永遠打不死的小強星矢「天馬流星拳」，因此威力十足，大叔被徹底打成了豬頭，想必就連大叔的媽媽也認不出他。

這時，有道人影忽然「嗖」的一聲從我眼前飄過，再「咚」的一聲跪在那元配腳下，又「噗」的一聲抱住了她的大腿。定睛一看，發現是一名二十歲左右的大男孩，我這才抹去一頭冷汗，這孩子眞是的，大白天裝鬼，嚇得姐姐我尿意膨脹；才剛收縮了一下膀胱，這孩子接下來說的話，讓我眞的灑了兩三滴出來。

他說：「媽，我和爸之間，是你情我願的！」我頭開始發暈，而且也出現爾康上身的狀況，開始不停煽鼻孔。我暈了，我開心得暈了，陶醉得暈了，享受得暈了，所以我就華麗麗地暈了。看見那對偷情的小姨子和姐夫，我暈。看見這對「情投意合」的父子，我暈。看見大叔那豬頭般卻能吸引這麼多人前仆後繼的臉，我更暈。父子啊！BL啊！重口味啊！我的鼻血開始亂飆，耳朵也開始嗡嗡鳴叫，不行了不行了，看來等這一齣戲完結時，必須去照個腦部斷層掃描。

大叔的元配怒髮衝冠，掐著大叔的脖子，嘶聲道：「你還是不是人啊，他是你親生兒子，你怎麼下得了手！而且你都得病了，還要跟兒子做，你知不知道，他現在被你感染得菊花殘了！」一陣焦雷打下，我彷彿看見《包青天》裡的白玉堂楊子哥哥拿劍指著天，大喊道：「善惡終有報，天道往輪迴；不信抬頭看，蒼天饒過誰？」菊花殘？菊花殘？菊花殘？實在是太有畫面感了！噢嗚噢嗚嗷嗷，我在心中一聲狼號。

〈菊花殘——一段親生父子之間的曠世畸戀〉

〈愛小姨子還是愛兒子？一個地中海大叔的艱難選擇〉

〈我那猥瑣花心的爹爹啊，兒子的菊花爲您打開〉

《知音》啊，你不用我的稿子，全國的腐女都不會原諒你的！情節更加豐富，添添加加之下，我絕對可以湊到兩萬字，稿費夠吃十年的牛肉麵啦！說做就做，我開始低頭寫起了稿子，也就不再管那一家子了。

但爲了讓大家弄個清楚明白，還是簡單介紹一下後來的情況吧——大叔的元配拿起我的手術刀，開始追殺大叔，說是要把他的罪惡之根剁下來。大叔被嚇得在醫院走廊上飛奔，那地方支援中央的頭髮如魔似幻，風中凌亂。這一刻的大叔，速度堪比光速，按照愛因斯坦的相對論，馬上就要穿越時空和漢武帝一起到斷背山上去放羊了。

我們的院長站在辦公室前，扶扶鼻梁上的眼鏡，若有所思地說道：「我的媽欸，勒個娃兒，跑得楞個快，勒要是參加了去年的奧運會，絕對能跑贏牙買加飛人閃電波特那個黑不溜秋的崽兒撒。」接著，我們醫院的人全都伸長了脖子，看著那四個人逐漸縮小，縮小，成爲顫抖的一小點，及至消失。

我，心中，無限，悃然。多難得的好戲啊，就這麼落幕了，哎。

5 三條母狼爪下的小正太

好戲落幕，開始繼續工作。一個媽媽陪著自己十四五歲的兒子走了進來，說兒子要割包皮。我懶懶地抬起眼，當看見那兒子時，眼睛頓時「嗖嗖」地發出精光，亮度和鹹蛋超人奧特曼眼睛發射出的死光可有得拚。多水嫩的正太啊，眼睛是水嫩的，皮膚是水嫩的，嘴唇是水嫩的，而且還微微低垂著頭，躲在媽媽背後，一副嬌羞模樣。

我頓時口水直下三千尺，疑是淫魔落九天。「醫生？妳沒事吧？」那位媽媽疑惑地看著我。我寒食色是誰啊，馬上將口水一抹，清清嗓子，將眼睛移開，擺出專業姿態，道：「噢，現在就可以做。」那正太想必是發現了我的邪惡本質，羞澀地對母親耳語道：「媽，換個男醫生吧。」我心中嘿嘿一笑，「小正太，你有所不知啊，咱們這間醫院什麼不多，就是男性同胞多，與其被那些個大灰狼蹂躪，你還不如便宜了我這條大母狼吧。」那位媽媽安慰道：「別怕，女醫生細心，耐心，動作也溫柔，絕對沒問題。」我眼底閃過一絲淫光，這位媽媽，這可是妳自己送上的寶貝兒子，我就不客氣囉。

於是我讓這位媽媽先去繳費，要她把繳費單拿回來後，我再幫正太割。等那位媽媽一走，我立刻拿起電話，叫來這間男科醫院的另外兩名女醫生——月光，以及葵子。

月光是袖珍型小美女，小鼻子小嘴小臉蛋，長得一副童顏。這娃娃和我同病相憐，也是受到家人的荼毒被送到了這裡。她生平最大的心願就是希望能被吳彥祖型的帥哥推倒，接著○○××，注意，不是一般的○○××，是周而復始的○○××，一夜七次郎那樣的○○××。不過話說回來，又有哪個女人不希望呢？

而且這小妮子特別喜愛名牌，每個月都會把薪資花光，所以得名「月光」。

「葵子」則因爲喜歡吃葵瓜子而得名，這妞是氣質型美女，早早就被當機師的帥男人拐去做老婆。雖然老公多金帥氣加體貼，但因爲常年不在家，葵子不免寂寞，可也沒那個膽子出軌，只好主動調來男科醫院，天天觀看病人小鳥，望梅止渴，以慰相思之苦。

我們仨是醫院著名的「淫賊三姐妹」，口號是「有帥哥共用，有衰哥互推」。也就是說，如果病人是猥瑣成臭作大叔那樣的，就馬上裝肚子痛，讓他去其他兩人那兒就診。但如果病人是帥哥，比如現在在我手心的小正太這樣的，那就得三個一起飽眼福。

月光和葵子一出現，那小正太立刻感覺到不對勁，忙起身想出去避避，但月光眼明手快，立刻就把門關上。小正太那扇子般的睫毛在白淨的臉上忽閃著，眼中有著盈盈水光，囁嚅道：「妳們、妳們想做什麼，我會叫的！」

葵子因爲老公出差整整十天，已經是慾火焚身，現在看見這掐一把就嫩出水的小正太，徹底露出了色女本質，完全不顧自身形象，呲著牙咧著嘴，眼睛閃著淫光，吞著口水，一步步向他走去，「你叫啊、你叫啊，你今天就是叫破嗓子也不會有人來救你的。」小正太慢慢後退著，淚盈於睫，鼻端紅紅的，煞是憐人，他道：「我媽媽就在外面，妳們不可以亂來。」我則吸著不斷流出來的口水，一字一句地說道：「可惜，現在繳費處那邊人很多，等你媽媽回來時，一切都已經晚了。」

小正太的眼淚馬上就要奪眶而出，他咬著水嫩的唇，臉上滿是驚惶。他一步步後退著，誰知沒看路，臀部撞到了手術檯，因慣性而倒在上面。於是乎，三條大母狼跳躍著衝向小正太，一個制住他的手，一個抓住他的腳，還有一個準備手術工具。小正太已經絕望了，他閉上眼，貝齒在水嫩的唇上咬出個小小的陷落，而纖細的身體也顫抖著，「我怕痛……請妳們……溫柔一點。」在他的四周，三位色阿姨魅惑狂狷地一笑，然後魔手伸向了他的褲子……

等那位媽媽回來時，我們的淫慾已經滿足，而小正太的包皮也已經割好，最重要的是，色女們的口水已經擦乾。我恢復成一名嚴肅的、有道德有紀律的醫生，詳細地爲那位媽媽說明了注意事項。那媽媽看我如此認眞負責關心她兒子鳥兒的健康，便不斷向我道謝，誇讚我是一名好醫生，就差沒送一面錦旗了。

看著小正太離去時渾渾噩噩的眼神，在那一瞬間，我心生愧疚。不過，一分鐘後，當葵子打電話通知我去她的診間，說又有一名混血帥哥落網了，我的愧疚頓時煙消雲散，馬上和月光一起屁顛屁顛地跑去她的診間，準備用自己的手繼續光大荼毒帥哥的事業。兩雙高跟鞋在醫院走廊上「咚咚咚咚」地敲擊著，背後，院長辦公室的門再度打開，他老人家的歎息聲從風中飄來：「勒兩個妹兒噢，做撒子都是鷩爪爪的，跑得個飛叉叉的，以後啷個嫁得脫嘛，唉。」

這一天連續荼毒兩個不同類型的帥哥，我們淫賊三姐妹心情倍好，吃飯倍香，下班後來到醫院門口的餐館，叫了一大桌菜，狼吞虎嚥著。月光夾了一塊雞肉，剛要放進碗裡，忽然想起了什麼，又將肉放回盤中，道：「對了，我跟妳們說件事。」我和葵子驚詫了，要知道，這雞肉可是月光除了吳彥祖以外的最愛啊，一向是搶到就不放手的，但現在她居然放下了，顯然，她要告訴我們的這件事一定灰常灰常灰常的重要。

於是，非常有地下工作者覺悟的我和葵子，自動將耳朵湊近她嘴邊，道：「說吧，俺們聽著呢，是不是咱們院長和主任有一腿？我早猜到他們之間不純潔了。」月光將我們兩顆頭一推，道：「第一，我要說的不是這個；第二，我始終相信，院長是咱們李邦國醫師的人。」可憐的老院長時常被我們陰暗地拿來和醫院上上下下所有男人配對。在我們的意淫中，老院長時攻時守，而對象也從外表冷酷、內心騷動的藥房主任，一直更換到食堂那位油光滿面的大師傅。可憐的院長啊，我默哀。

葵子問：「那妳想說什麼啊？」月光道：「我想說的是，咱們醫院明天就要來一位大帥哥了。」我和葵子對視一眼，接著繼續低頭吃飯。月光好奇：「妳們什麼時候變得如此淡定了？平時不是一聽見雄性這個詞就腎上腺激素猛增嗎？難不成兩位信佛了，那幹嘛還跟我搶雞肉吃？」葵子快人快語：「我們還是吃葷，聽見雄性這個字眼還是會腎上腺激素猛增，但就是不太相信妳的話。」月光不解：「爲什麼啊？」我提醒：「難道妳忘記葉河那件事了？」

半年前的一天，月光紅光滿面地向我們透露醫院就要來個新醫師，還是個帥哥。我們一聽，那叫一個雀躍啊，就差沒樂得手舞足蹈。要知道，我們醫院的男醫生雖然多，但素質不是很好，而且很多都是結伴去斷背山上放羊，所以我們仨已經寂寞了好多年。因此想到能有一名帥哥與我們朝夕相處，供我們日夜調戲，我們的口水便如大江浪濤滔不盡。

幻滅，是世界上最殘酷的事，而接下來的我們則經歷了這樣的事。通常，看見一個人長得不怎麼樣，大家便喜歡說他長得抽象，但是這位葉河醫生卻長得灰常灰常灰常的具體，他長得……像河馬。當然，男人的價值也不在那副皮囊，如果他能幽默開朗，談吐風趣，知識淵博，那我們還是很樂意他的到來。

可惜，這廝是個大色魔，在歡迎會上借酒裝瘋，居然掐了月光的屁股，摸了葵子的手。我雙目淨赤，大怒得將他踹到牆上去貼著。實在是欺人太甚！你說你要調戲就三個一起調戲啊，居然繞過我去調戲其餘兩個。這麼赤裸裸的忽視，叫我寒食色情何以堪，不是討打是什麼！我們老院長對那天的情景至今記憶猶新：「黑死個人啊，鬥看到那個葉河像泥巴一樣，『啪』的一聲鬥遭貼到牆上去了，房子都遭震了三大三下，黑死個人啊！」

於是，才上了一天班的葉河再也沒敢來我們醫院，就這麼消失了。也就是因爲這樣，我和葵子從此對月光手上情報的眞實性，產生了很大的懷疑。

6 有帥哥，大帥哥！

「這次是眞的，我發誓！」月光舉起雙手，眼中閃出革命者那種堅定的光，「我在院長辦公室看到他的照片，眞的是一口很帥很帥的鍋啊。」我咧嘴，露出牙齒上沾染的那片銷魂芹菜，「如果是這樣，那明天我們就一起狠狠地調戲他吧。」餐館中，我們三個對視一笑，淫光四溢，將那準備上前來收帳的老闆，和老闆那條準備來吃雞骨頭的老黃狗嚇得瑟瑟發抖。

吃完飯，就此與月光、葵子她們道別，往家裡走，而手中提的免洗餐盒還盛著剛才吃剩的飯菜。經過地下道時，忽然想起冰箱裡還有幾盒霜淇淋。擔心晚上會忍不住吃掉，腰部又增加幾斤肥肉，我便在入口的小攤販那兒選了兩張《CSI犯罪現場》影碟，希望血腥的畫面能夠讓我的胃暫時休克。影碟當然是盜版的，不然每月賺的辛苦錢就支持美帝了，所以說，我寒食色還是挺有愛國覺悟的。選好後，我逕直來到那個鋸木頭，不，拉小提琴的小乞丐那兒，將飯盒遞給他。那孩子將小提琴放下，但也沒接飯盒，小黑臉上的兩雙漆黑眼眸直直地看著我，裡面盛滿狐疑。

看來這孩子在流浪過程中受過不少苦啊，連我寒食色這種唸大學之前思想品德年年得優、大學期間差點就入黨的大好女青年都不相信。看著他那種提防的眼神，我心內一陣酸軟。孩子啊，你眞是生不逢時的娃兒，要是晚出生個幾十年，等咱們走到社會主義中級階段，社會生產力顯著提高了，小康也大部分實現了，市場經濟也能完善駕馭了，法治體系也健全了，物質條件也充分了，那時候你再來當乞丐，絕對能天天都吃肯德基。

但現在，這孩子稚嫩的十七八歲、或十八九歲的臉上，卻是一副「這老女人鐵定是想把老子騙去賣了」的懷疑神色。確實，從我第一次看到他開始，就有了「如果有天實在窮得山窮水盡，就把他迷暈，然後脫光秤斤論兩賣掉」的念頭。雖然這孩子滿臉灰塵，黑得看不見眞實膚色，但政治班導教過我們要透過現象看見本質。透過這個方法論，加上我多年修練出的、媲美專門搜索帥哥雷達的火眼金睛，我敢肯定，洗一洗，他絕對是個妖孽的娃兒。不過現在，我確實只是想給他點吃的。

也許是我眼中眞誠的光芒打動了他，那孩子漸漸放下戒備，接過我手中的飯盒，像蚊子般哼出一聲：「謝謝。」我對他開展出一個耶穌他媽媽般的微笑，「別客氣。」然後……從他面前的小紙盒裡拿出六塊五毛錢，接著揚長而去。我寒食色以預備黨員的身分發誓，那餐盒裡面裝有番茄炒蛋，糖醋白菜，還有我費盡九牛二虎之力從月光口中搶下的一大塊雞肉，絕對值六塊五毛。我左手拿著明天的早餐費，右手拿著盜版影碟，悠悠閒閒地走回家；背後，似有一股憤怒灼熱的光「嗖嗖」射來。

回家後，換衣服，卸妝，泡澡，然後開始坐在電腦前看《CSI犯罪現場》。但實在太血腥，看了一集便撐不住了，趕緊關上。接著看了一會兒有才人士製作的BL版《康蘭秘史》MV，小哇那個可憐的水靈俊俏娃兒，居然在裡面自攻自受，害得我無語凝咽。

看完之後，忽然覺得累了，便到落地窗前坐下，看著江對岸的萬家燈火。

無數的霓虹燈將這個城市的夜空染上了淡淡的紅，一種不純粹的顏色。夜風將江面吹皺，形成一條條微小的細紋，那是一種清澈的柔軟。遠處的大橋上，一輛輛車快速駛過，一個個光點在平面上流溢著。落地窗是緊閉著的，整個城市在此刻是靜謐的。

我張開雙臂，將膝蓋抱緊，而頭則微微偏著，枕在硬硬的膝蓋上。剛洗過的髮就這麼搭在手臂上，涼而濕潤，一條一條慢慢散開。閉上眼，忽然想起，在很久很久以前，也是在一扇落地窗前，溫撫寞從背後環著我，輕細的聲音拂過耳廓——「食色，以後我們就買一間這種能看見江水的房子，然後我工作，妳在家，幫我生兩個孩子，一男一女。」話音猶在，人卻無蹤。

想著想著，眼睛忽然熱熱的。爲了迅速擺脫這種傷感情緒，我使出絕招——拿出存摺，打開，看著上面的數字，眼睛瞇成一條縫，像隻偷了油的老鼠，笑得四肢抽搐，花枝亂顫，無比猥瑣。我的存款啊，果然是治病法寶。就這麼，我摟著存摺美美地做了一晚上的夢——錢跟雨一樣，從天上灑下來。

第二天起床，覺得腰痠背痛，絕對是夢中撿錢的後遺症。照舊是打仗般的洗漱，化妝，穿衣，梳頭，出門，從小乞丐那裡換零錢，吃牛肉麵，最後到醫院。正打著飽嗝準備進門，卻發現月光和葵子這麼一大早就待在我的診間，一臉興奮。我眼中精光一閃，忙大聲問道：「今天我們醫院新來的那個帥哥呢？他在哪個診間，我去趁亂掐一下他的屁股。」這種玩笑話在我們淫賊三姐妹中是十分常見的，但今天，我話音剛落，月光和葵子的臉便僵住。

在那瞬間，我明白自己又出糗了。果然，診間的屏風後傳出一陣輕微的響動，像鋸子般切割著我脆弱的神經。緊接著，裡面走出一個穿白袍的人。那是一個男人，一個陌生男人，一個長得很漂亮的陌生男人——眉眼清奇，五官清秀乾淨，皮膚白淨，鼻子挺翹精緻，嘴唇薄薄的，泛著珍珠般的光澤，而那內雙的細長眼眸有著薄薄的眼瞼，眼尾微微上翹，頗爲勾人。

其實我們三個，也就是嘴上厲害的貨色，遇到這種非病人的貨眞價實大帥哥，氣勢上首先就要差一截。再加上，我剛才還當著他的面說了要掐他屁股的話，所以一時愣在當場，腦子迅速旋轉著，嘴裡卻做不得聲。葵子、月光打破沉默：「寒食色醫生，這就是我們醫院新來的盛悠傑醫生。」我才剛在心中感謝她們的相救，卻聽見兩人繼續說道：「從今天起，盛悠傑醫生就和妳在同一個診間了，你們慢慢聊，我們不打擾了。」說完，兩人快速逃離案發現場，一副和我這個喜歡掐帥哥屁股的女人灰常灰常灰常不熟的樣子，有異性沒人性啊！

我額上滲出一層冷汗，忐忑許久，終於將腳一跺，手一握，眼一瞪，唇一咬，怕個牙刷呢，我寒食色可是一向號稱臉皮厚得連導彈都射不穿，現在是時候向群眾證明這個稱號了。於是，我開展出一個如春風般溫暖的笑容，道：「很高興能和你成爲同事。」盛悠傑也同樣回報給我一個夏日薰風般和煦的微笑，道：「彼此彼此。」「咚」的一聲雀躍聲響，心中大石放下了。看來，他並不是非常介意，或是沒聽見我要掐他屁股的那番話？不管怎麼樣，這傢伙是新人，就算我眞掐他屁股，也是敢怒不敢言吧。這幾年不是很流行職場潛規則嗎，這盛悠傑看來是個有覺悟的娃兒。

我暗自呼出一口氣，在自己位子上坐下。而他，收拾好東西，也在我對面坐了下來。雖然很高興時刻抬頭都能見到盛悠傑這種美色，發揮益壽延年、採陽補陰的功效。但一想到，從此以後休息時間不能關上診間的門看高H動漫，我心落寞啊。

7 我們卯上了

不知爲何，今天的病人特別少，都要十點了，還沒來一個人。我實在無聊，好幾次都試圖和盛悠傑攀談，問一下他個人身家，但這人總是微笑著說出不冷不熱的答案。得，我自討沒趣，也不再煩他，繼續閱讀我的《知音》雜誌。

到十一點時，有一個小弟弟帶著他的小弟弟進來了；我的意思是，前一個小弟弟是指人，後一個小弟弟是指器官。十五六歲的模樣，穿著打扮造型走的是日韓風，耳垂上有酷炫的耳環，身上有酷炫的紋身，舌頭上有酷炫的舌環。雖然濃妝豔抹，但五官不錯，鼻子是鼻子，眼睛是眼睛，再加上青春誘人，激得我這個色阿姨食指大動。

當即，我擺出無害的笑容，準備迎上去幫他解決問題，順便滋潤一下我這顆乾涸的老心。但盛悠傑比我快一步，他對著那日韓版正太招招手，道：「到我這來坐著吧。」我寒食色怎麼會放過這好不容易到手的嫩肉呢？於是，我以一副爲盛悠傑做打算的口吻道：「小盛啊，你今天才剛來，很多事情都不熟悉，還是先在旁邊觀察一下我是怎麼做的吧。」誰料他不領情，繼續微笑，「就是因爲新來，才要多動手，以期早日熟悉啊。」

我半瞇起眼睛打量盛悠傑，難道，這傢伙有斷袖之癖？但是如果被他搶了生意，那我以後還怎麼在這兒混下去呢？於是我堅決不退讓，雖然面上如常，但聲音卻低了幾分，飽含威脅：「我說小盛啊，再怎麼說，在這醫院裡我也是前輩，難道，你想和我這個前輩搶？」我擺出架子砸死你！

聞言，盛悠傑細長的眼睛微闔，眼角弧度更爲綿長，像狐狸般狡黠中帶著妖魅，妖魅中帶著奸詐，奸詐中帶著戲謔，戲謔中帶著無數惡意，他對那位日韓版小正太說道：「那麼，你就讓這位喜歡情不自禁掐人屁股的姐姐替你檢查吧。」「劈里啪啦」幾道閃電穩穩將我擊中，瞬間將我烤成了油炸小母豬，鼻孔中哧哧地冒著熱氣。那正太雖然外表走的是日韓風，但人家胸腔中還是一顆古老端矜的中國心，嚴苛遵守著男女有別這一教條，馬上抓緊自己褲腰帶，以戒備的眼神看著我，生怕我一個衝動奔上去扒光了他。小正太抓住盛悠傑，求道：「醫生，還是你幫我檢查吧。」

盛悠傑看向我，那張原本清秀、但此時在我眼中卻貌似豬頭的臉上，鋪陳著淡淡的勝利神色，他故作無奈地說道：「寒醫生，眞不好意思，這病人非要給我看，那麼只好違背妳的意思了。」我將喉嚨中那口血生生嚥了下去，拚命地僵笑著，「沒問題，我們得尊重病人的意願。」

原本以爲這已經是最深刻的屈辱了，沒想到那日韓版正太還不放心，以小紅帽看大野狼的眼光盯著我，道：「妳……妳出去，我怕妳偷看！」我再次被打擊到昏厥的邊緣。媽的，居然被他猜出我的心思了。盛悠傑的嘴角還是保持著那漂亮的該死笑意，「寒醫生，爲了尊重病人的意願，麻煩妳出去一下吧。」

我忍氣吞聲，一步步地、屈辱地走出了診間。來到走廊上，胸中的鬱悶漲得我想嘔血，爲了發洩，我一拳擊打在牆壁上。周圍一片寂靜，只剩下「滴答、滴答」的聲響，不是時鐘，而是……我的冷汗。怎麼會這麼痛啊？我縮回手，小心翼翼地吹著手背，淚花直冒。那些偶像劇中的男主角打下去不都一副沒事人模樣嗎？沒想到原來是欺騙我們這些善良老百姓。

我深深吸了幾口醫院裡帶著消毒水味道的空氣，經過體內循環後，再吐出濁氣，讓自己不至於火山爆發。你個日韓版小正太，就你那小鳥，切下來連我的牙縫都塞不滿，居然還這麼寶貴。還有那個盛悠傑，居然使這種暗招。不就是我說要掐他屁股嗎？但我說掐他屁股，只是一種設想，還沒有成爲眞實，他如果明理，就應該等我眞掐了他的屁股，也就是等這種設想成爲眞實之後再來報復我。他現在這麼做，實在是陰險。

我呲著大黃牙，咧著血盆大嘴，眞想衝進去拿起閃亮的手術刀，把盛悠傑的小雞雞剁下來，然後插在一根樹枝上，就地生火，逼他吞下那根黑焦焦的燒烤小雞雞。腦海中想像著那種漫畫鏡頭，我開心地笑得臉冒綠光，陰森無比，一個不小心，激到膀胱，尿意頓時澎湃，便起身朝廁所走去。背後，傳來老院長痛惜的聲音：「啷個牆上遭砸了這麼大個坑啊，是哪個倒楣的小崽崽弄的，我的個媽噢，牆壁打垮了啷個得了噢。」

釋放完內存之後，我回到診間，發現那外表日韓、內心愛國的小正太已經走了，而那隻新來的狐狸正在收拾手術工具。反正剛才已經在設想中讓他吞下了自己的小雞雞，我心中有那麼一點點欣慰，氣也順了點，便不理會他，直接坐在椅子上，把他當空氣，不，是毒氣。

沒多久，又一名病人來了，是位六十多歲的老伯，頭髮開始花白，牙齒也鬆了幾顆，臉上的溝壑呈現縱橫狀態。這次我發揮了謙讓精神，坐著不動，讓盛悠傑去接待。盛悠傑仔細詢問了老伯幾個問題，最終得出結論，老伯可能患上了前列腺炎，需要取前列腺液去化驗。

我正看書看得入神，卻聽見那隻狐狸說道：「寒醫生，麻煩妳準備一下吧。」我臉部神經一陣扭曲，踏馬的，小正太你不准我碰，這種老伯伯你卻逼著我碰，討打。我抬起頭來，皮笑肉不笑，嘴巴笑眼睛不笑地看著他，道：「剛才，盛醫生不是說，想要多點實務經驗，以期早日熟悉自己的工作嗎，我怎麼好意思破壞你的計畫呢？」

「可是對於取前列腺液這種事情，我不太熟悉。」狐狸那細長的眼睛差點就要伸入鬢角去了。內心那個我啐他一口，但外表那個我還是帶著一張和睦的面具，「怎麼可能呢，我絕對有理由相信像盛醫生這麼勤奮的人，鐵定天天在床上和自己的男友演練呢。」不過，不是取前列腺液，而是取悅男友的前列腺。不對，這廝絕對是小受，應該是他男友取悅他的前列腺。

聞言，狐狸眼睛半瞇，發出危險的雷射，威力類似動感超人的動感光波。我則睜大眼睛，瞪成瞳鈴眼，發出對抗的雷射，威力類似鹹蛋超人奧特曼的必殺技——斯卑修姆光線。我們的視線在空中交集，發出劈里啪啦吱吱吱吱吱的聲響。

打得正歡，那廂，老伯伯的話音發出來：「我……我還是由這位女醫生看吧。」這老頭居然敢拆我的臺？我怒吼：「爲什麼？」老伯伯看了眼盛悠傑，臉頰浮起兩片紅暈，羞澀地說道：「因爲……我怕那孩子把持不住，害我晚節不保。」聞言，我和狐狸的身子同時顫巍巍地搖晃了一下。

不過，看在老伯伯幫助我從精神層面侮辱了一下狐狸，我只能深深吸口氣，戴上手套，請他趴在手術檯上，並撅起屁股。然後我伸出手指，捅入了那朵開放了六十多年的老菊花。

誰知，就在我手指進入的剎那，一道銷魂的、類似呻吟的聲音從老伯伯口中逸出——「啊……噢……啊……」我頓時僵硬住，達到摩氏硬度三點五。誰知，老伯伯竟滿臉含羞地轉過頭來，張開他那缺了兩顆牙的嘴，瞇著滿是皺紋能夾死蒼蠅的臉，柔聲道：「請……溫柔一點。」「哐噹」一聲，我再也支持不住，頓時倒地，不省人事。老伯啊，雖然偶爾我也喜歡ＢＬ，但不是你這麼重口味的啊！

這一天，就這麼渾渾噩噩地過去了。但這只是開始。接下來，那隻狐狸更加討打了。

自從有了他之後，那些病人全都要他看病，根本甩都不甩我。當然有時病人多了，忙不過來，也必須要我幫忙。但每到這時，狐狸通常都會把那些水靈靈的正太、高挺挺的帥哥留著自己享用，卻把那些臭作型的猥瑣大叔推給我，實在是欺人太甚；但如果我不做，獎金就報銷。如果獎金飛了，對我這樣一個連乞丐錢都要搶的人渣來說，簡直比凌遲還痛苦，所以我硬著頭皮，忍辱負重地做了。

但這口氣無論如何是忍不下的，於是我跑到院長那兒，狠狠掐了一下自己的大腿，痛哭流涕、添油加醋、唯恐天下不亂地將盛悠傑欺負我的事情向院長告了狀。誰知院長聽完，笑個不停，說什麼食色同志妳不欺負別人就不錯了，別人還能把妳欺負了去，實在是天方夜譚嘛。他還說什麼，這個盛悠傑是同濟醫學院畢業的博士，是他向別的醫院爭得頭破血流，好不容易才高薪聘請來的，最多再隔兩三個月就要被高升爲主任，今後就是我的上司了，要我照子放亮點，好好和盛悠傑相處。

原來這隻狐狸的年紀比我大，居然敢裝嫩，害我放鬆戒備吃了癟，實在可惡。當然，我是個欺軟怕硬的傢伙，知道得罪了上頭的人，斷了前途與錢途是沒有好結果的，便忍氣吞聲準備做烏龜。但那隻狐狸實在太過分，居然整天故意找我麻煩，讓我忍無可忍，只能和他對著幹。

先是我用萬能膠水塗在他椅子上，讓他乖乖坐了一整天。然後是他在我的粉撲上摻了不名物質，害我的臉紅腫了一個星期。接下來便是我悄悄大肆宣揚他和院長之間的忘年戀，以及床上的祕事。跟著是他將我的手機號碼在一夜情網站上到處發放，害得我手機被打爆。總之，全院上下都知道我們兩個不合。每天沒病人時，我們就對坐著，他看醫學雜誌，我翻閱《知音》，雖然根本看都沒看對方，但對罵還是風平浪靜地進行著——

我：「你生兒子沒菊花。」他：「妳生兒子兩朵菊花。」

我：「你早晚得陽痿。」他：「妳永遠沒高潮。」

我：「我切掉你的小雞雞。」他：「我掐掉妳的小咪咪。」

這種對罵每天都在我們之間淡定地進行著。

左手拿著報紙、右手拿著衛生紙準備去廁所上大大的老院長，每次路過我們的診間，都會發出長長的歎息：「這兩個崽崽，一天到晚都吵，吵個鏟鏟，再吵，我都要便祕了！」

8 有人海綿體骨折了

雖然很討厭這隻狐狸，但不得不說，他那張臉確實是男女通吃的好看。

五官清秀，臉龐乾淨，每一根線條都是潔淨。可是那雙細長的眼睛卻時不時顯出妖魅，尤其是使壞心眼的時候。我寒食色一向是誠實的，他帥，我也不會因爲記恨而說他醜，不像這隻狐狸，居然說我醜，眞是虛僞。

總而言之，我們之間的梁子想必一輩子也解不開。

日子，就在和狐狸的無聊爭吵中蹉跎著。不過，萬事都是有因果循環的，無聊之後便是好戲。

這天晚上，輪到我和盛悠傑值夜班，當我們正淡定地對罵時，一個尖銳的女聲響起：「醫生，出人命啦！快來幫幫忙啊！」雖然我是人渣，而盛悠傑是禽獸，但在我們內心深處還是有那麼一點點醫德的，因此聽見這個聲音後，我們馬上統一戰線，跑去救命。

出了診間一看，走廊上，一個女人正扶著一個男人向我們走來。那女的五官明豔，妝容細緻，身材火辣，絕對是個美女，大大的美女；而那男的則臉色蒼白，冷汗像雨般涔涔而下。雖然他的臉因爲劇痛而扭曲著，但我還是認了出來，這不就是我那位男性友人——童遙嗎？

「他怎麼了？」和盛悠傑一起將童遙扶到病床上後，我趕緊詢問那位大美女。大美女從手提包裡拿出鏡子，小心翼翼地擦拭汗水，接著聳聳肩，道：「我也不知道，正做得好好的，他忽然之間就喊痛，下面還腫了起來。」做，下面，腫。根據這三個明顯的字，以及童遙這花花公子平時的所作所爲，我瞬間了然——一定是女的在上位時，大美女用力過猛，傷到了我們童遙可憐的小弟弟。

「先生，我現在替你檢查一下。」說著，盛悠傑準備將童遙的褲子脫下。俗話說，兔子不吃窩邊草，但俗話沒有說，兔子不能看窩邊草。所以我趕緊湊近，準備看一下小童遙究竟長成什麼樣。

草叢慢慢露出來了，我吸著口水，準備跟一直以來神神祕祕的小童遙說聲嗨。但就在我倆馬上快要見面時，那萬惡童遙的眼睛忽然睜開，看見我跟看見鬼一樣，「啊」的一聲將自己褲子提了上去，緊緊捂住。我就納悶了，難道我食色兩個字都刻在腦門上嗎，怎麼男的看見我就捂褲子呢？按照宿命論的說法，俺們上輩子絕對是一採草大盜，專門趁夜深人靜去偷姦那些個良家男人。

因為下意識動作來得太快，一不小心又碰到了受傷部位，童遙忍不住號叫一聲，接著看我一眼，低咒道：「媽的，我忘記妳在這間醫院工作了！」我搖搖頭，忍不住說道：「你個花花大少裝什麼純情小少男呢？你家小童遙基本上快被全國三分之一女性看過了，怎麼給我看一下就不行啊，太不夠義氣了吧。」童遙咬著牙，瞪著眼，模樣活像寧死不屈的革命前輩，但說出的話卻是：「有本事妳先把胸露給我看，我才能給妳看。」我氣他，「不給看算了，想必也是根牙籤。」

我寒食色的胸，再小也是B罩杯，切一切還是有一盤的，足夠兩個人下酒吃，怎麼能這麼輕易就被你看了去呢？這時，我的手臂讓人碰了一下，轉頭，發現那位大美女對著我曖昧一笑，「醫生，我試過，他那裡絕對不是牙籤。」知音啊，我從美女身上發現了我們的共同磁場，頓時覺得相見恨晚，忙把她拉到我辦公桌邊坐下，拿出零食，問道：「來來來，美女，具體講講妳和童遙是怎麼認識的吧！」美女精緻的臉上閃過困惑，「童遙是誰？」我手指向那邊病床上依舊捂著小鳥哀號的人，道：「就是剛才還在跟妳做活塞運動的人啊。」美女恍然大悟：「噢，他叫童遙啊！我們剛才在酒吧遇見的，我也乾涸好幾天了，沒來得及問姓名，就和他滾到床上去了。」果真是豪爽啊，我拍拍她的香肩，笑得像隻大花貓，「那麼，他是怎麼受傷的？別怕口渴，我這裡有健怡可樂，熱量超低，絕不會胖，請只管詳細地說。」

美女拿出指甲油，一邊塗抹著藕色的蔻丹，一邊滿足我的好奇心：「我們滾到床上去之後，當即就做了一次，是他在上，我在下。做完之後，我們都覺得意猶未盡，便決定再做一次，不過得換換姿勢，我在上，他在下。但正當我在那兒起起落落忙著的時候，忽然他就一聲慘叫，接著把我推開，捂住自己的那裡叫個不停。我一看，趕緊叫了聲媽，又腫又紫，嚇死人了。不過小聲說一句，如果在我們做的時候，他那裡也有這麼大，那就好了……我看他越來越痛，怕出什麼事，就趕緊送到醫院來了。」我親手將健怡可樂打開，遞給大美女潤潤喉嚨，接著道：「美女啊，妳把大綱是講出來了，現在輪到具體細節了吧。我要聽每個動作，每句呻吟。」話音剛落，那邊傳來童遙的罵聲：「寒食色，妳他媽的太變態了，連我都不放過。」我瞪他一眼，「你裝什麼守身如玉呢？鄙視你！」

接著，我轉向美女，繼續問道：「美女啊，妳對他的床上表現還滿意嗎？」美女吹吹指甲，嫣然一笑，彷若無數牡丹開放，讓我如癡如醉，「表現得還挺不錯的，就是比較脆弱，容易受傷。」美女收回傾國傾城的笑容，悄聲問我：「對了，醫生，他那裡會不會有什麼損害啊？」居然這麼關心童遙這小子，不會是動真情了吧，看來一夜情也會有真愛的。為了給他們倆製造機會，我故意皺眉，「這個啊，有點難說呢，實際情況需要觀察後才知道，想必他得在醫院住上幾天，美女妳可以隨時來看他，當然更歡迎隨時來找我聊天。」聞言，美女慢慢抽了口冷氣，右嘴角扭曲了一下，顯出非常為難的樣子。不過美女就是美女，這種高難度動作也能做得誘人，她看了看床上的童遙，悄聲對我道：「醫生啊，妳也知道的，青春易逝啊，有這個時間守著他，我還不如去找新男人呢。」說完，美女起身，對童遙擺擺手，「親愛的，我明天還要上班，就不陪你了，有緣再見吧。」

接著，美女轉身走出病房，我揮著手，含著淚，咬著小手帕，目送她窈窕的身影遠去，漸漸消失不見。「美女，再見啊。」可惜啊可惜，如果她真做了童遙的女朋友，絕對能跟我和柴柴打成一片。對了，這種好事居然沒通知柴柴，實在是太不應該了。想到這，我馬上拿出手機；正要撥通柴柴的號碼，卻聽見童遙陰森森的聲音傳來：「寒食色，妳要是敢叫柴柴過來，我把妳頭掐下來。」我轉過頭去，一臉受傷，「童遙，原來你是這麼虛僞的人，朋友之間有好笑的事就是要一起分享啊，難道你一直都不把柴柴當朋友？」童遙大喊一聲：「這件事對我來說一點也不好笑！」不小心又扯動傷口，痛得他呲牙咧嘴，緩了口氣，又看著我，眼中冷光一閃，「寒食色，妳如果敢打電話叫別人來看我笑話，我就把妳的房子收回來！」我皺緊眉頭，被這個威脅困住了。

童遙，是本市市長的親姪子，大學期間就創了一家房地產公司，憑著靈活的腦袋，加上家裡的人脈關係，公司發展得頗爲順利。現在的房地產，那是叫暴利，這廝這些年來早就掙得個盆滿缽滿的了。兩年前，他們公司正好在我們醫院對面新開發了一個社區，他便大方地送了我一間房子。我一開始還有點不好意思，但後來一想，我是人民，他是人民公僕的子女，那不就是我的僕嗎，還講什麼客氣呢，應該狠抓狠拿。於是，我就心安理得地住進了那棟公寓。但沒想到，這個童遙現在居然拿房子來威脅我，實在可惡。我瞪著他，他瞪著我，空氣中又開始出現劈里啪啦的電流。最終，我歎口氣，放下了手機；而童遙則大鬆口氣，臉上出現勝利的痞子神色。但是，半個小時後——

「哈哈哈哈哈啊哈哈哈哈哈啊啊啊啊哈哈哈哈哈啊哈哈哈哈哈！……笑死我了！……哈哈哈哈哈啊哈哈啊哈哈哈哈哈……我的媽啊……啊哈哈哈哈哈……怎麼會有人做愛做到海綿體骨折的……哈哈哈哈哈啊哈哈哈哈哈！」病房中，柴柴笑得前仰後合，要不是她有點潔癖，直接就想倒在地上打滾了。

童遙則緊閉著眼，躺在病床上裝死屍，但最後實在是忍不住，死屍睜開眼，瞪著我，「寒食色，妳居然敢騙我。」我聳聳肩，一臉無辜，「我沒騙你啊，你只說不准打電話給柴柴，我沒打，我是發簡訊。」要知道，像柴柴這種整天賴在家裡連床都懶得下的睡神，居然能在這麼短時間內穿好衣服，梳好頭髮，化好妝，然後以百米衝刺速度跑來這裡看童遙同學的笑話，便足以證明我們仨的友情是多麼珍貴了。「喂，童遙，別這麼小氣，快告訴我們事情的具體經過，時間，地點，人物，對話，動作，臉部表情，心理狀態，一個都不能少。」柴柴走過去捅捅童遙的胸口。童遙一臉悲憤，半眯著眼睛，咬著下唇，一字一句地說道：「我詛咒妳們兩個永遠都嫁不出去！」柴柴冷哼一聲：「我詛咒你每次做都海綿體骨折。」「咚」的一聲，童遙徹底倒下。我激動地拍拍柴柴的肩膀：「好同志，對付階級敵人就應該這樣，有如秋風掃落葉般無情。」

正說話間，盛悠傑那隻狐狸拿著檢查結果走了進來，道：「還好沒傷到什麼要害，不過還是得住院觀察幾天。另外，以後使用時記住別這麼激烈了。」這時我敏感地察覺到，當盛狐狸進來時，柴柴居然怔忪了一下。我手一顫，腦部神經立刻活動開來，不對勁啊不對勁，難道這兩人是老情人？還是柴柴對他一見鍾情？想讓剛才那個美女成爲童遙的女友，人家卻不屑，而現在盛狐狸居然有成爲柴柴男友的危險？看來，今晚確實不是好日子啊。

「沒關係了，小盛啊，今晚麻煩你了，這裡就交給我吧。」現在我只想快速將這盛狐狸趕出病房。盛狐狸慢慢勾起嘴角，笑得無波無瀾，「小寒啊，別客氣，我又不是幫妳的忙，何必這麼自作多情呢？」我的笑聲在扁桃腺中打著顫，「呵呵呵呵呵呵……小盛啊，既然你話都說到這地步了，那麼我也就不講虛禮了。我想說的是，拜託，沒事就帶著你的菊花滾出去吧。」盛狐狸完全不動怒，他就像一塊橡膠，打一下，沒聲，但你卻會被那股力量彈回來，讓人占不了便宜，「小寒啊，我初來乍到，不懂這裡的規矩，要不然，妳先帶著妳那兩顆正在下垂的葡萄爲我示範一下怎麼滾吧。」就這麼，我們又開始繼續剛才的對罵。末了，還是柴柴出來打圓場，說反正我也到下班時間了，而她也倦了，懶得回家，想去我家歇一會兒……對罵這才告一段落，我請護士好好照顧童遙，便帶著柴柴一起回我家。

……

柴柴平時是一看見床就想躺的人，但今天她卻在沙發上蜷縮著膝蓋，抬頭，那雙美眸就這麼意味深長地看著我。我好奇：「妳幹嘛？」她問：「妳和那個盛醫生是怎麼回事啊？」她這麼一提，我也想起來了，便在她身邊坐下，一隻手撐著頭，反問道：「我還想問妳呢，妳和那隻盛狐狸是怎麼回事？幹嘛一見他就跟失了魂似的？」柴柴挑挑眉毛，「妳沒有發覺？」我微蹙眉頭，「發覺什麼？」

柴柴也學著我的樣子，將手放在沙發背上，支著頭，那雙眼睛在我臉上梭巡著，彷彿想找出什麼痕跡。「喂，我在等著妳說下文呢！」我用腳踢踢她。柴柴猶豫了一下，垂下眼，用大拇指摩挲食指的指甲，輕聲道：「我覺得，那個盛醫生和……溫撫寞長得挺像的。」聽見一個知道我們過往的人口中吐出這名字，我的心猛地一緊，像有隻手忽地收緊了一下，耳畔有輕微的陣陣鳴叫。心窩的那陣扯動在身體裡蕩漾開來，全身的皮膚彷彿收縮了一寸；雖然牽動了這麼多部位，但我還是盡量穩住外表，豁然地笑笑，「溫撫寞？那隻盛狐狸長得像他嗎，我怎麼沒發現？」

「我覺得挺像的，都是那種唇紅齒白型。怎麼樣，有沒有興趣把他勾來？」柴柴撥了一下垂在胸前的銅褐色長鬈髮，讓其撫在我臉上。我將那縷髮接住，放在兩指間輕輕摩挲著，「妳又不是沒看見我和他的樣子，我們唯一和睦相處的時候就是雙雙躺在棺材裡。」柴柴揚揚眉毛，「由此推論，雙雙躺在床上也行吧。」說實話，她的眉毛是我見過女生中最漂亮的，天生又濃又黑，形狀也漂亮，有那麼一股英氣。「到那時候，我打電話叫妳來參加吧。」我拿腳趾掐住她的小腿，「我們3P。」

柴柴伸出手，拿開我那搗亂的腳，認眞地看著我的眼睛，問道：「食色，說實話，妳還有沒有在想著撫寞？」我的心又一緊，耳膜咚咚作響，皮膚又縮了幾寸，那效果簡直就像電波拉皮，我實在很想建議她往美容業發展。所有事情我都可以拿出來跟她和童遙分享，但只有溫撫寞，這是個傷口，是個時不時還會流出血腥味的傷口，有多深，我自己也不清楚。所以，我故作不在意地笑笑，「我和溫撫寞，那都幾百年前的事情了，妳怎麼還記得啊！」

「如果不是想著他，爲什麼妳在他之後，都不交男朋友了？」柴柴的眼睛帶著深邃的光，像只探測燈「刷刷」地想照進我心裡。惹不起，躲得起，我站起身子，打個哈欠，伸個懶腰，道：「我那是職業倦怠，就和那些日本AV男優一樣，他們天天做，都對抽插運動沒感覺了。我也是一樣，天天看著雞腿菇，到最後也就沒有胃口吃了。」柴柴纖長的手指攪著自己的長鬈髮，一下一下，弄得我的心也一攪一攪的。房間裡寂寂的，空氣都窒悶了。我努力挺直身子，與她對視著。雖然我時常和別人用眼神打架，但這次卻不一樣，柴柴是在不動聲色地探視著，想要進入我。但我也不是省油的燈，同樣無波無瀾地回視她，拚命地合攏自己的雙腿……不好意思，腦袋想歪了。

幸好就在這時，柴柴收回目光，大大地伸個懶腰，那柔軟的身體彎成一個性感的弧度，鬈髮匍匐在耳邊，顯得異常慵懶誘人。懶腰伸完後，她打個哈欠，道：「不跟妳說了，我睡神要發功了。」說完，逕直走向我的床，往上一躺，被子一蓋，立刻進入了休眠狀態。

等她閉上眼，我緊張的身體瞬間鬆懈下來，這才發現腰也痠了，手也涼了，背脊上爬滿了小蟲似的冷汗。暗自活動一下僵硬的身子骨，忽然對那些在警察叔叔強烈偵訊攻擊下寧死不屈的犯罪分子，產生了由衷的佩服，這的確需要高深技巧啊。值了一夜的班我也累了，便上了床挨著柴柴躺下。但不知怎麼的，儘管身體非常疲倦，卻一點睡意也沒有。

睜開眼，我在黑暗中看著柴柴熟睡的臉龐，此刻的她像個孩子，安穩地在睡夢中尋找自己的桃花源，臉上靜謐的表情讓她整個人小了許多歲。在那一瞬間，我有種時間流轉的錯覺。

黎明時分，窗外有著濛濛的光，這是個混沌的時刻，忽然間，我想起了從前的日子……

9 那段青蔥歲月

我和柴柴認識，是在高中入學那年的暑期軍訓。在我的印象裡，那一年非常炎熱，而我現在回憶起當時，最先於腦海中浮現的便是蓊鬱的樹林，以及穿透枝葉縫隙那些碎碎的陽光。

我是從另一個學校的初中部考入十三中的高中部，在這裡沒有熟人，加上天氣炎熱，訓練辛苦，也沒什麼心情交朋友，因此便喜歡獨坐一旁，靜靜地觀察帥哥。童遙用兩個字就把當時的我給概括完全了——「內騷」。他說軍訓那段時間，每次休息時就看我遠遠地坐在一旁，用手枕著頭，彷彿在思考什麼詩詞歌賦，還以為我是個文靜的乖乖女，完全沒看出裡頭有顆淫蕩骯髒下流的內心。聞言我好奇了，說：「童遙同學，原來那時你就在注意我啊，看來你對我心懷不軌呢。」他鄙夷地看我一眼，說：「我眼睛瞎了，才會看上妳這隻小母狼。當時我還不是跟妳一樣，來到新地盤總要到處檢視一下，看能不能找到隻嫩羊啊。眼神正晃蕩之間，不小心瞄到妳這種貨色也是在所難免，妳以為我願意啊。」

看看，這也是個和盛狐狸一樣不誠實的傢伙，對我的外貌總不能實事求是，應該打回去重練重讀一下政治課程。不過，我倒是相信童遙所說關於檢視新地盤的言論，因為那時，我也這麼做了。

每天休息時分，我裝作懨懨欲睡，其實是在瞇起眼睛查看貨色。當時呢，最出眾的是童遙，這廝的花花公子特質是自小培養起來的。他的臉就是那種帶點壞的帥；釣妹妹時，臉頰微微垂下，嘴角微勾起，眼睛半瞇，然後就開始開始吱吱吱地放電。他從小就學習日韓偶像劇的招數，高中期間，我曾親眼看見他把咱們學校最高傲的校花攔在學校後門，一手擋住人家身子，另一隻手抬起校花尖尖的下巴，就這麼吻了下去。想必那味道是銷魂的，因為掙扎了幾下，校花便徹底投降，與他擁吻起來。

而且童遙身上還帶著一種孩子氣，把你惹毛了，就開始耍賴，講笑話，弄得每個女生都母性氾濫；所以說，童遙絕對是個強人。說實話，面對這樣一個充滿誘惑的人，我當時還頗有些芳心暗許的傾向。但當我的眼睛才剛轉向童遙的身旁，一顆芳心立刻從嘴中飛奔出去，拉都拉不住。

我看見的，就是溫撫寞。他喜歡安靜地坐著，身上有股清冷的氣質。他白淨的臉上毫無雜色，陽光似乎能穿透他的皮膚。清秀的五官纖塵不染，讓人一見頓覺清爽。那雙眸子非常深邃，讓人忍不住想探究裡面究竟裝著什麼。鼻梁高挺纖秀，讓人的手指忍不住想順著那完美弧度滑下。還有那嘴唇，柔和卻帶著距離，在那一刻我的唇頓時癢癢的，從此心頭便氤氳上一種渴望。

溫撫寞就這麼站立著，在烈日下，額頭卻是光潔乾淨、毫無汗珠，簡直是冰雪之姿。在那瞬間，我心中咯噔一聲巨響，緊接著，一個名為命運的陌生聲音說道——「寒食色，妳栽了。」這之後的許多年，我都很想穿越回去，把那聲音的主人給拽出來，公的就踹他小雞雞，母的就拔掉她小咪咪。實在是可惡啊，你說你那時要是拉我一把該多好，也就不會有之後的愛恨情仇、糾糾纏纏了。但你居然就這麼看著我往火坑裡跳，實在是不可原諒。

童遙和溫撫寞是好友，兩人性格一動一靜，卻相處得很融洽。正當我致力於欣賞美色時，忽然，有一天早上醒來，教官與學校當局便決定讓我們男女分開訓練。這簡直是晴天霹靂啊，我差點當場暈厥。

後來才知道，原來是別班有對男女，因為一起訓練就訓練出感情了，晚上約在小樹林中見面。也許是受到軍營氣氛感染，兩人居然打起了野戰；正情意綿綿、喘息呻吟之際，巡邏教官們的幾支小電筒射了進來，將兩人的好事打斷。看著這一淫穢場景，教官憤怒了——本來大家每天待在軍營裡已經夠寂寞的了，這些個小屁孩居然還敢在老子面前上演真人秀，對老子進行殘酷的精神刺激，簡直是找死。於是這件事被一層層報告上去，那兩位還沒上過一天學的同學就這麼被勒令退學了。當聽見這個消息時，我腦海中只浮現出兩個字——佩服！那兩位同學實在不是一般人，要知道那片小樹林可是蚊子大本營，他們居然脫了褲子、光著屁股玩抽插運動，那絕對要被蚊子咬上好幾層的包啊。由此也可以看出，人們對這項運動的熱愛。

從那天起，我們這群少男少女就像許仙和白娘子那樣，被法海教官給分開了。我們女生被分到了三區，苦難也從此開始。每次吃飯，菜都是裝在一個個洗臉盆大的盆子裡，按組放在地上。每七個女生一組，圍在菜盆邊站立，等教官吹了口哨，才可以蹲下吃飯，注意，是一直蹲著吃。我們這些青春少女一向是愛美的，號稱從小到大連鼻屎也沒摳過，怎麼可能做這種損害形象的事情呢。於是我們紛紛裝病，不來吃飯。人家教官是什麼人啊，還怕被我們這些不諳世事的小女孩威脅？他立刻下令，關掉小吃部，而且還搞了一次偷襲，把我們的零食全部沒收，此外還加重了訓練強度。

一天之後，我們全都化身爲野蠻女，每到吃飯時，眼睛就牢牢盯著菜盆，眼中閃著綠光，牙齒磨得喀喀直響，不停吞嚥著唾液。只聽教官哨子一響，所有人馬上蹲下，叉子全往菜盆裡伸，菜葉和肉渣在空中紛飛，偶爾也會灑出一兩滴鮮血和一陣哀號——「誰叉到我的手了！」這樣的折磨對我影響甚鉅。回家後第一天，我媽把我們家狗兒毛毛的食盆裝滿，才剛放地上，我一個條件反射，猛地衝上去，將正樂得屁顛屁顛趕去吃飯的毛毛推到牆上，然後自己蹲在地上，拿起叉子就要吃。老爸老媽被嚇得目瞪口呆，差點就要帶我去精神病醫院檢查。從那次之後，毛毛每次看見我就會哀號一聲，再「嗖」的一聲跑到食盆旁邊，拚命把裡面的食物吃得一乾二淨，就怕引起我的覬覦；實在是慘絕人寰。

當時，軍訓課程來到一半，另一組官兵回營了。那天，教官將我們集合起來，語重心長地說道：「同學們，有大部隊回來了，所以今後的晚上妳們上廁所之類的，一定要幾個人一起去，不能單獨行動，明白嗎？」我們睜著純潔的眼睛問道：「爲什麼啊，大部隊回來了，怎麼還會有壞人呢？」教官又氣又急，只得說道：

「林子大了什麼鳥都有，妳們怎麼知道大部隊裡面沒有壞人！」我們眼中繼續發散著純潔的光芒，「不會的，軍人叔叔都是好人。」教官想必被我們這群死小孩氣得肺部膨脹，大聲道：「好個屁，我還是軍人呢，妳們看我是好人嘛！」我們上上下下左左右右地打量他一番，同時搖頭，終於信了他的話，但同時又不解了，「他們要對我們做什麼啊？」教官在我們平坦的胸部以及曬得黝黑的小臉上掃視一眼，意味深長地歎口氣，「當兵三年，母豬賽貂蟬啊。」於是，我們這群小母豬懵懵懂懂地點了頭。

好死不死，當天晚上我居然被尿憋醒了，揉揉眼睛，看看手錶，發現是凌晨三點，其餘女生都因爲高強度訓練而睡得熟熟的。而這時，我的膀胱開始接近崩潰狀態，看了眼宿舍樓旁那間黑漆漆的公共廁所，又想起教官那句「母豬賽貂蟬」，我心裡開始兩難了——怎麼辦？自己去吧，可是又實在怕得不行；想叫一個人陪我去，但大家都這麼累了，怎麼好意思半夜把人搖醒？正當我難受得額頭滲出冷汗時，一個有如天籟般的女音響起：「妳是不是想上廁所？」我趕緊點頭。那女音繼續道：「走吧，我陪妳去。」我簡直像見到觀世音菩薩般，拉著她以百米衝刺的速度飛奔至廁所。

人生中最美妙的事情，就是憋尿兩小時後去上廁所；那時，你會覺得連茅坑中的蛆都是如此胖嘟嘟，如此可愛，只想捉一條來養養。清空內存後，我走出廁所，看清了那個陪我來的女生——柴柴。長髮，鵝蛋臉，濃眉長睫，一雙瀲灩大眼，唇紅如花，美得非常有氣質。在那一刻，我發現她的頭頂有著金黃光圈，活像聖母瑪利亞。我問：「妳一直站在外面，不怕嗎？」她揚揚眉毛，「怕什麼？」我說：「那些回來的大部隊啊。」聞言，柴柴微微一笑，嫵媚而柔麗，像一片羽毛落在湖面上泛起圈圈清澈細膩的漣漪。當我正被她的美色傾倒時，卻聽見她紅唇微啓，道：「到時候，誰姦誰還不一定呢。」

「嘩啦啦」一聲，柴柴頭上的光圈碎裂了，但與此同時，我卻激動得牙齒打顫，小腿抽筋，胃部扭曲，就差沒撲上去握住她的手，熱淚盈眶地猛烈搖晃著，道：「好同志啊，黨和人民終於等到妳了。」能不激動嗎？

這個柴柴根本就是和我一樣的色女啊，而且比我還慓悍，實在是難得。從那天起，我們兩個臭味相投的傢伙便漸漸聚在一起，還搞出了不少事情，其中最著名的就是拖鞋事件——

那次的軍訓挺嚴格的，經常半夜吹哨，讓精疲力竭的我們起床，在三分鐘內摸黑打包鋪蓋，揹在背後，然後下樓去操場跑十圈。於是，操場上就看見一群披頭散髮、渾渾噩噩的女生無知無覺地跑著，而背上那沒綁緊的被子就這麼散下來，拖在地上，像條尾巴似地跟隨主人奔跑著；不知情的人看了，絕對會被嚇得半死。

不知道教官是不是整我們整上癮了，連續三個晚上都吹哨子。到了第四天半夜，他拿著哨子狠狠一吹，接著喊道：「集合……哎呀，誰砸我……啊，又砸我……」沒錯，第一下是柴柴砸的，第二下是我砸的。別怪我們不尊師重道，別的營區軍訓最多就一次半夜集合，這個教官居然來這麼多次，實在是過分啊。再說，這天的白天也一直都在訓練，好幾個同學都中暑了，他卻還不放過我們，簡直是把人往死裡逼。兔子急了都咬人呢，更何況我們那時是華麗麗的青春期，殺了人都不賠命，沒拿《東成西就》裡那雙尖頭靴砸他就算夠意思了。

話說，教官被砸得暈頭轉向之後，終於在地上找到了凶器——我和柴柴的兩隻拖鞋。他立刻大怒，道：「誰的拖鞋！妳們馬上給我下來，把自己的拖鞋拿下來，我要比對，我要找出凶手！啊……」如他所願，無數雙拖鞋從窗口扔出，像冰雹般朝他砸去。這次，教官是惹眾怒了。聽著教官漸漸遠去的哀號，我和柴柴躺在硬邦邦的床上，翻個身，又睡下了。那次因為是集體犯事，法不責眾，教官只能吃個啞巴虧。不過後遺症就是，每次他來我們宿舍檢查環境清潔衛生時，只要看見我們的拖鞋就雙目盡赤，牙齒咬得喀喀直響，彷彿拖鞋殺了他全家似的。

……

軍訓當時，我和柴柴最喜歡做的事就是——中午時分，坐在宿舍對面的山坡上，看風景。

每到午睡快結束時，就可以看見許多面紅耳赤、全身肌肉僵硬、緊緊咬住牙關、彎著身子的女生，以飛快速度朝左面衝去。幾分鐘後，她們全都面帶微笑、步履輕鬆地走了回來；都是一群被尿憋慌了的娃兒啊。話說那公共廁所，也確實是一絕，因爲我們這個營區共有幾百名女生，卻只有二十個蹲式便盆，因此搶廁所和等廁所成爲我們軍訓生活中最重要的事。

每天早上，廁所就開始排起長龍，最多可以排到廁所外十多公尺長，而裡面的每個便盆前都有好幾個人虎視眈眈。廁所非常簡易，沒有門，也就是說妳必須在眾目睽睽之下解決大小便。其實一開始我們非常不習慣，當別人如廁時都刻意站得遠遠的，而且將眼神移開。但承受過讓人搶了廁所、然後差點憋出事情的痛楚之後，所有人都變得慓悍了，緊緊地站在蹲式便盆前，死死盯著正在如廁的那人，眼神灼灼，恨不得蹲下身子查看她的內存究竟還有多久才能釋放完畢。所以說，人的潛力是無限的，我們這群國家未來的希望是可以吃苦的，中國的未來是完全光明的。不過話說回來，正蹲在寶座上的人可苦了。你說抬頭吧，就看見那一道道催促的目光；你說低頭吧，卻看見那一堆堆噁心的物體；你說閉眼吧，人家說不定以爲你睡著了，一把將你拉起來呢。這就是俗話說的——拉屎都拉不清靜。

其實，就連選定站在哪個蹲式便盆前等待，也是一場賭注啊。因爲你永遠無法預知，自己前面的那個人是上大號還是小號。往往等待了許久，前面終於只剩一個人，眼看曙光就在前頭，可那人居然脫下褲子，嗯嗯啊啊地上起大號來，於是你的眼前又重新黑暗了。好不容易等到那位同學上完了，當她站起來的那一瞬間，面前等待的幾人就開始上演廁所版的《金枝慾孽》——推的推，擠的擠，拉的拉，絆的絆；還有無數的顛倒是非（比如說明明她晚來，卻萬分肯定自己等最久），拉幫結派（比如甲同學故意把乙同學擋住，讓好友丙同學搶先上），以及謊言背叛（比如她哀聲請求只是上個小號，半分鐘便下來，但上去之後卻只聽見劈里啪啦一陣響，三分鐘都沒下來）。這樣的鬥爭從來沒有停止過，有一次因爲爭搶便盆，三個人居然把正在歡樂釋放濁物的同學硬生生擠下茅坑，害得那位無辜的女生頂著「屎殼郎」的外號，渾渾噩噩度過了高中三年。

軍訓是很苦的，運動量是很大的，吃的是很多的；同理，拉的也是很多的。幾百個人不分晝夜地前去廁所耕耘，可想而知那些排泄物的數量有多麼龐大。終於有一天，女廁裡所有便盆的排泄物都冒出頭了！這種事情我們怎能當面向教官反映呢，太損傷玉女形象了。於是那天晚上，我們趁著教官睡覺時，紛紛衝進男廁所爭先恐後地在裡面劈里啪啦或是嘩啦啦。第二天早上，教官夾著一份報紙，悠悠閒閒地哼著小曲走了進去，但三秒鐘後立刻連滾帶爬衝了出來，臉色蒼白著，嘴唇哆嗦著，聲音顫抖著：「我的媽啊，哪個龜兒子拉的這麼多，都滿出來了，大象也沒這麼厲害啊！」至此，教官終於明白廁所問題已經演變得非常嚴重，到了刻不容緩的地步，便叫了一個班的女生拿著水盆接了水，一個接一個跑進去，用水去沖那些濁物。我們躲在宿舍中，聽著那個班的女生從廁所那邊傳來的嘔吐聲，痛哭聲，哀號聲，叫爹叫娘聲——我們沉默了。一整天，那個班的女生都沒有來吃飯。不過，她們的犧牲換來了廁所的乾淨，我們又可以肆無忌憚地拉了。

終於，在熬過魔鬼般的半個月之後，軍訓結束，我們解放了。但這個軍訓在我們身上留下了不少痕跡——因爲陽光太大，我們都被曬得不成樣子。柴柴還好，只是曬成了麥色肌膚，看上去有點像男人婆。而我因爲帶去的T恤領口處都有個鏤空蝴蝶結，所以胸前就被曬出了一個小麥色蝴蝶結，要是再大一點就可以去cosplay驚悚版美少女戰士了。童遙跟我一樣慘，因爲耍帥，他將軍帽反著戴，軍帽後面有著中間鏤空的塑膠扣子，就這麼橫在他額頭；這半個月下來，他的額前生生曬出個三角形，走出去，別人還以爲他是突變包拯呢。而溫撫寞卻屁事沒有，還是那麼白淨，像冰雪一般，讓我又妒又愛。但不管怎麼樣，我們還是活著回來了。

終於開學了，第一天報到時，我都懷疑老天是不是我親媽，居然讓溫撫寞坐在我後面。另外我還知道，柴柴和童遙以前是同學，而且雙方父母也都認識，所以他們兩人比較熟；也就是說，我和溫撫寞的關係又可以有機會更進一步了。當然，要到很久之後我才明白，這些都是老天挖了個大坑讓我摔；不過當時，我可是激動得手腳發顫，嗓子發啞，頭腦發暈，只想衝上去敲暈溫撫寞，再扛到操場旁邊堆放體育用具的小黑屋中扒下他褲子，把他給○○××了。也不知道爲什麼，看見溫撫寞，我並不是憧憬和他花前月下，牽手打啵，而是跳過ABCDEFG，直接想H；眞是人如其名，不愧是食色。

但溫撫寞這傢伙卻是個冰凍人，惜字如金，平時除了唸書，就是到頂樓發呆，所以開學後很久，我們都沒什麼說話的機會。再後來，我無意中發現，有個別校的女生每星期六下午都會在門口等他，然後兩人一起離開，看樣子挺親密的。雖然隔得很遠，但我還是看見那女生身材纖細，模樣娟秀，看上去眞叫一個弱柳扶風嬌不勝啊，絕對是少男們的夢中女神類型。

這下子我徹底絕望了，從此便放棄了那些粉紅色的不切實際夢想——比如說他在頂樓天臺坐著，然後我走過去，他便開始談論自己蒼白的童年，破碎扭曲的家庭，接著我安慰他，然後他便覺得我雖然長得不怎樣，卻是理解他的；於是乎，雖弱水三千，他卻只取我這瓢隔夜水來飲……雖然夢想破滅了，但意淫仍在繼續。我常常在上課時幻想，等會兒要如何在溫撫寞的飲用水中放安眠藥，把他給迷暈，再拖到任何一個地方褪下他的褲子，接著用我寒食色這雙罪惡的手，對小撫寞進行慘無人道的猥褻。常常想著想著，口水就啪嗒一聲滴在書本上，在寂靜的教室裡引起很大的迴響。不過幸好，和我同桌的是一位外號「睡仙」的男生，每天上課都埋頭睡覺，不省人事。所以每當口水滴落的聲音引起同學們回頭時，我都會無奈地看著同桌那位，歎息地搖搖頭；然後，同學們都會確定是他在睡夢中流下了口水。當然，有時我不小心放了個屁，同學們循聲望來時，我也會捂住鼻子，以無奈的眼神看著他，並貌似無辜地接受同學們同情的眼神。但不幸的是，有段時間我喜歡上吃黃豆，所以屁比較多，於是便陷害他在「睡仙」之外，又得了個「屁仙」的光榮稱號。

其實說實話，和我同桌那男生從五官來看也是位帥哥，他爸爸是本市希爾頓酒店的經理，家裡富得流油，爲學校捐了一座體育館，因此他雖然成績爛得讓人痛哭流涕，也依舊進入我們這所好高中。可是他對唸書深惡痛絕，每天來學校只是爲了睡覺，在書桌上堆了一大摞書，然後就躲到書後夢周公去了。我們每天的對話通常都是這樣的——他睡眼朦朧地抬起頭，問：「我睡了多久了？」我看著錶，手腕因驚奇而顫抖著，「從上午第一節課到現在，一共是七個小時。」他再次閉上眼，「那還早，我繼續睡，放學時麻煩叫我一聲。」我嘴角抽搐，「……好。」說實話，他給我的感覺有點像貓，慵懶而無害。

他不愛唸書是出了名的，所以大家都認爲那些課本對他而言只是一堆廢紙，因此只要有誰的課本不見了，就從他這裡拿。於是乎，他面前的課本就一天天少了下去；到最後，當他的書本已不足以掩護睡姿時，他便會去書店重新買一套，堆放在自己面前，繼續睡。然後，我們便繼續偷。所以基本上，他每學期都要買三套課本，而學期末的時候一本也沒剩下。對此，他從沒說過一句話，實在是位模範好同志。而且他多金，帥氣，脾氣好，但這樣的孩子就因爲頂著我污衊他的「屁仙」稱號，導致女生們只敢遠觀不敢褻玩，就怕他一個不小心從屁股底下發射出連環無敵毒液，把她們給沖到月球上去。所以，我實在是對不起這位同桌的同學啊！對了，他的名字叫鐘醒，不得不說，這是老天玩的一個諷刺。既然都談到和我同桌那位了，就不能不談談我們的老師，他們幾位也常常讓我們無語凝咽。

國文老師是一位非常有氣質的美女，很喜歡唸名著給我們聽。有一次，她聲情並茂地爲我們朗誦了魯迅的〈秋葉〉，並對「我家門前有兩棵樹，一棵是棗樹，另一棵也是棗樹」這句至理名言推崇備至，說它建構出一種語境，一種氛圍，是創新的寫法，偉大的寫法。於是那次的週記，我也借鑑了一下魯迅，寫出「我家門前有兩棵樹，一棵是茶樹，另一棵也是茶樹」這樣的句子，誰知道在作文課上，老師大肆批評我，說這句話重複、囉嗦，簡直是在湊字數。從此我便明白了，魯迅不是人人都能當的。

地理老師是一位風趣的年輕人，他常說的話是：「同學，那位火星來的同學，我們現在正在講你的家鄉，拜託還是聽一下吧。」

英語老師則是位古板的中年男子，他的頭髮是地中海造型，每次一上課師生互相行禮時，就可以看見講臺上出現一塊反光，頗有些驚悚味道。後來英語老師談起了戀愛，便戴上假髮，所以當我們互相鞠躬時，他的假髮便會因地心引力而墜落；這可苦了我們坐在第一排的同學，畢竟忽然間有個黑糊糊的東西掉在你面前，任誰都會嚇得一顫。而我們的英語老師總是不慌不忙地淡定撿起，戴好假髮，然後再說「同學們請坐」。不過那時，我們已經倒地一大片。

化學老師是一名精瘦的老頭，記得一次我們在做「鈉加水」的實驗時，他囑咐道：「大家一定要小心，千萬小心，鈉不能放多，放多了就會引起爆炸，爆炸是非常危險的，所以一定要小心，千萬要少放點……」他一邊說，便將四分之一顆雞蛋大小的鈉投入水中，只聽「砰」的一聲整間實驗室都震了三下，我們張大嘴巴，目瞪口呆地看著同樣目瞪口呆的化學老師。半晌，他故作若無其事地說道：「看見沒，這就是不聽我話的下場。」從此，只要是他上的實驗課，沒人再敢坐前排。

我們的數學老師是一位樸實的年輕人，講課功底也不錯。他每天都穿同一件鵝黃色T恤，從來不會更換；但奇特的是，那件T恤居然非常乾淨，這件事在我校八大奇蹟中排名第七。快畢業時，我們終於查明，數學老師原來是去批發商場買的衣服，一次買一打，每天更換。當謎底弄清的那天，每個人都沉默了。

其中，最最最讓我們無法忍受的，便是教我們物理的班導。這位老師的外形和《灌籃高手》中的安西教練非常相似，總的來說，就是一個肉球，但他們的性格卻南轅北轍，物理班導彷彿是更年期到了，每天總是沒來由地罵學生，而且擅長冷嘲熱諷，看不慣誰就給他穿小鞋，實在是個不可愛的大叔。他最喜歡做的事，就是在我們上其他課時，跑到教室前門暗暗觀察我們有否專心聽講；但由於他個人的海拔因素，他必須跳起來才能看得見我們。於是每當別的老師上課時，我們都會看見教室前門的玻璃窗外，有顆圓圓的腦袋一會兒上又一會兒下，白天還好，晚上簡直是要嚇死人。而且由於物理老師的體重將近一百公斤，當他落在地上時，整層樓都在顫動；一年後，我們發現，教室前門的水泥地生生砸出了個窪陷。

話說有一次，我和柴柴、童遙在教室外面激動地聊著天。爲什麼激動呢，因爲那一天，我校八大奇蹟中排名第一的廁所疑雲發生了。事情的經過是這樣的——第二節課課間，我們高一這層樓女廁所第三間的便盆中，驚見一條長約三十公分、寬約七公分的大便；再重複一遍：長約三十公分、寬約七公分，而且是保存完整、中間沒有任何斷裂現象的大便！我們驚訝了，我們興奮了，我們雀躍了。是怎樣的人才能拉出如此壯觀、連最猛烈的水壓也沖不下去的大便呢？我們緊緊皺眉回憶著，想從記憶的藤藤蔓蔓中尋找一個滿面通紅進去、卻蹦蹦跳跳像嗑了藥般出來的女生，可惜，無果。其實，這件事是惡俗的，無聊的，但人的本性就是喜好惡俗無聊的事物。

所以那天，我們高一這層樓女廁所第三間便盆中的這條黃金，便讓全校女生都來參觀了一番。想必當時最熱門的男明星到我們學校來，都不會造成這樣的轟動；而男生們也非常想進去，但害怕被罵流氓，只能望而卻步。當時，每個男生都懊悔自己下面多了一條東西，於是便紛紛找尋要好的女生，請她們詳述那條黃金的確切情狀，有些人甚至準備開始爲它申請金氏世界紀錄。而童遙，更不是普通人，居然從家裡拿來了相機，讓我們從各個角度拍下那條黃金。我和柴柴忍住噁心，終於完成這一偉大任務。看完後，他長吁口氣，頗有點睹此一物此生無憾的意味，接著他說：「同志們爲了我的惡趣味辛苦了，晚上我請妳們吃拉麵。」聞言，我和柴柴再也忍受不住，同時嘔吐起來。要知道，那條黃金中間還夾雜著未消化的麵條啊！

等我們吐完之後，童遙決定在吃飯時把這些照片拿給溫撫寞看。柴柴阻止他：「算了，別噁心人。」童遙眨眨眼，問：「妳幹嘛幫著那個小白臉？」柴柴歎氣，說：「這樣不好、不好，同學之間別亂取外號。」童遙挑挑眉毛，問：「妳是不是喜歡上溫撫寞了？」柴柴怒了，說：「我怎麼可能會喜歡那種小白臉！」我：「……」不過，以小白臉形容溫撫寞也挺貼切的，他那張臉本來就夠白。童遙還在繼續逗弄柴柴，說：「既然妳不喜歡溫撫寞那種小白臉，那一定是喜歡物理老頭那樣的男人。」柴柴暴走了，辯解著：「物理老頭又肥又醜，而且身高和寬度是一比一，我怎麼可能喜歡他！」我當即笑得稀里嘩啦，花枝亂顫，卻看見柴柴和童遙忽地蹲下身子，還沒來得及疑惑，便看見物理老師正站在眼前靜靜地看著我，冰冷的眼鏡架上閃過一絲涼薄的光。我想，這次死定了。

果然，因爲柴柴和童遙躲得快，他便把帳算在我身上，把我叫到辦公室狠狠批評了一頓，大到我的成績，小到我的坐姿，沒有一樣他看得順眼。最後還狀似委婉地提醒我，說我的模樣也不是傾國傾城，身材也不是火辣爆炸，以後就是想從事特種行業也沒那個本錢。從辦公室回來時，我氣得眼冒金星，身子發顫，坐在座位上半天都沒緩過氣來。背後有個人問道：「妳沒事吧？」「我沒事，但那個物理老頭有事了！」我將牙齒咬得咯咯直響，就像在啃噬他的骨頭，「我要找無數猥瑣的流浪漢叔叔輪了他，一遍一遍又一遍，直到他吐出白沫，半身不遂。接著，我要拿根狼牙棒捅進他的老菊花裡，不停地翻滾、扭曲、擴張，我要讓他的菊花撐大得能盛下礦泉水瓶，還是家庭號的那種！」

說完之後，頓覺神清氣爽，氣也消了大半。這時我才意識到，剛剛那個關心我的聲音，好像發自溫撫寞？慢慢地回頭，我的脖子裡面發出了喀嚓喀嚓的響聲……沒錯，溫撫寞正看著我。我當場碎裂成灰末，隨風而逝。他聽見了，他聽見我要捅別人菊花的事了！我四肢疲軟，滿面通紅。誰知溫撫寞忽然對著我微笑，道：「第一次看見這樣的妳。」他的笑容就像冰花綻開在陽光之下，清冷與溫暖的混合，那是一種絕美。我的四周頓時冒出了無數粉紅色泡泡，一顆小心肝噗通噗通玩起了跳跳床。

我說溫撫寞啊，我不過露些皮毛你就這樣了。我還沒告訴你，在我寒食色的意淫中你早就被吃得一乾二淨，現在已經進行到ＳＭ階段了。不知道爲什麼，發現我的眞性情之後，溫撫寞反而和我熟稔了起來。這也算是因禍得福吧，我也不再記恨物理老頭說我不夠資格從事特種行業，而只是拿了大頭釘放在他辦公室椅子上，製造了個小小血案……

至於溫撫寞這個人，接觸多了便發現，他沒有表面上看起來這麼冷；就算是冰，也是塊暖冰。那時候，我、童遙、柴柴和他便經常在一起鬼混了，幾個人玩得越來越熟，成了我們這一學年有名的四人幫。有時候，我也想用手肘捅捅溫撫寞的肩膀，然後眨眨眼，裝成哥倆好的模樣，問他：「欸，兄弟，你馬子呢，怎麼不帶出來溜溜？」但每次要這麼做之前都退縮了。算了，我寒食色就是屬鴕鳥的，就當那女的不存在吧，就這麼和溫撫寞永遠做朋友吧；反正我擅長意淫，現實不成，我幻想總行了吧。所以那段時期，我流口水的頻率是越來越高了。

10 年少的戀愛

很快地，一年過去了。

按照我們學校的慣例，高一期末時會舉行一次大考，然後根據成績好壞進行文理科重點班與非重點班的分科。總的來說，這次考試還是挺重要的，所以大家都卯足了勁努力溫習，熬燈奮戰，恨不得削尖了腦袋能往重點班裡面鑽。

終於，七月初考試結束，我們四個人爲了慶祝酷刑完畢，暑假期間天天相約到處玩耍。這天，我們又約在KTV唱歌，還要了點酒，玩得特別瘋。這樣一直鬧到十二點左右，童遙和柴柴去樓下超市買小吃，我則和溫撫寞待在包廂中。

溫撫寞一向好靜，鬧了一晚，此刻正躺在沙發上，頭向上仰著，安靜地睡熟了。他的臉隱在黑暗之中，卻依舊有著無限光華，輪廓的每一條弧度都形成了漩渦，讓我淪陷。他的睫毛濃黑捲翹，與淨白的臉形成鮮明對比。他的鼻梁挺翹秀氣，鼻翼微微地翕動著。他的唇柔軟卻有隔離，沾染著雙重的誘惑。而他的臉頰則有著陰影，屬於我的陰影——我俯下身子，偷偷吻上了他。

至今我都不知道這一切是怎麼發生的，眞的，我發誓。當我回過神來時就已經坐在他身邊，而我們的唇則碰觸在一起了！溫撫寞的唇果然如預料中的一樣，泛著冷，可是卻有著那麼柔軟的觸覺，讓人淪陷的觸覺。當時，我覺得周圍的一切都很安靜，連音響喇叭中震耳欲聾的搖滾音樂都成爲遙遠的塵埃。在這一刻，我對溫撫寞只有貪戀。

我只是吻了他一下，然後便離開，但後退的距離只有那麼零點一公分，我們的姿勢依舊是親吻，卻沒有實質的碰觸。他的氣息縈繞在我的鼻端，一絲一縷牽惹了我全部的心神。忽然之間，他睜開了眼。那雙漆黑的眸子在黑暗的包廂之中閃爍著流光，在清澈之中凝結著深邃。瞬間，我的心像打鼓般蹦躂起來，動靜大得都快跳出胸腔了。

這，次，糟，糕，了。

怎麼辦？怎麼辦？要不然就說他嘴唇上有隻蚊子，我不希望他被咬，但同時又不願意殺生，就想用自己的唇把蚊子吸引過來？或者說，我懷疑自己是蕾絲邊，便想藉著吻一下他來確定自己的性取向？還是，直接一個手刀把他敲暈，等他醒來後死不承認？正在三選一，溫撫寞問道：「妳在做什麼？」聞言，我的心跳得更厲害，都快超過信樂團的搖滾樂了，體內像著了火似的；血液在血管中像野馬般快速奔騰；而皮膚卻一陣陣發緊，遍布著冷汗；腦子裡一片混亂，大腦小腦腦幹全部攪成一團，成為混沌。

「說話、說話，寒食色快說話！」我這麼提醒著自己。但嘴巴卻像黏了萬能膠，怎麼也張不開。我和溫撫寞相互對視著，那種氣氛是從未有過的尷尬，空氣凝滯得不像話。「說話、說話，寒食色妳隨便說一句什麼都好！」我再次提醒自己，隨便什麼都行。這次，我聽從了自己的內心，回答了他的話——「我想強暴你。」這確實是句大實話，但卻是句比殺了我還厲害的大實話。我淚奔啊，寒食色妳還是跑出去隨便找輛車撞死算了。說到做到，我轉身便朝包廂外跑去，實在是沒臉再面對溫撫寞啊！正當我要起身之際，手臂忽然被溫撫寞抓住，然後他一用力，將我拉到他懷中。

我的臀部（算了，通俗一點）——我的屁股就這麼坐在他大腿上，而我的雙手則看似抵擋、其實是在撫摸他的胸，而他的雙手則抓住我的手臂。溫撫寞那雙黑眸彷彿秋夜的湖面，清澈平靜之下是神祕的深邃。這次，換我問他：「你、你想做什麼？」溫撫寞的臉上染著淡淡的微笑，說：「我不能吃虧。」接著，在我還沒反應過來發生了什麼事的時候，他的臉就慢慢放大，逐漸地逼近我，然後我們的唇有生以來第二次碰觸了！

我們的唇先是相互接觸，感受著對方沾染在唇瓣上的情緒，或是顫慄，或是激動，或是憐愛，或是其他。在熟悉之後，情緒開始高漲。溫撫寞輕含著我的上下唇瓣，彷彿將那當成鮮美的食物細細品嘗著。接著，他伸出舌尖開始描繪我的唇形，一圈一圈，帶著環繞，帶著誘惑。他的舌間帶著微微的摩擦，在我柔嫩的唇上引發一陣顫慄。他的動作不慌不忙，帶著閒適，帶著自信，一點一點將我牽入他的世界。原本以為這已經是最大的賞宴，但他的舌居然就勢進入了我的口中。

自始自終，溫撫寞都保持著閒適，他的舌在我的貝齒上滑過，輕柔而滿含情慾地舔舐著，彷彿是一種頂禮膜拜，也彷彿是一種宣示，讓每一處地方都帶上他的味道，都留有他的痕跡。這項動作完成後，它開始追逐起自己的同類，他的舌糾纏住我的，像一條靈巧的蛇，不斷地蜷曲著，不斷地挑逗著。我的身體逐漸熱了起來，情不自禁地擁抱著溫撫寞，學著他的樣子開始回吻。

我們互相纏繞上對方的舌，盡情吮吸著對方的愛液，甜蜜刺激了味蕾。我們的吻激烈而纏綿，時而如平靜的溪流，時而如洶湧的大海。我們相互糾纏著，攀附著，像是要在這一個吻中拚盡自己的生命。

……以上，都是屁話。

想想看，我和溫撫寞都是初次接吻，難不成還能無師自通，看一下電視，吻技就這麼純熟了？那是天方夜譚。真實的情況是，我們吻得很吃力。大家都是第一次，不免牙齒碰牙齒，牙齒碰舌頭，磕磕絆絆的。而且兩人的舌頭哪裡像靈巧的蛇啊，簡直就是兩條沒有眼睛的蚯蚓到處亂鑽，溫撫寞的舌差點就進了我的喉嚨，嚇死人。更重要的是，因為兩人的唇密封得不太好，那唾液啊滴滴答答地往下漏；當然，在熱吻中的人，由於腦部產生了些化學物質，也不覺得噁心，但此刻一旁若有觀賞的人，想必只有嘔吐的分了。

越吻越沒勁，濕濕答答的影響心情；我們心有靈犀，同時停了下來，拿餐巾紙抹了抹滿嘴的口水。然後，兩人再面色潮紅、眼睛發亮地看著彼此。這時，我想到一些比較重要的事情了，便問道：「溫撫寞，你女朋友怎麼辦？」雖然這話看似說得挺平靜的，但當時我心裡可是七上八下，完全找不到思路。幸好，他的話讓我慌亂了一整晚的心重新安靜下來，「我沒有女朋友。」我暗自呼出一口氣，還好沒成爲第三者啊，不然挨千刀也不足以謝罪。但頓了頓，溫撫寞又深深地看著我，道：「我的意思是，我有沒有女朋友，要看妳的意思。」我看了他好一會兒，終於明白過來，便問道：「你，是在向我表白嗎？」他的眼神躲閃了一下，眼底似乎晃過一絲羞澀，而冰白的臉頰上也有暗暗的紅雲。

我徹底明白了，於是便拍拍他的肩膀，語重心長地說道：「溫同學，說話就好好說嘛，這麼拐彎抹角是不對的，也是不道德的，更是很容易引起誤會的。要不是我寒食色聰明，你豈不是要打一輩子光棍？算了，像你這麼彆扭的男性同胞，一定很難找到對象，我寒食色可是黨培養的積極後備軍，思想覺悟不是一般的高，就勉爲其難收了你吧。當然，你要對我這犧牲小我、完成大我的舉動感恩，今後要好好對待我，做到打不還口罵不還手，每天早上給我買熱騰騰的早點，中午給我做熱騰騰的午餐，晚上給我端熱騰騰的晚餐。更重要的是，從現在開始——你只許對我一個人好；要寵我，不能騙我；答應我的每一件事情，你都要做到；對我講的每一句話都要眞心；不許騙我、罵我，要關心我；別人欺負我時，你要在第一時間出來幫我；我開心時，你要陪我開心，我不開心時，你要哄我開心；永遠都要覺得我是最漂亮的，夢裡你也要見到我，在你心裡只有我……不然我一磚頭把你給拍死！」溫撫寞：「……妳《河東獅吼》看多了吧？」

我寒食色的本性就是得了便宜還賣乖，後來更對柴柴和童遙宣稱，是溫撫寞暗戀我許久，最終按捺不住，便在這黝黯的包廂將我拿下。聞言，溫撫寞微微皺緊起他那條漂亮的眉毛，道：「我記得，好像是有人先偷親我吧！」我笑著拍拍他的腦袋，然後悄聲對童遙和柴柴說道：「這孩子剛才被我一磚頭拍暈了，又開始胡言亂語了！」

後來我問溫撫寞，他究竟是被我身上哪一點吸引了——是我的溫柔可人？還是我的冰雪聰明？或是我的善解人意？要不然就是我的勤勞節儉？但他卻說，是被我的猥瑣特質給吸引了。他從來沒見過一個女生敢在大庭廣眾之下放屁，誰知我卻面不改色地做到了，從那時起就覺得我挺特別的。

我趕緊掩藏起臉上可疑的紅暈，辯解說放屁的不是我，是鐘醒，他是「屁仙」，這是地球人都知道的事。溫撫寞說：「得了吧，我就坐在妳後面，每次都見妳故意伸懶腰，將身子傾斜四十五度，露出屁股，靜悄悄地釋放出氣體後，再若無其事地恢復原狀。一秒鐘後，那臭氣就四處蔓延了。而且妳還好意思捂住鼻子，一臉無辜地看著沉睡中的鐘醒，實在是人渣啊！」我故意蹭到他脖子前，用一口鋼牙咬著他的頸脖，惡狠狠地道：「溫撫寞，反正你聞了我寒食色的屁，從此就是我的人了，我要你往東，你就必須連西在哪邊都忘記。還有，如果你敢把這件事說出來，我就一刀把你下面給磕擦了，然後和千年人參一起熬煮；最後掐住你的鼻子，讓你一口不剩地把自己的小雞雞給喝下去！」溫撫寞輕掃我一眼，以一種鄙夷的姿態。

反正依照溫撫寞的話說來，他就是覺得我這種猥瑣女人還挺特別的，於是便開始慢慢觀察我。後來又聽我說要拿狼牙棒捅物理老頭的菊花，便覺得我還是可以交朋友的那類人。之後再經常和我接觸，驚覺好像確實是對我有感覺了，但一直也不好意思表白。那天在包廂之中，他本來是覺得兩人單獨待著有些不好意思，便打算裝睡，躲避這尷尬時刻。誰知我居然獸性大發，撲上來偷吻他，而他也覺得這滋味不錯，便睜開眼睛趕緊化被動爲主動，開始和我打啵了。聞言，我確實有點失望，就算溫撫寞說看上我拾金不昧這一點，也比這番話好啊。但後來多想想，就釋然了；黑貓白貓，能抓住溫撫寞的就是好貓。

當然，在談戀愛之前，還是應該把雙方過去十六年的感情生活交代交代。

我嘛，自然是身家清白。而在溫撫寞的解釋下，我才知道，那個每星期六都到校門口等他、並和他一起離開的女生，叫林菲雲，是從小一起長大的玩伴，他只是把她當妹妹看待。後來在溫撫寞的安排下，我和那個林菲雲見過一面；確實是個柔弱的女生，只是做爲女人的第六感告訴我，林菲雲並不滿足於只當溫撫寞的妹妹，她想要更多，爲此也使出了不少手段。當然，我寒食色向來是個不服輸的傢伙，反正就是緊握住溫撫寞的手不放鬆，兵來將擋水來土掩；只是很久之後我才知道，與我鬥爭的，一直是她背後那個人，而我確實輸得慘不忍睹。當然，那都是後來發生的事情了。至少在當時，我和溫撫寞可是甜甜蜜蜜，羨煞旁人。

雖然他外表看上去像塊潔淨而有距離的冰，但深入瞭解溫撫寞之後，我發覺這傢伙簡直就是五好丈夫的候選人啊。自從交往後，他居然把我的戲言當眞，每天早上都坐車來我家，手中拿著熱騰騰的早餐，站在樓下等我弄好了下來。當時，連我媽都感動得恨不能跨越年齡的鴻溝嫁給他。

我們交往的第二個月，我媽就開始稱呼溫撫寞爲女婿，弄得他挺不好意思的，臉還紅了兩下，特別可愛。我們每天一起搭車去上學，早上的公車一般都很擠，溫撫寞便會一手拉著吊環，一手拉著我的手，讓我緊緊靠著他的身子。我常常不著痕跡地將頭枕在他的胸口，臉頰碰觸著他柔軟整潔的T恤，耳朵尋找著他心跳的規律，鼻端則縈繞著他特有的清新氣息，眼睛則看著窗外向後移動的樹木，以及樹葉間那些碎碎的暖黃陽光……那個時候，我確確實實感受到了一種叫做幸福的東西。

但是童話故事中，王子和灰姑娘之間還隔著一個邪惡的後母。不，後母不是隱喻那些因爲嫉妒我和溫撫寞交往、而故意針對我的女生。對付她們，我都是罵不贏就打，打不贏就罵，打和罵都不贏我就跑，然後回家休養精神後再戰；最後她們全都繳械投降，因爲在她們心中我不是灰姑娘，而是那邪惡的老女巫。我這裡說的後母，是指物理老頭。

那時我們已經上高二了，根據上學期期末大考成績，我和童遙不幸淪落到理科普通班，而柴柴與溫撫寞則榮升到理科重點班。好死不死，那個物理老頭居然是理科重點班的班主任。他本來就對我之前用大頭釘刺他菊花的事懷恨在心，再加上分班之後我們身上都有了階級標誌，他便不許我這個班級程度比較差的學生接近溫撫寞，怕我教壞了溫撫寞。但誰理他啊，我和溫撫寞照舊還是過自己的二人世界。

可是物理老頭也有自己的絕招，他每天早上就在校門口站著，只要看見我們一起來學校，還隔一百公尺遠便開始衝過來，用古龍大哥的形容就是——遠處，塵埃，圓球。走近後，他喘著氣，氣勢洶洶地問道：「你們兩個怎麼在一起？」那模樣活像他是溫撫寞的老婆，而我是溫撫寞在外面找的小三，一副我們正在偷情、卻被他抓到的樣子。這麼一來徹底破壞了我倆之間的氣氛，實在掃興，我和溫撫寞便只能在他的注視下各往各的教室走去。不僅是在上學時，有時中午我和溫撫寞在樓頂好好坐著曬太陽，本來是非常浪漫的時光，他卻忽然汗流浹背地跑上來，氣喘吁吁地道：「你們兩個給我去做函數作業！」眞的是要把人氣個半死。

這樣的日子持續了三個月。直到有一次，我到理科重點班去借書，本來是去找柴柴，卻被物理老頭看見，他便開始對我冷嘲熱諷，雙手一叉，指著我，對他們全班說道：「看見沒，這種學生，每天心思不用在學業上，就想些有的沒的，一天到晚就想著交朋友，勾引同學，難怪會去那個垃圾班。告訴你們，她待的那個垃圾班全是像她這樣的垃圾，以後絕對沒前途，連工作都找不到，只能回學校來跳樓玩。以後別讓這種人進我們班，免得污染空氣！」

我寒食色還沒修練到對別人的惡意嘲諷能夠不加理會的道行，於是便深深吸口氣，握緊拳頭，磨著牙齒，準備罵回來。誰知才正要開口，卻看見我們這個物理老頭口中「垃圾班」的政治班導就站在我背後，正面紅耳赤，雙目冒火，像看帝國主義、封建主義、官僚資本主義三座大山般瞪視著物理老頭。

接著，她一個箭步衝上前去，大罵道：「你才污染空氣，你媽媽污染空氣，你爸爸污染空氣，你全家都污染空氣。你以爲你當上個重點班的班主任就了不起，就囂張了，就可以看不起我們這些普通班的孩子了？居然這麼詛咒我們班上的學生，你簡直是人渣，是禽獸，是草履蟲，是比帝國主義還要惡毒的生物！

「拜託你，照照鏡子看看自己的樣子、整整自己的腦子，你鼻梁扁得像被鉛球砸過，眼睛小得像兩隻蝌蚪，嘴巴厚得像兩根超值裝烤腸，腿短得買自行車都要買幼兒型，小腹肉多得像懷孕八個月，長得活脫脫像隻鬼，和我站在一起別人只會用人鬼殊途來形容！還有，你每天沒事就在走廊上跳，難道不知道你跳一下，地球就要震動三下嗎？

「你是一二三四五六七——忘（王）八。你是二十一天也孵不出的蛋——壞蛋。你是五百錢分兩下——二百五。你是老肥豬上屠——挨刀的貨。你是孝悌忠信禮義廉——無恥。你是茅房裡打燈籠——照屎（找死）。你是駱駝生驢子——怪種。你是種地不出苗——壞種。

「你長得違章，需要回鍋重建；你醜得飛沙走石，鬼斧神工。你是每天退化三次的恐龍，人類歷史上最強的廢材，損毀亞洲同胞名聲的禍害，祖先為之蒙羞的子孫，沉積千年的腐植質，科學家也不敢研究的原始物種，和蟑螂共存活的超個體，生命力腐爛的半植物……只能演電視劇裡的一坨糞，比不上路邊被狗灑過尿的口香糖，連如花都帥你十倍以上。

「找女朋友得去動物園、甚至得離開地球。想自殺，只會有人勸你不要留下屍體以免污染環境。你摸過的鍵盤連阿米巴原蟲都活不下去，噴出來的口水比ＳＡＲＳ還致命。白癡可以當你的老師，智障都可以教你說人話。只要你抬頭，臭氧層就會破洞；要移民火星是為了要離開你。如果你的醜陋可以發電，全世界的核電廠都可以停擺。如果去打仗，子彈飛彈會忍不住朝你飛，手榴彈看到你會自爆。別人要開飛機去撞雙子星大廈才行，而你只要跳傘就有同樣的威力。你去過的名勝全部變古蹟，你去過的古蹟會變成歷史。只有你這種長得慘絕人寰的人才應該跳樓！」

說完，我的政治班導便昂首挺胸、邁著矯健步伐離開了。留下已經口吐白沫、昏迷不醒的物理老頭。從那次之後我放聰明了，只要物理老頭一來罵我，我就飛奔到我們政治班導那裡聲淚俱下，挑撥離間，說物理老頭又開始罵我是垃圾班的學生。於是，政治班導每每都會為我報仇，衝到辦公室和物理老頭大戰三百回合，每次都能將其氣得吐血三升。這樣往來重複多次之後，物理老頭爲了自己身體健康著想，從此就把我當空氣了。

於是，我和溫撫寞的校園生活又恢復了正常。每次放學，我們都會在校門前的飲料店坐坐，說些傻話；當然，是我說的比較多。溫撫寞不太愛說話，可是他會仔細聆聽，讓我非常有成就感。不過，我始終想分析他那愛靜的性格，便問他：「你媽媽是不是對你不好，你小時候是不是得過憂鬱症，你家裡是不是有過什麼變故啊？」他搖頭說：「沒有啊，我家挺正常的，妳幹嘛這麼問？」

我歎口氣，道：「偶像劇都是這麼演的啊，你本來是個活潑開朗的小男孩，但往往不到十歲時家庭就遭到變故，從此把自己封閉起來。可是，後來你遇到我這個天眞活潑外加三八的女人，情不自禁喜歡上了我身上那種溫暖的感覺。接著在一連串事件下，你對我打開心房，說出了自己的故事，開場白可以是──從前，有個小男孩，他爸爸找了新媽媽，或者他媽媽找了新爸爸巴拉巴拉巴拉巴……然後我就看著你刀削般的側臉，問道：『溫撫寞，那個小男孩就是你，對吧。』這時，你的身子或是睫毛一顫，沒有想到我是如此聰明，也不知道爲什麼要對我說這番話，於是你沉默了。接著我就走過去，心疼地將你攬在我懷中，說：『溫撫寞，一切都過去了，眞的，一切都過去了。我會一直陪在你身邊，哪裡也不去。』最後你發現，原來這個世界上最懂你的人是我，於是我們在遍布星辰的夜晚許下了愛的誓言……我總覺得，我們的故事應該這樣發展才是王道啊！」

聞言，溫撫寞無奈地搖頭，說：「妳還是少看點電視劇吧。」

交往的那三年之中，我和溫撫寞似乎從來沒吵過架。有時候我實在無聊了，想找他吵架來培養一下感情，但他每次都不理睬我，害得我一個人在那唱雙簧戲，最後只能作罷。

每一次我生日，他都會問我：「妳想要什麼禮物？」我眼睛閃著淫光，吸著口水，「我想要你的身體。」他用手指彈彈我的額頭，「我說眞的，正經點。」我十分委屈，因爲我確實是說眞的啊。以前還沒和他在一起時，我就開始意淫他的身體了；現在在一起了，天天耳鬢廝磨，卻始終不能進入正題，忍得我多難受啊。

不過，溫撫寞看上去是個好孩子，而且和我一樣，是個處，從他接吻的動作就知道了。我們高中在一起時，做得最超過尺度的事情就是接吻；當然，不是在學校。在學校時，我們倆連手都不好意思牽。我們練習接吻的地點，是放假時在我房間裡。那時候，老爸老媽總會自動離開家裡，留給我們自由發展的空間。一開始，我以爲他們是信任我們不會亂來，誰知他們居然是想留空間成全我們的好事。

我媽那時便開始仔細爲我說明注意事項，還說：「女兒啊，第一次是不好受的，不過就當被狗咬了一口，忍忍就過了。妳看撫寞長得這麼好看，簡直是人類中的哈士奇啊，被他咬一下妳也不虧啊。」我爸更過分，居然主動將自己的套套送給溫撫寞，仔細跟他講解這個東西該怎麼用，最後還拿出自己珍藏的日本床上運動教育片，讓溫撫寞回去看看。不過，實在是辜負了他們的一番好意，我和溫撫寞關在一起從來沒有脫過衣服。但在高中那兩年裡，我們倆的吻技日益見長，最後可以吻得像偶像劇中的男女主角那樣唯美，再也不會出現第一次接吻時那種口水滴答的場面。

……

窗外的人聲逐漸大了起來，而那絲絲縷縷的光也射入屋中，天花板上到處是晃動的光影。回憶到此爲止，我揉著昏昏沉沉的頭起身，從抽屜中拿出感冒藥，合著清水喝了下去，接著躺在床上，慢慢進入夢鄉。

11 怪夢不斷

這一覺睡得並不太安穩，做了很多怪夢。

比如說鹹蛋超人從我窗前經過，我問他：「你幹嘛呢？」他睜著兩隻鹹蛋眼睛說：「我要去打小怪獸呢。」我想反正我也沒什麼事，就跟他一起去吧。

走著走著，不知怎麼的，我又走到聖鬥士世界裡的黃金十二宮去了，看見星矢那群打不死的小強正在那裡討論怎麼救雅典娜。我走過去誠實地說道：「你們每天這麼打來打去毫無意義，實在是浪費人民群眾的糧食啊。我要是你們，就直接把雅典娜磕擦了，那世界也就太平了。」但他們偏不，繼續扛著聖衣箱子跑進去打架了。這群無藥可救的無業流氓青年，整天就知道爆發小宇宙。

接著，我又出現在一個黑色洞穴裡，腳下踩著燕尾服蒙面俠。他和他嘴裡那朵紅玫瑰一樣，被我蹂躪得不成樣子。這時，月野兔帶著那群死黨來了，要我把地場衛還給她。我苦口婆心地相勸：「小妹妹啊，天涯何處無芳草，何必單戀這沒事銜著一朵過期玫瑰花、無論天黑天亮都戴著墨鏡裝酷的一無是處男人呢？妳說說看，哪次打架不是妳們在前面打得累死累活，他在後面撿現成的？這男人真是一點用都沒有，還不如他的幾個手下呢。還有啊，妳以爲他爲什麼會這麼容易被一些壞女人抓去，那都是他自願的。我說小兔啊，妳都戴了多少頂綠帽子了還這麼護著他，難怪別人說妳傻。聽姐姐的話，把他扔了啊。」

可是這群美少女戰士完全不理會我的良苦用心，又開始脫光衣服變身，說要代表月亮懲罰我。我就納悶了，你說那群聖鬥士小強，人家至少整天揹了個行李箱裝衣服，所以能隨時變身也沒什麼奇怪。但這群美少女戰士每次出場連錢包、鑰匙都沒帶，她們換的衣服難道是天上掉下來的？最重要的是，每次變身時她們都會在大庭廣眾之下光身子，對社會風氣造成極壞的影響，還對那些未成年小朋友的身心發展有反作用，更重要的是，她們阻礙了我們社會主義精神文明建設的進程。這麼說來，應該是我代表第三世界國家人民去懲罰她們，但看在她們人多勢眾的分上，我還是遁了吧。

接下來，我又穿越到了西元前十四世紀的西臺帝國，看見夕梨和凱魯王子正在那裡打得火熱，我倒沒怎麼嫉妒，而是直接跑到我最愛的伊爾邦尼那兒對他拋媚眼，可是人家甩都不甩我。我怒了，道：「書中最後就你沒有歸屬，難不成你也想像其他無數男人一樣，被作者安排成喜歡上夕梨？」伊爾邦尼慢慢轉過頭來，那根長辮子搖動了一下，暗暗的流光在上面流溢著。他清淺一笑，道：「其實，我喜歡的是凱魯王子。」聞言，我身子一顫，腳一滑，「咚」的一聲就掉進水裡。

浮起來時，我發現自己來到了尼羅河畔。一醒來，就聽見那嬌滴滴的凱羅爾又在說著她的口頭禪：「曼菲士救我，曼菲士救我，曼菲士救我啊！」我徹底怒了，直接走過去，踹了她三腳，罵道：「虧妳還是個外國女子，學學人家夕梨自救吧！整天就知道喊這一句，煩不煩啊！還有，就仗著妳是女主角，是男的都喜歡妳，實在不公平！還有，我的胸部都從一馬平川長到現在的B罩杯了，妳居然還沒老，簡直是討打！最最最重要的是，都多少年了，爲什麼還沒有結局啊！」就在我踹得起勁時，曼菲士和伊茲密王子提著大砍刀殺氣騰騰地朝我奔來。我嚇得屁滾尿流，趕緊繼續往前奔。

後來又來到了西湖，看見白娘子和許仙，我衝過去提醒白娘子：「別嫁啦，這許仙是女的，有胸部的，不信妳摸摸。」白娘子一怒之下，施法將我吹到一處民宅。我悄悄來到房間窗戶下，伸脖子一看，發現那小青和張玉堂正進行到關鍵時刻……我一腳把門踹開，勸道：「千萬別上當，這男的吃了妳沒多久就會失憶，接著妳撿起他的錢包還給他，他居然還叫妳大姐，非常欠揍的！」小青見好事被打斷，怒不可遏，又施法把我吹到天上去了。

晃晃悠悠的，我又來到《聖傳》當中客串起吉祥天，而溫撫寞則客串毗沙門天，老爸則成了天帝。我和溫撫寞前一晚還在花園中深情對望，第二天，他就把我老爸的頭砍下來了。我那個悲傷欲絕啊，質問溫撫寞爲什麼要這麼做，他的回答只有一句：「妳老爸太討打了。」這時，老爸的頭開始說話了：「女婿啊，記住帶套套。」聞言，我止住了哭泣，覺得老爸確實是欠砍。

12 突見故人

當我從這怪誕的夢境清醒過來時，腦袋都快漲得爆炸了，這個夢簡直包羅萬象啊——穿越，SM，動漫，人獸，你要什麼它就給你來什麼。

起床看看時間，居然還是早上七點，難道我才睡了一小時？再看仔細些，這才發現原來已經是第二天的早上七點了。乖乖隆里咚，我大大伸了個懶腰，挺起自己的胸膛；不經意低頭，看見胸前的兩個饅頭，肚子霎時咕嚕嚕叫了起來。簡直是佩服自己的身體功能，連看見自己的同類都能肚子餓，那要碰上了災荒，還不把身上那兩個饅頭直接切下來蘸著血漿吃了？

揉揉太陽穴，下了床，腳卻有些發軟，晃晃悠悠地像遊魂般來到廚房；煮了兩包速食麵，香味頓時把柴柴給招引了過來。兩個女人披頭散髮，眼睛浮腫，神色茫然地坐在高腳凳上，呼嚕呼嚕地將麵往嘴裡送。吃完之後，柴柴用衛生紙擦擦嘴，道：「我去睡了」。接著，腳步浮浮地回到床上，將被子往頭上一蓋，繼續睡。

我對此已是見怪不怪，收拾一下碗筷，接著來到浴室梳洗完畢，將外表打理得不會嚇人之後，就出門朝醫院走去。這睡了一整天的下場，就是看什麼都覺得恍如隔世，像從陰間走了一圈回來似的。路過地下道時，那小乞丐馬上將自己面前的小紙盒用手捂住，戒備地看著我，像我要搶他錢似的。我寒食色是這樣的人嗎？真是的。走到醫院門口，看看錶，居然已經七點五十八分了。忽然想起今天開始實行考察制度，院長會在八點鐘準時到各診間檢查，人不在的醫生每次要扣五十塊獎金。那是多少碗香噴噴熱騰騰的牛肉麵啊！我趕緊往裡衝，在電梯要關門的瞬間成功擠了進去，雖然裡面人多，但還好沒到人數上限。

其實我是最討厭坐電梯的，可能是電視劇看多了，總覺得這種高科技玩意兒不安全，要是一個不小心，上升到十多層樓的電梯嘩啦啦地往下掉，那裡面的人不就成肉醬了。童遙曾經告訴我，如果遇到這種情況，一定要在電梯著陸的前一刻跳起來，就可以減少對身體的損害。我想了想，問道：「如果我不小心跳早了呢？」童遙微笑著，將手放在我的肩膀上，道：「放心吧，那時我一定會給妳買個名牌花圈。」聽得我毛骨悚然。我還討厭電梯的另一點，就是一大群人被關在一個密閉空間中，什麼話也不說，全都看著電梯顯示幕，氣氛實在尷尬。而我最討厭電梯的一點就是，在這個密閉空間中如果有人放了屁，那麼所有人都要遭殃，正和現在的情況一樣——

我正聚精會神地看著電梯樓層顯示幕，卻忽然聽見右側傳出一個微弱的聲音「噝——噗——噝」。我活了二十多歲，對這種正常生理現象所產生的聲音非常熟悉。當一個人在大庭廣眾之下有了屁意，而且屁意越來越強烈，最後到了不可不放的程度時，他便會用肛門夾住氣體，慢慢加以釋放，這樣一來便只會發出「噝」的綿長聲響；但天有不測風雲，他夾著夾著，若忽然控制不住，氣體呈衝擊波狀向外噴出，這時便發出了「噗」的聲響；於是他著急了，身子一緊，肛門也隨之一緊，通道變小，氣體繼續發出「噝」的聲響，綿綿不絕地往外輸送。

我腦海中正在對這個屁的形成展開具體的精密分析，一股惡臭瞬間蔓延電梯之中。我轉過頭，正要捂住鼻子瞪右邊那個罪魁禍首一眼。誰知，他居然搶先捂住鼻子，以一副嫌棄外加受虐的無辜模樣看著我。這樣一來，電梯中所有人都認爲那個屁是我放的，便全都屏住了呼吸，皺著眉頭，瞪著眼睛，咬著牙齒……用各式各樣的身體姿態，對我這種在公共場所讓他們受了毒氣侵害的人，進行赤裸裸無遮攔的鄙夷。我當場震驚了，一向都是我寒食色污衊別人的分，想不到今天居然遭了報應，被別人給污衊了。

張愛玲說，出名要趁早；而我要說，想撇清不是自己放的屁要趁早。現在總不可能把屁拿去化驗吧。我奢啊，拿什麼臉回去見爹娘呢？也不知道那人吃了什麼，那個味道啊實在是鮮活無比，比硫化氫還毒，而且氣味持久，死都不肯消失。背後的人開始不安分了，我感覺得到，他們嫌惡的眼神已經將我的後背灼出一個大洞；而且，有幾個人開始小聲地埋怨我。我鎮定，淡定加安定。

十一樓到了，電梯門打開，我卻不急著出門，只是杵在門口。我深吸口氣，醞釀好情緒，接著氣運丹田，從臀部發出一道如同我長相般秀氣的響聲「嗤——」，然後，一股充滿麻辣速食麵的臭味在狹小的電梯中擴散開來。所有人都僵硬了。

就在電梯門要關上時，我閃身跨了出去，揮揮手，不帶走一點氣體。反正賊名都安在我頭上了，倒不如真的做賊。說我放屁？那我寒食色就真的放一個給你們聞聞。抬眼，發現院長離我的診間還有十公尺左右的距離。我俯下身子，雙手撐地，做出助跑姿勢，然後像支箭般往前衝去。高跟鞋在光潔的走廊地板發出清脆的響聲，我成功地將年老色衰，不，是年老體弱的院長給甩到後面。

氣喘吁吁地跑進診間，一屁股坐在座位上。抹去一頭的汗水，這才覺得有些奇怪，診間怎麼這麼安靜？難道盛狐狸沒來上班嗎？正在竊喜，卻發現屏風後的手術檯上躺著一個人，悄悄走過去一看，發現就是那隻狐狸。這才想起他連續兩天值夜班，想必是疲倦了，便在這兒躺著休息。正想拿出眼線筆在他臉上畫烏龜，但一走近看清他的臉，我頓時愣住，手中的筆也掉落在地上。

溫撫寞。

盛悠傑正在熟睡著，那雙總是染著妖魅與戲謔的眼睛，緊緊闔著。他那張清秀的臉就像映在水中的影子，漸漸模糊，漸漸變淡，漸漸成了溫撫寞。熟睡中的盛悠傑確實很像溫撫寞，像那個隱藏在我記憶與傷口中的男人。鼻梁的輪廓，白淨的臉頰，柔軟而帶著距離感的唇，彷彿溫撫寞正站在我面前。在那一瞬，我恍惚了，眼前的一切都沒有了真實感，身體的每一種感覺都遲鈍了下來。頭頂的日光燈似乎在搖動著，那種光時而柔和，時而刺目。耳畔一片寂靜，只剩回憶之葉慢慢飄下，落在心湖之上，蕩起一圈漣漪。

就在這空寂的時刻，盛悠傑忽然睜開了眼睛。「妳在做什麼？」他問。他的眼眸像刺眼的光照入我的腦海，驅散了回憶的迷霧。不知為什麼，忽然之間，我無法面對溫撫寞的消逝。我驚慌失措地轉身，向外面衝去。走廊上重新響起高跟鞋的聲音，但這一次卻多了幾分沉重，我的背後傳來院長的聲音：「這些個女娃兒啊，一天到晚鬥穿個高跟鞋在醫院裡蹦來蹦去，把人都吵昏了。明天開始，哪個再敢穿高跟鞋，我拿把鋸子給她鋸了！」我出了醫院，一路往家裡跑去。

風在耳邊呼呼地吹著，頭髮也凌亂了，好幾次，腳還扭到。但我沒有減慢速度，繼續往家裡衝去。像一隻受傷的烏龜，需要將脖子收入自己的龜殼。剛才那個虛假的溫撫寞，讓所有的回憶，所有的過往，所有的甜蜜與傷害，都重新浮現在書頁之上。我很清楚那些痛是一直存在的，所以我用華麗的微笑，虛偽的枯枝敗葉去掩蓋它。可我不知道的是，經過這麼長的時間，它還是那麼痛。當所有的掩飾物被掀開時，傷口的腐蝕程度怵目驚心，即使我閉上眼，還是聞得到那陳腐的血液腥臭氣息。我像逃命似地回到家中，猛地衝進去，將門重重一關。可是那股回憶的洪水不放過我，我被席捲著，感覺到窒息。

柴柴被關門聲驚醒，猛地從床上坐起身子，迷迷糊糊地問道：「怎麼了？」「沒事。」我也很奇怪自己的語氣居然如此鎮定。來到廚房，打開冰箱，拿出了一打啤酒，拎到落地窗前，打開一瓶，仰起脖子，咕嚕嚕地喝了起來。柴柴在我身邊坐下，輕聲問道：「妳幹嘛呢？」不知為什麼，想哭的時候，人的喉嚨就會變得非常細小，吃什麼都痛，喝什麼都哽。就像我現在這樣。一口酒嚥下之後，我打開落地窗，對著外面大吼一聲：「打倒美國帝國主義！」原因很簡單：溫撫寞現在就在美國唸建築。這句豪言壯志發揮的作用如下——驚飛了電線杆上正低頭假寐的小鳥，驚動了社區裡正戴著大紅袖章散步的居委會阿姨，驚擾了樓下宅子的主人。

樓下宅子的主人從陽臺上探出頭，怒道：「樓上的女人，妳有病啊，從早上七點開始就乒乒乓乓，吵個不停，現在又在鬼哭狼號什麼？失戀了，自己到被窩裡哭去，不要影響別人睡覺！」要說這人的話真是又準又毒啊，我確實是失戀，而且還失了好久的戀。要是平時，我絕對會和他槓上，但今天我卻一點力氣也沒有，只能被他欺負了去。但幸好身邊的柴柴一個箭步上前，趴在陽臺上，跟他對罵著：「我們吼我們的，要你聽見啊！天都大亮了，你還在睡覺，晚上從事什麼非法活動去了，是當鴨子去啦？不對，看你這副尊容也沒女的要，當鴨子都沒資格！敢說我們鬧，昨天你搬來時，劈劈啪啪響了一整天，我也沒說什麼吧！現在不過是抒發一下對帝國主義的憎恨情緒，怎麼就惹到你了，你喊個毛啊！」

我看著柴柴的身影，一邊灌著啤酒，一邊熱淚盈眶。這孩子，果然和我一樣愛國，是個有覺悟的好青年。

我就說奇怪了，樓下都空了半年，怎麼忽然就住進人了，原來是昨天趁著我跟鹹蛋超人去打小怪獸時，搬進來的。這時，社區花園裡戴著紅袖章的大媽，拿著擴聲器道：「七號大門十二樓、十三樓的兩位同志不要再吵了，鄰居之間要團結，要共創和諧社會，爭創文明社區……再吵，老娘這個月就不發給你們毛巾和牙刷了！」

我：「……」柴柴：「……」樓下那人：「……」在居委會大媽的威脅之下，這場爭戰告一段落。

柴柴將注意力轉移到我身上，問道：「妳幹嘛這麼早回來？」我繼續喝著啤酒，輕描淡寫地回答：「今天不想上班。」她在我身邊坐下，「只是這樣嗎？」一雙長腿就這麼進入我的視線中，羨煞旁人。「別問了。」我將啤酒遞給她，道：「夠姐妹的，就陪我一起喝。」她接過，不客氣地喝了起來。於是，在晨曦的照耀下，我們喝著啤酒，虛度著所剩無幾的大好年華。

過了中午，柴柴終於離開我的床，回家去了；仔細想想，這句話還真曖昧。而我，則坐在地上繼續一瓶瓶地喝著啤酒。其實我喝醉了之後，思緒反而更加清晰，膽子也會放大無數倍。記得我和溫撫寞的第一次，雖說是在喝醉的情況下發生的，但關於那晚的藤藤蔓蔓，我都記得。

13 準備酒後亂性

高中畢業、考完大學考試的那個暑假，十多年的苦學生涯終於告一段落。當人肩膀上的擔子鬆懈之後，整個人也會輕飄飄起來，變得無法無天。我們這些畢業生全像群脫韁的野馬，四處玩樂，像是要把那十多年失去的青春都抓回來似的。我們四個徹夜狂歡，還跑回學校，在那些正進行暑期補課、準備進入一生中最黑暗時刻的高三學生面前，大談自己現在是多麼自由，多麼快樂，多麼閒散，刺激得那些學弟學妹眼中血絲遍布，一半要自殺，一半要來殺我們。

就是在那個暑假，我和柴柴決定走女性路線，開始買來化妝品自己搗弄。仔細想想還真窘，初學化妝，什麼都不會，粉底塗得卡白，眼影也是翠綠，桃紅，什麼花哨就往眼瞼上塗。兩人走在街上像妖怪出山似的，有一次差點把一個老太太嚇得心臟病突發。

童遙每次看見我們化妝出來，都會笑得在地上打滾。而溫撫寞則輕皺眉頭，委婉地說道：「最近我們這裡正在爭創文明城市，中央的重要領導隨時會來，妳們還是注意一下自己的形象吧。」我抓住他的衣領，眨著刷成蒼蠅腿的睫毛，翻著塗了翠綠色眼影的眼睛，張開抹著豔紅色唇彩的嘴，惡狠狠地說道：「好啊，溫撫寞，現在你倒嫌棄起我不好看了。」溫撫寞用那雙靜若止水的眸子看著我，道：「沒有啊。」

我鬆開手，幫他整理一下被我扭皺的衣領，笑容燦爛得連太陽都自愧不如，心下暗暗誇讚著：「這孩子還真有覺悟，知道馬上就要發生家庭暴力，嘴便開始軟了，是個當丈夫的好材料。」誰知他接著說道：「我早就覺得妳不好看了，並不是現在才覺得的。」我當即氣得氣血翻騰，差點吐血而亡。為了報復他的口無遮攔，我每每約會時都化個大花臉，想報復回來。但溫撫寞也有絕招，他隨身挾帶卸妝濕紙巾，左手把我身子一抓，右手拿著濕紙巾就在我臉上擦起來。幾次之後，我也放棄了，安安分分地開始素顏。

人的精力是有限的，這樣恣意玩耍了大概半個月之後，我們開始疲倦，聚會也告一段落。而天氣也越來越熱，人走在街上像被蒸籠蒸煮一樣，汗如雨下；鼻子就像被一張紙蒙住，讓人透不過氣來。這種情況下，我當然是每天待在家裡吹冷氣，哪裡都不敢去。當時，老爸老媽說他們出去旅遊，留下生活費，人就消失了。反正房子是空的，我就天天讓溫撫寞到我家陪我，兩人沒事就打遊戲，看電視，吃零食，一起做兩條混吃等死的懶蟲。有時候玩晚了，我就要溫撫寞留下住一晚，他非不幹，執意要走。我瞪他一眼，問：「你是不是怕我對你不軌啊。」說實話，我確實是想對他不軌。

畢竟，我們都接了兩年的吻了，兩根舌頭閉著眼睛都可以說嗨了，再怎麼樣也應該有點突破才是啊。再說，我們都滿十八歲了，是成年人了，絕對可以對自己的行爲負責。而且，老爸臨行前還「無意」地將幾盒杜蕾斯放在客廳桌子上——草莓味，香蕉味，香橙味，應有盡有，實在是用心良苦，我怎麼好意思辜負他老人家的心意呢？最最最重要的是，我寒食色可是生生忍耐了兩年啊。

兩年來，我過的可是靈肉分離的日子啊。我的身體一邊和溫撫寞啪嗒啪嗒啾啾啾地練著吻技，但我的心靈卻已經開始和他在床上翻來覆去滾了無數次床單了。我渴望撕開他的襯衫，雙手在他白淨的胸膛上遊走，然後用火熱的唇咬開他的皮帶，與那小撫寞來個親密會面。可溫撫寞就是守身如玉，一點也不肯越雷池半步；爲此，我每天躺在床上，牙齒咬著床單，一雙狼眼在黑暗中閃著淫光。等了多久，盼了多久，終於等到溫撫寞這顆果子成熟了，可以摘下來品嘗了，可他卻獨自在風中搖曳。我徹底怒了，並下定決心在這個暑假一定要把他的處男之身奪過來！

這天，我受電視劇啓發，買來一打啤酒，決定把溫撫寞灌醉，然後○○××……事後，我躺在床上，左手拿著一根旺旺黑白配夾心蛋捲，右手攬過溫撫寞因啜泣而顫抖的雪白肩膀，不耐煩地道：「好啦、好啦，老娘會負責的，哭個球啊，晦氣！」接著，又淫笑著挑起他的下巴，魅惑狂猖地一笑，道：「剛才你在昏睡中，沒有享受到，那麼現在，我們再來一次吧。」接著，床又開始搖動起來……

收回想像，我拭去嘴邊的口水，開始使勁地灌溫撫寞啤酒。當然，爲了不讓他起疑，我也和他一起喝，但人算不如天算，先倒下的是我。那是我第一次喝醉，只是身體有些癱軟，舌頭有些打結，腳有些站不起來，但意識還是清醒的，或者可以說，比我平時更加清醒。我一把抓住溫撫寞的T恤，磕磕絆絆地說道：「溫撫寞，走，我們……我們……上……上床去。」他扶著我，說：「食色，妳醉了，我帶妳去睡覺。」我趁著酒勁耍賴，說：「我要你陪我一起睡。」他堅定地說：「不可以。」我急了，忙問：「爲什麼。」他的聲音很柔很輕，說：「我怕自己會把持不住。」我頓時笑得像朵白菜花，並說出了實話：「就是要讓你把持不住啊。」他抓著我撕扯他T恤的手，說：「食色，我們現在還小。」我揪住他的手臂，道：「你還以爲自己是國家教育部發言人啊。」他抓住我的手開始緊了，語氣也嚴肅了幾分，道：「食色，妳再這麼胡鬧，我就把妳扔在浴缸裡，讓妳醒酒。」

我抬頭看著溫撫寞，其實當時焦距已經開始對不準，只覺得他臉上一片模糊。我問他：「撫寞，你是不是不喜歡我啊。」他伸手幫我把臉頰邊不聽話的碎髮捋到耳後，柔聲道：「我不喜歡妳，幹嘛跟妳在一起？」我想想也是，便嗯了一聲，又道：「你是不是寡人有疾啊。」他嘴角抽搐了一下，將那三個字吐得非常清楚：「我，沒，有。」我哼了一聲，道：「肯定是，不然你幹嘛不敢跟我上床？」他輕歎口氣，道：「食色，別用話激我了。」我心中將他罵了個狗血淋頭，溫撫寞這傢伙，眞是油鹽不進。

14 酒後亂性了

我打算開門見山了，便問道：「溫撫寞，你爲什麼不願意跟我做，痛快地給個理由吧。」他略帶無奈地看著我，說：「有妳這麼問的嗎？」我撲過去咬住他的脖子，肉嫩嫩的，味道不錯。我道：「我不管，反正我醉了，在發酒瘋，如果今天你不答應我，那我就強上了，到時候弄痛了你，可別哭哭啼啼的。」

我的牙齒輕輕咬著他的喉結，那個我覺得男人最性感的地方。溫撫寞一開口，喉結就會微微震動，帶動著我的心也一波波地蕩漾。仔細想想，喜歡喉結的最主要原因是我沒有。人都是喜歡自己沒有的東西，或是，喜歡自己得不到的人。這麼一想，人確實是犯賤的動物啊。

溫撫寞說：「食色，我怕妳後悔。」其實我想說：「你放心，後悔的那個肯定是你。」但嘴巴上卻道：「我不會後悔，而且保證你也不會後悔，我發誓，我胸前的兩堆絕對不是旺仔小饅頭啊，雖然稱不上是青藏高原，但至少也是西南丘陵，而且形狀完好，肉質鮮嫩，肥瘦適度，營養豐富，蛋白質含量高，絕對不含生長激素。」溫撫寞的身子搖晃了一下，說：「妳以爲妳那裡是五花肉啊。」我酒氣上升，下口也重了點，頗有些吸血鬼的味道。溫撫寞也不躲，從來便任由我這麼咬著，他微歎口氣，道：「食色，等我們結婚的時候再做吧。如果有一天，妳不喜歡我了，後悔了怎麼辦？」聞言，我的心頓時沸騰起來，多負責的一個男人啊，我簡直懷疑我寒食色是老天爺的媽，不然祂幹嘛這麼照顧我，派給我這麼好一個男人；但胸口沸騰之後又馬上冷卻——結婚後做，那豈不是至少還要等四年？我的口水都要比那黃河還氾濫了。

於是我拉著溫撫寞的衣服，急道：「不會的、不會的，我寒食色永遠都會喜歡溫撫寞。」他笑了，道：「永遠，是這麼容易就說出口的？」我沒心情跟他玩矯情，立刻撲上去，用嘴堵住他的嘴，然後手從他的T恤下襬伸入。生平第一次，我觸摸到他的胸膛，很清爽，沒有噁心的毛髮，皮膚甚至比女生還光滑，就像我最喜歡吃的豆腐；不過仔細想想，我現在確實在吃他的豆腐。我的舌與他猛烈地糾纏著，我的手則在他胸膛處盡情撫摸，青澀地勾引著。溫撫寞的身子越來越熱，逐漸和我的溫度接近。我將身子緊緊貼近他，用自己的丘陵慢慢去蹭他。

雖然我寒食色是生在紅旗下、長在紅旗下的大好女青年，但同時也是從小看日本友人新條眞由同學超H的《霸王愛人》一類漫畫長大的。不是我不愛國，主要是想從中學習點生理知識，有備無患嘛。想我們從小到大的生理課，老師從來都是一句「自習！」就了事；其實越迴避，這種事情在我們眼中就越神祕，大家便越想一探究竟。很可能，兩人亂探之下，就探出事情來了；所以說，這種迴避方式是非常不可取的。人家荷蘭從小學就開始發安全套，多麼先進，就算不能用，也可以拿來吹氣球啊，學八戒那樣，吹個球，吹個大球球，吹大了球球玩球球。所以人家荷蘭的未婚懷孕率在歐洲最低，不是沒有道理的。先人教導我們要博覽群書，補充自己缺乏的知識，於是，這方面的知識我便只能求教於日本漫畫的幫忙了；蹭丘陵這一招，就是從漫畫學來的。

我蹭，我蹭，我蹭蹭蹭，就不信勾引不了你！果然，在我的不懈努力之下，溫撫寞的身體有反應了。他的氣息開始凌亂，他舌的動作開始激烈，他家小撫寞也開始甦醒。我激動啊，就像潛伏多年的地下黨終於打入了敵軍的陣營。於是乎，我再接再厲，不蹭了，改壓。我壓，我壓，我使勁壓，不把自己胸前兩個包子當活物般地壓；一不小心用力過猛，壓重了，差點把裡面的餡都淌出來，痛得我呲牙咧嘴，淚花直冒。還好努力沒有白費，溫撫寞抱著我，和我一起滾到了床上。

我差點就興奮得心肌梗塞。同志們，我寒食色做夢也盼，吃飯也盼，上廁所也盼，洗澡也盼，做作業也盼，聽課也盼，終於盼到和溫撫寞滾床單的這一天了！爲了慶祝這偉大的時刻，我決定和溫撫寞多滾幾下。於是便摟著他開始學習電視劇中那些男女主角，在沙漠或半山坡滾來滾去的浪漫情景。但是我忘了，電視劇一向是不寫實的，那些男女主角滾起來倒輕鬆，但換成我和溫撫寞來做時，那叫一個造孽啊。這樣滾著滾著，頭昏目眩，加上我醉得厲害，差點就吐了出來。不過我是誰啊，為了達成這盼望已久的夢想，我生生把湧到喉嚨的東西給重新嚥了下去，一滴也沒浪費。不得不說，真是佩服自己，不愧是老天爺祂家的媽媽。就這麼，我們滾啊滾啊滾啊，一不小心場地不夠，滾到了床底，「咚」的一聲，摔得我眼冒金星，四肢發顫。溫撫寞忙幫我揉腦袋，關心地問道：「沒事吧。」我大手一揮，眼睛一亮，發揮大無畏精神，道：「沒事，絕對能和你大戰三百回合。」說完，拖著他又到床上去了。

這次是我跨坐在他腰上，別說，這麼一來還真有女王的感覺，就差皮鞭與蠟燭了。這時我已迫不及待，忙俯下身子，開始脫溫撫寞的衣服；沒一會兒，這塊無瑕白玉就這麼呈現在我眼前。我咕嚕咕嚕地吞嚥著口水，然後又俯下身子，拿自己的唇對溫撫寞的胸膛進行頂禮膜拜。一寸一寸的，我的唇在他的胸膛上遊走，一邊慶幸著還好我們家溫撫寞不是那種返祖現象嚴重的男人，不然胸上全是黑毛，叫我怎麼下得了口啊。

他的肌膚像塊無瑕的白玉，胸膛沒有明顯的肌肉，卻也並不消瘦，美得恰到好處。我伸出舌頭開始舔舐他肉色的兩點，一圈一圈，極盡誘惑。我那在兩年持續練習下已經靈活的舌，開始不斷撥弄著他胸前的殷紅；舌的摩擦帶著濕潤，漸漸讓其變得硬挺。溫撫寞的呼吸逐漸急促起來，眼中染上了與我一樣的情慾。我繼續撩撥著，一會兒用舌包裹住那殷紅，一會兒又開始追逐。雖然自己沒爽到，但還是挺有成就感的。

這樣弄了一會兒，嘴巴開始痠軟，我便停下來，活動活動一下嘴，喘口氣，並看著溫撫寞，道：「你們男人的咪咪也太小了吧，活像被蚊子叮了兩個小包。」溫撫寞忍不住笑了，說：「如果和妳們一樣大，那不是嚇死人？」我得意地笑，眨眨眼，道：「欸，你怎麼知道我們女人的胸部大？難不成是看過什麼不該看的黃色資訊？」溫撫寞的目光在燈光下明滅不定，他說：「那我就現在看吧。」接著，我只覺一陣天旋地轉，就被他給壓在床上了。現在，姿勢轉換，我在下，他在上。女王不見了，我心戚戚然啊。溫撫寞的眼中帶著朦朧，他很溫柔、很緩慢地幫我褪去外衣，然後低頭，親吻我的頸脖。娘親啊，那滋味實在是太銷魂了。

溫撫寞的手，輕輕撫摸著我的頭髮。不是我在吹噓，我寒食色最大的優點就是髮質好，又黑又直又順，而且還沒有分叉。溫撫寞似乎很喜歡我的頭髮。高一下學期，就是我們友情以上戀人未滿的那段時間，我發現他時常看著我的頭髮發呆。後來交往了，他便經常撫摸我的頭髮，目光總是溫柔。我曾經開玩笑問他：「你是不是有戀髮癖啊？」他笑笑，也不做聲。

熱熱的清爽氣息噴在我赤裸的頸脖之上，讓我回過神來，而身體內部則注射進一陣顫慄。他柔軟的唇在我的皮膚上流連，像帶著電，所到之處酥麻難耐。濕潤嫩滑的舌撩撥著我的耳垂，描繪著我的耳廓，那種洶湧的刺激，讓人直想尖叫。我緊緊咬住嘴唇，但那半是難受半是呻吟的聲音還是從口中逸了出來。

溫撫寞的唇漸漸向下，來到我的頸脖之上輕輕一咬。正沉浸在迷茫中的我，悶悶地低叫了一聲。溫撫寞染著曖昧的聲音在耳邊響起：「妳平時就是這麼咬我的吧。」反了反了，居然敢報復我。我忙解釋：「我咬你，是我對你愛的證明啊。」溫撫寞的聲音帶著笑意，「我咬妳，也是我對妳愛的證明啊。」政治班導曾說過——「同學們，我們要全心全意。也就是說，政治課的時候就應該做政治作業，而不是數學作業。當然了，我並不是指數學課時就不能做政治作業。」同理可證，愛愛的時候不適合用來鬥嘴。

眼看現在情慾的氣氛開始變淡，我慌了神，忙把胸罩一扯，露出自己在其他不怎麼樣的部位之中比較怎麼樣的胸部，得意地看著他，意思就是——「我沒說錯吧，形狀完好吧，肉質鮮嫩吧，肥瘦適度吧。」溫撫寞頓時怔住了，身子也僵硬住。我心中那叫一個爽啊，深刻體會到《金枝慾孽》裡，玉瑩在孫白颺面前脫衣服後，看見男人對自己著迷的樣子所感受到的得意。

但緊接著，溫撫寞慢慢說道：「食色，妳動作別這麼豪邁行嗎，剛才我都生出妳是男人的錯覺了。」我忍住想踹他下床的衝動，微笑，再微笑，直到嘴角抽搐。

15 繼續酒後亂性中

算了，今天是邀請他家的小撫寞來我家，也就是我蓬門今始爲君開的日子，所以，我寒食色，忍。

無意間低頭一看，終於發現問題所在了。躺下之後，胸前的兩堆脂肪就往兩邊腋下流動，我華麗麗的B罩杯居然成了平坦坦的一片。溫撫寞的胸像被蚊子咬過，我的胸則像被毒蚊子咬過，只比他稍微腫一點。雖然那時張藝謀導演的《滿城盡帶黃金甲》還沒有上映，但我已深刻懂得乳溝擠一擠就可以出來的道理，便用手臂努力將那兩堆脂肪擠到中間去。接著，便保持著這種姿勢，對溫撫寞僵硬地拋個媚眼，意思就是——「親愛的，現在你可以來上了。」但溫撫寞卻微皺眉頭，道：「妳是不是不舒服？」我徹底倒了，大叫道：「溫撫寞，你現在應該注意的是我胸前這兩個白嫩嫩的饅頭，看見它們，你應該像餓狼一樣眼睛冒著綠光，猛地衝上來，將臉埋在我胸前狠狠地啃啊！」溫撫寞笑了，而且那個笑容溢滿了濃濃的感情，他只輕聲說了一個字：「好。」接著，餓狼就開始撲食了。

他俯下身子，含住我胸前的蓓蕾，輕而柔，並用森森白牙試探性地撕咬著。我的胸前感覺到了濕潤，還有潮熱，灼燙全身。我的爹啊，這滋味比剛才還要銷魂！我的身子不由自主開始顫慄，開始緊縮，那種感覺帶點難受，帶點陌生；另外，小聲地說，還帶點渴望。他的舌頭開始在我那像被毒蚊子咬了的包上，轉圈圈，至此，我深刻體會到什麼叫做風水輪流轉啊。我緊緊咬住唇，盡力安撫體內那股暗藏的浪潮，可是隨著溫撫寞的撩撥，我的努力開始漸漸失去功效。我的手開始抓欄杆，撕床單，最終，我摟住了溫撫寞的脖子，想從中找到一種依附。他的唇在我身體的各個角落徜徉，點燃我體內隱忍的火花。那難耐的情慾滋味，讓我的手指深陷入他背部的皮膚。

儘管開著空調，但我們兩人全身都遍布著一層薄汗。夏日午後的陽光透過窗簾縫隙潛入屋中，慵懶的、金色的光照在我們身上。迷亂的陽光，濕潤的薄汗，青澀的喘息，切切種種凝結成最堅固的回憶。慾望的滋味在我們之間蔓延，讓稚嫩的意志力全線崩潰。我緊緊抓著溫撫寞，挺起身子，想要索取更多；而溫撫寞也到達迷亂邊緣，他用盡全力，想將我融入他的體內。

他那骨節分明白淨的手，開始慢慢掀下我的內褲。我支起身子，配合著他，一起將那道最後障礙褪下。此刻，我的下身已是一片冰涼。我緊緊閉上眼睛，繃緊身子，開始迎接那最重要的時刻。但是，許久許久，在我身上的溫撫寞都沒有反應。我疑惑地睜眼，卻看見溫撫寞眼中的情慾迷霧已經慢慢消失。他深深吸口氣，努力平靜下來，道：「食色，我不能做。」

我埋頭捶打著床，老淚縱橫。一定是內褲惹的禍。我瘋了，居然在今天這麼重要的日子穿這種粉紅色、前面印著 Hello Kitty，後面還有個小尾巴的小內內；這麼幼稚，溫撫寞有心情做才怪！溫撫寞卻道：「不是的，不關內褲的事。」我這才停了下來，詢問地看著他。溫撫寞歎口氣，道：「不是妳的原因，而是，我今天沒有準備。」隔了三秒，我就明白過來了——原來是套套的問題。我大大鬆口氣，本想說：「沒關係，我這兒有。」但又覺得不夠矜持，這樣不好、不好。於是，我只能裝模作樣地歎口氣，道：「哎，就是啊，出了人命就不好了。」

他拿被子裹住我，緊緊地抱著，試圖將那股灼熱的慾望慢慢舒緩下去。我清清嗓子，道：「反正沒事，我們就來看本書吧。」說著，便打開旁邊的床頭櫃抽屜——老爸買的杜蕾斯就乖乖地躺在裡面。我很做作地咦了一聲，接著道：「哎呀，這是什麼東西？人家怎麼沒有看過吧？」睹此情狀，溫撫寞臉上一片了然，他看著我，眼中帶笑，道：「我也沒見過，可能是氣球吧，妳吹吹看吧。」臭小子，居然在裝純的我面前裝純，故意破我的功。算了，慾火焚身，沒時間和他兜圈子，我恢復了標悍本色，將那幾盒杜蕾斯放在他面前，開門見山地說：「時間不多，快選擇一種口味，草莓，香蕉，還是香橙？」他低頭，手握成拳，放在唇邊，掩飾笑意。

那碎髮微微散落在額前，黑色的髮與白皙的肌膚，形成鮮明對比，給人極深的視覺刺激。那完美的側臉，每一根線條都透露著柔和；此刻的他有著冰的容顏，卻沒有冷的距離。

我那個口水直下三千尺啊，忙捅捅他，「快選啊，傻笑什麼？」溫撫寞道：「要選也是妳選。」我納悶了，問：「爲什麼？」他聲音中夾雜著曖昧，說：「我只是戴，而要『吃』它們的人是妳啊。」這話像一道天雷劈中了我，我痛心得使勁捶胸。我冰清玉潔的溫撫寞啊，居然被我給教成這麼猥瑣了，叫我情何以堪啊？算了，反正思想都已經被我玷污了，那我就壞人做到底，把他的身子也一併弄髒了吧。說完，我選擇了比較應景的香蕉味，遞給他，催促道：「快點、快點，再晚，我的蓬門就不開了。」當然，我寒食色還是有一點女性矜持的，於是便沒有偷看小撫寞穿雨衣的過程，只乖乖地躺下，閉上眼，等待著。小撫寞啊，你別著急，以後多的是時間見姐姐。正想著，溫撫寞清新的氣息又縈繞在我的鼻端。我的心臟像打鼓一樣，咚咚咚咚地響個不停。我不敢睜眼，只是忐忑而激動地感受著溫撫寞的愛撫及親吻。

此刻的我們都是赤裸的，像兩個嬰兒正要失去聖潔，邁向繁華，走入人生的另一個階段。溫撫寞的唇重新在我的皮膚上流連，每一次親吻都會點燃一點火星，最終匯集成燎原大火，焚燒我所有的理智。我在黑暗之中牢牢環抱著他的頸脖，環抱著那波濤洶湧慾海中唯一的浮木。兩具赤裸的身體覆蓋著薄薄的汗珠，在慵懶的陽光下反射著金色的光。細長的手腳相互糾纏，青澀地擁吻，不吝嗇地給予，滾燙的肌膚，彼此貼緊。終於，在一陣清晰的刺痛中，我和溫撫寞互相得到了彼此。

因爲痛，因爲欣喜，因爲切切種種，我的眼睛浮上了一層水霧。眼前的世界迷亂，迷亂在這個夏日的午後……

16 招狐狸的屁股

「咚咚咚」——一陣敲門聲打斷了我的回憶。

回過神來，才發覺眼睛有些澀澀的刺痛。因爲陽光，或者其他。心思恍惚，只想就這麼坐下去。

但那敲門聲卻持續著，不輕不重不頻繁，卻一直持續著，那種閒適很熟悉，而且，很討打。無奈之下，我只得起身。打開門，我看著面前站著的人，開始不斷揉眼睛，做眼睛保健操——一二三四，二二三四，三二三四，四二三四，我換隻眼睛繼續做。

「放心，並不是幻覺，就是我本人。」門前的盛狐狸開口了。我看著他，眼神戒備：「你來做什麼？」

他一邊輕描淡寫地說：「看看妳。」然後一邊走進我的屋子。我伸手拉住他的衣服，道：「我好像沒准許你進來吧。」他嘴角噙著一絲暗暗的笑，「但妳也沒說不可以進來。」我指指門口，「我現在說了。」希望他能有點自覺地離開。但狐狸的臉雖小，臉皮卻厚，他的眼睛習慣性地半睇，更顯奸佞，果然還有那麼一點點俊美。

「但我已經進來了。」他的聲音，帶著虛僞的無可奈何。只能隨他的便，今天，確實沒心情吵架。

於是我在落地窗前坐下，沒理會他，繼續喝著啤酒。盛狐狸也在我身邊坐下，我則偷偷打量著他。柴柴說得沒錯，這個盛狐狸和溫撫寞確實都是同一種類型，清秀白淨。但盛悠傑的眼睛卻在清秀中帶著狡黠妖魅，整個人的氣質和溫撫寞也南轅北轍。但當他安靜地熟睡時，收斂了妖，釋放了秀，確實和溫撫寞很像，也難怪我會錯認。

我正暗自怔忪，卻聽見他問道：「爲什麼今天早上看見我就跑？」我問：「需要我說實話嗎？」他道：

「是的。」我看著窗外略帶朦朧的陽光，輕聲道：「因爲，當時你眼裡有一大粒眼屎，好噁心。」聞言，他既不羞又不惱，只道：「繼續。」我問：「繼續什麼？」他轉頭，看著我，眼神非常沉靜，「繼續說，直到妳說實話爲止。」

我最討厭與最害怕的就是他這種眼神，彷彿什麼都知道，而我心中的那個祕密是禁不起試探的。於是，我口氣有些硬了：「你中午飯吃多了嗎？」「沒有。」他坐在地板上，雙手撐在背後。他穿著襯衫，米色的格子，半帶悠閒，半帶成熟；風吹起，襯衫下襬翻起一個角，隱約露出了那平坦的腹部，還挺……誘人的。盛狐狸的性格就和他的外貌一樣，秀與媚的結合，讓人琢磨不透。

回過神來，我喚他：「盛悠傑。」他輕飄飄地看我一眼，「嗯？」我道：「如果我沒記錯的話，我們好像是敵人吧。」他輕笑：「我不這麼認爲。」接著，在我微詫之際，他繼續說道：「要當我的敵人，妳還差那麼一點點。」我沒有搭腔，只是看著地板上的啤酒瓶，陽光下，那些玻璃折射出朦朧的亮。

他問：「妳在想什麼？」我緩緩說道：「我在研究該怎麼把這個啤酒瓶塞進你後面。」他不急不躁地回道：「其實，妳的前面也可以塞。」我鄙夷，「你猥瑣。」他微笑，「彼此彼此。」我沒心情和他玩遊戲，便直接問道：「你來做什麼？」他也坦白，道：「因爲我忽然發現，醫院裡沒有妳和我作對，還挺寂寞的。」我誠實地告訴他：「其實，你的這種情況有個學名，叫犯賤。」他照舊不惱，只道：「休息完了，下午就去上班吧。」我當然不幹，但藉口也是冠冕堂皇：「不行，我喝醉了，等會兒把病人的重要部位切下來、變成司馬遷怎麼辦？」

話說，司馬遷大叔也是位很可憐的人啊。當初就是因爲直言而被漢武帝治罪、受了宮刑，這對男人而言簡直是不堪承受的生命之重。誰知在千年之後，他的恥辱還時常在高中生作文被提及——「他受了宮刑，卻依舊堅持著完成《史記》這一歷史巨著」這幾乎成爲作文中的萬能句子。而高中生作文裡還有其他出場頻率頗高的人，例如李白，那是豪放不羈的瀟灑；例如陶淵明，那是採菊東籬下的寫意；就算是霸王項羽，即使自刎，那也是烏江邊的悲壯主義，更何況，人家偶爾還會被歌頌一下與老婆虞姬那堪比偶像劇的淒美愛情。可是司馬遷，卻每每被提及他成了太監般的男人，實在有些不是滋味；還有些同學偶爾靈感來了，甚至將他的事蹟寫成玄幻小說，如——「儘管司馬遷多次遭受宮刑，但他忍住一次又一次的痛苦，還是以頑強的毅力寫出了偉大的《史記》。」看看，一次又一次，眞把人家司馬遷大叔的下面當雨後春筍了？

盛狐狸怎麼可能不知道我的想法呢？他狀似好心地說道：「沒問題，今天，手術的事情交給我，妳在旁邊待著就好。」我拒絕，態度堅定，「我還是不能回去。」他問：「爲什麼？」我歎口氣，道：「每次看見你，我都有種想吐的感覺，再加上今天喝多了，再坐在你對面，那不是很危險？」他笑得雲淡風輕，「沒問題，習慣就好了。」接著，他又意味深長地說：「妳總要習慣的不是嗎？」

我正想說什麼，卻聽見一陣敲門聲，看來，今天我家還眞熱鬧。我起身，一邊猜測來人是誰，一邊開門。噹噹噹噹——謎底揭曉，是一名陌生人，男人，強壯的男人；身材魁梧，想必那胳膊有我小腿粗；高鼻闊口，濃眉大眼，國字臉，英氣勃勃，相貌堂堂，很是威武，頗爲粗獷；沒錯，就像是《天龍八部》中的喬峰走了出來。我正猶豫著要不要上去要個簽名什麼的，他站近一步，頓時，那小山般的身軀投下的陰影將我隱沒在黑暗之中。沒等我開口眨眼詢問先生你貴姓，貴庚，有何貴幹，有無婚配之類的問題，他便指著我一條一條地說道：「第一，我之所以白天睡覺，是因爲昨晚在工作，是正經工作，不是當鴨。第二，我不管妳們對帝國主義有多麼大的仇恨，但妳們有事沒事就這麼叫囂，會嚴重影響別人的休息。第三，也就是最重要的一點，妳連我的臉都沒看見，怎麼就判定沒有女的肯要我？」我張口結舌，停頓三秒，解除呆愣，然後拿出一張紙，刷刷刷地寫下柴柴的住址，遞給滿面疑惑的喬峰，道：「這女人才是早上和你對罵的人，祝你復仇成功。」接著，退後，關門。

轉身，發現盛狐狸看我的眼神帶著那麼一點曖昧，他道：「我好像聽見了鴨子這個字眼？」我道：「沒錯。我幫你叫的，但看他太猛，怕你這副小身板承受不了，便好心幫你退了。」盛狐狸笑笑，「實在是感謝妳用心良苦。可惜，我不是那號人。」我愣了三秒，接著回過神來，道：「原來閣下是在上面那位，失敬、失敬。」盛狐狸不慌不忙地說道：「我想，我們說的不是同一個問題。我的意思是，我不會和男人待在床上。」我邪笑，「你認爲有人會相信嗎？」盛狐狸淡笑，「我想，認爲我喜歡男人的人只有妳一個。」我繼續邪笑，「我不僅現在這麼認爲，而且會永遠這麼認爲。」盛狐狸的眼睛很慢很慢地瞇了起來，「如果妳當了被我壓的那個人，應該就不會再這麼認爲了吧。」我轉過頭，平靜地看著他，「你是什麼意思？」他直視著我的眼睛，臉上染了幾分莫名的意思，「接下來妳就知道了。」

我未置一詞，只是慢慢地走到他面前，環住他的腰；別說，盛狐狸的小腰身，挺妖魅的。我的手，在他後背上緩緩游移。盛狐狸輕聲問：「妳這是什麼意思？」雖然他看不見，但我還是露出一個大大的、無辜的、露出八顆牙齒的笑容，「接下來你就知道了。」

話音剛落，我的雙手來到他的臀部，算了，不裝淑女——我的雙手來到他的屁股上，一手各掐住一個屁股瓣；左手往順時針方向旋轉七百二十度，右手往逆時針方向旋轉七百二十度。我推開他，將那個大大的、無辜的、露出八顆牙齒的笑容露給他看，「盛醫生，我終於還是掐到你的屁股了。」

某人的身子僵硬中。

17 猥瑣與猥瑣的戰爭

第二天一早，我修整完畢，哼著小曲，走向醫院。天氣晴朗，空氣污染指數四十七。

和往常一樣，我洗臉，穿衣，化妝，梳頭，出門；從小乞丐那裡換零錢，後背接受灼灼目光；然後買牛肉麵，之後搭電梯上樓，趕在院長檢查之前進到診間中。

想到盛狐狸昨天被掐了屁股的僵硬模樣，我的心情確實不錯。不過我也是從小看電視劇長大的，深諳冤冤相報的劇情，所以很清楚盛狐狸今天一定會對我進行打擊報復，而且就像他說的，這樣鬥下去，日子才不會無聊。只是上班時間到了，盛狐狸卻還沒到，難道是昨天下手下重，傷了他自尊？但憑著盛狐狸那張厚臉皮，就算在新聞聯播中把他衣服剝光，第二天他的太陽也照樣升起啊。正在疑惑，病人來了，我便開始工作起來。

這是一名去了做黑的髮廊，犯了錯、不小心染上病的失足男青年，我心存善念，手下留情，沒有對他進行慘無人道的調戲。那青年想必也不太好意思，自始自終都閉著眼睛。我正在檢查，卻聽見背後有陣腳步聲，悠悠閒閒的，一聽就是盛狐狸的腳爪子發出的聲音。

我回過頭，正要叫他過來幫一下忙。但這一回頭，便糟糕了——他已經站在我面前，而且沒等我反應過來，便微微低下頭吻了我一下；不僅是唇瓣對唇瓣，他的舌頭還迅速而閒適地在我口中環繞了一圈，然後他離開目瞪口呆的我，淺淺一笑，說了一個字：「早。」接著，走到自己座位坐下，像什麼事也沒發生似的，披上白袍，看他的醫學雜誌。

我慢慢回過神來，接著拿頭往牆上死命地磕著。早知道他要這麼做，我剛才應該含一口大便的，虧死了！

睜眼，發現那名青年已經提起了褲子。我驚疑，「你做什麼？」他回過頭來，臉上是淒然的理解，「醫生，我知道了。」我一頭霧水，「你知道？」青年神色凝重地點頭，「醫生，從妳剛才的表情與動作，我就看出來了，我的下面……已經無藥可救。」說完，他不顧我的攔阻，毅然決然地走了出去，從此消失在人海之中。

我站在屏風後，拿著那把小小的手術刀閒閒把玩著。日光燈在刀身上閃過涼薄的光，上面還映著我陰冷的眼睛。我步出屏風，直接將那把刀對準盛悠傑一扔。刀在空中劃出一道銀色弧度，穩穩地插入他面前的辦公桌。效果不錯，刀身還顫了幾下。但盛狐狸挺不給面子的，連睫毛都沒動一下，只是問道：「妳是不是想問，我剛才為什麼吻妳？」聰明人，我就是想問這個。

他抬頭，細長的眼中噙著一絲不明的笑，「因為，妳昨天掐了我的屁股。」我對這個解釋非常不滿意，我說：「掐屁股是一種最淺層次的調戲，但偷吻卻是一種性騷擾。」聞言，盛狐狸沒多大反應，只是將那手術刀從桌上拔了下來，仔細地看著。我還沒來得及反應過來是怎麼回事，就見一道銀色的光挨著我的臉頰而過，「叮」的一聲便釘在了我背後的門上。

當時，我的腦海中只有一個念頭——難道盛狐狸是喬裝打扮的小李飛刀？這幾天是怎麼了，一會兒是喬峰，一會兒是李尋歡，怎麼我最愛的耶律齊就是死也不出現？收回目光，我轉頭，望了眼手術刀，準備繼續和他對戰。但這時我才發現，盛狐狸之所以 cosplay 李尋歡那位肺癌末期患者的原因——

因為這樣，我才會被吸引著轉頭去看手術刀；而只有我轉頭去看手術刀，他才有機會神不知鬼不覺地走到我面前；只有他神不知鬼不覺地走到我面前，才有機會抱住我，就像他現在做的這樣。當我轉過頭來時，盛狐狸就已經以迅雷不及掩耳之勢將我抱住，雙手交握，環在我的腰上。我趕緊一手捂住自己的嘴，一手捂住他的嘴，眼神戒備，「你想做什麼？再敢親我，我就一口把你那根豬舌頭咬下來，留著當宵夜！」他瞇起眼睛愜意地看著我，道：「我只是按照妳的說法，準備對妳進行最淺層次的調戲。」

話音剛落，他的手就來到我的屁股上，一手各掐住一個屁股瓣，左手往順時針方向旋轉七百二十度，右手往逆時針方向旋轉七百二十度。下一秒，診間中發出一聲驚天動地的殺豬般慘叫——「啊！」你媽媽的，你爹爹的，你奶奶的，你爺爺的，你姥姥的，你姥爺的……

慘叫過後，我一邊捂住屁股，一邊滿含怨氣地朝病房走去。那隻盛狐狸，實在不是人，簡直不把我的屁股當屁股，死命地往裡按，就像回到饑荒年代、想直接從我屁股撕下兩塊肉來吃一樣，痛得我簡直要休克。這不，被他掐了之後，我的屁股火辣辣的痛。拿著小鏡子到洗手間脫下褲子一看，那兩塊華麗麗的青紫印記啊，簡直是慘無人道。我在心中暗暗對自己說：「盛狐狸，這筆帳俺們就記下了，來日方長。」

不想回到診間看他那張奸笑的狐狸臉，我決定到病房去看看童遙。打開門，心中還在想著剛才的事情，眉頭也自然緊皺。躺在病床上、正在看電視的童遙對我說：「食色，把旁邊的水果刀拿給我。」我以為他要吃水果，便將水果刀和蘋果都遞給他。誰知童遙只接過了刀，而且握住刀柄就要往肚子裡送。我嚇得魂飛魄散，忙奪過刀子，大叫道：「你只是半個人渣，還沒有成為整個人渣，用不著切腹謝罪啊！」

童遙嘴唇顫抖著，「看妳的樣子，我就知道，我下半生與下半身的性福毀了。質本潔來還潔去，我還不如死了乾淨！」我一頭霧水，「什麼叫下半生與下半身的性福毀了？據我所知，你家小童遙強壯得很。」童遙不信，道：「可是我看妳進來時一副愁眉苦臉的樣子，不就是正在苦惱該怎麼告訴我這個消息嗎？」我哀一聲歎口氣，道：「童遙同學，如果你真的不舉了，我會馬上通知柴柴，一起舉辦個『小童遙壽終正寢，再也無法禍害人間』的主題派對。我們會開香檳，吃魚子醬，跳豔舞，怎麼可能會對你表示同情呢？」童遙想了又想，終於同意了我這番話。

於是乎，他放下心來，又恢復了優雅的痞子形象。他下了病床，來到沙發上坐著，嘻皮笑臉地看著我，道：「我就說，我童遙可是金剛不壞之身，怎麼可能就這麼用壞了呢？」我無奈地白他一眼，道：「是是是，您老是變形金剛，您是擎天柱行了吧？」他兩隻長腳交疊，點點頭，「擎天柱，嗯，果然夠具象。」我不屑與之同流合污，便正氣地批評道：「猥瑣。」他嘿嘿一笑，道：「不及某人。」

我將雙手交叉在胸前，歪著頭看他。他揚揚眉毛，「怎麼了？」我道：「其實，應該在你的小弟弟打上石膏的，到時候我叫一堆人來簽名，場面一定很壯觀啊。」他想了想，嘴角一勾，道：「那還不如在妳胸部打石膏呢，這樣永遠不會下垂，多好是不是？」我說：「放心，我胸前沒幾兩肉，下垂不了什麼。」他拿了個豔紅的蘋果，放在鼻端嗅了嗅，道：「別太自信，太平公主也可能下垂的，這就是所謂的雪上加霜，說不定妳成為大媽的時候，每次走路都要先踢開胸前垂下的那兩坨，不然會邁不開腳步。」我低頭看了看胸前暫時還挺立的兩坨，瞬間出了一身冷汗。

這個童遙，真是毒辣啊。我半眯著眼睛，盯著他的小童遙，笑得一臉淫蕩。看著我不懷好意的眼神，他瞬間夾緊雙腿，道：「妳想做甚？」我一邊走近他，一邊伸出右手，中指與大拇指相搭，邪笑道：「我想彈你的小雞雞，看看它會不會下垂。」童遙愣了三秒，接著將頭微微偏向一邊，雙手捂住臉，用野原新之助的聲音說道：「妳……妳好討厭噢，人家會不好意思的。」聞言，我的眉毛如波浪般抖動著，最終支持不住，倒地不起。等我爬起來後，童遙拍拍身邊的位置，道：「過來，幫我這個病人削水果。」反正沒事，我就發揮一下友愛精神，服侍他一次吧。於是我依言照做，拿過蘋果，削了起來。童遙愜意地往後一倒，露出痞子般的微笑，道：「這才對嘛，女人就是應該溫柔一點。」下一秒，他察覺異狀地往自己身下一看，頓了頓，又道：「不過，溫柔的女人如過江之鯽，而像妳這種性格的可是珍寶啊。」我這才微笑著將放在童遙受傷部位的水果刀，閒閒地移開，「真是的，每次都說實話來讓我高興。」童遙抹去額上冷汗，大大吁了口氣。

我一邊削著蘋果，一邊問道：「欸，你受傷這些天，怎麼沒見女朋友來看你？我一直都把DV攝影機放在身邊的，就等著你的兩個女朋友見面，互相爭吵，接著一起搧你耳光的時刻呢。」童遙就著我的手咬了一口蘋果，一滴透明的蘋果汁就這麼滴在我手上。真髒，我將手放在他的衣服上擦拭著，童遙也不在意，他右眉一挑，道：「我童遙可是風流不下流，從來不會欺騙女人。」這點他倒沒撒謊，雖說這人身邊每天都是鶯鶯燕燕不斷，可從來沒有女的控訴過他欺騙感情。童遙確實是花心，但做為朋友還是得說一句——他花得比較有品，要玩也是找那些同樣喜歡玩男女遊戲的美女，從來不會招惹良家婦女或者純情女孩，在這一點上，他還是有點良知。

我繼續問道：「對了，你那些女朋友們怎麼一個也沒來？」童遙道：「這正好說明了我在床上很厲害。」我虛心請教：「何出此言？」他耐心解釋：「妳想想，我的小弟弟受傷了，她們便集體失蹤，那不是意味著，我最厲害的地方便是我的小弟弟？」我感慨：「閣下的思維方式眞是別具一格啊。」他假裝謙虛，道：「過獎、過獎啊。」

話說，這童遙同學對自己的床事，那可是非常在意。最讓人大開眼界的是，他總是慫恿身邊的女性使用OB衛生棉條，說它衛生、安全。我和柴柴對此卻不以爲然，要知道，用慣了衛生棉，塞那個棉條多彆扭啊。而且我們還很疑惑，爲什麼，這個童遙突然之間成爲了我們女性之友呢？後來，童遙告訴我們，只有女人們用了OB，才曉得他的牛逼。也是啊，再怎麼不濟，他家小童遙的身材至少要比OB棉條壯上那麼一點點吧。原來打的是這個齷齪主意，我們在驚歎之餘不乏鄙夷。

童遙轉而問我：「妳剛才進來時，幹嘛不開心？」我道：「我生就一副怨女相。」童遙嘴角提了提，道：「看來妳不想說呢，這樣吧，換個問題，妳昨天爲什麼沒上班？」我越來越覺得童遙這傢伙，應該到國家安全局去逼供間諜，爲國效力；眞是一問就問到癥結點上了。

我剛才進來時，幹嘛不開心？那是因爲我被人偷吻，不僅如此，屁股還被掐得坐著都痛。

我昨天爲什麼沒上班？那是因爲我想起了你的好兄弟溫撫寞，心絞痛了。

但這兩個答案我能說出口嗎？不能啊！所以，我一邊削水果，一邊哼著歌——

他說，我是妳的男人！

我問他，究竟是被我身上哪一點吸引了，是我的溫柔可人？還是我的冰雪聰明？或是我的善解人意？他卻說，是被我的猥瑣特質給吸引了。

18 雞雞斷

你的雞雞，柔弱中帶傷。
骨折的海綿體，勾出過往。
夜太漫長，凝結成了霜。
是誰在席夢思上，冰冷的絕望。
針筒與針藥，潔白的病床。
你一生在醫院，被女上位毀亂。
夢在遠方，化成一縷香。
隨風飄散，你的模樣。
雞雞斷，滿地傷，你的笑容已泛黃。
花落雞雞斷，性福再不返來。
北風亂，夜未央，你的未來該怎麼辦？
徒留我與柴柴，在角落，狂笑。
（音樂間奏）
雞雞已凋殘，再也不能燦爛。
凋謝的一夜情，讓你不堪。

別尋短見，你還有菊花未殘。
能與猛男上了床，一晚上搖晃。
誰攻誰受，呻吟聲不斷。
你一身女王裝，豔紅性感。
天微微亮，你輕聲地歎。
一夜被插，如此短暫。
雞雞斷，滿地傷，你的笑容已泛黃。
花落雞雞斷，性福再不返來。
北風亂，夜未央，你的未來該怎麼辦？
徒留我與柴柴，在角落，狂笑。
雞雞斷，滿地傷，你的笑容已泛黃。
花落雞雞斷，性福再不返來。
北風亂，夜未央，你的未來該怎麼辦？
徒留我與柴柴，在角落，狂笑。

歌，唱完了。這次換童遙的眉毛如波浪般抖個不停，我則得意地笑啊笑。

蘋果削好，我遞給童遙，接著拿自己的手在他身上不停地擦擦擦，將黏乎乎的蘋果汁給弄掉。童遙任我這麼擦拭著，他看著那削得平滑光整的蘋果，忽地道：「想知道溫撫寞的近況嗎？」我的手頓時停下，愣了三秒，忽然朝他胸膛上面兩點捏去，狠狠地，不留情面。童遙悶哼一聲，吸口冷氣，道：「幹嘛呢？圖釘都被妳拔出來了。」我道理一套套的：「反正那只是一個裝飾，沒多大用處，還不如拔了。」童遙雙手捂住自己胸前的兩點，道：「誰說的？以後孩子的媽沒奶了，我可以暫時給我孩子餵餵。」我斜眼看著他，「你怎麼可能生得出孩子？」童遙睨著我，「妳能生出來，那我也能生出來。」我從鼻子中哼出一聲，「明明就是硬幣，還在這給我假裝販賣機。」童遙又笑著啃了一下蘋果，繼續說道：「扯了這麼久，妳總該回答我一個問題吧。」

果然還是被看出來了，我暗自唾棄，這個童遙，還眞是討人嫌。我好不容易才把話題轉成這樣啊，結果他一句話就把我給拉回來。正準備奪過水果刀繼續行凶威脅，童遙搶先將凶器藏了起來。我眼睛一瞇，伸手準備彈他的小雞雞。童遙趕緊起身躲避，於是，他華麗麗的屁股就這麼暴露了目標。想到今天無端端被掐，我遷怒於童遙，衝上去，一手各掐住一個屁股瓣，左手往順時針方向旋轉七百二十度，右手往逆時針方向旋轉七百二十度。「啊！」——慘叫聲今天第二度在醫院中響起。

正在過招，童遙的電話響了，我停了下來，讓他接電話。那通電話是有關生意的，因爲童遙馬上恢復了正經；他就是這樣，玩的時候比誰都瘋，工作起來也比誰都認眞。話說此刻不溜，更待何時？我趁著他不在意，偷偷步出了病房。回到診間，發現盛狐狸已經失蹤，便來到窗邊站著。

正是春季，在深深淺淺的綠意中，那些木棉花正熱烈地綻開著，空氣中滿是浮動的香氣。天空現出一種純粹的藍，柔和，無害。我伸出手，對著陽光，指尖頓時呈現透明狀，像是燃起了橘紅的火。將右手翻個面，我看見掌心那顆褐色的痣，像一滴鐫刻的淚。「想知道溫撫寞的近況嗎？」——剛才童遙是這麼問的吧？我當然知道，他們倆一直還保持著聯繫。其實，我當然想知道溫撫寞現在怎麼樣，可是我怕，怕會聽見一些不想聽見的事，怕心又會痛得炸開。所以我拚命地迴避著，迴避著關於溫撫寞的一切，就像他從不曾出現在我生命中一樣，但，只是「就像」。我的眼睛一直盯著陽光，思緒漸漸渙散，又回想到了過去……

高三暑假之後，便升上了大學。

我考入的是醫學院，而溫撫寞則考的是建築系，我們分別在城市的兩端。雖然見面的時間少了，但感情卻一點沒變質。我和溫撫寞閒暇時都會通電話，濃情密意染得我整個人都散發出德芙巧克力的味道了。溫撫寞平時很少說什麼甜言蜜語，但他卻很會照顧人——每個月那幾天，我的小腹都會脹痛，不舒服，他每次都會端著特意買來的雞湯親自送到我宿舍樓下，每每都感動得我室友們熱淚盈眶，一個個恨不得我被雞骨頭卡死，接著便可接收溫撫寞了。

溫撫寞的父母爲他在學校外面買了一間房子，每逢週末我們都會待在那個小窩裡，看影片，打遊戲，吃東西，還有最重要的事情就是……做愛做的事情。他的房間面對著江水，傍晚時分夕陽西照，暖黃的光鋪陳在江面上，碎成細細的粼光；每到這種靜謐時刻，我和溫撫寞便會坐在落地窗前。

他從後面擁著我，將柔軟的嘴唇貼近我的耳垂，輕聲道：「食色，以後我們就買間這種能看見江水的房子，然後我工作，妳在家，幫我生兩個孩子，一男一女。」雖然現代婦女地位提升，提倡自食其力，但當聽見有個男人說要養妳這句話時，心中還是會陷落一片柔軟。但我每每都會和他唱反調，道：「爲什麼不是你在家帶孩子，我去工作？」他伸出舌尖，舔舐了一下我的耳垂，道：「因爲妳懶，每天早上起不了床，靠妳養，我們全家都會被餓死的。」我轉過身子，一手吊住他頸脖，一手伸向小撫寞，曖昧地說道：「沒關係，只要你每天早上用你家小弟弟來敲我家小妹妹的門，我就一定能醒來。」

他故作不高興，道：「難道我的功能只是鬧鐘？」我母狼撲食，猛地衝上去將他撲倒在地，然後輕咬住他性感的喉結，呲牙道：「錯，你還是個免費的充氣娃娃！」他閉上那雙漆黑的眸子，睫毛長而捲，在白淨的臉上投下深邃的陰影。而我，寧願躲在那陰影中永遠也不出來。

溫撫寞道：「好，如妳所願，從現在開始，我就是充氣娃娃。」意思就是——他死都不動，看我要怎麼辦？像我寒食色這種猥瑣女，怎麼可能被難住呢？我將他擺成大字型，然後跨坐在他腰上，雙手制住他的手腕，然後俯下頭，親吻著他光滑而誘惑的頸脖。我就像黑暗中的吸血鬼，渴望著他甜美的鮮血，那光滑優雅的頸脖吸引著我在上面流連。溫撫寞的皮膚彷若玉質，帶著一種微微的涼，令人沉溺其中。我的舌頭輕舔著他的脖子，一下一下，在那細嫩的肌膚上流連，不捨離開。而我的手也沒閒著，開始抓起他衣服的下襬，三下五除二，便將其扒了下來。然後，溫撫寞白皙精瘦的胸膛就這麼暴露在空氣中了。我深深吸口氣，接著又俯下身子，伸出舌頭，像隻哈巴狗一樣不停地在上面舔舔舔，直到他胸膛上沾滿了我的口水。這次，一直閉著眼裝充氣娃娃的溫撫寞淡淡說道：「忘記告訴妳，我昨天沒洗澡。」居然用這招？我冷哼一聲，接著不動聲色地說道：「沒問題，我昨天吃了臭豆腐，現在也沒漱口。」聞言，溫撫寞的身子僵硬了。某人奸笑中。

我的唇繼續向下，來到他的腹部；那平坦的小腹沒有一絲贅肉，實在讓人羨慕。手，慢悠悠地解著他的皮帶，時不時伸入裡面，帶著一絲挑逗的意味。溫撫寞的呼吸開始急促了。我清清嗓子，微皺眉頭，道：「咦，這充氣娃娃怎麼還會發聲？一點也不敬業啊。」溫撫寞閉著眼，良久才冒出一句：「我是人工智慧化的高級貨。」我偷笑，「好好好，算我沒見過世面。」接著，我不再客氣，直接將溫撫寞的褲子褪了下來。於是，溫撫寞的一雙長腿就這麼呈現在我眼前。我立即化身成古代大色狼，瞇著眼睛，淌著口水，色瞇瞇地說道：「小娘子，妳的腿好細啊，讓大爺摸摸吧。」我的手開始在他雙腿上肆虐，在每個地方都留下我寒食色的印記；正在他小腿游移，一時興起，忽然拔了一根汗毛，溫撫寞身子一顫。

我故作驚奇，「果然是充氣娃娃中的高級貨，連汗毛都有！看來，我應該多拔幾根的。」正作勢要狠命地拔，溫撫寞睜開眼睛，那漆黑如墨的眸子裡有著隱隱的警告意味。還是別玩過火了。我嘿嘿一笑，道：「開玩笑的，我知道你是鐵公雞，一毛不拔。」

19 圈圈復叉叉

待溫撫寞放鬆警惕，我的魔手又開始伸到他的大腿處，道：「小娘子，快點把雙腿給大爺我張開吧。」溫撫寞的眉毛顫抖了一下，但還是忍耐著，沒有發作。看來這孩子已經慢慢習慣我的猥瑣本質了啊，是個好青年。閒話少說，幹正事要緊。

我的手指在溫撫寞的大腿上緩慢地摩挲著，耐心地在他身上點燃火花。我的指腹上，那些預示著命運的神祕紋路與他的皮膚相貼，彷彿融合在一起。我的唇開始沿著小腹向下，在他敏感的三角地帶進行若即若離的挑逗。舌尖微捲，成爲最致命的武器，隔著最後的布料與小撫寞進行交流。終於，溫撫寞的身子僵硬了，而小撫寞也清醒了，慢慢抬起了頭。

我皺眉，看著小撫寞，一本正經地訓道：「還沒有讓你上場，就在搶鏡頭，小小年紀心機就這麼重，實在不可愛。快下去，下去！」邊說，我邊用手壓著小撫寞的頭，將它往下按。沒想到，這小撫寞還挺倔強的，就是不下去，我就不信邪，繼續重重地按著。這時，溫撫寞猛地睜開眼睛，裡面是燎原的怒火。我吸口冷氣，問道：「弄痛你了？」他看著我，一句話也沒說，但我看得出這孩子是眞的生氣了。糟糕，這次玩得過火了。

我正在想該怎麼辦，溫撫寞忽然坐起了身子；這麼一來，我就順勢倒在了地上。接著他便壓上來，用自己的身子將我壓住。我顫抖著嘴唇問道：「你……你想做什麼？」他那靜潭般幽深的眼裡，滑過一絲暗暗的光，他的聲音帶著沙啞的低沉：「寒食色，今天妳死定了。」說完，他一個惡狼撲母狼，竄上來，開始對我這朵嬌花進行猛烈的摧殘。圈圈復圈圈，叉叉復叉叉。一個小時之後，我裹著一層薄被單躺在地板上，雙手雙腳呈大字狀態，臉上呈失神狀態。我的個外公啊，這個滋味比以前的，還要銷魂。

休息完後，我將臉枕在他胸膛之上，用自己的頭髮輕輕刷著他的鼻子。溫撫寞感覺到了癢，便抓住我的手，笑道：「妳幹嘛呢？」我道：「你是不是覺得我的頭髮很漂亮啊？」溫撫寞握住我的手僵硬了一下，隔了一會兒，他反問道：「爲什麼會這麼問？」我將下巴靠在他胸前，笑道：「因爲我的頭髮本來就漂亮啊。」他愣了一下，隨即鄙夷：「不害臊。」我捶打他，道：「那你幹嘛還喜歡我？」溫撫寞笑道：「誰說我喜歡妳？」我揪住他的小咪咪，半闔著眼睛威脅道：「你再說一遍？」溫撫寞沒有再說，他只是一個翻身將我壓在地上，再做了一遍。

當然，愛情生涯也不可能就這麼一帆風順的，絆腳石就是那個叫做林菲雲的女生。我也是後來才知道，她居然和溫撫寞考入了同一所大學。而且從柴柴口中，我得知那個林菲雲在學校常常纏著溫撫寞，和他一起上選修課，要他指導作業，與他一起吃飯。簡直就是想近水樓臺先得月啊，小妹妹妳居心不良。不過，自從得到溫撫寞的那天起，我就做好了長期抗戰的準備。

本來啊，帥哥，還是這種不花心的帥哥，哪個女的看見了不想搶？我自然不打算找溫撫寞吵鬧，要他必須和林菲雲斷絕關係。畢竟林菲雲和他關係匪淺，再加上兩家人都很要好，如果我這麼做豈不是得罪很多人，而且溫撫寞可能也會覺得我無理取鬧。硬的不行，我來軟的。我暗中把溫撫寞的作息時間全部查清，而且還以柴美女爲餌，收買了溫撫寞的同學，讓他只要看見林菲雲來找溫撫寞，一定要馬上通知我。之後，只要林菲雲一來纏著溫撫寞，我便開始狂打溫撫寞的手機。這樣一來，即使林菲雲在身邊，可溫撫寞還是在跟我說話，而且我又故意在電話中大聲叫著甜心，親愛的，小壞蛋，故意讓林菲雲聽見，就不信我膩不死她！終於，這樣搞了多次之後，林菲雲來找溫撫寞的次數也減少了。

不過，那孩子也不是盞省油的燈，她居然在我和溫撫寞約會時，打電話來說自己身體不舒服，那意思就是——要溫撫寞放我的鴿子，陪她去醫院。我怎麼可能讓這種事情發生呢？當然，也不能拉著溫撫寞說不讓他去吧，這樣顯得我小氣。所以，我微笑著說道：「你去吧，去吧。」接著，就在溫撫寞要出門時，我忽然捂住肚子，痛苦地呻吟起來。溫撫寞自是趕緊跑來問我怎麼了。我故作氣若游絲地說道：「肚子裡似乎有什麼東西在往下墜。」溫撫寞一聽，冷汗都急出來了，以為我不小心懷孕，現在又不小心流產，便馬上將我打橫抱起，招計程車衝到醫院。路上，他打電話給林菲雲的父母，說他們的女兒似乎生病了，要他們去看看。當來到醫院之後，溫撫寞正要叫醫生，我卻捂住他的嘴，說了聲：「等等。」接著，衝進廁所中，三分鐘後再出來，若無其事地說道：「我沒事了，咱們回去吧。」溫撫寞道：「妳不是覺得肚子裡似乎有什麼東西在往下墜嗎？」我眨眨眼，道：「噢，我查清楚了，往下墜的是屎，剛才已經排空，咱們回去吧。」經過那次之後，林菲雲也放棄了這一招。

我當然知道她不會善罷甘休。果然，在我和溫撫寞約會時，她也開始過來充當瓦亮瓦亮的電燈泡。一次我忍受，兩次我再忍，三次我還忍……就不是女人了！於是趁著林菲雲和溫撫寞沒注意，我在她的飲料中投入了巴豆——那天，她不僅霸占了人家速食店的一間廁所，而且還發出驚天地泣鬼神的劈里啪啦響聲，讓客人們全都噁心得跑走了；我心甚安慰，這巴豆，買得不虧。自那次之後，林菲雲看我的眼神都是怨毒的，就像恨不得自己的眼睛是兩枚導彈，直接對著我嗖嗖發射。電視劇中，當好人對壞人小施懲戒之後，壞人便會對著鏡頭陰測測地說道：「某某某（主角名），總有一天，我會讓你連本帶利地償還！」我不清楚林菲雲是否在背後說過這句話，但，她確實做到了。

之後沒多久，她便將我約了出來，說有事要告訴我。人都是有好奇心的，我猶豫片刻，還是決定去了。當然，我遲到了半小時，刻意待在咖啡店窗戶外，看著林菲雲像屁股上有釘子似地坐立不安。欣賞夠了，這才慢悠悠地走到她面前，像什麼事也沒發生過一樣，道：「我來了。」接著，叫了杯熱咖啡，也不喝，只是用手捂著；一定要保持熱度，這咖啡店可是最容易發生潑灑事件的場所啊——你搶了我爸爸女兒的男人，我潑。你偷了我的企劃書，我潑。你毀了我家的花草，我潑。你長得有礙觀瞻，我潑。總而言之，這裡的咖啡大多數是用來潑，不是用來喝的。而像我和林菲雲這樣爲了同一個男人談話，稍不留意，言語上起了衝突，我拿著咖啡搶先一潑，便走人，多瀟灑。

對面的林菲雲，白瓷雪肌，小臉精緻秀氣，渾身上下有股柔弱的氣質，但那雙看著我的眼睛卻充滿憤恨的光，像隨時都能從中伸出毒蛇的信子，纏住我的脖子。氣氛是沉默的，反正該著急的是她，我不慌也不忙，開始在心中數起了綿羊——一隻跳過去了，兩隻跳過去了，三隻跳過去了，然後三隻開始３Ｐ了，正Ｐ到興頭上，林菲雲終於熬不住，開口了：「想知道我今天爲什麼要叫妳出來嗎？」我看著她的眼睛，認眞說道：「不想。」就這麼堵住她的口，看她還怎麼往下說。果然，林菲雲嘴角抽搐了一下，但很快便恢復過來，道：「其實，我不該多嘴，但有些事情，妳還是知道比較好。」我忙誠惶誠恐地擺手，道：「沒事、沒事，沒什麼是非知道不可的，我怎麼好意思讓妳擔上多嘴的名聲呢？既然如此，就別說了吧。」

林菲雲銀牙咬緊，一口氣憋在喉嚨中，臉都有些漲紅了。可憐的娃兒。正當我腦海中繼續綿羊３Ｐ時，林菲雲忽然說道：「妳的頭髮眞美。」聞言，我背脊上忽然爬滿一條條冰冷的小蛇……恐怖小說中，只要提到妳的×××很美，那麼，妳的×××就必定會被那人取下來，浸泡在福馬林中；難道說，林菲雲想把我的頭髮順著頭皮拔下來？我抖如篩糠，準備隨時逃命。但正當腳步開始移動時，林菲雲的聲音傳來：「其實，還有一個人的頭髮和妳的一樣漂亮。」

我停下了腳步。

20 隨風往事

我一直看著林菲雲的嘴——小小的，有著漂亮的弧度，塗著淡粉色的唇彩，陽光在上面歡愉而諷刺地滑動著。林菲雲告訴我，其實溫撫寞一直喜歡的人，是她的表姐，安馨。安馨比溫撫寞年長三歲，兩人自小便玩在一起，感情很好。林菲雲說，她很早就知道了溫撫寞的心事，從溫撫寞每次看安馨時那種溫柔如水的目光，她便知道了。後來安馨高中畢業，到美國留學，離開了他們；趁此機會，林菲雲向溫撫寞表白。可想而知，溫撫寞拒絕了她。林菲雲固執地想聽他親口說出原因，溫撫寞滿足了她，他說，他愛的是安馨。林菲雲勸他想清楚，因爲安馨根本就把他當成弟弟看待。記得當時溫撫寞望著窗外，目光如浮雲般柔軟，他說，沒關係，他會一直等待下去，他這輩子，只會娶安馨一個人。

一年之後，安馨與一名華裔青年交往的事情傳來，林菲雲沒有任何猶豫，便將這件事以及兩人的親密照片拿給溫撫寞看。當時，溫撫寞的眼神如荒蕪庭院，那是升入高中那個暑假發生的事情。她原本以爲溫撫寞會從此沉寂下去，但沒料到，一年之後，他居然和我交往了。當看見我的第一眼，林菲雲便知道了原因——我的頭髮，那總是披散在肩上的頭髮，像疋華麗的黑色絲綢，和安馨一樣。林菲雲說：「從背後看上去，妳和安馨眞的很像。」她說：「溫撫寞的座位不是正好在妳後面嗎？溫撫寞是不是很喜歡撫摸妳的頭髮？寒食色，妳和我一樣，都是輸家。」

手中的咖啡在說話之間，熱度已經被空氣挾帶走了，只剩一片冰冷。我忽然微笑，笑容比春日豔陽更燦爛。我說：「這又怎麼樣？現在溫撫寞就在我身邊。我隨時隨地都能掐他的屁股，妳能嗎？男人嘛，享受他的身體就好，管心做什麼？我比妳，還是贏了那麼一點點。」

我說：「好了，我走了，下次再聊吧。」然後我起身，轉過身去才發現，嘴角已經十分僵硬。打開咖啡店的門，白晝的光如洪水般擠入我的眼中。一種酸脹的感覺。我的嘴角依舊上揚，我還是在笑啊。我就這麼在街上走著。沒什麼意識，也沒辨別方向，只是跟著自己的腳步前進。身邊似乎有許多人走過，但整個世界都變得安靜了下來；聲音還是有的，只是變得模糊，像蒙了一層紗，惶惶然的。就這麼一直走著……直到一陣急促的喇叭聲讓我的神智恢復過來。

像是猛地從夢中驚醒，這才發現自己不知何時已站在馬路中央。各種各樣的車在我身邊急速而過，稍不留神，便是粉身碎骨。一個穿著制服、脖子上掛著哨子的交通義警大媽將我拉回馬路邊，苦口婆心地勸道：「小妹妹啊，世界如此美好，空氣如此清新，今天的豬肉又降價了，爲什麼妳還是要尋短見？最重要的是，爲什麼要在我管轄的路口尋短見？難道妳不知道這樣會害我這個月獎金泡湯嗎？來，姐姐告訴妳，要尋短見，去前面那個路口，那裡車流量更大，絕對能被軋得頭頸分家，連妳媽媽都認不出來，乖，去吧。」

我沒有去前面那個車流量更大的路口，也沒有尋短見，而是回到了家中。躺在床上，我開始努力鎮定下心神。從小看偶像劇長大的我，非常清楚一個道理，那就是——對於情敵的話，是絕對不能相信的。可是，她關於頭髮的那席話，卻深深刺進了我的心裡。「溫撫寞的座位不是正好在妳後面嗎？溫撫寞是不是很喜歡撫摸妳的頭髮？」——是的，這些都是眞的。我想起交往之前，溫撫寞注視我頭髮時的溫柔神色；我想起交往之後，溫撫寞撫摸著我頭髮時的愛戀姿態；還有上次，我問溫撫寞是不是覺得我的頭髮很漂亮，那時溫撫寞的手確實是有一瞬間的僵硬。這一切都逼迫著我不得不相信林菲雲的話。

是因爲頭髮？溫撫寞之所以跟我在一起，只是因爲我的頭髮？我躺在床上，每隔三秒鐘就翻一次身。最終我爆發了，直接衝到樓下的菸店，買了包菸，回家一根根地抽著。雖然菸的味道很淡，可是依舊將喉嚨薰得不成樣子。當一包菸抽完了，我也冷靜了下來，做出個決定——明天的事情還是明天想吧，今天就睡覺。於是，我翻出安眠藥，抓了一把，合著清水吞了。

第二天醒來，頭昏腦脹的，慢慢睜開眼，發現溫撫寞不知何時坐在了我床邊。我撐起身子，剛想開口，卻發現喉嚨又腫又痛，一定是昨天抽得太猛了。溫撫寞扶起我，皺眉，關切地問道：「妳怎麼了？」其實，我很想拉著他，用一哭二鬧三上吊的戰略威脅他，以眼淚鼻涕擦在他身上的方式肆虐他，逼他說出實話——「你喜歡的人究竟是誰？和我在一起，是不是因爲我的頭髮讓你想起了安馨？我們是不是要分手？」可是我不敢。我怕得知眞相之後，我們便再也無法在一起。我害怕，我害怕失去他。

溫撫寞的手，那乾淨、修長、骨節分明的手，一下下撫摸著我的臉頰。他問：「是不是有什麼不開心的事情？」他的眼睛如春水般溫柔，我沉浸其中，不願離開；算了，溺死爲止。於是我環住他的腰，什麼也沒有再問。但心中有了根刺，之後做什麼都要小心翼翼，稍不留神，動作大點便會再次穿入皮肉，痛不可當。之後和溫撫寞在一起時，快樂便不再那麼純粹。從此，我很怕他摸我的頭髮，總覺得那是他懷念安馨的方式。但畢竟演技還是不行，雖然努力保持平靜，旁人還是看到了我的悶悶不樂，就連童遙有一次也跑來問我：「妳最近怎麼都不開心啊？」我長歎口氣，道：「我便祕啊。」他仔細打量了一下我的臉，道：「嗯，看得出來，果然是一臉大便相。」我一腳把他踹開。添亂的傢伙，思想有多遠，給我死多遠。

既然童遙都看出來了，溫撫寞自然也起了疑心。但他的性格就是這樣，不管遇到什麼總是把話埋在心裡，面上什麼也不說；仔細想想，和我一樣。這樣悶騷的兩人，終究會出事。我開始無緣無故地發脾氣，溫撫寞不習慣和我吵，於是我們之間便只能冷戰。這樣的日子持續到大一下學期的暑假。那次，我們冷戰的時間很長，一個星期都沒有聯繫。我整天懶洋洋地躺在床上，渾身無力，就盼著溫撫寞能夠打電話來。

終於，在這天電話響了，卻是溫撫寞媽媽打來的。那時，溫撫寞已經將我介紹給他的家人——溫撫寞的爸爸是資深工程師，平時工作挺忙的，但人很和藹，而且是位帥大叔，溫撫寞的基因大多是從他身上遺傳的。溫撫寞的媽媽則是家庭主婦，沒事就在家裡邀朋友搓麻將。我從小熟練麻技，和溫媽媽打牌時總是故意放水，讓她贏，逗得她開心極了，所以一旦她們幾個麻將搭子聚不齊，就一個電話將我抓去，陪著玩。所以這天也是這個情況，溫媽媽讓我去陪她和另外兩名好友打成都麻將。

我想了想，覺得這是個下臺階的好機會，便去了。到了那兒卻發現溫撫寞不在家，頓時有些失望，心情鬱鬱。所謂情場失意，戰場得意，我這天手氣特別好，沒多久，面前就贏了一堆錢。當然，女人打麻將，免不了八卦。麻將桌上，三位阿姨將自己最近聽說的大新聞全說了出來。誰家的丈夫包了二奶啊，誰家的老婆紅杏出牆啊，誰家的狗在鄰居門前撒了一泡尿啊，她們全知道得一清二楚……聊著聊著，話題就回到我身上了。其餘兩位阿姨曖昧地笑著問我和溫撫寞準備什麼時候結婚啊？婚後準備要幾個小孩啊？我實在不知怎麼回答，只能裝小家碧玉，故作害羞樣。最後還是溫媽媽幫我解圍，大手一揮，道：「欸，他們年輕人的事情，交給他們去辦，我們只享受搓麻就好。」

那兩位阿姨忽然想起來，問道：「咦，你們家撫寞去哪了？」溫媽媽摸起一張牌，漫不經心地道：「不是安馨回來了嘛，他這幾天都在陪她……欸，二筒，我槓一個。」聽見那個名字，我的心頓時糾結成一團，泛起了刀割似的痛，而整個人像被潮水劈頭蓋下般，打得暈頭轉向。溫媽媽眼尖，見我面上變色，忙解釋道：「噢，安馨和撫寞從小一塊長大，還算是他的乾姐姐呢。」我努力做出輕鬆的笑容，接著摸起了一張牌。平時的我只要用手指撫摸一下牌面，便知道那是張什麼牌，但這一刻我的腦袋一片混亂，什麼也摸不出來。我將牌翻了起來，但還是看不見，我再也看不清自己面前的牌，於是我隨手丟了出去。那是張好牌，我的下家馬上就碰了，而且笑著說她已經聽牌了。

安馨回來了，我想。原來這些天溫撫寞一直陪著她，我想。爲什麼他不告訴我呢，我想。

彷彿是嫌我不夠混亂似的，阿姨們又開始八卦，不過這次的對象是安馨：「對了，聽說那安馨和未婚夫解除婚約了？」「眞的嗎？她那個未婚夫聽說是名門子弟，長得一表人才，而且還是大律師，怎麼會分手呢？太可惜了。」「不過安馨也不錯啊，長得這麼漂亮，家裡條件也好，人又能幹，配那人也不遜色。」「哎，這些年輕人的事情，一天一個樣，比麻將還複雜。」我的眼睛認眞看著面前的牌，我告訴自己：「寒食色，妳要專心，靜下心來，妳會贏的。」但卻是徒勞，她們的話擋住了我的視線。

安馨單身了，我想。溫撫寞也長大了，我想。或者林菲雲的話是對的，我想。

正在這時，門打開了，溫撫寞和一位高眺的女子進來了。溫媽媽趕緊迎上去，道：「安馨啊，稀客稀客，快進來坐坐。妳看妳，見什麼外，還帶什麼禮物？」那名高眺女子淺笑著，微微一低頭，垂肩的秀髮像瀑布般落了下來。黑，亮，直，像疋華麗的黑色絲綢；光，在上面流溢而過，刺痛了我的眼。

這一局打到最後，大家都沒有和牌，但只有我一個人沒有聽牌，按照規矩，賠三家。原先贏的錢，這一盤便輸了出去，什麼都不再剩下。原來，先前贏的，都是虛無的華麗，輸得太慘了。見時間不早，加上來了客人，那兩位阿姨便先告辭回家。

溫媽媽做了飯，我們四人一起坐下，吃了起來。席間，溫媽媽開始講溫撫寞與安馨小時候的事情，一些我不知道的事情。她說得無意，我聽卻有心，但眉梢眼角還是浮動著笑意，很是虛僞，自然是要偷眼查看安馨的相貌——遮掩不住的明眸皓齒，微笑時露出清淺的梨渦，頓時傾倒滿室春色。整個人像深谷的幽蘭，靜靜散發著高貴的香氣。舉手投足之間有種柔軟的自信，但在骨子深處卻有種清冷。男人渴望得到的女神，女人欣羨的妖孽。

飯後，溫媽媽拿出了溫撫寞小時候的照相簿給我們欣賞；幾頁之後，出現了溫撫寞與安馨的合照。記得當時年紀小，照片上的安馨是穿著連身裙的少女，正在作畫，而她的背後，稚嫩俊秀的溫撫寞則伸手撫摸著她那一頭隨風飄揚的柔順的髮，眼神中浸滿愛慕。我一邊聽著溫媽媽口中的趣事，一邊看著照片，嗤嗤地笑著，笑到最後，嗓子都有些沙啞。

再坐了一會兒，我起身告辭。溫撫寞自然也跟著，要送我回家。我不能推辭，於是我們一起在路上走著。當時已經是秋天，天地間一片肅殺。晚間氣溫驟降，涼風一吹，我不由自主地抖了抖，溫撫寞忙把自己的外套脫下，罩在我身上。可是沒有用，那份冷，是從身體內傳出的。我們一路上就這麼沉默著，終於來到了我家樓下。我說：「我到了，你回去吧。」正要走，溫撫寞拉著我，「食色，妳最近怎麼了？」我璀璨地笑，「我最近便祕啊。」溫撫寞當然不會相信，他手上用力，「食色，我們和好吧。」我垂頭，笑容掩在了黑暗中，我低聲問：「溫撫寞，我去把頭髮剪短好不好？」他怔了怔，問道：「怎麼忽然想剪短頭髮呢？」我不爭氣地哭了，眼淚滴在手背上，黏黏的。我說：「我不想成爲安馨的影子。」溫撫寞的眉頭輕輕一顫，好像被人打了一耳光，整個人都怔住了。看見這一切，我心中最後的僥倖也化爲煙塵。但我還是要聽他親口說出來，我直視著他，雖然當時眼睛已經被淚水蒙住，看不清他的表情，但我還是直視著他。

我問：「溫撫寞，當初你之所以和我在一起，是因爲我有一頭和安馨一樣的頭髮，是嗎？」我說過，我看不清他的表情，但我感受到了他的慌亂。他的手掐得我很痛，他說：「食色，妳聽我解釋。」我仰著臉，任由淚水在上面流淌，嘴角的笑意卻按也按捺不下去，我說：「我聽，撫寞，我才不會像偶像劇裡演的那樣，捂住耳朵說我不聽我不聽，然後跑掉。撫寞，你說吧，我就站在這裡，我聽你的解釋。」溫撫寞的手，攥得我很緊，他說：「食色，開始時，我確實是有這樣的想法。」我還是笑著，但心裡有什麼東西「喀嚓」一聲裂開了，接著，腥熱的液體開始湧出。但我答應過溫撫寞，我一定要聽下去。

他說：「但是和妳交往之後，我慢慢清楚妳不是她，妳是寒食色，而我愛的也是寒食色，不再是安馨。」我無意識地點點頭，無意識地說道：「嗯，我相信你。」但溫撫寞不相信，他將我一把抱著，「食色，妳別這樣，是我錯了，我不該騙妳。」他的手在顫抖。我想，他還是在乎我的，我推開他，「撫寞，我現在心裡很亂，我想，我們之間先靜一靜。給我一段時間，讓我把這一切理清楚，好嗎？」溫撫寞似乎還想說什麼，但最終他尊重了我的決定，他說：「食色，我等著妳，我一直都等著妳。」我說：「好。」然後，我轉身，上了樓。

回到自己房間，我沒有開燈，而是慢慢掀開窗簾。溫撫寞還是站在樓下，仰頭，看著我。他的身影被橘黃路燈拖得長長的，而他的臉則沉浸在黑暗之中，我看不清晰。我平生第一次發覺，做決定是這麼困難——是當作什麼都沒發生過，還是放棄溫撫寞；兩者對我而言，都是不可能做到的。那些天我待在房間裡，連床也沒有下過，就在上面翻過來再翻過去，翻過去又翻過來。輾轉難眠。結果，最後是林菲雲幫我解決了難題。

有天晚上，她打電話約我出去。我依言照做，來到了她約定的那間酒吧。在曖昧而黝黯的燈光下，我看見了溫撫寞與安馨。安馨正在溫撫寞的懷中哭泣著，而溫撫寞的手正放在她背上一下下地輕撫著。

林菲雲的眼中有著得意的光，她挑起眼睛，說：「怎麼樣，人家正牌的回來了，妳這個冒牌也該讓位了吧。」我忍不住笑了，拍拍她的肩膀說：「小朋友，妳當我傻啊，安馨是因爲和未婚夫解除婚約，來酒吧散心。喝多了，想起未婚夫，就哭了起來，溫撫寞正在安慰她呢。」我猜想得沒錯，因爲林菲雲的臉上馬上浸滿了失望。但她不放棄，說：「反正溫撫寞最愛的人是安馨，妳不過是個影子，眞可憐。」我笑得稀里嘩啦，說：「小妹妹啊，我至少還得到了溫撫寞的身體，妳得到了什麼啊？妳連他的屁都沒聞到一個，不更可憐？」聞言，林菲雲臉上一陣青一陣白一陣藍一陣紫，最終淚盈於睫，委屈地哭著跑了出去。而我臉上的笑容也掛不住了。

寒食色，妳就會欺負這種小女生，有個屁本事，妳去會會安馨啊。我看著安馨與溫撫寞的背影，忽然覺得事情在今晚應該有個結果。是的，溫撫寞現在並沒有背叛我，但我忍受不了的是，在他心中，安馨是第一。如果是那樣，我會自動離開，帶著自己最後所剩無幾的卑微自尊離開。

於是，我來到酒吧外面，打了個電話給溫撫寞。隔了許久，他才接通電話；聽聲音，是在洗手間接聽的。是害怕我知道安馨在他身邊嗎？爲什麼要害怕呢？如果心中沒有隔閡的話。他問道：「食色，怎麼了？」聲音和往日一樣熟悉。我說：「撫寞，我不舒服。」他的語氣有些緊張。他問：「妳怎麼了？是不是生病了？」我說：「我肚子痛，撫寞，你來接我好不好？」他一口答應，問：「妳在哪裡？」我說：「我在我們高中外面的那間飲料店裡。撫寞，你快點來好不好。」他說：「好的，食色，妳就在那裡等我，我馬上就來。」接著，那邊掛斷了電話。在嘟嘟嘟嘟的聲響中，我輕聲道：「撫寞，我會一直等著你的。」

我說的是眞的。

那晚，我一直等著溫撫寞。我關了手機，這樣他就無法打電話來通知我臨時有事，無法赴約，這樣他就非來不可；我是指，如果溫撫寞還在乎我的話。裝病這一招，林菲雲也使用過，不過，當時我輕鬆地將溫撫寞留住了，因爲我知道，在溫撫寞心目中，我比林菲雲重要。但現在，我心裡再沒有了底，我在賭，也在證明，我和安馨究竟是誰比較重要。我說過，我寒食色的牌運一向不錯，但情場的運氣就不太好了。

那晚，溫撫寞沒有來。直到飲料店關門時，他還是沒有來。但我答應過他，會一直在這裡等他，所以我就坐在飲料店門口一直等他。周圍的燈一盞盞熄滅了。行人也逐漸消失。寒風越見刺骨。我裹緊衣服，喃喃道：「撫寞，你快來吧。撫寞，你快來吧。」但時間慢慢流逝著，像一根刺進我肉體的針，永不止息地攪動。我相信溫撫寞不是不負責任的男人，他從來不會輕易失約，他沒有來，是因爲被事情牽絆住了。而我也相信，他一定發了簡訊、打了電話想通知我，可是我沒有開機。我是固執的、任性的寒食色。他應該明白這點，他應該明白，我會一直在這裡等他。如果他在乎我，如果他認爲我比安馨重要，他會來的。無論多晚，他都會來的。

我坐在飲料店的臺階上，垂著頭，拿小石子在臺階的立面刻著字。面前的樹枝葉婆娑，輕輕搖曳，似乎是一種無聲的語言，我卻聽不明白。偶爾有一輛車從前面駛過，在柏油路上發出嘩嘩聲響，聲音拖曳著快速而去，直至遠古的洪荒。我的手指因爲緊握著尖銳的小石子，漸漸出了血，但那行字卻深深刻在了上面，只有一句話──「撫寞，你快來吧。」

天由墨黑漸漸變成深藍，最終，天際出現了一縷暗紅。天亮了。但我期盼的那個人還是沒有依約而來。清潔工開始清掃垃圾，當看見我時，她眼中閃過一絲狐疑。她不明白，爲什麼我要在這裡守一夜。其實，我也開始不明白了。我抬頭，問道：「阿姨，今天是幾號？」她回答：「十號啊。」我說：「謝謝。」然後，我起身。腳被凍了一夜，僵硬了，活動起來有些困難。我慢慢地往前走著，我朝溫撫寞家裡走去。我想，「已經是十號了，我和溫撫寞約在九號晚上，現在已經是十號了，他不會來了。」「我都滿二十歲了，開始進入坐二望三的階段，戀愛的時間也沒有多少了。」「我應該快刀斬亂麻，甩了溫撫寞，繼續尋找下一個受害者。」是的，我要去向他說清楚，我應該站在他面前，若無其事地說：「溫撫寞，我覺得和你在一起太膩了，大家好聚好散，就分了吧。好了，就這樣，下次我請你吃東西，拜拜。」

是的，我應該裝做若無其事。我不能哭著問他，爲什麼不要我，爲什麼最終還是選擇了安馨。那首歌是怎麼唱的──「自尊常常將人拖著，把愛都走曲折。假裝了解，是怕眞相太赤裸裸，狼狽比失去難受。」是，狼狽比失去難受，我輸得太慘烈了，只能在最後關頭挽回一點面子。我在心中告誡著自己，我不能哭，我要笑，若無其事、雲淡風輕地笑。但一來到他家樓下，我的淚水就如決堤般往外湧。我想，「不行的、不行的，我說不出來的。」淚越流越凶，就像鐵了心要把眼珠給沖出來似的。所以，我逃也似地回到家。照例，老爸老媽出外旅遊去了。我拿了信用卡，隨便裝了幾件衣服，去了雲南；有朋友在那裡讀書，我決定去那裡散心。

說是散心，其實只是在麗江的一間小旅館中睡著，與世隔絕。每天都在哭，只要一想到溫撫寞，眼淚便止也止不住。眼淚是有限的，終於有一天，我發現自己哭乏了。我用力地想著溫撫寞的名字，想著他的樣子，想著他與安馨在一起的情形，但眼眶中再沒有淚水，乾乾的，內心一片荒蕪。那時，我已經在麗江躲了整整十三天，於是我又飛了回去。

回到家，將溫撫寞過去送我的東西全裝在一個大紙箱中，然後搭計程車來到溫撫寞位於校外的家。運氣不錯，裡面沒有人。因為過去一整年，我們週末時都住在這裡，所以這房子已經有了家的雛形，我狠心地、一點點地將它毀滅。我把自己的東西，毛巾，牙刷，娃娃，枕套，咖啡杯，所有所有都裝在包包裡，然後離開，離開了溫撫寞的世界。不拖不欠，從此蕭郎是路人。接著回家，蒙頭大睡，管他天翻與地覆。

兩天之後，我被童遙從床上拖了起來。

我睡眼朦朧，問：「你幹嘛？」那是我第一次看見這麼正經的童遙。他說：「溫撫寞要走了，他準備去美國留學。」我的心瞬間沉溺下去，再也浮不起來，我澀澀地笑，「噢，是嗎？那我們快去幫他餞行吧，美國，好地方啊。欸，你想吃什麼？烤鴨還是火鍋，訂位了沒有？」童遙什麼也沒說，一把將我拉起，塞進他的車裡，風馳電掣地駛向我們高中旁邊那間飲料店。然後他推我進去，說：「溫撫寞在那裡等妳。」我涼涼地笑，「時過境遷，九號早就過了，現在來又有什麼用？」但我還是走了過去。關於戀愛這件事，有始便要有終。

我坐下，看著對面的溫撫寞。他瘦了，瘦了很多，和我一樣；所以說，失戀眞是減肥的良藥。我以為再見他，我會哭，可是我沒有，眼睛是乾涸的。我說：「你要走了？」他低著頭，隔了好久才說：「食色，對不起，那天我不是故意失約的，安馨她進了醫院。」我說：「你什麼時候走啊？」他停頓了一下，忽然握住我的手，說：「食色，我們重新開始吧。」我說：「對了，你去了美國，記得幫我快遞 Kiehl' s乳液回來，免稅的比較便宜。」他雙目幽涼，說：「食色，我傷妳很深是嗎？」我說：「乾脆等會兒叫柴柴一起來為你餞行吧，吃烤鴨好不好，我好久沒吃了，饞得慌。」他的目光沉了下去，裡面是蒼涼，是鬱結，是寂寞，是不能說的情緒。他道：「食色，沒有我，妳是不是會快樂很多？」這次，我沒有再逃避，我說：「是的，如果你走了，我會快樂很多，眞的。」「溫撫寞，我會重新開始的。」「溫撫寞，這段感情太失敗了，不過沒關係，失敗是成功的奶媽，我寒食色一定會找到眞正屬於自己的男人。」「沒關係，誰沒有失戀過一兩次呢？」「溫撫寞，下次你別這樣了，不過是頭髮和安馨像，你就和我交往，那多傷人啊。」「溫撫寞，你還好遇見的是我，要遇見一個性子烈的，不把你小弟弟給弄折了？」「溫撫寞，就這樣吧，我先走了。」然後，我起身，走了出去。他一直坐在那裡，沒有再挽留，我也沒有再回頭。

從飲料店出來，頓時恍如隔世。心臟像被一把刀刺中，不斷地攪動著，鈍鈍的痛。童遙當時正靠在車旁抽菸，看見我的神色，他將菸往地上一丟，用腳踩上去，罵道：「他媽的，你們倆到底是怎麼回事！」我搖搖頭，沒有說話；不是不想，而是不能，喉嚨中似乎有股腥腥的味道。我害怕開口就會像小龍女那樣噴出一口血來，那是不行的，我又沒人家劉亦菲那麼漂亮，又沒有人用大功率的吹風機幫我把衣服、頭髮吹得飄飄欲仙，噴血的場面肯定不唯美。太猥瑣的事情，還是不做爲好。

童遙打開門，道：「上車，我先送妳回家，等過幾天你們再談。」我輕輕地點著頭，心中卻很清楚這將是我和溫撫寞最後一次見面；就如我所預料的那樣，我和溫撫寞再沒有見面。兩個星期後，他便飛去了美國。他走的那天，我一直站在窗前，希望能看見那架飛機。可惜，只看見了幾隻鴿子，而且還邊飛邊灑下幾滴屎尿，落在我房間的玻璃窗上。我靠，以爲自己是鴿子就囂張了？惹毛了，老娘一樣把你雞雞給翻出來折了。

之後的日子，我完全是混混沌沌的。每次想起溫撫寞，心都痛得像要炸開似的。那種痛綿長，尖銳，永不止息，就像一隻大手狠狠掐住你的心臟，再也不鬆開，讓人窒息；而那乾涸已久的淚水，又會猛然氾濫。

觸景傷情。那段時間，每一道景色都會讓我想起溫撫寞。我去超市買東西，結帳時看見溫撫寞最愛吃的青箭口香糖，頓時淚流滿面。超市經理以爲我神經不正常，害怕驚擾到其他顧客，忙說我買的東西全由他們贈送，還派專車送我回家。我去理髮店剪短頭髮，但理髮師一刀下去，我想到從此和溫撫寞唯一的聯繫也斷了，頓時淚眼婆娑。那頂級理髮師慌了神，以為我嫌他手藝差，馬上為我辦了張白金卡，免費洗燙十次。

晚上在外面閒逛，忽然遇到一個搶劫的，拿刀逼我把錢拿出來。我翻遍了口袋，發現就只有一串鑰匙。那劫匪罵道：「真是倒楣，遇到個什麼都沒有的。」我一聽，頓時悲從中來。人家說得沒錯啊，我寒食色長得也不怎的，身材也不怎的，智商也不怎的，好不容易釣上個很怎的溫撫寞，誰知人家卻跑了。頓時，我失去了活下去的勇氣，一把抓住他的手，哭喊道：「你殺了我吧，殺了我吧，反正我也不想活啦！」那劫匪是個十七八歲的新手，看見我這樣，頓時被嚇得涕淚縱橫，道：「姐姐，我只是想出來搶個幾十塊錢上網打遊戲，不想出人命，妳放過我吧。喏，我只有這支手機，還可以賣個幾百塊，給妳了。」說完，把那手機往我身上一塞，然後飛也似地跑了。

我想，外面是不能待了，不然遲早要崩潰，於是便乖乖待在家裡看電視。但那也不是好辦法，所有頻道都在播放愛情片；老爸老媽看我又泫然欲泣，便搶過遙控器轉到動物世界去，心想這總沒問題了吧。誰知，螢幕上正在講鱷魚交配，一雄一雌正嗨到勁頭上；頓時，房間裡又響起了我號啕大哭的聲音。這樣的日子一直持續了半年，我漸漸止住了哭泣，心也慢慢沉寂下來。時間，雖然不能治癒傷痛，但至少能讓你表面恢復。

從那之後，我再也沒有提起溫撫寞。

21 狐狸有古怪

回憶至此爲止，我收回陽光下的手，卻驚覺面頰上涼涼的。我哭了？

「妳哭了？」身邊有個聲音忽然響起。我猛地轉頭，看見盛狐狸正靠在牆邊，一雙眼睛在燈光中明滅不定。「沒有，太陽太刺眼了。」我解釋。「只是這樣嗎？」他問。眼睛暗如深夜，在那深處卻有著星辰般的光。我垂下頭，手無意識地撫摸著辦公桌，上面一片涼滑，光潔，倒映著我模糊的影子。我說：「是的，只是這樣。」他繼續靠在牆邊，沉靜地問道：「上次妳爲什麼會驚慌失措地跑掉……是因爲，從我身上看見了什麼人嗎？」我的心猛然牽動了一下，在桌面上滑動的手也凝滯了下來。

我垂著頭，聽著他一步步向我走來，來到我面前時，他站定了。沉默半晌，我終於艱澀地開口：「爲什麼……你會這麼問？」他不回答，只是繼續問道：「那個人，對妳而言很重要嗎？」我的手忽地顫抖了起來，我用它們捂住了自己的臉，微弱的聲音從指縫中逸出：「不要問了，求求你不要問了。」一雙手將我環住，我被盛悠傑摟在懷中。他的聲音軟了幾分，繼續鍥而不捨地問著：「告訴我，他究竟是妳的什麼人？」我的頭埋在他的胸膛中，感受著他身上那股特有的清新消毒水氣息，屬於同類的氣息。他的聲音帶著蠱惑，像是地獄的魔在引誘：「告訴我，那個人和妳是什麼關係？」我將頭抬起來，眼中閃動著狡黠的光，「我只能告訴你，別多管閒事。」

話音剛落，我的中指便重重地捅向他的菊花。那一瞬間，他的臉僵硬了。我將那根犯案的中指在他衣服上擦拭了一下，再物盡其用地對著他一豎，道：「八卦，可是要付出代價的。」之後，便神清氣爽地收拾東西，下班去也。

但捅菊花，也是會捅出禍事的。

第二天，我去得早，便乖乖地坐著看雜誌。沒多久，盛狐狸來了，照舊在我對面坐下。說實話，雜誌的誘惑力比他高多了，所以我並沒有理會他。隔了一會兒，聽他不急不慌地說道：「昨晚睡得好嗎？」我敷衍地答道：「還不錯。」他繼續問：「就沒有什麼感想？」我抬頭，疑惑地看著他，「我需要有什麼感想嗎？」盛狐狸正半瞇著眼睛，上翹的眼角帶著妖豔，一閉一闔之間彷若千萬朵桃花綻放與枯萎，泛著魅惑的光華。

他笑得很平靜，「在妳隔著衣服進入我之後，心中，就沒有一絲起伏？」我有股想噴他一臉口水的衝動，但想了想，還是節約為要，便作罷，只耐心解釋道：「第一，犯案的是我的中指，不是我。第二，我的中指因為你緊閉的動作，並沒有如期進入。第三，想必你也被捅了成千上百次，不差我這一回。」

他的眼眸深處流動著暗光，「沒有，就被妳捅過這麼一次。」我嘩啦啦地翻過一頁雜誌，歎息道：「小受個個都冒充小攻，什麼世道啊？」他笑得無波無瀾，話語字字清晰：「我再重複一次，我只壓女人。」我哼哼地笑了一聲，低頭繼續看雜誌。他的聲音繼續傳來：「沒關係，等我壓了妳之後，就會眞相大白了。」我露出最友善的笑容，誠懇地說道：「我很後悔，為什麼昨天沒用最大號針筒代替我的中指呢？」他繼續微笑，眼中風流無限。

我低低咒了一聲，開始卑鄙地搞起了小動作，伸腳朝他踹去。當然，在我內心深處還是有點良知，害怕將他傷得太重，便先脫下了鞋子。但狐狸被稱作狐狸，是有其深刻原因的。我說這句話的意思是，我的玉足剛一出擊，便被他的膝蓋夾住了。我趕緊用力往外抽，但狐狸把我的腳夾得很緊，根本解救不出來。我眉頭一蹙，惱羞成怒，乾脆一不做二不休，另一隻腳也朝他踹去。但天要亡我，我那隻腳也以同樣的方式淪陷；也就是說，我現在雙腳都在他掌控之中了。這樣的姿勢實在是恥辱。我暗中使力，臉都憋紅了，還是沒能把腳從他邪惡的膝蓋中解救出來。正準備拍桌子嚇嚇他，病人卻在這時進來了。

我趕緊正襟危坐，雖然桌子底下的腳還在狐狸那裡，但露在表面的身子，還是得裝成什麼也沒發生的樣子。原本以爲病人來了，盛狐狸會有所收斂，但他還是不放腿，就這麼把我給夾著。我急得滿額是汗，但盛狐狸卻是一臉雲淡風輕，眞是妖孽。病人的眼睛在我和盛狐狸之間來回梭巡了半晌，最終不知哪根筋不對，竟然拿著病歷選擇坐在我面前的椅子上。要知道，一般在有選擇的情況下，病人都是會投入狐狸懷抱的啊。

我目瞪口呆，無比驚訝，可是現在卻沒有喜悅的心情慶祝自己終於用人格魅力征服病人。在我玉足受制於人的情況下，怎麼還有心思爲別人看病呢？於是，我禮貌地請他移駕到盛狐狸那裡去。誰知我低估了狐狸的能力，他居然能一邊聚精會神地爲病人看病，一邊還是夾著我的腳不放。我拖，拖不出；我進，進不去。正急得滿臉通紅，又來了一位良家婦男大叔型病人。這次，我總不可能再拒絕了吧；算了，學習一下關羽刮骨療毒吧，把精神集中在病人身上就不會多想了。但是，正當我仔細聆聽大叔講述自己的病狀時，一股難耐的搔癢忽然從腳底心竄到四肢百骸，驚得我出了一身冷汗。

我一臉銳利地朝對面看去，發現盛狐狸的右手沒放在桌上。他在搔弄我的腳板心？這個人，居然比我還變態，今天總算是見識了！

22 猴子摘桃對抓奶龍爪手

「醫生、醫生？」大叔喚我：「我這到底是什麼病啊？」我轉過頭，清清嗓子，道：「嗯，你描述得不是很清楚，再仔細講講症狀吧。」逆來順受的大叔重新開始描述症狀，我正努力集中精神聆聽時，腳底心又傳來搔癢。這次下手比上次還重，我的身子不由自主一抖。大叔雙手緊握，放在下巴處，淚眼汪汪地說道：「醫生，妳爲什麼這麼震驚，難道我得了什麼不治之症？」「沒有、沒有。」我趕緊安慰：「我……只是突然神經性痙攣了一下。」大叔安下心來，繼續講述病症：「從上個月開始，我就頻尿，尿不盡……」我看向對面的盛狐狸，狠狠地剜了他一眼，意思就是——「他媽的，你再繼續這樣，我把你的腿打斷！」我的目光被盛狐狸全數接收，但卻像顆石子落在懸崖下，沒有一點反應。他嘴角微勾，神色平靜，正耐心地爲病人講解疑惑；我不得不說，實在是位高人。

我又氣又急又難堪，全身都開始發紅。大叔果然是位好大叔，他暫時放下自己的事情，開始關心起我來，「醫生，妳的臉怎麼紅得像火燒一樣？是不是發燒了？」我剛要說沒事，腳底心又被重重地抓撓了一下，癢得我身子一縮。「又是痙攣，又是發燒，算了，醫生，妳先把自己的病看好吧。」說完，大叔自動告辭。那廂，盛狐狸的病人也諮詢完畢，確定自己沒事，也跟著大叔離開。

房間內重新安靜了下來。我看著面前的盛狐狸，雙眼怨毒嗖嗖地放著冷箭，心中燃燒著最猛烈的恨意，恨不得含口大便噴在他臉上，或者三更半夜跑到他屋子前靜悄悄地上吊自殺，第二天把他嚇得神經失常。我深深吸口氣，努力平靜著自己的語氣，說道：「請——你——放——開——我——的——腳。」狐狸那勾魂攝魄的眼睛微微一瞇，頓時滿室春色旖旎，「如果我放了妳，妳要怎麼報答我呢？」我在心中把他祖宗八代統統問候了一遍，最後硬硬地擠出了個笑容，道：「你需要我怎麼報答你呢？」狐狸笑得燦若桃花朵朵開，道：「這樣吧，妳昨天都進入我了，那麼也讓我進入妳一次，這樣公平吧。」「公平，很公平。」我上下兩排牙齒喀喀喀喀地咬著，恨不能將他的頭咬下來，然後像組裝變形金剛般將他的四肢拆下來，剁碎成餃子餡餵狗吃；不，太浪費了，還是凍在冰箱裡，我自己吃。

正在這時，護士小劉敲門進來，說院長叫我，要我快去院長辦公室一趟。我看向對面，道：「怎麼，現在你還不打算放開我嗎？」盛狐狸嘴角的笑容慵懶而優雅，「只要妳答應我一個要求，便馬上放了妳。」「什麼要求？」我人在屋簷下不得不低頭啊。陽光從窗戶潛入，照映得盛狐狸的側臉一片金黃，他很慢很慢地說道：「我要向妳證明自己不是小受，所以，就麻煩妳被我壓一次吧。」快點、快點，哪裡有大便，快讓我含一口噴在他臉上！我氣得牙齒打顫，但語氣還是裝出平和的樣子：「小盛啊，其實我是和你開玩笑的，像你這樣拉風的男人，就如黑夜裡的螢火蟲那麼鮮明，那麼出眾；你那憂鬱的眼神、稀落的鬍碴，還有睡覺時眼角的兩粒大眼屎，都深深地讓我相信你絕對不是小受。」那是當然，人家小受都是粉可愛粉可愛的，怎麼可能是你盛狐狸這種人渣呢？盛狐狸不吃這一套，他的手又來到了我的腳底，指腹在上面輕輕遊走，帶著一種誘惑。那張似水容顏在俊美之下湧動著一種別樣的危險，「可是，我一定要親自向妳證明這一點。」

此刻，小劉又來催促第二次了，說院長要我快去。盛狐狸愜意而自得地半瞇起眼睛，道：「考慮得怎麼樣？」已經沒有第二條路可以走，我閉上眼，咬住下唇，屈辱地接受了這項不平等條約。盛狐狸輕笑一聲，接著膝蓋一鬆，放開了我受困已久的玉足。此刻，我張開眼，目中殺意突盛，身子頓時往下一沉，一雙腳不出反入，狠狠地朝他狐狸根踹去；即使是他有所防備，也耐不住我怒意澎湃時爆發出的潛力與攻擊力，以及敏捷度。於是，他的狐狸根就這麼被我踹了一下；狐狸悶哼一聲，連人帶椅後退了幾步。

我哪裡會罷手？趕緊上前一把將他推倒在地，然後對準他的狐狸根補踹一腳。但我說過，狐狸不是省油的燈。他忽然拉著我的腳，將我絆倒在地，然後敏捷地翻身覆蓋上我，笑得頗有意味，「果然是守信用啊，說讓我壓馬上就兌現了。」我微笑，燦爛得像那田地裡的白菜花，「我這個人一向說到做到。所以，我剛才在心中說要廢了你的小弟弟，就一定會廢了它！」隨著話音，我一個猴子摘桃，狠狠地掐住他的小弟弟。頓時，他額頭滲出了大顆大顆的冷汗。我正得意，卻見狐狸那雙黑眸忽然變得異常幽深，像暗藏凶機的深潭。心中一涼。果然，他一把抓住我的雙手，將它們禁錮在我的頭頂。

頓時，我受制於人，動彈不得，忙道：「你要做什麼？不要亂來啊，我會叫的！」

接著我又壓低嗓門，模仿起盛狐狸的聲音：「妳儘管叫破喉嚨吧，沒有人會來救妳的！」我的聲音：「破喉嚨，破喉嚨，你快來！」

我模仿「沒有人」的聲音：「公主，我是沒有人，我來救妳了。」我又模仿盛狐狸的聲音：「靠，說曹操曹操就到。」

我模仿「曹操」的聲音：「盛狐狸，你叫我幹嘛？」我又模仿盛狐狸的聲音：「哇靠，見鬼了。」

我模仿「鬼」的聲音：「靠，被發現了。」我模仿「靠」的聲音：「鬼，你真的能看見我啊？」又模仿盛狐狸的聲音：「噢，我的老天！」

正打算模仿「老天」的聲音，眉毛一直呈波浪狀的盛狐狸終於忍不住了，大吼一聲：「住口！」我開始保持緘默。他深深吸口氣，咬牙道：「寒食色，沒事不要導演這種冷笑話。」我瞪著他，道：「你想做什麼？」

盛狐狸的眼睛很慢很慢地瞇了起來，眼尾差點翹入了鬢角，讓人背脊一寒。他一個字一個字地說道：「妳怎麼對我，我就怎麼對妳！」說完，他將另一隻空下的手，伸在半空中成爪狀，接著，猛地對準我的咪咪襲來！

啊，傳說中的抓奶龍爪手！我嚇得眼淚與鼻涕橫飛，忙道：「不要啊、不要啊，我的B罩杯是墊出來的，裡面是矽膠，抓了會爆的，爆了會弄髒你的手的！」哭著哭著，卻發現胸部沒有傳來預想中的劇痛。膽顫心驚地睜開眼，卻發現盛狐狸就這麼保持著抓奶龍爪手的準備動作，而頭卻看向門口。我順著他的目光看去，發現門口站滿了人——有醫生，有護士，有病人，而站在最前面的是老院長。

當時的情景是這樣的。我躺在地上，衣衫不整，頭髮凌亂，雙手被盛狐狸制住。盛狐狸騎在我身上，衣衫不整，頭髮凌亂，一隻手還正準備對我的胸部不軌。此情此景是很難一言道盡的。於是，整個診間沉默了一分鐘。空氣凝滯了，時間停頓了，終於，一聲綿長的「噗」打破了沉寂。「我靠，誰放的屁？」「好臭！小王，是不是你？」「不是我，我只是有想放的感覺。」「是小李，這屁是酸的，我看見他早餐吃檸檬派！」「胡說八道，這屁是酸中帶辣的，所以一定是早上吃酸辣粉的人放的！」「是小莫，他天天都吃酸辣粉！」「我沒有放，你冤枉我，我跟你拚了！」「啊，打架了，打架了，大家快來下注！」接著，一大群人便跟著打架的兩人離開了。

只剩下老院長目光炯炯地看著我們，我頓時僵硬成石像。良久，老院長歎口氣，語重心長地說道：「你們這些年輕娃兒啊，做這種事情之前啷個連門都不曉得關啊，嗯是腦殼打壞了邁？這些事情，未必還要大人來教你們邁？下次注意，一定要關門！好嘛，你們繼續嘛。」說完，他慢悠悠地走了出去，還順手幫我們關上了診間的門。

至此，盛狐狸和我已經同時石化，火化，液化，汽化了。

23 吃了我的烤鴨，就是我的人

良久，我直視著壓在我身上的盛狐狸，問出了一句話：「我猜剛才是小劉放的，你說呢？」盛狐狸：「……」在這場戰爭中，我被他夾住了腳，他被我扭了狐狸根，兩人也算是打平了。但事情還沒完呢。

第二天，老院長便把我叫到辦公室去了。我進去時，發現房間的光線非常黯淡，厚厚的窗簾拉了下來，偶爾透出幾縷光，將空氣中的微塵映得無所遁形。老院長坐在辦公桌前，一道精光從眼睛裡折射出來，他指指面前的座位，說：「寒食色同志，坐吧。」

我戰戰兢兢地坐下，活像個潛伏在我黨內部的漢奸被抓包的樣子。完蛋了，老院長這麼嚴肅，今天是不會有好果子吃的。果然，老院長上上下下左左右右前前後後地將我打量了一番，那眼神，活像電腦斷層掃描。末了，他嚴肅地說道：「寒食色同志，妳在我們醫院工作的時間也不短了。」我的心「喀噔」一聲，暗想：「完了、完了，一定是要扣我獎金！」老院長接著說道：「妳的工作態度我也是看在眼裡的，說好聽點那叫真性情，說難聽點那叫懶散。」我身子都駭得麻了，暗想：「慘了、慘了，一定是要把我給解雇了！」老院長還在繼續：「即使是這樣，看在妳爸爸的分上，我還是睜一隻眼閉一隻眼就算了……妳說，是不是應該感恩，報答、報答我呢？」

我也學著老院長，用電腦斷層掃描般的目光上上下下左左右右前前後後地將他打量了一番——那皺紋縱橫的臉，小蚊子飛上去絕對要高唱〈我家住在黃土高坡〉這首歌。那抹了無數髮膠、硬得像針一般的銀髮。那躲在厚得像啤酒瓶眼鏡後的綠豆般雙眼。那口腔裡或卡著韭菜葉子的牙齒。我閉眼，扭頭，握領，大喊道：「院長，我做不到，我不能接受你的潛規則，不能接受你的性騷擾，你乾脆把我辭退了吧。不過，這個月的薪資要記得給我！」啪的一聲，老院長額角青筋爆裂，他大吼道：「妳說撒子？我眼睛瞎了要潛規則妳！」我恢復正常，問道：「那你到底要我做什麼。」院長喝口茶，開始發出自己的祕密命令——

簡潔點說就是，盛狐狸是非常牛逼的，所以很多牛逼的醫院都在爭著要牛逼的他，私下也在和他聯繫。雖然我們這間醫院比較牛逼，但比起那些更牛逼的醫院就不怎麼牛逼了。雖然院長開給了盛狐狸非常牛逼的薪資，但說不定其他更牛逼的醫院會用更牛逼的薪資來誘惑牛逼的盛狐狸。昨天，他老人家看見了我們在診間裡那牛逼的一幕，便想到一個使用了千百年、非常牛逼的方法，也就是美人計。雖然我不算牛逼的美人，但根據院長牛逼的眼光看來，那牛逼的盛狐狸對我還是有點牛逼的興趣。所以院長要我用牛逼的手段，把牛逼的盛狐狸勾引過來，讓牛逼的他永遠留在我們牛逼的醫院。爲了達成這牛逼的目的，老院長將我們的工作時間做了牛逼的調整；從今天起，我和牛逼的盛狐狸無論是白班還是夜班，每天都會待在一起。說完這件牛逼的事情後，牛逼的院長問我：「寒食色同志，妳對組織的安排有撒子其他要求沒得？」我道：「只有一個。」院長耐心聽取我的意見，問：「什麼？」我非常誠懇地說：「院長，您老洗洗睡吧。」說完，不顧神情僵硬的院長，直接起身離開。

搞了個半天，原來是要我演《色戒》，而且還是和盛狐狸，給我一百個 Gucci 包包也不幹！除非是一百零一個。回到診間，發現盛狐狸正雙腳交疊悠閒地坐著，白淨的臉上一片閒適。陽光之下，那無瑕面龐彷若充滿生命的瓷器，散發著瑩潤的光，輪廓優美，斂盡天地光華。哼，美則美矣，毫無靈魂。不過轉念一想，寒食色，妳好意思說別人，妳兩樣都沒。準備回家。正在收拾東西，一雙白玉般的手拉住了我的包包。

我趕緊一個旋身，將雙手隔在胸前，戒備地看著他，道：「你想做什麼？」難道是不服氣，又想抓我的奶？他那狐狸根只有一個，我家的饅頭卻有兩個，他一次抓倆，我多划不來。但仔細想想，他那裡是一個話筒加兩個球形小音響，下次我應該一次抓仨，那就賺翻了！正想著，他的聲音傳來：「晚上，我請妳吃飯吧。」我輕飄飄地看他一眼，從鼻子中哼出一口氣，「當我是韓國偶像劇女主角嗎？一碗炸醬麵就被人給騙走了。家母從小教育我，女孩子千萬不能貪吃，因爲一貪吃就很容易被別人吃。再說了，我起來像很餓的人嗎？像是沒吃過飯的人嗎……算了，閒話少說，到哪裡去吃？」盛狐狸看著，我玩味地一笑，道：「悉聽尊便。」

於是，我們來到全聚德吃烤鴨。女孩子千萬不能貪吃，因爲一貪吃就很容易被別人吃——這句話雖然不錯，但我寒食色是什麼人啊，膘肥體壯的，別人吃得下嗎？烤鴨味道確實不錯，麵皮薄薄的，鴨肉金黃透亮，肥而不膩，我埋頭吃得不亦樂乎。盛狐狸將麵皮包好後遞給我，笑道：「慢點吃，不夠再要。」我抬頭，問道：「今天眞的是你請客？」他道：「沒錯。」我轉頭對服務生道：「麻煩再幫我裝三隻，我要帶著走。」說完後，再低頭繼續努力，腦海中浮現的，都是盛狐狸欺負我的情景。沒錯，我要化悲憤爲食慾，吃垮他；說不定，他被我給吃窮了，不得已會爲了更牛逼的薪資，去了更加牛逼的醫院呢！想到這，我一陣狂喜，繼續埋頭奮戰。

盛狐狸悠悠閒閒的聲音傳來：「難道妳就不好奇，爲什麼我會請妳吃飯嗎？」我將嘴中的鴨肉嚥下去，乾脆地回答：「不想知道。」他問：「爲什麼？」我答：「因爲肯定不是好事。」他問：「妳怎麼知道不是好事？」我答：「因爲和你扯上關係的都不是好事。」他道：「說不定是好事呢？」我不再理會他。就知道今天不會有好事，所以在遭受打擊之前，我得先吃回來。我吃，我吃，我吃吃吃。

正吃得歡欣，忽然有個暖暖濕濕的東西在我臉頰上舔舐了一下；我一個激靈，轉頭發現，盛狐狸正含笑坐回自己的座位，接著還輕舔了一下嘴唇，輕聲解釋道：「妳的臉上，有醬料。」我愣了半晌，最終站起身，走到他面前。盛狐狸看著我，目中有光韻靈動，似乎在等著我發飆。我忽地俯下身子直視他的眼睛，在那瞬間他的睫毛抖動了一下，眼眸深處某種情緒一閃而過。然後我低頭，將被他舔舐過的那半邊臉在他襯衫上用力地擦拭著，接著我回到座位上，繼續埋頭痛吃。耳邊，似乎傳來一陣幾不可聞的笑聲；不管他，媽的，被占便宜了，更要吃回來。當肚子飽了七成時，盛狐狸又開口了：「妳吃了我的烤鴨，就是我的人了。」

如果這烤鴨有骨頭，那麼我會被哽死。但這切成片的烤鴨有骨頭嗎？沒有。所以我沒有死，而是勇敢堅強地活了下來，繼續受盛狐狸的荼毒。將碗裡的烤鴨嚥下喉嚨之後，我喝了口清茶，認眞地說道：「其實，我可以把吃下去的鴨子還你的。」盛狐狸的眼睛閃動了一下，唇邊漾起了一絲模糊的笑，「好啊。我就看著妳吐。」開玩笑，我寒食色吃下去的東西會吐出來嗎，我道：「我並不是指吐出來給你。」他漂亮的眉毛微翹，代表著詢問的表情，「那妳是指……」我豪氣萬千地將胸口一拍，道：「我會拉出來給你。放心，我寒食色的消化功能不是一般的好，今天晚上就可以給你拉出來，到時候我會通知你來取的。」說完，我繼續低頭加速吃烤鴨，務求把另外一盤也全部嗑掉，然後走人。就知道這人居心不良啊。

「我需要的是完整的烤鴨，而且還是妳剛才吃下去那隻。」盛狐狸不疾不徐地說道：「而這，是妳無法辦到的。」我覷他一眼，繼續吃，「強迫我，也是你無法辦到的。」他忽然湊近我，那清奇的眉目讓人的心頓時一悸，「這樣吧，如果妳答應成爲我的人，我就天天請妳吃烤鴨。」「哈哈哈哈哈哈哈啊啊……哈哈哈哈。」我的笑聲直入雲霄。接著，我看著他，眉目一凜，活像電視劇中視錢財如糞土，堅持理想，不屈從於惡勢力的革命先烈，「區區烤鴨，就想收買我？」說完，低頭再猛吃最後一口。

盛狐狸清淺一笑，繼續輕飄飄地說道：「每天早上還給妳端牛肉麵……大份的。」「哈哈！」我的笑聲漸漸有些乾涸的跡象，因爲口水湧出來了，但我依舊擋住了誘惑，道：「區區幾碗又香又辣的牛肉麵就想收買我？」盛狐狸笑得無波無瀾，他反革命的心還不死，「另外，我還天天給妳買洋芋片……番茄口味的。」嘩啦啦，嘩啦啦，我的口水如瀑布般流淌。媽的，這隻狐狸找到我的死穴了。危險，實在是危險。憑著對自己的瞭解，我知道如果盛狐狸再加一句每天給我買「牛肉乾，大包的」，那我鐵定淪陷，馬上屁顛屁顛地跑到他面前，拉開衣服，道：「壓我吧、壓我吧，你來壓我吧。」

爲了避免這種醜事發生，我張大嘴巴，將盤中最後一片鴨肉蘸醬放在麵皮上，再夾上黃瓜，裹好，一口塞進嘴裡。接著背過身去，以每秒咀嚼三次的速度將嘴中那一小份烤鴨快速吃了下去，再伸出舌頭於嘴唇邊舔了一圈，確定沒有沾到醬，這才優雅地回身，禮貌地說道：「盛醫生，今天實在是讓你破費了，眞是不好意思。下次我回請，時間不早了，我就先回去了，明天見。」說完，拿起那三份外帶烤鴨，趕緊開溜。

吃了別人的不要緊，最重要的是要跑得快啊。但盛狐狸閒閒起身，一雙長腿三步併兩步，就攔在了門前。我半瞇起眼睛，就知道他今天要包廂是有所圖謀的。果然，狐狸就是狐狸，不會做虧本的生意。不過嘛，我寒食色是狐狸他祖宗，也不會讓他輕易得逞。

於是，我笑得像朵油菜花，道：「哎呀，盛醫生，你這就太客氣了，我有手有腳的，自己走就行了，不勞煩你送了。再說，剛才的烤鴨都是被我給嗑完的，你也沒嘗幾片，再叫一份來繼續吃吧。」一邊說，我一邊死力地推開他，但狐狸卻像尊石雕似的，擋在門口一動不動。我也不裝客氣了，便冷眼看著他，道：「盛悠傑，你究竟想做什麼？」

他微微低著頭，直視著我。那雙眼睛有著優雅細長的弧度，波光瀲灩，稍微眨動便能生出無數魅惑的花朵。燈光在他臉龐投下橘紅的光，彷彿一層紗，爲他的神色罩上了柔和。他看著我，那張水潤的薄唇輕啓：

「我想要妳。」

24 最完美的猥瑣動作

在那一刻，盛狐狸靠我很近，他身上那股熟悉的消毒水味緊緊包裹住我，牽扯了我所有的意志。不可否認，在那一刻我的心停了半拍。當時，他的鼻尖離我的鼻尖只有零點零一公分，但是四分之一分鐘之後，那只挺翹鼻子的主人將會徹底遠離我，因為我決定做一個猥瑣的動作。雖然本人生平做過無數猥瑣的動作，但這一個，是我認為最完美的……

「咕——呃——呃——」我大大地打了個飽嗝。那聲音震天動地，彷彿我的身體想透過這個飽嗝向世界傳達出一個聲音——同一個世界，同一個夢想，別再拒絕我們了，帝國主義們，用你們那沾滿罪惡資本主義的雙手迎接我們這些勞動人民吧。與這個偉大聲音同時發出的，是創造飽嗝的那股氣流；那股氣流混合了胃袋裡已經被胃液腐蝕的鴨肉，還有能製造恐怖氣息的蔥苗大蒜等，再加上一個我醞釀已久的衝擊波發射，瞬間便將那氣體直直噴在盛狐狸的面鼻之上。那股氣味，怎一個銷魂了得啊，所以盛狐狸當即連連後退了幾步。

機不可失時不再來，我一手打破自己辛苦多年才建立起的淑女形象，就是為了逃命啊。於是我覷準時機，猛地將他一推，然後拉開門，往外衝。門是拉開了，但我的身子還有半個在房間裡，手又被盛狐狸抓住了！我回頭，深呼吸，凝氣，再對準他的鼻子毫不吝惜地哈出一口氣。果然是威力堪比毒氣啊，盛狐狸趕緊將臉扭到一旁，堪堪躲過我這致命的一擊。但我的手卻還是被他緊緊拉著，我警告道：「盛悠傑，你再不放手，我就要大叫了。」他轉過頭來，緩和下臉色，才平靜地說道：「我只是想通知妳一件事。」我一邊又在醞釀著毒氣，一邊問道：「什麼事？」準備等他不軌時，朝他的面鼻噴去。要知道，我現在的口氣可是比那些武林高手的暗器都要厲害。

他看著我，一雙黑眸如同暗夜，而在那中央有著點點璀璨的光，恍如星辰，「我想告訴妳，五天之後，我就會壓上妳。」我看著他，開始懷疑盛狐狸是不是被我銷魂的口氣薰得腦袋不靈光了。於是，我開始試探性地問他問題：「爲什麼是五天之後？」他勾起嘴角，恍如桃花盛開：「因爲，五天後，就是我的生日，而妳，就是我要的生日禮物。」我心頭大石這才放了下來，這傢伙思路清晰，口齒伶俐，我確定他腦袋還是正常的，沒有被我薰壞，可以不用擔心賠償醫療費的問題了。這句話說完之後，盛狐狸便放開了我，我趕緊一溜煙跑走。

出了全聚德，這才發現天色已經暗了下來。周圍到處都是霓虹燈，那些色彩在我眼前流動，辨不清晰。我抬頭，看向我剛才所在的包廂。盛狐狸正在那裡站著，他身形修長清俊，此刻，正背對著光。我看不清他臉上的表情，甚至看不清他的臉，但我感受到一股灼灼目光向我射來。我忽然不由自主打了個寒噤，再不敢看他，轉身，走開。走在街上，越想越覺得不對勁。這隻狐狸最近眞是越來越奇怪了，一切都是從掐屁股開始的吧！我那個悔啊，那個恨啊，那個敲啊，那個打；早知道如此，當初應該從他屁股掐下一塊肉來當宵夜的，划不來啊，划不來！

拿著三份烤鴨，我慢悠悠地走在地下道中。正在想事情，又感覺到一股灼灼目光忽地向我射來。我一個激靈，抬頭，看見了一雙水盈盈、燦若星辰的眸子。是那小乞丐。現代人個個眼睛都像雷射槍，看來人類又邁向了進化的新路程啊。我走過去，猶豫半晌，終於良心發現，把從盛狐狸那A來的烤鴨拿了一份給他。他沒有接，那濃而漂亮的眉毛不羈而囂張地往上一翹，睬都不睬我。小乞丐，跟我鬥？我當即將盒子打開，烤鴨還是熱的，透著誘人的香氣；然後，我將盒子對準他，用手把那些香氣搧到他面前。不出所料，小乞丐的喉結動了動；開玩笑，金黃油亮，外酥內嫩，任是神仙也敵不過這般美味啊。想必是看見我得意討打的神色，他眼中閃過一絲惱怒，馬上拿起小提琴，偏過頭，自顧自拉了起來。

我用手在他眼前晃了晃，道：「不要鋸木頭了，快來趁熱吃吧。」他聞言，怒了，眼裡像著了火，一雙眸子更加晶亮，像撒上了璀璨的碎鑽，他朝我吼道：「這是拉小提琴，不是鋸木頭，妳這個音癡！」我伸手，抹去他噴在我臉上的口水，淡定地說道：「小弟弟，脾氣不要這麼壞，多想想這世界如此美妙，我卻如此暴躁，這樣不好、不好。來，跟姐姐一起練習一遍，世界如此美妙，我卻如此暴躁，這樣不好、不好……咦，你額頭起青筋了。」小乞丐咬牙切齒，烏黑的臉上那眼睛更是晶瑩明亮，像蘊了無數星辰，他一字一句地說道：「思想有多遠，妳就給老子死多遠！」

我再次抹去噴在臉上的口水，長歎口氣：「想當年，那些人肉販子拐我們八〇後的時候，最大的成本不過是一顆糖。現在的九〇後，免費給他剛出爐的烤鴨都不吃，胃口真是叼啊。」那小乞丐有型的濃眉頓時豎了起來，「誰會相信妳免費？上次不過是給我一頓剩飯，居然還拿了我六塊錢走！」我誠實回答：「錯。是六塊五毛。」誰知這小乞丐不愛聽實話，居然怒火驟升，像狂風暴雨般對我吼道：「妳這個老女人，別人都是來我這兒給錢，就妳一個人每天都從我這裡換零錢，害不害臊？給我滾！」算了，這些個非主流的小乞丐，真是不好惹。

我也不再和他計較，直接將那盒烤鴨放在他面前。然後，雙手呈剪刀狀在眼睛前交替地走了過去，學著周星星在《唐伯虎點秋香》中那樣唱道：「全聚德烤鴨，你喜歡吃。但是你老娘說你快升天。越快升天就越應該要拚命吃。如果現在不吃，以後沒機會再吃！你眞的快升天！你眞的快升天！如果現在不吃，以後沒機會再吃！」唱完後，稍息，立正，站好，轉身，飛逃。

背後，傳來喀吱喀吱咬牙切齒的聲音。別說，這每天逗了小乞丐之後，腰不痠了，腿不疼了，上樓也有力氣了，眞是樂無窮啊。

25 身嬌腰柔易推倒

一覺睡醒之後，我把昨晚盛狐狸的異樣隨著排泄物一起沖走了。

走在上班的路上，我一直在思考一個問題。排泄物是排到江裡的，但我們喝的水也是從江裡抽出來的；也就是說，盛狐狸很可能會喝到我的排泄物？這麼一想，確實是心情大爽啊。但轉念一想，發現自己也有可能喝到狐狸尿，心情馬上又鬱鬱了。於是，我的臉一會兒晴一會兒陰，一路上嚇到不少行人。

來到醫院後，發現桌上放著一桶洋芋片，還是番茄口味的！我的眼睛立刻放光，正要撲過去打開來吃，發覺不對勁了。昨晚……似乎，好像，也許，可能，應該，盛狐狸說過這麼一句話──「另外，我還天天給妳買洋芋片……番茄口味的。」而在那之前，他還說了一句話──「如果妳答應成為我的人，我就天天請妳吃烤鴨。」也就是說，這是成為他的人之後的報酬，可是我非常肯定自己並沒有答應啊。於是，我又想起他昨晚說的話──「我想告訴妳，五天之後，我就會壓上妳。」難不成，那盛狐狸不是在開玩笑？不會吧。我倒退一步，將那番茄口味的洋芋片當成眼鏡蛇。

「怎麼，不喜歡嗎？」盛狐狸的聲音傳來。我轉頭，看見他正將雙手環在胸前，身體斜斜靠著門框，嘴角呈現誘人弧度。我問：「你買的？」他答：「是的。」我問：「買給我的？」他答：「是的。」我問：「爲什麼要買給我？」他答：「因爲妳愛吃。」我問：「我記得院長也喜歡吃，爲什麼你不買給他？」盛狐狸眼中閃過一種濃重的墨色，「因爲，我沒有興趣壓他。」我開始催眠他：「你有的。去壓他吧，您老可是老少皆宜，男女皆可啊。」他眼中的墨色變得綿長，「不。我只喜歡壓妳。」我笑笑，然後拿起那桶洋芋片，用力朝他擲去，道：「不好意思，我不喜歡被你壓。」盛狐狸伸手輕鬆接住，接著眼角眉梢盛滿曖昧，「關於姿勢的問題，我們可以在床上慢慢討論。」

我狂日你個狂日噢，我嘣噔你個嘣噔噢，我圈圈你個叉叉噢——我在心中暗暗咒罵了幾句，然後暗自告訴自己：「淡定、淡定，狐狸偶爾也會得狂犬病，別太把他的話當眞了。」正這麼想著，盛狐狸的話傳來：「對了，忘記提醒妳，還有四天。」忽然的一句話，攪得我一頭霧水，「什麼？」盛狐狸細長的美眸中蕩漾著意味深長的光，「我是說，距離我壓妳的時間，還有四天。」狂犬病、狂犬病，盛狐狸得了狂犬病，不能和他計較。我這麼安慰著自己，而且努力想將這件事遺忘，但那狐狸卻不遺餘力地時時刻刻提醒著我。

第二天，他在我爲病人備皮時走到我後面，伸手自我的屁股一滑而過，並悄聲在我耳邊說道：「記住，還有三天。」嚇得我手一抖，差點把病人的小雞雞割下來。

第三天，我正站在窗前偷吃牛肉乾，盛狐狸忽然走過來，將我身子一轉，然後湊近，咬走我銜在嘴中的牛肉；與此同時，還留下一句輕飄飄的話：「還有兩天。」我目瞪口呆，之後回過神來，輕啐一口，學著孫紅雷的口氣道：「土匪！連牛肉乾都搶，簡直禽獸不如！」

第四天，我正趴在桌上睡午覺，忽然覺得嘴唇癢癢的，迷迷糊糊睜開眼，卻發現盛狐狸那張放大的狐狸臉。我頓時驚出一身冷汗。誰知他像什麼也沒發生似的，舔舔嘴唇，輕聲道：「還有一天。」接著，轉身離開。我趕緊翻查相關資料，看這是否屬於辦公室性騷擾，準備告他個傾家蕩產。

奇怪的是，第五天，他反倒像沒事人般再也不倒數計時了。果眞是個玩笑，我這麼想，便抹去一頭冷汗，但潛意識裡還是沒有放鬆警惕，畢竟，我面對的可是一隻腦部結構和常人不同的狐狸，一隻得了狂犬病的狐狸。於是我一整天都小心提防著，將診間門開得大大的，準備一有什麼風吹草動就馬上落跑。但直到要下班了，盛狐狸還是沒有任何不軌，我漸漸放下心來。忽然想起他說過今天是他的生日，便從抽屜裡拿出一塊巧克力遞給他。盛狐狸揚揚眉毛，問：「這是什麼？」我揮揮手，「生日禮物。小意思，不用太感謝我。」盛狐狸拿著那塊巧克力，嘴角輕揚，道：「這好像和我預訂的生日禮物不一樣。」我嚴肅地說道：「人生不如意事十常八九，習慣就好。」他笑，微笑，眼角綻放出朵朵桃花，「有些事情，是習慣不了的。」

接著，他將那塊巧克力的包裝紙剝開，他的手指如此修長，白淨，像件藝術品。只見他將包裝紙一層層剝開，非常有耐心，就像在對付一個女人——慢慢地，一層層地，將她的衣服褪下，露出赤裸光滑的身體。白皙的手指，純黑的巧克力，指尖帶著慵懶，帶著情慾的味道。然後他拿起那塊巧克力，伸出粉色的舌頭，輕輕一捲，便將其捲入嘴中；接著，他並沒有咀嚼，而是用自己的舌靜靜貼著它，偶爾自它身上滑過，唇齒之間染著無限風流。我的臉被他這番意識流的色情表演薰紅了，最重要的是，他在做這一切時一直看著我，那叫一個目光灼灼啊，簡直是要燒死我。我道行尚淺，甘拜下風，當即去廁所避難；在女廁裡躲了十多分鐘，挨到下班時間，便準備回診間拿東西走人。

我雙手插在白袍裡，正悠閒地走在走廊上，忽然間手臂一緊，眼前一花，人忽地一聲被拽進一間病房中。好不容易勉力定住心神，抬頭一看，發現面前站著的人正是那隻盛狐狸。再環顧一下四周，發現這裡是間空病房。心中喀噔一聲，糟糕，被狐狸給綁架了。

雖然心跳得噗通噗通的，但我面上裝得若無其事，笑道：「盛醫生，多大的人了，還玩捉迷藏？你讓讓，被你一嚇，我又尿意澎湃了，快快快，我憋不住了，放我去廁所先。」誰知盛狐狸死都不上當，繼續像門神般擋在門前。我呑口唾沫，問道：「你想做什麼？」他臉上浮出一絲極淡的笑，但那笑意卻是綿長，他說：「還有一分鐘了。」我腦袋中嗡的一聲響，瞬間明白了他的意思，我點點頭，「原來，你想壓我？」「是的。」他細長的眼睛浸在黑暗之中，彷若湖泊深潭映著月色。我臉紅了紅，雙手捂住臉頰，往旁邊側了側頭，用一波三折一蕩三搖、無比嬌媚無比銷魂的聲音說道：「不瞞你說，人家……也好期待的說。」聞言，盛狐狸的身子搖晃了一下。

趁此機會，我趕緊猛地上前，想推開他。但盛狐狸似乎早就料到我有這招，伸手一撈，就把我推到床上去了。人家說蘿莉有三好，身嬌腰柔易推倒，可你說我都快成半老徐娘了，這盛狐狸怎麼還下得了如此重手呢？要是一個不小心讓我閃了腰，可怎麼得了呢？但現在卻不是埋怨的時候，因爲在下一瞬間，盛狐狸就撲上來了，接著，我呈現「大」字形被他壓住了。

這一刻，我眞想仰天狂吼柴柴的經典名句——「瘋了瘋了，全都瘋了！」一向都是我寒食色強別人的分，那曉得今天居然要被別人給強了。一道閃電劃破黑暗，我彷彿又看見《包青天》裡那披頭士楊子哥哥拿劍指著天，大喊道：「善惡終有報，天道往輪迴；不信抬頭看，蒼天饒過誰！」果眞是報應啊！再看盛狐狸，他嘴角微彎，風情無限；那雙細長輕佻的眼睛誘惑地半闔著，裡面蘊藏著一種叫做「孽」的妖豔；那薄而水潤的唇輕輕開啓，吐出溫熱的氣息：「還有什麼招數，妳就一次全使出來吧。使完了，我們就好辦事了。」我那個氣啊，腮幫子簡直被我咬得像布萊德彼特那樣壯觀了。好，盛情難卻，我就使給你看吧。

第一招當然是狠狠地咒罵：「盛悠傑，你長得不純潔，生得不純潔，思想品德全都不純潔！你這個強姦犯，你這個色情狂，你出生時都不忘回頭看你媽媽一眼！你不是常態，你變態。你不是鳥人，你是閹人！我詛咒別人是生兒子沒屁眼，我詛咒你是生兒子兩個屁眼，好爲今後的耽美事業發展做出巨大而不可磨滅的貢獻！我詛咒你生下九個兒子，長大了全來攻你！然後你那九個兒子再給你各生九個孫子，九九八十一，全部攻你一個！我詛咒你的菊花在風中微弱地顫抖！」

罵完之後，原本以爲他會被那父子攻、孫爺攻、八十一P的場景，給嚇得沒了興趣。誰知盛狐狸不是常人，面上依舊無波無瀾。他碎碎的黑髮撫在臉頰邊，散漫，帶著慵懶而性感的味道。他緩緩開口，聲音帶著戲謔：「既然如此，那麼在被攻之前，我就先把妳給攻了吧。」看來他是不吃硬的，我活動一下面部神經，然後眼中盈出水光，嬌滴滴地說道：「請放過我吧，我不過是個孩子。」

盛狐狸嘴角抽搐了一下，但眼中那股妖孽顏色依舊沒有變化；軟硬都不吃，果然是高人。看來我只有使出絕招了，想到這，我深深吸口氣，然後用清脆的童音一鼓作氣說出了下面的話——「恒源祥，鼠鼠鼠。恒源祥，牛牛牛。恒源祥，虎虎虎。恒源祥，兔兔兔。恒源祥，龍龍龍。恒源祥，蛇蛇蛇。恒源祥，馬馬馬。恒源祥，羊羊羊。恒源祥，猴猴猴。恒源祥，雞雞雞。恒源祥，狗狗狗。恒源祥，豬豬豬。」

「啪」的一聲，我聽見某人額頭青筋爆裂的聲音。但盛狐狸居然沒有出現我預想中那種口吐白沫、四肢痙攣的現象，抵抗能力果然不一般。要知道，當初我聽見這所謂北京奧運贊助商電視廣告時，簡直是被雷得外焦內嫩啊！

26 襲擊某人小弟弟

想必是我的童音不如人家電視廣告裡的銷魂，這也難怪，盜版的能有正版厲害嗎？於是我再次深深吸口氣，決定重新來一次——「恒源祥，鼠鼠鼠。恒源祥，牛牛牛。恒源祥，虎虎虎。恒源祥，兔兔兔。恒源祥……啊！」正當我恒源祥得起勁，盛狐狸的爪子把我的嘴給捂住了。

他看著我，笑得柔軟而無害，但眼睛開始閃現獸類的森森光亮，「別再白費功夫了，妳今天是逃不了的。」我點點頭，意思就是——「老大，你說得沒有錯，我都聽你的。只要你不傷害我，我心甘情願給你壓。」他似乎讀懂了我的心靈感應，微笑著將手放開。我趕緊大喊：「救命啊！強姦啊！快來看現場實況ＡＶ啊，遲了就沒有了，先到的還附贈瓜子花生啊！」盛狐狸不慌不忙，不急不躁地說道：「提醒妳一句，這間病房的門，是隔音的。」原來是早有準備，我額頭開始滲出小蟲似的冷汗。

我問：「你想怎麼樣？」盛狐狸言簡意賅地回答：「壓妳，要妳，日妳。」我化身爲貞烈女子，「哼，就算你得到了我的人，也得不到我的心！」盛狐狸獸眼森森，「沒關係，要的就是妳的人。」我氣得太陽穴突突直冒，「爲什麼和電視劇上的臺詞不一樣？」盛狐狸俯下身子，那張輪廓分明的臉有著狡黠，還略帶柔軟的光華，「因爲，我們是要眞槍實彈地做。」

我越來越覺得事情開始偏離我預想的軌道了，於是便恢復了正經，道：「盛悠傑，快放開我。」盛狐狸的眼裡有股特別的笑意，他說：「妳認爲這可能嗎？」我吞口唾沫，道：「我服輸，我發誓，今後再也不惹你。好了，遊戲到此爲止。」盛狐狸嘴角的弧度閃著清麗的光，煞是好看。他說出的每個字都彷彿裹著珍珠的光澤，滑潤，奪目：「我從來不認爲這只是場遊戲。」我周身的肌膚因爲他的話開始緊縮，開始出現小小的疙瘩。我開始著急，瞪著他，道：「快放開我！平時不過是和你開個玩笑，別當眞了。」盛狐狸半眯著眼睛，那種悠閒，那種自得，彷若我已經是他利爪下的肥羊。「很可惜。」他說：「我已經當眞了。」

聞言，我的腦子像被人插入了棒子，正在不停地攪拌著，紅的白的，成爲混沌一片。究竟該如何是好？盛狐狸這麼對我，想必一半是爲了報復，一半是腎上腺素激增。那麼，是要和他一夜情嗎？當然，這也不是很難接受的事情，畢竟盛狐狸的模樣還是非常端正的，只不過嘴比較討打一點，但想必在做床上運動時，他應該不會說什麼掃興的話。但我呢？我努力想看清自己的感情。自從和溫撫寞分手後，我沒有再交過男朋友。嘴上說的是寧缺勿濫，或是學業工作忙碌，沒工夫找男人。但身體的每個細胞都知道，我在逃避，或者說，我在等待——

也許有一天，溫撫寞會眞的從美國飛回來，敲我家的門，說：「食色，我最愛的是妳，我們重新開始好不好？」很沒志氣的想法，但我本身就是個很沒志氣的人；對於溫撫寞，想必一輩子也忘記不了。可是，他是不會回來了；即使回來，想必身邊也有了另一個人。是啊，十多歲的愛情，能當眞嗎？或許，只是我一個人在緬懷那份流產的感情，而身體空了這麼久，也是有需要的。那麼，要不要就把盛狐狸當成充氣娃娃，彼此服務，彼此釋放一下激情呢？

正當我思考之際，忽然覺得胸口一陣冰涼。

低頭一看，發現盛狐狸不知何時已經解開了我的外衣，現在我的兩坨就只剩胸罩姐姐守衛了。再看盛狐狸，他那雙乾淨的秀目中有一簇小小的火光隱動，我的心頓時噗通噗通開始彈起了跳跳床。「你做什麼？」我缺氧的大腦只能問出這個白癡的問題。盛狐狸的眼眸像是最華美幽暗的黑寶石，此刻底部正流溢著綺麗神祕的光：「妳前些天不是說，自己的胸部塞了矽膠嗎？那麼，就讓我檢查一下吧。」我想伸手護胸，怎奈雙手都被他抓住，放在頭頂上。沒辦法，我只能大叫：「沒有、沒有，我這兩坨可是貨眞價實，童叟無欺，國家品質檢驗局免檢產品！」他恍若春風般地一笑，道：「既然是眞的，那更要摸一下了。」我倒吸一口冷氣，看著他的手慢慢地、慢慢地朝我胸部靠近。

一般說來，這時候應該要有人闖入了。來人可以是老院長，打開門後，他怔了那麼一下，接著眼鏡上流溢過一道精光，然後他對我做了個勝利的姿勢，意思就是——「寒食色同志，妳色戒得不錯哇，務必將美人計貫徹到底。」最後便出了門；這麼一來，盛狐狸就沒了興趣，只能把我給放了。來人也可能是另一對準備來這裡○○××的男女，或是男男，打開門後，看見我們，兩人都怔了一下，接著說道：「不好意思，這裡週一三五是我們預定的。」這麼一來，盛狐狸就沒了興趣，只能把我給放了。來人還可以是即將出院的童遙，打開門後，他拿著相機喀嚓喀嚓地猛拍了百多張，接著奪門而逃，到處散發照片；這麼一來，盛狐狸就沒了興趣，只能把我給放了。但是，想像總是美好的。沒有人來，所以盛狐狸的手就這麼觸在了我的倆包子上。他的手指修長、白皙、骨節分明，就這麼在我的胸上遊走；用三毛的書名來說，就是《萬水千山走遍》。

那略染涼意的手指先是在我的乳溝中徘徊，來回滑動著。接著它慢慢來到丘陵之上，輕輕一點，我的白嫩嫩饅頭上便有了個性感的陷落，那陷落隨著他的手指漸漸移動了位置，帶著誘惑的痕跡慢慢遊走著。他纖長乾淨的手指彷彿帶著電流，在我的皮膚上染起陣陣顫慄。冰白的指尖沿著內衣的黑色蕾絲邊緣滑動，每一次都彷彿要進入，深撫最敏感的所在，但每一次都是試探性的誘惑；指腹間的神祕紋路印在光滑的肌膚上，如烙印般灼熱。

我的喉嚨開始乾涸。忽然，盛狐狸俯下身子，親吻我的胸口。他的唇薄而熱，我似乎能感覺到唇下血液的滾動。那灼熱而滾燙的唇在我的頸脖遊走，帶著慵懶的情慾；然後，略帶濕潤的灼熱吻上我的鎖骨，並伸出舌尖輕輕舔舐著；接著，那帶著快感的熱度慢慢下滑，來到我的胸口，重溫著剛才手指滑過的路線。我不由自主拱起了身子，那是種索求的姿勢。他的唇最終隔著胸罩含住了我的蓓蕾，雖然有著布料的隔閡，但熱度卻源源不斷傳來，進入我的身體。口中的津液潤濕了薄薄的料子，隱約顯出激發情慾的肉色，蓓蕾在舌的挑逗下挺立，散發著無盡春色。

我的呼吸開始變得急促，眼神有了些許迷茫，體內也開始有了渴望，整副身子化爲柔軟的水，承載著他的重量。盛狐狸慢慢放開我的手，因爲此刻我已不再反抗。他的唇親吻著我的胸口，手則沿著我的腹部慢慢上移，最終來到我的胸罩下方，沒有任何預警地，他忽然將其推了上去。我的渾圓徹底暴露在空氣之中，沒有了隔閡，他的唇快速來到我最敏感的蓓蕾上，一口含住。突如其來的刺激讓我渾身一顫，我的渾圓被他含在口中，而他的舌則規律撩撥著我的粉色蓓蕾，輕輕地吮吸，遍遍地糾纏。那帶著微微摩擦的舌，沿著我蓓蕾的形狀慢慢劃著圈，留下暖熱、潮濕的痕跡，一下一下，是蠱惑的姿態。

我的身體開始顫抖，開始發燙，情慾也開始高漲。他的手不願厚此薄彼，也撫上我另一邊的胸。帶著電流的手指撥動著那抹粉色，直到它們開始嬌泣地挺立起來。我的渾圓掌握在他的手下，掌握在他的唇舌中。情慾變得囂張，失去了控制，成爲燎原大火。我的眼裡出現了盈盈水光，而白皙的雙手也環上了他優雅光滑的頸脖，開始插入他那帶著淡淡清香的黑髮中。短短的髮繞在我的指尖，不知是誰纏繞了誰。

他的手又開始在我身上不安分地游移，輕輕地在我腿上滑動，慢慢地來到大腿根部，在那薄而敏感的肌膚上流連肆虐著；最終，隔著布料撫上了我的私密之處，並輕輕地撩撥著。敏感的下體忽然傳來混合著愉悅與難耐的快感，瘋狂吞噬著我全部的理智；那猛烈的刺激如蝕骨的毒灑滿了我全身，讓我興奮，讓我顫慄。我開始躲閃，牙齒緊緊咬住下唇，卻依舊抑制不住那陣陣呻吟。

他的手繼續撫弄著，那微涼的手指滋生了晶亮的愛液，浸濕了布料，成爲一幅靡亂的情景。被情慾襲擊的不只是我一人，他的身體也開始變得炙熱，而狐狸根也開始挺立。他忽然將唇湊在我耳邊，用慵懶而性感的聲音說道：「那麼，前戲就到這裡爲止吧。」說完，他的手開始褪下我的內褲。我的下身忽然一陣冰涼，但緊接著便有一個灼熱的巨大輕觸著，準備進入。我張開愛慾彌漫的眼，在那瞬間，渾身的血液忽然被抽走，一滴不剩，渾身冷得發抖——我似乎又看見了那個有著一張冰顏的清秀少年，那個給了我無數快樂與苦澀的少男，那個我一直記掛在心中的溫撫寞。我的身子瞬間僵硬了。盛悠傑似乎察覺到我的不對勁，他的聲音在此刻被慾望薰染得沙啞了：「有什麼問題嗎？」那一刻，溫撫寞消失了，我看清了眼前的盛悠傑，同時也明白，我做不到。於是我猛地將他推倒，接著快速穿上衣服，準備逃離案發現場。

但盛狐狸是箭在弦上，不得不發。他一把將正要下床的我攔腰抱回懷中，眼睛半瞇，露出危險的獸光，「寒食色，妳以爲在這種情況下，我可能讓妳逃走嗎？」我自認有愧，只能討好般地笑，「盛狐狸，不，盛醫生，眞是不好意思，我忽然想起家中有急事，不如我們下次再做吧。」盛狐狸面上盛開了一朵靜悄悄、意味深長、帶著血腥氣息的笑，「不要輕易惹男人，尤其是慾火焚身的男人。」我心中一抽，明白這次是在劫難逃了。當時我是側躺著的，而盛狐狸那展翅高飛的狐狸根就在我的臉頰邊。我閉上眼，默默唸了一句：「狐狸，就當這輩子是我欠你的吧。」暗暗道歉之後，我忽地「哇唔」一聲張開血盆大口，呲開森森白牙，對準狐狸根咬了下去。

盛狐狸倒吸一口冷氣，身子猛地一哆嗦。在驚嚇之下，那正準備展現雄風的小弟弟就這麼被我生生地嚇縮了回去，而盛狐狸也如泥雕木塑般僵硬了。我輕鬆地掙脫開他的懷抱，整理好衣服與頭髮，清清嗓子，小聲道：「現在你不慾火焚身了，所以我可以走了……嗯，不用太感謝我，拜拜。」說完，趕緊打開門，一溜煙地跑掉。

27 丐幫幫主是朝廷人士

一邊跑，我一邊自責。眞是可憐的娃兒啊，被這麼一嚇，說不定就患上勃起功能障礙了。寒食色，妳害人不淺。我一邊咒罵著自己，一邊拿著東西逃出了醫院。

我寒食色是屬鴕鳥的，所以在把人家小雞雞嚇軟了之後，馬上躲進了自己家裡，將門牢牢鎖好，任一隻蒼蠅都飛不進來。接著又把手機、電話全部關上，任誰都聯絡不到我。最後來到床上，蒙頭大睡。

狐狸一定會代表火星滅了我的，所以我只能成爲一隻縮頭烏龜，躲在家裡，哪裡也不敢去。爲什麼會發生這樣的事呢？爲什麼會被誘惑呢？我的肌膚似乎還遺留著他唇舌滑過的記憶，鮮明，讓人顫慄。兩人緊緊貼合，沒有一絲縫隙的身體，灼熱滾燙的體溫，那聲聲喘息呻吟，讓情慾籠罩的雙目……切切種種不停地在我腦海中重播。不行了、不行了，再這麼下去，我會瘋狂的。

於是乎我打開抽屜，拿出安眠藥，合著清水，喝了下去。迷迷糊糊中忽然聽見一陣敲門聲，我一個激靈，明白是盛狐狸來了，便馬上屏氣斂息，死都不出聲。誰知「咚」的一聲，狐狸居然闖了進來，我當即嚇得四肢發軟，嘴唇顫抖。盛狐狸雙目冒火，面上滿是怒氣，他一個箭步衝到我面前，陰森森地說道：「寒食色，妳以爲妳能躲到什麼地方？」我被那氣勢嚇得抖如篩糠，爲了活命趕緊往床上一躺，四肢展成「大」字形，閉眼道：「來吧、來吧，壓我吧、壓我吧！盡力蹂躪我這朵嬌花吧，你想怎麼樣我都不會反抗了。」盛狐狸的眸子裡有一股嗜血的黑暗，他一字一句地說道：「我家小弟弟都被妳嚇得縮到肚子裡了，再也出不來了！寒食色，我今天就要讓妳償命！」

說完，他猛地撲了上來，雙手握住我的頭，接著像扭開飲料瓶一樣死命地旋轉著。沒多久，我的頸子就成了麻花狀，頭被轉到背後，低頭一看，發現自己胸部沒有了，換成了兩個肩胛骨，頓時號啕大哭起來；我那華麗麗的B罩杯啊，你們就這麼遠離我了。可是盛狐狸還不罷手，他將手伸進我的嘴裡，從裡面掏出我的腸子，再放在我脖子上，不停地纏啊纏啊。我頓時無法呼吸，面色通紅，難受地喘著氣；可是狐狸根縮進了肚子裡的盛狐狸一點也不憐香惜玉，他臉上滿是殺意，還在死死纏著。呼吸越來越困難，我大吼一聲：「我要被悶死了！」接著便睜開了眼睛，這才發現自己讓被單給蒙住了，呼吸不暢，難怪會做那樣的噩夢。

我抹去滿額的汗，坐起身子。忽然發現，柴柴正拿著一盒霜淇淋坐在床邊，好整以暇地看著我。我愣了好半天才回過神來，拍拍胸口，道：「拜託妳，每次進來時說一聲行不行，人嚇人會嚇死人的。」哎，當初眞不該把備份鑰匙給她。柴柴不理我，那雙盈盈美目中卻有種似笑非笑的意味，我聞到了不對勁的味道，「妳……怎麼了？」柴柴嫣紅嘴唇一勾，笑得意味不明，「我好像聽見妳剛才在夢中說『來吧、來吧，壓我吧、壓我吧！盡力蹂躪我這朵嬌花吧，你想怎麼樣我都不會反抗了』，難不成，是瞞著我們有了男朋友？」我淡淡解釋道：「我慾火焚身，不小心做了個春夢。」而且，還是個很可怕的春夢。

接著我又看看她，問道：「妳怎麼來了？」柴柴提醒：「妳忘了？今天是童遙出院的日子。」我一拍腦門，這才記起這件事，忙曖昧地笑道：「東西做好了嗎？」柴柴指著旁邊的盒子，曖昧地笑了，「放心。確實是按照我們的要求做的。」我掰開右手大拇指和食指，放在下巴下面，做出邪惡而淫賤的表情，獰笑道：「嘿嘿嘿嘿……那麼，我們就等著看童遙那傢伙臉色蒼白的樣子吧。」「沒錯！」柴柴吃完了手中的霜淇淋，優雅地擦拭了一下手，然後站起身來「咚咚咚咚咚」地跳動著。我看得目瞪口呆，還以爲那霜淇淋中含有興奮劑呢！

這麼跳了大概一分鐘，有人開始猛烈地敲我家的門；隔著一道門，我都能感覺到那股灼熱燃燒的戰鬥小宇宙。「我來開。」柴柴慢悠悠地走到門前，再慢悠悠地打開門，慢悠悠地打量一下來人，慢悠悠地問道：「有什麼事嗎？」看她這副樣子，我敏感而八卦的鼻子忽然聞到了姦情的味道。於是我趕緊光腳跑過去看，竟然發現來人是樓下那位喬峰！幾天沒見，喬幫主還是那麼強壯威武，可惜髮型有些凌亂，眼睛下方有著黯淡的黑眼圈，一看就知道絕對是被柴柴吵醒的。果然，喬峰見開門的是柴柴，雙眼睜大，像要把她吞下去似的。

人家正打算開口，柴柴先發制人：「喂，大猩猩，你沒事敲什麼門，難道不知道我們在睡覺嗎？你到底還有沒有一點公德心？別怪我沒事先警告你，睡眠不足的人脾氣會不好，當我和我朋友脾氣變壞時，我們可不能保證會對你做出什麼事情來。」喬幫主被這一頓搶白給弄怔了，緩過神來，才驚覺柴柴把他的臺詞都搶光了，頓時幫主怒不可遏，馬上發揮獅子功大吼，道：「臭女人，天還沒亮，妳就在這裡跳什麼跳，地板都要被妳跳穿了！」柴柴雙手抱在胸前，美目覷著他，道：「你哪隻眼睛看見我跳了？」「妳！」喬幫主用手指著她，下巴繃得硬硬的，眼裡像燃起了火，恨不能燒死柴柴。柴柴登時拍掉他的手指，道：「我什麼我？我們沒時間跟你吵，以後別來敲門了，不然我報警抓你！」說完，柴柴「砰」的一聲將門重重一關，差點把人家喬幫主的手指給夾住。

柴柴轉過頭來，做出一個勝利的笑，正好迎上我曖昧與探詢的目光，「你們的關係，什麼時候變得這麼不尋常了呢？」柴柴覷我一眼，陰測測地說道：「從某人背信棄義，出賣了我家地址之後開始的。」我忽然想起自己的所作所為，忙嘿嘿一笑，走上去幫她捶肩膀，諂媚地道：「我之所以給他，是因爲我相信妳絕對有能力把他整個半死不活，我對妳，那叫一個有信心啊。」柴柴哼了一聲，美女就是美女，連做起這個動作來都是風情無限；上次我對著鏡子做時，居然一不小心把一坨鼻屎噴了出來，還好當下沒人看見，不然我只有切腹自殺謝罪了。

接著，柴柴向我講述了事情經過。原來，上回我把柴柴的地址給了喬峰之後，喬幫主馬上就跑到柴柴家，將他對我說的那番話又對著剛睡醒、還不知道發生什麼事的柴柴，重新說了一遍。我身邊的人都不是省油的燈，包括柴柴在內。她揉揉眼睛，輕聲說了句：「麻煩你等一等。」喬幫主便等著了，以爲柴柴進屋去醞釀一下情緒，好跟他道歉。但他低估了人心的險惡，半分鐘後，一盆冷水嘩啦啦地朝他潑來，將他淋得晶晶亮，透心涼。接著柴柴擺出御姊專用表情，左手拿著空盆，右手叉著纖細的腰肢，雙腳併攏，側身道：「別讓我再看見你，不然見一次，踹你小雞雞一次！」然後柴御姊就關上了門。

但他們之間的恩怨就這麼展開了。

柴柴對面那戶人家養了一隻牧羊犬，主人每天下午都會放牠出去，到社區花園和老鼠哥哥玩一玩，或是勾搭一下蝴蝶犬妹妹，還有就是——在柴柴家門前拉一堆屎。這是每天雷打不動的事情。柴柴氣到不行，向對方投訴了好幾次，人家都不甩她，沒辦法，她只能戴上手套，親自動手將狗屎清理乾淨。

但昨天柴柴準備出門逛街時，打開門，踏出第一步，便覺得不對勁——腳下爲什麼有黏黏的、軟軟的、稀稀的東西呢？而且，一股熱熱的臭氣從她那雙名牌高跟鞋的鞋底散發了出來。柴柴慢慢地、慢慢地抬起了腳，這才發現，原來那隻牧羊犬今天玩新鮮的，將屎拉在柴柴家門前的地毯上。

於是，柴柴中招了。柴柴憤怒了。柴柴暴走了。她猛地敲打著對面人家的門，當開門後，直接將那雙沾了黃金的鞋子舉在主人面前，道：「拜託妳管好你們家的狗！」對門的主人怕柴柴向她索賠鞋子的錢，便一口否認，說：「妳怎麼知道是我們家狗拉的？」柴柴怒極反笑，道：「不是牠拉的，難不成是我拉的？」狗主人將雄偉的胸部一挺，鼻孔朝天，道：「那就要問妳自己了！」柴柴怒了，馬上和那主人罵戰起來，其間吸引了無數鄰居圍觀，還有好事之人打了電話報警。沒一會兒，警察叔叔便來了，將她們分開，問道：「欸、欸、欸，怎麼回事？」柴柴指著狗主人道：「她的狗天天到我家門口拉屎，她卻放任不管，沒有一點公德心！」誰知身邊的警察輕笑一聲，道：「妳也會讓人欺負嗎？」柴柴只覺得這聲音似乎有些熟悉，轉頭一看，發現原來就是那個被自己潑過水的喬峰，只見他穿著警服，身材高大，威風凜凜，黝黑的臉上似笑非笑。柴柴渾身滾過一絲寒意——原來丐幫幫主混入了朝廷內部，這次是撞到槍口上了。

在瞭解完事情經過後，另一名警察叔叔準備以和爲貴，便勸道：「好了，鄰里之間有什麼事情看不開呢？大家一人讓一步，也就算了。」柴柴不服，道：「那總得想個解決的辦法吧，要是她家的狗再跑到我家門前來拉屎怎麼辦？」喬峰看著她，咧嘴一笑，露出森森白牙，閃著戲謔的光，「那簡單，她家的狗如果再到妳家門前來拉，那妳也到她家門前拉一堆不就得了？」話一出口，周圍的人哄然大笑起來。柴柴的眼眸暗了下來，隔了一會兒，她忽然如花般絢麗展顏一笑，耀了所有人的眼睛；雖則她笑若春風，但話語卻比冬日的冰還要涼：「下次，如果那條狗再惹我，我會抓住牠，用礦泉水瓶塞住牠的肛門。」聞言，狗主人身子一顫，牧羊犬則膽怯地「嗷」了一聲，將屁股縮了縮。接著，柴柴看著喬峰，輕聲道：「你也是一樣。」說完，揚長而去。

至此，兩人的梁子是結得邦邦的硬啊。

解釋完之後，柴柴又開始死命地跳起來。沒多久，下面也傳來「咚咚咚」的聲音，想必是喬峰在用棍子捅天花板，進行反擊。柴柴不甘示弱，跳得更大聲了；喬峰也不服輸，那棍子把我家地板捅得震天價響。柴柴開始發動猛烈攻擊，拿起凳子敲打地板；喬峰也跟著增加了力度，差點把他家天花板掀翻。眼看那薄薄的地面就要被捅破，兩人就要見面，我趕緊衝到浴室，梳洗完畢，將正埋頭奮戰的柴柴拉出了門。

28 姦情進行時

到了醫院，我讓柴柴先去病房幫童遙收拾一下東西，自己則深吸口氣，戰戰兢兢地走進診間。躲了這麼一晚，也該出來面對了。再說，在這光天化日朗朗乾坤之下，盛狐狸就算再生氣，也不可能把我給殺了吧。探頭進去一看，發現盛狐狸正安安靜靜地坐在座位上。我躡手躡腳地走到自己的座位，大氣也不敢出。

正自惴惴不安，盛狐狸卻若無其事地招呼道：「早啊！」我怔了半晌，好半天才反應過來他是在跟我說話，便喃喃應道：「嗯，你也早！」他笑了笑，精緻優美的下顎一仰，道：「趁熱吃吧。」順著他指的方向望去，我看見了一旁那碗熱騰騰的牛肉麵。剎那間，我的頭髮頓時根根豎起，嚇得魂不附體——在昨天我做了那麼過分的事情後，他居然還會幫我買牛肉麵？這說明盛狐狸是很生氣很生氣的。難道，他在麵中下了老鼠藥，想將我毒殺？

正驚惶得渾身是汗，盛狐狸的聲音傳來：「放心，我不會下毒的。」念頭被看穿，我臉部有些燒，便推辭道：「謝謝，我已經吃過了。」一道陽光在盛狐狸白瓷般的臉上滑過，他抬起眼睛，裡面全是了然，「經過昨天的事情，妳應該還沒來得及吃吧。」我心一窒。被他看穿了，從昨晚到現在，我確實是一粒米也沒下肚。「吃吧，不然就得倒掉。」盛狐狸眉目低垂，眼睛微微一轉，流溢出風流的光華，「而且，我暫時還不想妳死掉。」爲了不被安上浪費糧食的罪名，我吃！

於是我埋頭牛肉麵中，風風火火地嗑了起來。想必是眞的餓了，沒多久，一碗牛肉麵便被我嗑到底了。我擦擦嘴，看著面前的盛狐狸，小心翼翼地問道：「那個……你家小弟弟，昨天有沒有閃到腰啊？」盛狐狸抬起眼睛，琥珀般的瞳仁泛著綺麗而誘惑的光，「放心，我家小弟弟身強力壯，不會輕易出事的。」我諂媚地笑，「那是、那是。」盛狐狸又從抽屜裡拿出一小盒牛奶，道：「喝了吧。」盒裝牛奶自光滑的桌面滑了過來，穩穩地停頓在我面前，簡直是牛奶界的溜冰冠軍。我仔細一看，居然是我平時愛喝的牌子。

嘴唇微抿，右眉微挑，我心裡開始起疑——又是牛肉麵，又是牛奶的，這盛狐狸究竟打的什麼鬼主意呢？心中存不住話，當下便把這個問題說了出來。盛狐狸揚起那妖孽般精緻的臉，輕聲道：「昨天我驗貨時，發現妳的胸部離我的預期有一段差距，所以希望妳能多吃點，補一補，爲我們下次上床做準備。」

我眉頭輕蹙，雙手攏著那盒裝牛奶。牛奶是剛從冰箱拿出的，紙盒上有著細微的涼意，捂久了，手心滿是水珠。我道：「盛悠傑，我想不會有下次了。」他並不驚訝，只是安靜地詢問著：「爲什麼？」陽光照耀在他臉上，將他的面龐罩上一層淡金光暈，耀了我的眼。我道：「我也不知道，但就是做不下去。不是你的問題，是我的問題。」笑意從他的嘴角蕩漾開來，像漣漪般直傳眼中，那細長俊美的眸子裡又出現了一種叫做孽的東西，「但我有預感，我們總會成功。」我努努嘴，將牛奶放回桌上，稍一用力，原路推回給他。桌上留下一行水跡，不知何時才能消散。我站起身，伸個懶腰，道：「我還有事，不跟你開玩笑了。」說完，我拿起要送給童遙的出院禮物走出診間，沒再看他。

有了心事，腳步卻反而輕了許多，我並不像往常那樣風風火火地衝進病房，而是靜悄悄地走著。來到童遙的病房前，正準備開門，卻聽見一段對話——柴柴道：「什麼？溫撫寞要和安馨訂婚？」童遙道：「說是下個月十五號就訂婚，是他媽媽告訴我的。」柴柴道：「那溫撫寞怎麼說？」童遙道：「他只是承認了，其餘的也沒說什麼。」柴柴道：「這件事你千萬不能告訴食色。」童遙道：「她總有一天會知道的。」柴柴道：「反正不是現在。」他們還在繼續說著，但聲音卻非常遙遠，模模糊糊的，像做夢一般。

我腦海中有那麼一瞬的空白，像一道非常刺眼的白光射入了腦袋裡，在那強烈的光線經過後，眼前又平靜了下來。溫撫寞和安馨，果然，這兩人還是在一起了；也難怪，男才女貌，天作之合。眞的應該恭喜溫撫寞，他終於要實現小時候的夢想了。在王子解救公主的路程中，除了惡龍，也會遇到一些野丫頭。野丫頭的作用就是——和王子談戀愛，讓王子明白，原來他心中最愛的，還是眞公主。我就是溫撫寞生命中的一個野丫頭。沒有人願意成爲炮灰，但當生命分配給你這個角色時，你是沒有能力辭演的。我感覺到一隻手緊緊抓住了我的喉嚨，掐得我喘不過氣來；我知道，那隻手是我自己的。

我倚靠在醫院的牆壁上，任由那冰涼的感覺浸透全身。等稍稍冷靜下來之後，我深深吸口氣，故意加重了腳步聲，假裝成才剛到的樣子，推門走了進去。想必我演技不錯，兩人並沒有起疑。童遙看我手上提著一只盒子，笑道：「想不到妳們倆這麼有義氣，居然還幫我準備蛋糕慶祝我出院。」我眉開眼笑，道：「那當然，也不看看我們是誰？快打開看看。」童遙笑嘻嘻地接過，但剛打開盒子，臉就「刷」的一下慘白下來。我和柴柴邪魅地笑著……那裡面確實是蛋糕，不過蛋糕上的圖案，卻是一根折斷的小雞雞。睹此情狀，童遙想到自己所經歷的慘烈一幕，當然是悚然動容。後來，我將他和柴柴送上車，而自己則久久地站在醫院門口，發著呆。

陽光靜悄悄地照了下來，灑了我一身，那暖暖的溫度將我嘴角的笑容融化。原來，溫撫寞已經在前進了。我已經成了他的回憶，已經成爲水墨畫上淡淡的印跡。原來，只有我還在原地踏步。臉頰邊忽有涼意緩然墜落。觸手，竟是濕滑。淚，是淚。醫院門前便是馬路，行人車輛川流不息，熙熙攘攘。心，忽然如刀剜般疼痛。忽然省悟，自己不過是溫撫寞生命中的一個過客，徒留下姓名與影子。忽然間，體內有一種情緒在膨脹，壓著我的五臟六腑，痛不可當。我需要釋放，我明白，自己需要釋放。

腳步快速移動著，我不顧周圍人詫異的目光，在醫院大廳中奔跑起來。腳上的高跟鞋在光潔的地板上發出清脆的響聲，每一下都敲擊著我的心，顫巍巍的心。但每一次的抖動只能散去一些無關緊要的塵埃，抖不去的沉澱全是關於溫撫寞的記憶。他的模樣，他的聲音，他的體溫，他的氣息……切切種種，我沒有能力忘記。我需要有個人來幫助我，我需要灼燙的體溫蒸發掉那些痛苦的記憶。我不停地奔跑著，心中像著了火般焚燒著所有的理智。來不及等電梯，我腳步不停，直接跑上十一樓，來到自己的診間中。透過玻璃窗，我看見了此刻的自己——額上滿是汗水，將髮絲黏住，糾纏成妖嬈的圖騰。臉頰是緋紅的，氤氳著激情的預兆。而那雙眼睛是無可比喻的晶亮，閃爍著性感的光。

我關上門，從裡面牢牢地鎖住。盛悠傑抬頭，看著我，那瞬間，眼中有微微的詫異。我一步步朝他走去，八吋高跟鞋，敲擊的是堅定的心意。我伸手撫摸盛悠傑的臉頰，一點點往下移動，像是要用自己的手心記住他的臉。手，穿過他光潔的眉心，掠過他高挺的鼻梁，陷落他柔軟的唇，來到他秀氣的下巴。流連片刻，繼續向下，一把抓住他的衣襟。也不知是哪裡來的力氣，我將他提起，推到了屏風後的病床上。白色的床單，白色的袍子，白色的盛悠傑。他半躺在病床上，陽光安靜地照射在他瓷器般光滑的臉上。

「妳在做什麼？」他問，聲音和陽光同樣靜謐。我走過去，一隻腳提起，半跪在病床上，臀部微翹，勾勒出誘惑的弧度。而我那塗抹著淡淡唇彩的唇湊近他的臉頰，用完完全全的女人聲音說道：「我要壓你，要你，日你。」他的眉微微一揚，瞬間抖落無數桃花般蠱惑的光，「妳不後悔？」我的唇，淡淡的粉色的唇，湊近他的耳廓，壓低聲音說道：「不會後悔，但是，我不會對你負責。」盛悠傑那雙細長魅惑的眼很慢很慢地一瞇，眼眸底處有朵浸染在水中的火花，慢慢地在水中燃燒。他忽然一個翻身，將我壓在病床上。

病床可以供人活動的範圍是很小的，於是我們緊緊相貼，綻放出更大的熱度。床單上是清晰的消毒水氣息，而我身上的盛悠傑也散發著這種熟悉的味道。我被緊緊地包圍著，感覺到前所未有的安心。盛悠傑看著我，似乎想從我眼中尋找到什麼。我努力地與之對視，努力地鎖住所有情緒。我眼中究竟有什麼，我看不到；我看到的是，在額前碎髮遮掩下，盛悠傑的眉眼竟籠罩上了細細的溫柔，一種從未有過的溫柔。

他忽然俯下身子，吻上了我。那個吻是炙熱的，灼人的，沒有半分緩衝的味道。靈巧的舌直接撬開我的脣，進入我的口中，如慓悍的士兵攻城掠地，沒有一點遲疑。柔軟的舌糾纏住我的，緊緊地，像在宣示自己的主權。他不斷吮吸著我的蜜汁，吸取我全部的氧氣，踏遍我口中每一寸土地。這個吻猛烈、纏綿，充滿了激情，彷彿要耗盡我們所有的生命力。

我們的呼吸相互融合在一起，再也分不清彼此。我們的體溫漸漸升高，像是要將對方融化。每次我們緊貼的脣相互分開時，會發出一種性感的清脆聲響，浸入皮膚之中，在兩人的體內不斷擴散，成爲最性感的音樂，挑逗著敏感的神經末梢。我們急切地從對方口中獲得新鮮氧氣，獲得紓緩激情的靈藥。我那重溫著情慾滋味的身體開始不受控制地激動顫慄，全身每一寸皮膚都泛上了一層薄汗。沒有任何預兆的，盛悠傑忽然離開了我的脣。但緊接著，他的脣便來到我敏感的頸脖之上，他細細地吻著，順著皮膚的紋路不斷探尋著，熟悉著。那滾燙的脣舌慢慢往下滑，舔舐過我的鎖骨，接著開始咬開我的鈕扣。一顆，一顆，一顆。不慌，不忙，不亂，悠閒之中帶著性感。

外衣慢慢散開，露出了黑色的蕾絲內衣，包裹住我的渾圓。盛悠傑將頭埋在我的胸口，親吻著，舔舐著，在我裸露的皮膚上灑下致命的毒。我閉上眼，弓起身子，享受著他那引人墮落的吻。

29 姦情完成時

他的手在我身上游移，微微的摩挲帶來難耐的快感。我的手插入他乾淨的短髮中，彷彿是一種依附。終於，他的手來到我的後背，輕輕一拉，內衣便攻陷。他將其扯下，扔在地上，覆蓋著他的白袍；黑與白，最深刻的對比，帶來最強烈的視覺刺激。

他含住我的蓓蕾，舌尖輕舔著，牙齒輕咬著，極盡誘惑與逗弄。我重重地咬住下唇，揚起脖子，眼角的一滴淚無聲墜落入髮絲之中；不知是因爲這難耐的刺激，或是其他。兩具炙熱的身體緊緊貼合著，不留一絲空隙；慾火在我們之間燃燒，讓我們的血液沸騰起來。一切都需要得到釋放；我們像瘋狂了一般，相互幫著對方撕扯下包裹住身體的衣布。在這陣狂亂之後，我們像兩個初生的嬰兒，赤裸著，卻散發著孽的氣息。

我緊緊環住他的背，姿勢帶著一種懇求，眼中盈著迷亂的光。床上的盛悠傑是善解人意的，他沒有爲難我。他分開我的雙腿，一個挺身，低吼一聲，便進入了我的體內。那一刻，他的灼熱充滿了我的空虛，我酸澀的心瞬間輕鬆了許多，那些牽扯著我記憶的枝枝蔓蔓，在盛悠傑的不斷律動中被割斷。他的堅挺，在我的柔軟中衝刺；我們相互擁抱著，攀附著，索求著，在一陣陣快感中登上慾望的高峰。歡愛結束之後，我躺在盛悠傑的身上閉目養神。房間的空氣中似乎還留有情慾特有的氣息，一絲絲記憶著我們剛才的舉動。我的耳朵緊貼著盛悠傑的心臟聆聽那規律的心跳，一顆心至此落了下來。精力暫時失去，一些記憶沒有了燃料，也漸漸變淡，但我知道，它們還會捲土重來，我一直都知道。

盛悠傑略帶慵懶的聲音傳來：「我的表現，還滿意嗎？」我也以同樣慵懶的聲音說道：「還不錯。雖然比起我，還差了那麼一點點。」耳邊傳來盛狐狸的一絲輕笑，裡面的滋味有些不好說，還是忽視算了。休息夠了，我睜開眼看著他，認眞地問道：「以你這麼怪異的脾氣，應該還沒有女朋友吧。」「沒錯。」他嘴角微微含笑，用那根修長的手指纏繞上我的一縷髮，輕輕地纏繞著。黑亮的髮，白淨的手指，糾纏。

我繼續說道：「不瞞你說，由於我的條件太好，許多男士望而卻步，所以我現在也沒有男朋友。」聞言，盛狐狸嘴角那抹笑逐漸擴散開來，像漣漪般蕩漾在他的眉眼之間，暈染出幾分意味深長，「所以呢？」我深深吸口氣，一下子將心中的話說了出來：「所以，乾脆我們倆就當一對肉體上的好友吧。」盛狐狸的眉角微顫了一下，似乎有些詫異，他道：「妳是指……只性不愛？」我耐心地勸說道：「沒錯。你看啊，咱們都是成年男女，而且是成年悶騷男女，生殖器官都是發育完全了的，這閒著不用，不是可惜嗎？況且憋久了，對身體也不好。再說，我們都知根知柢的，肯定不會得什麼不該得的病，多安全。另外，我的體力加上你的技術，雙劍合璧，其樂融融啊，你說是不是？」

盛狐狸眼睛半闔，似乎在思索著什麼，就在我忍耐不住時，他忽然微笑了，那笑容如初綻的白蓮般清澈，又如桃花般蘊藏著深沉的馥郁，忽然之間，我被他的美貌給勾了一下魂，閃了一下腰。「好。」他說：「我們一言爲定。」見計畫達成，我愜意地笑了，接著開始跟他約法三章：「一，這件事情我們一定要對外保密，不能洩露，不能給對方帶來不必要的麻煩。二，如果在此期間，其中一方遇到了自己的眞命天子或是眞命天女，那另一方一定要當作什麼都沒發生過，立即停止這一切。三，也就是最重要的一點……」

我撐起身子，嚴肅地直視盛狐狸的眼睛，道：「雖然我也爽到了，但買套套的錢還是得由你出，畢竟……畢竟那套套是你在戴啊，對不？」盛狐狸輕輕眨了一下眼睛，「還有其他的嗎？」我想了想，又說道：「暫時就到這裡吧。你說，我們是不是應該把這些條約寫下來，簽個字呢？」盛狐狸嘴角微勾，俊美得邪氣，「那些，以後再說吧。趁現在沒穿衣服，我們就再做一次吧。」說著，他便要翻身將我覆蓋住。

我將他的臉一推，身子像蛇一樣「嗖」地滑到地上，接著站起，道：「你提醒了我。第四點，只有當雙方都想做時，才能做。今天我已經要夠了，如果你還沒爽，自己用右手解決。」然後，我一邊穿衣服，一邊好意地說道：「對了，我發覺你維持的時間不是很長，回去要好好練習一下。」說完，我趕緊張開四隻蹄子，拚命朝門外跑去。背後，傳來盛狐狸的怒吼：「寒——食——色，有種妳再敢說一遍！」看來，床上的事情果然是所有男人的痛腳，連一向淡定的盛狐狸都不能倖免。

就這樣，我和盛狐狸開始發展起「精神純潔．肉體不純潔」的地下友情。不過，盛狐狸還眞是大方，每天早上都給我端一碗牛肉麵，午餐和晚餐都請我去館子吃，還三不五時往我抽屜裡塞零食。可是自從和他發生關係後，我吃著這些東西總覺得不是滋味，終於有一天，我忍不住問道：「盛悠傑，你以後別買吃的給我了。」他從病歷中抬起頭來，好奇地看著我，問道：「爲什麼？」我假裝忸怩了一下，道：「因爲……因爲這樣看起來，感覺好像是你在包養我。」盛狐狸笑得一臉燦爛加討打，「沒關係，只要不是圈養的感覺就行。」我有骨氣地說道：「不行，這樣我心裡總覺得不是滋味。」盛狐狸斜眼覷著我，慢悠悠地說道：「好吧，今後我每天早上不再給妳端香噴噴、辣乎乎的牛肉麵；中午和晚上也不再請妳吃火鍋，烤鴨，燒烤；平時也不再給妳買最愛的洋芋片，果凍……」「算了，當我沒說過這話。」我將手一揮，名節算什麼，不能吃這些東西，還不如殺了我。

不過，這麼白吃白喝確實有些不好意思，我腦筋一轉，道：「這樣吧，我也送你些東西。」盛狐狸饒有興趣地看著我，戲謔地說道：「咦，守財奴也會這麼大方？」我笑笑，「不過，你也知道，憑我愛財如命的性格，送你的東西肯定貴重不到哪去。」這次，盛狐狸眼中的笑意還挺純粹的，像是雨洗後的藍天，他淡淡說道：「沒關係，禮輕情意重嘛。對了，我喜歡黑色。」我丈八金剛摸不著頭腦，這盛狐狸幹嘛突然告訴我，他喜歡黑色？後來，回家途中我才猛地省悟過來，原來這孩子以爲我要給他織毛衣或圍巾、手套啊，還提醒我要買黑色毛線。盛狐狸啊盛狐狸，我寒食色是這種賢慧而沒有創意的良家婦女嗎？我送的禮物可是比衣服圍巾手套更實用；而且悄悄地說，這禮物他用了，還可以造福我呢。

第二天，我便將包裝好的禮物畢恭畢敬地遞給盛狐狸。盛狐狸笑著接過，臉上第一次有了一種純純的笑，但當撕開包裝紙、露出禮物眞身時，他的笑容凝滯了。「寒食色。」「嗯？」「這就是妳送給我的禮物？」「沒錯，喜歡嗎？」「……妳是什麼意思？」我將那禮物拿到手上，四十五度垂頭，學著電視廣告裡的女主角，眼波含情，語帶嬌羞地說道：「匯源腎寶，你好，我也好。」沒錯，我的禮物就是「匯源腎寶」，花了我三十多塊錢呢，可以吃好幾碗牛肉麵了。盛狐狸嘴角的笑容開始顫抖，像一池平靜明媚的春水忽然冒出了黑色波濤，讓人心驚膽顫。他看著我，涼颼颼地說道：「寒食色，給妳三秒鐘，讓這東西在我眼前消失。」看他的臉色，我不敢違抗，趕緊依言照做。

看來，盛狐狸不喜歡這個東西啊。禮物沒送成，我又變成白吃白喝的傢伙了，心中越發不安，想了幾天，終於又想到了新的禮物。同樣的，物廉價美，非常實用，受益一生；而且再悄悄地說，這禮物他用了，也同樣可以造福我呢。

這天中午我將診間的門關上，神祕地對盛狐狸眨眨眼，道：「我用心替你準備了一份新的禮物，你一定會喜歡的。」有了前車之鑑，盛狐狸對我的禮物興趣不大，他懶洋洋地說道：「是什麼？」我糾正道：「準確地說來，這份禮物是一種運動。」聞言，他眼中燃起了一簇小小的火苗，「什麼樣的運動？」我嬌羞地笑，「是一種抽插運動。」盛狐狸眼中的火苗逐漸擴大，他走近我，用手指纏繞起我的一縷髮放在鼻端輕輕一嗅，嘴角綻放出桃花般的蠱惑，「妳是指，我們兩人的抽插運動？」我笑咪咪地說道：「不，是屬於你一個人的抽插運動。」盛狐狸眼睛微瞇，「我一個人？」我笑著拿出一只洗臉盆，邀功般放在他面前，「是呢。」

盛狐狸看了一眼盆裡的東西，狐疑地看著我，「妳送我一盆大米做什麼？」我蹲下身子，親自爲他示範，

「練習抽插運動啊。看好了，假設我的食指是你的小弟弟，每天早上你起床後就把盆子放在地上，然後你的身體覆蓋在上面，做伏地挺身。接著，你的小弟弟就可以自由自在地插大米了。你身體俯下去時，小弟弟就插入大米中。你身體起來時，小弟弟就拔出來了。這就是失傳已久的大米功，只要你每天堅持鍛煉，御遍天下美女將不是夢想！」說完，我眼睛閃閃發亮地看著他，道：「我是不是很貼心？」他看著我，微笑著一字一句說道：「寒食色，給妳三秒鐘，在我面前消失！」看他的臉色似乎是要吃人，我不敢逗留，趕緊張開四蹄逃命。

唉，男人爲什麼總是對床上的事情這麼敏感呢？男性同胞們，這樣不好，不好啊。

日子看起來是平靜的，但我很清楚，平靜的湖水底部有著一顆定時炸彈——溫撫寞，我不敢去碰，卻阻止不了自己去想。溫撫寞，安馨；每到夜深人靜時，我腦海中就浮現這兩個名字。我開始痛恨自己的記憶力，如果有一天醒來，我不再記得他們，那該有多好；可是生活就是這樣一個爛東西，我無可奈何。而今天晚上，我的腦海更是一片混亂。日曆上寫著十五號，是溫撫寞和安馨訂婚的日子。我無法不想像——香檳，魚子醬，眾人的祝賀，鑽戒，充滿愛意的相視。今晚的某個時刻，溫撫寞會記得我嗎？在看見他未婚妻那頭美麗長髮時，他會記起寒食色嗎？

我無法入眠，似乎有隻手正在我腦子裡不斷攪動著，讓我不能思考，甚至不能喘氣。不幸中的萬幸，我身邊還有個盛狐狸，於是，我按照醫院通訊錄的地址直接來到他家。按了三下門鈴之後，門開了。

30 求我，求我要你

盛狐狸穿著一身睡衣，似乎剛睡醒，臉上有一種性感的慵懶。

我忽然狼性大發，猛地撲上去，雙手摟住他的頸脖，接著便是一頓猛親。我吻得很用力，沒有任何溫柔可言。我的舌描繪著他薄而形狀完美的唇，一圈圈，像是在為他這個美人染上胭脂。接著，粉紅的舌欺凌上他淨白的牙齒，一顆顆，舔舐而過。呼吸越來越急促，我將舌頭伸入他的口中，拚命地吮吸著，燃燒著瘋狂的激情。我席捲著他的舌，狂野地糾纏著，彷彿沒有明天。

他愣了片刻，等回過神來，立即回應了我的吻。我們緊緊擁抱著，吻得天昏地暗，吻得日月無光，吻得山崩地裂，吻得海枯石爛，吻得飛沙走石，吻得鬼斧神工，吻得情深深雨濛濛，吻得月朦朧鳥朦朧，吻得山無稜天地合才敢與君絕。總之，吻得我腦袋徹底罷工。為了生命安全著想，我們暫時停了下來，呼吸新鮮空氣。

盛狐狸看著我，嘴角微微勾起，笑道：「我還以為是被哪個慾求不滿的色女給入室強暴了呢，原來是妳。」我挑挑眉毛，「除了我，還有誰會看上你？」盛狐狸低下頭，伸出粉嫩的舌在我耳廓上一舔，用他那誘惑的、充滿磁性的聲音說道：「除了我，又有誰會甘心被妳上呢？」本來只是一句戲言，卻正好刺中我心中那個隱蔽的角落。

我將盛狐狸狠狠一推，將他壓在門上，然後伸手一把將他的睡衣撕開。「嘩啦」一道清脆的響聲後，他精瘦白皙的胸膛就這麼暴露在空氣中。我的雙手開始在上面遊走，在他的兩個小圓釘處打轉。我一邊逗弄，一邊打量著他的神色，想欣賞他的失控，可是功力不夠，盛狐狸好整以暇地迎著我的目光。既然如此，就繼續這場遊戲吧！

我的唇來到他的頸脖處舔舐著，挑逗著。柔軟的舌慢慢向下，靈活舔舐著他的粉色圖釘，一點一點激起他的情慾。不安而罪惡的唇舌又慢慢向下，來到他的腹肌處，輾轉。柔軟的舌，堅硬的腹肌，正相互交融著。我的手開始一寸寸將他的褲子往下拉，我的舌也有意無意舔舐著那些新露出來的敏感肌膚。盛狐狸的呼吸開始急促，身子也僵硬了；最重要的是，狐狸根也清醒了，開始昂首挺立。我微笑，再笑，繼續笑。這廝，還是沒學會淡定啊。

盛狐狸的睡褲已經全部褪下，只剩一條合身的黑色四角內褲，包裹著他的狐狸根。我彎下身子，隔著布料親吻他的小狐狸，唇上傳來灼熱與硬挺；盛狐狸的身體開始忍耐般地顫抖著。我站起身，直視他染滿渴望的臉，白皙的臉頰染上了情慾的緋紅，細長的眸子更添加了幾分媚色。我親吻著他光潔的臉頰，右手則伸入他最後的遮羞物中握住他的小狐狸，輕輕地撥弄著。這樣強烈的刺激任哪個男人都不能無動於衷，盛狐狸也一樣；他的身子開始綳緊，小狐狸也朝著我的手靠近，想要尋求更多。我微微垂頭，邪美地一笑，道：「求我，求我要你。」

小時候讀的言情小說，男主角都是這樣淡定地看著女主角在自己身下，接受情慾的煎熬，逼著她在尊嚴和慾望中做出選擇。今天我也來實驗一下，看盛狐狸究竟會怎麼選擇，誰知，我忘了自己面對的是誰！只見盛狐狸眼中精光一閃，我便和他調換了位置。此刻的我背靠著門，他則用身子壓住我，開始解開我的衣服。沒多久，衣物落在地上，我渾身赤裸。盛狐狸的手指，那帶有魔力的手指，沿著我大腿根部向上，來到女性最隱祕的所在。接著，他有技巧地摩挲著，一股股電流隨著他的手指開始進入我的體內，我的身體開始酥麻顫慄，我的私處也開始流出了背叛的汁液。我的雙手緊緊攀附著他的背脊，將頭埋在他的頸脖之中，發出了微微的呻吟。這時，盛狐狸的聲音傳來：「求我，求我要妳。」我一怔，媽媽的，居然重複我的臺詞？好，我陪你玩下去，於是我將盛狐狸一推，道：「不求不求就不求，大不了不做了，來，陪我打遊戲。」

盛狐狸眸子一暗，不知是不是我看錯，他的牙齒磨合了一下，看樣子似乎想一口咬下我的脖子。然後他一把抓住我的腿，將其放在他的腰上，於是，我們的小弟弟、小妹妹就親密接觸了。接著，他一個挺身，進入了我，那種厚重的充實感，讓我渾身一顫。我緊緊地攀附著他，他緊緊地擁抱著我，我們相互貫穿著，一起律動著。他的唇摩挲著我的臉頰，他的手撫摸著我胸前的蓓蕾，他的舌舔舐著我敏感的耳廓。我們肌膚相貼，汗水互融，熱度蔓延，在這茫茫夜色中一起在彼此身上找尋自己失落的東西。

激情結束之後，我來到浴室沖洗去所有愛液與汗水，那浮躁了一整晚的心終於沉靜了下來。穿好衣服，吹乾頭髮，我走出浴室。盛狐狸正躺在床上，淡黃色的燈光下，他的臉部輪廓有著不可思議的柔和。我走過去，半跪在床上，低頭，在他臉頰上一吻，輕聲道：「狐狸，好睡。」這一刻，我是眞心感激他的。因爲他，我今晚得到了片刻解放。

吻完之後，正想走，他一把拉著我，道：「妳去哪裡？」我道：「當然是回家。」他問：「爲什麼不在這裡睡？」我答：「因爲這裡只有一張床。」他問：「難道不能一起睡嗎？」我實話實說：「我不習慣。」他一把將我拉到床上，用命令的口吻說道：「但妳總會習慣的，睡覺。」我搖搖頭，「不行，我認床。」盛狐狸翻過身來看著我，那雙眸子在暗夜之中非常安寧與純粹，他說：「我不會讓妳這麼晚還在街上走。」我扳扳手指，道：「那你送我回去吧。」盛狐狸慢慢地勾起嘴角，月色染上他深沉的笑意，「寒食色，妳再給我倔……明早就沒有牛肉麵了。」話音剛落，我立刻鑽進被窩中，死也不再講話。牛肉麵啊牛肉麵，你看我對你的愛是多麼深沉。

雖然身體有些疲倦，可是暫時沒能睡著，便開始趁著月色環顧盛狐狸的屋子。很整潔、乾淨，以黑白兩色爲主色調，感覺主人是那種灑脫而乾脆的人。正在進行更深層次的猜測，盛狐狸忽然翻過身來，伸手環住我的腰，我的背就這麼緊貼在他懷中。我馬上掙扎開來，道：「快放開我，男女授受不親啊！」他輕哼一聲，道：「少來，我都進入妳多少次了，還在這裡給我裝。」我焦急了，進入是進入，但這麼抱著睡覺可是男女朋友才會做的事啊，而我和他只是有肉體關係的朋友。

正準備醞釀一個小屁將他嚇跑，但正要發射時，盛狐狸輕輕在我耳邊問了一個問題：「今天，是發生了什麼事嗎？」聞言，我的屁「嗖」的一聲鑽回了肚子。半晌，我反問：「沒有啊，你為什麼會這麼問？」他靜靜地說道：「因為，妳從來不會主動到家裡找我。」我若無其事地說道：「噢，今晚吃多了點，想做運動消耗一下。」他輕飄飄地問著：「是嗎？」語氣間淨是對我這個謊言的蔑視。「當然是真的。」我的語氣是連自己也騙不過的浮漂。之後，我們都沉寂了下來。

月色如紗如霧，從窗戶透入，為房間籠上一片瀲灩。窗外的天空清瑩，仍舊保留著些許純粹的藍。盛狐狸忽然長歎口氣，沒有任何理由。他說：「睡吧。」接著，他放開環在我腰上的手，翻身，睡去。那口氣歎得輕而短，卻在我心中無限延長，讓我滿心不是滋味。

月色漸漸在我眼中幻化成厚重的白，還夾雜著些許光影，儼如衣香鬢影、觥籌交錯的幻境。他們的訂婚，結束了嗎？帶著這樣酸澀的疑問，我漸漸睡去。

第二天早上，我被臉上的一陣痛驚醒。悠悠睜眼，發現盛狐狸正用力掐著我的臉頰。我迷迷糊糊「啊」了一聲，道：「你幹嘛？」「起床，上班！」盛狐狸下令完畢，然後走進浴室，自己梳洗去了。我說：「噢。」然後倒下，將被子一蓋，繼續蒙頭大睡。沒一會兒，被子讓人一掀，一股冷冷的氣流向我全身皮膚襲來，我蜷縮起身子，咕噥道：「什麼破地方，好冷。」我似乎聽見盛狐狸這麼說道：「還有更冷的。」

然後是他腳步遠去的聲音，接著是冰箱開啓的聲音，再然後傳來他腳步靠近的聲音。最後我的胸口忽然被人掀開，幾塊冰塊就這麼塞進了我溫暖的渾圓上。那種感覺實在是太難受了！我猛地從床上跳起，一邊抖落那些冰塊，一邊大叫：「盛狐狸，你瘋了！」誰知盛狐狸一把抓住我的小腿，一拖，我頓時跪倒在床上，與他對視著。「盛狐狸，你瘋了？」還是一樣的話，但底氣卻明顯不足。因爲，盛狐狸的眼睛半闔，臉上有一股危險的平靜。他輕聲問：「想被我扒光身子，放在滿是冰塊的浴缸裡嗎？」我搖頭。他柔聲問：「想被我姦成人乾，掛在窗外當彩旗嗎？」我搖頭。「那麼，」他的話從齒縫中一個字一個字迸出：「那就馬上起床！」

我嚇得屁滾尿流，四肢抽搐，趕緊按照他的指使，奔進浴室，開始洗漱。但刷牙時，看著鏡子中的自己滿臉白泡泡，我開始靜靜分析——怎麼今天早上的盛狐狸像吃了炸藥呢？難道是昨晚我沒回答他的問題，所以才會生氣？這麼喜怒無常，眞是個不可愛的娃兒。我搖搖頭，快速將自己打理完畢，然後跟著他一起出門。

狐狸家離醫院有一段距離，但還好他有車。上車之後，我將安全套，不，是安全帶繫好，將頭靠在車窗玻璃上，開始閉目養神。陽光因爲掩埋了一個夜晚，頗有些迫不及待的滋味，顯出一種沒有溫度的耀眼；薄薄的眼瞼，遮擋不了它進入我的眼球，於是我看見紅融融的一片，一種暖暖的、記憶中的感覺。就像曾經的無數個早晨，我和溫撫寞擠在公車上那樣……停停停，再往下想是不行的。

我咬牙，死命地拿頭撞玻璃，好不容易撞出了個包，稍稍分散了一下注意力；但同時，也吸引了盛狐狸的注意力。他問：「妳在幹嘛？」我撒謊不打草稿：「殺死瞌睡蟲。」這時車已行駛到橋頭，清晨的太陽瞬間轉移到我們前面。那一刻，暖黃的陽光像層紗鋪在他的臉上，盛狐狸的臉被染成了金色，純淨而溫柔。他清清嗓子，拍拍自己的大腿。我疑惑：「你幹嘛？」他道：「把妳的頭，放在這裡。」我捂住臉，側過頭，嬌羞地嗔道：「你……你好壞噢，居然要我的嘴巴和你的小狐狸親密接觸。也難怪了，男人早上的慾望是比較強烈，但如果被警察叔叔抓到可怎麼辦呢？」「吱呀」一聲，車子打滑。看看看，有人不淡定了。

盛狐狸深深吸口氣，下巴有點緊繃，握著方向盤的手指也開始呈青白狀。但狐狸就是狐狸，他鎮定地說道：「我的意思是，讓妳把頭靠在我大腿上，好好睡一覺。」停了半晌，他眼角一挑，顯現出陽光也比不上的明媚的光，「當然，如果妳眞的想用那種方式來爲我服務，我也不會抗拒的。」我揮揮手，「算了，那種行爲，還是你自己去慢慢鑽研吧。」話音剛落，我那不爭氣的腦袋又開始了邪惡的幻想——盛狐狸坐在地上，努力以嘴去弄自己的狐狸根……太邪惡了，實在是邪惡得令我忍不住再想……不對啊，這麼算來，他的狐狸根長度必須要達到三十公分……正浮想聯翩，盛狐狸的聲音傳來：「寒食色。」「嗯？」我趕緊收起一腦袋的猥瑣。他問：「妳到底睡不睡？」我想了一會兒，道：「好吧。」於是，我就這麼把頭靠在盛狐狸的大腿上，別說，挺舒服的。盛狐狸難得溫柔一次，「睡吧，到了我叫妳。」我乖乖地閉上眼，車內彌漫著難得的寧靜。

一分鐘後。「盛悠傑。」「嗯？」「你會不會忽然放個屁啊？」「……誰會做這麼無聊的事？」「我啊，昨晚我就在被窩中放了兩個，你聞到沒？」「……」

再一分鐘後。「盛悠傑。」「嗯？」「美人在懷，爲什麼你的小弟弟就沒有一點反應？該不會是，有什麼難言之隱吧？」「……」

又一分鐘後。「小狐狸，嗨，起來、起來。對，慢慢起來，別害羞，早上了。雖然你被你家主人用萬惡的Calvin Klein內褲包裹住，但在那幾次親密會面中，我還是清楚見過你模樣的。雖然你是竹竿身材，弱柳扶風，但樣子也是很誘人的。雖然你體質衰弱，挺直腰桿，運動不了一分鐘就繳械，但勇氣還是可嘉的；尤其是你每次出場時，身邊都有兩個球形保鏢，那是多麼拉風啊。千萬別小看你那兩個球形保鏢，它們每天可以創造上億條人命，雖然很多時候在看日本床上運動教育片時，那些人命被你家主人給謀害了，但它們生得偉大，死得光榮啊，可是這也改變不了你家主人曾經殺害自己無數親生子女的事實；你要記住，他是個比希特勒更加歹毒的人……」沒等我跟小狐狸交談完畢，盛狐狸便一把將我的衣領提起，丟到另一邊去坐著了。我歎息，盛悠傑筒子，你還是不夠淡定啊。

過沒多久，車子便駛到了醫院附近。我忙讓盛狐狸停下，「我在這裡下車就好。」盛狐狸看著我，「爲什麼？」那眉梢像柔軟的柳枝，拂動人心。我誠實作答：「我怕醫院的人看見我坐你的車上班，會以爲我們有什麼不可告人的關係。」盛狐狸細長的眼眸如水般流動著，「我們本來就有不可告人的關係。昨晚我不是才進入了妳？」我抿抿嘴，「那是肉體關係，我指的是精神層面的關係。我和你都是高級人，怎麼能被那些情啊愛的給纏住呢，是吧。好了，我去買早餐。」說完，我將車門打開，正要走出去，卻被盛狐狸用力往回一拉，猝不及防地，我就與他吻上了。

沒有任何前戲，他柔軟的舌就這麼進入我的嘴裡，快速遊走了一圈。我們早上使用的是同一種牙膏，清新的薄荷味，帶著點點甜；味道是熟悉的，我很滿意。但，這可是在馬路上，被人看見，我不是百口莫辯？於是我趕緊推開他，皺眉問道：「盛悠傑，你最近的慾火怎麼這麼旺盛？」他看著我，眼中的湖泊似乎有微微的漣漪晃動，蕩漾得整張臉都蒙上一層薄薄的紗。我正要說什麼，他卻將我轉過身去，一腳把我踹出車門。我捂著屁股，看著那輛揚長而去的車，牙齒咬得緊緊的。

死狐狸，果眞是不把別人屁股當自己屁股啊。

端著兩碗牛肉麵進了醫院，來到診間，發現盛狐狸早就在位子上坐定。動作還眞快。看見我，他抬起頭來，若無其事地笑道：「寒醫生，今天怎麼這麼早就來了。」我瞪他一眼，「還不是被你的冰塊戰術叫起來的。」心中卻暗暗疑惑，這狐狸不是失憶了吧，怎麼才發生的事情就忘記了？「寒醫生，妳可別亂開玩笑，被別人聽見，還以爲妳昨晚是在我家睡的，那些個好事之人豈不誤會我們有什麼不正當的關係？」盛狐狸依舊笑著，但我的第六感告訴我，這廝，笑得不善。

原來是氣我剛才說的話；狐狸是個小氣鬼，好女不跟男鬥。我不理會他話中的揶揄，笑著將手中的牛肉麵遞給他，道：「來來來，趁熱吃。」熱騰騰的牛肉麵上面放著柔嫩的牛肉，還有青菜，煞是誘人。盛狐狸低頭看了一眼，挑挑眼睛，「請我吃的？怎麼妳忽然這麼大方起來了？」我拍拍胸口，「笑話，我寒食色只有對外人才小氣的。」聞言，盛狐狸眼中快速閃過一道暗暗的光，「妳的意思是，我不是妳的外人。」我笑，「那是當然。」他的一雙眸子瞬間深沉了幾分，「那，我是妳的什麼人？」我笑嘻嘻地將牛肉麵推近他面前，道：「你是我的全自動高智能免費自慰器。來來來，盛悠傑同志，昨晚革命工作辛苦了，多吃點，補補身子。」盛狐狸嘴角輕輕勾起，但這次，動作有些輕飄飄的。他接過麵，輕聲說道：「來日方長。」

我靈敏的耳朵準確地逮住了這句話，嘿嘿地笑道：「你這個『日』字，好傳神啊。」他鄙夷地覷我一眼，「猥瑣。」我笑得更開心，「嫌猥瑣你還『日』。」盛狐狸眼底流溢過一道幽深的光，「因為，我不入地獄，誰入地獄。」我打開自己的牛肉麵蓋子，埋頭吃了起來，「地獄遍布彼岸花，美得很呢。」不錯、不錯，不知是不是昨天床上運動做多了，今天這麵吃起來特別香。正當我埋頭致力於消滅牛肉麵時，盛狐狸悠悠傳來一句：「沒錯，地獄是挺美的。」

早餐吃完，便開始工作了。

運氣真是不錯，中午快午休時，居然來了個高大的外國友人——像灑了金子般的頭髮，發達的肌肉，深邃的輪廓，簡直是百年不遇啊。我瞬間失了魂魄，忙道：「請把褲子脫了。」色字頭上一把刀，我居然忘記盛狐狸就在旁邊。只聽他冷冷的聲音傳來：「寒醫生，人家好像還沒說是什麼症狀吧。」我偷偷以手抹去一嘴的口水，道：「對對對，麻煩你先說一下自己的症狀吧。」

外國友人的普通話說得不錯，但我一句也沒聽在耳朵裡。一等他講述完畢，我便重複剛才的話：「請把褲子脫了。」外國人就是開放，一點也不扭捏，走到屏風後就開始脫褲子。正到關鍵時刻，我那雙閃著綠光的狼眼被一雙手給蒙住了。盛狐狸低聲道：「寒醫生，凡事適可而止啊，看多了，小心長針眼。」我精蟲上腦，也不顧及昨晚的革命友誼，手肘便往盛狐狸胸口一捅。只聽盛狐狸悶哼一聲，蒙著我狼眼的那雙手也鬆開了。於是，我有幸看見了此生都難以忘懷的一幕——平時見到的也不過是些雞腿菇，但今天見到的卻是大棒槌啊。具體點說，他的那裡和我的手臂有得拚，果眞是天賦異稟，佩服佩服。但我就只看了那麼一眼，因爲接下來，盛狐狸的手來到我的後背，一個動作就解開了我的內衣。

流氓流氓，盛狐狸是個大流氓。我趕緊躲到一旁去穿衣服，可是等我以音速穿好內衣時，盛狐狸就已經以光速檢查完外國友人的小弟弟，我再也無緣見其一面。等外國友人走了，盛狐狸忽然將門一關；磕擦的聲響，讓我眉毛一挑。我趕緊捂住胸口，緊張地說道：「你想做什麼，不要亂來啊。如果你實在想亂來，也不要在這裡亂來。我建議，我們可以下班後找個有情調的地方慢慢亂來。」盛狐狸像是沒有聽見我的話，他慢慢走到我面前，俯下身子，雙手撫摸我的臉頰，用平靜的聲音說道：「寒食色，下次妳再做出這種事情，我就用手術刀把妳一片片切下來。」他的聲音帶著一種涼滑，讓人不寒而慄。

我的雞皮疙瘩開始起來了，但還是對自己犯的錯有些不明白：「我怎麼了？」盛狐狸慢悠悠地說著，微眯的眼睛挾著寒光朝我射來，「我們昨天才上過床，今天妳就對著其他男人的下面流口水。這是對我赤裸裸的侮辱。」我趕緊低頭摸摸他的小狐狸，討好地笑道：「千萬別多心啊，小狐狸，你也是很棒的——身殘卻志堅，總是在工作崗位堅守到最後一刻。再說，你雖然先天不濟，但後天可以補足嘛，你說是不是？」說完，我仰頭找死般對盛狐狸露出一個陽光般的笑容。

我個人覺得，自己笑起來還是挺好看的。有個人曾經這麼形容過我的笑——「眉眼彎彎，像月牙般溢出了無限碎碎的光華」，我坦白，那個人就是我自己。但是連自己都敢誇自己了，證明我笑起來是醜不到哪裡去的。我期望自己這麼一笑能晃花盛狐狸的眼，讓他放過我一次。電視劇中的女主角不是一笑就能改變很多事情嗎？計畫似乎成功了，因爲當我笑了之後，盛狐狸也跟著我笑。於是我微笑著，仰頭看向盛狐狸。盛狐狸微笑著，雙手撫摸著我的臉頰。陽光是溫和的，診間是靜謐的，氣氛是溫馨的。可惜……十秒鐘後，盛狐狸的手背上滴了一滴淚珠，我的淚珠，我因劇痛而流出的淚珠。「不要掐了，我水嫩嫩的臉禁不起你的折磨啊！」我大叫著拉開盛狐狸的兩隻魔手。盛狐狸輕哼一聲，道：「本來不想掐的，但見妳笑得這麼討打，不掐實在對不起我的眼睛。」

我狂日你個狂日噢，我嘣噔你個嘣噔噢，我圈圈你個叉叉噢——我暗暗咒罵著。「盛悠傑，憐香惜玉、憐香惜玉，回去默寫一百遍。」我揉著紅腫的面頰，不滿地瞪著他。「寒食色，說話要經過大腦，回去默寫一百遍。」他回擊：「如果我說妳胸部下垂，妳會高興嗎？」我歎口氣，道：「其實，我也不是故意要侮辱你的。只是你也想想看，當人見了海，再見小河，就不是滋味了。我看了那外國小弟弟，再看你的狐狸根，確實是有落差的……啊！」話音剛落，我就被盛狐狸一把提起給壓在辦公桌上，然後，他俯下身子近距離看著我。

盛狐狸的皮膚如瓷般透露著瑩潤的光澤，讓他整個人蒙上了一層清雅。清朗如山岱的秀眉，流暢的臉部線條，秀氣的鼻梁，無不給人一種雅致的觀感。那雙細長的眼周彷若有著淡粉的光暈，如蠱惑的桃花，慵懶妖嬈，麗色奪人。我深陷其中，無法自拔。盛狐狸額邊的碎髮讓夏風吹動著，每一下都泛著暖黃的光，像碎碎的金子。他那形狀完美的唇輕輕閉闔著：「寒食色，在洪氾期，小河也是能淹死人的。不信的話……現在就來做一下實驗吧。」

31 姦情被撞破

說完，他一把將我的雙腿分開，把身子擠入，那堅挺的灼熱就這麼抵在我全身最柔軟之處。我忍不住倒吸一口冷氣，全身的骨骼深處也泛起了情慾的搔癢。

我伸手撫摸上他的臉頰，皮膚滑膩如最上等的瓷器，令人愛不釋手。我的手在他的臉頰上遊走著，然後慢慢滑下至他的頸脖，來回巡尋，最後來到他襯衫的下襬；雙手輕車熟路地進入他的襯衫，慢慢地、誘惑地來回移動著。盛狐狸看著我，細長的眸子裡又出現了我熟悉的火種。他的手也開始撫摸著我的大腿，在那處最敏感與白皙的肌膚上探索著。我的腿下意識一縮，輕輕咬住唇，抑制住體內那股慾望；雙手則繼續在他的胸膛遊走，隔著單薄的襯衫布料，我手的輪廓隱隱運動著，彷若一種無聲的情慾表演。

盛狐狸的呼吸開始不穩，甦醒的小狐狸開始摩挲著我的下身；這樣的挑逗讓我體內起了浪濤，身體的每個細胞開始染上迷靡的氣息。我的手移到他的小圓釘處，輕輕用手指撥弄著；盛狐狸的身體更加僵硬了，他微微揚起頭，纖細光滑的頸脖勾勒出了完美的弧度。他淨白的臉在陽光下顯得晶瑩剔透，那雙眼微微瞇著，如盛開的曼陀羅，一種有毒的美吸引著人去飛蛾撲火。此刻，我的身體被情慾喚醒。

但是，我還保持著最後一絲理智，復仇的理智。在這靡麗的時刻，我眼中忽然精光一閃，然後手上用力，毫不留情地拔動著他的小圓釘。我拉，我扯，我掐，我毫不留情。誰要他早上把冰塊塞在我的胸口？誰要他重重地把我踹下車？誰要他掐我的臉蛋？盛狐狸猛地從情慾迷沼中清醒過來，眼中的火還是沒有消失，只不過，這次的火換成了冷冷的怒火。「寒食色，妳真是找死。」他的聲音很輕、很柔，像一張薄薄的紙慢慢覆蓋住人的口鼻，讓人有一種窒息的恐懼。

我趕緊想腳下抹油溜走，但還是慢了一步，盛狐狸長手一伸就把我攬了回來，重重地壓在辦公桌上。雖然姿勢沒怎麼改變，但靡麗的氣氛卻煙消雲散。我深吸口氣，牙關打顫：「盛悠傑，你別亂來啊。剛才你掐我的臉兩下，我也掐了你的咪咪兩下，咱們扯平了。今天就這樣吧，還要工作呢。」但盛狐狸並不認同這番話，他看著我，活像在看階級敵人，目光，那叫一個炯炯啊。我慌了神，道：「你想做什麼？」他半瞇著眼睛，反問：「妳說呢？」還用想嗎？言情小說中男主角懲罰女主角的方式，就是不停地做做做，做到腎虧，做到尿頻，做成人乾。想到這兒，我眉頭一舒——管他的，這種懲罰我也爽到了。於是，我雙手雙腳攤開，大義凜然地說道：「來吧，再大的慾海波濤，我都能咬牙挺下去！」但盛狐狸卻輕哼一聲，一語道破我的心機：「妳想得美，這樣一來，運動的是我，爽到的是妳，這算懲罰嗎？」果然是狐狸，我心中一緊，忐忑地問道：「那你想怎麼樣？」盛狐狸低頭看著我，那雙細長魅惑的眼眸中閃著殘忍的光，「我要挑動妳的情慾，但卻不幫妳解決。」聞言，我的冷汗嘩啦啦地往下淌。我的媽啊，這狐狸也太歹毒了吧，慾求不滿是比不讓人上廁所更殘酷的事，這狐狸也做得出來？

爲了避免慘案發生，我耐心地勸道：「盛悠傑，你這麼做，自己也會很難受。你就算不爲自己著想，也要爲你家多災多難、身體羸弱的小狐狸著想，是不是？你把它喚醒，又不讓人家釋放，很容易憋出病來的。到時候你家小弟弟成爲睡美人，永遠都醒不來，那怎麼辦呢？我先聲明，我寡食色可從來不是清心寡慾那類人，到時候我絕對一腳把你踹開。」但我的苦口婆心卻被盛狐狸一句話抹殺了：「沒關係，殺敵一千自損八百，我早就有所覺悟。」話音剛落，我便被他牢牢困住，動彈不得。他那乾淨、修長如藝術品般的手，開始沿著我身體的曲線滑動；因爲女性身體的反應一向比較慢，所以我自信盛狐狸肯定會在我破功之前先熬不住。但這一次我錯了，盛狐狸他不是人，居然透過這短短幾次床上運動，就私自總結出我的敏感點。

他的唇在我耳後的肌膚上摩挲，暖熱的氣息就這麼噴在那薄薄的肌膚上，酥麻的感覺頓時蔓延全身。他的手來到我大腿內側，故意在那處滑膩得沒有任何防備的地方流連，極盡誘惑之能事。我的身體開始灼熱，每一處敏感點都被他點燃了火花，最終連接成燎原大火，焚燒著我所有的理智。但盛狐狸的手指，那修長罪惡的手指並沒有放過我，他甚至更進一步來到我最私密之處，隔著內褲撫弄著，不停變換著力道與頻率。我的下體傳來一陣陣灼人的酥麻，這都是他給予我的；我感覺到，有股熱流慢慢在他手指的牽引下流出了我的身體，那是慾望的訊號。我的媽啊，這樣上下其手，簡直是要了我寒食色的老命。

我咬住下唇，死命地想忍耐住這股波濤，但我的身體卻出賣了自己，我的臉頰起了不自然的紅，我的喉間也溢出了醉人的呻吟，我的身體開始不安而難受地扭動。我盡量貼近盛狐狸的胸膛，那是種渴求的訊號，我渴望著他的進入。但盛狐狸是狠心的，他魅惑的眼眸中閃著蠱惑的光，像罌粟花，邪惡而迷人。他不肯，不肯給予我；我感覺得到他分身的復甦，可是，他就是不肯給予我。盛狐狸是有骨氣的，他說到的事情就一定會做到；不知爲何，想到這裡，我心中忽然有了一種不安，突如其來的不安。但很快的，這種情緒便被身體的難受所占據，我忍不住了，只能求饒：「我錯了，不要了、不要了！」

話音剛落，診間的門「咚」的一聲被人撞開。我和盛狐狸同時看向門口——只見柴柴眼中冒著興奮的光，站在那裡，但看見我倆衣衫尚整，她臉上閃過明顯的失望。我瞬間明白，這廝絕對在門口偷聽了許久，直聽到我說「不要了」，以爲我們已經進入彼此，才猛力撞開門，想看我們的現場直播AV；結果卻發現，盛狐狸的箭還在弦上。果然，柴柴懊悔地歎口氣，「早知道，就晚點進來。」我和盛狐狸仍處於震驚狀態中，保持著那種姿勢，沒有動彈。柴柴逕直走進來，摸摸精緻的下巴，揚揚漂亮的柳眉，臉帶得意，「食色，妳還真狡猾，居然說跟他沒關係；都制服誘惑加野戰了，還說沒關係。」

我的嘴張了又閉，閉了又張。說沒關係吧，這感覺不像；說有關係吧，確實沒什麼大關係。我就這麼猶豫著，在柴柴曖昧的神色與盛狐狸好整以暇的目光中猶豫著，下顎都快脫下了。終於，我深深吸口氣，招手道：「來來來，見者有分，一起上吧。」話音剛落，便招來兩個大白眼。柴柴道：「我先到外面逛逛，等你們收拾好了再來。」等她出去後，我長呼口氣，道：「終於安全了，盛狐狸，以後千萬別在上班時間搞這些，太危險了。你知道嗎，如果我們剛才真的在做，而她突然撞進來，那你的小弟弟說不定就拔不出來了，這種事情報紙上不是常登嗎，實在是危險啊。」說了半天，盛狐狸也沒有反應；我奇了怪了，抬頭，卻看見他眸子裡暗暗散發著危險的光，深沉得危險，平靜之下有著波濤。我忐忑：「難不成，你還想幹？」盛狐狸若無其事地拿起我的一縷長髮，輕聲問道：「什麼叫做見者有分？」「噢，開玩笑，別在意。」我拍拍他的肩膀，實際上是想推開他，但盛狐狸紋絲不動。我只能繼續躺在辦公桌上受他的壓迫，一邊開解道：「這麼兩個大美女陪你，你不是賺到了嗎？」

盛狐狸先是看著我，之後，嘴角慢慢勾起，整張臉蕩漾起綺麗的光；接著，他的唇慢慢下滑，滑過我的頸脖，滑過我的鎖骨，最終來到我的胸前；然後，他張口，狠狠地咬了一大口。是真的用力啊，我都能感覺到那股陰陰的怒火，痛得我叫爹叫娘。我一把推開他，罵道：「盛悠傑，你還真把我這當饅頭呢？」盛狐狸冷哼一聲，道：「就妳那，也敢自稱饅頭？最多就是倆小籠包。」說完之後，轉身走到自己座位上坐著。他起身時，白袍就這麼輕飄飄地拂過我的手，乾淨的布料，熟悉的消毒水氣息。我仍然躺在辦公桌上，看著天花板，半晌才起身。我背對著他，輕聲問：「盛悠傑，你是在生氣嗎？」但背後卻沒有反應。仔細想想，今天的盛狐狸一直都不是特別高興，總是對我又打又踢的；現在，還開始咬我家饅頭了。本想關心一下他，但想到柴柴還在等我，就算了；就當盛狐狸他來大姨媽了吧。於是我整整頭髮，理理衣服，道：「我出去一下，有事幫我盯著，中午自己吃飯吧。」接著，便走了出去。別說，我胸口開始一陣陣的痛，這個盛狐狸存心把我的小圖釘也拔下來嗎？實在是太狠毒了。

出了診間，發現柴柴正在走廊上等著，還是笑得一臉曖昧。隔牆有耳，我一把將她拉到醫院門口的小吃店坐著，先發制人，「妳飛回來了？」柴柴最近跑去當空姐了，上四天班，休息兩天。「是啊。」她呼出口氣，「累死了。」我開始流著口水聽八卦：「有沒有看中哪個帥哥機師？」柴柴看著我，微微一笑，「帥哥機師是有，但比起剛才把妳壓在辦公桌上那位，還是差遠了。」柴柴每次展現這種頗有深意的微笑時，臉上都會有一種媚人的神色；別說男人，就是女人有時也招架不住啊。

我忙解釋：「我和盛悠傑，是很純潔的關係。」柴柴嚴肅地點點頭，道：「沒錯，都純潔到床上去了。」我振振有詞：「是這樣的，我和他不小心上了床，然後對彼此的技術都挺滿意的，再加上雙方都沒有男女朋友，就約定每次身體有需要，就在一起做一次。我們絕對不會拖泥帶水，妳自己說，這種關係難道不比那些情啊愛啊，腳踏兩隻船啊，第三者之類的要純潔多了嗎？」「好吧，算妳這話有那麼一點點道理。」柴柴吃著酸辣粉，那飽滿的嘴唇被辣椒辣得紅腫腫的，映著微曲的長鬈髮，煞是誘惑。我要是個下面有根的男人，絕對一把將她拖過來狂吻。柴柴擦擦嘴，繼續道：「我看那盛悠傑也挺好的，反正你們男未婚女未嫁，就從了吧。」我看著她呼哧呼哧地將酸辣粉往嘴裡塞，忙辯解道：「從什麼？我和他，只有姦情，沒有感情。」柴柴抬起那雙影沉沉的大眼睛看我一眼，似乎想說什麼，但話到嘴邊又嚥了下去。

我知道，她的嘴裡含著溫撫寞的名字。我知道，她想問我是不是還記掛著溫撫寞，是不是還在等著他。

32 冷戰中

我的眼睛看著柴柴面前的酸辣粉。紅油油的，香中帶辣，令人食指大動。但是我不敢吃。

記得小時候，我也是很喜歡吃這東西的。常常揣著五毛零錢，跑到自家樓下的小攤子要一碗，再舀上滿滿一勺辣椒，在攤主心疼與敵視的目光下滿足地吃起來，辣得小鼻子紅紅的，淚眼汪汪的，心裡卻有說不出的快樂。可是有一次，我的舌頭不小心被劃了道傷口，沒放在心上，還是來到攤子前要了酸辣粉，再加一大勺辣椒。一口下去之後，我感覺傷口處似乎有火在燒，緊接著口腔就湧出了血水，黏黏的，甜腥得讓我驚恐；那種痛爆發在嘴中，卻蔓延至全身。於是我在攤主幸災樂禍的眼神中，捨棄了只吃了一口的酸辣粉，逃也似地哭著跑開了。從那之後，我再也沒有吃過酸辣粉；我不敢吃，怕傷口再次裂開。

戀愛也是一樣，味道甜蜜的讓人心醉，可是一旦失敗，那種痛苦也能讓你心痛如絞；心痛如絞，我們的老祖宗眞的很會創造詞語。多具象，當初失戀時，那顆心不就是被一雙無形大手像擰毛巾一樣擺弄著嗎？實在是太痛了。失去了嘗試的勇氣，所以還是只性不愛的好；盛狐狸，是上天賜給我的禮物——免費人工智慧型自慰器。

總這麼不說話也不是辦法，我問道：「妳今天怎麼來了？」柴柴誠實作答：「連續飛了四天，今天一放假就趕緊去妳家在地板上跳了兩跳，然後和那警察中的敗類對罵了一場。罵完之後神清氣爽，就想來看看妳，沒想到卻看見你們診間的門緊閉著。我仔細琢磨，這光天化日關門，絕對有姦情，便趴在門口偷聽。好不容易料想著到了高潮，就撞開門準備嚇你們一下，誰知道進來早了。」我鄙夷，「眞是惡趣味。」柴柴用一種非良家婦女的表情打聽著：「欸，那個盛悠傑的技術到底怎麼樣？」我也掛上同樣的表情，故意悄聲道：「這百聞不如一試，哪天，我幫你們牽牽線。」柴柴將餐巾紙放在唇邊，輕輕抿抿嘴，氣定神閒地說道：「哼，我倒沒什麼，就怕妳不捨得。」我剛想拍拍胸口、義薄雲天地說：「姐妹如手足，男人如衣服，咱們什麼關係啊，別說一個男人，就是一群男人也得給妳送去啊。」但手一拍到胸口，剛才被盛狐狸咬的傷口便隱隱痛了起來，我正準備說的話就徹底淹沒在喉嚨中了。算了，如果被盛狐狸知道我說過這話，鐵定把我整個饅頭都咬下來；別說，這狐狸還眞狠，我的小蓓蕾絕對已經破皮了。來而不往非禮也，下次我一定把他小弟弟咬破皮。

正想著，柴柴吃完了，她摸摸肚子，道：「反正妳也逃班了，正好陪我去逛逛街，我粉底要用完了。」我自然是應允，於是兩人一起來到商場。逛了化妝品專櫃，買齊了東西，我們又來到女裝部試穿新品。可是逛著逛著，我的第六感開始拉警報——有人一直在跟蹤我們；暗中一查看，發現有個高高瘦瘦的男人正鬼鬼祟祟跟在我們旁邊，那眼神很不對勁。雖然鎖定了目標，但還是沒什麼證據，我只能暗暗地對他保持警戒。可是越觀察，我的心就越發麻——每次柴柴試穿了一件衣服或是摸過一件衣服，那瘦竹竿就會悄悄將那衣服拿在懷裡，低頭，深深地嗅著；而且還因爲太愜意的關係，開始翻起了白眼。圈圈你個叉叉噢，居然比我還猥瑣下流，實在是遇到高人了。我忙將自己發現的事告訴柴柴，柴柴輕蹙眉頭，轉身一看，搖搖頭，道：「我不認識那個人啊。」

柴柴像塊牛奶糖，特質就是吸引蒼蠅、蚊子，這是我經過多年經驗總結出來的。眾所周知柴柴是位美人，一般來說美人就像是牛奶糖，會自動吸引男人靠近；但柴柴這塊牛奶糖也太悲哀了點，她吸引的全都是奇形怪狀的人。高中時，她們班那位戴著厚厚眼鏡的優等生，天天都送她東西；一開始還好，是什麼花啊，巧克力啊；到後來，就是什麼寫著「我愛妳，我也知道妳愛我，只是妳不好意思表達」的情書；到最後，事態比較嚴重了，他開始送什麼血書，上面寫著「不能同年同月同日生，但求同年同月同日死」，血書裡還夾著一些蟑螂的屍體，老鼠的尾巴，把人嚇得半死。

好不容易高中畢業，總算把那男生給甩掉，但大學裡又有新的極品等著柴柴。那是一位長髮飄飄的男同學，自從在迎新會上看見柴柴，那小心肝就像安了馬達似的，開始嘟嘟嘟嘟嘟地跳個不停。從此之後他每天一封情書，什麼「吾愛，親親」，酸得我鈣質流失；到最後，那位男生開始意淫了，一會兒說自己是什麼黑暗組織的頂尖殺手，一會兒又說自己是國家安全局祕密培養的間諜。有一次還順著水管爬到柴柴的寢室，說什麼要和柴柴私奔，結果被柴柴一腳踹了下去。

前面說的這兩個例子是比較著名的，還有其他無數極品人物陸續穿插著，像蝨子般點綴著柴柴華麗的生命，只能怪柴柴身上散發的某種磁場太詭異了……我這麼認爲。對於這類人，還是有多遠就離多遠，於是我們準備打道回府。可是就在樓梯口，那瘦竹竿攔住了我們，他眼中閃著一種不自然的光，雙手交握，不停地扭動著。我皺眉：「你想做什麼？」但是失敗啊，瘦竹竿睬都不睬我，他看著柴柴，胸腔急劇地起伏著，道：「柴小姐，我叫尹志遠，自從上次在飛機上遇見妳，就忘不了妳……」原來是乘客。這位極品一定是在坐飛機時一眼看中了柴柴，接著千方百計打聽出柴柴的地址；今天趁她休息，就來跟蹤了。

柴柴露出御姊本色，蹙眉道：「先生，你究竟有什麼事？」那瘦竹竿的眼睛像紅外線雷射一樣，閃閃的，十分嚇人，他的聲音有些激動：「柴小姐，我想……我想和妳交往。」柴柴臨危不亂，果然是經歷過大場面的人，她平靜地說道：「先生，不好意思，請下輩子趕早吧。」說完，拉著我就要走。但那瘦竹竿可是極品啊，人家往我們面前一攔，鼻孔呼哧呼哧地噴著氣，道：「柴小姐，妳是不是瞞著我有了男朋友？」我和柴柴不由自主地軟了一下腳，這位大哥的邏輯真的很混亂啊。爲了早點脫離這種險境，我勇敢站了出來，道：「沒錯，我就是柴柴的男人。」其實，我的本意是想把柴柴和我塑造成一對蕾絲邊，這樣說不定瘦竹竿會知難而退，高唱著「不是我魅力不夠，而是她和我的性取向一致」而離開。但這個瘦竹竿卻用一雙紅外線眼睛嗖嗖地掃視了我一遍，連我的頭髮都沒放過。良久，他終於歎息道：「難怪我看妳不大對勁，是在哪間醫院變的性啊？還挺成功的。」

我頓時火冒三丈，頭髮都燒起來了。我寒食色前凸後翹，身材呈現S形，他哪隻眼睛看出我是變性的？我嘣噔你個嘣噔噢！難怪瘦竹竿叫尹志遠，敢情祖宗就是那迷姦小龍女的尹志平吧，那廝的基因眞是強大。我忍住氣，一把將他推開，道：「反正這是我的女人，你別再瞎想了。今後，你走你的陽關道，我們過我們的獨木橋，咱們各回各家，各找各媽。好了，永別。」說完，用我那雙八吋高跟鞋往他腳上貌似無意地重重一踩，然後趁他抱腳哀號之際，趕緊拉著柴柴落跑。

經過瘦竹竿這麼一攪，我和柴柴沒了逛街的心情，於是我決定繼續回醫院上班，而柴柴則決定回我家等我。我好奇：「怎麼忽然間，妳就愛上我家了？」柴柴微微一笑，媚眼彎彎，掩不住的明眸皓齒，活像一幅古代仕女圖。但是，她陰冷冷寒嗖嗖的聲音卻徹底打破這幅畫的意境：「我要養足精神，凌晨兩點在妳家彈跳跳床，把那警察給叫醒。」聞言，我忍不住打個寒噤。喬幫主啊，你好造孽噢。

等我回到醫院後，看見盛狐狸正安靜地站在窗前——細長的眸子在陽光下微微眯著，長而濃的睫毛像被灑上了碎金，每一次的眨動都綻放一次華麗；他的皮膚在暖黃的光線下近乎透明，就連指尖也是晶瑩剔透得不染凡塵。就像溫撫寞；陽光下的溫撫寞就是這個樣子，如冰雪雕出的人。可是仔細看，他們是不同的。溫撫寞清秀到了極致，他的臉讓人瞬間聯想到「乾淨」這個詞；而盛狐狸的臉乍看之下清雅俊秀，但那只是一種土壤，在土壤之中，還開出了妖治的曼陀羅，這就是盛悠傑。

正看著，不期然地他忽然回過頭來。我也回過神，剛想說什麼，他開口了：「不要用那種眼神看我。」他的聲音帶著一種陽光也融化不了的冷。我頓時愣住了，喃喃道：「怎麼了？」他站在窗邊，背後是明亮的天光，還有滿樹木槿熱烈地開放著。在這華麗的背景中，盛悠傑逆著光，我看不清他的神情，但那雙眸子卻深沉如最黑的夜，他的聲音從那純粹的黑暗中向我傳來：「妳從我身上，究竟看到了誰？」我渾身血液瞬間湧到了頭頂，那種忽然被人看透心事的驚惶感蔓延全身。我站在原地，渾噩了許久。

之後我來到自己的座位前，緩緩坐下。我的手無意識地翻著面前的雜誌，厚實的紙張，翻閱起來發出嘩啦啦的聲響。良久，我終於再次問道：「你是什麼意思？」盛悠傑似乎在看著我，我沒有抬頭，但是卻這麼感覺到了。盛悠傑的聲音輕幽幽的，帶著一種我不明白的情緒：「我的意思是，我是盛悠傑。」我不做聲了，手在雜誌上拂動著；頁面很滑，光可鑑人，我的手就在上面滑動，感覺到一陣涼潤。之後，我沒有再和盛悠傑說話，而他也沒有理會我。這個下午，我的心都埋在水裡，悶悶的，透不過氣來。

「盛狐狸是不是眞的已經知道了什麼？」我這麼告訴自己。他不是笨人，而我也不甚聰明。從我看見他睡覺的樣子，驚慌失措跑回家那次開始，恐怕他就有所懷疑。之後他確實三番兩次都在試探我，卻被我岔走話題。而昨晚他也一定看出了什麼，他一直在有意無意地詢問，可是我拒絕回答，所以今早他才會不高興？

我的手一直撫摸著雜誌上的女郎；她的臉，修圖修得過分了，太過完美，失去了眞實感，但至少看上去是很美的，不是嗎？眞相，有時是需要埋在心底的，因爲它很醜陋，會惹人心情不快。而且，我並不認爲有必要把溫撫寞的事情告訴盛悠傑；我說過，那是我心裡的一塊疤，只想自己慢慢沉澱的疤，但顯然，盛悠傑並不這麼想。

所以，我們出現了分歧。所以，我們冷戰了。

33 把內褲穿上先

直到下班時，和盛狐狸也沒有和好的跡象，我只能獨自一人回家。回家的路上，我越想越悶，本來說好今天一起去吃拉麵的，但現在卻要自己吃自己，眞是命苦，爲什麼不吃了之後才去惹盛狐狸呢？

正當我走到社區門口時，手機響了，低頭一看，發現是盛狐狸打來的。我那個激動啊，以爲他思來想去還是決定請我吃飯，便馬上接起電話，道：「沒關係，我原諒你了。這樣好了，你先去味千拉麵店占位子，我馬上就到。」那邊沉默了半晌，最終，盛狐狸的聲音幽幽傳來：「寒食色，今晚繼續來我家睡吧。」我不死心，繼續道：「這個問題，等會兒吃拉麵的時候再談吧。」盛狐狸的聲音中有種冷冷的戲謔，帶著點不快：「寒食色，妳整天除了吃，還會做什麼？」「愛啊。」我淡定地回答。「什麼？」他一時沒反應過來。「我還會做愛。」我繼續淡定地重複著。他那邊沉默了一下，良久，我聽見一陣幾不可聞的輕笑，然後盛狐狸的語氣緩和了些：「算了，我來接妳吧。吃了飯，我們就做妳擅長的愛。」「好，這次我要女上位……啊！」我忽地慘叫一聲，因爲我面前忽然竄出一個人。

高高瘦瘦的，彷彿一陣風就能吹倒，而且那雙眼睛還怨毒地看著我。這不就是今天下午在商場跟蹤柴柴、接著被我踩了一腳的尹志平後代嗎？現在的他看起來比下午更加危險，眼睛裡布滿了紅絲，一雙手也不自覺地輕微痙攣著。手機那邊傳來盛狐狸的問話：「妳在做什麼？是不是又摔跤了？」才正要回答，手機卻被瘦竹竿搶走了；這竹竿瘦是瘦，有肌肉啊，力氣大得嚇人。我心裡咯噔一聲，但面上沒表現出來，只是叉著手，一雙眼睛朝他一覷，上上下下左左右右地掃視一番，鼻孔朝天，噴出一口氣，這次力度掌握得比較好，沒什麼不乾淨的東西噴出來。而我的聲音也故意拖得綿長，遮掩住我的心虛：「別沒事找事，這方圓一里都是我的地盤。我腳抖一抖，地就要震三下；我只要一叫，居委會的大媽，茶館裡打麻將的大爺，看《喜羊羊與灰太狼》的幼稚園學生，還有那隻時常假裝自己是狼的哈士奇，都會跑出來幫我。」

前輩們曾說過，男人像彈簧，妳弱他就強；反之，妳強他就弱。尤其是對付這種極品男人，一定不能露怯。上次在公車上遇見一個露陰癖，趁著周圍沒幾個人，就把自家小弟弟露了出來，然後碰碰我，露出一口黃牙，笑得那叫一個淫賤與燦爛啊，「小妹妹，妳看哥哥的大不大？」我當即氣得全身發抖，我說：「你要露，也得有料才行。這麼細的牙籤也敢亮出來，實在是玷污了我閱雞雞無數的眼睛啊！你說，我要是平得像個荷包蛋，還整天穿著比基尼在你面前露，你高興嗎？」於是我銀牙一咬，直接拿出手機，對著那人喀嚓喀嚓地拍下了他的露點照。接著趁他目瞪口呆之際，我又嚴肅地說道：「哥們，以後要別人看，記住先帶放大鏡，不然誰看得見啊！我也就奇了怪了，你小雞雞到底是吃什麼長大的啊，居然能小成這樣，餵它一粒米都怕被噎死，眞他媽是場人間悲劇。」那露陰癖怔怔地看著我，震驚之下，小雞雞沒了動力，慢慢地萎縮下去。目睹這一場景，我都要哭了——敢情我剛才看見的，還是放大版啊；這會兒恢復原狀後，簡直就是超市打折出售的雜牌火腿腸，還是最小號那種。我這正醞釀眼淚，公車就靠站了，那露陰癖哥哥蒼白著一張臉，跌跌撞撞地衝了下去，最終消失在人海裡。

現在，雖然這瘦竹竿不是露陰癖，但兩人精神狀況相差不了多少，所以我尋思著這次想必也能用這招。但瘦竹竿完全聽不見我的威脅，他一把抓住我的手臂，指甲都掐入我白嫩嫩肥膩膩的肉裡了。我慌了神，戰戰兢兢地問道：「你……你想做什麼？」那瘦竹竿原來是咆哮教的長老，他狂吼道：「原來是眞的，她就住在妳家！原來柴小姐眞的和妳在一起，我到底哪一點不如妳，爲什麼她——要——選——擇——妳！」瘦竹竿後面那幾個字幾乎是一字一句吐出來的。瞬間，我似乎看見馬景濤哥哥站在囚車上，扭頭猙獰地大吼道：「吟霜，快回去，我不要妳看我身——首——異——處！」沒錯，他最後那幾個字也是吐葡萄般吐出來的。所以說，瘦竹竿深得咆哮教精髓。被他這麼一吼，我的耳朵開始出現暫時性耳鳴，嗡嗡嗡地響個不停。同一時間，黃河大合唱的音樂也響起了——「風在吼，馬在嘯，景濤在咆哮，景濤在咆哮……」但我沒能失神多久，因為手臂上傳來了一陣劇痛。接著，那瘦竹竿忽然間像變了個人似的，臉上閃現一種神祕的陰森，他用詭異的目光看著我，然後壓低聲音道：「對，只要沒了妳，柴小姐就是我的了。」隨著話音，他忽然從褲袋中拿出一把折疊小刀，一打開，那寒冷的光在鋒利的刀身上流淌而過。睹此情狀，我的呼吸頓時停止。接著，他陰鷙地笑著，那把小刀在空中劃過一道涼滑的弧度，就這麼朝我揮了過來。

去死吧、去死吧，快給老娘去死！我做鬼也不會放過你！我閉上眼，下意識用手護住了臉，一顆心涼透了。但是，預期中的痛卻沒有來臨。我只聽見一陣正氣凜然的大吼：「你在做什麼？」那聲音渾厚得讓人耳膜發麻。偷偷睜眼一看，竟發現不遠處，住在我家樓下的那位喬幫主正快步朝我這邊跑來。今天，喬幫主一身警裝，英明神武，整個人在夕陽下閃著神聖的光芒，我的眼睛瞬間爆發了無數粉紅色泡泡。難怪常常有警察制服誘惑，原來這麼帥啊——粗胳膊長腿翹屁股的，哪個女人受得住啊。瘦竹竿哪裡敢再待，忙拋下我，逃走了。

喬幫主跑上前來查看我的傷勢，確定無礙後，開始詢問那人的身分。我從大難中逃過一劫，頓時渾身虛脫，好半天才詳細告知了情況。喬幫主濃眉一皺，道：「想必那人神經有些問題，明天記得要來我們局裡做個筆錄，最近這些天也要提高警覺，說不定他還會再來……對了，妳那位朋友呢？快通知她一下。」我實在不好意思告訴他，柴柴今晚準備睡我家，方便半夜起來跳地板吵醒他。但喬幫主是何許人才，立刻從我的表情看出了端倪，他揚揚眉毛，道：「難不成，她今晚又打算和我開戰了？」得罪警察叔叔的日子是不好過的，我立刻賣友求榮，踮起腳尖，哈著舌頭，一五一十出賣了柴柴的計畫，而且賭咒發誓撇清自己與這件事無關。

聞言，喬幫主沒有說什麼，只道：「走吧，我送妳回家。」我千恩萬謝，在他的陪同下一起來到了我家門口。但是，我犯了一個錯。當我開門時，柴柴正從浴室洗澡出來，她身上只裹了一條白色浴巾，胸部以上，還有大腿以下全都赤裸著；而那頭鬈髮則慵懶地垂在她光潔白皙的肩膀上，被空調的冷風吹得一蕩一蕩的，每一下都撫在人的心上，癢癢的；還有那細長的雙腿，華麗麗的鎖骨，簡直就是讓人血脈賁張。她整個人帶著一種柔白，朦朦朧朧的，異常美麗。

我們仨同時怔住了，然後，受害者第一個反應過來。柴柴淡定地朝喬幫主罵道：「居然在別人沒穿衣服時進來，眞是流氓。」喬幫主回過神來，以同樣淡定的姿態回道：「居然在別人進來時不穿衣服，眞是女流氓。」柴柴用更深層次的淡定罵道：「你個披著警察制服的土匪，長得對不起人民對不起黨，你……」可是喬幫主的淡定已經到了大神等級，他輕飄飄地打斷了柴柴的話：「先把內褲穿上再跟我說話。」可以說，這句話的殺傷力也是大神等級的，因爲柴柴確實沒穿內褲，所以此話一出，柴柴的臉瞬間像充了血般緋紅。她狠狠瞪了喬幫主一眼，接著快速衝入臥室中。

我長長吁口氣。原來喬幫主功力如此深厚啊，看來剛才是選對邊站了，否則怎麼死的都不知道。回過神來，我趕緊諂媚地招呼喬幫主坐下，又給他倒茶，拿點心，就差當祖宗供起來了。這是我從小到大的通病，走在路上看見警察叔叔就開始腳軟，像耗子似的。對此，老爸自豪地斷言，我體內是有犯罪基因的，總有一天要幹出一件對不起人民對不起黨的大事。喬幫主面上不動聲色，背著手，來到柴柴跟他隔樓混戰的那處地方，蹲下身子敲了敲，嘴角輕輕一勾，道：「隔音效果還是差了點啊。」我趕緊狗腿道：「那是、那是，都是這些個奸商鬧的。」此話一出，想必童遙同學在打噴嚏了。「我看，應該買塊地毯了。」喬幫主視察之後得出結論。

「要買、要買，明天立刻去買。」我點頭如搗蒜。

喬幫主起身，看著我，大眼中精光一閃，道：「妳們這兒時常發出噪音，這可是違反相關規定的。當然我也知道妳是無辜的，但如果妳這個屋主放任不管，到時候也只有處罰妳。」我倒吸口冷氣，喬幫主眞是絕啊，這不明擺著讓我出賣柴柴嗎？果眞是個披著警察制服的土匪！但是，我出賣起朋友來那可叫一個順手啊，忙撇清道：「不關我的事，我已經勸柴柴好多次了，其實我跟她也不是很熟，幫主你要明鑑啊。」喬幫主對自己的外號還不甚熟悉，自我介紹道：「幫主？我叫林封。」林封，喬峰，差不多。我正準備昧著良心恭維一下這個名字的偉大，只見柴柴穿好衣服，咬著牙齒走了出來。

喬幫主環住雙手，咧嘴一笑，露出白白的牙齒，「內褲穿好了？」柴柴的一雙美眸驟然緊縮，開始死命地瞪著喬幫主；而喬幫主也不服輸，愜意地與她對視著——吱吱吱吱嚓嚓嚓嚓，美少女戰士大戰野原新之助。害怕被誤傷，我趕緊一個旋身翻到安全地帶，然後從冰箱裡拿出一包洋芋片，邊看邊吃。正在觀賞現場實況大片，門鈴響了。我擦擦手，開門一看，愣住了。門外居然站著滿額汗水的盛狐狸，看見我，他語氣有些急切：「妳沒事吧？」我張大嘴巴，定了三秒，終於省悟過來——剛才遇到瘦竹竿時，好像正在和盛狐狸通話，還「啊」地叫了一聲，之後手機摔在地上，電池掉了出來，手機便一直處於關機狀態。照這麼說來，盛狐狸是因爲關心我才來的？想到這兒，我感動得涕淚四流，手足顫抖。多有義氣的孩子啊，這大熱天的，肯定跑了不少路。我牙一咬心一橫，正要拍胸口豪爽宣布，今晚的味千拉麵我請客。

但盛狐狸搶先一步，他平緩了一下氣息，鎮定地問道：「究竟是怎麼回事？」我忙趁著喬幫主正和柴柴苦戰，悄聲地添油加醋將剛才的事渲染了一遍。在我的故事中，那瘦竹竿沒占到便宜，被我用高跟鞋給狠敲一把，接著像隻小強似地逃走了。聽完之後，盛狐狸平靜地問道：「然後妳就回家了？」「嗯。」我點頭。「然後妳就坐在冷氣房裡吃洋芋片了？」盛狐狸再平靜地問道。「嗯。」我開始覺得有什麼地方不對勁，但一時半刻也反應不過來。盛狐狸那雙細長的眼眸，黑得異常清冽，「妳就沒想過給我打個電話解釋一下？」

看著他那不善的眼神，我心裡一緊，終於明白不對勁的感覺出在哪裡——我居然讓盛狐狸白白地在大太陽底下跑了這麼久，而我卻屁事沒有，還坐在屋子裡吹冷氣吃東西，看月野兔大戰野原新之助，實在是過分了點。「不好意思，我忘記了。」我的聲音小小的，有點理虧。

34 引狐狸入室

盛狐狸安靜地看著我，白淨的臉上突地染上了一層疏離，「妳是不是只有想吃東西，還有想做愛的時候才會想起我？」我的嘴張了又闔，闔了又張。好像，似乎，確實是被盛狐狸給說中了；乍聽之下我好像挺過分的，但仔細想想，食和色，不就是我人生的本質嗎？

無話可說時，除了沉默，還有一招，那就是反問：「那你呢，除了做愛和吃飯，你還有什麼時候想著我？」盛狐狸與我對視著，眼底流溢過一種神祕的情緒，但在我還沒來得及抓住時，就這麼離去了。這下可好，把他也問住了，咱們誰也不欠誰。接著，我們這邊也開始展開月野兔對野原新之助，兩人對視著，兩雙眼睛吱吱吱吱吱嚓嚓嚓嚓嚓地互相攻擊。正進行到高潮，我忽然一拍腦袋，驚喜地說道：「對了，我便祕時也會想到你！」沒說假話，拉不出粑粑時，只要一想到盛狐狸曾經對我做的過分事，就怒上心頭；一用力，我家粑粑就向前翻騰三圈半屈體抱膝墜入馬桶中，還完美地壓住了水花。此話一出，盛狐狸身子晃動了一下，徹底破了功。寒食色大獲全勝！

而那廂，柴柴和喬幫主似乎打平。我趕緊道：「大家先歇息一下，休息一下眼睛，吃了飯再瞪吧。來，我今天大失血，請你們吃飯。」盛狐狸問：「妳想吃拉麵？」我用袖子擦去口水，猛點頭。盛狐狸微微一笑，魅惑眾生，「可是我不想再走路了。」我日你個日噢，故意讓我不好過。我一邊腹誹，一邊問道：「那你要吃什麼？」盛狐狸揚揚眉梢，「我要吃妳做的。」我咬牙切齒，「好。」吃我做的，也不怕我毒死你。「吃火鍋吧。」柴柴建議：「我買了鍋底，也買了菜。」於是，就在飯廳用電子鍋煮起火鍋來。我正奇怪柴柴爲什麼不反對喬幫主留下來吃飯，她便來到了廚房，殺氣騰騰拿起洗碗精就要往其中一碗油碟倒，準備端給喬幫主。我嚇得屁滾尿流，趕緊攔腰拉住她，曉之以情動之以理：「莫衝動，傷害朝廷人士，可是滅門大罪啊！」好不容易，才將沒有受到污染的油碟端到兩位男士面前。四個人圍坐在餐桌前，開始吃了起來。因爲理虧，我特意將好東西全往狐狸碗裡塞。一邊塞，我一邊瞇縫著眼睛，笑得稀里嘩啦，牙齦閃光；意思就是——「您老吃好喝好，消消氣，咱們繼續發展地下姦情。」盛狐狸面上毫不做聲，只安靜地將我夾給他的菜吃完，也不知道是什麼意思。費解。

而那廂，柴柴和喬幫主繼續對峙著，兩人的眼電波在熱氣騰騰的火鍋上吱吱吱吱地發射著；我心疼得流血啊，那些個電收集起來煮火鍋多好。正對視著，柴柴夾住了一塊牛肉，而與此同時，喬幫主的筷子也同樣夾住了那牛肉的另一頭。柴柴微微瞇眼，「放手。」喬幫主毫不畏懼黑勢力，「不放。」柴柴開始言語攻擊：「連牛肉都搶，真不是男人。」喬幫主開始挑語病反擊：「妳怎麼知道牛肉是妳的？叫一聲，它會答嗎？」柴柴怒極反笑，紅唇微勾，秋波明媚，臉上泛起了黑暗的氣息。果然，喬幫主馬上一聲悶哼，原來小腿被美人給踢了。柴柴趁他不備，筷子上用力，想把牛肉奪過來。但喬幫主雖然負傷，保護肉的心不死，一雙筷子緊緊將牛肉給夾住。柴柴把心一橫，直接站起來，身子微彎，對著那塊牛肉咬下去；說時遲那時快，喬幫主自然不甘落後，也同樣站起身，以同樣的姿勢對著牛肉咬了下去。於是乎，兩人在啃咬的途中，嘴唇就這麼華麗麗地碰觸在一起了。

頓時，世界安靜了。柴柴和喬幫主的兩顆腦袋就這麼杵在電子鍋上方。我嘴微張，手上筷子夾著的那顆鵪鶉蛋「咚」的一聲落在地上，盛狐狸則揚揚眉梢。時間彷彿停止了一般，只剩下鍋中湯料在噗噗噗地翻滾。不知過了多久，定身咒解除了。柴柴退後，用餐巾紙抹抹嘴，冷冷地說道：「滿是大蒜味，噁心死了。」喬幫主看著她，咧嘴一笑，整齊而乾淨的白牙齒在燈光下閃著好看的光，「彼此彼此。」好半天，我才回過神來，忙將盤中剩下的牛肉全部放入鍋中，然後賊兮兮地笑，「一會兒就熟了，兩位繼續搶。」多難得的現場實況打啵啊，一定要製造機會看個夠本。可惜，兩人卻沒再搶了；我只能安慰自己，人生不如意事十常八九。

晚餐之後，柴柴提議打成都麻將。說這話時，她眼中閃爍著清澈而純潔的光。每當柴柴擺出這副無辜表情，就是大事要發生的先兆。果然，趁我切水果時，她衝進廚房來，要我配合她的計畫——作弊讓喬幫主輸得內褲都不剩下。無非就是要筒子時摸眼睛，要條子時摸鼻子，要萬子時摸耳朵。雖說很沒有創意，但是當聽見柴柴說要把今天贏的錢和我對分時，我的口水開始澎湃了。在零點零一秒的時間裡，我決定當個反社會分子，背叛人民，背叛黨組織，背叛喬幫主這位警察叔叔。

我和柴柴趕緊把桌子、麻將擺好，邀他們來打牌。喬幫主似乎沒聞到危險的味道，他只是讓我們稍等，然後去陽臺抽了一會兒菸，沒多久便進來了。廢話不說，馬上開打。在嘩啦嘩啦的麻將聲中，四人各懷鬼胎。第一局，在我和柴柴的配合下，我迅速將牌給理清了，自摸。第二局，在我和柴柴的配合下，柴柴迅速將牌給理清了，喬幫主放炮給了她。第三局，牌摸完了，除了盛狐狸，大家都沒有和，但在我和柴柴的配合下，我們聽牌了，按照規矩，喬幫主賠給我們。第四局開始前，喬幫主伸個懶腰，提議賭大些。

自己送上門來挨宰，豈有不成全之理？於是，賭注大了一倍。但是從第四局開始，喬幫主便像開了天眼似的，運氣一下子好了起來，而且他總是跟柴柴作對。比如說，我和盛狐狸各打一個五筒，他看都不看一眼，但柴柴跟著一打，他便笑著說道：「我胡了。」那聲音綿長渾厚，與此同時，白森森的牙齒對著柴柴一露，意思就是——「沒錯，我就是想贏妳的錢，有本事妳來咬我屁股啊。」柴柴自是氣得氣血翻騰，滿眼金星亂迸；但牌品的問題關係到人品，只能硬著頭皮打下去。到最後，柴柴身上的現金全落入了喬幫主的口袋，而且還寫下五百塊的借條；詳細點說，是兩張兩百五十塊的欠條，實在是……慘不忍睹。

到晚上十點，柴柴終於沒心情打了，於是我宣布散場。眼見人家喬幫主都在穿鞋了，盛狐狸還是一動不動，我心裡有些緊張，猶豫許久，終於道：「天晚了呢。」潛臺詞就是——您老該走了吧。盛狐狸抬眼，不慌不忙看了一會兒深紫色的天空，點點頭，道：「就是，這麼晚了，走在路上，還挺危險的。」我嘴角抖動了一下，道：「單身女人是挺危險的，男人倒還好。」盛狐狸慢慢地笑著，道：「現在男女都平等了，報紙上不是常報導某某地方一名夜行男子被強暴了嗎？」聽他的意思，是想在我這兒睡？我忙道：「柴柴今晚會在這裡留宿。」「我改變主意了，原因就是無法忍受和某人呼吸同一個社區的空氣。」柴柴瞪了喬幫主一眼，然後提起包包，道：「你們倆，慢慢睡吧。」說完之後，她穿上鞋子，大跨步走了出去。

喬幫主愣了一會兒，沒來得及和我們打聲招呼，也跟了上去。看著那緊閉的房門，再看著床上雙腿交叉、一臉閒適的盛狐狸，我開始凝思，這應該就是所謂的引狼入室吧，不，是引狐狸入室。於是，我看著他，他看著我，大眼瞪小眼，人眼瞪狐狸眼……好半天，我終於找到話題。「你說，那警察叔叔怎麼這麼厲害呢？」我摸摸下巴，「好像能看見柴柴的牌似的，簡直是神了。」盛狐狸淡淡說道：「因爲他本來就看得見她的牌。」我訝異，「什麼？」盛狐狸指了指我背後的落地窗，道：「妳朋友背對著這面玻璃，牌面全映在上面了。」我這才恍然大悟。難怪喬幫主在打牌之前要去陽臺抽菸，原來趁著進來時，他可以把窗簾神不知鬼不覺地拉開。之後，他又故意放水給我們，要求增加賭注。誘敵深入，再一網打盡，不愧是朝廷人士，對付我們這種犯罪分子果眞是很有一套。

閒話講完了，我雙手握在一起，搓了搓，笑道：「盛醫生眞的打算在我這裡睡覺？」盛狐狸雙手撐著身子，閒閒地往後一倒，眼睛微瞇，反問道：「怎麼，寒醫生不歡迎？」我咬咬牙，仔細思量著。按理說，我在他那裡睡了一晚，他睡回來，也是應該的。但是這樣整夜整夜地睡在一起，眞的睡出感情來可怎麼得了？不過，如果強行拒絕，盛狐狸一定會很惱火。依照他那陰晴不定的脾氣，說不定我們又要冷戰了。所以，我牙一咬，腳一跺，心一橫，睡就睡，誰也不虧。主意打定，心中忽然輕鬆許多。這人哪，只要有膽子邁出一步，剩下的也就不覺得怎麼可怕了。

看時間還早，我伸個懶腰，道：「現在怎麼玩啊？」盛狐狸提議：「繼續賭。扔骰子比大小吧。」我沒多思考，也就答應了。但是在點頭時，我看見盛狐狸眼中那一閃而過的精光，小心肝馬上條件反射般顫巍巍抖動了一下。中計了！果然，盛狐狸把這個賭博結合了眞心話大冒險；一人扔一次，比大小，贏家可以問輸家一個問題。倘若輸家拒絕回答，就得脫衣服。我承認，若非有淫蕩得如此深得我心的懲罰條件，我是死也不會參加的。

於是，抱著要讓盛狐狸脫得光溜溜的想法，遊戲開始了。

原本以爲，從小摸麻將摸到大的我，玩骰子也應該得心應手，但是，我低估了自己的對手。頭一次，我擲出個十一點，還沒來得及高興，盛狐狸就擲出個十二點。他嘴角微勾，意味深長地說道：「不好意思，無論是在床上還是這裡，我都壓著妳呢。」技不如人，我忍：「說吧，要問我什麼問題？」盛狐狸細長的眼眸，如拂水柳枝般在臉上蕩漾，「我要妳回答……那個男人是誰？」

35 姿勢決定命運

其實，我對此是有所準備的。我知道，盛狐狸不會這麼輕易放棄；他就是這樣一個人，想要做的事情一定會做到。雖然早就料到他會問這個問題，但我的心還是擰了一下。

盛狐狸安靜地看著我，眞的很靜，就像扔塊小石子進去，都不會發出聲響。我當然沒有扔小石子，我扔的是衣服。不是說好了嗎？倘若輸家拒絕，就得脫衣服。衣服而已，又不是叫你脫皮。我豪爽地將T恤脫下，扔在他身上。盛狐狸微笑著，將T恤扔在一旁。我抗議了：「人家電視劇中，那些男人無意間得到女主角的鞋子都要聞上兩下，你怎麼能這麼不給面子呢？」盛狐狸慢悠悠地說出了打擊人的話：「大熱天的，汗水都浸了十多個小時，一股酸臭，誰要去聞。」算他狠。

於是，穿著白色蕾絲胸罩的寒食色醫生和有輕微潔癖的盛悠傑醫生，展開了第二次較量。這次他先擲，運氣不太好，一顆四點，一顆三點，共七點。我在心中狂笑，將骰子放在手心，朝裡面吹口仙氣，再輕輕一扔。骰子在碗中不停轉移著，與瓷面發出潤滑的聲響。結果，千呼萬喚始出來的，卻是兩顆三點；看來，果眞是姿勢決定命運啊——在床上被壓，在生活中就鐵定會被壓。我暗下決心，今晚一定要女上位。盛狐狸還是用那種平靜得純粹的目光看著我，重複問道：「那個男人是誰？」我對他做個飛吻，接著便將牛仔短褲脫下，這次怕被嫌棄，沒有扔在盛狐狸身上。

於是，穿著白色蕾絲胸罩、白色內褲的寒食色醫生和坐懷不亂的盛悠傑醫生，展開了第三次較量。姿勢決定命運，姿勢決定命運，姿勢決定命運——我決定將這句話做為標語刻在我的床頭，以後打死都要使用女上位！我這麼歇斯底里的意思是，我又華麗麗地輸了。十點對二點。盛狐狸的眸子一如既往的深沉，安寧，純淨，他水潤的薄唇微啓，照例說出了我熟悉得不能再熟悉的問話：「那個男人是誰？」如果我再繼續脫，春光就大洩了。雖然和盛狐狸已經袒裎相見好幾次了，但脫光了不做，還玩骰子，確實有些不好意思。而且如果我要脫，究竟是脫上面好呢，還是脫下面呢？仔細想想，上面一脫就露兩顆，划不來；但下面一脫就露毛，畫面就不美了。

思考了三秒鐘後，我終於把牙一咬，胸一挺，屁股一翹，一個母狼撲食，就把盛狐狸撲倒在床上。我知道，不能給敵人反應時間，所以我騎在他腰上，雙手開始不停撕扯著他的衣服，而一張嘴則唧唧啾啾地在他臉上親吻著。但盛狐狸的一雙手卻來到我的腰上，抱著，一個旋轉，我又悲哀地被他壓著了。他看著我，字字句句都是一種深沉的平靜：「寒食色，別想岔開話題。」睹此情狀，我眼睛一冷。還就不信，我寒食色是天生被壓的命，於是我伸手偷襲了他的小弟弟，在狐狸根上一握。當然，爲了自己的性福著想，我下手的力度是經過精細測量的；不會重到讓他不能使用，也不會輕到讓他沒有反應。

握住的那一瞬間，盛狐狸的身子軟了，而我則眼明手快地一個翻身將他重新壓在床上。在盛狐狸還沒反應過來時，我就趕緊從床頭櫃中拿出一個手銬，喀嚓一聲將他的雙手扣住。那手銬是去年我和柴柴到童遙家玩，從他的祕密箱子翻出來的。柴柴拿了一個腳鐐，我拿了這個手銬。話說，這可不是樓下喬幫主屁股上揣的那種冰冷冷的金屬物，這手銬上黏著柔順的黑色絨毛，看上去要多性感就有多性感。而此刻，黑色的絨毛襯著盛狐狸白皙的手臂，那種刺激簡直讓我血脈賁張。

盛狐狸冷眼看著我，警告般地說道：「寒食色，快放開我。」我擺出淫棍的標準笑容，吸著口水，道：「盛醫生，別害怕，我會讓你舒服的。」盛狐狸眼睛微瞇，「妳想要我？」我的手在他的胸膛上遊走，緩緩說道：「那是當然。」盛狐狸直視著我，開始講條件：「那就回答我的問題。」我問：「如果我不回答呢？」說完，盛狐狸便用身子把我推開，下了床，「那妳就慢慢自己要自己吧。」我趕緊一個惡羊撲狼，飛了過去。可是節奏沒掌握好，慢了一步，沒撲到人，撲倒在地上。但還好我抓住了盛狐狸的褲腳，死死地抓住，毫不鬆手。盛狐狸輕踹了我幾下，「放開。」我意志堅決，「死都不放！」他不再理會我，自顧自地往前走。而我，就像拖把一樣，隨著他的步子在地上滑動著。也就是說，我從臥室被他拖到了客廳；如果我此刻流著血，那地上將是怎樣的一片壯烈痕跡啊。

但盛狐狸不爲所動，眼看離門越來越近，我著急了，一下子跳起來，然後像隻無尾熊雙手環住他的頸脖，雙腳則夾住他的腰。盛狐狸命令：「快下來。」「不下！你不能勾引了我，又拋棄我，這種行爲是惡劣的，是低級的，是下流的，是對不起國家對不起黨的！」我一邊義正辭嚴地指責他，一邊從他的頸脖解下自己的右手，來到他的褲頭處，接著，伸入。我的手開始快速地喚醒著小狐狸，而小狐狸也很合作，漸漸有了反應。當然與此同時，盛狐狸也不甘落後，身子猛地僵硬了。他的聲音帶著一種危險：「寒食色，別玩火。」我咬著他的耳朵，輕聲道：「我沒玩火，我在玩你。」說實話，我對我此時此地做出的行爲，實在是佩服啊，多麼誘惑的語言。

我想，盛狐狸此刻的意志也開始要動搖了吧。果然，盛狐狸的呼吸開始粗濁。而我的唇也盤桓在他耳邊，伸出舌尖，一圈圈舔舐著他的耳廓，姿勢與氣息都充滿了挑逗的意味。盛狐狸的皮膚開始發燙了。此刻我壓低了聲音，微微說道：「去床上，好嗎？」聞言，盛狐狸是靜止的，讓我有些忐忑。但隨後，我一個天旋地轉，就被他給甩在床上。緊接著，他就覆蓋在我身上；他低下頭與我對視著，眸子深不見底，深處卻有著情慾的火苗。他的聲音是低啞的，那種磁性震得我肌膚微微發麻，他說：「寒食色，把我解開……我現在就要妳。」

他的臉在燈光下有一種不可思議的好看，那種妖魅的美麗，在陰影中更加放肆地生長。我的心「咚咚咚」地跳個不停，尤物，絕對的尤物；既然是尤物，那更要自己上了。我伸手撫摸上他的臉頰，手指在他瓷器般光滑的臉頰上彈著鋼琴。那肌膚每一次的陷落，似乎都印在我的心中。我的嗓子被慾望的酒灼傷了，非常沙啞：「今天，就換個方式吧。」說完，我將他推倒在一旁，接著，欺身而上。就像一剛開始的姿勢那樣，我跨坐在他身上。我們的下體是相互接觸的，那敏感之處清晰展示了彼此體內慾望的澎湃。我全身只剩下內衣褲堅守著最後陣地，而盛悠傑的雙手則被放在頭頂，那黑色絨毛手銬禁錮了他的動作，卻釋放了我倆的狂野。

我將他的襯衫褪了下來。此刻，他的上身赤裸，光潔的肌膚在燈光下像一疋最華美的布料。沒有過分發達的肌肉，也不是骨瘦如柴，一切都是那麼恰到好處。我俯下身子，開始對這具完美的身體進行頂禮膜拜。我伸出舌尖輕輕舔舐著他的蓓蕾，那小小的兩粒能直接觸發他的情慾，我一圈圈地用舌頭勾引著。他的皮膚帶著一種微涼細滑的觸感，讓我流連忘返。我低俯著頭，而他的氣息則噴在我的頭頂上；黑色的髮絲開始微微晃動，引發了癢意與悸動，更讓我加劇了動作。我的手不規矩地在他身上到處肆虐，似乎是想用手心鐫刻下永久的記憶。而他身體的每個反應都在我的掌控之中。

逗弄完了小圖釘，我抬起頭。此刻，我身下的盛狐狸是顆盛放在情慾中的成熟果實。他的肌膚因我的逗弄，微微泛著令人心癢難耐的紅潤。他細長邪魅的眸子微瞇著，眼中淨是妖豔，也有一種誘惑的迷離。他細細地喘息著，忍耐住情慾的波濤海浪。但那胸膛起伏的卻是撩撥的弧度，兩顆蓓蕾處全是被我肆虐過的痕跡，那些濕潤的痕跡是淫靡的圖騰。「轟隆隆」一聲巨響，我的理智之牆瞬間崩塌。寒食色頓時成了一名女色魔，拚命地吻上盛狐狸的唇；這個吻是猛烈的，差點就讓彼此的嘴唇掛彩。我深深地吻著，像狂風暴雨般席捲著他的口腔，想要掠奪他的全部。如果盛狐狸是受，那麼也一定是女王受，我的意思是——他，根本就不允許我一人獨大。

回過神後，盛狐狸也開始像龍捲風般肆虐著我的唇，將我的全部神智和氧氣都吸走。我的身子忽然很不爭氣地軟了下來，但是腦海的一個聲音告訴我：「寒食色，姿勢決定命運啊！」於是我打起十二分精神，猛地離開了他那銷魂的唇舌。什麼是地獄，盛狐狸就是地獄，一個讓人沉迷的地獄。然後我們互相看著彼此，都在不停地喘息著。那氣息混合著灼熱與激情，噴灑在彼此的身上，焚燒著我們的理智。現在，我們的下體緊緊碰觸著，全是迫不及待。那硬挺與灼熱，隔著布料在我的私密處摩挲著，帶來難耐的酥麻；而似乎爲了舒緩自己的痛苦，小狐狸開始不安分地律動著，那股酥麻的電流瞬間抵達身體每一處，讓我的腳不自覺地蜷縮。

我看著身下的盛悠傑，在情慾的煎熬中，他的肌膚似乎都染上了紅暈，像一道最誘人的大餐。正當我意亂情迷之際，盛悠傑忽然挺起身子，用自己的堅挺一下下撞擊著我的私處。那是一種渴求與誘惑。我經受不住，慾火「轟」的一聲在身體中蔓延，焚燒了所有感官。如果有鏡子，我想我會看見裡面的自己，眼睛全是紅色。「嗷唔」一聲狼叫，我徹底變身。下一步，盛狐狸的褲子便被我扒拉了下來。然後，他的周身便只剩下那條臭名昭彰的ＣＫ內褲，我毫不留情地也將它扯了下來。盛狐狸，徹底赤裸了；而狐狸根，也揚起了頭。此刻，我努力抑制住血管中流溢的激情，開始誘惑盛狐狸。

我將內衣的鈕扣解開，但是並不脫下，只是任由它鬆鬆地搭在身上。我的渾圓在那小小布料的遮掩下，若隱若現。盛狐狸的眼睛瞇縫著，裡面盛滿了情慾。我的手從自己的小腿一直蜿蜒向上，撫摸到了大腿處……通貨是膨脹的，肉價是上升的，而我的姿勢卻是誘惑的；這一招，就是傳說中的自摸。

36 狂野的懲罰與反懲罰

這一招，當然是很有功效的。

盛狐狸的身子繃得更緊了，他的氣息也迷亂了，整個人開始努力地貼近我，想要得到釋放。我慢慢地將身子貼近他的小狐狸根，輕輕地摩挲著。如此一來，盛狐狸更是迫不及待，他向後仰起了脖子；優美的線條上，喉結正性感地湧動著，整個人蕩漾著無限春色。我的需要也越來越強烈，很想不顧一切地與他結合，但是在最後關頭，我想到了自己的目的，於是我寒食色咬牙忍住了身下的美男誘惑。

「想要我嗎？」我俯身看著盛狐狸那雙染滿慾望的眼睛。答案是不言而喻的。我微微勾起紅唇，看著他媚眼如絲，輕聲道：「只要你答應，今後不再詢問我不願意回答的問題，我就要了你。」是的，即使盛狐狸再誘惑、再可口，但如果他再這麼追問下去，事情就變質了。盛狐狸的眼中忽然射出了一道精光，驅散了些激情的迷霧。他用被炙熱灼傷的喉嚨問道：「如果，我不願意呢？」我的紅唇微微撅起，眼角上挑，「那麼，就像你今天早上對我做的那樣，就自己解決吧。雖然你現在戴著手銬，解決起來是有些困難，但你可是盛悠傑啊，我相信一定會有辦法的。」說完，我並沒有從盛狐狸的身上下來，而是繼續跨坐在他身上，用我的柔軟有意無意摩挲著他的堅挺。盛狐狸的牙齒因飽受情慾煎熬而硬咬著，我不做聲，繼續滿意地笑著；沒錯，就是笑得一臉淫蕩與得意，而我的身體也在繼續執行著誘惑工作。我們互相對視，不肯讓步，都在努力抑制自己的情慾。慾望的氣息，還有對峙的緊張感，在空氣中蔓延；我們誰都不肯讓步，盛悠傑痛恨我的隱瞞，而我則痛恨他的咄咄逼人。

我們灼熱的呼吸從體內迸出，糾纏在一起。忽然，盛悠傑的眼中閃出一道精光，頓時我心暗叫一聲糟糕。果然，他的手，被手銬囚禁著的手，忽然就這麼套在我的頸脖上。接下來，他將我重重地往下一按，小狐狸順勢就進入了我的體內。我的柔軟頓時一熱，有種飽脹感，接著一股強烈的快感就這麼在我體內爆炸開來。在那瞬間，我和他都靜止了，難耐的慾望終於得到了宣洩。他的硬挺深埋在我的體內，我頓時潰不成軍，放棄了一切。但就在這時，盛悠傑忽然將自己的需要遠離了我的身子，我「啊」地叫了一聲，內心忽然空虛了起來，那種空虛漲滿整個胸腔，我無端生出了一股慌亂。

但盛悠傑並沒有拋棄我。當從我身體裡退出後，他忽然抱住我，一個翻身，將我壓在身下。接著他重新進入了我的體內，狂野地與我糾纏著，如疾風驟雨席捲了我的全身；而我也摟住了他的頸脖，牢牢地攀附著他，用全部的精力回應著自己的激情。藕荷色的床單在我們身下糾結著，盛開出一朵朵綺靡的花；我們有如最野性的獸吸著彼此的精血，綻放最強烈的慾望之花。肢體是糾纏的，呼吸是融合的，情慾是蔓延的。我們一起律動著，在這寧靜的房間，灑下無數的呻吟與激情，一遍遍，銷魂蝕骨。

第二天當我醒來時，從旁邊的梳妝鏡看見了自己的一切。周身的皮膚布滿了花瓣般的印記；昨夜激情留下的印記，一瓣瓣駐留在上面。滿頭的黑髮在枕頭上撲散開來，髮絲中染著無限風情。被單只微微遮住了我的胸部，那渾圓若隱若現。看見這一切，我更加堅定了一個信念——床上運動果然對身體健康有好處啊，看看我，臉色多紅潤，就像剛吃了幾斤人參似的。但是，盛狐狸那人參王呢？我往床上一看，發現那裡放著的是我昨晚扣住他的手銬。黑色的絨毛似乎還記憶著昨晚的激情，枕頭上的窪陷是他曾經駐留的痕跡。

曾經。盛狐狸已經走了嗎？不知不覺間就走了？是因為痛恨我威脅他？看著那東西，我的心忽然生出一種深深的失落，還有一種冷，冰冷透骨的冷。那種空虛又再度降臨，那種感覺一直存在著，我已經習以為常，最近都沒有再出現……直到激情後，盛悠傑的離開。

其實，他總有一天要離開的。總有一天，任何人都會離開我。突然，一種深深的荒漠感襲擊了我的全身。在這將明未明的時刻，我忽然感覺到了前所未有的寂寞。他眞的不說一聲就走了？我將臉埋在枕頭中，深深地埋藏著。但就在此刻，我聽見一陣輕微的響動聲，猛地抬起頭來，眼前忽然一陣陰暗，有人將天光給擋住了。我定睛一看，發現那人正是盛悠傑，盛狐狸，你果然沒拋棄我！我激動得涕淚縱橫，忙坐起身子，猛地撲上去摟住他，問道：「你去哪裡了！」

其實我的劇本是這樣的——我：「你去哪裡了？知不知道我很擔心你！」他：「我看妳還沒起來，就去廚房做早餐，蛋煎好了，快起來吃吧。」我：「盛悠傑……」他：「什麼？」我：「你應該煎兩顆蛋，加一根火腿腸的。」他：「爲什麼？」我：「這樣組合起來就很像你那裡的三樣東西了。」他：「……」

但，生活是高於藝術的。當我猛地撲上去摟住盛狐狸，問他去了哪裡之後，他淡淡一笑，道：「我去準備一件東西了。」「什麼東西？」我邊問邊抬起頭，卻被他眼中那股濃厚的危險氣息鎖在原地。盛狐狸的手上拿著一條毛巾，那並不是一條普通的毛巾，那是一條凍成冰棍的毛巾。電光石火間，我猛地省悟過來他要做什麼，忙連滾帶爬逃離他，但是我的運氣不太好，盛悠傑一把將我拉住，然後撕開我胸前的被單，接著將那凍成冰塊的毛巾按在我多災多難的兩個小饅頭上，最後便是我驚天地泣鬼神的哭號。慘，不，忍，睹……通貨是膨脹的，肉價是上升的，金融風暴是持續的，工作還是要繼續的。

慘劇之後，爲了生存，我還是得去醫院上班。擔心被醫院的人發現，我執意將盛悠傑先打發去了。幾分鐘後，我才從家裡一步步朝醫院前進。確實是一步步啊！因爲昨晚縱慾過度，下床之後，才發現自己的雙腿痠軟得不成樣子；在此，我想更正一點——適當的性愛才是健康的。而且我胸前時常遭遇橫禍的兩個饅頭，至今還是被凍得沒有知覺。實在是慘。果眞是姿勢決定命運，昨晚在床上到最後還是被盛狐狸壓，所以今早下了床依舊逃脫不了被他壓的命運。

我前進的速度堪比烏龜，短短一條地下道，卻像永遠也走不過去似的。以那位小乞丐爲參照點，我整整走了一分鐘才從他面前走過。但走過之後，我又用了整整一分鐘倒回。因爲我感覺到了不對勁——小乞丐居然沒用他那高科技雷射眼睛來掃視我的後背，實在是奇蹟。走過去一看，小乞丐正靠坐在牆上，那雙璀璨的眼睛卻緊閉著。他的眉頭微微皺，彷彿很難受的樣子，而呼出的氣息也是不正常的灼熱。我趕緊伸手摸了摸他的額頭，發現燙得嚇人，原來是發燒了。糟糕，如果小乞丐死翹翹了，我以後要逗誰玩呢？

我趕緊將他扶起，向醫院走去。意志力是偉大的，我這個昨晚才被榨乾的女人又復活了。原本以爲小乞丐身上鐵定有股味道，但湊近才發覺他非但不臭，身上還散發著淡淡的香皂味。怎麼可能呢？臉這麼髒，居然還有香味，難不成他是香香少爺？再仔細觀察，發現他的臉上塗的似乎是……麥色的粉底？果眞是個騙錢的小孩。我心疼得滴血，那隻烤鴨白給他了。化悲憤爲力量，我扶著他快步衝進了醫院。

盛狐狸看見我扶著小乞丐進來，嘴角微勾，問道：「這是妳的新男寵？」我好半天才反應過來，接著臉一紅，微微側過頭，羞澀地說道：「原來，在你心目中，我居然是你的女王。」盛狐狸的身子僵硬了一下。但狐狸就是狐狸，馬上就回過神來，道：「妳把他怎麼了？」我走到狐狸面前，將小乞丐丟給他，「有鑑於你昨晚已經把我榨乾了，所以你可以放心，我還來不及對這稚嫩的娃兒下手。這孩子發燒了，你幫他看看。」盛狐狸問：「妳呢？」我瞪他一眼，「我要解凍我的兩個大饅頭！」盛狐狸笑笑，接著便將小乞丐扶到前面的病房做檢查。

等他回來時，我還站在窗邊，挺起胸脯吸收太陽能解凍。盛狐狸靠在門口，雙手放在胸前，好整以暇地看著我。我問：「那孩子呢？」他道：「沒什麼大礙，正在打點滴。」我看著自己被凍得毫無知覺的胸脯，咬牙切齒，道：「盛悠傑，以後你再敢這麼肆虐我的饅頭，小心你家小狐狸！」盛狐狸卻毫無悔改之心，「是妳自己先惹我的。」我辯白：「我今天沒有賴床。」盛狐狸提醒：「但妳昨晚卻在關鍵時刻威脅我。」我皺眉，

「但最後你還不是做了。」盛狐狸看著我，那雙眸子是深沉的，「我討厭被人威脅，還有……隱瞞。」我與他對視著，道：「你知道我討厭什麼嗎？我最討厭有人追根究柢。」盛狐狸的臉上，慢慢蕩漾起一道涼光，「看來，我們之間有很大的分歧呢。」

我忽然覺得一陣心煩意亂，便坐了下來。雖然沒看他，但還是感覺到盛狐狸在那裡看著我，目光是幽涼的，在這樣一個安寧的早晨絮絮飄來；姿態是隨意的，但落在皮膚上的重量卻是沉的。我想，此刻自己應該說些什麼，卻咬著唇不知怎麼開口。而盛狐狸也站在原地，不發一言。

診間中，安靜得不像話。

終於，我忍受不了這種死寂，輕輕開了口：「盛悠傑，你眞是煩人。」「彼此彼此。」他道，一向戲謔的聲音染上了點點幽涼。得，我又被噎住了，說不出話來。原本以爲冷戰又要開始了，但盛悠傑忽然再度開口，問了句沒頭沒腦的話：「妳說我是誰？」我想了想，認眞地說道：「你是個和我一樣下流的人。」他問：「爲什麼？」我清清嗓子，道：「因爲你家小弟弟昨晚才流了鼻涕。」他閉了一下眼，回道：「妳家小妹妹還每個月都要流血呢。」我又被噎住，算他狠。

37 他說，我是妳的男人

於是乎，我坐著繼續裝死，裝不存在。

但盛狐狸還在逼問：「寒食色，妳還沒回答我的問題。」我覷他一眼，「回答什麼？」他問：「我究竟是誰？」我拋出一句很安全的答話：「你是盛悠傑。」他道：「可是有時候，妳卻不這麼認爲吧。」我問：「什麼意思？」盛狐狸還是保持著那種姿勢，眼中有種疏離的態度，「妳是把我當成那個人的替代品嗎？」聞言，我的眼皮瞬間一跳，「誰？我把你當成誰了？」盛狐狸似乎輕哼了一聲，「關於這點，妳應該比誰都清楚。」

我沉默了，心裡悶悶的，一直坐在座位上，雙手無意識地翻著雜誌；那嘩嘩的聲響逐漸變大，每一下都像書頁刮在人的心上。橡皮筋是可以拉長的，但到達極限它就會斷裂；這是個比喻。我的意思是，我的忍耐就在此刻達到了極限，我倏地站起身，椅子在地板上劃出刺耳的聲音。我指著盛狐狸，一字一句地說道：「盛悠傑，你到底想怎麼樣？」他並沒有被我嚇到，像是看穿了我的虛張聲勢，臉上沒有任何表情，像一泓毫無波瀾的水，聲音也是波瀾不驚：「我要知道那個男人究竟是誰。」「什麼男人？」我問，聲音更是提高了八度，乍聽之下像在和人吵架：「你在胡說些什麼？」盛狐狸的淡然和我的不安形成了鮮明對比，「那個男人，那個和我有著某種共同點的男人。」

聞言，我像是中了定身咒般，全身的皮膚都在發麻。我垂下眼，隔了一會兒又抬起，然後，試了兩次，才張開嘴，道：「你究竟知道多少？」盛狐狸的嘴角忽然鐫刻上一絲陰影：「這麼看來我是說中了，對嗎？那個人，那個妳心心念念的男人，確實和我很像？」我這才明白過來，自己被訛詐了，被人套了話。當時我有種感覺——如果盛狐狸不做醫生，改行和喬幫主一起去對付犯罪分子，那咱們的社會和諧一定能早一百年到來。我的胸腔灌滿了氣，哽得人很不舒服，我道：「你爲什麼要知道這些？」他反問：「我爲什麼不能知道這些？」人在氣糊塗之下，會說出一些賭氣的話，我冷笑一聲，道：「你又不是我的誰，你憑什麼知道我的事情？」

聞言，盛狐狸瞬間安靜了下來。不，他一直都是安靜的，但此刻的這種安靜卻異常危險。他的眼神像天山上最寒冷的雪，凍得我遍體生寒。我意識到自己錯了，錯得離譜。但當我正要開口，打算說些白癡話來岔開話題、緩和氣氛時，盛悠傑忽然衝了過來，朝我衝了過來。

我下意識就要往後逃，但來不及了，他已經抓住我的手，然後一拉，我就被揉進了他的懷中，確實是揉。盛狐狸生氣的時候，力氣很大，他一手環住我的腰，那手像鐵桿似的勒得我的肋骨都要折斷，他的另一隻手則一把抓住我的下顎；接著，他就吻了下來。我眞是佩服盛狐狸，原因在於，他的手重重掐住了我的雙頰，也就是說，我臉上的肉都被人爲地聚合在一起；更確切地說，我的臉此刻已經成了包子樣，而盛狐狸居然對著包子樣的我還吻得下去，對於這一點我無法不佩服。他不僅能吻下去，而且還吻得很用力，他是在用吻來宣洩自己冷冷的怒火。他的舌猛地撬開我的唇與牙齒，像條靈蛇般鑽了進去，然後化身成猛豹在我的口腔裡狂烈地肆虐著。他掠奪了我全部的氧氣，擾亂了我全部的神智；那種灼熱，那種熾烈，讓我身體的每個細胞都在叫囂中融化。

我拚命地掙扎，卻全都消解在他鐵箍似的手臂中。他緊緊環抱住我，我們的身體之間沒有一絲空隙，彷彿要將我鑲嵌入他的身體中，成爲他的骨血。我牢牢貼緊他的胸膛，那堅硬的、灼熱的胸膛一直熨燙著我。他原先擒住我下巴的手開始轉移陣地，從我T恤的下襬進入，來到我的胸上重重地撫摸著，揉搓著；他的手指是冰冷的，讓我那敏感的肌膚起了一層顫慄。我不喜歡事情脫離了我控制的這種感覺，於是拚命地想推開他。但是他巍然不動，而手上更是加大了力道。我的兩個饅頭經歷了啃咬，冰凍，現在還有大力的搓揉，簡直是太造孽了；我又痛又氣，死力地往盛狐狸的唇上一咬。緊接著，一股甜腥的氣息就這麼在我們的唇舌間蔓延開來，像一朵妖豔的花，瞬間讓所有的狂野決堤。盛狐狸將我摟得更緊了，他的舌不停地在我口腔裡攪拌著，瘋狂得不留下任何轉圜餘地。這個吻讓人記憶深刻；我的呼吸，神智，甚至是身體所有感官都被盛悠傑給奪走，我的靈魂深處鐫刻上了這份記憶。

房間裡很靜，靜得連日光躍動的聲音都能聽得十分清晰。初夏的日光應該是暖熱的，但照在我們身上卻是一種冷。因爲此刻，我們的身體是那樣灼熱，連陽光都無法比擬。終於，這個鮮血淋漓的吻結束了，盛狐狸的唇離開了我的。房間裡，是我們激情過後的喘息聲。我抬起迷離的眼睛，看向盛狐狸。他的臉是清俊的，是妖魅的，是蠱惑人心的；而他的唇，那水潤的唇則染著薄薄的嫣紅血跡，像一片桃花瓣魅惑著眾生。他用他那染著妖異魔力的唇對我說道：「寒食色，記住，我是妳的男人。」

其實，事情可以這麼簡單理解——先是我冷冷地問：「你又不是我的誰，你憑什麼知道我的事情？」然後，盛狐狸對此作出了回答：「寒食色，記住，我是妳的男人。」只不過，中間卻加上了那段狂風暴雨式的吻。可是我還是沒有省悟過來，這一切究竟是怎麼發生的呢？這短短的一天，情節發展還眞豐富——先是色情AV：我和盛狐狸的床上總動員；然後是美國偵探劇：盛狐狸化身爲聯邦調查局、中央情報局之類的機構對我進行逼供，要我出賣溫撫寞的資料；現在又變成臺灣偶像劇：我們以烈焰狂吻結束這場爭吵；再下去，不知道會不會變成泰國的仿言小強暴劇，例如我後來才發現，原來盛狐狸有個弟弟因爲被柴柴背叛，結果開槍自殺。他一心想爲弟弟報仇，但狗血的是，因爲我和柴柴一向走得很近，他誤以爲我是害死他弟弟的凶手，就接近我，把我綁架到孤島上挑水撿雞蛋，任憑我怎麼解釋都不聽，接著對我周而復始地進行○○××，最後眞相大白，我還是原諒了他，然後快快樂樂地在一起。

盛悠傑要我記住，他是我的男人；我的男人，也就是說，我的男朋友。我開始仔細地思考了；這輩子，我最痛恨的便是思考，因爲事情想多了是不行的，可是一旦遇到了就不能不去想。按照這些狗血劇情看來，盛狐狸是在吃醋，對溫撫寞的存在而吃醋；也就是說，他對我，有了一些其他的感情。難道，是上床上出了眞愛？我的運氣有這麼好嗎？我開始用力地拔著頭髮……

「老女人，妳發瘋嗎？」病床上的小乞丐皺眉看著我。不，把臉洗乾淨的他，已經不再是乞丐了。我終於發覺，我的眼光是準確的，這小乞丐確實長得很好——臉嫩得像豆腐似的，一掐就能掐出水來。鼻子眼睛嘴巴，全把地方給長對了，組合起來，那叫一個俊啊。他是那種介於男人與男孩之間的人，散發著青澀的氣息，像嫩草一樣。他穿著病人服，因爲大病初癒，身體還有些羸弱，風一吹，那纖細的華麗麗腰肢就隱隱若現了。這應該就是所謂的正太誘惑吧；我覺得，如果把他的照片放在網路上，隨便也會得個「國民校草」的稱號。可惜這孩子對我的救命之恩視而不見，一看見我就只記得「我搶過他的錢，還常把自己吃不完的剩飯強行塞給他」，甚至還叫我老女人。不過我現在有新的煩惱，也就不跟他計較了。於是我對著他歎息一聲，垂下了頭，繼續拔自己的頭髮。

小乞丐決定打破砂鍋問到底：「老女人，我問妳話呢。妳幹嘛歎氣？」我抬起頭來，幽怨地看著他，道：「我是不能瞞你一輩子的。」小乞丐開始有些緊張了，手將床單掐成了一朵花。其實我覺得這小乞丐沒受過什麼苦，因爲他的手很滑膩、修長，是一雙資產階級的手。他猶豫著：「是不是……是不是我的身體出了什麼狀況？」我一臉痛惜地看著他，道：「沒錯。這次高燒，對你的身體造成了某種不可挽回的傷害。」小乞丐顫抖著聲音問道：「究竟是什麼傷害？」我痛心地看著他，直到看得他身子一顫，這才問道：「孩子，你是處男嗎？」小乞丐愣了一下，等反應過來，身體的血全都往臉上直衝。水嫩嫩的豆腐臉頓時紅得像富士蘋果一樣，他又急又羞澀，不耐煩地說道：「這和妳有什麼關係？」我再次歎了口氣，道：「是和我沒關係，但和你可有很大的關係。」小乞丐的聲音在顫抖了：「妳的意思是……」我拍拍他的肩膀，道：「沒錯，因為一連串的傷害，看來你要當一輩子處男了。」聞言，小乞丐如遭雷殛，臉「刷」的一下就白了。良久，他才茫然地問道：「妳的意思是，我不再擁有男人的功能了？」我道：「孩子，節哀啊。」小乞丐如泥雕木塑般怔了許久，忽然猛地抓住我的手，嘴唇顫抖著：「難道，就沒有其他解救的辦法了？」我不動聲色地將自己的手抽出，摸摸下巴，道：「話也不能這麼說。」小乞丐著急了，「還有什麼辦法？快說，做手術嗎？我願意！」也難怪，這世間最美妙的滋味都沒享受過，那不是白來一場嗎？

我開始變身為哲學家：「上帝為你關上一道門，就一定會為你打開一扇窗。你一定聽說過這句話吧。」小乞丐急得想再次抓住我的手，卻被我逃開，「妳這是什麼意思？說清楚一點！」我將手握成拳頭，做出鼓勵的姿勢，道：「我的意思就是，上帝雖然為你關閉了前面，但是卻為你開啓了後面的通道。從現在開始，你可以立志成為女王受，也就是說，你既然沒有硬體征服天底下所有的女人，那麼就要善用自己的天賦，征服天底下所有的男人。我相信你一定可以做到的。」

這些話傳入小乞丐的耳朵大概三秒鐘後，他立即反應過來——自己被耍了。

38 最狠毒的威脅

小乞丐那張水嫩嫩的臉，從羞澀的紅變成惶恐的白，現在又變成惱羞成怒的紅。暴紅。暴怒。

他叫囂著：「老女人，我要殺了妳！」我寒食色一向是踩低捧高很識時務的卑鄙之人。我之所以敢惹小乞丐，就是因爲看準他跟我鬥還差一個等級；我的意思是，在說出這番話之前，我就想好了退路。所以，當小乞丐凶神惡煞、咬牙切齒地朝我撲過來時，我一個旋身，按照計畫好的路線，快速而無攔阻地跑了出去，接著將病房的門重重一關。「咚」的一聲巨響，門被重力撞擊了，抖動了好幾下。可以想像，小乞丐在裡面是怎樣紙片般地緩緩滑倒在地；同樣也可以想像，年輕氣盛的他將會怎樣一口口啃噬掉我的肉——我是說，如果我被抓住的話。

我不能被抓住，所以我轉身就逃。八吋高跟鞋，鞋跟夠細，夠尖，在醫院走廊的地板上敲擊出清脆而歡快的響聲。但這樣的響聲沒能持續多久便轉變了調子。因爲在男廁所門口，我看見了盛狐狸，他那雙藝術品般的手正插在自己白袍的口袋中。燈光投射在他線條俐落的臉龐上，生出了一種深沉而安然的陰影。他的眸子，那雙細長的眸子，一直看向我，裡面的目光標記著一句話——寒食色，妳是跑不出我五指山的。

我說過，我是個很識時務的人，自從不怕死地和盛狐狸鬥過幾次後，我得到了一個鮮血淋漓的教訓，那就是——我不是盛狐狸的對手。所以，我轉身就跑。自從昨天盛狐狸說了那句「我是妳的男人」之後，我就一直躲避著他。不想面對時，就不面對；這是我寒食色的人生準則。但是盛狐狸卻執意要我面對，沒跑幾步，我的領口便一緊，接著就被拽到了男廁所裡。盛狐狸將我塞進一個隔間，牢牢將門鎖上，然後才將我放開。

隔間的空間很小，兩個人要待在裡面，身體必不可少地要有所接觸。我想，此刻應該轉身，不顧一切地跑出去。但是盛狐狸卻擋在隔間門口，居高臨下地看著我。這是我第一次發覺，盛狐狸原來這麼高；那種高度，甚至讓我有些畏懼。盛狐狸雙手交叉在胸前，姿勢是閒適的，好似他是一隻貓，正閒閒地看著自己利爪下的我——一隻無路可逃的母老鼠。盛狐狸水潤的嘴唇微微勾起，用很柔和的聲音問道：「寒食色醫生，請問，妳考慮清楚了嗎？」「考慮什麼？」我眨巴著眼睛，拚命想擠出一點淚水，營造出淚盈盈的楚楚可憐形象。但可能是我的形象太討打，或是盛狐狸的心太硬，總之，他臉上毫無動搖之意。

「忘記昨天我說的話了嗎？」他嘴角的笑更加深刻了，一種危險的深刻。是的，昨天在盛狐狸說完「我是妳的男人」這句爆炸性的話之後，我被炸到了火星上。接著，他補充道：「給妳二十四小時時間考慮。」我正要開口高喊：「不用考慮了，我現在就可以回答你，答案鐵定是『不』。」但我還沒來得及活動嘴唇，他又買一送一地添上一句：「對了，無論妳考慮的結果是什麼，我只接受『是』這個答案……好了，回去慢慢考慮吧。」於是乎，我直接被炸到了銀河系之外。

所以今早一來，我就一直躲著盛狐狸，因爲我實在沒有辦法給他「是」這個答案。當然，我沒有仔細想這究竟是爲什麼，我只是覺得，這件事是很複雜的。我寒食色一向認爲，車到山前必有路，所以每件事我都喜歡拖到最後一刻才去做；比如說，星期天晚上才開始趕週記。比如說，把裙子繃裂了之後，才開始減肥。比如說，心死成灰了，才和溫撫寞提出分手。這件事也不例外。現在，我看著盛狐狸的秀眉朗目，心中開始判斷，這到底是不是最後一刻呢？盛狐狸揚揚如柳枝般的眉，「如果再不回答，我就當妳答應了。」我的大腦才剛下達了一個開口的指令，盛狐狸又搶先斷了我的路子：「忘記告訴妳，有鑑於妳一向喜歡口是心非，如果妳拒絕，我會善解人意地理解爲接受。」但當大腦傳達的指令到達時，我卻不想開口了，因爲我知道，盛狐狸還有話要說。果然，他挑了一挑那有著桃花般光暈的細眸，接著說道：「但是，有鑑於偶爾妳的大腦也會發點神經，說出眞話。所以，妳告訴我接受時，我也會偶爾信任妳一次，理解爲那代表妳是眞正的接受。」

得，我徹底啞口無言。任何一句話的結果，都是接受。盛狐狸的臉上有一股沉穩的笑意，彷彿我已經在他掌控之中了。他的睫毛濃而長，每一下的眨動都彷彿觸到我的心上，癢癢的，有些難受，卻又不知該怎麼發作。終於，我艱澀地開口了：「狐狸，如果你再不讓開，後果會很嚴重。」盛狐狸的嘴角噙著一抹似有似無的笑，說：「我倒要聽聽，是怎麼個嚴重法？」我深深吸了一口廁所中暫時還算清新的空氣，接著，一鼓作氣地說道：「如果你再不讓開，我就會伸出雙手『吱』的一聲揪住你的小咪咪，再『啾』的一聲將它們拉到十公分這麼長，最後『啪』的一聲放開，然後裡面的奶水就會『刷』的一聲噴出來……怎麼樣，害怕了沒？」

答案是，不害怕。沒問題，我寒食色是小強，再大的打擊也不怕。腦海中持續深入分析了一下，這盛狐狸想必是對自己的小咪咪無感，那麼還是集中火力對付他的小弟弟吧。於是我繼續凶神惡煞地說道：「要不然，我就『啪』的一聲握住你的小弟弟，再『磕擦』一聲把它折成兩段，最後稀里嘩啦地沖到下水道去……這下怕了吧？」

答案是，無視。盛狐狸對我的威脅，抱著一種戲謔與嘲諷的態度。我不堪受辱，決定眞的實施這一計畫。但正當我的手預備如閃電般襲擊他的小弟弟時，盛狐狸一把就抓住了它們。然後，他將我推倒在門板上，緊緊地用身子壓住我，讓我動彈不得。我感覺到一種沉重的壓迫，不僅僅是來自盛狐狸的動作，還有他身上散發的那種氣勢。他用一隻手便輕易囚住我的雙手，另一隻手則抬起我的下巴，逼我直視著他。他的臉，那張清俊與媚惑共存的臉，就這麼擺在我面前，誘惑著我。他那雙眸子炯如寒星，直接望進我的體內，震懾著我。他的鼻梁，那窄而秀氣的鼻翼微微翕動著，彷彿要將我的魂魄吸入，威脅著我。他的薄唇泛著水潤的光澤，慢慢地朝我靠近，迷惑著我。他的唇若有似無地碰觸著我的臉頰，那屬於他特有的氣息就這麼噴在我的肌膚之上，每一次的呼吸都引發我的一次悸動。

盛狐狸的聲音是低啞的，像神話中的女妖，蠱惑人心：「食色，答應我吧，我保證，妳不會後悔的。」他的嘴每一次張闔，雙唇都在我臉上摩挲著。我的耳邊靜極了，所有感官都處於最敏感的狀態，我甚至能清晰感受到他唇上每一條紋路的變化。盛狐狸的手伸入了我的裙底，修長靈活的手指就這麼在我大腿肌膚上跳躍著，不慌不忙地前進，像一個國王巡視著屬於自己的領土。他那染著魔力的聲音繼續蠱惑著我：「答應吧，然後……我就讓妳女上位，還給妳買無數好吃的。」本來被蠱惑得迷迷糊糊的我就要答應了，但盛狐狸的一句「女上位」讓我徹底回到了現實之中。

是的，女上位只是一種姿勢，是一種性愛姿勢。而我和盛狐狸只是一對床上的夥伴，這種關係才是純粹的，簡單的，不會傷人的。這一認知讓我徹底省悟了過來，眼中情慾的迷霧瞬間被風吹散。此刻我的手被禁錮著，但我的腳卻是自由的，於是我膝蓋一抬，正中盛狐狸的下襠。盛狐狸吃痛，瞬間放開了我，我忙將他狠狠一推，接著奪門而逃。一邊逃，我一邊滿含熱淚地摸著自己的胸部，道：「小饅頭，放心吧，我已經踹了他家的小弟弟，爲妳們報仇了。」但是三秒鐘後我又原路返回，逃回了剛才的隔間中，將門重重一鎖。隔間裡的盛狐狸胯下劇痛正好平息了，他站了起來，危險而訝異地看著我。我只能用眼神看著他，傳達著這樣的資訊：「大哥，不是我不想跑，實在是我跑不了啊。」

剛才正跑到門口，忽然聽見了老院長的腳步聲。不是我聽聲辯人的功力高強，主要是老院長每天早上都會固定在這個時間來廁所上大號。老院長的過人之處在於，他能將皮鞋穿出拖鞋的效果——啪嗒啪嗒啪嗒，一步一搖，悠悠閒閒的；左手拿著報紙，右手拿著茶杯，活像來廁所度假似的。我立刻刹住車，連滾帶爬地跑回隔間中。因爲如果被老院長看見我從男廁所出來，一定會把我狠狠教訓一頓，說不定還會扣獎金。但逃進來之後，看著盛狐狸那不善的眼神，我的汗水開始「啪嗒啪嗒」地直往下淌。眼見盛狐狸一步步朝我逼近，我開始慌神了。造孽噢，這次絕對會被收拾得骨頭都碎成渣渣。

我閉上眼，雙手護住胸，等待著盛狐狸的報復。人一旦閉上眼，聽覺就特別靈敏，連塵埃落在地上的聲音都有可能聽見，何況是粑粑噴薄而出的巨響。事情是這樣的。我剛閉上眼，隔壁的老院長就開始用自己的肛門演奏起交響樂。前奏是「噗——嗤」；之後還沒熱完身、等我們做好所有心理建設，便聽見一陣驚天動地類似爆炸的聲響，像大量固體液體交雜物噴射在馬桶壁上的撞擊聲；接著，沒等我們反應過來，就是一陣霹靂嘩啦的高潮；再然後，一陣鮮活的味道就這麼飄散了過來……我差點沒被薰暈過去。造孽喲，簡直比毒氣還毒。如果老院長出生在抗戰時期，那絕對是我們國家的大幸。只要讓他到戰場上脫褲子，蹲下，屏氣斂息，氣運丹田，隨便拉這麼一堆，那些小日本鬼子肯定會馬上倒下一大片，絕對是兵不血刃。

我死死地掐住鼻子，下定決心——就算把我的腿打斷，也絕不呼吸一下；那氣味，聞一下簡直要少活十年。但盛狐狸的心腸，才叫一個毒辣喲。他居然一把握住我準備掐鼻子的雙手，另一隻手則捂住我的嘴；也就是說，如果我不想因窒息而滅亡、英年早逝的話，就必須用鼻子呼吸，而這麼一來，老院長那宇宙超級無敵粑粑的臭氣，就會爭先恐後地進入我的鼻子中。

這一招，殺人於無形之間，實在是高。

和狐狸談戀愛

「認識妳的時候，妳的心裡就永遠刻著他了。」我的心裡生出一種沒著沒落、難言的感覺，細細碎碎爬滿了全身，額頭忽然沁出了隔離的涼潤。

39 我是某人的女友了

我努力地掙扎，甚至想抬起膝蓋再次撞擊盛狐狸的小弟弟，但人家這次是有所準備的——他用自己的身子將我牢牢壓住，讓我動彈不得。我的嘴，我在這種情況下賴以呼吸的嘴，就這麼被他死死地捂住，一絲空氣也進入不了；而我的鼻子則大開著，誘惑著我去呼吸。不行、不行，寒食色，這可是老院長的毒氣，妳吸一口，就相當於飲鴆止渴啊！

我怒視著盛狐狸，不能用腳踹死他，不能用語言掐死他，我就用眼神殺死他！但功力不夠，人家當是搔癢癢。我徹底絕望了，哀求地看著他，意思就是——「大哥，你放了我吧，我給你做牛做馬，倒馬桶也行。」

盛狐狸忽然將臉靠了過來，微微偏過頭，將唇靠近我的耳邊，輕輕說道：「只要妳答應做我的女人，我就放了妳。」聞言，我意志堅定地搖搖頭。睹此情狀，盛狐狸不慌不忙，嘴角勾起一抹閒適的笑，繼續看著我在死亡線上奮力掙扎。

我運用了全身的意志力忍耐著，腦海中有個聲音暗暗安慰著自己：「快了、快了，老院長馬上就要拉完了。」但，老院長的粑粑是連綿不絕的。他老人家在隔壁間，那是拉得個神清氣爽，流連忘返，意猶未盡，歡快舒暢……劈里啪啦的聲音不絕於耳。一邊拉，老院長還一邊哼著歌助興，那是貝多芬的《命運交響曲》——「當當當當，當當當當……」隨著音樂的節奏，粑粑也就一坨坨往下掉。我簡直是欲哭無淚。我說這老院長你到底吃了多少啊？此時距離我憋氣，已經有整整一分鐘了。很快，我的臉開始因爲沒有氧氣進入而變得通紅，眼睛布滿了血絲，額角的青筋開始鼓脹，瀕臨爆炸邊緣。終於，我忍耐不住，吸進了一口氣；我——的——

媽——啊！實在是太造孽了！薰得我雙眼發黑！我趕緊閉上鼻子。如果再聞一次，我寧願去死。

相形之下，和盛狐狸在一起，居然變成了一種天堂般的選擇。於是我沒有再做任何思考，重重地對盛狐狸點了頭。然後，盛狐狸一直保持著得意的笑，將我拉出了廁所。然後，我蒼白著一張臉像幽魂般坐了一天。然後，等我省悟過來，發現盛狐狸已經昭告天下，說我是他的女朋友了。而且，盛狐狸在當天下午和我一起回家，收拾了我需要的東西，把我押到他家去了。終於，等我被老院長薰得暈乎乎的腦袋反應過來時，我發現，我們居然同居了！

我問：「爲什麼我們要同居？」盛狐狸答：「因爲我們是男女朋友了。」我使用緩兵之計，「男女朋友可以慢慢來啊。」盛狐狸熟讀孫子兵法，兵來將擋水來土掩，「可是我們的起點太高了，在成爲男女朋友之前就已經先上了床。所以，成爲男女朋友之後就應該同居。」我無話可說，只能一哭二鬧三上吊，「我要回家！放我回家！」盛狐狸閒閒地說道：「妳已經沒有家了。」我愣住，「爲什麼？難道你把我家給燒了？」盛狐狸看著我，微笑道：「我還不想犯縱火罪。妳撿回來的那個孩子現在就住在妳家，所以妳只能暫時住在我這裡了。」我上下打量了盛狐狸一眼，問道：「小乞丐住在我家？是你的主意吧。」盛狐狸的道理是一套套的，「他才大病初癒，難道妳要讓那孩子重新去睡地下道？」我當然知道這是他的詭計，但事到如今看來也沒有其他辦法了。

只是關於這件事，我一直是被動的，迷茫的——我和盛狐狸是男女朋友了，這樣，好嗎？看著盛狐狸裝修得頗有品味的房子，再看著他幫著我收拾東西的背影，我喚了他一聲：「盛悠傑。」「嗯？」他答應著，但是並沒有轉過身來。我咬咬下唇，猶豫了一會兒，終於問道：「你爲什麼……爲什麼一定要我做你的女朋友呢？」盛狐狸手上的動作停止了一秒，只是一秒，短暫得我都不確定了。他依舊背對著我，淡淡地反問道：「妳說呢？」我站在書櫃前，手從一整排書脊拂過，良久，終於開口：「你該不會是……喜歡上我了吧？」

聞言，盛狐狸放下了手中的東西，轉過身，慢慢朝我走來。他有一雙修長的腿，將整個人襯托得非常俊逸、有氣質。此刻，他穿著米色的休閒褲，露出了那雙赤裸的、性感的腳，這是我第一次注意到他的腳趾，乾淨，白皙，圓潤；原來，盛狐狸的美已經武裝到腳趾了。我忽然想起他褪下褲子後，那光滑的大腿，挺翹的屁股，還有性感的腹溝，以及當他在我身上馳騁時，那被薄汗黏在額上的髮絲……正想著那些無碼畫面，卻驚覺盛狐狸已經走到了我面前。他雙手撐在我臉頰的兩側，將我囚禁在他的身體與書櫃之間。

不知爲什麼，在那一刻，我的臉忽然紅了起來，沒來由的。多麼可貴啊，從來不要臉不要皮的寒食色居然會臉紅？盛狐狸低下頭，清爽的髮絲微微拂過我的臉頰，帶來一陣漣漪般的癢。我以爲他要吻我，於是便閉上眼，嘟起嘴，準備享受這個吻。我非常地合作，但是他沒有吻我，而是將唇湊近我的耳邊，輕輕吐出了一句話：「妳想得美。」我：「……」

得，這算是自取其辱了吧。可是，算我是臉皮厚吧，我總覺得盛狐狸對我還是有那麼一點點喜歡的，而我對他也是有那麼一點點喜歡的。可是這麼一點點的喜歡，帶來的會是好結果嗎？我應該把這稱之爲我的第二次戀愛嗎？我還是很迷茫。事情開始脫離了我的控制。

我明白，我應該學習溫撫寞的作法，忘記過去。畢竟，一個人的生命中會遇到很多人，而最先遇到的，很少是對的那個。初戀成功，那好比第一次買彩票就中了頭彩，那是可遇而不可求的，要上輩子積福的人才能做到。所以說，關於和溫撫寞的事情，我是應該看開的。只是我的心中還是有些畏懼，沒有著落，我怕再度受傷，那種痛，眞的不能再來一次了。究竟該怎麼做呢？我心裡沒了底。

所以這天，我把柴柴叫了出來。兩人就在咖啡館裡坐著。柴柴似乎也有心事，所以我們兩人都心事重重地各自喝著咖啡。我看著杯中的咖啡道：「我這次是不是應該放手一搏啊？」柴柴看著杯中的咖啡道：「我是不是應該去道歉呢？」我一手托腮道：「我總不可能就這麼孤單一輩子啊。」柴柴一手托腮道：「我總不可能一輩子躲著啊。」接著，我們同時長歎口氣，問道：「爲什麼事情會變得這麼複雜呢？」異口同聲之後，我和柴柴才如夢初醒，疑惑地看著對方，「妳在說什麼？」

柴柴先說出了自己的煩惱。原來，那天晚上在我家打完牌後，柴柴便氣呼呼地回家了。但走在自家社區時，忽然聽見背後有一個男人的腳步聲。當時四周一片死寂，月色陰暗，而且路燈還壞了，簡直就是殺人放火的良好時機。柴柴忽然想起我告訴她的那個尹志遠，覺得就是他在跟蹤自己。柴柴不敢再看，忽然跑入了樹叢中，誰知那人也跟著她跑了進去。柴柴臨危不亂，一直矮身躲著，等那人走到跟前，才忽然站起身來，拿出防狼辣椒噴霧對著那人臉上一噴；接著，又拿出防狼電棒對著那人一陣擊打。這一切做完後，她聽見一陣驚天動地的怒吼：「女人，妳瘋了！」那聲音很熟悉，就是那個贏了她所有錢的喬幫主的聲音。

柴柴頓時愣住，反應過來後，眼睛頓時充血——這廝贏了她的錢不算，逼她寫了兩張兩百五十塊的借條不算，現在還要裝鬼嚇她？實在太可惡了！於是趁喬幫主還倒在地上，柴柴又趕緊跑過去對著他的胯下狠狠踹了三腳，整整三腳；接著，便神清氣爽地回家了。但經過這些天的思考，柴柴越想越覺得不對勁。雖然她對喬幫主沒有什麼好感，但憑著直覺，她認爲喬幫主不會做這種無聊的事；接著，串連起前後上下所有的事，柴柴終於理解了——說不定，人家喬幫主是怕她路上會遇到那個變態，特意來保護她的。

「不是說不定，是肯定是。」我斬釘截鐵地告訴柴柴：「救了我之後，人家還一直要我馬上通知妳，要妳小心呢。」這些天被盛狐狸攪得心慌意亂的，我也沒注意到確實很久不見喬幫主，難不成是被柴柴給誤殺了？聞言，柴柴的眉頭皺得更緊了，「妳說，他會不會告我襲警啊？」我安慰道：「喬幫主應該還不至於吧，妳去向他道個歉，應該就沒事了。」柴柴攪動了一下面前的咖啡，「也只有這樣了。」又忽然想起什麼：「對了，妳剛才說什麼來著？」我清清嗓子，道：「我和盛悠傑，同居了。」柴柴對我擠眉弄眼，「是嗎？看，我早說過妳能把他拿下的，不是有句順口溜嗎：寒食色一出馬，牛鬼蛇神全趴下。」我覷她一眼，「這是妳編的吧。

再說，是他把我拿下了。」柴柴不解，「既然同居了，妳還在苦惱什麼？」

我垂下眼睛，看著面前的卡布奇諾，上面是一個白色的心形圖案。我拿著小勺一攪動，那圖案就混沌了。「我也不知道自己在想什麼。」我這麼回答。「既然如此，就不要想。」柴柴看著我，輕聲道：「想得太多，人是活不下去的。」我默默地咀嚼這句話，默默地點點頭。柴柴開始誘惑我，「努力結婚吧，到時我送妳一個ＬＶ包包。」我擺出一副愛國臉，「我不要，抵制法國貨。」然後，我涎著臉道：「還是 Gucci 包包吧，不過把錢省下來，包成紅包給我。」柴柴搖搖頭，「妳這貪心鬼。」我道：「我存錢可是爲我們倆打算啊，以後老了，我們都沒銷售出去，就只有靠這些錢養老。」柴柴伸出手，趕蚊子似的，「去去去，說些晦氣話。」

和柴柴道別後，我在街上閒逛。走著走著，便來到一幢大廈樓下，我抬頭一看，覺得這地方有些眼熟。正好買了根雪糕，我一邊舔一邊抬頭思索著；三秒鐘後，拍了一下腦袋瓜子，「這不就是童遙的公司嗎？」最近這段時間確實很少見到童遙這孩子，怪想念的，於是，我便決定上去看看他。

40 久違的童遙同學

童遙那傢伙的小祕書我是認得的，她笑著向我點點頭，也就放行了。輕輕地打開門，發現童遙正在和人通話。他看見我，眉毛微詫著揚了揚，然後偏偏頭，示意我自己找地方坐，接著就繼續講電話了。

我在辦公桌前坐下，一邊吃雪糕一邊環顧四周。不愧是房地產商人的辦公室，起碼有兩百平方公尺大，寬敞，亮堂。童遙這傢伙雖然也算是紅色後代，但卻是被資產階級的享樂主義腐蝕長大的，因此這辦公室裝修得相當舒適豪華——進門的左邊是一紅木書櫃，擺著一大摞裝氣質的名著，還有幾瓶珍藏的洋酒。進門的右邊則是一套牛皮沙發，瑞士品牌 de sede，俗稱「沙發中的勞斯萊斯」，我看雜誌上介紹的，一套少說也要六位數。童遙同學的眼睛眨都不眨就買了，買了不說，還整天隨意糟蹋，就喜歡坐在上面一邊抽菸一邊看資料。上次如果不是我眼明手快，衝過去把那快要碰到沙發的菸奪下，那沙發絕對會被燙出個大洞。我和柴柴曾經商量過，以後實在是窮慌了，就把這沙發偷去賣了；可是後來仔細尋思，覺得可行性不大，畢竟這東西太重了，於是我們便改變主意，決定把童遙偷出去賣了。

環顧完畢，雪糕也吃進肚子裡了，我開始百無聊賴，一邊用下巴磕桌子，一邊打量童遙同學。他的西裝外套隨意地搭在椅背上，襯衫的袖子則捲起到手肘處；胸前扣子也解開兩三顆，那華麗麗的鎖骨啊，就這麼露了出來。童遙這個人，談生意時尤其有一套——他總是笑嘻嘻的，讓對手感覺很自在，讓人瞬間失去防備。接著，他就開始跟你聊天拉近距離，而且什麼話題都能聊，從ＡＶ的內容到ＴＶ的內容，天文地理、雜七雜八的都知道，聊的全是對手感興趣的。接著，他就開始跟你談生意了，童遙同學最大的本事就是，明明是他占了便宜，卻能讓對手覺得是自己占了便宜。之後，對手高興了，就糊裡糊塗簽下了合約。最後，錢就嘩啦嘩啦流進了童遙同學的口袋中。實在是天生的奸商，油滑的笑面虎一個。

等我磕桌子磕得差不多時，童遙同學終於將電話掛上了。我抬起眼睛，根據剛才聽見的那些敏感辭彙，一字一句地說道：「你們官商勾結，這世界眞是黑暗啊。」「我是爲人民服務。」他辯白，接著看我一眼，道：「妳怎麼來了？」我繼續用下巴磕著桌子，「來看看你。」「是不是感覺我又變帥了？」他起身，拍一下我的頭，道：「妳當自己是錐子下巴麼，沒事死磕桌子幹嘛？」我道：「試驗一下你桌子的硬度。」童遙同學來到沙發上，坐下，腿交叉著，問我：「妳到底是來幹嘛的？」「你怎麼就不相信，我是來看你的呢？」我雙手抱著腦袋瓜子，在椅子上伸個懶腰，忽然想到了什麼，道：「對了，你家小弟弟好些沒有？還能用嗎？」「多謝關心，經過多次實驗表明，它身強力壯，好得很。」童遙同學勾勾嘴角，拿出一根菸，點燃。

他一向都抽「紅河．道」，氣味很醇。我朝他伸出手。童遙同學無奈地將所有的菸拿出，把那菸盒丟給我。我非常喜歡這牌子菸盒的設計，古色古香的，一個「道」字行雲流水地擺在上面。所以每次只要他在我面前抽菸，菸盒就會被我搶走。我耍弄著盒子，閒閒地說道：「別用得太頻繁，傷癒了就要休養。對了，忘記告訴你，根據研究，基本上，海綿體骨折過一次，一般都會繼續骨折下去。」聞言，童遙同學的臉瞬間和煙一樣白了，他忙問：「眞的假的？」我看著他，用無比嚴肅的態度說道：「當然是……假的。」研究只表示，這些男人把小弟弟的安危看得比自己的命還重要，這不，聽見一些風吹草動，臉色就個個像殭屍似的，刷刷的白。見被耍了，童遙同學咬牙切齒地走過來想把我滅口。

不過門外的一陣動靜救了我。小祕書：「吳小姐，童經理眞的不在！」潑辣的聲音：「滾開，我知道他在裡面。童遙，我今天見不到你，我是不會走的！」我揚揚眉毛，抱著看好戲的態度看著童遙同學，「怎麼，你又欺騙了哪位良家婦女啊？居然被人家找上門來了。」童遙同學挫敗地歎口氣，「還不就是那個吳子淇。」這才記起，柴柴跟我提過這件事。有一天，童遙同學去酒吧玩，與吳子淇認識了，兩人一拍即合，當晚便滾到床上去樂乎了。本來是你情我願的事情，但第二天早上吳子淇無意間發現了童遙同學的名片，頓時明白自己遇上了一條肥羊，那肯定是狠狠地宰啊。所以，童遙同學就悲慘地被她纏上了。吳子淇像打游擊似地天天在他家和公司門口守著。童遙同學被她這種精神打敗了，實在不堪其擾，便開出一張支票，請她離開。吳子淇還是不罷休，她聲淚俱下地說，自己愛的不是童遙同學的錢，是他的人，要求童遙同學娶她。說實話，童遙同學在聽見吳子淇說她愛的不是自己的錢，是自己這個人時，心中還小小地感動了一把。但沒等他感動完畢，吳子淇就拿出一張婚前協議，逼他簽字；童遙同學一看，心中馬上佩服得五體投地，恨不得把她招聘過來當自己的得力助手。這位吳小姐，比自己還黑啊；那協議簡單地說，就是以後不管是誰提出離婚，童遙同學的全部財產都要轉移到吳子淇名下。想也知道，童遙同學一向自由慣了的，怎麼肯自動被繩子拴著呢。於是他拒絕了，所以吳子淇還是每天都來鬧。

小祕書文靜、嬌小，沒多久就敗下陣來，吳子淇扭著腰肢、晃著翹臀走了進來。吳小姐看上去是個潑辣的妞，一身名牌，夠有錢。還沒打量完，那吳子淇看見我，眼睛一亮，猛地朝我衝來，雙手指甲伸出，一招九陰白骨爪「刷」地襲來，與此同時，她口中還大叫著：「我說爲什麼童遙不肯見我，原來是被妳這個狐狸精迷惑的！」還好童遙同學眼明手快，擋在我前面把她給拉住，否則我就慘烈了。但雖則如此，我心裡才叫一個高興啊，激動得手足無措——狐狸精、狐狸精，我居然被人叫狐狸精了！被叫狐狸精的可都是美女啊，這不是赤裸裸的讚美嗎？我心裡可惜了，這麼個喜歡說實話的潑辣美女，怎麼眼光就這麼不好看上童遙同學了呢？吳子淇對著童遙同學又抓又咬又踢，而且喊道：「我不管，你今天就必須給我一個交代，如果不結婚，我就放火燒你的公司！」

再怎麼說，我和童遙同學也是多年好友啊，怎麼能看著他受苦呢？於是我走到飲水機旁倒了一杯水，然後折回，對準童遙同學的頭淋了下去；「嘩啦啦」一聲，不僅是童遙同學，連吳子淇也呆住了。接著，我將吳子淇推開，自己撲過去，對童遙同學又抓又咬，哭喊道：「你個死沒良心的，居然背著我在外面找女人，還騙人家說你沒結婚！你個禽獸，你個草履蟲，我要跟你離婚！我要把你的財產全奪過來，我要讓你一窮二白，連一條內褲都帶不走！」然後，我轉過頭對著嚇呆的吳子淇道：「小姐，請妳留下姓名、聯絡方式，方便我打離婚官司時找妳當證人！」聞言，吳子淇瞠目結舌，三秒鐘後趕緊轉身，溜之大吉。然後我得意地轉過頭來，道：「怎麼樣，我演技不錯吧。」童遙同學摸摸自己被我淋濕的頭髮，又摸摸那被我掐皺的襯衫，實在不知道是該感激我，還是揍我一頓。將周身打理完畢之後，我決定請童遙同學吃飯，爲自己剛才嚇他小弟弟的事情道歉。

於是我們便來到燒烤店，叫了一大堆東西，我埋頭奮戰。童遙同學似乎還在糾結那個問題：「妳今天找我，究竟是有什麼事啊？」我抹去嘴角的辣油，反問道：「爲什麼你就是不肯相信，我是來看你的呢？」他笑，「因爲，妳一向不會無緣無故地來看我。」「說得我這麼冷血。」我搖搖頭，繼續吃。隔了一會兒，童遙問道：「妳是不是想知道溫撫寞的事情？」我還是低著頭，用力咬著嘴中的肉。這次，我沒有掐童遙，我不應該掐他。童遙知道我還放不下溫撫寞，所以他時常試探我；柴柴知道我還放不下溫撫寞，所以她時常隱瞞我；盛狐狸知道我還放不下溫撫寞，所以他時常逼問我。是的，所有人都看得出我還是沒放下溫撫寞，這是我的錯，我不能怪任何人。

所以我並沒有從肉體上肆虐童遙，而是將口中的肉吃下去，然後抬起頭來看著他。童遙也看著我，那眼神於嬉笑之中帶著一種審視。我鎮定地說道：「把你手邊那瓶胡椒粉遞給我。」童遙的眉毛抖動了一下，還是照做了。我用力搖著胡椒粉，將它們灑在肉上。胡椒粉單獨吃，是不要舌頭的作法，但灑在肉上卻會產生一股奇異的香氣；所以說，任何事情還是適量爲好。但童遙同學是不理解這個道理的，因此在我吃下第二串牛肉時，他再度詢問道：「眞的不想知道溫撫寞的近況？」我抬頭，瞪他一眼，「問這麼多遍，眞是讓人煩躁。」童遙還是那副笑容，「我每次問妳，妳都會找事情岔開這個話題，我從來沒有得到過妳確切的答案，所以我只有繼續問，直到妳回答為止。」我拿起汽水，喝了一口，解除了舌上的一些辣意。然後我低頭想了想，抬起頭，認真地看著他，問道：「溫撫寞有啤酒肚了嗎？」童遙搖搖頭，「沒有。」我繼續問：「那他禿頭了沒？」童遙還是搖頭，「沒有。」我終於提到了另一個人的名字：「那安馨長胖了嗎？」童遙仔細回憶了一下，道：「據說沒有。」我道：「那就閉嘴。」聲音中的窒悶已經淡了許多。

我不得不承認，當這兩個深埋於心的名字從自己口中說出時，全身居然有一種通暢的感覺。就像小時候去打針，排隊時，手已經在抖，胸口也因為畏懼而悶悶的。但是一針下去後，整個人會放鬆許多，因為一直壓住自己的那些東西暫時不見了；當然，陣痛還是存在的。其實我不應該對童遙發火，他是為了我好；但是，好友就是有錢的時候共用、有氣的時候對發、有了傷心事抱住他一陣大哭的一種生物……所以，我對以前掐他屁股的事沒有一點愧疚的感覺。

41 盛狐狸，臉臭臭

這時，我們吃到了高潮。

雖然店裡有冷氣，但吃起來還是有些熱，於是童遙就把自己的西裝外套脫下，隨隨便便放在旁邊的凳子上。我承認，因爲是自己請客，想省錢，就把他拖到這種物美價廉的店。既然都物美價廉了，那凳子上理所當然會有些油漬，但童遙同學就這麼把他那 Armani 西裝隨隨便便往上面一放，實在是敗家子。我趕緊把西裝搶來，罵道：「你燒錢呢！這麼髒還往上面放？拿來，我幫你拿著。」於是，我把西裝小心地鋪在我膝蓋上，放好。童遙同學懶洋洋地一笑，道：「寒食色，妳怎麼像我媽啊？」我就勢一笑，道：「兒子乖，眞是賺到，這麼年輕就可以被叫媽。」聞言，童遙咬牙：「算妳狠。」我得意地吊起眼睛，覷著他，意思就是——怎麼樣啊？有本事你來咬我屁股啊。

但童遙同學是誰啊，人家俗稱奸商，對付我這種人，有的是辦法。只見他不慌不忙地伸手召來老闆娘，一字一句地說道：「老闆娘，牛肉，雞肉，羊肉，一樣各來三份。」聞言，我的心滴拉拉地淌血，看來今天要大失血了；唯一的補償辦法就是趕緊和童遙搶吃的，吃超過百分之六十就算我勝利。想到這兒，我連忙埋頭痛吃。但動作幅度太大，一不小心，一滴辣油就從一串金針菇上滴到了我的腿上。而此時，我膝蓋上正放著童遙同學的西裝，也就是說，這件 Armani 被我毀了。我忙不動聲色地伸手用紙巾擦拭著，但是效果甚微。於是我決定不告訴童遙，等會兒將衣服往他懷中一塞就走人，下次遇見時打死也不承認。

但我說過的啊，童遙同學是奸商。所以，他的火眼金睛一下就看見了我的舉動，好整以暇地說道：「寒食色，擦夠了沒啊。」我只能訕笑，「不好意思，下次Armani打折時我買一套賠你。」童遙同學長歎口氣，「算了，我的衣服哪一件沒被妳糟蹋過呢？」這話不對，加上這件，我也才糟蹋了兩次他的衣服。

那是高中的時候，有一次我大姨媽不小心提前來，把褲子給弄髒了。沒辦法，我只能借童遙同學的外套遮一遮。童遙同學是籃球隊的，當時已經長得挺高，所以那外套的長度絕對能遮住我的屁股，於是我就這麼披著，安全地和溫撫寞回家了。外套沾染了大姨媽的痕跡，儘管被我洗得乾乾淨淨的，但童遙同學死活都不要了。隔了幾天，童遙想出了些不對勁，便問我當時爲什麼不找溫撫寞借外套，女友穿男友的衣服，不是天經地義嗎？我嘴角露出奸笑，說，我怎能破壞自己在溫撫寞面前的形象呢？如果我這麼做了，溫撫寞豈不是每次看見我，就會想起我大姨媽的味道嗎？再說，他還可能因此失去對女人的興趣，說不定就去斷背山上放羊了。說完之後，我被童遙同學一陣海扁，原因是，我不說還好，一說他就有心理障礙了。不過現在看起來，這廝還是一樣生龍活虎，當初我是白挨那頓揍了。想到這，我拍拍他手上的西裝，算了，就當是餐巾吧。於是，繼續吃飯高潮。

想必童遙同學是想幫我減肥，所以他還是糾結著溫撫寞的話題不放。他問：「他們訂婚了，妳知道嗎？」我點點頭，嘴中含著肉，含糊地說道：「我也有新男朋友了。」童遙同學微微抬高眉梢，「噢？是誰？」我幫他回憶著：「盛悠傑。就是幫你恢復男性功能的那位醫生。」聞言，童遙同學的眉梢更高了，「是因爲他和溫撫寞長得像？」我放下筷子，嚴肅地說道：「絕對不是這個原因，我不會把自己受過的傷害再加諸到別人身上。」童遙微微偏過頭，問：「那妳爲什麼要和他在一起？」「你認爲，我當初爲什麼要和溫撫寞在一起？」今天是我這許多年來，提到這個熟悉的名字這麼多次。原來，也不是這麼艱難。

童遙實話實說：「我不知道。」「我也不知道。」我在燒烤鍋裡倒進一點油，將肉片放在上面，看著那肉的紅色漸漸變成金黃，輕聲道：「戀愛這回事，講究的就是天時地利與人和，眞的，差一個條件都不行，差一分一毫就錯過了，玄乎得很，想必只有算命的才能說清。」確實是這樣。雖然我一直說自己和盛悠傑交往，是被他這隻狐狸逼的，但那只是一個推波助瀾的原因；這麼說好了，要是老院長這麼逼我，我肯定寧死也不幹啊。也就是說，在我扭曲的內心中對盛狐狸還是有點愛的；現實點說，那就是，在現在我所處的環境中，我只願意和他成爲男女朋友。

這就回到了童遙同學的問題上——爲什麼我要和盛狐狸在一起？首先是因爲我們都沒有結婚，構成了可以在一起的前提條件。然後是因爲機緣巧合，盛狐狸放棄了其他牛逼的醫院，來到了我們這間相較而言不那麼牛逼的醫院。接著就是盛狐狸上班第一天，我恰好在他去了屏風後面時，不知情地說出要掐他屁股的話，就這麼和他不打不相識了。再接著就是我們性格使然，開始鬥爭，在鬥爭中深入瞭解了對方。再然後就是我無意間從童遙口中得知溫撫寞和安馨訂婚的消息，於是就和盛狐狸上床了。接著就引發了一連串的事情。最後我們在一起了。是的，這就是我和盛狐狸在一起的全部過程，由一連串的機緣巧合構成；或者更簡單一點說，我們之所以會在一起，是因爲一個「緣」字。

當年，我和溫撫寞也是一樣。因爲緣分到了，我和他談了一場對我而言刻骨銘心的戀愛；又因爲緣分淡了，我和他從此分隔天涯，或許一輩子也無法再見。所以並不是柴柴和童遙，甚至是盛狐狸認爲的那樣，我是因爲盛狐狸和溫撫寞長相相似，才會和他在一起。妳自己運氣不好，踩到狗的粑粑就算了，但如果妳故意讓別人再去踩到，那就是不道德的。「沒有別的意思，」童遙道：「只是那盛醫生和溫撫寞確實挺像的，所以才讓人有那種聯想。」我道：「那你們就這樣想吧。我喜歡的就是那種小白臉類型，以後找的老公也會找那種……對了，人家柴柴說我結婚時，要送我 Gucci 包包，你一個堂堂富商，也應該送份大禮吧。」童遙搶了我一塊牛肉，豪爽地說道：「這樣吧，妳出嫁時，我把我那間公司送妳做嫁妝。」我感動得淚水盈眶，「這麼大方？」

「當然！」童遙接著又不怕死地補充道：「反正妳也嫁不出去……啊，寒食色，妳好狠毒，居然想偷襲我的寶貝命根子？」

和童遙道別之後，我繼續在街上閒逛。忽然覺得，今天出門還是有收穫的；至少弄清了不少東西，至少我可以在人前說出溫撫寞和安馨的名字了，只不過，當說出那兩個名字時，心中還是有些澀澀的。初夏的天氣最是反覆不定，剛才還豔陽高照，沒一會兒天上便烏雲滾滾，再沒一會兒豆大的雨滴就豪氣地落了下來，將我淋得個透。我趕緊跑到商場門口躲雨。這一下雨，風就窒悶，天色也是暗黃的。汗似乎一層層地黏在人身上，十分不舒服。

本來想進商場逛逛，但想到每次進去就會忍不住刷卡，便忍下。正在這時，手機響了起來，一看，是盛狐狸打來的。我接起，他在那邊問道：「妳在哪裡？」我回答：「王府井門口。等雨停了就回去。」盛狐狸沒說什麼，也就掛了。我將手機放好，繼續在那裡看著天空，發呆。這時，商場裡走出來一對情侶，男的將雨傘打開，摟著女生走進了雨幕之中。雨勢很大，地面像起了一層白霧，但是那男人一直緊緊摟住女伴的腰，一直將傘往她那邊移，而自己的肩膀卻濕了大半。忽然之間，心中有種深深的落寞，沒來由的。雖然看不清那女人的表情，但我覺得她一定在笑，看著看著，眼睛居然有些潤，心中暗暗罵道：「寒食色，妳矯情個屁啊。」想想也是，我寒食色的骨頭是鐵打的，沒男人打傘，我就自己冒雨前進。於是我將皮包放在頭頂，深深吸口氣，也進入了大雨中。那雨可眞大啊，雨滴一個個打在人身上，痲痲的。我在心中默唸：「苦不苦，想想紅軍二萬五，累不累，想想革命老前輩。」於是做爲退團的共青團員和預備黨員，我就這麼不怕苦、不怕累地走到馬路邊，伸手招計程車。可是這下雨天的計程車，就跟處男一樣難找，等了十分鐘，還是沒攔到一輛。而我，全身上下沒有一處地方不濕的。

正在焦急中，忽然有輛車停在我面前，定睛一看，發現這車有些眼熟。等車主下來時，我省悟過來——這不是盛狐狸的車嗎？當然，下來的車主就是盛狐狸。盛狐狸皺眉看我一眼，什麼也沒說，一把將我推上了車。

坐在副駕駛座中，我大吁口氣——紅一方面軍和紅二方面軍在將台堡會師，長征總算是勝利了。盛狐狸將自己的外套脫下來，披在我身上。我才剛要說：「沒關係，我不冷。」卻被盛狐狸眼中那道警告般的光給震懾了，只能披上。盛狐狸道：「快把衣服和頭髮上的水擰一擰。」「算了，回去再弄。」我客氣地說：「別把你的車弄髒了。」聞言，盛狐狸轉頭看了我一眼，只那一眼就足以嚇得我魂飛魄散。那叫一個冷啊。我趕緊擰起了衣服，那水就嘩啦啦地落在車裡了。一邊擰，我一邊問道：「你是來接我的嗎？」他反問：「不然呢？」「你怎麼心情不太好？」我察覺到了，趕緊往旁邊坐了坐，以免盛狐狸發起飆來誤傷了我。「妳哪隻眼睛看見我心情不好了？」盛狐狸直視著前方。我哪隻眼睛都看見他心情不好了！但是識時務者爲俊傑，我趕緊噤聲。車內的空氣太悶了，我受不住，就將窗戶開了一道縫。那風吹入，挺舒服的；但沒舒服多久，我的身子忽然生生打了個寒噤，接著再打了個驚天地泣鬼神的噴嚏。「淋了雨還吹風，快關上窗戶！」盛狐狸命令道。語氣是眞的不善，我忙不迭將窗戶關上，然後雙手放在膝蓋中坐正。

這窗戶一關，車內的空氣更加窒悶了，更何況還有盛狐狸製造出的低氣壓。反正沒事可做，我就想聽聽音樂，但剛要去按開關，盛狐狸就「扒」的一聲打了我的手。那手勁可眞大啊，我的手背都紅了。我開始懷疑盛狐狸是不是大姨媽來了，脾氣這麼衝！但我寒食色雖然這個也不怎的，那個也不怎的，可就有一個好處，那就是，吃飽飯後一個小時脾氣特別好，所以我也就不和經期中的盛狐狸計較了。這時，我忽然想起了什麼，道：「欸，你家離這裡至少也有二十分鐘車程吧，怎麼你十分鐘就到了？」盛狐狸看著前方，嘴角緊抿，又說出了那句老話：「妳覺得呢？」我搖搖頭，決定不再去招惹他，將頭靠在車窗玻璃上，看向窗外。

外面白茫茫的一片，像起了水霧般，好不眞實，漫天漫地的水，像是另一個世界。我不禁讚歎：「哇，這雨下得眞大……活像我上個月排出來的卵細胞。」「吱呀」一聲，車子打滑了一下。所以我說，盛狐狸缺乏的是一顆淡定的心。

42 多災多難的胸

不過這麼一打岔，盛狐狸的臉色稍稍好了那麼一點點。具體點說，剛才是陰轉暴雨，現在是陰轉多雲。看來我還需要繼續努力啊，反正我寒食色受到的打擊也不只這一次。

於是我決定豁出去了，打破砂鍋問到底：「盛悠傑，你的臉怎麼跟臭豆腐一樣臭啊？」盛狐狸沒有做聲，眼睛一直直視前方，專心地開著車，就像沒聽見我說話似的。就在我絞盡腦汁，準備另外問一個問題時，他忽然開口了：「妳今天出來幹嘛？」避開你，想一些事情啊；但如果這麼回答了，憑盛狐狸的性格，一定會追問我是在避著他想什麼事情。所以，我只能用百分之五十的眞話，加百分之五十的假話來回答：「我出來找柴柴和童遙聚聚。」

盛狐狸接著問：「那爲什麼不跟我說一聲就出來了？」語氣像是在數落我的罪狀。因爲告訴你，說不定你會跟著；心裡雖然這麼想，但嘴上卻諂媚地回答道：「其實這次我是去告訴他們，我們的眞實關係，所以下次再帶你去比較好。」盛狐狸問：「妳怎麼告訴他們的？」我道：「我說，我們是男女朋友了。」盛狐狸哼了一聲：「終於承認了？」我道：「我一向都承認的。」這招不錯，盛狐狸的臉開始有轉晴的跡象。我一個高興，又一個噴嚏打了出來。這一打，盛狐狸的臉又轉陰天了，他質問道：「怎麼不等雨停了才出來，淋雨很好玩嗎？」我這麼回答：「還不錯，挺涼快的。」「等會兒生病了，妳就知道苦頭了。」盛狐狸冷哼了一聲，他今天哼的次數特別多。

我一直以爲盛悠傑是狐狸，但我現在才知道，他跟烏鴉也有某種親戚關係。因爲五分鐘後，我就感覺自己的身子開始熱了起來。當然，以前我和盛狐狸在一起時，身子也常熱，但那是因爲發騷，而這次，是因爲發燒。等回到盛狐狸家時，我的頭就開始暈沉沉的。盛狐狸一把將我抱進浴室中，把我身上濕冷的衣服「刷刷刷」地扒拉了下來。想必是虐戀情深看多了，加上那時燒得有些糊塗，我趕緊抱住身體，嬌聲叫道：「王爺不要啊！」結果沒喊完，頭頂就被重重拍打了一下。力氣可眞大啊，我頓時眼冒金星。盛狐狸的聲音雖然很平靜，但平靜中卻帶點咬牙切齒的意味：「寒食色，妳再敢說這樣的臺詞，我把妳的頭塞進微波爐。」沒情趣，這男人太沒情趣了！我腹誹。

衣服被脫下來後，盛狐狸將我放進浴缸中。被熱水一泡，我渾身頓時發熱起來，當然腦袋也更加發熱了。我看著盛狐狸修長的身影，忽然道：「盛悠傑，我要女上位！」聞言，正在幫我收拾衣服的盛狐狸轉過身來，慢慢地、慢慢地朝我走了過來。熱氣氤氳中，他的臉像霧氣中的曼陀羅，美得朦朧，美得誘惑，美得震動人心。他坐在浴缸邊，伸出白玉般的手，玩弄著裡面的熱水；那水，就這麼嘩啦啦地響動著。然後他微笑著，一字一句地說道：「休想。」我問：「什麼意思？」他答：「一輩子也別想的意思。」我再問：「爲什麼？」「因爲，」他俯下身子直視著我，薄唇微動：「我要壓妳一輩子。」悲劇啊！我要被壓一輩子！聽見這個消息，我頭更暈了。好不容易，我被熱水泡得全身發紅，血液流通順暢了，盛狐狸才把我像撈餃子似地撈起來，吹乾頭髮，放在床上躺著。到這時，我已經迷迷糊糊了；只記得，有個人一直在我旁邊忙碌著……一會兒將我扶起餵退燒藥，一會兒又替我的額頭換冰袋，一會兒又讓我含著體溫計。

其實我寒食色的身體一向是鐵打的，意志也堅強得很。有一次，高燒四十度，還是撐著眼皮跌跌撞撞地跑到醫院，自己掛號，打點滴。這次的病並不嚴重，可是我卻忽然變得嬌氣起來，是因爲知道有人在照顧自己吧；我不得不承認，被人照顧的感覺是很好的。所以這麼一來，我的身體自然而然就放鬆了，任由自己軟弱下去，而這都是因爲知道，有個人一直在照顧著自己。那麼就什麼也不用擔心了，終於有人可以依賴了。雖然閉著眼睛，意識模糊，但腦海中一直翻來覆去閃現許多畫面；而出現最多次的，居然是剛剛不久前從商場走出的那對男女——男人高大的身影，那把明顯朝女人傾斜的傘，還有他淋濕了大半的肩膀。忽然，那女的轉過頭來……我驚訝地發現，她居然就是我？而她旁邊的那個男人是盛悠傑。在那瞬間，我的心忽然開闊了許多，像是找到了自己失落許久的東西。終於，我不再孤單了，再也不會孤單了。

我的病一向都是來得快去得也快，當第二天早上醒來時，我寒食色又生龍活虎了。我站起來，把盛狐狸的床當跳跳床彈跳了兩下，活動一下筋骨。接著四下打量一番，發現盛狐狸不在，想必是去上班了，我這麼猜測。這時，肚子開始咕嚕咕嚕地叫了起來；我仔細聆聽，確定它不是想拉稀，而是想吃飯，就朝廚房走去。毛爺爺不是說過嗎？自己動手，豐衣足食。但這時，盛狐狸回來了。看見我，他眼睛一瞇，道：「去床上躺著。」我道：「我肚子餓啊。」「我買了粥。」盛狐狸將手中的外賣粥放在桌上。我看了看那些清純的小粥，嘴巴一撇，想我寒食色這樣一個心心念念女上位的雌性禽獸，居然讓我喝清淡小粥，怎麼可能呢？於是我不理會他，自己來到廚房，劈里啪啦五分鐘後，早餐弄好了，我將它擺在餐桌上。盤中裝著兩顆煎蛋，還有一根火腿腸。我慢悠悠地拿刀切著那可憐的火腿腸，切一眼，看一眼盛狐狸與此相同的部位，意思是不言而喻的。我得意地笑，我得意地笑，笑看紅塵人不老；想必盛狐狸的小弟弟現在挺難受的吧。

但盛狐狸二話不說也進了廚房，劈里啪啦一陣後，端出了自己的早餐。他的盤子裡放著兩顆煎蛋。接著盛狐狸抬起眼睛，看了眼我的左邊胸部，那眼神才叫一個意味深長啊。果然，只見他舉起叉子猛地朝左邊那顆煎蛋插去；頓時，煎蛋裡尚是液體的蛋黃，就這麼濺了出來。從廚房的玻璃門中，我可以看見自己的臉「刷」的一下白了。但一切還沒有結束。盛狐狸繼續看著我的左胸，而手中那把閃著寒光的叉子則在左邊那顆煎蛋裡不停攪動著；可憐的煎蛋，被弄得一片狼藉，蛋黃四溢。盛狐狸哪裡是在插蛋啊，他根本是在插我的胸！我的左胸忽然生出了一陣絞痛，苦不堪言，總算是品嘗了自己種下的苦果。但這樣的酷刑並沒有結束。盛狐狸搗弄完後，面不改色地將那慘不忍睹的胸部，不，是煎蛋給呑了下去，舌頭還輕舔了兩下。接著他的眼睛又轉向了我的右胸，那叉子又開始了酷刑，我的右胸又開始隱隱作痛了。我不得不承認，盛狐狸是我的剋星。大剋星。因爲，這件事只是一個開始。

我非常後悔和他同居。從我病癒後的第三天早上，他就以我身體素質太差爲理由，逼著我每天早上起來和他一起晨跑。我寒食色一向是能坐著絕不站著，能睡著絕不坐著的人。每天早上我都是看準了時間，連一分鐘也不願意早起。所以我態度堅決地拒絕了，但我面對的對手可是盛狐狸啊。每天早上；當我還在美夢中撿錢，或是偷看美男洗澡時，一陣冰涼就從我胸部傳來了。我的瞌睡蟲頓時嗚咽著，說：「寒食色，妳他媽找的什麼男人啊，然後，就一個也不留地飛走了。」睜開眼，便看見盛狐狸若無其事地站在床前，搗弄著手中的冰凍毛巾，閒閒地問道：「還想睡嗎？」只要我點頭，我家饅頭又會遭殃。於是我只能起身，跟著他去跑步。

早上六點起來跑步，瘋了瘋了，全都瘋了。像行屍走肉般跑完之後，我又像行屍走肉地走回去。看見床，我便立刻又趴了上去，準備再睡二十分鐘。但是每到這時，身體會忽然一重。盛狐狸低啞的、卻充滿精力的聲音在我耳邊響起：「別浪費時間。」接著我的褲子就被扒拉下了，再接著他的火腿腸就進入了我，然後我就被他日了。禽獸，實在是禽獸啊，對這樣虛弱的我都能下得了手！

這樣的日子，實在是難熬。

43 夢寐以求的女上位

不堪忍受這種瘋狂折磨的我，第一個念頭就是逃走。逃得遠遠的。不僅僅是天涯海角，我寒食色要逃出銀河系！但爲此，我付出了慘烈的代價。

頭一次，我趁著夜深時拿著白天悄悄準備好的行李，貓著腰，踮起腳尖，一步步朝門口走去。五公尺，四公尺，三公尺，兩公尺，一公尺……就在我剛把門打開，就在我剛看見光明時，就在我將重返快樂之園時，我的領子忽然一緊。回過頭來，我看見了盛狐狸那雙在黑暗中閃著流光的眼睛。盛狐狸問：「這麼晚了，做什麼去呢？」我對著他傻笑，「嘿嘿嘿嘿嘿……嘿嘿嘿嘿嘿。」盛狐狸的笑容在黑暗之中顯得更加妖豔，「不說是嗎？寒食色，我會有辦法讓妳說的。」然後我就被拖回床上，被○○××了一整夜。第二天只能向醫院請假，原因是，腿軟，無法站起。我這個月的全勤獎金啊，就這麼泡湯了。革命尚未成功，寒食色同志仍需努力。

第二次，我多了個心眼。因爲每晚睡覺前，盛狐狸都會要求我和他一起喝杯牛奶，說是這樣對身體有好處。我對此嗤之以鼻，浪費，我們都老胳膊老腿了，難不成還能第二次發育？所以我就在盛狐狸的牛奶中放了一點安眠藥，然後我就假裝睡熟，等待盛狐狸被放倒後，好溜走。但這一閉眼再睜開時，天就亮了。盛狐狸側躺在我旁邊，一隻手枕著頭，意味深長地看著我，問道：「怎麼樣，牛奶加安眠藥的滋味好嗎？」我日你個日噢，原來被放倒的是我。

第三次，我決定在盛狐狸最沒有防備的時機開溜。於是趁著盛狐狸去洗澡時，我一件東西都不帶，拔腿就跑。錢財乃身外之物，以後可以再掙！看，能讓我寒食色這種視錢財如命的人懂得這個道理，可知盛狐狸對我的折磨有多慘烈。正當我要逃出生天時，浴室的門開了。我不害怕，因爲盛狐狸沒有穿衣服，此時他不敢出來追我。但是我再一次低估了盛狐狸。當時他全身濕漉漉的，晶瑩的水珠順著他滑膩白皙的肌膚向下滑動著；還有，漆黑的髮絲就這麼黏在頸脖處，蜿蜒成性感而誘惑的圖騰；他的腰間鬆鬆地圍著一條白色浴巾，就這麼遮住了那害羞的小狐狸，但這樣反而讓人更想將浴巾扯下一探究竟；盛狐狸胸前的兩顆蓓蕾粉嫩、誘人，就這麼暴露在空氣之中。睹此情狀，我不由自主吞了口唾沫，眼睛也發直了。可是我還保留著一絲理智，它告訴我：「寒食色，快逃，這是妳逃離的唯一機會，如果放棄，妳每天早上就必須要晨跑，要被他日，要永遠活在他的壓迫中！快逃！」於是，我轉身向外跑去。就在這千鈞一髮之際，盛狐狸說了一句話。這句話，直接改變了我以後的命運。那句話就是：「寒食色，如果妳現在進來，我就讓妳女上位。」

我渾身的細胞，都因爲這句話而加速分裂著；我全身的血液，都因爲這句話而加速流動著；我全身的皮膚，都因爲這句話而加速緊縮著。女上位、女上位、女上位，我夢寐以求的女上位。那是女王的殊榮啊，尤其身下是盛狐狸這種女王受般的尤物；能上他，那是三生有幸啊！所以我根本來不及多想，轉身便衝入了浴室。但是色字頭上一把刀。老祖宗的話，我們還是應該聽進心裡的，我的意思是——根本就沒有什麼女上位！

我一進去，盛狐狸就把浴室門一關，然後眼睛精光一閃，直接將我壓在牆壁上周而復始地○○××。我一邊被壓著，一邊在心中暗罵：「媽的，連女人都騙，禽獸！渣滓！」當我被放出來時，已經呈現虛脫狀態。而盛狐狸則神清氣爽、趾高氣揚地拋下一句話就走了，「這次只是小施懲戒，下次，就別怪我無情了。」從此之後，我徹底丟棄了逃走的念頭。因爲我實在不敢想像，盛狐狸所謂的「無情」將是怎樣慘絕人寰的酷刑，我沒有膽子去挑戰。可是雖然留了下來，我寒食色也不會任由盛狐狸搓圓搓扁。哪裡有壓迫，哪裡就有反抗。我開始抗爭了，這是一段偉大的、可歌可泣的、催人淚下的抗爭史。

第一部，以牙還牙，以眼還眼。盛狐狸最喜歡的一招，不就是冰凍我的小饅頭嗎？來而不往非禮也。在一個伸手不見五指的漆黑夜裡，一雙手輕輕掀開了盛狐狸的被子，再緩緩拉下了他的褲子。然後我的眼睛閃著凶狠的光，嗖嗖嗖嗖地看著那瑟瑟發抖的小狐狸。小狐狸啊小狐狸，雖然你爲我帶來了許多樂趣，但是爲了整到你的主人，我只有犧牲你了。接著我有技巧地逗弄了一下小狐狸，讓它挺直了腰桿；然後再將冰凍了一晚上的香蕉口味杜蕾斯，套在小狐狸的身上。那天晚上我看見了一個奇觀——盛狐狸的臉瞬間變換了七種顏色，是的，紅橙黃綠藍靛紫。後來，我把這一招命名爲「冰凍小雞雞」。

第二部，誘敵深入，一招致命。我告訴盛狐狸，我要女上位，但是盛狐狸說了，這輩子都不可能。我寒食色會就此放棄這偉大的理想嗎？當然不會。於是我裝出一副認命的樣子，任由盛狐狸壓。可是當盛狐狸在高潮時，我忽然將手放在他的腰上，重重一掐；接著，小狐狸就繳槍了。然後我鎮定地看著他，一字一句地說道：「我要女上位……否則我就天天用這招，要不了一個星期，你家小弟弟鐵定患上勃起性功能障礙。」這時，盛狐狸的臉又在瞬間變換了七種顏色，是的，紅橙黃綠藍靛紫。

第三部，耗盡敵人的武器。盛狐狸還是一樣，每天清晨都會強行把我從柔軟的床上拖起來，拉著我去跑步。美其名說是可以呼吸樹葉釋放出的新鮮空氣。新鮮空氣？說得這麼好聽，不就是那些個臭樹葉放出的屁啊，誰稀罕去聞！對此，我每天都會抗議。但每一次的抗議都會被無情地鎮壓。經過一連串的觀察，還有資料調查，我終於找出了問題的癥結所在，那就是——盛狐狸的精力實在是太旺盛了，所以說，我要盡可能地在晚上釋放他的能量。於是，我使出渾身解數開始榨乾他。不是有這樣一個笑話嗎——「師太，妳就從了老衲吧。」隔了一會兒……「師太，妳就饒了老衲吧。」

沒錯，我寒食色就要學習那位師太，要如狼似虎地把盛狐狸榨成人乾！那天晚上，當盛狐狸第一次從我身上下來時，我深吸口氣，又伸手去擺弄他的小狐狸，然後他又覆蓋上來了。當盛狐狸第二次從我身上下來時，我搖搖頭，將眼前的金星全部晃走，把頭伸過去吻了一下他的小狐狸，然後盛狐狸再次覆蓋了上來。當盛狐狸第三次從我身上下來時，我咬緊牙關，顫抖著嘴，輕輕咬住了他的唇，然後盛狐狸再次覆蓋了上來。當盛狐狸第四次從我身上下來時，我已經呈現挺屍狀態，額頭上寫著——「此人已死，有事燒香。」盛狐狸不是說過嗎？殺敵一千自損八百。力是相互的，我也被榨乾了；不過値得慶幸的是，第二天他確實沒有力氣抓我去跑步，呼吸樹葉放的新鮮屁了——因爲我們雙雙請假，躺在床上休息了一天。

回去上班後，老院長扶著眼鏡，語重心長地拍著我的肩膀道：「小寒啊，妳還是適宜點哈，莫把這個盛醫生的身體搞垮了。」我蹦噔你個蹦噔噢。不過，這個殺敵一千自損八百的方法我決定再也不用了。當然不是因爲老院長的話；因爲說好聽點，我一向把他老人家的話當屁；說難聽點，我一向把他老人家當屁。眞正的原因是，隔天盛狐狸又恢復了元氣，像什麼事也沒發生過似的，重新開始拖著我去跑步了。可憐我的雙腿，還在因縱慾過度而痠軟，卻要雪上加霜地去晨跑，實在是慘烈。

其實按理說起來，我和盛狐狸算是辦公室戀情。很多人說，辦公室戀情帶來的往往是壞結果；而我要說，這結果何只是壞啊，簡直就是悲劇。自從和盛狐狸確定了戀愛關係後，他不僅正大光明地干涉我的生活，還正大光明地干涉我的工作；我的意思是，我從此失去了太多觀賞棒槌的機會。只要一有美男或者大棒槌出現，都是盛狐狸上，而且還把屏風遮得嚴嚴實實的，連一點縫都不留給我瞧。而落在我手上的病人，都是些和我一樣猥瑣的人與金針菇。於是，我對這份工作的熱情迅速消減了。但是偶爾想起來也覺得奇怪，這個盛狐狸的眼睛怎麼就這麼毒呢？居然能一眼就看清哪個病人是棒槌，哪個病人是金針菇，這也太神了吧。思索許久，我終於得出結論——盛狐狸以前一定是混BL的，閱鳥無數，所以能從實踐中取得經驗。當我在他面前說出這番話後，盛狐狸魅惑狂狷地一笑，然後我就第N次因爲言語不愼被他日了。

其實，這辦公室戀情還有一個不好的地方在於，盛狐狸沒事就喜歡勾引我，是眞的勾引啊。每次沒病人時，他的腳就伸過來，在我的小腿上慢悠悠地滑動；而他本人則正襟危坐，像什麼事也沒發生似的。那姿勢，那動作，誘惑得我的小心肝「噗通噗通」直跳，恨不得撲過去扒拉下他的褲子，「嗷唔」一聲將他吞下肚子。還有些時候，盛狐狸會拿著病歷走過來，裝作和我討論病人病情的模樣。這時他往往會低下身子，故意將自己的氣息噴在我赤裸的頸脖上，而一隻手則有意無意地在我背脊上滑動，手指每到一處就點燃一點火種——我瞬間就融化了。不過我後來發覺，這廝只是喜歡看我產生慾望的表情；也就是說，他只負責點火，不負責滅火，沒有職業道德。我恨得牙癢癢的，卻因為在醫院裡實在不好發作，只能忍耐著。但人的忍耐是有限度的，這天，當盛狐狸又再次卑鄙地誘惑我之後，我爆發了。

雖然還是上班時間，雖然門外時不時會有人經過，雖然老院長很有可能不打聲招呼便走進來，但，我還是爆發了。我將盛狐狸一把拉到診間角落，那是個死角，外面的人是看不見的。我將盛狐狸抵在牆上，半闔著眼睛看著他——細長的眸子四周有著桃花般的光暈，氾濫著魅惑；挺翹秀氣的鼻子在空中勾勒著靈秀的弧度；薄而水潤的唇，上面的每一條細紋對女人而言都是一場浩劫；還有他的喉結不斷蠕動著，像一隻慾望的獸。「妳想做什麼？」盛狐狸的眉梢揚起，如柳枝撫在水面，蕩漾起圈圈漣漪。我沒說話，但塗著淡淡唇彩的唇綻放了一朵笑，他妖豔的眸中映出了我妖豔的笑。然後，是拉鏈滑動的聲音，慢慢地滑動。那圓潤的聲音，是慾望的開啟。接著，我的手從打開的拉鏈中進入，握住了他的狐狸根。我的眼睛直視著盛狐狸，我的手則引誘著他。我緩慢地摩挲著，讓小狐狸逐漸在我手中變得灼熱，變得硬挺，脹滿我的手掌。盛狐狸的呼吸開始染上了熱度，不再平穩，身體也隨呼吸動搖著，那雙眼睛開始生出了氤氳，情慾的氤氳。盛狐狸的身子不由自主朝我靠近，想要索取更多。這正是我想看見的結果。

此刻，我以迅雷不及掩耳之勢將手抽出，瞬間跑到診間門口站立，抱著手，笑嘻嘻地看著他。這時，盛狐狸終於明白了，我是在以其人之道還治其人之身。他的眼睛危險地眯了起來，但是我可不怕，反正自從認識他以來，這廝的眼睛都「危險地眯了起來」多少次了。他命令道：「寒食色，過來。」聲音仍有著未消的慾望。「盛醫生，恕難從命……還有，勸你將自己的衣服在三秒鐘內整理好。」我擺擺手，做出一副討打的樣子。「爲什麼？」盛狐狸問。我狀似無辜地看著他；當然，狀似，只是狀似。我說：「因爲，馬上就有人要來了。」才說完，盛狐狸的眼睛危險地瞇了起來——我剛說過什麼來著，是不是「危險地瞇了起來」多少次了。

我哪裡理會他，馬上站在門口對著走廊招手，道：「小劉，妳進來一下，我跟妳說件事。」在此得說明，此刻，盛狐狸的褲子拉鏈是大開的，小狐狸還沒有疲軟下去，正從洞開的拉鏈中探出頭來。而我呼喚的那位護士小劉，正是本醫院最八卦的女生，任何人的糗事都能被她宣揚得滿城皆知；也就是說，如果被她看見此情此景，盛狐狸鐵定名節難保。

所以，盛狐狸忙將小狐狸塞進褲子中，然後拉起拉鏈。可惜速度太快，忙中出錯，一不小心，夾住了小狐狸的頭。平時，拉鏈夾到手指都能讓人痛得落淚，而此刻盛狐狸被夾住的是他全身上下最脆弱的小弟弟。這時盛狐狸悶哼一聲，額上瞬間冒出了無數冷汗，滴答滴答地往下落。接著我清脆地彈了個手指，成功吸引住盛狐狸的注意，再緩緩說道：「不好意思，看錯了，那個人不是小劉。所以啊，你別著急，慢慢塞。」在那瞬間，盛狐狸的臉變換了七種顏色，沒錯，紅橙黃綠藍靛紫。然後，我踏著八吋高跟鞋，趾高氣揚地走出了診間。我得意地笑，我得意地笑，求得一生樂逍遙。

就這麼，時間如小溪，在我和盛狐狸鬥智、鬥勇，以及○○××中緩緩地流淌著。這天，柴柴將我叫了出來，要我陪她去向喬幫主道歉。我詫異：「都這麼久了，妳還沒道歉啊？」柴柴的理由還挺充分的：「最近時常在飛，休息的時候去過他家一次，可是他不在，我也沒辦法啊。」沒辦法，我只能陪她去了；不過這樣也好，可以順便回去查看一下，我家是不是被那小乞丐弄亂了。話說這些天，一下班就被盛狐狸拖到他家去，我好久沒回過家了。

先回去我家，因爲柴柴還要醞釀一下情緒。打開門，就聽見一陣小提琴聲悠揚地傳來；那音樂很輕柔，像水般流淌入人的耳中，讓全身細胞都覺得舒適了起來。那個成語怎麼說來著，對了，繞梁三日；這琴聲現在就繞著我家的天花板，想必不只三日了。走進去一看，發現小乞丐正站在落地窗前，側對著我們，正偏頭專心致志地拉著小提琴。他身穿淡藍色T恤，還有米色休閒褲，看上去有些細弱，是屬於男孩特有的那種細弱。雖然我喚他小乞丐，但不論是落魄的時候還是現在，我總覺得他身上有種貴族氣息。我並不是指有錢的那種貴氣，而是骨子裡那種眞正的優雅，是三代才能養出的一個貴族。

這時他聽見了動靜，轉過頭來看我們，臉紅了紅；害羞了，果然是小孩子。我道：「怎麼淨拉這些聽不懂的？欸，拉一曲周杰倫的〈雙截棍〉吧。」於是，小乞丐又成功地被我激怒了，他罵道：「音癡！」我不和他計較，趕緊環顧周圍。這一看不得了，廚房裡放滿了髒碗碟，不知有多少天沒洗了；還有地板上，家具上全是灰塵，不知有多少天沒清理了。不過還好，小乞丐並沒有亂動我的東西，每一樣都擺在原處，一公分也沒移動過，還算是個有家教的好孩子。不過，我還是得說他幾句：「你都沒有手嗎？」他皺眉看著我，「什麼意思？」我歎口氣，道：「大少爺，這屋子都這麼髒了，難道你就不能打掃一下嗎，你的手除了吃飯，除了鋸你那個小木頭，還會做什麼？」這話觸及了小乞丐的底線，他認眞地糾正道：「老女人，這不是木頭，這是小提琴，而且還不是一般的小提琴！」我看著他手上的小提琴，忽然將自己的腦袋瓜子一拍，道：「啊，我想起來了！」小乞丐見我這副樣子還挺高興的，以為見到知音了，忙道：「怎麼，妳也認識這把琴？」我緩緩說道：「那倒不是，我是指，我想起你的手還要做些什麼了——擦屁股和自慰。」聞言，小乞丐的臉紅了又綠，綠了又紅，一整個紅綠燈。所以說，人是需要對比的。人家盛狐狸被我氣到時，臉可以變成彩虹，而這小乞丐只能變成紅綠燈；這就是差距，修行不夠啊。

柴柴則趁著我和小乞丐說話之際，跑到陽臺上，伸長脖子看樓下的喬幫主是不是在家。

畢竟這也是我的家啊，總不能不管，於是我把小乞丐叫到廚房，命令道：「去，把這些碗碟洗乾淨。」小乞丐聳聳肩，「我不會洗。」他的回答在我意料之中。看小乞丐那雙養尊處優的手就知道了，這孩子以前絕對沒做過家務。可是誰也不是從小就會的，不會，我可以教他。想當初，我家的寵物狗毛毛從一個隨地大小便的不良兒童，變成一個主人一回家就去銜拖鞋的好好少年，都是我一手一腳教出來的。小乞丐的智商怎麼也比毛毛強吧，所以我對他還是很有信心的；但是，我卻高估了小乞丐的實作能力。我說：「首先，先倒洗碗精。」他點點頭，直接倒了半瓶在裡面，我汗。我說：「接著，把髒盤子放在裡面。」他點點頭，將髒盤子一股腦放在水槽裡，接著轉身就走人。原來他以爲洗碗精會自動瓦解油垢，我瀑布汗。我說：「把它們放在水龍頭底下清洗一遍。」他點點頭，將重疊著的盤子放在水柱下晃動了一下，便拿出來，我成吉思汗。我說：「好，把這些碗碟拿出來，放在櫃子裡。」他點點頭，但端著沒走兩步，手一滑，「嘩啦啦」一聲，所有碗碟瞬間粉身碎骨，連完屍都沒留下一具。我想我得去喝口水先，流太多汗，都虛脫了。事實證明，小乞丐還不如我家毛毛。

這時，柴柴開始催促我了。沒辦法，我只能留點錢給小乞丐，要他重新去買碗碟，接著自己則和柴柴一起來到樓下，去敲喬幫主家的門；但手都敲疼了，裡面還是沒有動靜。「算了，每次來找他都不在，想必這就是命啊，我看是老天不想讓我跟他道歉。」柴柴又開始找起了理由。「妳少學童遙那一招。」我覷她一眼。正在這時，我的手機響了，原本以爲是盛狐狸打來的，誰知裡面卻傳出一個威嚴的聲音：「是寒食色嗎？我是肖言區派出所的民警，我們這裡有件案子需要妳配合一下，麻煩現在就到我們這兒來。」我一聽，腳立即軟了，這輩子我可是第一次要進派出所呢；腦袋馬上飛轉起來，趕緊思索自己做過的壞事——上次撿了張五十塊，沒上報，直接拿去用了；還有趁工作之便，調戲了幾個小正太……這些也沒什麼大不了的吧。正在檢視自己的罪惡，柴柴也接到了同一位警察叔叔的電話，同樣請她去派出所一趟。我和柴柴尋思，覺得事情不妙了！

肖言區派出所，不就是喬幫主所在的地盤嗎？還能有什麼事，一定是喬幫主要告柴柴襲警啊！完蛋了，這罪名可就重了，該該來的還是得來，我們只能硬著頭皮去了。果然，剛進派出所，迎面就看見那高大的喬幫主穿著警服、坐在座位上朝我們笑，不，應該是朝著柴柴笑；那笑的意思是──「居然敢襲警，妳這個臭女人不想活了，今天我就聯合兄弟們一起整死妳，把妳關個十年八年的。」看著那刺眼的笑，我憤怒了，但是我不敢做聲；柴柴也憤怒了，於是她暴走了。只見柴柴一下子衝到喬幫主面前，深吸口氣，緊閉一下眼睛，接著一鼓作氣地說道：「我知道是我的錯在先，但我並不是故意的。當時，周圍實在是太暗了，我根本就不知道是你，後來雖然知道了，但因為你那天晚上對我做的事情，我氣不過，所以才會這麼傷害你……我知道我的作法對你男性尊嚴造成了很大的傷害，是我的錯。喏，上次的錢，給你，咱們從此以後兩清了，誰也不欠誰！」說完之後，柴柴氣不過，怎麼這男人這麼小氣啊，白長這麼大個子！於是她決定也給喬幫主致命一擊，便道：「還有啊，這件事也不能怪我，你的小弟弟也太軟了……好了，廢話少說，把我拷起來吧！」說完，柴柴將手一伸，閉上眼，認命了。

這時，本來很忙碌的派出所忽然安靜了下來，連塵埃落在地上的聲音都能聽見。一個警察叔叔的手機掉在地上，一個警察叔叔銜在口中的燒餅掉在地上，一個警察叔叔的下巴掉在地上。接著，就是一陣竊竊私語──「這位美女說，那天晚上……她不知道是老大……還說，對咱們老大的男性尊嚴造成了很大的傷害……究竟是什麼意思啊？」「笨蛋，這個還沒聽出來，你這幾年的警校是怎麼唸的？這就是說，這位美女喜歡的是另一個男人，但是那天房間太暗，看錯了，把我們老大給誤上了！」「啊，你的意思是，我們老大被嫖了啊？」「不僅如此，美女還嫌棄我們老大那裡很軟！」「原來咱們老大是外強中乾啊！」「對啊，好慘啊！」聞言，喬幫主的臉在一秒鐘內變換了七種顏色，紅橙黃綠藍靛紫。我心中一驚，媽媽的，原來喬幫主是盛狐狸家的親戚。

柴柴顯然對這樣的結果很滿意。

但這時，另一個不知道這裡發生了什麼事的警察叔叔，押著一個男人走了出來，對著喬幫主道：「老大，我已經照你的吩咐，通知那兩個女的來認犯人了。」我定睛一看，發現那耷拉著腦袋的犯人，就是那個看上了柴柴、想殺了我奪美人的變態尹志遠。電光石火間，我明白了。原來人家喬幫主是幫我們逮住了這男人，需要我們來指認他的罪行啊！原來，剛才人家喬幫主對著我們笑的意思是——「女人，雖然妳踢了我，但誰要我是妳們的警察叔叔呢？不跟妳計較，還是把人給妳抓來了，以後就不用擔心害怕了。」

誤會啊誤會，簡直是天大的誤會！

44 結婚與生孩子

人家喬幫主的名字可不是亂起的啊。人家是眞英雄，眞豪傑，但我和柴柴居然以小人之心度君子之腹，實在是太慚愧了。不過回顧剛才，我驚喜地發現，似乎所有傷害都是柴柴一個人造成的，跟我可是一關係都沒有啊；當然，柴柴也意識到了這一點，於是她的臉瞬間就紅了。

柴柴輕蹙著黛眉，這是她在思考的標誌；柴柴的貝齒輕輕咬著紅潤的唇，這是她在猶豫的標誌；柴柴的柔荑緊緊交握在一起，這是她在爲難的標誌；終於，柴柴跺了一下腳，這是她下定決心的標誌。然後，她深吸口氣，對著喬幫主道：「剛才，是我誤會了你……對不起。」說完之後，又覺得這個道歉有那麼點輕飄飄的味道，於是補充道：「其實，你的那裡不軟，眞的，還挺……挺強壯、挺堅硬的。」我的柴柴同學喲，妳可知道這是多麼讓人浮想翩翩的一句話喲！於是，周圍的人再度沸騰了。姦情，赤裸裸的姦情味道，蔓延了整個肖言區派出所。

正在這時，另一個同樣不知道這裡發生了什麼事的警察叔叔，拿著一份資料走了下來，對著喬幫主道：「老大，你要我查的資料找到了。那女的叫柴晴，今年二十四歲，天蠍座，十一月十一日出生的，沒有犯罪史，沒有結婚史。對了，你特別交代的三圍也查到了，分別是三十四C，二十四，三十五……正點啊。」聞言，柴柴覺得自己虧了。是的，喬幫主居然派人調查她的三圍，實在是卑鄙的N次方，是朝廷中的敗類！而自己剛才還向他道歉，簡直虧死了。所以，柴柴狠狠瞪了喬幫主一眼，轉身走出了派出所。居然在朝廷人士面前都敢這麼拽，不愧是時常在天上飛的。我寒食色可沒有這樣的膽量，再說，以後說不定我會因爲調戲小正太事發，被扭送到這裡來，所以還是表現好一點爲妙。於是乎，我就留下來配合警察叔叔們指認尹志遠那個變態。

而要到很久很久很久以後，我和柴柴才知道，當我們走了之後，喬幫主問那個惹禍的警察叔叔：「是誰要你調查她三圍的？」惹禍的警察叔叔疑惑：「老大，是小陳說你要我調查的啊。」一旁嘴裡銜著燒餅、名叫小陳的警察叔叔弱弱地舉手，道：「其實，是我冒充老大的意思要你調查的。」惹禍的警察叔叔拍了一下小陳的頭，「你個沒事找事的，那女的說不定是我們未來的大嫂，你居然敢看人家的三圍？找死啊！」喬幫主擦著手中那把黑黝黝的搶，平靜地說道：「別亂開玩笑。」「大哥，你們都那個那個了，難不成還想抵賴？」「對啊，雖然大嫂開始時，因爲賭氣詆毀了一下你的男性功能，但後來還是重新幫你澄清了。」惹禍的警察叔叔和小陳一唱一和。喬幫主的臉上則一派雲淡風輕，他緩緩舉起手中的槍，輕聲道：「最近也不知道怎麼回事，手槍時常走火。」此言一出，旁邊那兩個剛才還在唱雙簧的人立即噤聲。

從派出所出來，跟柴柴去喝了點冷飲消火後，我們就分手了。上午是逃班，所以可以閒逛，但下午還是得回去上班。於是我爲盛狐狸買了杯飲料，帶回醫院去。看我對他多好，這女朋友當得夠水準吧。可是今天運氣不好，我才剛出電梯，就遇見了老院長。但我所謂運氣不好，並不是指被院長看見我逃班。自從我完成他交代的任務、成功色誘了盛狐狸之後，老院長看見我，那臉總笑得像朵菊花似的。我所謂運氣不好指的是，老院長剛剛才從廁所出來，身上那個味，才叫一個鮮啊；我趕緊屏氣斂息，後退三大步。據說從上個星期開始，老院長就飲用一種治療便祕的藥，效果不錯，每天固定要拉兩次。他的這一行爲讓人家掃廁所的大嬸痛哭流涕，每天都拉著路過的人像《武林外傳》的佟掌櫃那樣哀號道：「額錯咧，額眞滴錯咧。額就不該嫁到這兒來，額不嫁到這兒來，額就不會在這家醫院工作，額不在這家醫院工作，額就不會淪落到這個傷心的地方……」那聲聲泣下令聞者傷心，令聽者流淚。

可是老院長卻一點也沒發覺我這麼明顯的嫌棄，依舊笑得像朵菊花，道：「寒食色同志，最近妳和盛醫生的關係還可以撤，準備撤子時候結婚嘛？我給妳說哈，妳還是要抓緊點噢，黑多女娃兒都對盛醫生虎視眈眈的。聽我一句話，快點結婚，生個娃兒，把事情定下來。」這老院長一看見別的醫生，問的都是：「最近的手術做得怎麼樣，那個論文寫得不錯，同志加油。」可是看見我，就只會問盛狐狸。不過我倒沒覺得什麼，反正我就是那種每個單位都會有的墊底蛀蟲。而在盛狐狸到來之前，我在老院長眼中可是一錢不值啊，現在好歹有個價值了。眼見老院長要將擦屁股的那隻手放在我肩膀上拍拍，以示鼓勵，我被嚇得雞皮疙瘩直冒；我的個媽喲，那上面有多少屎組織啊？於是我快速敷衍了一下老院長，然後快速逃走。

氣喘吁吁地跑回診間，還差點在門口撞上盛狐狸。盛狐狸將我扶住，微微皺眉，道：「怎麼像有鬼在追妳似的？」我拍拍胸口，驚魂未定，「比鬼還可怕，是屎娃在追我。」沒錯，屎娃就是老院長的新外號，就是那位可憐的掃廁所大嬸取的。盛狐狸挑挑眉梢，「難道妳又犯錯了？」「沒有，他告訴我，說你的行情不是一般的好，所以要我快點跟你結婚，快點跟你生孩子，好把你定下來。」我將冷飲往盛狐狸懷中一塞，然後走進診間，站在空調前開始吹冷氣，真是爽啊。可是沒爽多久，盛狐狸就走過來將我拉到一旁，道：「這樣直接吹冷氣容易感冒，忍忍就好……欸，那妳怎麼回答的？」我抹去一頭的汗水，問道：「回答什麼？」「院長不是要妳快點跟我結婚，快點跟我生孩子嗎？」盛狐狸幫我撫順額頭上那些被汗水黏住的髮，狀似無意地問道：「妳當時是怎麼回答的？」想起那個場景，我至今還是心有餘悸，「你不知道，當時屎娃的手就要放在我的肩膀上了，嚇得我趕緊落跑啊。」盛狐狸執著地問著，像是一定要知道答案，「我在問，妳當時是怎麼回答的？」我重現了當時的原音：「我就說『噢噢噢噢噢』。」盛狐狸眉梢一挑，「『噢噢噢噢噢』是什麼意思？」「就是敷衍他的意思啊。」我擺擺手，嫌棄道：「盛悠傑，你不僅床上能力下降，連智商也下降了……嗷嗷嗷，痛！」盛狐狸的嘴角勾起一抹笑，黑色的奸笑，然後他收回放在我腰際的手，道：「原來，院長當初要妳色誘過我！」「結果世事難料，我是被你色誘的。」我一邊說，一邊想起了那天盛狐狸躺在這張白色病床上的情景。那眼神，那表情，那白嫩胸膛，那細腰，那翹屁股，那小狐狸，我現在想起來還是口水嘩啦啦地直流淌。

盛狐狸站在我面前，將手抱在胸前，眸中的鏡湖泛著一道小小的漣漪，閃著粼粼波光，「其實，院長說的也有理。」我仔細咀嚼這番話，眉毛漸漸皺成「八」字：「你在說什麼？」盛狐狸看著我，淺淺一笑，眉梢眼角都是無窮的味道，「結婚，生孩子。」我定定地看著盛狐狸，好半天，終於反應過來，開始喃喃地喚著他的名字：「盛悠傑！」他應了一聲：「嗯？」「你讓我頭皮發麻。」「……」「咚」的一聲，我被盛狐狸踹出了診間。那力道是眞的大啊，我整個人直接被踹趴到牆上，好半天才像張紙似的「嗤溜溜」滑到地上去躺著。三秒鐘後我從地上爬起，摸著隱隱作痛的屁股，看著那緊閉的診間門，暗暗在心中罵道：「盛悠傑，我日你個日噢，連女人的屁股都踹，禽獸！」我當然知道自己哪一句話惹到了盛狐狸。事情是這樣的，盛狐狸似乎是在邀請我和他結婚，順便生孩子，但這個提議卻被我巧妙而毫不給面子地拒絕了；加上盛狐狸的脾氣一向不好，陰晴不定的，就這麼又被我惹惱了。

但是、但是、但是……結婚啊，生孩子啊，天雷啊，我們才交往幾天啊，我連女上位都沒有做過就開始討論這些，實在是太早了。我寒食色的承受能力有限，不能接受；當然，我並沒有絕對否定這項提議。如果照這樣發展下去，想必再過兩三年我母性大發了，說不定會追著盛狐狸要他灑點白色小蝌蚪，給我個孩子。可是現在談論這些實在是太早了，所以說盛狐狸要生氣也只能讓他生去，再說我就不信他生氣能生出個孩子來。

我揉著屁股準備去哪個診間躲躲，蹭蹭冷氣；這種天氣，沒冷氣可是會熱死人啊。正當我抬頭看向前方的走廊時，我這母狼的眼中忽然閃現了一道綠光。因爲，有個戴著眼鏡、穿著白襯衫的文質彬彬男人正朝我走了過來。看見我，他禮貌地問道：「請問這裡是外科二號診間嗎？」高人曾經指點過，那種瘦瘦的、戴眼鏡的、看上去弱不禁風的男人，才是戰鬥機中的ＶＩＰ。聽說這種類型的男人看起來像羊，但一脫下衣服就馬上化身爲狼，絕對是自備馬達，能在床上戰鬥一整夜。我用手背擦去一嘴的口水，立刻點頭。「那麼，請問盛悠傑醫生在嗎？」文質彬彬的男人問道。他的聲音很柔和，身體也挺瘦弱的，但人不可貌相，鳥兒不肯走光。憑著我的第六感，敏感的第六感，我知道這男人應該是棒槌，文質彬彬的棒槌。這樣的好貨色怎麼能讓盛狐狸搶走呢？於是我壓低聲音道：「眞是不巧，盛醫生今天休息。」「啊，是這樣啊……那，謝謝了。」文質彬彬的棒槌有些失望，轉身就要走。我趕緊拉住他，安慰道：「你放心，我們醫院還有很多醫術高明的醫生，不論什麼疑難雜症都能幫你治好。來來來，我帶你去。」說完，我就拖著這文質彬彬的棒槌，往葵子、還有月光的診間跑。

自從盛狐狸來了之後，我已經好久沒向她們兩位上繳新貨了；每次都白看人家的，實在有些過意不去。所以，我今天一定要把這傳說中的戰鬥小馬達拖去，讓她們一飽眼福，順便上下其手。那文質彬彬的棒槌馬上臉紅了，趕緊解釋道：「不是的，我是來找盛悠傑醫生的，不是來看病的，我沒有病！」「你沒病幹嘛來找盛醫生？」我根本就不聽他的解釋，道：「別害羞，這年頭得病才是正常的，不得病才是有病的。我告訴你，我介紹給你的這兩位醫生，醫術絕對不會比盛醫生差。」再說，我管你有病沒有，反正我是來看棒槌的。

正在拉扯著，診間的門開了。盛狐狸還是那副樣子，將手抱在胸前，嘴角微微勾起，那種笑意有些隱約的危險，「寒食色醫生，請問，妳想把我的大學同學拉去做什麼？」大學同學？我身子搖晃了一下。原來是同行，煮熟的鴨子又飛了。但現在不是惋惜的時候，盛狐狸剛才才生完氣，現在如果知道我要去扒拉其他男人的褲子，看其他男人的棒槌，還不把我皮給扒了。所以我趕緊把文質彬彬的棒槌，不，是文質彬彬的盛狐狸大學同學，把他那被我揉皺的襯衫拍平，氣定神閒或假裝氣定神閒地解釋道：「我就是知道他是你盛醫生的大學同學，所以想請他吃飯。」說完之後，還附送盛狐狸一個無辜而眞誠的笑容。誰知，盛狐狸將眼睛輕飄飄地移開，根本不理我。

同濟醫學院畢業的人，智商是差不到什麼地方去的。那文質彬彬、原先在我眼中是棒槌、現在是盛狐狸大學同學的男人，看著我們，臉上露出一絲了然的笑。然後，他對著盛狐狸笑道：「小七，怎麼不介紹一下？」小七？原來盛狐狸的小名叫小七？還眞可愛。這麼看來，這位文質彬彬的帥哥想必也看出了我和盛狐狸的關係。爲了彌補剛才我那種窮形盡相、想要扒拉下人家褲子的電鋸女色魔形象，我看似嬌羞、其實是故作嬌羞地垂下了頭，等著盛狐狸承認我的身分。但是，我等到的卻是這樣一句輕飄飄的話：「你旁邊這個剛才對你又拖又拉的女人，姓寒，名字我也忘記了，和我是同一個診間的，平時我們沒什麼交集。」聞言，我猛地抬起頭來深深吸口氣，瞪著盛狐狸。但盛狐狸當我不存在，睬都不睬我。

我心中那個失落啊，不給女上位也就算了，現在居然還不承認我的身分，我寒食色難道就這麼上不了檯面！接著，盛狐狸將他同學迎進了診間，兩人開始寒暄聊天。對盛狐狸而言，我這個他連名字都忘記了、雖然在同一診間工作但平時和他沒什麼交集的女人，待在那裡也只是礙眼，所以我就到月光、葵子她們的診間去串門子了。女人在一起聊天，時間就像尿路通暢的小便那樣，很快就流走了。沒一會兒，就到了大家都期待的下班時間。我尋思，盛狐狸鐵定會和那文質彬彬的大學同學聚會，看來今天我得自己回家了。

和月光、葵子她們道別後，我才剛邁出診間的門，就看見盛狐狸和他大學同學站在走廊盡頭。看樣子，他們似乎是在等我，而且盛狐狸的手上已經拿著我的包包。骨節分明的男人的手積蓄著力量，雖然拿著女性化的包包，卻一點也不突兀，反而顯出了紳士與溫柔。

我的視線沿著盛狐狸的手往上移動。那白嫩的頸脖勾勒出光滑的弧度，每次我逗弄他的小蓓蕾時，盛狐狸就會揚起頭喘息著，將自己的頸脖暴露給我；而每次我都會毫不客氣地撲上去，像餓了一百年的吸血鬼般咬著，毫不鬆口。視線接著向下，來到了他的肩膀上，厚實，漂亮；每次完事之後，我就會將下巴抵在上面微微地摩挲著，嗅著他髮間傳來的清新香氣。再來是盛狐狸的胸膛，雖然現在被襯衫遮住了，但憑著我寒食色過目不忘的本領，加上多次的重複和溫習，我閉著眼睛都能畫出盛狐狸的胸膛；白皙，精壯，光潔，是任何一個女人都想要的慾望之鄉。每天洗完澡後，盛狐狸的下身總圍著一條浴巾，赤裸著胸膛在我面前晃悠。那平坦的腹部，有著增一分則多、減一分則少的肌肉，還有那粉嫩的蓓蕾，只要看一眼我就會立刻噴鼻血，下一秒我就一把將電腦關上，直接衝上去，一雙魔手在他胸膛上不要錢似地摸著，一張嘴也在唧唧啾啾地親著。最後，我的視線來到了重頭戲處，那就是，他的小狐狸；話說，雖然我時常調侃他的小狐狸，說人家是什麼弱柳扶風、文弱少年之類的。但，小狐狸是真的強，直徑絕對達標，長度絕對合格，硬度絕對優良，持久度也是頂呱呱的好。除此之外，人家小狐狸的長相也很可愛啊，乾淨，光滑，粉嫩，逗弄得姐姐我每次都對它愛不釋手；沒錯，只是愛不釋手，並不是愛不釋口。最後，是他的屁股，盛狐狸的屁股和撒尿牛肉丸一樣，切下來，那彈性絕對能當乒乓球打；每次，當盛狐狸在我身上律動著，迷亂地喘息著時，我都會將雙手放在他的翹臀上抓著，那感覺可不是一般的好啊。而每天早上盛狐狸起床，當他赤裸著身子撿衣服時，那夾緊的屁股，那有著彈性的肌肉，總看得我口水直滴答，恨不能用強力膠將自己的手黏在上面，永遠也不放下來。

人家盛狐狸是尤物啊，全身上下都是寶，隨便露個胸膛、露個屁股，就能讓一群色女噴鼻血而亡。所以說，脾氣差點就差點吧；再說，盛狐狸被我這種猥瑣的人渣整天「日」，脾氣差點也是正常的。想到這裡，在那一瞬間我便原諒了盛狐狸。雖是原諒他了，但眼神還在繼續游移著，這一不小心，就游移到了人家文質彬彬帥哥的棒槌上。我用意志力將我的眼睛變成了X光，想直接勾勒出文質彬彬棒槌的模樣。別說，兩人站立的姿勢不錯，正好排排站，再加上兩人的身高也差不多，所以那兩個小弟弟就排排坐吃果果了；這樣，也就更加方便我進行比較。但現在它們都處於疲軟狀態，實在不好判斷啊；看，這些根小弟弟，都是些腹黑的東西，平時軟得跟一灘泥似的，看上去老實巴交，但一看見美女脫衣服馬上就拔槍，將身子骨一挺，頭一揚，啪嗒啪嗒地就去做壞事了。全是些壞野狼！我開始後悔了，早知道應該從取精室拿來美女裸體海報之類的，再對著他們展開，兩人鐵定馬上硬，這樣我就可以準確地進行判斷了。真的是虧了！

正在後悔，卻聽見盛狐狸涼涼的聲音響起：「寒醫生，妳比較出誰優誰劣了嗎？」我一個激靈，馬上抬頭，話也沒來得及經過腦袋，便道：「沒，都被褲子擋住了。」這話一出口，我真恨不得把盛狐狸咬死，人家那文質彬彬的大學同學則恨不得把我咬死。盛狐狸的嘴角慢慢上移著，看來，心情是好點了。他轉頭對著大學同學道：「她這人就這副德行，別理她。」接著他又轉過頭來，對我說：「寒醫生，出去吃飯吧。」「嗯？」我睜大了一下眼睛，表示疑惑：「你的意思是，要我和你一起去吃飯？」盛狐狸覷我一眼，「妳哪天不是跟我一起去吃飯的。」

不吃白不吃，我拔腿就跟著他走。

45 浴室，美男，母狼

文質彬彬同學走在前面，我和盛狐狸走在後面。我悄聲問道：「怎麼回事，你不是不想承認和我之間的關係嗎？」盛狐狸的笑，有點冷，「寒食色，不想承認我們之間關係的，是妳吧。」我丈八金剛摸不著頭，「我？我什麼時候不想承認了？」盛狐狸輕哼一聲，「從頭到尾。一開始時是只願意和我上床，不願意承認我們的情侶關係；後來又不願意和我同居，三番四次想逃走；而今天下午又對於跟我結婚和生孩子的提議嗤之以鼻。」我恍然大悟，「所以，你就想讓我嘗嘗被忽視的滋味。」盛狐狸沒有說話，但那微微勾起的嘴角卻說明了一切。我看著他，擺擺手，道：「小七啊，你好幼稚。」盛狐狸：「……」

但是我忘記了，盛狐狸是不能惹的。此刻我看著面前的羊肉火鍋，欲哭無淚。我最討厭吃的就是羊肉！而盛狐狸就是知道這點，所以才懲罰我，就因爲我說他幼稚。盛狐狸，眞是卑鄙的N次方！我只能餓腸轆轆地坐在一旁，不停地喝著飲料，委屈的淚水和口水一起嘩啦啦地淌。幽怨地看了盛狐狸好幾次，人家都不理我，沒辦法，我只能捂住肚子，癱在餐桌上。盛狐狸和文質彬彬的棒槌同學不斷聊著大學的趣事，不亦樂乎。雖然腦袋耷拉著，無精打采的，但我還是豎起耳朵聽了不少關於盛狐狸的事。

果然，盛狐狸是他們學校的優等生，基本上每學期都會得到一等獎學金的那種；同時還知道了，當時的盛狐狸是萬人迷，相貌好，成績好，愛慕他的女生很多。當說到這個話題時，那位文質彬彬的棒槌同學偷偷瞄了我好幾眼，想必是在納悶，爲什麼他們家優秀的盛狐狸會栽在我手上呢？我只能在心裡告訴他，原因就是——我和盛狐狸都有一顆猥瑣的心。只不過差別在於，盛狐狸的猥瑣是藏在裡面的，而我的猥瑣則是表裡如一。屎和屎在一起，那是天經地義。所以，我輕而易舉就把盛狐狸拿下了。

當然閒著也是閒著，偶爾我也會插個話：「對了，爲什麼盛悠傑要叫小七？」文質彬彬的棒槌同學回答：「因爲他在寢室裡年齡排名第七，我們寢室一共住了七個人，老大叫王子傑，老二叫……」聞言，我捂住嘴，笑得一臉淫蕩。盛狐狸慢悠悠地喝了一碗羊肉湯，「妳又在想什麼？」我的眼睛瞇成一條線，「我知道，老二叫小弟弟，哈哈哈哈哈……」盛狐狸：「……」文質彬彬的棒槌同學：「……」趁我笑得稀里嘩啦尿意膨脹尿意旺盛的時候，盛狐狸腳下使壞，將我的凳子一踹，我就這麼四腳朝天，摔在地上。反正這種家庭暴力也不是一天兩天了，我寒食色皮粗肉糙，筋骨是鐵打的，根本就摔不壞。所以我拍拍屁股，站起來，繼續作戰。

我又問：「同學，難道你們寢室的人都受得了盛悠傑的性格嗎？我覺得，他簡直就是我遇到的怪人中的極品。」文質彬彬的棒槌笑道：「怎麼會呢？小七的性格挺隨和的啊。」我慢慢地引導他：「可是，他還是有些怪癖吧，比如說有嚴重的潔癖？」在我的提醒下，棒槌同學想起來了，「沒錯，他的潔癖是挺嚴重的，記得有一次……」等文質彬彬的棒槌同學講完後，我又提醒道：「還比如說，他還有點強迫症？」於是在我的引導下，棒槌同學又想起來了，「是啊，沒錯，他每天都要……」見棒槌同學講得順溜溜的時候，我故作不在意地問道：「還比如說，他喜歡的A片類型……啊！」預料之中的，我又被盛狐狸連人帶板凳踹到地上去了。不過，我寒食色是打不死的小強。三秒鐘後，我又拍拍臉上的灰，站起來了，然後繼續用我的血肉之軀從言語上掐死盛狐狸。

第三次，我問道：「棒槌，啊不，王子傑同學，盛悠傑大學時究竟有沒有交過女朋友啊？」文質彬彬的棒槌同學看了一眼盛悠傑，馬上搖頭，「沒有，絕對沒有。」我一看就知道他在撒謊，我又不是沒試過盛悠傑的身子，技術挺熟練的，在我之前絕對找妹妹練習過不少次。不過，他們這種兄弟情誼，還是可嘉的。聞言，我長長歎口氣，「啊，原來他沒交過女朋友啊。」棒槌同學對我的這種反應不解了：「怎麼，這樣妳還不高興？」我向他招招手，示意棒槌同學將耳朵伸過來，用狀似小聲、實際上大聲地足以讓盛狐狸聽見的音量，道：「同學啊，我跟你說實話吧。其實啊，我和盛悠傑連手都沒有拉過。我早就覺得有些奇怪了，今天聽你這麼一說，就更確定了。難怪他一直都沒有交女朋友，難怪他一直都不願意牽我的手，難怪他一直把吳彥祖的半裸海報貼在自己房間裡天天看，原來，這人是同志啊！」說完之後，我沒等盛狐狸動腳，自己把自己踹到地上去了。

別說，這麼摔倒再爬起，爬起再摔倒，還是挺費力氣的；加上我又沒吃東西，肚子就不給面子地咕嚕嚕叫了起來。我只能蔫了下來，捂住肚子，繼續喝飲料。盛狐狸看我一眼，然後起身，說要出去打個電話，接著就離開我們了。我看著棒槌同學，有氣無力地說道：「你慘了。」棒槌同學不明所以，「什麼？」我道：「盛狐狸不想付飯錢，所以提前開溜了，而我今天也沒帶多少錢，所以只有你去付帳了。」棒槌同學笑笑，接著道：「我總算知道小七為什麼要選妳了。」我趕緊坐直了身子，等待著他的評價，「為什麼？」因為我有氣質？因為我幽默？因為我有兩個不大不小的饅頭？棒槌同學努力尋找著合適的詞語：「這年頭找美女多容易啊，但是要找妳這種……這種，嗯，這種……」我好心提醒：「猥瑣？」棒槌同學一拍腦袋瓜子，那姿勢就像武俠電影中自擊天靈蓋似的，「沒錯，就是猥瑣！這年頭美女滿大街都是，但妳這種猥瑣的女人可不多啊，物以稀為貴，難怪小七會看上妳。」聽起來，棒槌同學好像是在誇獎我，但為什麼我聽著心裡這麼彆扭呢？於是我拍拍他的肩膀，順便把剛才倒地時手掌蹭到的灰往他襯衫擦了擦，接著道：「同學，物以類聚，我身邊到處都是猥瑣型的，要不要照我這樣的，給你來一打？」棒槌同學連忙搖頭，那動作幅度大得像嗑了藥似的，「不敢、不敢，我是凡人，消受不起。」他笑。我繼續跟棒槌同學裝熟：「同學，再多講講盛悠傑的事情吧……我不要聽那些優點，我要聽他的糗事。」棒槌同學攤攤手，表示無可奉告。於是我只能轉個方式問：「那麼，給個忠告吧，我做了什麼事會讓他特別生氣？什麼事會刺中他的死穴？」我決定了，只要套出話來，就馬上用這招對付盛狐狸。

「小七這個人腦袋瓜子靈活，長得也帥氣，待人接物也很有分寸。」棒槌同學又再次誇獎了盛悠傑半天，接著低頭想了許久，終於道：「唯一一點不好的，就是小七有點好強和固執。」「具體點說呢？」我將凳子拉近棒槌同學的身邊，豎起耳朵，仔細聆聽。棒槌同學慢慢回憶著，「以前唸書時，每次期末考試小七都會拿第一名。但有一次在考試前一週，小七因爲胃炎住院，本來是可以免考的，但他偏偏不，硬撐著身子在醫院裡復習，然後剛打完點滴就趕到學校考試。後來我們問他幹嘛這麼拚命？他只說了一句：『我喜歡第一名。』我覺得小七對這些名次挺看重的，無論什麼競爭比賽他如果參加，就一定要得第一。其實我認爲這樣挺累的，不過像小七這種有能力的人，應該是樂在其中吧……欸，妳怎麼了？」「沒什麼。」我壓抑住心中那種說不出的感覺，對著棒槌同學笑笑。

正在這時，盛狐狸回來了，手中還拿著一盒炒飯。我這狗鼻子一聞，馬上就知道是魚香肉絲炒飯，我的最愛。我問：「是給我的嗎？」盛狐狸將炒飯放在我面前，道：「拿去吃吧，免得別人說我把妳給餓死了。」我趕緊雙手接過，猛吃了起來。我那個熱淚盈眶啊，盛狐狸實在是好人。等我吃得差不多了，盛狐狸和棒槌同學也敘完舊了，於是大家便約定下次再出來聚聚，也就散了。然後便和往常一樣，我坐上盛狐狸的車，往他的狐狸窩開去。等紅燈時，我偷偷打了個飽嗝，接著問道：「盛悠傑，你說實話，大學時究竟交了幾個女朋友？」「一個也沒交。」紅燈亮起，盛狐狸一踩油門，車子重新向前駛去。「少來。」我輕哼一聲：「你以爲我會相信你這種鬼話？沒交女朋友，難不成你床上那些技巧還是無師自通的？唬誰呢！」盛狐狸淡淡回答：「高中時，練習過幾次。」那放在方向盤上的手，沉穩得像件瓷器，「後來上了大學，學業很忙，確實沒時間交女朋友。」我扳扳手指仔細地數著，最終揚起眉毛，「也就是說，在遇見我之前，你都旱了這麼久了？」乖乖，難怪這麼饑渴。「反正做愛和騎自行車、還有游泳一樣，都是學會了就不會忘記的。」盛狐狸這麼回答。我來了興趣，用手肘捅捅他，擠擠眼睛，問道：「欸，老實交代，你第一次戀愛是什麼時候？高一，高二，還是高三？」盛狐狸一直看著前方，那肉色的、薄薄的唇就這麼緊抿著。然後，他忽然反問道：「妳都沒告訴我，妳自己的戀愛史，爲什麼我要告訴妳？」聞言，我的眉頭輕輕一顫，眼前忽地晃過一抹白色身影，還有那張在陽光下晶瑩剔透的臉頰。

我轉過頭，看著窗外。現在，我們行駛在大橋上，夜幕漸深，江岸兩側的燈火漸漸明亮，在我眼前快速移動，成爲一片流光溢彩。盛狐狸問，語氣有些冷凝：「怎麼不說話了？」「沒什麼好說的。」我將額頭枕在窗戶玻璃上，車內的冷氣似乎強了點，身體有些抵抗不住了。「是沒什麼好說的，還是不願意說？」盛悠傑的聲音很輕，卻讓車室裡的空氣瞬間低了下來。車子在前進，我的額頭也一下下地磕著車窗玻璃，那悶悶的、有節奏的聲音，在我耳邊蔓延著。

我想，盛狐狸不問清事情是不會罷手的，於是只能回答他：「我第一次戀愛是高二，談了三年，之後我就被甩了。你呢？」盛狐狸答：「初二時一次，高一時一次，高二時一次。」接著又問：「那妳前男友現在在哪裡？」我答：「美國。」我也接著問他：「那三次是你甩別人，還是別人甩你？」盛狐狸答：「初二那次是因爲大家考進了不同的學校，見面少了，自然而然分手。高一那次是因爲她看上了其他人，把我甩了。高二那次是因爲要忙大學考試，準備時間來不及，我先提的分手。」盛狐狸的語速很快，他接著問道：「妳的前男友爲什麼要甩妳？」奶奶的，越問越深入了。我咬咬牙，道：「因爲那時候我長青春痘了，他嫌棄我難看，就把我甩了。」接著我也開始問狠料：「那你第一次持續了幾秒鐘？有沒有進錯人家的洞洞？有沒有被嫌棄？」一次問三個問題，總算是掙回來了。但是盛狐狸卻不做聲了。

我覷他一眼，「怎麼，不敢玩了？」盛狐狸的眸子漆黑、深邃，「在妳回答實話之前，我不想回答妳的問題。」我不耐煩了，「你要聽什麼實話？」盛狐狸是固執的，固執得讓人牙癢癢，「妳和前男友分手的原因。」我只能回答：「因爲我和他的緣分斷了。」盛狐狸不滿意，「具體點。」我雙手一攤，「因爲他愛上了別人……該你回答我的問題了。」「第一次維持了一分鐘，因爲先前做過功課，沒有進錯洞，所以也沒有被嫌棄。」盛狐狸回答得面不改色：「下一個問題，他叫什麼名字？」我反問：「你那三個女朋友叫什麼名字？」盛狐狸語速快得像流水：「張裙，慕容靜，魯熙。」算他狠！我猶豫了許久，終於第一次在盛狐狸面前說出了那個名字：「……溫撫寞，他叫……溫撫寞。」但盛狐狸似乎根本沒有罷手的時候，他接著問道：「說具體點，妳是怎麼發現他愛的是別人？」我瞪他一眼，「盛悠傑，你很煩躁耶……第一次夢遺是什麼時候？」「十二歲。」話說到這，又來到一個路口，紅燈亮起，車子停下，盛狐狸忽然轉過頭來，深深地看著我，「回答我的問題。」我也不服輸似地看著他：「盛悠傑，難道你不覺得自己已經知道得夠多了嗎？」盛狐狸的眸子異常深遠，像隱藏了許多情緒，「我確實不這麼覺得。我倒覺得，我對妳的瞭解，實在貧瘠得厲害。」「爲什麼你總是千方百計地想瞭解我的過去？」一想到這裡，我的胃就漲漲的，「以前的事情，和我們現在又有什麼關係呢？我不可能在出生時就知道你會出現，也不可能就在原地等你。所以我和他談了一次戀愛，這又不是誰的過錯，你自己還不是談了這麼多次戀愛，我有這麼揪著你不放嗎？」盛狐狸看著我，很慢很慢地說道：「那三次戀愛我都放開了，但是妳沒有……妳還在想著他。」我的心一下子被抓緊了，「你什麼意思？」

盛狐狸的眸子像秋夜的靜湖，沁涼，幽深，「我和他，長得很像是嗎？」我的手指攥得很緊，指關節處開始有些微微發青。這並不是盛狐狸第一次提出這個問題，但是聞言，我還是很不舒服。後面忽然響起了喇叭聲，是的，此起彼伏的喇叭聲；在我們對話時，綠燈已經亮起，而我們還是停在原處，擋了別人的路。但看起來，盛狐狸沒有要開車的意思。他的眼睛一直直視著我，那目光帶著一種銳利，彷彿能刺進我的骨髓深處。我最討厭的，就是他這種眼神。我沒好氣地道：「先開車。」盛狐狸依言照做，但是他並沒有放棄。我覺得很多事情必須說清楚，於是便坦白了：「是的，你和他是同一種類型，有時候是有些相似。」盛狐狸逼問：「什麼時候？」我撒謊：「發火的時候。」盛狐狸輕哼一聲：「是睡覺的時候，對嗎？」聞言，我不做聲了，但手指卻攥得更緊。冷冷的空氣中，盛狐狸再度輕哼了一聲，那聲音瞬間點燃我的怒火。

我猛地轉過頭看向他，只見那碎髮在腮邊劃出了煩亂的弧度，「盛悠傑，爲什麼你一定要緊追著這個問題不放，你是你，他是他，難不成你認爲我把你當成了他的替代品？」盛狐狸的眼神飽含著一種凝滯，像是要審視我的每一絲表情，「難道不是嗎？」我質問道：「你早就知道溫撫寞的存在，早就知道自己和他長得像，爲什麼你還要和我在一起？……盛悠傑，你又在想什麼？」盛悠傑嘴角的笑容鐫刻上了一層陰影，「妳是在岔開話題嗎？」我冷著聲音道：「這應該是我問你的話吧。」盛悠傑的聲音低沉了下來：「寒食色，妳想說什麼？」我的牙齒自下唇緩緩滑過，分開來時，質問的聲音就出口了：「在我們發生關係之前，你就知道溫撫寞的存在，既然你這麼介意，爲什麼還要接近我？是不是……是不是在你心中，我就是一個高難度挑戰，你喜歡競爭，所以你就想進入我的世界，和那個早就離開的溫撫寞競爭？」盛悠傑放在方向盤上的手開始掐緊，淡淡的青筋開始顯現，「妳認爲，我和妳在一起就是因爲這樣無聊的理由？」我反唇相譏：「你不也一樣認爲，我和你在一起是因爲一個無聊的理由嗎？」接下來車室裡一片死寂，一陣冰冷，但我的心卻是雜亂的，煩躁得發熱。

隔了一會兒，盛悠傑又開始說話了：「妳的意思是，妳已經不再想著他了？」「你相信也好，不相信也好，我確實沒有想著他。」我將臉轉向窗外，但是我看不出去，因爲車窗玻璃上映照著盛悠傑的臉，輪廓分明，眉目清奇，但此刻卻蒙上了一種冷凝，淡淡的痕跡，和我臉的影子重疊著，分不清晰。盛悠傑詢問：「那麼，爲什麼妳一直在抗拒我？」我滿胸腔塞滿了鬱悶的氣，「我看你今天是羊肉吃多了，上火。」盛悠傑道：「不敢回答了？」我的聲音裡真的有那麼一絲疲倦，「我們每天一起上班，每天住在一起，每晚做愛，如果都已經這樣了，你還認爲我是在抗拒你，那麼盛悠傑，對不起，我無話可說。」盛悠傑問：「那麼……爲什麼妳不願意和我結婚？」我哭笑不得，「盛悠傑，我們才認識多久？」路燈幽涼的光，在盛悠傑的臉上滑過，「妳不覺得自己的語氣很諷刺？」我微垂了一下眼眸，道：「如果讓你不好受，我道歉。但是我覺得結婚是一件很嚴肅的事，我不想用它來證明什麼。」盛悠傑沒再說什麼，我們就這麼沉默著回到了狐狸窩。

回到家，盛狐狸似乎不想和我一起多待片刻，直接進了浴室。我躺在柔軟的床上，看著天花板，心中是無盡的惘然。這情侶之間就是這麼怪，剛才還如膠似漆，恨不能用強力膠把自己黏在對方身上，但一轉眼就變成了敵人，恨不得拿把大刀把對方砍成碎片。究竟是怎麼回事呢？我慢慢地想著，將整顆心沉澱下來，拋離那些塵埃。原來，盛悠傑一直是介意的，一直介意著溫撫寞的存在，而今晚棒槌同學的話，讓我更加瞭解盛悠傑。好強，近乎偏執的好強；也難怪，盛悠傑一看便知是從小優秀到大的那種人，他有能力，他容不下失敗，他要的是第一。在我心中，他自己究竟是不是第一，盛悠傑很在乎。而我對盛悠傑，究竟是怎樣的感情呢？是的，和他在一起，我是快樂的，眞的快樂。或許一切都是我的錯，我每一個拚命隱瞞過去的努力，對他而言都是一種煎熬吧。

浴室中，嘩嘩的水聲不停地響著。我決定了，我要用自己的身體讓盛狐狸消火。於是，我踮著腳尖，翹著屁股，賊乎乎地跑到浴室門口，將門悄悄打開，準備偷襲。但當門打開時，我的口水就先嘩啦啦淌了一地。我的眼前是一幅無比誘惑的畫面——盛狐狸正在淋浴，那晶亮的水一股股地在他白皙光滑的皮膚上蔓延，交織成妖魅的線條。他的身體像罩上了一層透明的水做的衣衫，性感異常。我站在原地，愣了，一雙眼睛瞬間變綠，像條餓了三天三夜的母狼，看見一塊大肥肉。

盛狐狸忽然察覺到了什麼，睜眼，看見我，他的眼睛還是有些冷，「妳進來做什麼？」

46 取精室

浴室中熱氣氤氳，挾帶著清新的洗髮精味道。

我一步步走到盛狐狸面前，低著頭。水流，呼啦啦地直往我身上淌。我的全身瞬間濕透，衣服緊緊貼合在皮膚上，勾勒出所有的線條。而我的眼睛則看著他的小狐狸，被水洗得乾乾淨淨的小狐狸。然後，我吞了口唾沫，「咕咚」一聲，動靜還不是一般的大。我的身體開始有衝動了，腦子裡迅速轉動著，爲了吃到小狐狸，我一定要低聲下氣，把盛狐狸給討好。所以我雙手扭在一起，成爲麻花狀，表示出我糾結的內心世界，然後我低聲道：「盛悠傑……你肚子餓不餓？我……下麵給你吃。」說了之後，覺得有些歧義，便繼續解釋：「別誤會，我的意思是，我是眞的去下麵給你吃，不是說我的下面給你吃……哎呀，你的思想好骯髒，怎麼會突然想出這麼下流的東西呢……不過如果你實在想吃，還是等我洗完澡後吃吧，不然不衛生的。」然後，我抬起頭來，透過滿室的朦朧熱氣看著盛狐狸，道：「噢？你想吃啊？想吃你就說嘛，你想吃我當然會給你，你不想吃我當然不會強迫你吃。不可能你想吃而我偏不給你吃，你不想吃我又偏要給你吃。大家講道理嘛！那麼你現在的表情，是說明自己想吃還是不想吃呢？」

水霧縈繞中，盛狐狸的眉毛像小蝌蚪般持續波動著；我是指眞正的蝌蚪，不是他釋放的那種小蝌蚪。「盛狐狸，」我看著他，忽然將自己的衣服掀起，得意地說道：「看，在你每天不斷把我的胸部當饅頭搓揉之下，我的B罩杯終於榮升到C罩杯了，功勞有你的一半也有我的一半；眞的，這就像中國加入WTO，是雙贏的事情——你爽到了，我也賺到了，多划得來，是不是？」盛悠傑淡靜地看著我，聲音中有種無奈：「寒食色，我總有一天會被妳整死。」我伸出手指，在他的胸膛上滑過，「錯。」手指阻攔了水的流下，在他平坦的胸膛形成一股小小的清澈的泉，輕盈的幽幽的泉。他白皙得像瓷器的肌膚蒙上了純淨的水，一整片，就這麼暴露在我的眼前。我的手像著了火般的灼燙，需要水的降溫；手指繼續在他的胸上遊走，將那些水流割斷，像是淡淡的雲煙瀲灩了一室，我的聲音也媚得像要出水般：「我絕對捨不得整死你，因爲我要……日死你。」盛悠傑忽然將我抱住，緊緊摟住了我的腰。那麼大的力氣，彷彿要用自己的手臂將我攔腰折斷似的。盛狐狸看著我，那雙眸子中滿是撩人的情色氤氳，「寒食色，誰該先被日死，咱們走著瞧。」我眼中閃過一陣失望，「這時候，你不是該狠狠地看著我，說『該死，我該拿妳怎麼辦』嗎？人家電視劇都是這麼演的。」盛狐狸的眸子一暗，然後他低頭，吻上了我，「可是，我當然知道該拿妳怎麼辦。」

盛狐狸已經被我這番胡攪蠻纏弄得消了氣，因此，這個吻並沒有用來懲罰我。這個吻是輕輕的吮吸，是淺淺的品嘗。我們的唇瓣互相碰觸著，盛狐狸的舌尖描繪著我的唇形，微微的摩擦帶來了薄薄的癢。接著他的舌加劇了攻勢，帶著必得的自信進入我的口中，像驕傲的城主巡視自己的領土。他的舌不停追逐著我的，像是一種遊戲；但在這種遊戲中，他卻有著無盡的認眞，似乎知道自己想要的究竟是什麼。他的舌追截著我，讓我無路可逃；撩撥，挑逗，無所不用其極，我的全身帶著電流，激蕩著。我不知道盛悠傑是怎麼做的，但是當我回過神來時，我的衣服已經全部滑在地上。我和他，都是赤裸的。是的，那水，那源源不斷的水，就這麼覆蓋在我們彼此身上，從頭頸滑下，滑過他的喉結，滑過我的渾圓，鋪出瀲灩，鋪出纏綿。我們在水柱下接吻，臉上全是水流的痕跡，那種透明的質感化爲了妖冶的情慾。

盛悠傑忽然用自己的雙手抬起我的臀部，那種離開地面的驚惶感，讓我的雙腿順勢夾住了他的腰肢。那是最爲誘惑的姿勢，最爲原始的動作。在這水氣彌漫的世界，我們褪下了文明的外衣，只剩下獸的本能，享受著一種淋漓的快感。盛悠傑俯下身子，吻上我胸前的柔軟，那兩團光滑的嬌柔混合著晶亮的水流，形成最誘惑的事物。他細細地品嘗著，他用牙齒輕輕咬噬著我的蓓蕾，用舌劃著誘惑的圓圈。他的手在我身體上流連，阻斷了水流。浴室中的空氣，帶著悶悶的熱。盛悠傑的碰觸爲我帶來了至深的顫慄。我揚起頭，開始喘息，眼中充斥著難耐情慾激發的霧水。我像蛇一般纏繞著他的身子，而他則緩緩將自己的灼熱送入了我的小徑中。頓時，那灼熱的堅硬帶給我一種深深的安全感，我緊緊地將頭埋在他頸脖處喘息著，呻吟著，聲音中帶著痛苦的愉悅，帶著聲嘶力竭的興奮，是連我自己也訝異的銷魂蝕骨。盛悠傑的雙手抬著我的臀部，控制著我的身子。他慢慢地讓我離開，接著讓我靠近，與此同時，小狐狸也在我體內有節奏地進出，帶來了無盡的快感，點燃了所有的激情。我們的隱祕之處緊緊結合著，我的溫柔包裹著他的堅硬；在水的簾幕中，他抱著我一起馳騁，一起進入最高的慾望，浴室中的旖旎風情彌漫了我們全身。我深刻認識到這一招的妙處——用身體爲盛狐狸降火後，他終於不再生氣了。

雖然第二天一大早，他還是用冰塊威脅我起床，然後拖著睡眼惺忪的我去跑步，接著又將累得半死不活、躺在床上的我，拿來給他家小狐狸當早餐。但是在做完這一切之後，盛狐狸卻會體貼地爲我買牛肉麵，還是超大碗的。我忽然覺得，我對男朋友的要求是這麼低，只要給點吃的，就任由他打，任由他罵，任由他日。但後來想想，自己的條件也不是那麼高，大家就將就將就吧。雖然看起來問題是解決了，但我心裡還是有了點點陰影；我知道，不是做一次愛就可以打消盛狐狸猜忌的，是的，要做很多很多次愛才行。所以說，寒食色啊，妳還要學習，認眞地學習。

醫院的工作守則寫著，上班時不能玩電腦，不能聊天，不能隨意離開工作崗位。但這些規定我們都是當耳邊風，而且它沒說不可以看A片。所以這段時間，我時常偷偷跑到咱們醫院的取精室偷看日本片子。我覺得，我們醫院雖然有我這種敗類醫生，但每年還是創下那麼多業績的原因，就是因爲硬體設施實在好——別家醫院的取精室都是羞羞答答的，最多幫你貼張性感海報就了不起了。但我們醫院的取精室簡直就是男人的天堂啊，海報、雜誌滿天飛。最重要的是，我們這兒有無數的A片；那些A片，全是老院長用他老人家那臺開個Q就要喘半天氣的老式電腦，沒日沒夜下載來的。全是最新的、最刺激的、最不純潔的A片，而且我發現這裡面有武藤蘭姐姐的全套影片，原來老院長是她的粉絲啊。不是有句聖言嗎？「爲人不識武藤蘭，看遍A片也枉然。」所以說，我們的老院長還是頗有品味的。我還聽說，老院長下載的每一部片他都會仔細觀看，務求自己貢獻出的每一部影片都能切入男人的神經末梢。想也知道，看了當然要打手槍；所以說，爲了看完這麼多影片，老院長起碼打了不下千次手槍。想像一下，在漆黑的夜裡，電腦螢幕那幽綠色的光線映著他的一臉菜色，在武藤蘭姐姐的「呀咩嗲」之下，老院長喘息著榨乾了自己最後一滴精血。都快六十歲的老人了，還能這樣不顧自己衰弱的身體，日日夜夜戰鬥在A片的第一線。這是一種什麼樣的精神？這是造福天下淫民的精神！剛才，我用的是「設問」修辭語法，以引起大家注意，啓發人們思考。

但千萬別以爲，下載這種片子是很容易的事。在我們網路警察叔叔的辛苦工作之下，那些個不良網站時時刻刻都會關閉，所以老院長就必須不停地搜索新網站，而有些網站裡毒可不少。所以，老院長那臺和他差不多年紀的電腦時常中毒，每天我們都能聽見那卡巴斯基叫得才叫一個歡啊。不過，毒倒是其次，最重要的是人心。一般說來，中國的淫民都是團結的、互通有無的，但是在團結的大好形勢底下，也不乏有些小人用自己卑鄙的內心，時不時搞一些破壞。就像上上個星期，老院長花了一整天下載了一部片子，文案寫著——「七個禽獸凌辱一個穿著暴露的無辜弱女子」，老院長流著口水打開檔案觀看，但才看了第一個鏡頭，他就華麗麗地吐血了。不是因爲女優太性感而噴鼻血，是眞正的吐血，氣急攻心那種。因爲這部片子，正是我們小時候人氣最高的國產動畫片《葫蘆娃》；最可氣的是，那穿著暴露的無辜弱女子蛇精，胸部還打上了馬賽克。從此，老院長看見這種煽情聳動的標題就繞道而行。

但厄運卻又再度降臨在他身上。這天，老院長又找到一部片子，關鍵字寫得非常直白——「野外、捆綁、制服、幼齒、人獸、古裝、同志、5P、亞洲無碼」，只看了一眼，老院長的腎上腺素立刻急速增加，立即開始下載。電腦辛苦工作了二十四小時，差點連老命都賠上，終於下載完成。但又只看了一個鏡頭，老院長再度吐了血。片子是《西遊記》中，唐僧師徒把紅孩兒吊在樹上的那一集。野外——山上，有花有草有樹。捆綁——不聽話的紅孩兒確實被綁得結結實實的。制服——唐僧哥哥的袈裟。幼齒——紅孩兒夠幼了吧。人獸——猴子，還有豬。古裝——這個不用說了。同志——全是男的。5P——孫悟空，唐僧，沙和尚，豬八戒，紅孩兒，一隻手正好能數完。亞洲無碼——紅孩兒只穿了條肚兜，廣電處一向對兒童無感，放行了。於是老院長徹底爆發了心臟病，住院一週，而這也正是我今天敢明目張膽曠班，跑到這裡來的原因。

但老院長的辛苦是值得的。那些男病人只要進了這個地方，從此就不想出去了，恨不得死在我們醫院裡。記得有一次，一個男病人被兩名保全人員拉出去時都哭了，說是老婆從不許他看這些不良東西，而今天看見了，簡直就像餓了三輩子的人看見烤鴨；那種激動，恨不得把我們醫院當成再生父母。而這個地方，從醫學角度上來說也是很有功效的。有些原本是來治療精蟲稀少的男病人，進了這個地方，排出的小蝌蚪居然要裝兩個塑膠瓶。綜上所述，這可是老院長用生命換來的一塊寶地啊！

現在，我就待在這裡，一邊看著電視上那些男女互動，一邊做著筆記。

我敢發誓，我高三時都沒有這麼認眞。

47 義大利吊燈式

義大利吊燈式，69式，老漢推車式，蝴蝶式……眞是花樣繁複，所以說，淫民的創造力是無窮的。其實，很多姿勢都是自古流傳下來的；想想也是，以前又沒有電腦，晚上吹了蠟燭沒事幹，夫妻倆爲了豐富生活，只有在炕上研究這些。所以說……我多想穿越回古代啊！但最近穿越的人這麼多，我看那時空隧道也有些堵，所以還是安心待在這裡和盛狐狸慢慢研究吧。

正專心致志地做著筆記，門忽然被人打開，我手忙腳亂地將電視關上，一不留神手抽筋了，痛得我嘴歪眼斜的，眞是造孽喲。回頭一看，卻發現盛狐狸站在門口，身子靠著門框，好整以暇地看著我，笑得不懷好意。我這才拍拍胸口，埋怨道：「盛悠傑，你不會敲門嗎？實在是太沒有禮貌了。難道你不知道，在這樣一個用低俗和下流建立起來的聖潔房間中的人們，都是禁不起嚇的嗎？還好我不是男人，不然小雞雞都要被你嚇得縮回去了，就像你以前表演過的那樣。」盛狐狸的笑轉爲淡靜的危險，「眞是謝謝妳的提醒。」眞是哪壺不開提哪壺，差點忘記他一直記恨我上次害他家小狐狸當了縮頭烏龜的事。於是我只能快速地轉移話題，忙重新開啓電視，指著那對正在做光溜溜運動的男女道：「今晚，咱們就用這個姿勢吧，你看，多減肥啊。」盛狐狸把門關上，慢慢朝我走來，細長的眸子微微一眨，流光溢彩；不過流的是危險的光，溢的是不善的彩，「寒食色，妳的意思是，把我當成免費無勞損的跑步機了嗎？」我忙賠笑，「當然不是，當然不是。」看來這個話題轉得不好，還是繼續下一個：「盛悠傑，你看這女的演得多假啊，叫成這副樣子，太做作了。」我先指著電視，然後再自豪地拍拍胸口，道：「我寒食色叫得比她好聽多了，你說是吧？」盛狐狸薄薄的嘴角輕勾，發出炫目而嘲諷的光，「我不想打擊妳，但是妳的叫聲很像便祕時的努力聲。」聞言，我胸口像被硬生生拍了一掌，頓時氣血翻騰，直接想吐血三升，然後去見閻王爺。

實在是太打擊了。想我寒食色爲了讓他盛狐狸盡興，在床上可是一刻也沒有偷懶，那聲音叫得多大啊，差點沒把屋頂給掀翻了。自從和盛狐狸進行床上活動以來，我每星期都得消耗一包喉糖；想不到我這般捧場，卻落得個努力排粑粑的惡名，這才叫造孽喲。我氣不過，立刻回擊道：「我想，想必是某人能力不夠的原因吧。」一邊說，一邊看了眼他的小狐狸，然後在嘴角扯出一絲嘲諷的笑，接著對手指甲吹了口氣。動作一氣呵成，所以說，看電視是有好處的；電視劇裡面那些不好惹的七八九姨太，就是這樣諷刺人的。果然，男人是刺激不得的。盛狐狸嘴角的笑那叫一個妖豔啊，色彩濃得都快要滴下來，「寒食色，我能力夠不夠，需要現在證明嗎？」「誰怕誰？」我將腰一叉，腳一跺，胸一挺，屁股一翹，牙一咬，道：「我深諳採陽補陰，我就看到時是你精盡人亡，還是我被你活活日死。」實在想不到，原來做愛也是如此血腥的一件事。

「等會兒我要做手術，需要保持精力。」盛狐狸這時的表情就是——我好心放妳一馬。我好奇：「你要做手術？那你來找我幹嘛？」盛狐狸的眸子裡瀲灩著波光，「我看妳偷偷摸摸來到這裡，以爲妳想自己解決一下生理問題。」解決生理問題？我身子抖了抖。我寒食色每天應付他就夠吃力的了，哪裡還有自己解決的必要？不過，我還是好奇：「如果你進來時，發現我眞的在自己解決生理問題，該怎麼辦呢？」「那麼，」盛狐狸的聲音像春日的薰風般輕柔，同時又像天山頂上的寒冰那麼冷，「今晚我就會灌下一大瓶匯源腎寶，陪妳玩一整夜。是的，妳沒聽錯，確實是一整夜。」「啪嗒」一聲，一滴冷汗從我的額上直接墜落在地上，碎成八瓣。還好我把持得住，沒有自己要自己，不然後果是非常嚴重的。從死神手中撿回一條命，我忙解釋道：「我是抱著學習的態度在這裡觀看的，我是想，學習好了後，提高我們之間的運動品質……別露出那種眼神，我不是說我們之間的運動品質不好，沒錯，我們的床上很和諧，但是對於做愛這種事，我們人類不是一向遵從『沒有最好、只有更好』的原則嗎？打個比方吧，雖然我的饅頭是C罩杯了，但是你肯定希望它們能夠達到H；同樣的，雖然你的小狐狸已經算是比較厲害的了，但是我肯定還會希望它更厲害，像人家加藤鷹那樣以一擋十地進行性愛車輪戰，而不是隨便嚇一嚇，小弟弟就縮到裡面去了……算了，我不說了。」

看著盛狐狸陰鷙的臉，我識趣地噤聲了，忙再一次轉換話題，將手中的筆記遞到他面前，道：「怎麼樣，我用功吧？」盛狐狸揚揚眉梢，「這是什麼？」盛狐狸果眞是不識寶，「圖文並茂的做愛姿勢筆記啊。」盛狐狸指著我的字問道：「這是什麼字？」我一字一句地翻譯給他聽：「從天花板懸掛一繩子，女方掛在半空，然後飛速旋轉……」盛狐狸搖搖頭，「妳的字實在是太難看了。」我得意地說道：「人家說，女人的字和相貌是成反比的。」誰知，盛狐狸直接甩給我一句：「恭喜妳，妳的臉和妳的字卻是很一致的。」我：「……」盛狐狸問：「這到底是什麼招式啊？看上去很複雜。」「義大利吊燈式啊！」我激動地說道：「聽說這一招是打遍天下無敵手的困難，但是做一小時能消耗九百二十一卡路里的熱量，聽見了嗎？整整九百二十一大卡啊！」盛狐狸接著問：「妳這畫的是我們兩個嗎？」我點頭，「是啊。」盛狐狸輕蹙了一下他那如撫水楊柳般的眉，「這是我的手指嗎？怎麼這麼細？」我如實回答：「不，是你家小狐狸。」然後，是一陣死寂。「咚——啊——噗」我再一次被盛狐狸踹出了門。

連這麼柔軟光滑、從來沒生過痔瘡的屁股都踹，果眞是禽獸啊！要不是看在盛狐狸長得帥，床上功夫不錯，最重要的是每天都會爲我買牛肉麵的分上，我絕對會把他家小狐狸拉成大象鼻子那麼長。我擦去滿眼的淚水，站起身，拍拍屁股上的腳印。反正盛狐狸要去做手術，想必不到三個小時出不來，而院長也因爲《葫蘆娃》和《西遊記》住院了，沒人管。所以我決定翹班，回家去看看。想必，那小乞丐已經把我家給弄翻天了。

我想得沒錯。當我進去時，發現屋子非常的髒，而且這屋子髒得非常有水準。地板上全是水痕，很顯然是從未拖過地的某人，拖地之後沒有將地板擦乾。家具也是一樣，留著許多水漬。廚房更是重度災區，那些看上去確實洗過一遍的碗，全是油劑，滑膩膩的。我對小乞丐徹底無言了，只能有氣無力地問道：「你以前在家裡究竟做過什麼？」小乞丐認眞想了想，道：「拉琴，讀書，吃飯，睡覺，洗澡。」我搖搖頭，「還好你洗澡不需要別人伺候。」小乞丐很誠實，「不過，洗澡水是別人幫我放的。」我嫉妒得牙癢癢。有人過著連洗澡水都有專人幫忙放的生活（小乞丐），而有人卻爲了一碗牛肉麵忍氣吞聲、每天被人踹（我），這個世界爲什麼如此不公平。

哀怨了一會兒，我終於回過神來。看著小乞丐那張水嫩的臉，特有的男孩帥氣駐留在上面，是一種清新的味道。他的眼中含著一種倔強，但不知怎的，卻能時不時激發女人的母愛。璀璨如星的眸子，挺秀的鼻梁，如花瓣般的唇，柔嫩的臉頰，實在是讓人流口水。其實，我早就想衝過去掐他的臉蛋或屁股，狠狠地將它們蹂躪一番。但第一，如果被盛狐狸知道，我的屁股想必會被踹成八瓣。第二，這小乞丐看起來是個貞烈的傢伙，不好惹；想必我若眞的這麼做了，沒等到盛狐狸出手，他就會先把我的屁股踹成八瓣。所以，我只能壓抑住內心的獸慾。

但美食當前卻不能品嘗，這讓我非常惱火。算了，還是先聊一聊拉近點距離吧。我問：「你今年多大了？叫什麼名字？」小乞丐似乎不太願意告訴我，但後來一想到吃我的住我的，也就不好意思地說了：「我叫易歌雲，十七歲。」十七歲，多好的年紀啊，我羨慕，繼續問他：「你爲什麼會出來鋸木頭……不，拉小提琴討飯呢？」小乞丐，不，易歌雲不樂意了：「我不是討飯，我是在表演，大家喜歡，就給點錢。」我嘀咕：「不就是賣藝嗎？」還不如賣身呢，一點技術性也沒有，但小孩子嘛，還是先順著他一下：「好，你爲什麼要出來表演呢？」「家裡出了點事。」看樣子，易歌雲不願多說。但我窮追不捨：「你的父母呢？」易歌雲的神色有些不耐了，「不知道。」我問：「你前陣子那些天都住在哪裡？」他道：「旅館。」我好奇：「你怎麼有錢住旅館？你每天能討多少錢？」「一百塊左右。」易歌雲皺了一下眉頭，似乎不滿意我用「討」這個字眼。「一百塊！」我睜大眼，看來我們國家確實已經進入社會主義中級階段了，這乞丐挺富有的。「其實你的臉滿好看的，爲什麼不洗乾淨再去討錢，如果是這樣，我絕對會掏腰包。」我確實沒說假話，反正錢包裡也有幾角零錢，沒什麼用處，說不定給他之後，還可以抹著虛假的眼淚說，孩子你眞可憐，過來讓姐姐掐掐屁股。「一開始時確實沒弄髒臉，但後來……」說到這，易歌雲的臉有些紅了，「後來有些人不懷好意。」聞言，我馬上捋袖子挽胳膊，怒道：「說，是哪個色女想調戲你？」居然敢搶我的生意，我把她胸罩裡的兩個小點點給扯了。「不是女的。」易歌雲小聲地囁嚅了一句。原來是男的——明白過來後，我滿含著淚水對易歌雲道：「孩子，沒事，菊花偶爾使用一次也是有益健康的，可以通便呢。」聞言，易歌雲那柔順的頭髮頓時根根豎起，像毛刷子似的，眼裡還冒著火，「老女人，妳說什麼？」「咚」的一聲，我直接用平底鍋拍了一下他的後腦勺。盛狐狸手段高超我確實敵不過，但對付小乞丐可絕對沒問題。這麼一拍，易歌雲更氣了，他捂住腦袋，鼻翼翕動著，那副樣子似乎是想把我掐死。我拍撫著他的腦袋，柔聲道：「你要乖，這樣姐姐才不會打你。」易歌雲瞬間怔住了，不知道該怎麼反應。然後，我淡定地、快速地在他後腦勺同一位置，又再打了一下。這次下手比較重，於是易歌雲徹底暈過去了。

我放下平底鍋，拖著他的腳往床邊走，一路上不停發出「咚咚咚咚咚」的聲響。那是易歌雲的頭撞到桌子、撞到櫃子、撞到牆壁的聲響。本來我下的手，是保證他暈一個小時的力道，但這麼一來，想必這孩子不暈上三個小時是不會醒的了。

48 拔小乞丐的圖釘

這孩子，看上去不胖，但一身骨頭還挺重的。

好不容易把他搬上床，累得我滿頭大汗。其實敲暈易歌雲的主要目的，是爲了方便我打掃屋子。畢竟，有他待在身邊礙手礙腳的，太麻煩了。所以說，別想歪了，我寒食色還是挺純潔的；但既然他都暈了，還是象徵性地吃吃豆腐吧，不然都對不起我這個名字。於是，我的母狼眼睛又綠了，口水也洶湧了，澎湃了，決堤了。

我的一雙魔手來到他的臉蛋上。我的個媽啊，那觸感簡直太好了，又滑又軟，我都恨不得撲上去咬一口。易歌雲閉著眼，那雙璀璨的、略帶倔強的眸子暫時消失了；他的睫毛濃而翹，隨著規律的呼吸像蝴蝶翅膀般抖動著。他的頭髮很柔軟，黑如濃墨，偶爾落下一縷，撫在額上，像柳絮拂過一泓春水，將整張臉都蕩漾出了鮮活。他的臉是好看的、稚嫩的，像承載著晨光，臉頰上還有淡淡的緋色。那種年輕清澈、瀲灩了人心，實在是勾引人啊。

我使勁掐著他的豆腐臉，直到掐成了豆腐腦才戀戀不捨地滑下，來到他的臀部。我深吸口氣，眼睛一眯，吸著口水，重重一用力，頓時被驚豔了。不愧是年輕的屁股啊，多麼的富有彈性。我掐屁股的手法不變，照舊是一手掐住一個屁股瓣，左手往順時針方向旋轉七百二十度，右手往逆時針方向旋轉七百二十度。掐完後放手，隔著褲子仔細觀看了一下，發現沒變形；不錯、不錯，這肉實在是太有彈性了，這孩子有前途。當然，好不容易易歌雲才暈這麼一次，我還是需要調戲夠本的，於是我的母狼爪子又來到了他的小圖釘處。我將那小圖釘放在雙手的食指和中指之間，扭緊了，然後再使勁一扯。我發誓，我只是很純潔地做著實驗，主要是想看看那小圖釘究竟能不能被扯下來，或是扯下來後能不能再安上去。但不知是太痛還是太爽，易歌雲皺了一下眉頭，嚶嚀了一聲。那淡淡的緋色，那鼻息間清新的氣息，那讓人愛不釋手的柔嫩臉頰，誘惑啊，如果不是懼怕盛狐狸，我說不定會把他吃乾抹淨。不行了、不行了，腎上腺素已經在急速增加了，說不定我一個激動，就把浮想構成了事實。

我趕緊下床，離開易歌雲，然後開始奮力地做著家務，務求把獸慾統統發洩出來。洗碗，拖地，擦家具，最後打掃廁所。但一進入浴室，我就發現那水管有點漏。這些事情我也不會做，就是想做也沒有工具。這時，我腦海中浮現出一句老師從小到大教我們的話——「有困難，找警察。」沒錯，就去找我家樓下那位警察叔叔幫忙吧。我之所以確定喬幫主在家，是因為剛才回來時，發現他家落地窗是大開的；而喬幫主的防範意識超級強，只有當他人在家才會開窗。於是我關好自己屋子的門，確定不會有色女進屋將易歌雲吃了之後，才下樓來到喬幫主的門前，按著門鈴。一下，兩下，三下，四下，五下……當按到第五下時，我停住了。因為，我聽見裡面傳來了一聲尖叫，女人的尖叫，而且那聲音似乎是柴柴發出的。姦情的氣息，沒錯，一股強烈的姦情氣息濃濃地朝我席捲而來。我立刻激動得手腳直哆嗦，馬上將四肢趴在門上，然後像隻大蜘蛛似的，竊聽著裡面的一舉一動。

「……禽獸，你對我做了什麼……」「我不知道……」「我要殺了你……」「快放下武器……」這些曖昧的對話，直接切入我的神經末梢。果然，果然是千真萬確、如假包換、新鮮剛出爐的熱騰騰買五送一姦情啊！但天有不測風雲，正當我繼續趴著時，「咚」的一聲門被人從裡面打開了，而且那人的力氣很大；也就是說，我直接以蜘蛛狀態被壓在冰冷的防盜鋁門和堅硬的牆壁之間；頓時慘叫一聲，接著我的鼻子一痛，一股熱流順著淌了下來，然後鼻血就像大姨媽光臨的第二天那樣，嘩啦啦地直接往下淌，連緩衝都不給我一個。我心中那個不甘啊，剛才調戲床上那個粉嫩美少年時，我都捨不得流鼻血。沒想到，居然在這麼沒有意義、沒有價值、沒有技術性的情況底下流了。惹禍的柴柴看見我滿臉是血也嚇到了，趕緊走過來，手忙腳亂地幫我擦拭。

我寒食色的運氣一向很差，錦上添花的事情從來遇不到，雪上加霜的事情倒是一件接一件。我的意思是，眼看我好不容易把鼻血稍稍止住了一些，喬幫主又恰好在這時出來了。他出來倒沒什麼要緊，但最主要的是，哥哥喲，你還是把衣服給穿上吧。平時看喬幫主穿警察制服時，我就知道，他的身材不是一般的好；而今天，我總算親眼目睹了——那堅硬如鐵的胸肌，那優美的腹肌，那強壯的肱二頭肌，再蒙上那黝黑的肌膚，簡直是極品中的極品！於是乎，我把持不住，鼻血再度噴薄而出。喬幫主忙走過來幫我查看，並道：「快進屋裡去，我幫妳止血。」他這麼一靠近，那些華麗麗的肌肉就這麼近距離地放在我的眼前。我寒食色吃的一向都是盛狐狸這種小白臉型的南方菜，哪裡遇到過喬幫主這樣的北方菜啊。頓時，我鼻子中的血像水柱般直接往下淌，跟不要錢似的。

我忙道：「喬幫主，請你穿上衣服先。」要不然我肯定是要流血而亡的。喬幫主倒沒有意識到我這些花花心思，想必還以為我是第一次見男人赤裸上身，嬌滴滴的害羞呢。他哪裡知道，盛狐狸每天都在家裡給我跳脫衣舞，還有他那小狐狸也拚了命似地給我跳竹竿舞。柴柴和喬幫主暫時放下恩怨，扶我進了屋裡。不過還好，美色當前我沒暈頭，還是頭腦清醒地想著怎麼救自己，便吩咐道：「拜託給我一點棉球。」喬幫主忙找來藥箱，打開，卻低咒了一聲：「糟糕，沒有了，我去買。」「來不及了，等你買回來我差不多已經嗝屁了。」我一邊呼嚕嚕地用力吸著鼻血，一邊對柴柴道：「身上帶了那個沒。」柴柴愣了一下，馬上反應過來，打開自己的皮包，將東西放在我手上。我接過，發現是棉條，不禁笑道：「妳升級了？」說完，眼角瞥見喬幫主正聚精會神地看著我手上的東西，一臉好奇地問：「這是什麼？」我很想告訴他，這是我們女生每個月用來堵槍眼的東西，而且待的地方和他們小弟弟最喜歡待的地方一樣。但後來想了想，覺得如果真這麼說，想必會因為傳播淫穢資訊等罪名被關進局裡，於是只能作罷。

沒理會喬幫主，我直接拿剪刀將棉條剪成適合我鼻孔的大小，然後塞進去，慢慢等待著。好不容易，沒有生命危險了，我八卦的因子又開始發作了。我拿著眼睛，四處打量著——柴柴的頭髮是亂的，衣衫是不整的，眼睛是浮腫的，嘴唇是蒼白的；而喬幫主也差不多是這樣。再看看我現在坐的床，那被單是凌亂的，就像平時我和盛狐狸大戰了三百回合後的那種亂；最最最最重要的是，被單上有血跡！我的個媽啊，果眞是被我捉姦在床了！我一個激動，馬上站起身子，指著喬幫主道：「說，你是想私了，還是鬧上法庭？」喬幫主不明所以，或是裝蒜，「什麼？」我繼續解釋著：「私了，就是說你馬上把我們家柴柴娶回家當老婆，她有權利對你又打又罵，生氣了可以命令你跪洗衣板。而你每個月的薪資必須全部上繳，還要幫柴柴倒洗腳水，當柴柴打麻將累了時，要幫她按摩。如果你不願意娶她，只是想吃光了就跑，那我就只能去報案，說你身爲警察叔叔卻知法犯法，迷姦了我們柴柴這個無知少女。」多好的機會啊，眼看就要把柴柴嫁出去了，我欣慰。

但是，面前的兩人似乎反應挺大的。喬幫主震驚，「誰迷姦了她？」柴柴大吼：「誰要嫁給他？」想抵賴？沒這麼容易。我忙指著床單上的血跡，道：「別騙我，你們都那什麼什麼了。看，這就是物證。」喬幫主和柴柴用一種鄙夷的目光看著我，然後異口同聲道：「那是妳的鼻血。」我仔細一看，發現還眞的是。居然鬧了個笑話，但我嘴上不服輸：「可是，你們敢指天發誓，說你們兩個昨晚沒做嗎？」這句話瞬間勾起了柴柴的新仇舊怨。只見她不動聲色地快速提起腳，朝喬幫主的下襠踢去。那力道，那速度，簡直就是想斷人的根啊。不過喬幫主畢竟是警察，身手了得，靈巧地閃過了。但柴柴不依不饒，還是在不停地追殺他。我趕緊拖著帶痛的身體，擠到兩人中間，道：「別爭了，前因後果都不說清楚就開始打，這樣吊著我的好奇心，是一種非常不負責任的行爲！」然後我將柴柴拉上床坐著，把喬幫主趕到旁邊去站，接著問：「究竟是怎麼回事？」柴柴瞪著喬幫主，眼中怒火躍動，好半天才對我說出了事情經過。

原來是這樣的。自從上次在派出所得知喬幫主要人調查自己的三圍後，柴柴對喬幫主的印象便一落千丈；

當然在那之前，她對喬幫主的印象就沒好到什麼地方去。柴柴時常向上天祈禱，希望這輩子再也別讓她見到喬幫主這個敗類。但是往往這麼一發誓，就說明兩人鐵定會再見。那天，是非常巧的。早上十點，柴柴所在的社區有人報警，喬幫主就出動了。來到報警人所在的屋子，發現牆角有個男的正蹲著抽菸，面上說好聽點是一臉菜色，說難聽點是一臉慾求不滿，一雙眼睛綠幽幽的，直盯著自己那坐在床上一副包租婆打扮，穿著睡衣、踩著拖鞋、頭上裹滿髮捲、手上拿著菜刀的老婆。喬幫主詢問之下才知道，報警的人就是那個老公。那老婆不知為了什麼原因，不願意履行夫妻生活，那老公整整憋了半年，實在熬不住了，今天早上就想霸王硬上弓。但老婆之所以喜歡打扮成包租婆是有其深刻原因的，人家立刻拿著菜刀，從左手甩到右手，又從右手甩到左手，像表演雜耍似的輕鬆得很；她一句話都沒說，但那表情卻清清楚楚地寫在臉上——你敢露出小雞雞，老娘就敢把它給剁了。所以說，這老公可是非常鬱悶啊，恨不能仰天長嘯，一拍天靈蓋自盡。但電光石火間，他忽然想到了「有困難，找警察」這句話，由此，老公就撥打了電話。

但這夫妻之間的事，喬幫主又能有什麼辦法，於是只能慢慢開導他們，讓他們好好談談。最後，那老婆終於說出原因了：「我哪裡還敢跟你上床啊？上次我不就問了句『你進去了嗎』，你就立刻哭得跟死了媽似的。」聞言，那老公又開始一把鼻涕一把淚，確實哭得跟死了媽似的，「我能不哭嗎？我都進去忙了半天，妳居然還這麼問。」那老婆蹭地站起來，衝到老公面前，用菜刀指著他的鼻子罵道：「你還委屈了是吧？老娘天天免費給你搗弄，自己還爽不到，那我嫁你幹嘛啊？我嫁個自慰按摩棒還不用餵它吃飯呢！」聽著這些慓悍的事情，喬幫主滿頭冷汗，只能扔下一句「清官難斷家務事」，準備離開。可是那老公卻把他拉住，非要喬幫主想辦法不可。喬幫主兩手一攤，道：「難不成你想讓我綁著你老婆，讓你們過夫妻生活嗎？」那老公確實沒辦法，只能繼續蹲在牆角，繼續抽菸，繼續閃動著綠眼睛。

喬幫主離開了，走到社區門口，碰上正要出門的柴柴。柴柴輕飄飄地、蔑視地掃了他一眼，然後繼續走她的路。喬幫主決定解釋一下，便追上去，道：「上次那個事情是妳誤會了，我並沒有要手下探聽妳三圍。」柴柴狐疑地看著他，問道：「是眞的嗎？」喬幫主舉起手，規規矩矩地行了個禮，「我以人民警察的名義發誓！」柴柴的臉色稍稍緩和了一下。但緊接著喬幫主就咧開嘴，那潔白的牙齒在陽光下閃著晶瑩的光，「上次在妳朋友家，妳只裹著浴巾的時候，我就看出妳的三圍了，幹嘛還要費這麼大力氣去查。」在那瞬間，柴柴非常想像我的口頭禪那樣——撲上去，咬住喬幫主的屁股。居然被看光光了！虧死了！「你這個流氓！」柴柴怒氣勃發，直接將手中的包包朝喬幫主的腦袋瓜子砸去。

其實，柴柴是沒資格罵人家流氓的，因爲她自己以前就是位女流氓。因爲長得漂亮，性格又直率，這孩子經常被那些混黑社會的女生盯上。她們通常都是放學時邀約一大群人圍堵住柴柴，亮出那尖利的指甲，準備劃傷柴柴柔嫩的臉頰，或是將她那又黑又直的秀髮給扯下幾把。但我說了，柴柴可是個女流氓，人家早就提前在學校裡撬下兩塊磚，塞在書包裡，等到一開戰，直接甩著書包到處死磕，遇神殺神，遇佛殺佛。到最後，殺出激情了也懶得再甩書包，直接取出裡面的紅磚，一手拿一個，看見腦門就死命地拍下去。沒一會兒工夫，那些出來混的女孩就被拍得鼻涕和眼淚直飛，全部蹲在角落裡哭著喊著說姐姐我再也不敢了。然後柴柴聳聳肩，邁著窈窕的步伐，離場。

雖然離開了學校，離開了那種血氣方剛的年紀，柴柴至今還是習慣在包包裡放上一塊磚。沒事可以揹著減肥，遇事就可以拿出來當武器；所以說，柴柴那包包的重量和鐵球沒差。但人家喬幫主不知道這一點啊，他以爲那包包不過裝了些面紙、鑰匙之類的，最多是給他搔癢癢，所以他根本就不躲。於是乎，喬幫主被砸得有些慘，大白天的就看見星星滿天飛。喬幫主捂著腦袋，身子搖晃了一下，回過神來，立即怒道：「妳不怕我告妳襲警啊！」柴柴將手往自己細腰上一叉，柳眉一豎，理直氣壯，「我還要告你調戲民女呢！」喬幫主氣結，「良家？妳哪裡良家了？穿得跟妖精似的！那裙子再往上提一提就看見內褲了！」「淫者見淫，只有你這種流氓才會整天想著這些事。」柴柴怒火驟升，「再說，我裡面有穿安全褲！」然後，兩人不歡而散。接著，柴柴就去逛街了；關於這點，我要批評她一下，都沒有找我一起，眞不夠義氣。逛到快天黑時，柴柴提著大包小包回家了。但剛打開房間門，柴柴便察覺出不對勁，屋子裡有股陌生的變態氣息。果然，女流氓的第六感是正確的——陽臺上站著一個長相變態的人，手中正拿著柴柴的內衣。居然連偷內衣的變態都招引來了，柴柴覺得自己這輩子可眞是無憾了，連她都開始佩服起自己的磁場。但是佩服歸佩服，人還是得抓啊。於是乎，柴柴三步併兩步衝上去，想將那變態扭送到警察局。但是，柴柴忘記了「人外有人，天外有天」這句老話；也就是說，那變態的功夫是很厲害的，三兩下居然就把柴柴給制住了。其實，主要是因爲柴柴的包包放在客廳沙發上，否則她若拿出磚頭對準這變態的腦門一拍，絕對能拍得他腦漿四濺。這時，那變態將柴柴按在床上，準備升級他的犯罪行爲。當柴柴的外衣被撕開一道口子時，她像是被一盆冰水給從頭淋到腳，全身都涼透了，可是心中也同時升起一股猛烈的復仇火焰，將柴柴燒得眼睛都紅了。她發誓，只要這變態敢把他的小弟弟露出來，那她就敢把它咬下來！那變態的臉色呈現亢奮狀態，一張嘴流著口水，慢慢朝柴柴的粉臉靠近，柴柴噁心得胃中翻江倒海。就在這千鈞一髮之際，一個高大的身影忽然從門口衝入，將壓在柴柴身上的變態狠狠一拳打倒在地；接著，又有幾個人衝進來收拾殘局，對著那變態不停地踹，當然，踹的是重要部位，而且還邊踹邊喊道：「居然敢對咱們未來的大嫂下手，你小子活膩了！」柴柴定睛一看，這才發現將變態打下床的是喬幫主，而那幾個正在收拾變態的人是上次在派出所遇見的幾個警察。在那瞬間，柴柴覺得局裡有認識的人，還是好啊！

收拾了十分鐘後，另外幾名警察叔叔就說由他們將這個奄奄一息的變態帶回派出所，讓喬幫主留下來好好照顧他們「未來的大嫂」。當時，柴柴哪裡還有心情糾正他們對她身分的錯誤認知，這孩子雖然是個女流氓，可是在這劫後餘生的時刻也是身子發軟啊。其實，這時候喬幫主完全可以落井下石，諷刺她幾句，畢竟人家今早額頭上被柴柴用磚頭拍的那塊包還沒消腫呢。但喬幫主卻只是靜靜問道：「想喝酒嗎？」答案是肯定的。於是，兩人隨便找了一家大排檔，坐下，叫了些菜，開了啤酒，就這麼一人一瓶喝了起來。酒是最容易培養感情的。感情深一口悶，感情淺舔一舔。柴柴的酒量是非常好的，也不用擔心啤酒肚，一瓶接一瓶地灌著，連眼睛都不眨一下。看到這，喬幫主眼睛一亮；原來，他也是位酒中豪傑，生平最喜歡結交酒量好的人。今天誤打誤撞，居然遇見柴柴這個酒中女豪傑。於是乎，喬幫主就開始和柴柴拚酒了。

高手過招必有損傷，也就是說，這兩個人都喝醉了。喬幫主便問：「我說，妳怎麼總是容易遇上這些人呢？」柴柴回想起這輩子自己吸引過的變態，不禁悲從中來，無語凝咽。喬幫主拍拍她的肩膀，說：「沒什麼，改天我教妳幾招擒拿術，絕對管用。」柴柴抬眼，雖然眼前的喬幫主是三個影子，但她還是看見了他額頭上腫起的那塊包，內心不禁升起一絲愧疚。喬幫主繼續道：「其實，妳就是長得太漂亮了，所以容易被蒼蠅蚊子盯上，今後出門時，打扮得邋遢點就行了。」柴柴搖頭，這麼一搖，頭更暈了，她說：「我不要。」喬幫主問：「為什麼？」柴柴道：「女人總共就年輕這麼幾年，不好好對自己，以後會後悔的。」喬幫主皺眉，「怎麼說得好像女人除了年輕這幾年是活著的，過了就進墳墓似的。」柴柴道：「你別站著說話不腰疼，等你老婆老了，你還不是要嫌棄她，到時候心裡又想著外面的年輕水靈小妹妹了。」喬幫主咧嘴一笑，潔白的牙齒在黑暗中更加明顯，他說：「娶老婆又不是拿來看的，是和她過日子的。再說，她老的時候，我也老了，人家都不嫌棄我，我幹嘛不要臉地去嫌棄人家？」柴柴一聽，覺得這男人還是有點意思的。接著，兩人再繼續喝。喝得天昏地暗，日月無光，飛沙走石，天地變色，烏雲壓頂，風雲驟變，電閃雷鳴，狂風大作，視野迷離。喝得傷陰損陽，肝部硬化，體溫過低，心臟肌肉組織衰弱，記憶力、注意力、判斷力全部失常……一直喝到人家大排檔都關門了，兩人才相互攙扶著離開。喬幫主大著舌頭道：「妳一個人我不放心，還是送妳去妳朋友家吧。」柴柴腳步踉蹌，也忘記我早就已經在盛狐狸家住下，道：「嗯，好，正好和你同路。」然後，兩人就搖搖晃晃地走在漆黑的夜空下。

這就是柴柴所記得的全部過程……接著，柴柴被剛剛的門鈴聲驚醒。睜眼時，居然發現自己躺在喬幫主的床上，而旁邊還躺著誰，就不多說了。最恐怖的是，喬幫主差不多全身赤裸，而柴柴則穿著一件男人的襯衫。然後，就是我化身為大蜘蛛，趴在門上聽見的那些話——「……禽獸，你對我做了什麼……」柴柴拿起一旁的電話，當成磚頭對準喬幫主的腦袋瓜子拍了下去。「我不知道……」喬幫主被打得暈頭轉向。「我要殺了你……」柴柴四下張望，準備找出一個更像磚頭的東西。「快放下武器……」喬幫主的職業病犯了。柴柴頭昏腦脹，也不知道該怎麼辦，於是拿著自己的衣服跑到浴室換上，接著氣沖沖地打開門，準備離開。好死不死，我就因此而受傷了……

事情是清楚了。我的手摸著下巴，眉毛皺得緊緊的，道：「你們兩個究竟有沒有發生關係啊？」柴柴臉上立刻出現暗紅，道：「我怎麼知道！」喬幫主揉揉太陽穴，道：「我真的不記得了……不過，我會負責的。」柴柴瞪他一眼，「誰要你對我負責？」「那……就妳對我負責吧。」喬幫主笑笑，那晶亮就從眼睛裡濺了出來，還挺帥氣的。柴柴氣得胸膛急劇起伏著，她那C罩杯都漲成D罩杯了。害怕衝突再起，我趕緊又擋在他們面前，道：「別吵、別吵，現在最重要的事，是搞清楚你們兩個究竟做了沒？如果做了，戴套套了沒？就算戴了套套，套套破了沒？還有就是，如果第一次戴了套套，那第二次又戴了套套沒，弄出人命就不得了了！」一不小心，舌頭扭到，我痛得全身抽搐。造孽噢，我這是為了誰啊。

為了搞清楚事情真相，我望向昨晚的案發現場——那張黑色的雙人床。翻開被單，我仔細地觀察著，看看有否小蝌蚪陣亡的痕跡；但是查找了三遍，什麼東西都沒發現。看來，他們之間確實是清白的，我那個悲傷喲，如果做了，不就能把柴柴給嫁出去了！

49 我們結婚吧

但是，我心不死；或是，我八卦的心不死。

於是我回憶著柴柴的話，指出疑點：「不對啊，如果沒做，那爲什麼喬幫主的衣服會被脫光光，而妳的衣服也會被另外換了一件呢？」聞言，柴柴和喬幫主呈現低頭思索狀。我好心地說出自己的想法：「我看，你們確實是做了，但是因爲酒精的關係，沒有眞正地做；也就是說，喬幫主在即將射門時就不行了……雖然如此，你們也可以當做是做了，因爲說不定已經進去一公分了呢？一公分也是進去了嘛。大家一回生二回熟，你們結婚後再繼續努力，爭取進去十公分就行了……其實以上都是我在胡亂開玩笑的，別當眞。」在兩人的怒視下，我訕訕地閉嘴了。

喬幫主靠在桌邊，一隻手捂住太陽穴，努力地思索著。那身肌肉將T恤綳得緊緊的，一塊塊肌肉的形狀若隱若現，誘惑，肌肉誘惑，我正流著口水，給眼睛吃霜淇淋。喬幫主忽然抬起頭來，道：「我想起來了！」想起做的過程了？我激動得手足發顫，趕緊問道：「到底進去了幾公分？」喬幫主完全不屑理會我，自顧自說道：「之所以會脫衣服，是因爲我們喝多了，那些濁物吐出來，沾在上面了。」柴柴也拍了拍手，道：「沒錯，我好像是吐了不少！」我小聲提醒他們：「但你們都把對方給看光光了，應該彼此負責的。」「當時醉得七葷八素的，哪裡還有心情看這些？」柴柴趕緊拉著喬幫主避嫌：「你說是吧。」喬幫主摸摸下巴，猶豫了一下，最終還是說了實話：「當時確實是醉了，不過也確實是看了。」柴柴深吸口氣，語氣淡靜：「你說什麼？」喬幫主繼續說著實話：「我發覺，妳根本不是C，妳是B＋。」

柴柴安靜地看著他，然後，瀲灩的笑慢慢從嘴角蕩漾到了整張臉上。我立刻頭皮發麻；通常，當柴柴表現出這種笑容時，就是血案即將發生的時候。我忙躲在沙發後，蜷縮著身子對喬幫主咆哮：「快跑！」說時遲那時快，只見柴柴從自己包包裡拿出那塊遇神殺神、遇佛殺佛的磚頭，往牆上一磕。一陣灰塵之後，磚頭分裂成了兩半，然後柴柴一手拿一塊，直接朝喬幫主衝去。喬幫主是見識過她那磚頭的厲害的，大英雄的格言是「俺們打不贏就要跑」，所以喬幫主就衝出了門；而小女子的格言是「奴家武器在手就要追」，所以柴柴也拿著殺氣騰騰的磚頭跟著去了。我確定安全之後，這才從沙發後爬出來，接著趕緊拿出柴柴的棉條，剪成小塊，等會兒喬幫主的腦袋瓜子被打破皮時可以用。正忙著，忽然聽見一聲慘叫，居然是柴柴發出的慘叫，難道她把自己的腦門給拍了？我趕緊衝出去，發現柴柴倒在樓梯口，正捂住腳，一臉痛苦。還有什麼好說的，鐵定是柴柴追殺人家喬幫主來到了樓梯口，正積聚全部力量準備去拍時，喬幫主一讓，她刹不住車，就這麼滾下去了。我和喬幫主趕緊來到她身邊查看，發現那腳踝腫得很大，傷得挺嚴重的。我道：「不行，得趕緊去醫院。」於是，喬幫主輕輕鬆鬆地將柴柴打橫抱起。高大強壯黝黑的俊男，纖細高䠷白皙的美女，那場面可是偶像劇等級的浪漫；我的意思是，如果忽略柴柴手中那塊死都不肯放手的磚頭的話。

我讓喬幫主先走，然後回到他家，拿了他屋子的鑰匙，提起柴柴的包包，關好門；再回到我家，準備留點錢給小乞丐。其實我也不知道，爲什麼一向視財如命的我要讓小乞丐免費住宿，還倒貼他錢。不過，算了，來日方長，以後慢慢吃他的豆腐來抵帳。這麼一想，我心裡就舒坦了。正要離開，卻看見小乞丐的眼睛眨動了一下，看樣子是要醒了。我一看時鐘，發現馬上就要吃午飯了，於是下定決心衝到廚房，拿了平底鍋，在小乞丐睜開眼的那瞬間，又對著他的後腦勺拍了下去。所以，他又暈了；想必這次能暈到下午四點，到時候午餐、晚餐一起吃，省錢。拍完小乞丐後，我趕緊跑去醫院。

柴柴不幸，右腳腳踝骨折，已經推進手術室進行手術。而喬幫主也好不到哪裡去，在來醫院的途中被柴柴一磚頭拍下去，頭破了，正在縫合。不過是脫了一下衣服就這麼血腥，這兩人要眞的做起來，動靜肯定不比世界大戰小。我去外面買了份炒河粉，然後回到自己的診間，等待柴柴手術完畢。正埋頭吃著，柴柴的手機響了，拿起一看，發現來電顯示是「小種馬」；說都不用說，絕對是童遙這傢伙。我接起，那邊愣了一下，馬上反應過來：「是不是發生了什麼事？」我只能將事情添油加醋地說了一遍，最後總結——這是一起酒精引發的悲劇。當聽到喬幫主的時候，童遙同學就已經激動了；再聽見進去一公分的時候，他就已經亢奮；最後聽見這對有著不純潔關係的男女正在我們醫院時，只聽見一陣汽車發動的聲音，他已經朝我們醫院來了。

通話結束，我開始翻著柴柴的手機玩；柴柴的手機裡存了不少照片，我一張張地翻看著。第一張，是我埋頭吃燒烤的樣子，臉上滿是辣油，眞是丟臉。第二張，是童遙上次海綿體受傷、躺在病床上的樣子，無奈得很。第三張，是柴柴家門口的那條狗屎，想必是用來做存證的，噁心到我了。這麼一張張往下翻，到最後一張時，我愣住了。

那是很久以前的照片，裡面的人都很年輕，臉上全是笑容。童遙，柴柴，我，還有……溫撫寞，我們的背後是雲霄飛車。記憶像水般慢慢淹沒了我的腦子，將那些事情浸潤得鮮活。那是高中暑假的時候，我們四個去遊樂園玩。我覺得坐雲霄飛車挺危險的，說不定一個不小心摔下來就嗝屁了，便建議大家一起來張合照，做個最後紀念。就在幫我們拍照的人要按下快門時，我快速地、準確地吻上了溫撫寞的右臉。但看照片時，才知道此舉多麼破壞形象，我那嘴都被壓得變形了，簡直就是一豬頭妹強吻花樣美少年。

不知不覺間，我放下了筷子，手指輕輕撫摸著螢幕上的溫撫寞。照片色彩鮮豔，任誰也想不到，都已經過了這麼久了。那些花兒漸漸地由紅色變灰，變得蒼白，恍如隔世。正沉湎於自己的世界時，一絲陰影忽然罩在我的手上。我無意識地抬頭，看見了盛悠傑。我驚得眼皮一跳，忙將手機關上。與此同時，我看見盛悠傑的眸子深處，泛過一道安靜而複雜的光。我的心剛才一直處於停拍狀態，而現在則在拚命地跳動著。我扯動嘴角，問道：「手術成功嗎？」心中一邊暗暗祈禱他沒有看見那張照片。但我似乎說過無數次了，我寒食色的運氣不怎麼好。盛悠傑在自己的座位坐下，靠著椅背，仰著頭，閉闔著的眼瞼上是疲倦。我趕緊走過去幫他按摩肩膀，姿勢帶著自己也沒察覺到的心虛。我低著頭，看著他的臉；從這個角度看去，他臉部的線條非常流暢，像清風吹拂過的山嵐。我道：「我們出去吃飯吧，我還沒吃飽呢……你不知道，今天的河粉不好吃，鹹了點……」我沒再說話，因爲盛悠傑忽然睜眼了。那雙眼睛收斂了妖魅，此刻，裡面的黑色濃得像被墨染過。我的心，瞬間收緊。

「食色，」這是盛悠傑第一次叫我的名字，這麼溫柔，這麼認真：「我們結婚吧。」我怔住了。然後，我抬頭輕輕看向窗外的夏花，暫時逃開他的眼神，接著我淺笑開口：「盛悠傑，你不會是因爲看見剛才的照片，就慌了陣腳吧。那都是幾百年前的事情了，我就不信你和你那三個女朋友沒拍過這種照片……而且，那照片我早就不知道放哪裡去了，也沒想到柴柴還存著，今天就這麼拿出來看了看，確實沒別的意思，不就是懷念一下自己過去的青春時光，我……」盛悠傑用淡靜的語氣打斷了我的話：「他確實和我挺像的。」我忽然覺得渾身力氣都被這句話給堵住，流不出來，全聚集在胃裡，漲漲的。窗外的花香異常馥郁，擠進屋子，沉甸甸地壓在我的心上。好半天，我緩過氣來，認真地問道：「是因爲他，你才會急著要結婚嗎？」這次，輪到盛悠傑沉默。我急了，道：「你是你，他是他。溫撫寞這輩子想必也不會回來的，爲什麼你總要和一個相隔那麼遠的人做比較呢？」盛悠傑問：「那妳爲什麼還一直放不下他？」他的眼裡是淡淡的雲煙，過往煙雲，我道：「我沒有放不下他。」「那剛才妳是在做什麼？」盛悠傑問：「妳爲什麼要撫摸他的臉。」我無法回答。

爲什麼要撫摸溫撫寞的臉。其實，那只是一個下意識的動作，並沒有什麼深意，至少我是這麼覺得的。我不喜歡拖泥帶水，尤其是感情上的拖泥帶水。雖然我和盛悠傑交往，一開始是帶了些許強迫意味，但到後來，當我眞正決定和他在一起時，我的頭腦是清醒的。在那一刻，我就決定要放下溫撫寞。那個下雨天讓我明白，自己是軟弱的，我需要有一個愛我的人在身邊幫我撐傘，而那個人就是盛悠傑。我和他在一起是快樂的，我也有自信，這份快樂會一直持續下去。我有時甚至會想像我們今後的樣子，結婚，吵嘴，生小孩……這些都是我願意和他一起經歷的；但同時我也很明白，有些事情是忘卻不了的。

任何人都會記得自己的初戀。我和溫撫寞在一起三年，他的身影一直浸潤在我那三年時間的縫隙中，甚至可以說，他是組成我人生的一個部分，我不能用一把刀將他從我生命的畫卷挖下來。是的，決定和盛悠傑在一起的那一刻，我就決定要將溫撫寞放下，將他放在一個記憶的盒子裡讓他慢慢沉睡。當垂垂老矣時，我回顧這一生，會想起那個讓我受傷的男孩，想起年輕時的快樂與憂愁；這是我寒食色的人生，丟棄，就意味著不完整。可是，盛悠傑不同意，他是個很絕對的人，他需要我徹底忘記，他需要我將過往和溫撫寞在一起的每分每秒全部忘卻。我明白，他在乎我，他想成爲我心中的第一；但是他不明白，沒有人在和他競爭，眞的沒有。

溫撫寞已經離場了。我不知道該怎麼向盛悠傑解釋這一切，眞的不知道。

50 勾引，是需要技術的

我將十指扭在一起，像麻花一樣擰著。那小姿態，再穿個學生裝，梳兩條麻花辮，活脫脫就是瓊瑤奶奶筆下的女主角；我的意思是，除去我的外貌和氣質不看的話。猶豫了半晌，眼看十指都快要一根根扯下來了，也沒見氣氛緩和多少。看來，我寒食色確實是沒有演瓊瑤劇的命。

於是我咬著牙切著齒，捶著胸頓著足，吸口氣放個屁，接著伸出手，一把將盛狐狸給環住。當然，這一招也是瓊瑤奶奶筆下女主角慣用的；但是，一，擱在我身上想必不管用，二，我覺得盛狐狸也不喜歡這招。所以說，我那本來應該放在盛狐狸腰部以上的爪子，猛地朝小狐狸滑去。力道，方向，速度都掌握得不錯，我的手穩穩當當地把小狐狸給罩住了，然後輕柔地，挑逗地，誘惑地撫摸著。同時，我又在盛狐狸的耳邊灌著迷魂湯：「你看，我不就是不小心摸了一下他的照片嗎？現在我可是在摸你的重要部位啊。」盛狐狸卻沒有給面子，一把將我的雙手抓著，他的手有些冷。「寒食色，難道妳每次都要用這招嗎？」盛悠傑的聲音是淡靜的，聽不出什麼情緒，但越是這樣就越危險。

我將嘴湊近他的耳邊，伸出了濕潤的、帶著軟熱的舌，舔舐著他的耳廓。盛狐狸的耳廓在日光的照射下接近透明，那些小小的、柔潤的絨毛泛著金色。我的舌像條頑皮的小蛇，在他耳廓的溝壑間遊走，灑下無限旖旎。但正當我進行得興致勃勃時，盛狐狸忽然一把將我抓到了前面。我坐在他的大腿上，雙腳分開；說文雅點，就是我的柔軟和他的堅硬接觸了；說通俗點，就是我的小食色和他的小悠傑在光天化日之下碰面了；說得不和諧點，就是我的○○和他的××抵在一起了。盛狐狸就這麼看著我，深深地看著我，一雙眸子深不見底，一縷複雜的光在裡面流溢而過。我不喜歡他這樣的眼神，眞的，於是我伸出食指點在他的額頭上，那裡有了一個陷落；然後我的手指緩慢地向下移動著，順著他秀挺的鼻梁來到他的人中；接著是水潤的嘴唇，然後是精緻光滑的下巴；再接著向下，便是他那勾引人犯罪的頸脖。他的皮膚像瓷器般光滑，此刻有些涼手，但我想，我是能將他捂熱的。可是，就在我這麼努力時，盛悠傑突然伸手握住了我的手。那陷落，停留在了他的鎖骨附近，駐留。

風起，吹動了盛悠傑額邊的碎髮，隱隱遮蔽住他的眼睛。他的臉像古井幽潭般沉靜，又如半痕淡月帶著寒色的朦朧。我的心不由自主緊了緊，因爲有種飄忽的、不確定的、令人慌亂的感覺。我猛地湊近他，將唇印上了他的，動作帶著激烈，頓時一陣撞擊的痛在我的唇上蔓延開來。我要的就是這種痛，要用這種痛來確定他的存在。我的吻帶著焦躁，帶著不安；我似乎在啃咬他，啃咬著他的唇瓣，他的舌，他口腔內壁那滑嫩的肉。我跨坐在盛悠傑身上，雙手則捧起他的臉頰，我低頭，與他深吻著。我的舌不斷攪拌著他的，糾纏，挑逗，間或帶著一些進攻的趨勢；接著，我那粉色的舌時深時淺，左右撩撥，在他唇瓣上出入。舌尖感受著他的每一條唇紋，唇部的每一個弧度，炙熱的、纏綿的、顫抖的吻。柔軟的唇帶著花瓣的觸覺綻放著，散發出最馥郁的香氣；我用自己的舌做爲觸角，細心摩挲著他的內心、他的靈魂。盛夏，陽光穠麗。厚重的窗簾，帶著欺騙性的陰涼；門窗，都是緊閉著的。在這個狹小而涼爽的空間裡，我和盛悠傑緊緊擁抱著。我們的肢體組成流暢的弧度，我們的身體泛著情慾的瀲灩，這般旖旎，風流無限。不知過了多久，這個吻結束了。

從盛悠傑煙水般妖魅的眸子中，我看見了自己那張泛著靡麗的臉。我捧著他的臉頰，手掌的紋路中浸染了盛悠傑皮膚特有的如瓷滑膩。然後，我將自己的額頭抵住了他的額頭；這是一種親密的姿勢，我一直這樣認爲。這樣，雙方的腦子能更加接近，或許就能看清對方心中所想。我想讓盛悠傑知道，現在的我，只想和他在一起，只想長久地擁有他給予我的快樂。此刻，我們的眼睛近距離地接觸著，可正是由於太過接近，什麼都看不清晰。

我道：「盛悠傑，你究竟要我怎麼樣呢？」他回答得很快，因為這個答案從一開始就存在於他的心中，他說：「忘記他，徹底地忘記他。」因為我們是接觸著的，因此他發聲時，一種規律的波動直接傳入我的額頭，蕩漾在我全身。「我現在愛的是你。」這是實話，大大的實話，所以我的語氣是輕柔的，也是堅定的。盛悠傑道：「但是他還是存在於我們之間，一直都存在。」我說過，兩人眼睛離得太近，我看不清他的表情，但是他的聲音也很堅定，和我的堅定如出一轍。「不應該的，」我道：「你不應該是這麼不自信的一個人。」盛悠傑沉默了。

盛夏，窗外的蟬在不停地鳴叫著。許多的蟬組成了異常厚重的聲音，規律地傳入屋子裡，帶著日光的灼熱。我忽然想起書上說的，蟬的生命是短暫的，它們在陸地上的生命只有這一個夏天，絢爛，卻短暫。不知為什麼，在這一刻我想起了這件事，夏日的午後，人的腦子總是帶著一種恍惚，因此那蟬鳴聲像是從很遙遠的地方傳來。

就在這時，盛悠傑開口了：「可是，我錯過了遇見妳的最好時機。」「感情，又沒有什麼先來後到。」我覺得好笑，「又有幾個人是第一次就愛對了的？」盛悠傑的碎髮緩緩地撫在我的顴骨上，癢癢的，帶著一種微涼。「可是在認識妳的時候，妳的心裡就永遠地刻著他了。」他說：「不只是我，任何人都無法讓妳將他抹去。」他的聲音似乎和蟬鳴混合在一起，遙遠地朝我湧來。我的心裡生出一種沒著沒落、難言的感覺，細細碎碎爬上了我的全身，額頭忽然沁出了隔離的涼潤。夏花轟轟烈烈地開放著，像綠葉間焚起的火豔麗了一片。我忽然將額頭離開了盛悠傑，然後我看著他的臉，那如清瑩月色照拂的臉，我說：「那麼，我們分手吧。」盛悠傑看著我，深深地看著我，然後一些情緒像是滿天杏花，撲撲索索地落在他臉上；可是那些微塵，始終掩埋不了他那漆黑如墨的眼，他一字一句地說道：「寒食色，妳想得美。」

我忽然伸手，狠狠掐住了他的臉頰，用力地往兩邊扯，一邊扯動，自己的嘴也沒能闔住：「盛悠傑，你這也不要，那也不行，究竟要我怎麼樣？你這人，眞是煩躁！」盛悠傑的心情似乎慢慢平靜了下來，「我要怎麼樣，妳應該知道的。」他的語氣不再是疏離的了，帶著平時那種親近的戲謔。「我不知道。」我也笑。盛悠傑的眸子如潭水澄碧，泛著青溶溶的柔光，「我問妳，剛才如果我沒有阻止妳，妳會怎麼辦？」我抿緊嘴角，眼睛微微瞇縫著，不用看，也知道我笑得很壞。然後，我的背脊彎曲成嫵媚的弧度，開始沿著他的胸膛向下。我的唇和他的肌膚之間隔著布料，觸感不再那麼敏感，卻多了份朦朧的臆想。我的背脊像弓一樣，漸漸成爲滿月，背脊的弧度到了極限；弓張開了，下一步就是要射鳥。我的嘴來到了他的小鳥處，若即若離地親吻著；聽說，這種行爲容易讓男人產生更大的征服感，所以現在的性工作者需要懂更多的花招，什麼冰火九重天，那是必學的基礎技能。而女人在這種行爲之下，也是容易產生征服感的；一想到盛狐狸因爲我的動作而臉頰泛紅，粉嫩白滑，春意昂然，我就立刻激動得血液嗖嗖嗖直竄。

回想起曾經的荳蔻年華，當時相較而言還算是比較單純的我，在表姐告訴我一些籠統的兩性知識後，靜靜思索許久，終於膽怯地問道：「那……這種動作不是很危險？」表姐一頭霧水，反問表妹何出此言？我左右觀望一番，確定四下無人，才說出自己的疑惑，道：「如果女生去弄男生下面，男生有反應了，那豈不是「啪」的一聲，小鳥就像鞭子般在女生臉上留下紅印了嗎？試想，香蕉般大小的紅印，那多痛啊。」聞言，表姐笑得稀里嘩啦，屁滾尿流，「咚」的一聲跌落在床下，不小心，腳被嚴重扭傷，半個月不能行走；這，想必就是傳說中的樂極生悲。結束回憶。現在的我，正輕輕逗弄著小狐狸，喚醒著它。盛狐狸那涼潤的肌膚開始有了熱度，激情燃燒的熱度。他身體的每一根線條開始繃緊。我喜歡這種能夠控制他的感覺，因爲很多時候我都是被盛狐狸所控制的。我帶著征服的快感，繼續瓦解盛狐狸的意志；我享受般地感受他偶爾的顫慄，聆聽他喉嚨深處那種混合著歡愉和痛苦的聲音。勾引是需要技術的，但做得好，是非常有成就感的。

看著小狐狸以不可思議的速度長大，我肚子裡都在開同樂會了，一片喜氣洋洋。終於，盛狐狸忍不住了，他自己動手解開了最後束縛，釋放了小狐狸，讓它探出頭來。解決完自己，他開始解決我。盛悠傑的手來到我的裙子下，準備伸手將裡面的布料扯下。但這時，他的手停下了。他看著我，那雙眼睛很慢很慢地瞇了起來，而我也看著他，笑得天眞活潑傻戳戳。盛悠傑的臉上有著斑駁的日光金影，但此刻，那金影在慢慢變淡，淡淡的日光幻化成陰霾，冷冷的，惱怒的陰霾。

盛狐狸喚我：「寒食色。」我若無其事地應他，笑得更加璀璨，「嗯。」盛狐狸的牙齒縫中染著低調的恨意，「妳那個來了？」但再低調，也是恨意啊。我繼續笑，「嗯。」從盛狐狸口中傳出了喀吱喀吱的聲響：「那妳剛才，還勾引我？」想必就是傳說中的咬牙切齒。「那個來了不能做，但沒說不能勾引啊。」瀲灩的笑一股股從我的眼中露出來，那濃豔的顏色將盛狐狸臉上的陰影映得更爲深刻。

三秒鐘後，「咚」的一聲，我再次被盛狐狸踹出了診間。我摸摸被踹得青紫的屁股，一步一拐地往前走，臉上是得意的笑。這一踹，值！

51 勾引，也可以是血腥的

沒錯，我就是嬰兒喝稀飯——「卑鄙，無恥，下流」；菩薩的胸懷——「沒有心肝」；茅房裡打燈籠——「照屎（找死）」；頭頂上長瘡，腳底下化膿——「壞透了」。

我當然知道勾引了一個男人，又不讓人家得到釋放，這是多麼痛苦的傷害。但是，只要一想到盛狐狸平時整我的那些事，我就氣不打一處來，所以就下了這樣的毒手。還別說，這麼一報復，還報復上了癮；反正每次我那個來，是雷打不動的一週，因此我有充足的時間惡整盛狐狸。

頭一天，是我在診間中勾引他，他想做壞事，但當手碰觸到女性衛生用品後，未遂。第二天，我曠班來到情趣內衣商店，買了一套非常大膽的內衣——黑色的透明紗質布料，上面的那些花紋全是鏤空，正好將重要部位隱隱約約遮住，光溜溜的大腿就這麼露了出來；還有那俗稱和時間一樣擠一擠就會有的乳溝，也是華麗麗地呈現了；勉強說來，那還算纖細的腰肢，也在黑色蕾絲之下勾勒出了綺麗的線條。一回到家，我立刻奔進房間換上這套性感內衣，然後在盛狐狸面前左逛逛，右轉轉。盛狐狸想必早就料到我有此招，意志堅定，不爲所動，繼續看他的電視新聞。我壞心不死，馬上蜷縮在沙發上，將腿伸到他的手臂上慢慢移動。盛狐狸的眼睛還是盯著電視，巍然不動。我眼睛一瞇，將腳伸到了他的小狐狸處，腳趾像小蟲一樣不停地蠕動著。我就不信你沒感覺！這招不錯，盛狐狸有反應了。他低下頭，看著我的腳，良久終於喚了我的名字：「寒食色。」我得意地笑，眼尾都要翹上天了，「嗯？」「妳的腿毛應該刮一刮了。」「……」羞紅著臉，跑到浴室中，借用了盛狐狸的刮鬍刀，將腿上的毛剃乾淨。看著鏡子中的自己，我深深地認識到，盛狐狸果然是個狠角色；可是，我寒食色就是賊心不死啊。哪裡跌倒，就在哪裡爬起來，我繼續努力！

確定身上沒有什麼有傷大雅的毛髮後，我走出了浴室，來到廚房，拿著自古以來被色情男女們稱為調情聖品的葡萄。接著我走到電視機旁邊，拿著一顆紫色葡萄慢悠悠地在自己的肌膚上滑動著。從頸脖到鎖骨，再到胸前的渾圓，每一絲動作都是勾引。那冰涼的葡萄在我的肌膚上留下微微緋色印記，顯現出了無限旖旎風情。表演完畢之後，我將那顆葡萄放在自己嘴中含著，讓那紫色的誘惑在舌間流轉。這樣流轉了半天，想必那葡萄都被我刺激得脫水了，但盛狐狸還是沒有什麼大反應。我鬱悶得牙齦都要出血了。再接再厲，繼續拿了一顆葡萄，重複剛才的動作；但是反應甚微。我寒食色有個最大的毛病，就是喜歡在不值得的事情上不服輸，於是乎，我就跟這葡萄、還有盛悠傑較上勁了。當盤子裡的葡萄被我吃得差不多之後，盛悠傑開口了：「寒食色。」我露出欣慰的笑，似乎，可能，也許是成功了，「嗯？」「忘記提醒妳……葡萄買來還沒洗。」「……」在沉默的當下，我的肚子就咕嚕咕嚕地叫了起來。然後我蒼白著一張臉，便跑到洗手間去劈里啪啦釋放內存了。雖然我的身子是鋼筋水泥製造的，連盛狐狸都日不死；但我的腸胃可是嬌柔型的，只要吃了一點髒東西，馬上就會拉肚子。什麼叫做「忘記提醒我」？我都吃下去這麼多顆了，就是提醒一百次也來得及啊。所以說，盛狐狸絕對是故意的。

拉完之後，我吃下藥，便到床上去躺著了。君子報仇十年不晚。但我寒食色不是君子，我是小女人，所以當盛狐狸看完電視、躺在我身邊時，我的母狼爪子就開始不停地在他身體上游移著。這個動靜是比較大的，是那種恨不得將他的皮扒下來的那種弄法。盛狐狸抓住了我的手，然後他轉過身來，眼睛如夜間澄明的池水，風起，映照著婆娑的綠枝。接著他翻過我的身子，最後在我還沒反應過來時，我的屁股，我那有彈性、沒下垂、無痔瘡、從小遵紀守法、熱愛祖國、勤勤懇懇、兢兢業業、誠實守信、知書達禮、擁護黨、具有良好道德、辛勤勞動努力排便的——屁股，又被盛狐狸以白淨的腳丫子給狠狠踹了一下，而我整個人也因此被踹到床下，摔得我頭昏眼花。但我寒食色是誰啊，人稱打不死的小強，摔不死的屎殼郎。於是乎我立刻又四肢並用爬回床上，惡狠狠地說了一句話：「盛悠傑，通知你個不好的事情。我拉稀，剛才你踹的那腳，力道正好讓我肛門一熱，不小心灑出來幾滴。你腳上那黃色的液體就是我的，明早乾了之後，記住搓成球還給我。」聞言，盛狐狸縱使再淡定，身子也是不由自主一抖。

我剛想再次伸手去摸他的身子，但屁股上的疼痛還是讓我遲疑了一下。於是乎我找了個抱墊，塞在屁股後面；這樣一來，就算盛狐狸練習過佛山無影腳，我的屁股也有百分之五十的機會能安然逃過，當然，也有百分之五十的機會會被踹成八瓣。準備工作做好之後，我深吸口氣，虎軀一震，猛地撲上去，像隻無尾熊般纏上了盛狐狸；我的雙腳夾著他的腰，我的雙手則迅疾如閃電地襲擊上他的小狐狸。接觸目標之後，我立刻死死地握住小狐狸，上下其手，左右撩撥，前後摩挲。在我這種不要臉、不要皮的強大攻勢下，盛狐狸的小狐狸就這麼被我喚醒了，有反應了，血液終於來到小頭上了，我心裡興奮得開始舉行同樂會了。我寒食色還有一個大毛病，就是只懂得乘勝追擊，不懂得見好就收。我繼續用自己的雙手調戲著小狐狸，聽著盛狐狸的呼吸漸漸失去了規律，正得意得屁股都要翹上天時，盛狐狸忽然轉過身來。又要踹我了？我暗暗鬆口氣，還好屁股上事先墊了東西。但是，盛狐狸這次並沒有踹我，他只是安靜地看著我，眼睛如墨色的蒼穹蘊藏著無限的深邃，以及危險。他用一種非常平淡的語氣說出了下面的話：「寒食色，如果妳再敢勾引我，我就碧血洗銀槍了。」我頓時被嚇得面如死灰，魂魄不全，牙關打顫，手腳發涼，臉色慘白。碧血……洗銀槍？好一個狠毒的漢子，這樣毒辣的一招也使得出來？說完之後，盛狐狸淡定地扒拉開我的手腳，轉身，睡去。我趕緊抱著被子跑到沙發上，蜷縮著睡了一晚。我確實相信殺人越貨這種事，盛狐狸幹起來都是滴溜溜熟的，所以說碧血洗銀槍對他而言，應該是小意思。因此這天晚上，以至於今後所有我那個來了的日子，我都安分守己，像個矜持的大家閨秀般連睡衣都穿高領的，就怕盛狐狸某天貞的獸性大發，喪失理智地對我進行碧血洗銀槍。

經過這麼一鬧，看起來，我和盛狐狸是和好如初了。但是我想，我和他都知道事情不是這麼簡單的。我不太明白他的想法，但是對我來說，這件事發生之後，我變得如履薄冰了。這種感覺不太好，眞的。就像擁有了一件很喜歡的東西，沒事的時候你就拿出來摸摸，抱抱，親親，很快樂。但是忽然有一天，你被告知這件東西不能碰水，否則就會碎裂。這時你便小心翼翼起來，盡量讓它遠離水，於是你的生活就不再這麼隨意，而要整天預防自己喜歡的東西沾到水，預防著失去。那種快樂，蒙上了疲倦，就會打對折，而我現在就是這樣的情況。我不能提及溫撫寞，我甚至不能做任何會讓盛狐狸誤以爲我想起溫撫寞的事情。我也曾仔細地想過，事情究竟爲什麼會變成現在這個樣子。但事情一旦落在自己身上後，再清晰的思路都會成爲一團雜亂的毛線球，根本就找不到線頭。

後來經過幾天幾夜的思考，我稍稍清醒了點；兩個人之間出了問題，原因一定是雙方都有。盛悠傑是因爲他的好強與固執，無形中逼迫著他去在意溫撫寞在我心中的位置。他一定要和溫撫寞一較高低，只因從小到大的成功順利讓他不能容忍自己屈居第二，所以稍稍的風吹草動就會讓他敏感。但我也是有責任的。遇見盛悠傑的時候，我確實是一直想著溫撫寞。那時縱使是再大的快樂，也蒙著煙雲般的陰影。這些，盛悠傑都是看在眼中的。從很久之前，盛悠傑就知道，我的心中駐留著一個刻骨銘心的溫撫寞。後來，他開始對我發動進攻，而我卻一直逃避，拚了命似地逃避；這些，都加深了他的不安。而要命的是，盛悠傑正好和溫撫寞的長相有相似之處；既然柴柴都認爲我可能會因爲這個原因而和他交往，那麼盛悠傑會這麼認爲也是很正常的。任誰，都會在意這一點，就像我在意安馨。

而最重要的一點就是我的大意，或者說是我的一些下意識動作，就像上次那件事的導火線——我撫摸溫撫寞的照片。這個動作是下意識的，無法解釋的，我沒有辦法控制自己。我害怕的是，將來或許我又會做出這種行爲。這樣的行爲，在盛悠傑眼中便是一種赤裸裸的懷念，是我記掛著溫撫寞的表現，也是他輸得徹底的象徵。我不知道，當這種事情一而再再而三發生時，我和盛悠傑之間的感情究竟還能挺立多久。

想到這兒，我忽然長歎口氣。

躺在病床上的柴柴問道：「怎麼了？」我笑笑，「沒事。」柴柴問：「那妳去不去？」我揚揚眉毛，「去哪裡？」柴柴一副了然的樣子，「妳剛才在發呆，對吧。」我討好地笑笑，「不幸被妳言中了，拜託重講一遍吧。」柴柴問：「下個星期的高中同學會，妳去嗎？」我問：「是高一的班級，還是高二、高三的班級？」因為高二時分了文理重點與非重點班，所以我們在高中時期有兩批同學，像我和柴柴就只做了高一一個學年的同班同學，而和童遙那倒楣的孩子卻做了整整三年的同班同學。

52 食與色

「因爲很多人都到外地去工作了，整個年級也只有一百多個人能到，所以不分班級的。」柴柴解釋：「他們說約在週末時，等學生放假了，就在我們原先的班級舉行。」我好奇：「怎麼忽然間就想到要開同學會呢？」柴柴攤手，「我也不知道，反正是童遙通知我的。」我摸摸下巴，皺皺眉頭，斷言道：「童遙？反正事情一旦牽扯到他，就沒什麼好的。」「下次背著人說壞話時，記住一定要小聲。」隨著話音，童遙同學就進來了。說曹操曹操到。我聳聳肩，「我們說你壞話，從來不背著的。」童遙同學臉上的表情是，我不想跟妳這個瘋婆子計較。

放下東西後，他在椅子上坐下，一雙長腿交疊，嘴角微勾，又露出那種壞壞的笑，如春水方生，眼中泛著瀲灩波浪，「妳們又在說我什麼壞話？」我和柴柴同時用手擋了擋眼睛，我嫌惡地說道：「收起你那副勾引人的樣子吧。」童遙同學抖抖眉毛，痞兮兮地說道：「是妳們定力不夠，兩位應該要多加練習。」聞言，我都失去理會他的力氣了。還是柴柴眼尖，看見了童遙帶來的東西，忙道：「那是什麼？」童遙同學將那精緻的化妝品小袋子遞給我們，「噢，客戶送的，我看妳們應該用得著。」打開一看，發現是兩套 Clinique 三步驟系列保養品——洗面皂，化妝水，潤膚露，差不多也得一千大洋。其實 Clinique 在美國也算是超市貨，結果一來到中國，就成爲大品牌了，算是外來的和尚會唸經啊；想必我這樣的，跑到外國去，身價會暴漲也說不定呢。不管怎麼樣，撿到便宜還是高興的；仔細一看，發現一套是乾性膚質適用，一套是混合型膚質適用，正好適合我和柴柴。看來，童遙同學還是很細心的，當花花公子還是當得很敬業。

童遙對柴柴眨眨眼睛，淺淺一笑，「對了，妳家的警察叔叔怎麼沒來？」「我最後再解釋一遍。」柴柴一字一句地說道：「我和那個人，什麼關係都沒有。」「瞭解。」童遙同學嘴角微勾，笑如柳花落地悄無聲息，卻撫得人心癢癢的，怪難受，「現在有關係的男女，都時興這麼說。」柴柴保持沉默。我們仨都非常理解「風水輪流轉」這句老話。上次是童遙同學海綿體骨折被我和柴柴笑，這次是柴柴同學被人看光殺人滅口未遂反受傷，被我和童遙同學笑。下次想必也就輪到我了，想想，還眞是手腳發涼。童遙同學勸道：「其實，我覺得那警察叔叔還挺不錯的，妳就從了吧。」我覺得好笑，「你連喬幫主的面都沒見過呢，就這麼斷言了。」童遙同學道：「那人是警察啊。」我皺眉，「警察又怎麼了？」「警察有警服，手銬，全是免費的，玩起制服誘惑多帶勁。」童遙同學摸摸下巴，骯髒的思想染滿了全臉。

正當他想著時，男主角出現了。高大強壯的喬幫主，額頭上還包著紗布，手中拿著保溫盒，走進了病房。這裡必須解釋一下，人家喬幫主雖然被柴柴用板磚拍了頭，但想到自己畢竟把柴柴全都看光了，連B＋都給人家瞧出來了，因此非常過意不去。後來聽見柴柴嫌醫院的伙食不好吃，喬幫主便每天都按時送湯送飯來。出乎所有人意料的是，喬幫主的手藝居然非常好，屬於那種吃過一次就讓人無法忘懷的；想必就和他在床上的表現一樣，眞是鐵漢柔情啊。所以柴柴徹底放棄了尊嚴，就這麼每天吃著喬幫主送來的飯。那飯菜，色香味形俱全，一打開蓋子就讓人的口水直滴答；確實是香啊，香得我都開始尋思要不要把自己勉強升級到C罩杯的饅頭給喬幫主看一眼，混幾天飯吃。

見目標對象來了，童遙同學立刻上前自我介紹。幾句話後，童遙這個奸商就瞭解到喬幫主喜歡槍，立刻將話題全都轉到槍上，兩人聊得才叫一個歡。我都覺得奇怪，童遙這孩子平時最多就是拔自己胯下的那把槍，結果聊起其他的槍來也是這麼厲害。這廂，柴柴哪裡管他們，直接打開保溫盒，埋頭吃了起來；我則蹲在病床邊口水滴答地看著她。喬幫主的菜確實是非常影響凝聚力的，也就是說，柴柴罔顧多年友誼，狠著心不理會我。吃著吃著，柴柴發現不對勁，輕蹙蛾眉，對著喬幫主道：「我告訴過你，我不吃豬肝的，怎麼這裡面有豬肝？」喬幫主轉過頭來，看她一眼，簡單說道：「豬肝明目。」柴柴道：「我視力夠好。」「視力好，妳會從樓梯口摔下去？」喬幫主輕飄飄的一句話，直接擊中了柴柴的痛腳。爲避免出現流血事件，我忙勸道：「莫生氣、莫生氣，人生就像一場戲，因爲有緣才相聚，相扶到老不容易……來，跟著我一起做，深呼吸，吐氣，再呼吸，再吐氣，三呼吸，『噗』的一聲將肚子裡的濁氣給排出去……來，快試試。」柴柴瞪我一眼，繼續埋頭吃飯；再打開保溫盒的下一層，是一碗湯，柴柴聞了聞，皺起了眉頭，「這是什麼湯？好難聞。」喬幫主爲她解疑：「木瓜燉豬蹄。」柴柴嫌棄，「聞起來很難吃的樣子。」「味道是不怎麼好，但功效還是不錯的。」喬幫主黝黑健康的臉上是戲謔的笑，牙齒還是那麼潔白，都可以替高露潔打廣告了，「吃一個星期，保證妳能升級到Ｃ罩杯。」

沉默……一秒鐘，兩秒鐘，三秒鐘。「乒」——一個銀色保溫盒，還有保溫盒中的那碗湯，全都朝喬幫主和童遙同學灑去。但那兩人是誰啊，喬幫主是經常躲避槍林彈雨的警察，童遙同學是經常躲避女人咖啡的小種馬；所以說，他們一邊閒談著，一邊快速移動開來。於是乎，那碗湯就這麼灑在地上，成爲小小的湖泊，在日光下泛著粼粼的光。喬幫主看著那還在地上旋轉的金屬保溫盒，道：「這小女子，脾氣還挺大的。」童遙同學的口氣活像柴柴他爹，道：「就是啊，這孩子從來脾氣就不好，你多擔待點。」喬幫主問：「沒事、沒事，剛才說到哪了？」童遙同學繼續在那裡扯：「噢，Ｍ２００，那槍可眞牛啊，兩千公尺內，絕對能爆頭。」柴柴氣得肝痛，這時想到了身邊還有個我，正準備躲在我懷中尋求一下安慰，但轉過頭才發現，我趁她不注意時嘴裡猛塞著喬幫主帶來的飯菜，一不小心噎得面紅耳赤的。柴柴雙眼一閉，徹底氣得昏厥過去。

……

色情男女，有男有女。所以說，特殊時期忍耐著的人又不只盛狐狸一個，我自己看得到吃不著，也不好過。這天晚上，我可是異常興奮啊，因為我的「那個」終於乾淨了，我和盛狐狸又可以互相「日」了。試想，整整五天，我們的小弟弟和小妹妹都沒有接觸，實在是不利安定與團結。為了好好聯絡感情，我決定要情趣一點。什麼夠情趣？我的名字就夠情趣；食色，食與色，兩者對我而言都是最最最重要的事情，如果能相結合，那可說是天底下極美的事情。其實我常常幻想著，如果有一天，我能夠趴在床上一邊享受盛狐狸的床上服務，一邊吃著牛肉麵，那就再好不過了，簡直是死而無憾啊。可是，當初我將這個偉大的構想告訴盛狐狸後，我的屁股卻被踹得青了一個星期，整整一個星期。眞是慘烈。盛狐狸認為，如果男人在做而女人卻睡著了，那麼這個男人應該去自宮；同時他還認為，如果男人在做而女人卻在吃牛肉麵，那麼這個男的應該先去自宮，接著再去切腹自殺。我知道，以盛狐狸的心狠手辣，即使他要切腹自殺，也鐵定會把我砍了先；我不想死，所以打死也不敢在床上吃牛肉麵。

那麼，邊吃邊做的構想，難道就這樣流產了嗎？答案是否定的。我可是寒食色，為了食與色，頭可拋，血可流。所以經過我的冥思苦想，終於一個完美計畫浮出了水面，那就是——鮮奶油。沒錯，奶油也算是調情聖品啊，這一招是自古以來，我是指，是自奶油發明以來就有的，所以盛狐狸應該不會懷疑。但其實我只是單純地想實現「邊做邊吃」這個偉大夢想，於是這天我就去超市買了鮮奶油，本來還想在盛狐狸的肚臍、還有兩個小圖釘處放兩顆話梅的，奶油話梅，美味啊；但這麼做，想必盛狐狸會起疑，所以單單只買鮮奶油就好。

這天晚上，盛狐狸洗完澡出來了。他穿著白色的浴衣，那頭黑髮是濕潤的，晶瑩的水珠不斷順著他的臉頰流淌著，匯聚在那精緻的下巴處，一滴滴落下。水珠的旅程，全是他的誘惑帶——優美的頸脖，綺麗的鎖骨，白皙的胸肌；那些碎碎的髮貼在他的額角，蜿蜒成旖旎的弧度。我忽然感覺腹中有股燥熱，口水也加速往外分泌著，實在是秀色可餐啊！我本來是蹲坐在床上的，此刻趕緊屁股朝天縮緊，眼睛由黑轉綠，上下牙齒喀吱喀吱地磨著，手成爪子狀，猛地朝盛狐狸撲去。像無尾熊一樣，我掛在了他身上，雙腳環住他的腰，雙手摟住他的頸脖，頭則埋在他的胸前。「妳以爲自己很輕啊！」盛狐狸想把我扯下來。「原來你嫌棄我重啊，那我要你做義大利吊燈式幫助我減肥你又不要。」我埋怨。盛狐狸就這麼帶著我來到床邊，想將我放下。但我稍一用力，將他一起拉上了床，現在，他壓在我的身上。盛狐狸的頭髮還是濕潤的，不停地滴著水珠，那些晶瑩的水珠，帶著他特有的香氣落在我的臉頰上，駐留片刻，倏地滑落到我的頸脖上，引發了一陣悸動。盛狐狸的嘴角綻放了曖昧的光暈，「妳想做什麼？」我意志堅定，「我要女上位。」盛狐狸一口否決，「休想。」我找著藉口：「你太重了，每次都像是要把我的卵細胞壓出來似的。」「這樣很公平，我的小蝌蚪還不是每次都像是要被妳給榨出來。」盛狐狸死不鬆口：「再說，牡丹花下死，做鬼也風流啊。」我瞇眼，「你這朵大牡丹，有本事你憋著不射啊！」「我沒本事。」盛狐狸非常懂得一個道理——不做意氣之爭。

我看著他，卻不說話。盛狐狸問：「妳在想什麼？」我將右手食指放在嘴角，做出噓聲的姿勢，然後氣沉丹田，經歷了醞釀痛苦與輕鬆。盛狐狸臉上的狐疑越來越重，接著他的鼻翼忽然翕動了一下，然後大吼道：「寒食色，妳居然敢給我放悄無聲息屁！」

53 響屁不臭，臭屁不響

我一臉無辜地看著盛狐狸。

我早就說過了，他那身板還是挺重的。把我的卵細胞壓出來，是一種誇張的說法，但是把我的屁壓出來，卻是符合事實的。盛狐狸猛地起身遠離了我，逃到了安全地帶。俗話說「響屁不臭，臭屁不響」，這個悄無聲息屁果然夠厲害，薰得我頭昏眼花的。我在原地待了一會兒，也受不了，趕緊跟著逃離案發現場。

我的個媽啊，眞是佩服自己，隨便放個屁都能把自己給臭暈。不過後來想想，悔得腸子都青了，千不該萬不該，怎麼在我又要食又要色的床上放屁呢？那不是存心噁心自己嗎？另外，我千萬個不該的是，居然在冷氣房裡放屁。屋子裡的空氣本來就不流通，這麼一來，那臭氣簡直就像最新追蹤型飛彈似的追著人的鼻子走。沒辦法，只能打開窗子，然後躲到浴室去。在浴室待著的十分鐘裡，盛狐狸那雙眼睛都快把我身上瞪出個大洞來了。我本來想上前親他幾口，討好一下，但盛狐狸明令禁止我靠近他；理由是，那些臭屁的分子還在我身上徘徊，餘味未消；居然被嫌棄了，眞是悲劇。

好不容易，估摸著我那連老美也研製不出來的生化武器消散了，我們才走出來。不過看樣子，盛狐狸是死都不願意和我在一起了。那怎麼行？今晚我還要實現偉大的願望呢！我只能使用絕招——樹不要臉，人不要皮。我猛地衝上去，四肢並用纏住盛狐狸，軟磨硬泡，集中火力攻擊他的敏感點，耳廓，小圖釘，腹部。想必是我的技巧不錯，再加上盛狐狸憋得也有些時日了，於是乎他雖然還是對我這個屁娃有些嫌棄，但爲了小狐狸的健康著想，仍然決定對我做不純潔的事情。由此可知男人們爲了性，簡直可以拋頭顱灑熱血啊。

害怕盛狐狸改變主意，我趕緊將他拉到床上，然後不由分說地跨坐在他的腰上。盛狐狸以為我又要女上位，眼睛一瞇，眼瞅著就要把我給拉下來。我連忙解釋：「相信我，在沒有得到你的允許前，我是不會做出這種事情的。」盛狐狸也很有自信，認為我是鬥不過他的，所以就放開手，看我要做什麼。我伸手慢慢解開他睡衣的帶子，像是在解開一件珍貴禮物的包裝。沒多久，他那完美無瑕的身體就這麼展現在我眼前；潤滑白皙的身體像染著輕盈的月色，吸引著我進入。他的臉像秋日的湖水帶著雅致，風起，泛起妖魅的波浪，聚集在他的眼中。盛狐狸看著我，那妖魅的眼睛，那輕挑的眉毛，那微勾的嘴角，那蠕動的喉結，那性感的小姿勢……簡直就是赤裸裸、熱騰騰違反黨規黨紀的勾引啊！我差點獸性大發，撲上去直接把他吃得個一乾二淨，連骨頭都要拿來熬湯喝。但是為了我那又要食、又要色的偉大夢想，我夾緊雙腿，忍耐。

我拿起預先放在床頭櫃上的那罐奶油，搖一搖，一按，「嗤」的一聲，那雪白的奶油就成為長條出來了。盛狐狸的眸子微微閃現著火種，「寒食色，妳想做什麼？」「我要吃奶……」太過激動，一不小心實話就溜了出來，還好我使勁憋住了那個「油」字。不過，這樣就變成了我要吃盛狐狸的奶。這樣不好，眞的不好。果然，盛狐狸的臉一下子就臭了。我那個委屈啊，話說盛狐狸啊盛狐狸，不就是開個玩笑嗎，你哪裡會有奶啊；就算有，憑你那麼小的咪咪能有幾滴啊，而且說不定已經過期，細菌量也嚴重超標。品質這麼差，還表現出一副捨不得的樣子，我寧願喝三鹿，也不喝你的啊。盛狐狸威脅，「給妳機會，再說一遍。」雖然暗自腹誹盛狐狸的奶，但想到自己剛剛放的那個屁，勢必對人家的身體與精神造成了一定傷害，我有些過意不去，便討好地說道：「我……我是在無所不用其極地勾引你啊。」盛狐狸滿意地笑笑，「那就繼續勾引吧。」

得到指令，我開始繼續擠奶油。但就這麼單純地擠著，氣氛還是挺枯燥的，於是乎我想起了一首不純潔的打油詩。還是暖暖場吧。我清清嗓子，道：「一天晚上，二話不說，三更半夜，四下無人，五（捂）住你的嘴，六（摟）住你的腰，七（騎）在你身上，八（扒）光你的衣，九（揪）住你的咪咪，實在是舒服。」唸完之後，只聽見「啪」的一聲，盛狐狸額角的青筋似乎爆裂了。而與此同時，我的傑作也完工了。「當當當當——」我拍拍手，「大功告成。」盛狐狸剛剛緩過氣來；這時他抬起頭，看了眼自己胸前那堆一圈一圈、堆積成屎狀的奶油，額角的青筋又「啪」的一聲爆裂了。我暗自擔心，照這樣的速度下去，盛狐狸很可能會提早中風啊。不過轉念一想，中風之後，我豈不是能日日夜夜女上位？想到這點，我開始暗暗祈禱盛狐狸中風。

正想像著自己在醫院的病床上，在動彈不得的盛狐狸身上馳騁的樣子，盛狐狸開口了：「寒食色，妳給我解釋一下，妳這是在做什麼？」「情趣誘惑啊。」這孩子，沒見過世面。「這種情趣誘惑，到最後應該是妳用舌頭一點點舔掉我身上的奶油。」盛狐狸眼睛半闔，「那麼，妳要舔嗎？」

54 奶油大作戰

對啊，搞到最後，我居然忘記最初的設想了，眞是該死。

我拿出紙，將那屎狀的奶油抹了去；接著繼續抹奶油，這次抹得非常正經與嚴肅，完全拿出當初塡寫入黨申請書那份精神。換句話說，我抹的圖案是非常色情的；再說具體點，那就是，我在盛狐狸的兩個小圖釘處，罩上了一層奶油比基尼。盛狐狸自然看見了我的所作所爲。

就在他額角的青筋將要第三次爆裂時，我搶先俯下了身子，伸出舌頭一下下地舔舐著。那濃膩的奶油，塗抹在盛狐狸白皙柔嫩的肌膚上，兩者相得益彰。奶油香甜、柔滑，我的舌尖微微一捲便將其舔舐入口；最底下，便是盛狐狸的肌膚，有著瓷器般的質感，更是美味加分，這次，我是眞正的愛不釋口。我那粉色的舌尖在盛狐狸的蓓蕾上流連，像是要將它們融化在我的口中；沒多久，他身上的奶油內衣就消失在我的唇舌之下了。

但我的手並不就此歇下，一直將奶油擠在盛狐狸的胸膛上，接著再用唇舌一點點地消滅它們。盛狐狸的胸膛上一片晶亮，全是旖旎的痕跡。看上去，煞是誘人。他的眼睛微瞇著，裡面罩著春日的煙，春色撩人。他問：「好吃嗎？」那聲音是一種緩慢的綿長，帶著婆娑的丰姿讓人渾身激蕩。我忽然直起身子，直接將奶油往自己口裡灌，「好吃！」不錯不錯，這個牌子的味道眞不錯，甜而不膩，下次應該多買點。盛狐狸喚我：「寒食色，原來妳用這個，是想嘗嘗邊做邊吃的感覺，對嗎？」我差點被奶油嗆住。不愧是盛狐狸，我屁股翹一翹，他就知道我是要拉屎還是拉尿。我忙停下動作，忐忑地望著他。盛狐狸看著我，眸子在燈光之下流轉過一道華麗的光。接著忽然一陣天旋地轉，我就這麼被他給壓住了。我的卵細胞啊，妳們要停住，千萬別被擠出來了。盛狐狸拿過我手中的奶油，眉梢眼角浮動著靡麗的光，「妳都吃飽了，現在應該輪到我了。」

然後，我那件印著流氓兔的舒適純棉T恤，就這麼被他褪了下來。不，準確地說他並沒有完全褪下，而是拿它綁住了我的雙手。所以現在，我們的姿勢是非常經典的——我的雙手被禁錮在頭頂，而他則壓在我身上；如果非要替這種行爲弄個標籤，那就是，孽戀情深。看著這一切，我的眼睛咕嘟咕嘟地冒著淚水。「怎麼了？」盛狐狸狐疑，「我弄痛妳了？」我深吸口氣，喜極而泣地道：「不，我是慶幸來著。還好剛才有刮腋毛。」這種姿勢，腋下可是全部曝光啊。如果剛才忘記刮，那盛狐狸豈不是要親一嘴的毛？那我的臉豈不是丟到太平洋去了？所以說，我能不喜極而泣嗎？

因爲沒有穿內衣，所以T恤被除下後，我就是赤裸的了。盛狐狸看著我，嘴角的那種弧度讓人深陷、沉淪，直接抵達我的靈魂深處。他的髮還是濕潤的，極致的黑色襯托著他肌膚極致的白，緊緊貼合著，勾勒出最致命的媚態。他將奶油挑逗地抹上我的胸，奶油的冰涼觸在肌膚上，軟膩，旖旎，那種視覺刺激能輕易讓人動了情慾。接著盛狐狸俯下身子，伸出那粉嫩的、給過我無數至上樂趣的舌，開始親暱地舔舐著，將我剛才的誘惑全數歸還。隔著奶油，舌的那種觸覺是模糊的，但隨著它的蠶食，刺激越見鮮明，柔軟中帶著輕微的粗糙，引發了我的顫慄。他的舌舔遍了我的胸部，在渾圓處流連，堅硬的牙齒輕柔地啃咬著我的蓓蕾，而紅唇則含住我的敏感，吮吸。那種動作，誘人犯罪。我忍受不住了，全身像被一股電流灼燙著，所有的細胞都在叫囂。情慾的煙雲氤氳了我的眼睛，我眼中的盛狐狸竟是如此蠱惑。我挺立起身子，將自己的敏感更深入地湊近他的唇，想讓他掌握住我的一切。在這一刻，我願把我的一切都獻給他。

就在這時，電話響起。我和盛狐狸忙於糾纏著，電話鈴聲聲聲嘈雜，忽遠忽近，恍惚得很。最鮮明刺激的感覺，就是盛狐狸的唇舌在我身上徜徉，細細地滑動，銷魂蝕骨。電話似乎響了許久，終於停止了。我將手掙脫開T恤，糾纏上盛狐狸的頸脖，我們緊緊地擁抱在一起，肢體糾纏，情慾的火焚燒了所有。然而，那惱人的電話鈴聲又響起了。盛狐狸騰出一隻手，按下免持功能；而我則依舊緊閉著眼，沉溺在盛狐狸用來殺死我的性感中。正在這時，那頭傳來了柴柴的聲音：「食色？食色？是妳嗎？妳怎麼不開手機？」此刻我已趨近意亂情迷，只能模糊地應道：「是，手機在關機充電，什麼……事？」聲音是連我自己也覺得曖昧的低啞。盛狐狸的唇依舊在舔舐著，彷彿我是一塊大型奶油，而他要將我的每寸肌膚都舔舐乾淨。我緊緊咬住唇，不讓呻吟逸出唇舌，那種淫靡的快感讓我瀕臨瘋狂的邊緣。

柴柴的聲音有些猶豫：「我是想告訴妳，下週的同學會……溫撫寞和安馨可能會來……妳，還要來嗎？」

上一秒，我渾身的血液還是奔騰的、叫囂的，而下一秒就徹底凍結成冰了。我的身體僵硬住，從頭到腳僵硬住，而與此同時，盛狐狸也是一樣；我們的慾火瞬間消失殆盡，成了冷凝。慢慢回過神來後，我在心中罵了聲娘：「哪個龜兒子發明的免持功能！」我想，這次的事情應該挺嚴重的。不爲什麼，只是我的預感，而我的預感一向都是準確的。

事情是這樣的，當我和盛狐狸正赤裸著要進行不純潔的活動時，柴柴打電話來告訴我，說我的前男友要回來了。偏偏，盛悠傑對我那前男友又是偏執的在乎。看來，今晚要矇混過去是有難度的。越來越覺得，老天似乎是拿我們來玩一場遊戲，每一次盛悠傑對溫撫寞的介意，就是一關，而每一關的難度都會逐漸升高；但這場遊戲是沒有記憶功能的，我一旦失敗，就 Game Over 了，連重來的機會都沒有。所以我很努力地破著關，但是我不知道自己還能撐多久。

我回過神來，對柴柴道：「我不去了……我現在在忙，改天再打電話給妳。」掛上電話後，我重新摟住盛悠傑的脖子，主動吻他。可是，他將我扯了下來，並沒有用太大力氣，但那舉動卻明確告訴我，用這一招來轉移話題已經不管用了。我裝傻充愣，「怎麼不做了？難不成剛才趁著我在掛電話時，你就自己偷偷地射了？」

這句話是一種侮辱，如果是平時，盛狐狸會眼睛一瞇，衝上來將我吃得渣都不剩下。但這不是平時，所以他沒有中計。他只是輕輕翻個身，躺倒在我身邊。

床是軟的，當他躺下時，我的左手臂隨著床墊往下陷落了，而我的心也同時陷落了。盛悠傑看著天花板，喘著氣，平息了自己的慾望。然後，他慢慢問道：「爲什麼妳不去？」我問：「去哪裡？」我當然知道他想問的，我只是在拖延時間。我在想，怎麼樣的回答才能讓盛悠傑滿意，才能讓他放心，才能讓我們之間的關係完好如初。我最喜愛的那件東西就要沾到水了，我的神經繃得緊緊的。「同學會。」盛悠傑問：「爲什麼妳不去？」「我和那些人的關係又不好。」我輕描淡寫地回答：「懶得去。」「這次我陪妳去吧。」盛悠傑道，他的聲音也是一派雲淡風輕：「難道，妳就不想讓別人看看妳的男朋友？」

我的心是抽緊的，但一張臉卻是淡靜，「最近工作挺忙的，沒時間去。再說，以前那些女同學有好幾個都是狐狸精類型，我怕帶著你，有去無回，有好東西，還是藏著、掖著點好。」

55 他說，我要離開妳

「放心，我品味獨特，就喜歡妳這樣的。」盛悠傑半認眞半開玩笑地說道，但那認眞裡包含的東西，卻讓我有些受不了。「人是會變的，以前喜歡的東西，又不會一直喜歡。」我一語雙關；潛臺詞是對盛悠傑示好，大意就是，沒錯，我以前是拚了命似地喜歡溫撫寞，但現在我可是拚了命似地喜歡你啊。盛悠傑笑笑，但那笑聲是輕飄的，沒有眞實感，「但有些東西一旦黏在心裡了，就永遠不會忘記，什麼都不能取代它的位置。」

我和盛狐狸就這樣平躺在床上，赤裸著。兩人在打著啞謎，這種感覺太不舒服了，我不喜歡。於是我忽然翻過身，重新壓在盛悠傑的身上，學著採花大盜，搓著手淫蕩地笑著，「小美人，你要乖乖的，大爺會好好疼你的。」要不是考慮到盛悠傑有點潔癖，我一定會適時地淌下兩滴口水，應應景。可是盛悠傑卻沒什麼動靜，那眸子裡一片澄明。

我簡直就像在唱獨角戲，不過，反正都開唱了，就繼續吧。於是我俯下身子，要去吻他。我暗暗下定決心，一定要使出我的所有絕學，務必將盛悠傑吻得七葷八素的。但是盛悠傑並沒有給我這個機會，他膝蓋一抬，我一個重心不穩，就這麼滾到了床下。床墊挺軟的，我落下的時候還彈了三下；著陸時我是俯臥著的，我的臉埋在被單之中，鼻子有些不通氣，聲音就悶悶的：「盛悠傑，你幹嘛啊？」問了好一會兒，盛悠傑的聲音才傳來：「我也想問妳，寒食色，妳想幹嘛呢？」我誠實作答：「我想做床上運動。」但這並不是盛悠傑需要的答案：「爲什麼妳不敢去見溫撫寞。」「不是不敢，是不想。」我的口鼻還是埋在被單之中，想必那一塊地方是我半小時前放屁的那一處，還留有餘味，於是我將頭偏轉到了另一面，背對著盛悠傑。我的口鼻依舊讓被單蒙著，氧氣稀薄；每當我想自虐時，就會使用這種姿勢。盛悠傑問：「爲什麼不想？」語氣清淺，像在問一個不重要的問題。但我知道，我必得回答他，可是實在不知道該怎麼回答。必須。當事情變成你必須去做的時候，就是你厭惡它的時候。於是，我就想著，努力地想著，想了很久。窗外的月色青溶溶的，它也在努力地寂靜著。時間似乎過了許久，盛悠傑的聲音響起：「因爲妳還是放不下他。」我看著窗外。今夜的星，特別璀璨。看來，明天是個大晴天。正當我這麼想著時，盛悠傑繼續詢問：「妳是默認了嗎？」此刻，我的背脊光溜溜的，空調冷氣偶爾吹在上面，灌進了每個毛孔中。

我不知道也不明白，爲什麼要在這樣的情況下討論另一個男人。我沒有別的路可走，只能認眞地思考，思考這些我壓根就不想思考的問題。盛悠傑的話應該是對的——我不敢去同學會，我怕遇見溫撫寞和安馨；是的，我怕遇見他們兩個人。盛悠傑認爲，之所以如此是因爲我還是放不下溫撫寞。我很混亂，究竟怎樣才叫放下？按照盛悠傑的標準，是要完全忘記，心上不留下一絲一毫的塵埃；我想，我是做不到的。我無法忘記我在那間飲料店前坐了一晚的事情，我無法忘記我在那個臺階上寫著「撫寞，你快來吧」，我無法忘記那個夏天我流過的眼淚。這些都是我的記憶，屬於我一個人的記憶。

是的，世間是有那麼豁達的人，遇見了以前的情人微笑著「嗨」一聲，接著，走開。前塵舊事，俱成煙雲。但是，那個人不是我，傷口雖然不再疼痛了，但還是畏懼的；就像下樓梯時在最後一階摔倒了，跌得很重，頭破血流，於是之後每次路過那級階梯，內心都會無端生出一絲惶然，即使傷口癒合了，記憶還是深埋心中。是的，盛悠傑和溫撫寞相比，無論哪一方面都是毫不遜色的，我當然可以挽著盛悠傑的手，跑到溫撫寞和安馨面前來回轉悠一圈，用我擺動的屁股告訴他們：「老娘是被甩了，但我現在找到了個更好的，我家盛狐狸屁股比溫撫寞會扭，小細腰比溫撫寞會搖，小臉蛋比溫撫寞更誘人，怎麼樣、怎麼樣，你們來咬我屁股啊。」但是這樣又能挽回什麼？當時的眼淚已經挽回不了了。

我和那兩個人之間是不愉快的，對於可預見的不愉快，我希望盡力避免，所以我不想見到他們。但是盛悠傑逼迫著我，他一定要和溫撫寞見面，一定要看著我對溫撫寞不屑一顧。我做不到。我說過，溫撫寞是我的一段記憶，是組成我生命的一部分，看見他，我還是會想起當初那段歲月。我做不到雲淡風輕，而這一點，盛悠傑是不會理解的；其實如果換個立場思考，我可能也會做出和他一樣的舉動，所以我不怪他，只是，他的作法讓我很難受。我深深吸口氣，問道：「盛悠傑，如果我不去，你會怎麼樣？」我吐出的氣息就這麼噴在被單的摺痕間，又返回，重新噴薄在我自己臉上。像是過了許久，盛悠傑的話傳來了：「如果這樣，我想……我們之間的關係應該暫停一下。」我的胸口倏地一緊，所有的內臟都糾結在一起。我閉上眼，咬住唇，費了很大力氣才將眼淚憋回去。接著，我用盡量平靜的語氣問道：「你的意思是……要和我分手嗎？」盛悠傑輕聲道：「不，只是冷靜一下，給彼此一段時間，這樣彼此都能看清楚自己想要的是什麼。」

我的手一直掐著被單，緊緊的。那米色的被單，在我的手下綻開了一朵花，但花的姿態，卻是痛苦的。我猛地起身，將手握成拳頭，使勁地拍打著盛悠傑，我狠狠地說道：「我要的是你，盛悠傑，我清楚得很！我想要和你在一起，我想要和你打打鬧鬧，我想要和你上床。是你，那個人就是你！爲什麼你就是不肯相信我，爲什麼你非要搞那些有的沒的？」開始時，盛悠傑任由我捶打著，但到後來他倏地握住了我的雙手，一使力，將我拖到了他身上。他直視著我，那雙眸子像蒙著一層清冷的霜色，「那妳爲什麼還放不開他！」我大吼：「你究竟要我怎麼樣？盛悠傑，你說，我要怎麼做，你才會相信我？」盛悠傑看著我，「去參加同學會，去見他，跟我一起去見他。向我證明，你已經忘記他。」我也看著他，「如果，我不按照你說的去做呢？你要怎麼樣？」盛悠傑的眸子裡閃過一道光，散淡的、寥落的陽光。「食色，」他喚了我的名字：「我無法忍受，我愛的人心中有另一個人……如果是那樣，我會選擇離開。」聞言，我癡癡地看著他，整個身子像空了一樣。

等回過神來後，我發覺自己很冷。我沒有穿衣服，我的胸是赤裸著的，貼在同樣赤裸的盛悠傑身上。此刻我們的心是緊挨著的，只隔了點皮肉，但我卻覺得這是頭一次，我們之間相隔那麼遠。我的身體忽然失去了力氣，癱倒在盛悠傑身上，像灘泥一般癱倒在他身上。他沒有擁抱我，沒有將我聚攏，只是靜默。我們的肌膚是滑膩的，所以我找不到平衡，滑了下去。我倒在盛悠傑的身邊，柔軟的床墊再一次出現了陷落。我慢慢地翻過身，背對著他；我覺得冷，所以我蜷縮起身子，環住了自己。我將被子捂得很緊，可是我還是冷。

那一晚，我們就這樣躺著，誰也沒有說話。那一晚，我看著窗外的夜空，看著它由深色的紫變成了淡淡的紅。那一晚，我徹夜沒有闔眼。天亮時，我用沙啞的聲音輕聲道：「好，我答應你。」「嗯。」盛悠傑的語氣很淡，淡得什麼情緒都無法分辨出來。

心與心之間的沙

當我如願實現女上位的時候，已經到了最後的最後。我們咬住牙齒享受著喘息，呻吟，慾望，旖旎，薄汗，赤裸交纏的四肢，絕望無奈的放棄，還有……自由卻鮮血淋漓的翅膀。

56 我被同學會陷害了

我要去同學會。我必須去。爲了盛悠傑，我必須去。因爲我知道，盛悠傑並不是在威脅我，他眞的會離開，而我們還是愛著彼此，所以我們不能分手。是的，我不能和他分手。因此，不論和溫撫寞、和安馨見面對我而言有多麼困難，我都必須去。

自從決定之後，我的胃一直都不舒服。當然不是懷孕，畢竟生理期才剛結束幾天。是壓力。一旦我感覺到壓力，胃就會出現這樣的狀況。我想確定溫撫寞是不是會到場，但是在這節骨眼上，童遙據說去了外地談生意，一直聯絡不到他的人，我只能做最壞打算。說沒想像過和溫撫寞重逢的場景，那是騙人的，在想像中最常出現的情況就是——遇見安馨時，她出於嫉妒我（其實我也不知道自己有什麼好讓她嫉妒的，爲了這個想像的情節，就暫且定調爲她嫉妒我奪去溫撫寞的處男之身吧），對我使出了讓人難以忍受的嘲諷。而她的身邊，則是一言不發、用一種悲哀眼神看著我的溫撫寞。我正要回嘴，一隻手忽然撫在我的腰上，然後一個比溫撫寞多金、比溫撫寞英俊、比溫撫寞身材好、連髮絲都比溫撫寞要粗的色香味俱全男人走了過來，幫著我用平淡的語氣反擊安馨，駁得她體無完膚，無地自容。接著，那男人摟住我，在安馨的怒視下，在溫撫寞寂寥的眼神中，帶著我離開。多痛快的一場戲，但我知道安馨是不會這麼做的。

我對安馨的感覺是複雜的，不可能稱得上喜歡，但我知道，如果她是這樣的女人，溫撫寞也不會愛她這麼久。是的，安馨只會對著我笑，不是諷刺的笑，她不會讓我感到難堪，而且也沒有這樣的必要。那麼最可能發生的情況就是，在那個該死的同學會上，我身邊站著盛悠傑，溫撫寞身邊站著安馨，我們隔得遠遠的，相互對視一眼，揚起嘴角，笑笑，這樣就完了。我是指表面上，而在心中，或許溫撫寞是會有些惆悵的，而我呢，我不確定。我害怕在那個瞬間，前塵舊事像潮水般湧入腦海中。大一的那個暑假，那時的陽光是厚重的、疲倦的、暗黃的，我永遠都會記得。所以，我不確定在看見溫撫寞和安馨的那一刻，自己能不能鎮定，但是我必須鎮定，因爲盛悠傑想看的，就是那一刻。到時，他會死死地盯住我，從我的眼神，從我臉上的每一絲表情，甚至是從我手心的顫動判斷我是否放下了溫撫寞。這像一場考試，如果我沒有及格，盛悠傑同樣會離開。想到這裡，我開始有種想撕毀自己的慾望。

溫撫寞，我從十六歲起就愛的男人，我和他在一起三年，整整三年。我們度過的，是一生中最美、最稚嫩的時光，我們將最單純的身體獻給了彼此；那些過往，都是不可忘懷的。他就像是我心頭的一處傷，是的，經過盛悠傑的治癒，這處傷不再痛，不再流血，甚至連厚厚的繭也脫落了。但是，那裡還存在著一個淡淡的、肉色的印子，那是傷口的形狀，每當看見它時，我會惘然，不可避免的惘然。可是這些心緒，盛悠傑是無法理解的，就像我無法理解他爲什麼這麼在意溫撫寞的存在。是的，盛悠傑有自己的偏執，寒食色有自己的懷念。我不知道，要怎麼樣才能做到無動於衷，才能做到雲淡風輕，我不知道。可是爲了盛悠傑，爲了挽回我們的感情，我一定要去嘗試。這些如坐針氈的日子裡，我每天都在模擬和溫撫寞他們見面的場景。我的笑容，要是淡淡的；我的眼神，要是釋然的；我的身體，要是放鬆的……是的，必須要這樣。我不斷地對著鏡子練習，而我的胃也一直糾結著，隱隱地脹痛。但練習還是有用的，鏡子中的我，笑容一天比一天自然。我想，或許這一次，我能通關。

終於，那天還是到了。我和盛悠傑來到我以前就讀的高中。但是從下車那一刻起，我就知道自己還是無法釋懷的。我看見學校外面那間飲料店，內心便有了瞬間的空蕩；彷彿那臺階上還坐著當年的自己，垂著頭，拿著小石子，一下下地劃拉著。努力地搖搖頭，我將那些記憶的微塵驅散，然後拉著盛悠傑走進了學校。裡面沒什麼大變化；校舍樓下還是放著不少盆栽，在這盛夏，熱烈地開放著。PU材質操場上，有幾個學生在踢足球，球與腳接觸，發出「砰」的聲響，緩慢地、遙遠地從日光下傳來。遠處的那座白色食堂，除了開飯時間，一直都處於寂靜的狀態……一切似乎還是和離去時一樣，只是細看之下又覺得有些東西改變了，或許，只是時間，時間變了。即使是週末，學校的鈴聲還是不知疲倦地響起，迴盪在這空曠的校園中，左右搖晃著。

盛悠傑不動聲色地打量著，「這就是你們的學校？」我反問：「難不成是你的學校？」很無趣的對話，但我此刻的心情，確實是不怎麼有趣。說著，我拉著盛悠傑進了電梯。當初，這電梯可是老師專用的，我們這些可憐的學生只有趁中午時分才能偷偷搭一下。但現在，能光明正大乘坐了，又覺得沒有什麼了不起。人都是這樣吧，得到了，再好的東西也是平常。同時進來的，還有三個女的。這麼些年過去，大家的五官都長開了，容貌變化挺大的，但我依稀記得，其中有一位是高三七班的學生，以前好像暗戀過童遙。沒水準的孩子。女人在一起聊天，聊到興頭上就跟嗑了藥似的，旁邊的事物對她們而言根本不存在。這三位，就聊得正歡——

「沒想到學校還是沒怎麼變啊。」「想必是校長把修建學校的錢拿去包養情婦了。」「對了，剛剛我看見那廁所，想起一件事，妳們記不記得高一的時候，我們那棟樓的女廁所有人拉了一條巨型大便啊。」「我記得，牛都拉不出那樣的大便啊，我都懷疑那女的腸子是怎麼長的。」聞言，我的脖子馬上伸得和長頸鹿有得一拚。知音啊，我也是對那件事念念不忘。正當我想過去加入她們一起討論這個偉大的話題時，那個曾暗戀過童遙同學的女生神祕兮兮地道：「妳們知道是誰拉的嗎？」「妳知道？」其餘兩位的眼睛閃著求知的炯炯亮光。當然，我的眼睛也亮了。話說如果當初大家對課本裡的知識也有著如此高度興趣的話，那肯定能組團考上清華、北大啊。只聞童遙同學的暗戀者微微一笑，道：「就是八班的那個寒食色啊。」這話像根大棒槌一樣，直接打在我的腦袋上，我兩眼一黑，好半天才回過神來。「對對對，當時的嫌疑人名單中確實是有那個女的……但到底是不是眞的啊？」我感到天旋地轉，那嫌疑人名單是我和柴柴最先發起的，不過後來覺得沒趣，便撂開了手。沒想到啊，沒想到，自己居然被叛變了！「是童遙告訴我的，他和那女的玩得挺好的，所以說，百分之百是真的。」童遙同學的暗戀者斬釘截鐵地回答。我頓時氣得手腳發顫，虧我當時還忍著噁心去幫他拍照片，沒想到他居然在背後捅我一刀。童遙啊童遙，你就等著菊花殘吧！

雪上加霜的事情又來了。正當我氣得頭皮冒煙時，盛狐狸湊近我的耳邊戲謔地說道：「難怪自從妳搬來後，我家馬桶就經常堵塞，原來是閣下拉的。」我忍住氣，等待著。好不容易，電梯到了，等那三個女的走出去，我一把將盛狐狸拉到樓梯角落中，對著他的屁股重重一掐。不錯、不錯，幾天沒掐，彈性又增加了。不過盛狐狸是誰啊，他可是睚眥必報的傢伙，只見他溫和地一笑，然後快速將手按在我的屁股上。我有所覺悟，將眼睛一閉，屁股一縮，擺出一副英勇就義的革命烈士表情。但是等待了許久，屁股上的痛也沒有傳來。最後，盛狐狸若有所思地說道：「差點忘記，妳的排泄系統這麼厲害，我隨便一扭，想必就飆出一條了，那我多划不來啊。」我：「……」我尋思著，知道這件事的絕對不只童遙同學的那位暗戀者；有了這心病之後，我總覺得自己的腦門上刻著「屎娃」二字，任何人看我的表情都挺不對勁的。不過，也好，這麼一鬧，暫時就把溫撫寞的事情放一邊了。

到場的大約一百人左右，大家都在高三七班還有八班會合。我自然是來到了八班，裡面還是和以前一樣；教室黑板的右上角寫著星期五的課表，值日生的名字。淺綠色窗簾拉開了，窗臺上擱放著盆栽花草。教室前面放著一臺電視機，只有播新聞的時候才會打開。我走進去，彷彿瞬間就回到了那段流金歲月。還沒等我沉湎得深入，便看見柴柴來了，不只是她，還有喬幫主；美女壯男組合，確實賞心悅目。不過今天是同學會，人家帶的都是家屬啊，難不成，柴柴和喬幫主的關係終於走到不純潔的地步了？我走過去，擠眉弄眼，剛要詢問，柴柴卻搶先解釋：「是他自己要跟著來的，而且他也是這所學校畢業的。」我細細詢問，才知道喬幫主比我們大四歲，也就是說，我們升上這所高中時，他正好畢業。我悄聲詢問柴柴：「妳就不怕人家誤會你們的關係？」

柴柴聳聳肩，「他說他會解釋的。」像是要驗證她的話似的，這時，柴柴班上的一位女同學走來，笑咪咪地指著喬幫主問道：「柴晴，這位是妳男朋友啊？」喬幫主否認：「不是的。」聞言，柴柴滿意地點頭。但隔了一秒，喬幫主的白牙齒又露了出來，補充道：「我是她老公。」這次，我身旁的柴柴差點心肌梗塞。回過神來，柴柴忙對著喬幫主低聲怒吼：「誰是你老婆？」喬幫主鎮定地對著柴柴一指：「妳啊。」柴柴用美眸橫著喬幫主，「你有神經病！」喬幫主臉上毫不變色，「有神經病妳還嫁？」那位女同學笑著搖搖頭，感慨道：「你們倆大清早就鬥嘴，感情眞好。」說完，飄飄然離開。

看著她走路的姿勢，我這才想起她的外號叫「小倩」。倒不是說她長得有多像王祖賢，而是她一年四季都穿白色的衣服，而且平時走路都用飄的，就像腳底穿了溜冰鞋似的。小倩的教室離廁所很遠，要去拉屎拉尿必須經過同年級的其他教室。因此每次晚自習時，就可以看見一道白色的身影從每間教室的門口飄過，嚇得人尿意膨脹。我坦誠，有好幾次，我不經意抬頭，都被嚇得灑出了一兩滴。

57 我們分手了

想起以前的事情，還眞是懷念啊。就在這個我毫不提防的時刻，一個名字出現了——「溫撫寞？」儘管練習了許久，儘管這些天我腦袋瓜裡都是這個名字，儘管我告誡過自己無數次要鎮定。但當這一刻眞正來臨時，我還是手足無措。在那瞬間，所有的回憶全都湧入我的腦子裡，像是電影，以很快的速度在我眼前晃動著——初次見面時，臉龐在陽光的照射下，毫無雜色、纖塵不染的溫撫寞；當聽見我說要捅物理老師的菊花，笑容像冰花綻開在陽光之下的溫撫寞；在KTV包廂中，臉上染著淡淡的微笑，說自己不能吃虧，接著便吻上我的溫撫寞；上學時，每天早上都坐車來到我家，手中拿著熱騰騰的早餐，安靜地站在樓下等我的溫撫寞；在那個夏日，赤裸的身體覆蓋著薄汗，在慵懶的陽光下反射著金色的光，用滾燙的肌膚貼緊著我的溫撫寞；那個拉著我說「食色，我們和好吧」的溫撫寞；那個用顫抖的手抱住我說「食色，妳別這樣，是我錯了，我不該騙妳」的溫撫寞；那個說「食色，我等著妳，我一直都等著妳」的溫撫寞；那個說「好的，食色，妳就在那裡等我，我馬上就來」的溫撫寞；那個握住我的手，說「食色，我們重新開始吧」的溫撫寞；那個雙目幽涼，說「食色，我傷妳很深是嗎」的溫撫寞；那個目光中飽含著蒼涼，鬱結，寂寞，說「食色，沒有我，妳是不是會快樂很多」的溫撫寞。

這些記憶，像潮水般洶湧地向我湧來，將我淹沒。其實只是一瞬，之後那股記憶的潮水便退卻了。但是很多時候，一瞬便能改變所有。當我回過神來時，我發現，這一關我慘敗。因爲我失態了，或者我的手顫抖了，或者我的臉色蒼白了，或者我的眼神飄忽了。總之我失態了，而盛悠傑將我的失態完完整整、清清楚楚地看在眼中。他的眸子，那雙時而戲謔、時而妖魅的眸子，此刻盛滿了一種清冷的光，此外，還有一絲黯淡。我的心空了，有風呼嚕嚕地往裡面不停地灌著，涼颼颼的。至今我都能清晰地回憶起，當時，我的眼中只有盛悠傑。只有他，沒有溫撫寞，真的沒有。而諷刺的是，那聲「溫撫寞」，和我預想中的完全不一樣。

是的，完全不一樣。我以爲是溫撫寞來了，所以有人喚了他的名字。可是，溫撫寞並沒有來。是那個人，一個倒楣鬼，將盛悠傑誤以爲是溫撫寞；後來當他看清之後，他似乎道了歉，或是沒有……對不起，我真的不記得了。我唯一記得的是心裡那種涼颼颼的感覺。我忙伸手握住盛悠傑，但他的手卻是冰涼的。我想，這次我會死得比較慘。

我一直拉著盛悠傑的手，向別人介紹他的身分——「這是我的未婚夫，盛悠傑。」我是這麼說的。我覺得自己這麼做帶有亡羊補牢的意味，但我還是想補救，我不想放棄。我要讓盛悠傑安心，我要讓他知道，他在我心中的重要性，我要讓他知道，我不能沒有他。我的腦子裡想了很多證明的方法，我要和他結婚，我要和他生孩子。他要怎樣，我都會答應他；是的，無論盛悠傑要怎樣，我都會答應他。我帶著盛悠傑在教室裡到處轉，說些以前學校裡的趣事給他聽。但是盛悠傑的神情是淡淡的，即使是嘴角的笑也是淡淡的。我拉著他來到窗臺邊，指著樓下，「以前我們最愛往下面扔東西，什麼書啊，筆盒啊，全部往下丟。我記得以前我的物理課本好像被童遙丟了下去……不對，好像是我把他的物理課本丟下去……好像也不對啊。」正想著，盛悠傑道：「我以爲，妳記得以前的一切。」那聲音很平靜，像是陽光，撲撲索索地落在地面；他的話中是有話的，但我不想去深究，或者說我假裝聽不懂。我露出不在意的笑。

盛悠傑問：「這裡的東西都沒變嗎？」我道：「是啊，好像是沒什麼變化，連課桌椅都是原先那些。」盛悠傑問：「那哪一張是妳的呢？」我左右張望一番，眼睛一亮，瞬間就找到自己的座位。很好認，爲了方便放東西，我在桌腳上貼了一只貓臉掛鉤。於是我走過去，在那上面坐著。高度還是和以前的感覺一樣，看來，上大學之後我就停止長高了，眞是白白浪費那麼多糧食。多年後再度重溫做學生的感覺，還是挺興奮的，我坐在椅子上，雙腳在地上不停地蹦躂著，蹦躂得正歡，我忽然發覺有些不對勁了。盛悠傑的眼睛一直看著我的桌面，我下意識順著他的目光看去。我看見了一行字，準確地說，是一句類似密碼的話——Hsslovewfm，也就是「寒食色愛溫撫寞」。這很常見，基本上每個學生都會在自己的書桌上寫字。這張桌子之後的主人也寫了許多字——今日事今日畢，陳青欠我三塊錢，李琪琪是豬頭妹。我寫的那句話字跡已經很淡、很模糊，但它就是存在著。其實，溫撫寞的書桌上也有這樣的話——「Wfmlovehss，溫撫寞愛寒食色」，是我逼著他寫的，我說「我們要時刻提醒自己，千萬不能見異思遷」；記得當時，溫撫寞一邊無奈地笑著，一邊用圓珠筆重重地刻著。都是以前的事情了，可是盛悠傑不這麼認爲吧。我的心徹底沉了下去。

那天，直到同學會散了，溫撫寞也沒有出現，我也不知道是怎麼回事，從沒想過會是這樣的狀況。盛悠傑的面上什麼也看不出來，我不知道他心裡在想些什麼，或者說，我不敢知道。從學校出來後，我和他上了車，一起往家裡走。我努力找了許多話題，可是盛悠傑的回應並不強烈。我甚至刻意往他的肩膀挪靠，他也只是將我推開，淡淡說道：「別鬧，我在開車。」得了許多的沒趣，我只能縮在副駕駛座中，看著窗外飛馳而過的景色，腦子裡一片混亂。我在想，這究竟是誰的錯？是我吧，我不該在聽見「溫撫寞」的名字時表現得那麼失態，讓盛悠傑失望。盛悠傑也有錯吧，他不該這樣逼迫我，將我逼到極限。一路上，車內都是沉默的，似乎過了很久，終於到家了。盛悠傑熄火後，便開始解開自己的安全帶。

就在這時，我猛地撲過去環住他的頸脖，吻著他。盛悠傑沒有回應，扯下我的手，轉過頭，淡淡道：「別鬧，下車吧。」我沒有聽他的話，而是繼續撲上去，繼續強吻著他。「寒食色，別鬧了。」盛悠傑這麼說著，雙手使力，想將我扯下來。但是我死死地環住他的脖子，我甚至翻身到他的身上，狂野地吻著他。我不知道自己爲什麼要這麼做，但我只是想確定他的存在。盛悠傑一直在躲閃，而我則一直進攻；這樣的模式，和我們剛認識時，恰恰相反。忽然，盛悠傑似乎惱怒了，他一把將我推到一旁，甚至可以說我是被甩到一旁的。我的背重重撞上了副駕駛室的椅子，不痛，但是五臟六腑瞬間移動了一下，似乎，再也轉不回去了。

我垂著眼睛，問道：「盛悠傑，你這是什麼意思？」說出來後，我才發覺自己的聲音是這樣冷，和我的心一樣冷。「對不起。」他向我道歉，然後打開車門，道：「下車吧。」我沒動，還是垂著眼睛，問：「你到底想要我怎麼樣？」盛悠傑沉默了。我長歎口氣，道：「盛悠傑，我們結婚吧……我想跟你結婚，結了婚我們馬上就生孩子。」盛悠傑還是沉默著。我的心一直在沉著，不知道底在哪裡。終於，他開口了：「妳看清自己的心了嗎？」我盡量平穩著自己的聲音，但是很難，眞的很難：「你的意思是，我愛的是溫撫寞，不是你，對嗎？你認爲，我只是把你當成溫撫寞的替代品，是嗎？」盛悠傑否認：「不，妳不是那樣的人。」我問：「那你是什麼意思？」盛悠傑看著前方，語調是緩慢的，像漫天杏雨落了下來，撲撲索索，輕輕嫋嫋：「我知道，妳是在乎我的。但是他永遠都在妳的心中，無論如何我都覆蓋不了。」

我的牙齒一直咬著自己的唇，深深地咬著，直到那尖銳的痛透過神經傳來，瞬間讓我的情緒爆發。「盛悠傑，我恨你！」從我的牙齒迸出了這樣的話，每個字都裹著濃濃的恨意：「既然從一開始你就知道有溫撫寞的存在，既然你不能忍受，爲什麼還要來招惹我？爲什麼還要逼著我當你的女朋友？爲什麼要在我再次愛上後說要離開？」盛悠傑的嘴角勾起一抹自嘲般的笑，「因爲我太有自信了……我以爲我總會贏的。」我猛地轉過頭，看著他：「你贏了，你已經贏了，現在我只想和你在一起，也只會和你在一起，爲什麼你就是不相信？」盛悠傑的側面輪廓勾勒出淡靜的線條，「我相信，我相信妳說的，但是他會一直在我們之間。每當妳出神時，我就會懷疑妳是不是又想起了他，每當妳和妳那兩個朋友見面時，我也會懷疑他們是不是向妳透露了他的現況；甚至每當妳看我時，我都會害怕，害怕妳在我臉上找到和他相似的地方……食色，妳以爲這道關卡，我幫妳跨過去了，可是沒有，眞的沒有，妳還是在想著他。」

我累了，我眞的累了，我不知道該怎麼繼續，繼續這段感情，甚至是繼續和盛狐狸的對話。車室中很安靜，甚至連塵埃落地的聲音都能聽見。良久，我終於問道：「那我們現在應該怎麼辦？」又隔了許久，盛悠傑的聲音才傳來：「我想，我們應該冷靜一下。」我看著車窗外的陽光，那靜靜耀動的陽光彷彿在哽咽著。我閉上眼，再睜開時，眼裡是決絕，「不用冷靜了，直接分手。」接著，我打開車門，跳了下去，大聲道：「盛悠傑，你放心，這個世界，誰離了誰不能活？我巴不得快點離開你。我就說實話吧，你的小弟弟一點也不好用，直徑不夠，長度不夠，硬度不夠，做到一半就開始軟，以後哪個女的跟著你才叫倒楣。記住，今天是我寒食色受不了而離開你。我發誓，我寒食色如果再看你一眼，再跟你說一句話，我就每天長針眼。」接著，我將車門重重一關。

一分鐘後，剛關上的車門又被我打開。我捂住眼睛，將手伸進去，我的手掌上寫著一句話——「鑰匙拿來，我要搬家」。

58 失戀，失戀大過天

我和盛悠傑分手了，我搬回了自己的家。

我一直在糾結著，這算是我甩了他，還是他甩了我？這是個很重要的問題，談戀愛最害怕的就是傷了自尊，所以人們主動提出分手時，總要說一句很討打、很老套的開場白——「你很好，眞的，然後再巴拉巴拉巴拉地先保住人家的自尊。」雖然是盛悠傑先開的口，但他只說要雙方冷靜一下，也就是說，眞正提出分手的人是我。所以，我的自尊保住了；可是，這樣的想法根本就沒有讓我好過。是的，我發覺自己根本就不在乎這個，我在乎的是——我和盛悠傑居然分手了！我又是孤家寡人了！再也沒有人爲我買零食，再也沒有人跟我鬥嘴，再也沒有人陪我上床，再也沒有人在下雨時來接我。

失戀大過天，我開始自暴自棄。害怕遇見盛悠傑，我請了一個星期的假，天天窩在床上，累了就睡覺，渴了就喝可樂，餓了就吃洋芋片，閒了就打遊戲；我頹廢，我鬱悶，我壓抑……這樣過了三天三夜之後，我振作了；我的意思是，我覺得不能獨自一人這樣慢慢腐爛，我要折磨我身邊的人，我要將我的痛苦傳達給全世界。打定主意後，我馬上下床學著柴柴的模樣，在地板上死命做著跳躍的體操運動，那陣仗大得像萬獸狂奔似的。沒多久，樓下的人就上來了……有喬幫主，這是當然，人家是屋主；有柴柴，最近她總和喬幫主待在一起，但由於我正值特殊敏感時期，也就不去追究他們的關係了；有小乞丐，自我從盛悠傑家搬回來後，便以男女授受不親的理由，將他趕到喬幫主家住，我連調戲嫩草的心情都沒有了，可想而知我有多鬱悶。

我盤腿坐在床上。牙齒幾天沒刷，黃了；臉幾天沒洗了，油了；眼睛幾天沒擦，有眼屎了；頭髮幾天沒梳，放一窩麻雀蛋在裡面都可以當鳥巢了。「我們到齊了，妳有什麼事儘管吩咐吧。」三人看我的眼神，是一臉同情，都是黨的好同志啊！我深吸口氣，道：「還是一個個上來陪我吧。」仔細一算，正好三個人，我就御賜名字爲「三陪組合」吧。

因爲喬幫主的廚藝好，所以我決定先肆虐他。

「嘩」——肉下鍋了，「其實，這都是他的錯，我以前本來就有男朋友，他又不是不知道，爲什麼現在要來追究？如果想找個身家清白的，自己去幼稚園訂一個啊！」

「嘩」——花椰菜下鍋了，「他以爲自己很好嗎，有什麼好跩的？他雖然臉長得比別人好一點，但臉帥能當卡刷嗎？他雖然前途比別人光明一點，但哪天說不定就有不測風雲呢！他雖然腦袋瓜子比別人靈活一點，但這種人最容易得老年癡呆！他雖然床上功夫比別人厲害一點……不好意思，喬幫主，我不是指他比你厲害，當然我也不知道你厲不厲害……你說他跩什麼，跩什麼！」

「嘩」——魚下鍋了，「我寒食色條件很差嗎？不差啊！我長得鼻子是鼻子，眼睛是眼睛，又沒長得鼻子不是鼻子，眼睛不是眼睛，嘴巴也沒長得像叼著兩根香腸。我有一份穩定的工作，我愛黨愛國，奉公守法，我道德雖不高尚也差不到哪裡去，我一沒吸過毒，二沒蹲過牢，三沒拐賣過婦女兒童，我怎麼就成滯銷貨了？我搶手得很！他以爲我離開他就活不成了是吧，他想得美……欸欸欸，喬幫主，有話好商量啊，幹嘛用槍口對準自己的嘴巴？」跟我待了兩個小時後，喬幫主陣亡了。他立即逃到派出所裡去，寧願回到工作崗位上，帶著兄弟出去守夜抓人，死也不回家。後來聽說，那幾天我們這一區的犯罪率創下近十年新低。

緊接著來受荼毒的，就是號稱我閨中密友的柴柴。

「嘩啦啦」——一頁《瑞麗》雜誌翻過了，「妳說他到底哪根筋不對啊，怎麼就死抓住我的過去不放呢？妳說上天要湊齊我和他這麼禽獸的兩個人容易嗎？不容易啊。我們怎麼能這麼辜負祂老人家一番心血呢……」

「嘩啦啦」——又一頁《瑞麗》雜誌翻過了，「可是我不能服輸啊，我寒食色憑什麼要被甩啊，我究竟是哪裡做錯了？自從跟了他，我這隻紅杏眼看就要枯萎了都還是一直堅守陣地，死都不出一次牆，這是什麼精神啊？我要是活在古代，那絕對能得三塊貞節牌坊。妳說他怎麼就這麼不知足呢……」

「嘩啦啦」——再一頁《瑞麗》雜誌翻過了，「我是不是注定要孤獨終身啊，我的命怎麼就這麼苦啊。妳說，十七歲時，人家在專心讀書，我就在談戀愛；現在人家都生孩子了，我還沒嫁出去，我怎麼就這麼造孽噢，我上輩子到底是殺了多少人啊，老天要這麼整我……欸欸欸，柴柴，妳開窗幹嘛？別跳，這是十三樓！」跟我待了三個小時後，柴柴也陣亡了，連鞋都來不及穿就跑向機場，隨便買了張機票亡命天涯去了。

沒辦法，最後只剩下小乞丐了。

不過念在這孩子太嫩了，心智沒發育完全，感情世界想必也是一片空白，我覺得過早讓他知道感情的殘酷是不好的。哎，從我對小乞丐的善念就可以看出，我的人性還是剩下那麼一咪咪的。不過，雖然不能讓他耳朵受罪，我也不能讓他舒服啊。所以，我開始將他往家庭主婦的方向培養——「對、對，把床往那邊移，移動三公分……三公分。同學，你移動了四公分了，快移回來！什麼？爲什麼要移動，我看它不爽不行嗎？」「地板一定要抹得很乾淨，對、對，要光可鑑人，要我低頭就能照出我長什麼熊樣。欸，都抹上你的指紋了，快擦乾淨！」「窗戶玻璃一定要擦乾淨，這樣方便我們觀望別人，也方便別人觀望我們。什麼，你害怕？你是不是男人啊？不就是沒繫安全繩索爬上窗臺嗎？不就是一不小心摔下去就成一灘肉泥嗎？繼續擦，沒弄乾淨我不准你下來！」「只有馬桶乾淨了，整間屋子才算是乾淨，所以，用力地給我刷。什麼，刷乾淨了？胡說八道，我早上拉的那個屎點點還黏在那裡呢，給我撅起屁股刷。對，等會兒刷完之後，我會從裡面舀一杯水讓你喝下去，所以別偷懶……欸欸欸欸，你拿菜刀幹嘛？小乞丐，別劃脖子啊，你可是連菊花都沒開啓過，就這麼死了多可惜啊！」小乞丐的段數不行，沒折騰幾下就被我整得要死要活的，怕鬧出人命，我只能放棄。

躺在地板上，腦袋迅速轉悠著，還有誰沒被我荼毒過呢？接著，一個活該被插菊花的人名進入了我的腦海——童遙。我連忙打電話給他。運氣真是好啊，童遙同學在那邊「喂」的聲音可稱得上是百媚橫生。我是他的誰啊？我只要站在童遙同學面前，聞聞他身上的味，就知道他當天穿什麼顏色的內褲；也就是說，我聽出了童遙同學正在做床上運動。於是我深吸口氣，低低地說道：「軟——軟——軟——軟——軟——洩——洩——洩——洩——軟——軟——軟——軟——洩——洩——洩——洩——」果然，那邊馬上傳來一個嬌滴滴的女聲：「啊，這麼快就完啦？」接著，童遙同學驚雷般的怒吼從電話中傳來：「寒食色，我要日妳！」我「嘖嘖嘖」地掛上了電話。這孩子多不文雅，居然用「日」這個字眼，真是破壞市政形象，虧他叔叔還是市長呢。

把所有人都整了一遍之後，我重重地倒在床上，閉上了眼睛。還是不痛快啊，心裡依舊悶悶的，透不過氣來。我想盛悠傑了，他現在究竟在做什麼呢？我開始展開想像——看看錶，快要十一點半了，以前的這個時候，我都在和他嘿咻；也就是說，想必他現在也是慾火焚身，只能用自己的右手幫忙解決。盛悠傑閉著眼睛，臉頰泛著可疑的緋紅，臉部痙攣般地扭動著，最後終於虎軀幾震，小狐狸開始吐口水了；接著盛悠傑看著手上的白色液體，緩緩地將其湊近自己唇邊，輕輕舔舐著，臉上一片陶醉……呃，算了，打住打住，我自己都受不了了。既然不能想噁心的，我只能想他的好處——那漆黑的髮，白皙的肌膚，妖嬈的眸子，挺翹的屁股，細細的纖腰，可愛的小狐狸；還有他覆蓋在我身上時，那溫熱的氣息混合著銷魂的喘息聲，噴在我的皮膚上，迷醉得我要死要活的……這麼一想，腹部便升起了慾望的火焰。不行，再這麼下去，說不定我獸性大發，把小乞丐拿來洩慾也不是沒可能。這次，我倒不怕對小乞丐的心靈或肉體造成什麼實質傷害，畢竟我人性未泯，但所存也極有限了。只是……小乞丐才剛刷過廁所，實在不是做的好時機啊。

所以，我決定用啤酒澆滅我那時刻都容易升起的慾火。冰涼的啤酒在唇舌間徘徊一陣，最終滾過咽喉，落在腹中。慾火是澆滅了，但怒火卻上來了。我知道自己醉了，但我醉了之後，絕對不會不省人事，腦袋反而異常清醒，敢於去做一切平時想做又不敢做的事情。所以，我頭不梳，臉不洗，牙不刷，衣服不換，直接穿著拖鞋，手裡拿著一瓶啤酒走了出去，目的地很明確——盛悠傑家。出門，伸手，攔了輛計程車。那司機哥哥的眼神欠佳，非等我上車了才瞅著我不對勁，以爲我是精神病，於是邊開車邊膽顫心驚地問道：「小姐，妳住的地方是不是有很高的一排圍牆，那圍牆今天是不是垮了，妳是不是從裡面逃出來的？」我本想直接拿手中的空酒瓶對準他的腦袋瓜砸下去，但想想自己不會開車，便決定到了目的地再砸。但下了車，才正要轉身去砸，那司機哥哥跑得快，連車錢都不要，就直接跑了。

我提著酒瓶，一步三晃地走在路上。前面花壇邊，忽然出現了四個混混模樣的人，每個人的頭髮都染成五顏六色，而且還燙成佛祖光圈模樣在腦袋瓜上詭異地直立著。遠遠地看見我，那四雙眼睛一亮，爲首的那個道：「噢，上！」注意，這個「噢」是四聲，充滿了激動的思想感情。然後，四人就淌著口水朝我跑來，看樣子是準備強暴我。我掂了掂手中的酒瓶，覺得要砸破兩個人的腦袋應該還可以；剩下的兩個，一個重踹他小雞雞，一個使出猴子偷桃，想必還是可以擺平的。但是，四個小混混並沒有給我這樣的機會……跑到離我三米遠時，他們生生刹住了車，因爲這個距離正好可以看清我滿頭亂髮，滿眼眼屎，滿臉油光，以及聞到我滿身惡臭。然後，爲首的那個混混悻悻地搖搖頭，道：「噢，撤。」這個「噢」是一聲，充滿了失望的思想感情。

59 糊裡糊塗的復合

居然被三個頭上抹了五斤髮膠、大半夜假扮佛祖的小混混嫌棄了，我寒食色鬱悶得厲害。

我腹中一熱，睚眥欲裂，非常想衝上去，拿啤酒瓶插進他們的菊花，接著旋轉三百六十度。但扳開手指算了算，他們四朵菊花，我手上才一個瓶子，不夠；怕他們嫌棄我厚此薄彼，想想還是算了。於是，我繼續一搖三晃地走到盛悠傑家樓下。

他家窗戶緊閉著，黑漆漆的，想必盛悠傑正在被窩裡用右手解決自己的生理需要；居然一腳把我踹了，自己日自己，盛悠傑你夠狠！越想越氣，酒精混合著卵細胞上了腦子，我一個把持不住，直接將手中的啤酒瓶朝盛悠傑的窗戶砸去。「嘩啦啦」一聲，玻璃碎裂，在這萬籟俱靜的時刻，聲音異常響亮。我說過，我都卵細胞上腦了，還有什麼做不出來的啊。我扯著嗓子喊道：「盛悠傑你個王八蛋，你生兒子沒菊花，不，錯了，你生兒子全身都是菊花！你生下來不僅沒子宮，你還沒事就自宮！你一二三四五，上山打老虎，老虎沒打到，反被人家泡！你星雲鎖鏈，褲襠開線，雞雞露出，被我看見！天馬流星拳，你每天練猴拳！廬山昇龍霸，你家廁所大爆炸！你不打扮比鬼都還難看，你一打扮鬼都要癱瘓！你好，你好得不得了，你潲水洗澡！你天真活潑，傻屁戳戳。你從小缺鈣，長大缺愛，腰繫麻繩，頭頂鍋蓋，你以為你是東方不敗，其實你是傻逼二代！」

正當我罵得盡興，一盆水「嘩啦啦」地倒了下來。雖然我寒食色醉得搖搖晃晃的，但平時功力不錯，還是成功躲過了。不過，那水落在地上，濺了一滴在我手上，仔細一聞，發現一股酸味。我趁著濃濃的酒意，大罵道：「怎麼這麼沒水準啊，居然倒洗腳水，有本事你扔刀子啊！」話音剛落，一把賊亮的、閃著寒光的菜刀就這麼從天而降，插在距離我半公尺遠的地方。我的卵細胞被嚇得迅速歸位，等待他家的精子弟弟來相聚。正在這時，背後傳來一個人聲：「食色？」那個人的聲音，我熟悉得很，不管是他在床上的呻吟，還是在廁所努力地哼哼唧唧排除廢料，我都認得；沒有錯，那聲音就是盛悠傑發出的。頓時，我心裡嘔得滴血。原來剛才我扯著嗓子大罵，鬧了半天，這廝居然才剛回來，那……不是什麼都沒聽見？我心裡那個恨啊，就像費盡千辛萬苦好不容易把一絕色美男迷暈拋在床上，才剛扒下那大名鼎鼎的CK內褲，還沒來得及嘗嘗味道，樓下的喬幫主就帶著兄弟撞開我的門，說我非法嫖娼，罰款五千大洋，外加蹲牢十天那種恨意。

於是乎，我轉過頭，抄著手，抖著腳，斜著眼睛覷著盛悠傑，打了個酒嗝，問道：「這麼晚了，你去哪裡閒晃了？爲什麼不在家等我來罵你？」盛悠傑察覺出我的不對勁，湊近我，拿自己那秀挺的鼻子在我身上聞了聞，接著蹙眉道：「妳喝酒了？……欸，我家窗戶怎麼破了那麼大個洞？」聽他這麼一說，我心裡平衡了，今晚總算不虛此行，終究是搞了點破壞，所以我拔腿就跑。但盛悠傑一把拉住我：「妳喝這麼多，還想跑到哪去？」我撒腿不跑了，改成張口就咬，死死地咬！但盛悠傑眼明手快，麻利地躲過我的襲擊。我壓低嗓音吼道：「放開我！」盛悠傑沒有放開我，他的臉在月光下如水般靜漾著，「乖，別鬧了，跟我回去睡覺。」他的聲音很柔，像在哄一個不聽話的孩子。

我瞬間安靜下來，就像火山爆發前那樣安靜。接著「轟」的一聲，大量氣體和火山碎屑物質噴出，紅色的熔漿夾雜著噬人的熱度，朝盛悠傑滾去。我一把拽住盛悠傑的衣領，對著他又踢又咬又抓，眼淚晶瑩，鼻涕晶亮，口水晶透，「盛悠傑，你個王八蛋，你不是要和我分手嗎？我都被你甩了，你還在這兒假惺惺個什麼勁啊？你個混蛋，我當初都說了多少次了，我不要和你談戀愛，老娘想清清靜靜地自己過自己的安寧日子！都是你這個龜孫子，死皮賴臉地拉住我，逼著我跟你發展個屁感情，現在好了，發展起來了，你拍拍屁股又走了！盛悠傑，你個斷子絕孫的，你沒良心，你把老娘當猴子耍，你以爲感情是說不要就不要的，那我現在該怎麼辦……我眞想拿把菜刀把你的罪惡之源給割了！」話音剛落，樓上又飛下來一把小刀；我是指，非常適合割長條形物體的小刀，插在地上後，刀身還抖了三抖。這些居民也太配合了吧，我忍不住抬頭喊道：「還差個裝根的盆子！」「哐噹」一個不銹鋼盆摔了下來，在地上翻滾了幾下。我激動了，忙大聲道：「還差鈔票，還有美男！」靜止三秒鐘後，樓上忽然發出一道聽起來已經忍耐許久、包裹著濃濃怒火的吼聲：「開門，放狗，咬死她！」然後，整幢樓的狗同時吠叫起來，那叫一個歡騰啊。

盛悠傑見情勢不妙，忙將我拖回他家。關上門後，盛悠傑握住我的肩膀，問道：「寒食色，妳說實話，究竟喝了幾瓶酒？」我扭頭，「嗷」的一聲就咬住了他的手。我並沒有下重口，盛悠傑的手口感不錯，滑滑的，只比我胸前的兩個饅頭差一點點。「以後別喝這麼多酒了，聽見了嗎？」盛悠傑囑咐我，那聲音帶著一絲繾綣。「爲什麼？」我鬆開牙齒，問道：「難道你會傷心嗎？」盛悠傑微微歎口氣，那目光，那如水般的目光就這麼罩在我身上，柔柔地環住了我。「是的。」他這麼回答。聞言，我的心底頓時像鋪上了一層軟軟的柳絮。

我看著盛悠傑的臉，看著他如拂水柳枝般的眉，看著他窄而好看的鼻翼，看著他染著淡淡桃花光暈的眼睛，看著他水潤而薄的嘴。慢慢地，慢慢地，我將自己的唇湊近了他的，看上去似乎是要接吻。但是沒有，我們的唇甚至沒有接觸。從盛悠傑背後的鏡子中，我看見了自己的眼睛，我的眼中是淡淡的哀傷，像秋日湖水上隨波而去的花瓣，花自飄零水自流；而那哀傷越來越重，越來越重，到最後成了一種忍耐。我的喉嚨蠕動，嘴唇緊閉，臉頰泛起了忍耐的紅。

忍耐也是有限度的。三秒鐘後，「哇」的一聲驚天動地大響，我就這麼華麗麗地吐了。吐在盛悠傑的身上，吐得毫無保留。那些髒兮兮的東西就這麼停留在盛悠傑的襯衫上，然後，我搖頭，他僵硬。我本來計畫吐在盛悠傑嘴中的，不過到最後一刻還是心軟了一咪咪，不得不佩服自己的良善。我寒食色雖然在金錢方面比較吝嗇，但是今晚卻很大方，把胃裡的東西吐得一點渣渣都沒剩下，便宜盛悠傑這龜兒子了。不過吐了之後，胃空了，身體也虛了，頭也昏了，我發覺整個房間都在搖晃，像在遊樂場中坐搖搖椅似的。算了，我們這種江湖兒女何必拘束，於是乎，我以天爲被，以地爲席，直接往地上一躺，就這麼睡下。迷迷糊糊之間，我覺得自己被人抱了起來。然後我躺在軟軟的床上，接著有人拿熱毛巾幫我擦拭身體，最後又爲我蓋上被子。是盛悠傑那個龜兒子吧，既然都分手了，爲什麼還要這麼照顧我？但我寒食色也是擰不清，既然都分手了，爲什麼還要來找他？我睜不開眼睛，也沒有力氣動彈，頭也昏昏沉沉的。我似乎做了個夢。

是的，夢。我看見很強的日光，而一個人，男人，就這麼逆光看著我。他高挺，帶著微微的瘦，一種好看的瘦，他的臉部輪廓流暢，柔和，俊逸——是溫撫寞。我就這麼站在原地，沒有走過去，而他也沒有走過來。我們就這麼站著，看著彼此，像是要看入時間的荒漠中。終於，我開口了。「溫撫寞，」我喚了他的名字，我說：「我恨你。」他沒有說話，只是看著我。我說過，他逆著光，他的臉隱藏在黑暗之中。但是他那雙眼睛中的神色，我卻很能分辨得出，飄渺的，落寞的，蒼涼的，荒漠的；像是寂靜的庭院中，碎散的月光下，那些薔薇花撲撲索索地灑下，悄無聲息。我繼續說著，聲音也漸漸空了：「你爲什麼要出現在我的生命裡，如果沒有你，我會快樂許多，眞的……如果沒有你，我和盛悠傑會快樂很多。」溫撫寞還是那樣地看著我，彷彿他只會那樣地看著我。我也茫然了，我緩緩坐在地上，喃喃地對著自己說話：「如果能選擇自己即將遇到的人，那該多好。」

是的，那該多好。如果從一開始就能遇見對的那個人，那該有多好。我雙手張開，倒在地上，四肢呈「大」字，很舒服的姿勢，我長長地歎了口氣。溫撫寞走了過來，他蹲下身子，伸手撫摸著我的頭髮，我任由他這麼摸著。然後我說：「溫撫寞，你走吧，我不會再想起你了。」溫撫寞沒有說話，但他的手還在輕輕地撫摸著。我說過嗎？他的手指是那種纖細的長。就這樣，我在耀目的陽光下安靜地躺著。像是過了許久許久，我慢慢地清醒過來，睜眼，依然是陽光，但比夢中的要柔和許多，它在地板上靜靜地跳躍著，像是無聲的芭蕾。

我的頭很痛，宿醉後的那種痛，恨不得拿把刀把頸子上的東西割下來。然後我對上了一雙眸子，那雙沾染著妖嫵的眸子，猶如一泓春水飄蕩著桃花瓣，隨著漣漪打轉。一圈一圈，勾人魂魄。

盛悠傑道：「起來跑步。」「什……」我吞口唾沫，再道：「麼？」盛悠傑一把將我扛起，朝浴室走去，「跑步，然後再去醫院上班。」我再吞口唾沫：「我們……現在是什麼關係？」「妳吃了我的烤鴨，砸了我家的玻璃，就是我的人了。」我的肚子趴在盛悠傑的背上，他聲音頻率就這麼傳入我的五臟六腑：「要走，沒這麼容易！」

60 桃花岌岌可危

就這樣，我和盛悠傑，糊裡糊塗地復合了。

我想這應該算是我厚著臉皮換來的吧，就像是，我喝醉了，跑去盛悠傑面前，拿著啤酒瓶威脅道：「你個龜兒子，今天給老娘一句明白話，分還是不分……不過你要是敢說分，我馬上把你腦袋瓜子砸得跟剖開的西瓜一樣！」要不然，就是悠傑其實骨子裡和我一樣小氣，心疼那窗戶玻璃的錢，想著如果不答應，我下次肯定還會來砸，於是就應了；更甚者，是盛悠傑終於認識到，用我還是比用他自己的右手舒服，所以就讓我回去他身邊了。但不管怎麼樣，我和盛悠傑，復合了。

一切和以前相比，似乎沒有什麼改變。每天早上，他都要把我抓起來跑步，呼吸樹葉放的傾國傾城屁。然後我們一起去上班，一邊領薪資一邊打情罵俏。最後我們一起下班，在家裡進行打情罵俏升級版——上床做愛。真的，看起來還是和以前一樣，但我的心卻一直沒有著落。我覺得有些事情不太對勁，例如，盛悠傑不再問關於溫撫寞的事情了；真的，他一次也沒有再問了，再也不疑神疑鬼，我們再也沒有因為類似問題而吵架。可是，還是有些東西不一樣了。我總覺得盛悠傑似乎不開心；當然，在我面前，他表現得和以往一樣，可是有好幾次，我無意中從外頭走進診間，都看見他在出神，眼睛裡的痕跡不是快樂的，而我也更加小心翼翼。我記得當時談分手時，盛悠傑說出的話，所以，我盡力避免自己出神，以免盛悠傑懷疑我想起了溫撫寞。我每次看盛悠傑的臉都是專注的，不能帶一絲恍惚，以免他懷疑我在他臉上找到和溫撫寞相似的地方；甚至，我減少了和柴柴與童遙見面的次數，我怕盛悠傑懷疑他們是不是對我透露了溫撫寞的現狀。

日子就這麼過著。我想，我們都不是快樂的，但分手卻是痛徹心扉的，大家都下不了那個狠心，所以就這麼糊塗地過著。不是說，糊塗是福嗎？那就保持這樣的福氣吧。我和盛悠傑這邊桃花剛剛復甦，柴柴也不甘落後，有朵花兒正含苞待放蠢蠢欲動；但此桃花可不是喬幫主，而是家裡幫她選的一個男人——模樣好，家世佳，是位大學老師，工作福利好，有前途，戴著一副眼鏡，那叫一個斯文敗類，不，斯文有禮啊。不過美中不足的是，他的屁股不如人家喬幫主的翹，但這種貨色在當今世上還是算很不錯的了。柴柴對這位讀書人挺滿意的。我悄悄問她：「妳就這麼把喬幫主丟開了？」柴柴正色道：「我和他什麼關係都沒有！」我提醒：「胡說，妳都被喬幫主看光了。而且，那天人家喬幫主說不定真的進入了妳一公分呢！」然後，柴柴要我去死。

我沒有去死，而是來到了喬幫主家裡。我去的時間很巧，或者說，我故意去得很湊巧——當時，喬幫主正在吃飯。我也不客氣了，自己拿起碗，像鬼子進村似地將桌上的菜掃蕩了一圈，然後摸摸肚子，打個飽嗝，向喬幫主報告柴柴最近的桃花狀況。出乎我意料的是，喬幫主什麼也沒說，只是低頭刨飯。我斜眼睨著他：「你別想告訴我，說你和柴柴什麼關係也沒有。」喬幫主還是低頭刨飯。我蹙眉，開始打量他，本來是想從喬幫主臉上的表情揣測他豐富的內心活動，但一個不小心眼睛就溜到人家的身材上了。

喬幫主的胸肌，那叫一個結實硬挺啊，繃得鈕扣都要跳開了。這可是我寒食色夢寐以求的事情——穿一件緊身襯衫，然後稍稍一動，胸前鈕扣一蹦，F罩杯就露出來了；那時，盛悠傑的眼珠子再多，想必也不夠掉。嘴角癢癢的，我伸手一抹，濕的，原來是淌口水了。再這麼看下去，我怕自己會對喬幫主做出不好的事，倒不是說對不起柴柴，而是依喬幫主的體格，我這條母狼的爪子想必一下就折斷了。所以，我收回目光，再次問道：「你真的真的真的對柴柴沒有感覺？」喬幫主繼續低頭刨飯。我恍然大悟，接著歎口氣，道：「我知道你的心思了……」喬幫主頓了頓，看著目瞪口呆的我，問道：「我喜歡那個女人，但是，我這份工作很危險，平時休息的時間很少。如果她和我在一起會過得很苦，所以我寧願她跟著那個男人。妳認為我會這麼說，對嗎？」我目瞪口呆地點頭。喬幫主將碗裡最後一口飯刨完，然後擦擦嘴，道：「那肯定要讓妳失望了。」接著，他起身，朝門口走去。我喚他：「你上哪去？」「去把那女人搶回來……記住，把碗給我洗乾淨。」喬幫主穿上外套，頭也不回地走了。

回過神來，我不由得豎起大拇指。喬幫主果然是男人中的男人，我就知道你的屁股不是白翹的！收拾完碗筷，我回到自己的家。不得不誇讚一句，小乞丐也實在是聰明伶俐，自從上次我教了他怎麼做家事之後，這間屋子就瓦亮瓦亮的，比我在家時還乾淨。不過，可能是我的威脅也發揮了一定的作用，我說的是——「如果我回來看見屋子有一點髒亂，就馬上將你的腦袋塞進馬桶裡……而且，還是我剛上完沒沖過的馬桶！」記得當時話音剛落，小乞丐的身子就抖了三抖，眞是不經嚇的孩子。我用苛刻的眼光四下打量著，時不時伸手摸了摸椅子，確實一點灰塵也沒有。於是我滿意了，掏出皮包，咬咬牙，拿出一張人民幣，遞給小乞丐，道：「這些天你辛苦了，拿去買點東西吃。」小乞丐沒有接過，只是盯著我手上的錢，眉毛揚了揚。看來是嫌少，我的心開始淌血，但還是繼續咬咬牙，再掏出一張，遞給他。但小乞丐還是沒有接。我蹙眉，開始教訓他：「你怎麼能這麼不知足？你以爲大人上班一整天掙些錢很容易嗎？」小乞丐下顎緊了緊，他深深吸口氣，那雙眼睛冒著璀璨的、隱隱的怒火，「兩張一塊錢能買什麼？」我對此深有體會，「買兩根棒棒糖，絕對能吃一上午。」小乞丐用嫌棄的眼神看了我一眼，然後從櫃子上拿出一個銀色的東西，遞給我，道：「這是我昨天在屋子裡撿到的，妳看一下，是不是妳的。」

我接過。那是一枚銀戒，流光在上面靜謐地淌過；並不貴重，剛好能套進我的無名指。它，曾經屬於我，那是我十九歲生日時，溫撫寞送給我的，他說以後會買一枚眞正的鑽戒，眞正地娶我過門。可是我們的關係沒能等到那一天，就完結了。當初分手時，我以爲自己已經把所有東西都還給了溫撫寞，但回家之後才發現還有個落網之魚。它安靜地躺在我的床頭櫃上，當時，我拿起它，倏地扔出了窗外。它在空中劃出一條銀色的線，然後落在草叢中；接著，在陽光下，它靜謐地哽咽著。我不曉得自己是怎麼想的，但是我下了樓，將它撿了回來，而後一直將它鎖著。

小乞丐道：「昨天，我想這櫃子後面一定很髒，推開想打掃一下，結果就發現了這個戒指，我想應該是妳不小心掉在後面的，就收了起來。」他說得沒錯。搬到這間屋子後，有一次我喝醉了，將它翻出來朝天花板上一扔。一道充滿力量的碰撞後，它就這麼消失了。那次酒醒之後，我沒有再去尋找它，可是我知道，它一直都在這間屋子裡。小乞丐似乎這麼說道：「我去超市買東西了。」但是我沒怎麼在意他。我將戒指拿到窗前，對著陽光，看著。戒指內側刻著三個字——「寞愛色」；溫撫寞愛寒食色，寒食色愛溫撫寞。書桌上，戒指上，腦海中，我和溫撫寞都牢牢地將這些話記刻著。但無論是筆還是刀都敵不過時間，都敵不過錯過，我們還是放棄了這些誓言。消失了這麼久的東西，忽然之間又出現了，是在預示著什麼嗎？我還沒來得及細想，謎底就揭曉了。

一陣輕微的呼吸傳遞到我的身體上，那呼吸可說是悄無聲息，但我的背脊還是感覺到它湧動的頻率。我渾身的血液頓時凝滯了。猛地回頭，我看見了盛悠傑，是的，我看見了盛悠傑；而且在那一瞬間，我便知道他看見了我手上的戒指，還有……戒指上刻的字。是的，我有種感覺，他看見了，可是盛悠傑沒有表現出來。他的表情很平靜，若無其事，像鏡湖的水，但是那水卻看不見底，讓人內心窒悶。我下意識地想藏住戒指，但這個隱藏的動作才做到一半，理智便生生制止了它。我不能再讓盛悠傑猜忌。既然已經是過去的事情，就沒什麼好躲藏的；隱瞞，只能製造更多的誤會。於是，我在腦海中斟酌了一下語言，接著輕輕舉起戒指，道：「這是剛才小乞丐……」但是我的解釋沒能繼續。盛悠傑漫不經心地打斷了我的話：「我看妳這麼久都沒回去，就來看看妳。對了，前面那條街新開了一家香辣蟹，妳昨天不是說想吃海鮮嗎？走吧，一起去。」我的手，我那握住戒指的手僵在半空中，伸也不是，縮也不是。盛悠傑的面上依舊看不出什麼，他微微一笑，道：「還傻站著幹

61 省悟：愛得自以為是

深夜的清寒，一點點地滲入屋子裡。窗外，那濃紫的天看上去是那麼沉重。身邊的盛悠傑忽然摟住了我的身子，緊緊地。他說：「我相信妳，食色……只要妳在我身邊就好，眞的，只要妳在我身邊，我什麼都不在乎……」

盛悠傑的聲音裡已經沒有了那種讓人又愛又恨的自信，那寥落的寒冷就這麼滲入我的心中。是的，盛悠傑是在逃避，他認爲，既然自己清除不了溫撫寞在我心中留下的痕跡，那麼他就應該逃避。可是這樣的他，已經不再是我認識的那個盛悠傑了，不再是那個時而強橫，時而溫柔，時而霸道，時而體貼，時而讓我恨得牙癢癢，時而讓我愛得頭腦發熱的盛悠傑了；他不再快樂了，是的，他不再快樂了。我的心忽然生出一種荒蕪，一寸寸啃噬了全部。是我，讓他變成這樣的，我囚禁了他的固執，我折損了他的好強。他的性情被我砍得七零八落，再也拼不完整，他的快樂也不再完整。

我覺得這一切都是諷刺的，這是一個輪迴。我因爲安馨的存在而選擇與溫撫寞分手，而盛悠傑因爲溫撫寞的存在而和我產生嫌隙；不同的是，我爭取了，我不願意放手，所以我重新抓回了盛悠傑。但是，我現在開始懷疑自己這麼做是否正確。因爲，盛悠傑的眼睛再也沒流露出那種自信，那種屬於他的獨特自信。一路走來，他的生活都是順暢的，這種順暢是他自己拚搏出來的，他著迷於這種用自己的汗水染成的順暢。但是在我這裡，他挫敗了，人心是最難琢磨的東西，他想要的，我做不到。我發誓，我確實盡力去做了，可是結果卻不是他所滿意的；但盛悠傑還是接受了，爲了我，他還是接受了這份他眼中殘缺的愛。是的，在他眼中，溫撫寞一直存在於我們之間，他曾經試圖逼我忘卻，徹底地忘卻，可是我沒能做到。他本來是要離開的，卻因爲我而遲疑了；盛悠傑看見了我的痛苦，看見了我的淚水，所以他決定放棄自己的原則，放棄自己的快樂，他願意接受我這個心中還留有溫撫寞的寒食色。

我開始細細回想。如果當時，溫撫寞也像我這樣去爭取、挽回，事情會不會有什麼不同。如果他也像我一樣喝醉了，跑到我家樓下大喊大叫，表現出一副在乎我的樣子；如果他一遍遍地來請求我的原諒，一遍遍地告訴我，說他已經忘記了安馨……如果他做了這一切，我會原諒他嗎？是的，恐怕我會。我想，我會原諒他，我們也許會重新在一起，可是我不會快樂。就像盛悠傑一樣，我會假裝歡笑，可是我不會眞正快樂，我會整日整日地猜忌。當溫撫寞出神時，我會認爲他想起了安馨，既而泫然；當溫撫寞撫摸我的頭髮時，我會認爲他是在撫摸安馨，既而悵惘；當溫撫寞與認識安馨的人見面時，我會害怕他們談論她，既而悽惶。我會痛苦，陷入無邊無際、不可告人的痛苦之中。是的，如果當初我繼續和溫撫寞在一起，這就是屬於我們的結果。輪迴，確確實實的輪迴。所以溫撫寞當時才會說——「食色，沒有我，妳是不是會快樂很多？」原來那並不是要離開我的藉口。畢竟我們深深愛過，溫撫寞是瞭解我的，他知道，如果他努力挽回，我一定會原諒他，我會重新和他在一起，因爲那時我愛他那麼深。但是他同時也知道，復合之後，陪伴我的將是隱藏的怨懟，無休止的猜忌，永恆的悲哀。他不想讓我面對這一切，所以他走了，而我現在則是在做他沒做的事情，我將這一切賜給了盛悠傑。我是不該的，眞的，我是不該的。

窗外，一輛車駛過，白色的燈光在天花板上游移，綿長，無聲。那一夜我閉著眼，數著緩慢流過的每一秒，卻沒有絲毫的睡意。因爲，我決定了一件事情——我要離開盛悠傑，就像當初溫撫寞說的那樣；離開我，盛悠傑會快樂許多。開始，是痛的，那是一定的；但是沒關係，拔出了我這根刺，他會好受許多。總有一天，他會遇到對的那個人，而我則會成爲過去，成爲回憶。第二天，我趁盛悠傑去上班時，以很快的速度收拾了東西，然後我走了，去了雲南。上飛機前，我打了通電話給盛悠傑。我說：「盛悠傑，我們分手吧。」電話那頭是死一般的沉默。我說：「盛悠傑，沒有我，你會快樂許多。」突然發覺，這句話還眞是好用。那邊的盛悠傑終於開口了：「妳在哪裡？」我當然沒告訴他，只說：「盛悠傑，你沒有輸，我也沒有輸，我們輸的，只是這段感情……盛悠傑，對不起，我達不到你的要求。眞的，我不想看你繼續不快樂下去，那樣，在你身邊的我也是不快樂的……盛悠傑，一段感情中，如果兩個人都不快樂，那麼就到了他們分開的時候了。」盛悠傑的聲音是低沉的，他說：「寒食色，妳回來吧，我們重新開始。」我靜默了許久，話筒中只聽見呼吸聲，不知是屬於他的，還是我的。最後，我只問了一句話：「你能夠釋懷嗎？」盛悠傑默然了。我笑了，是的，我看著玻璃中自己的影子，她的嘴角是揚起的，然後我聽見了自己的聲音：「盛悠傑，下輩子，我想在最一開始的時候，遇見你。」接著，我掛上了電話。

我就這麼躲去了雲南。讓我失笑的是，我住的依舊是五年前那個房間。我記得當時自己曾在這個房間裡流了許多淚，甚至將地板都浸濕了；而多年之後，我又因爲另外一樁感情而再次躲進這裡。我關掉手機，與外界徹底失去聯繫，不看不聽不想，重新躲進我的烏龜殼中。麗江確實是個好地方，有種塵埃落定的澄淨。每天清晨，我都會慢悠悠地走在青石板路上，緬懷我逝去的兩段感情。青石板路歷經了太多歲月，上面全是斑駁的痕跡；我的感情，對它而言如鴻毛般輕微，可是它們之於我，卻和生命一樣重要。兩段感情，我都付出了全力，愛得毫無保留，只是結果卻不太順利。時間，到了麗江這個地方就變得緩慢。我不可遏止地回憶起兩段感情的藤藤蔓蔓，我不會忘記的，即使以後有幸開展第三段戀情，我也不會忘記它們的。雖然它們帶給了我無盡的痛苦，但在痛苦到來之前也給予了我許多快樂，我會在心中爲它們保留一個位置。

原以爲自己的行蹤夠隱蔽，但這天有人卻透過旅館的電話找到了我，是柴柴。我愣了三秒鐘，總算反應過來。也太傻了我，人家喬幫主可是警察，連續殺人犯都能找到，何況是我。而柴柴打來則是爲了通知我一個消息——盛悠傑明天下午就會離開我們生活的那座城市，而且，他決定再也不回來。我拿著話筒的手，僵硬了，但很快，便強打起精神，道：「那，妳幫我送送他吧。」柴柴在那頭歎了口氣，「反正該通知的，我也都通知了，你們是聚是散，旁人確實無能為力。還有二十四小時，妳好好想想吧，反正……別後悔就行。」接著，她掛上了電話，我的全身有了微微的涼意，所以我來到旅館院子中。這裡有兩張藤椅，我占了其中一張，讓陽光為我解凍，我旁邊則是偷懶來曬太陽的老闆娘。她長得不太漂亮，其貌不揚，但人卻很和氣，我對她有著莫名的好感。老闆娘就躺在我身旁那張藤椅上，腹部高高隆起，裡面是六個月的身孕。她老公是個大胖子，一坐下來，肚子上的肉就像千層餅一樣層層疊疊的，十分有意思；雖然是個胖子，但我這雙火眼金睛還是看出來了，老闆那發了福的臉上長著副好五官，尤其是那雙總笑咪咪的眼睛，那可是名副其實的桃花眼啊。我敢打包票，如果瘦下來，老闆絕對是個顛倒眾生的妖孽。這胖老闆一整天總眉開眼笑的，而且對老婆十分之好，每天晚上都親自為她洗腳，動作特溫柔，眼神特愛戀，語言特深情……那場面差點刺激得我這個剛失戀的人想跳樓。

收回遐思，我開始思索剛才聽見的那件事。是的，盛悠傑要走了，再也不回來了。其實我應該慶幸才對，這麼做，對雙方都有好處；決絕一點，是對大家的保護。只是，我的心此刻卻是連陽光也照不透澈的晦暗；沒事的，我安慰著自己，這段時間過去了自然會放開的，是的，我會放開的。「在為感情的事煩惱？」在暖熱恍惚的陽光下，一個聲音響起。我轉過頭，迎向了一雙漆黑的眼睛，那裡面是幽靜的了然。我摸摸自己的臉，「我表現得這麼明顯？」老闆娘笑笑，「來這裡的，有很多人都是感情方面受了挫折來散心的，我見得多了，還總結出他們的一些表情規律，看妳就挺符合這些規律的。」我坐直身子，「願聞其詳，那規律是什麼？」其實，我對這並不是很感興趣，但此刻的我需要人陪著說話，否則，我會想起盛悠傑。「猶豫！」老闆娘吐出這兩個字。我看著她，等著她繼續往下說。「感情出了問題後，沒多少人能立即放下，一般都是在心中惦念著。臉上總上一秒想起那人的好，恨不能馬上飛去那人身邊，而下一秒又想起了那人的壞，決定死都不要再相見。臉上總是重複重複再重複地寫著兩句話——『不行，我要離開他；以及不行，我要和他在一起。』」老闆娘的話讓我的心尖被某種情緒扯動了一下。她的意思是——我在猶豫？我不敢再往下想，忙問道：「妳是不是認爲我們很傻？」「妳們？」老闆娘笑笑，皮膚在陽光下流溢出一種懷孕時特有的溫婉聖潔光芒，「別把我給排除，大家都是一樣的。」我仔細琢磨了一下老闆娘的話，再根據從前看的電視劇構思出她的感情經歷：「妳是不是愛的是一個人，而嫁的是另一個人？」「難道我老公不值得嫁？」老闆娘眨眨眼。「當然不是。」我抓耳撓腮地想解釋一下，但最後還是放棄了，只得無奈地歎口氣，道：「妳明白我意思的。」老闆娘不再捉弄我，「其實，他以前的樣子值得愛，卻不值得嫁。」我好奇：「以前的樣子？」老闆娘吩咐：「幫我把皮包拿來。」得，孕婦爲大，我不敢違抗，只能依言照做。不一會兒，老闆娘從自己錢包的底層中拿出一張照片。我一看，立刻口水狂飆。照片上是一超級妖孽的帥哥，短髮，健美的胸肌，完美的五官，還有那雙正宗的桃花眼……等等，這不是老闆的那雙桃花眼嗎？我搶過照片，用力地眨眼，力量大得差點把視網膜都眨下來了；終於看清了，照片上的帥哥就是老闆啊！我心裡頓時那個悲痛啊，世間最慘烈的事情就是美人遲暮，帥哥發福；這麼一個大帥哥，活生生地就變成那樣了，我恨不得跪下來放聲長哭，大叫情何以堪。

「我追求他的路可叫一個漫長啊，差點都抵上長征兩圈了。」老闆娘對我強烈的惋惜視而不見，開始說起自己的故事：「我從小學就看上他了，一直跟著他考同樣的初中，高中，甚至是大學。其間，一直幫他做作業，幫他打掃環境衛生；總之，花癡的事情幹了不少。可是他根本就不看我一眼，後來被我逼急了還發誓，說他就算是下輩子也不可能跟我在一起。我那個傷心啊，哭得黑天暗地的，但哭完了，又不要臉不要皮地跑去他身邊晃悠打轉了。後來他遇到一個大美女，『轟隆』一聲就愛上了；就算我再嫉妒，也得說，他們兩個確實是天造地設的一對，家世、相貌都般配得一塌糊塗。我想這下沒戲唱了，這時家裡也開始逼著我嫁人；可是我不甘心啊，還是一直等著。妳也知道，那兩個都是人中龍鳳，身邊的桃花多成了一堆堆，難免就磕磕絆絆吃點小醋，一不小心，有次吵架吵分手了，他那段時間特別鬱悶，我一聽見消息就趕緊到他身邊又是照顧，又是安慰的。也不知道他是不是因爲想氣氣那美女，就和我交往了；那段日子，我高興得像每天過年似的，但沒幾個月，他們兩人又和好了。他當時低著頭說對不起我，我拍拍他的肩膀說沒事，然後拿著行李就走了。躲著哭了大半個月，我終於振作起來了，倒不是說振作起來忘記他、重新開始新的生活，說來慚愧，我是振作起來潛伏著，繼續觀察他們的動向。結果，一年後，他經營的公司因爲一次重要的決策失誤倒閉了，他整個人消沉下來。其實，人家那美女也不是見異思遷的人，剛開始還是不離不棄地陪伴著他。可妳知道嗎，他從小風調雨順的，哪裡受過這樣的挫折，脾氣很差，整天就朝著美女吼，到最後美女實在受不了他，就離開了。這時，我活動活動筋骨，又上場了。我們決定來到這裡，開個旅店，掙點錢，回去幫他重新開始。來了這之後，我每天都給他灌湯，把他養得跟豬八戒似的，把他的桃花給斷了。這店開著開著，覺得這樣的日子不錯，他也斷了念想，就這麼住下來了，還跟我結了婚，馬上孩子也要出生了。」我睜大眼，媽媽的，這故事比電視劇還精彩。

老闆娘摸著肚子，緩緩說道：「很多朋友都說，他之所以肯跟我結婚，還不就是因爲胖了，事業垮了，如果他還是原來的他，肯定沒幾天就跟那美女跑了……一開始，聽見這些話我還挺不舒服的，但後來也想通了。愛情啊，摻雜了理性就不好玩了。妳看那些個婚姻兩性專家，又有幾個是家庭幸福的？所以，管他是原來的他，還是現在的他，我都愛……有時候他也問我，當初怎麼就有這麼大的決心，硬要追上他。其實，我也不知道自己爲什麼會這麼固執。當時我想的是，這世間的男人雖然千千萬萬，但要遇到一個自己愛的，多不容易啊，起碼是修了好幾輩子才能得到的緣分，就這麼讓它散了，下一次不知要等到幾世之後。」聞言，我的心沒來由地震動了一下。老闆娘似乎看見了我的異樣，或者是沒有看見，我不清楚。我只記得最後一句話——「下一次不知要等到幾世之後。」是的，我等了這麼久，終於等到了盛悠傑，這次倘若錯過，再續前緣不知要等待多少時日。在千千萬萬的人之中，我們相逢，相愛，這就是緣，雷打不動的緣。是的，我不能錯過，我會讓盛悠傑重新快樂起來，重新經營我們的幸福。我會告訴他，我愛他，只愛他一個。我馬上收拾了行李，去到機場，「嗖」的一聲飛了回去。我像是吃了千年人參，渾身每個細胞都充滿了焦躁，恨不能變成超人直接推著飛機前進。下了飛機，我正準備往外面衝，但看見了一個身影，腳步卻忽然頓住。我看見了盛悠傑，是的，他在買機票。我衝過去，站在他的背後；我的呼吸是急促的，我的額頭滲滿了汗珠，我的手在微微顫抖著。盛悠傑忽然轉過頭來，看見我，眼中閃過一絲詫異。好半天，我才問出了這麼句話：「你，真的要離開嗎？」盛悠傑眸色難辨，他道：「是的。」我張張口，想說些什麼，但喉嚨卻是哽著的。盛悠傑看著我，眼底閃過一絲流光，太快了，我無法抓住。我艱難地吞口唾沫，重複道：「你要走了？」「是的。」他也這麼重複著。微風撫過，盛悠傑額前的碎髮擋住了他的眸子，「是妳說的，我們已經分手了。」我緊咬住下唇，胸口忽地升起一股強烈的情緒。我叫不出那情緒的名字，但它卻衝上了胸腔，將我積埋在心中的話一股腦地攛出了口：「是的，是我說的，是我讓我們分手的！因爲我害怕，我害怕你委委屈屈地和我在一起，我害怕你不快樂！媽媽的，我是想做個聖女，我想犧牲自己成全你的快樂，所以才會跟你分手！」我大聲地吼著，很快便引來了眾人的側目。

可是我不在乎，這一刻，我什麼都不在乎了。我是豬，真的是豬，我憑什麼判定盛悠傑的快樂與否，難道他的下一個女人就一定比我好嗎？如果那是個喜歡紅杏出牆的女人呢，說不定她會懷著別人的孩子嫁禍給盛悠傑；如果那是個喜歡賭博的女人呢，說不定她會把盛悠傑的家產全部都輸光；如果那是個只喜歡女人的女人呢，說不定她會把盛悠傑的自尊踐踏得一點也不剩！是的，我憑什麼斷定盛悠傑離開我以後會過得比較好？我不是他，也不是老天，我憑什麼這麼自以爲是？我以爲自己愛他，所以就要成全他的快樂；可是，愛情本來就是自私的，我愛他，我不想放手。看著盛悠傑手上的機票，我的腦子是昏眩的。現在，他就要走了，永遠地走了；是的，他就要去另一個地方，遇見另一個女人。另一個女人。一種混亂的、夾雜著妒意的情緒襲擊了我的腦子，我無法思考，只能看著自己的手下意識襲擊上了小狐狸。是的，我不確定盛悠傑是否會留下，如果他走了，那就意味著將會有另一個女人享用他的小狐狸，與其如此，還不如現在就毀了它。所以我抓住了小狐狸，準確地、用力地一折；隨著一聲悶哼，盛悠傑的臉變得卡白。我的腦子雖然是混亂的，但在混亂中卻仍有一絲清明，那就是——傷了人就要馬上跑。於是我留下一句「盛悠傑，我得不到的，別人也別想得到」，接著便逃之夭夭，而且我又逃回了雲南，這次搭的是火車。

老闆娘想必是神仙，知道我會再回來，因此一直將那間房留著。這次我沒有哭，也沒有惆悵，而是躲在被窩中整日整日地睡著。睡了三天三夜，終於拗不過肚子餓，我來到樓下吃飯。正吃得歡，卻聽見老闆在唸報紙新聞標題「機場情侶爭吵，女子當場抓傷男友下體」——嘖嘖嘖，現在的女孩眞是狠啊……咦，還搭配了圖片……欸，這個女的好像很眼熟啊。聞言，我將頭低到腳踝上，一溜煙跑回房間繼續睡。這一次，我寒食色糗大了，還是睡死算了。根據拉屎的次數算來，我睡了一個星期。睡到最後，都睡噁心了，所以我起身，推開窗子，深呼吸，接著放了個小小的下午屁。院子裡，老闆娘還是悠閒地躺著曬太陽，看見我，她招招手，喚我下去。我說過，孕婦為大啊，不敢讓她久等，趕緊屁顛屁顛地衝下去，坐在她身邊。她問：「事情辦完了？」我點頭，「是。」她問：「辦得怎麼樣？」「不太好……」頓了頓，我覺得自己還是別謙虛了，便說出實話：「非常糟。」她問：「那接下來妳打算怎麼辦？」我誠實作答：「不知道。」她忽然搖搖頭，道：「我怎麼也想不通，為什麼妳會抓他的下體呢？」我睜大了眼，「妳怎麼知道的？」「報紙上配了這麼大一張圖。」老闆娘將報紙遞給我，上面的圖雖然是偷拍的，但還是隱約看出了我的臉。我閉上眼，然後走到牆角，開始用額頭死磕石頭。老闆娘問：「妳究竟愛不愛他啊？下手這麼狠！」我繼續死磕著，「我不愛他，幹嘛還回去找他。」老闆娘問：「那如果他來找妳復合，妳會同意嗎？」我重重地死磕，寒食色，我要磕死妳，「我死都要纏著他……不過，都這麼久了，想必他也走了。」老闆娘的聲音中帶著笑意，「他已經來了。」「什麼？」我懷疑自己的頭給磕昏了。

下一瞬，我就被人抱起；還沒弄清楚怎麼回事，我就被甩到房間的床上。我搖搖腦袋，眨眨眼，終於看清了面前的人——如瓷器般無瑕的臉頰，拂水柳枝般的眉，有著桃花光暈的眸子，秀挺的鼻梁；還有，那嘗起來味道比旺仔ＱＱ糖還要美味的唇……我猛地撲上去，想吻住盛悠傑。但就在我即將吻上他時，盛悠傑以雙手固定住我的頭，即使我一張嘴嘟得像朵菊花，也吻不到他。盛悠傑的眼睛是陰沉的，「先回答我的問題。」我被嚇得全身哆嗦了一下，點點頭。他問：「剛才，妳在樓下說的話，全是眞的？」點頭。他繼續問：「妳，眞的愛我？」點頭。他還在問：「妳，選擇永遠和我在一起？」點頭。他最後問：「如果我和其他女人在一起，妳會繼續折斷我的小鳥？」重重點頭。一番拷問之後，盛悠傑的眸子慢慢明亮起來，裡面盛滿了濃稠的繾綣。然後，他放開了我那被禁錮住的腦袋，等著我吻他。但此刻的我已經收起了慾念，我也有好多問題想問盛悠傑。我問：「你，是來找我復合的嗎？」他答：「是的。」「你……」這次是眞的想通了嗎？我想這麼問，但最終還是開不了口。可是盛悠傑幫了我的忙，他說：「我想通了。」我看著他，他眼睛裡的東西濃得我移不開目光，「寒食色，沒有妳在的日子，我的心像丟掉了一大塊，我沒有辦法忍受。而且我終於知道，我在妳心中是獨一無二的。」我目光炯炯，「眞的？你是怎麼知道的？」他緩緩說道：「因爲，妳只把我家的小弟弟當成妳的私有財產。」聞言，我先是驚喜，之後又氣得吐血。早知道盛悠傑吃這一套，應該早點折了他家小弟弟的！盛悠傑看著我，眼睛充滿醉人的明亮，「我和妳是同一種人，即使死，也不願意將愛的人拱手讓人。是的，我不願意放開妳，永遠也不會。」我還有個問題：「那麼，爲什麼你要買機票離開？」盛悠傑解釋：「我是聽柴柴說妳在雲南，所以決定搭飛機來見妳。」原來是被騙了。我當機立斷：「走，我要趕回去扁她！」一邊說著，我一邊跳了起來。但盛悠傑卻一把將我壓在床上，他的眼睛被情慾的薄霧縈繞，「在那之前，我還要麻煩寒醫生一件事。」我問：「什麼事？」他將唇湊近了我的耳朵，輕聲道：「麻煩寒醫生幫我檢查一下，妳最愛檢查的那個部位……」

於是，在陽光下，我們在被窩中翻滾著，做了一次徹底的身體檢查。

婚禮的準備工作以不可思議的速度進行著。一夜之間，周圍的人似乎都知曉了。許多的祝賀，像雲海般將我捧在中央，但我的心卻空落落的，很不踏實。但我不敢多想。我每天都數著日子，我想快點來到結婚那天，這樣，什麼都定下來了，再多雜念也會消失。

結婚，自然少不了伴郎伴娘。柴柴是一開始便約定好了的，而盛悠傑那邊則貢獻出棒槌兄這個伴郎。在拍婚紗照這天，大家便見面了；要不是害怕喬幫主的打擊報復，我鐵定是要介紹棒槌兄給柴柴的，親上加親嘛。

不過，話說今天可眞是不夠痛快，原因嘛，全在那攝影師身上。你說他拍就拍吧，一邊拍，還一邊在那頭嗑藥般地驚呼著：「不錯，很好，新郎很帥，對，停住別動，側面帥得無敵啊！……新娘子，也挺喜氣的。」我心尖都氣得顫抖了，這是誇人還是損人啊，這攝影師嘴太毒了，絕對是正宗娘受一名！合影完畢之後，就是新郎新娘的各別獨照。我讓盛悠傑先上，自己則在旁邊啃漢堡慰藉一下受傷的小心肝。正啃得要進入高潮，棒槌兄過來了。他笑呵呵的，「在吃東西啊？」「同學，我名花有主了，別想勾搭我。」我咬了一口漢堡，意志堅定，接著趁盛悠傑不注意，小聲對棒槌兄道：「不過，等我和他離婚了，會第一個考慮你的。」聞言，棒槌兄沒什麼大反應，除了身子僵硬了一下，額角青筋爆裂了一根，臉部暫時抽搐了一次，看上去就和沒事人一樣。

想必是沒膽子回到我剛才的話題，棒槌兄看著正在拍照的盛悠傑，用欣慰的口氣說道：「眞沒想到，居然是小七第一個結婚。」我問：「為什麼他不能第一個結婚？」「也不是不能，只是我以前總以為，他會是我們當中最後一個結婚。」棒槌兄的眼神開始浸入回憶的湖水，「記得那時，我們寢室每個人都把自己的擇偶條件寫出來，老大我寫的是『不要太漂亮，也不要太醜』，老二寫的是『赫本的氣質，費雯麗的眼睛，夢露的性感』……」我在心中感歎一聲，不愧是老二啊，眞是人如其名。棒槌兄繼續說道：「紙張傳到小七手上，他卻不肯寫。」沒聽見關鍵情報，我有些失望，「他後來一直沒有寫嗎？」棒槌兄得意地笑笑，「他硬撐了一個月，最後還是敵不過我們的連番轟炸，把條件給寫出來了。」我好奇：「他寫的是什麼？」棒槌兄解開了謎

63 最後的最後

「新娘子怎麼笑得這麼僵？累了嗎？臉都不喜氣了……我們休息一下再拍。」攝影師喊了停。是啊，我連臉上唯一有的喜氣都沒了，還拍個什麼勁？

趁著休息，柴柴走過來，幫我牽裙襬。她問：「什麼時候去辦登記？」我回答：「本來昨天就要去的，但盛悠傑臨時有個手術，所以決定改天去。」我的聲音安靜、清澈，連我自己也有些訝異。「趕緊去辦登記，到時候別在酒席間上演什麼逃婚記之類的，那時候逃了也沒用。別學那些電視劇，胡扯，一點也不尊重國情。」柴柴一邊幫我補妝，一邊閒閒地說著。蜜粉淡淡的香氣，縈繞在我的鼻端。細細的粉末被強光一照，撲撲索索地落下，順著目光看去，盛悠傑的面前彷彿有無數片杏花落下，無聲無息落在他臉上，包裹成荒漠。在那一瞬間，我的腦海清明了許多。

拍完照之後，坐在回家的車上，我不停地眨著眼睛。剛才因爲要漂亮，便戴了角膜變色放大片。這麼一戴，眼睛確實漂亮了許多，可是很不舒服。眼睛是最脆弱的，容不得夾進任何東西；心，也是一樣，容不下任何異物。即使是一粒微塵，在兩顆心之間不斷摩擦同樣會造成破損，會造成出血，會造成感染，會痛不可當，會遺恨終身。盛悠傑道：「明天早點起床去辦登記吧，免得排隊。」我頓了頓，然後用平生最淡靜的語氣說出下面的話：「盛悠傑，我們……散了吧。」接下來，是沉默，沉默的他，沉默的我。到了他家樓下，盛悠傑停好車。他的雙手握著方向盤，他的眼睛被額前碎髮遮擋，眸色難辨。擋風玻璃前，放著一個我買來的流氓兔造型彈簧娃娃，此刻，還在搖擺著；整個車室中，似乎只有它才是活物。空氣，是凝滯的，但我知道，這樣的凝滯不會持續太久。所以，我等待著。當流氓兔停下來的那一刻，一股暴怒像火一般竄上盛悠傑的全身。他猛地抓住我的手，將我拖出車門，將我拖進電梯，將我拖入他的屋子。一切都發生得很快，腳步跌跌撞撞，眼前的景物全是晃動的，耳邊還有著呼呼的風聲；而我的心，卻是靜止的。當我被甩在沙發上的同時，我聽見了那道充滿怒火的關門聲。沙發是淺灰色的，很軟，所以我彈了起來；但只彈了一下，我就被盛悠傑按住了，他的手重重握住了我的肩膀，我的身子像被深深嵌入了沙發。我們就這麼對視著。

盛悠傑的眼睛是一望無際的深淵，他質問我，語氣帶著幽幽的寒冷，還有軟軟的蒼涼，「寒食色，妳究竟要我怎麼樣？」我道：「我想讓你忘記我。」其實，我是想用一種平淡的語氣說出這句話，笑看雲舒雲捲，但我的尾音還是顫抖了。「我忘記不了！」盛悠傑說出的每個字都裹著濃濃的恨意，還有淡淡的無奈，「如果能忘記，我早就忘記了！」我點點頭，「是，我們都忘記不了……很多事情，都是我們無法忘記的，所以我們要學會把它存在心裡。」盛悠傑深吸幾口氣，平靜一下呼吸，「寒食色，妳這是在耍脾氣。去睡一覺，睡醒了，我們就去辦登記。」我問：「你認爲，我們這樣自欺欺人下去，好嗎？」「妳累了。」盛悠傑這麼說道：「妳不知道自己在說什麼。」我看著盛悠傑的眸子，琥珀色，透明的，此刻氤氳著隱隱的淒迷，「我可能真的不知道自己在說什麼，也不知道自己在做什麼，但是我卻知道，你不快樂。」盛悠傑的眉宇忽然皺起薄怒，一股內心不欲人知的事物被看穿後的薄怒在他臉上升起，「寒食色，收起妳的自以爲是！」我沒有理會他，而是繼續說著：「有些東西，迴避是沒有用的。我原本以爲，只要兩個人愛著彼此，那麼什麼事情都可以解決。可是我卻忘了，越是愛得深，越是容不下任何嫌隙。你的心中有很大一粒沙，你掏不出來，所以你選擇忽略，但是那種摩擦的痛卻是時刻存在的……我記得，當初溫撫寞和我分手時……」「不要提他！」盛悠傑忽然低吼一聲，像隻受傷的獸。

「我要提，我必須提。」我直視著他，繼續說：「他說：『食色，沒有我，妳是不是會快樂許多？』我回答他：『是的，如果你走了，我會快樂很多……』」「我要妳別再提他！」盛悠傑的聲音提高了許多，但在我聽來聲音底下卻是空無，沒有支撐。我繼續說著：「其實，那時我的回答有很大的賭氣成分在裡面。無論他走，還是留下，那時的我都不會快樂的。我一直不願意承認，那時在我內心深處是希望他留下的，可是溫撫寞沒有這麼做，他走了。而直到今天，我細細回想才發覺他的作法是對的，他是在減少對我的傷害……」

「我不想聽見他的名字！」盛悠傑的眼睛有些發紅。他平日的冷靜、閒適，對一切事物的胸有成竹，都在這一刻煙消雲散。他一把將我推倒在沙發上，然後像頭被激怒的野獸般帶著滔天怒氣朝我襲來。他用自己的唇堵住了我的嘴，封住那些他不願意聽的話。那個吻更像是啃咬，我的唇泛起了絲絲的痛，時而尖銳，時而鈍，一股甜腥的濃稠液體在我們的唇舌之間蔓延。血腥，引出了盛悠傑體內潛伏的野性，他的動作沒有一點憐惜，凶狠的，憤怒的，狂熱的。我任由他這麼做，因爲我知道，怒火總會有消散的一刻，理智會再度浮出水面。我在等待著，我必須將話全部說出來。盛悠傑就這麼蹂躪著我的唇舌，像是要將我的口腔全部吞入腹中，到了最後，我的唇幾乎失去了知覺。終於，他放開了我的唇，開始蹂躪我的身體。我張開麻木腫脹的嘴，繼續著剛才的話：「我想，溫撫寞應該是知道的。如果他繼續努力，如果像我纏著你一樣地纏著我，我是會心軟的，我一定會心軟的……畢竟，畢竟當時我愛他那麼深。」盛悠傑似乎沒在聽，他粗暴地撕開我的衣服，那布料破碎的聲音劃破了一道道空氣，如凜冽的刀。可是我知道，他已經將我的話全部聽進了耳裡，是的，全部。

「可是他沒有這麼做，現在想來我應該感激他，如果我和他復合了，那麼等待我們的，將是無窮無盡的爭吵，猜忌，還有對彼此的傷害。因爲在我眼中，安馨將會永遠存在我和他之間，就像現在，他永遠存在我和你之間一樣。」盛悠傑的手狂野地撫摸著我的身子，我的每一寸肌膚都感覺到重力壓迫的疼痛。「我不要我們對著彼此惺惺作態地微笑，而轉過身，面上卻是空茫。」我伸出舌，習慣性地舔舐了一下唇瓣，舌尖捲起了一絲血跡，「所以，分開，是我們最好的結果。」盛悠傑的唇開始親吻著我的胸口，重重地啃咬著那暴露在空氣中的蓓蕾。我的聲音彷彿永遠沒有止息：「盛悠傑，你要的，是我的全然忘記。可是對不起，我做不到，我至今還是記得很多事情。我記得第一次看見溫撫寞時，他正坐在地上，很安靜，像周圍嘈雜的人聲不存在似的；我記得他的脖子上戴著一塊玉做的小豬，是他媽媽逼他戴的，因爲他屬豬；我記得，我曾經摟住他的脖子，許願將來要爲他生下許多條小豬……這些，我都記得。」

盛悠傑停了下來，「別說了。」他的語氣像是一種懇求，他的眼神空而幽長。很多事情在這一刻就已經決定了；我的記得，他的不能釋懷，結束了一切。我捧住著他的臉。盛悠傑，那個總是悠閒安然的，那個對所有事情擁有瞭若指掌自信的，那個總喜歡閒適靠在門框上、眼含風情、唇泛桃花、勾魂攝魄的盛悠傑，已經漸行漸遠；而寒食色也是一樣，那個猥瑣的，看見帥哥就含著一泡口水、在別人厭惡目光下沒臉沒皮得意的寒食色，也漸行漸遠。兩個人都不是快樂的，所以，是我們分開的時候了。不知從哪來的力氣，我猛地翻過身子，將他壓在我的身下。我們對視著。盛悠傑輕聲道：「食色，我們不應該遇見的。」我笑著搖搖頭，笑容是充實的，「盛悠傑，也許我這麼說對你很不公平。但是我不後悔，因爲你帶給了我那麼多快樂……眞的，我一點也不後悔。」接著我俯下身子，吻住了他。我們用力抱著彼此，最後的情慾在唇舌之間舞動。我們的手像是要嵌入對方的筋骨之中，每一寸皮膚都在吸取著最後的記憶。我跨坐在他的腰上，他的硬挺，溫柔而狂野地進入了我的體內。我們激烈地律動著，激情在四肢百骸中流竄。

盛悠傑最終還是讓我完成了女上位。我從沒想過，當我如願的時候，已經到了最後的最後。我們咬住牙齒，享受著這再也不會來臨的時刻。喘息，呻吟，慾望，旖旎，薄汗，赤裸交纏的四肢，絕望無奈的放棄，還有……自由卻鮮血淋漓的翅膀。

64 貢獻菊花

髒得已經看不清原本顏色的睡衣底下，是一具被垃圾食品毒害過的身體。

肥膩的屁股，下垂的胸部，水桶般的腰，還有那差點把褲子綳破的大腿。臉上粗大毛孔中分泌出的油，夠一家三口炒一個星期的菜。黃色的牙齒上黏著韭菜葉，舌苔比草坪都厚，噴一口氣，那氣味能讓人吐得連自己媽媽都不認識。眼角全是黃燦燦的眼屎，黏在睫毛上，忽閃忽閃的。我緩緩抬頭，摸著像懷了四個月身孕的大肚子，打個飽嗝，將那大蒜味的氣體哈出體外。然後，我瞥了眼滿屋子的男人，問道：「你們是來做什麼的？」他們全都異口同聲地回答：「割包皮的！」「爲什麼要割？」我拿起一隻油炸雞腿，張口一咬，金黃色的香油從肉中溢出。「割了，就有肉吃！」又是異口同聲地回答。這是在演《無極》嗎？還是說，他們想吃自己割下來的皮？

看在手中雞腿的分上，我不欲多想，道：「把褲子都脫了吧。」話音剛落，「刷」的一聲，大家齊齊褪下了褲子。頓時，百鳥歸巢，鳥兒在黑色的草叢中昂首挺立——棒槌，火腿腸，特價版火腿腸，雞腿菇，金針菇匯聚在一起，讓人眼花撩亂。我將油膩膩的手往髒兮兮的睡衣上一擦，朗聲道：「小劉，拿手術刀。」小劉擠過人群，雙手卻捧著一把鋥亮鋥亮的菜刀，遞到我面前。我眉毛一挑，「小劉，妳這是做甚？」小劉道：「寒醫生，沒法子，來割包皮的人太多了，手術刀供應不過來。放心吧，這是院長特地到村子口王師傅那裡買的，別說是皮，就是命根也能切下來。」我眼皮跳了一下，道：「我拿菜刀的手法可不怎麼樣，等會兒眞的把人家命根切下來怎麼辦？不行不行，妳找別人吧。」小劉面不改色地說道：「沒問題的，寒醫生。淫乃萬惡之首，切了也算是助他們脫離這濁濁紅塵。」我正想說什麼，卻看見那些個男人全揮動著小鳥朝我擠過來，臉上全是視死如歸的凜然。數不清的小鳥，就這麼爭先恐後地向我湧來。我被驚恐凶紅了眼睛，拿起那把村口王師傅的菜刀，手起刀落，一隻隻小鳥當即命喪我手。鮮血，小鳥，包皮屑，就這麼在空中飛舞著；忽然，一根碗口粗的小雞雞就這麼被我亂砍的菜刀給切了下來。碗口粗啊，百年難遇啊，簡直就是暴殄天物啊！我睚眥欲裂，喉頭一熱，一口血就這麼噴了出來。一邊噴，我還一邊學小龍女在原地唯美地轉圈……轉著轉著，「咚」的一聲，我就摔在地上。然後，我就醒了。

取下眼罩，看看時鐘，已是早上七點，但天色還是黝黯的。還好剛才是裹著棉被從床上摔下，否則我這老寒腿不給摔斷了？都怪這個噩夢，不，都怪老院長，沒事幹，居然搞什麼割包皮大優惠，打八折，而且還割一送一，吸引了不少在斷背山上放羊的情侶。這些天，我每天起碼都要割十個人。一閉上眼，就想起那些連綿不斷的皮，累起來起碼有十斤重。我眞懷疑醫院食堂新推出的涼皮，是就地取材用割下來的包皮做的。爲了查出眞相，我親自去食堂檢驗。食堂大嬸看見我又再次激動得熱淚盈眶，這次她說的是：「好久沒看見活生生的人了。」我抽動著嘴角，從她手中接過那碗涼皮。品嘗之後，我發覺這涼皮，就像把中國古代四大發明「油鹽醬醋」全都不要命似地往裡灑，味道豐富得一塌糊塗。吃完，我得出了結論——就這東西，說它是包皮，那十斤包皮都要跳起來和我拚命。

詛咒完老院長後，我呲牙咧嘴地從地上爬起，揉揉屁股，來到落地窗前。打開，一陣寒風呼嘯著湧進，直接穿透厚厚的棉睡衣鑽入骨骼之中，像是要把人給凍僵似的。皮膚被冷風一吹，緊繃繃的，原本混沌的思緒也頓時清明起來。這麼快，就到冬天了。仔細算算，距離盛悠傑離開，已經半年了。我們分手後，他也就辭去了這裡的工作，去了另一個城市超級牛逼的醫院。老院長的擔心成了現實。而這次失戀我沒有哭，只是在床上躺了三個月。也沒什麼病，就是起不來，骨頭像化掉了一樣，每天只能像灘泥似地縮在床上。整整一個月沒有洗頭洗澡，那氣味臭得連隔壁鄰居都懷疑，是我遭人殺害後、屍體高度腐爛散發出的惡臭，差點報警破門而入。

雖然我大部分時候是萎靡的，但偶爾也會發神經傷害旁人。比如說，當小乞丐送飯來給我時，就會被神志不清的我當成沙包，拖進被窩中狂扁。比如說，當柴柴送飯來時，就會被神志不清的我當成小狐狸精，我拿起一把菜刀，張著血紅的眼睛，滿屋子追著她砍。還比如說，當喬幫主送飯來時，同樣會被神志不清的我當成食物，猛地撲上去一把將他的警褲扒下來，接著我就被喬幫主一個手刀給敲暈；不過值得慶幸的是，我終於調查清楚了──喬幫主的屁股是貨眞價實的翹。

是童遙同學把我從烏龜殼中揪出來的。當他來到我家時，我還是那副要死不活的樣子，像隻髒兮兮的流浪狗。童遙掀開我的被子，「寒食色，起來，我帶妳去吃東西。」我四肢縮成一團，喃喃道：「我要吃肯德基。」童遙滿口答應：「好。」我繼續喃喃：「我要吃麥當勞。」童遙繼續滿口答應：「好。」我依舊喃喃：「我要肯德基爺爺和麥當勞叔叔在我面前搞BL。」童遙：「……」由於肯德基爺爺和麥當勞叔叔不肯在我面前搞BL，所以我就繼續蜷縮著。童遙掐掐我的腰，「寒食色，妳起來我就跳脫衣舞給妳看……三點全露那種。」我閉著眼睛，有氣無力地打擊他，「你海綿體都骨折了，還有什麼看頭？」「起來，」童遙將我拉起，威脅道：「不然，我在妳面前放《情深深雨濛濛》。」我身子抖了抖，但還是保持鎭定。童遙的威脅繼續著：「之後，我再給妳放《再見一簾幽夢》。」我身子僵硬了，但還是咬牙堅持著。童遙使出了殺手鐗：「要不然，我就直接給妳放《還珠格格》第三部。」想到那用鼻孔演戲的爾康哥哥，我全身一股寒意流淌而過，倏地直起了身子。

睜眼，看看窗外，烏漆嘛黑的。我又倒下，喃喃道：「天黑了，那些強姦犯看不清我的臉，萬一不小心把我給拿下，也是可能的。」童遙非常有義氣地保證著：「放心，我會衝在前面，貢獻我的菊花。」

65 果真遇上劫色

雖然我萎靡，我頹廢，但腦海中一想到童遙同學被一群大漢菊爆的場景，腎上腺素立刻激增，也有了力氣。接下來，童遙同學就把我抓進浴室，逼著我清洗一番。直到將油膩得像刺蝟般根根豎起的頭髮洗淨，將黏住眼睛的眼屎擦乾，將殺傷力堪比生化武器的口氣清除後，童遙終於滿意了。

接著，他便拖著我上了他那輛烏漆嘛黑、同時也鋥亮鋥亮的奧迪R８。這部有價無市的車，才剛出廠沒多久就被他給弄到了。關於這一點，我和柴柴倒不意外。畢竟，童遙同學在吃喝玩樂與騷包方面，可是很有天賦的。不過，把一輛最高時速可達三百公里的超級跑車，拿來這像便祕一樣排泄不通的市中心開，實在是暴殄天物。想必是瞧出我沒什麼心思吃飯，童遙隨便買了點速食，接著就一踩油門，將我拉到了濱江路上。

江面澄淨，整個城市的燈火彷彿都映照在上面，那些絢麗的流光隨著波浪靜靜起伏，哽咽。涼風習習吹來，長了眼睛似地直接往人脖子裡鑽。突如其來的寒冷，會讓人記起很多東西。我懨懨地吃了個漢堡，便開始灌啤酒。冷風，冷酒；不知爲什麼，突然想起寶釵姐姐說的——「酒性最熱，若熱吃下去，發散的就快；若冷吃下去，便凝結在內，以五臟去暖它，豈不受害」這句話。想到之後，更死命地灌自己涼酒；若生病了，身體忙著跟病菌抗戰，也就少了閒暇去想其他的吧。

童遙同學沒有喝酒，而是將右手肘放在背後，閒適地撐著身子，而左手則拿出一根「紅河．道」，點燃，抽了起來；忘記說，他是個左撇子。我滿喜歡看童遙抽菸的樣子，長長的手指，乾淨的指甲，就這麼將菸送入嘴中，輕輕吸一口，眉眼稍稍一鬆，然後緩緩吐出；淡淡的菸味縈繞著他全身，挺好聞的。基本上，童遙這人是個優雅的痞子，他那副臭皮囊確實不錯，皮膚是健康的小麥色，眉毛很濃，鼻子也挺，眼睛夠雙夠深邃，差不多具備了帥哥的基本條件。但童遙最漂亮的地方，是他的嘴唇，厚實，飽滿，水潤，唇形比女人都要完美，卻一點也不娘；微撅，像是任何時刻都在索求著吻，性感得要人命。長得好是一方面，更要命的是，童遙同學非常懂得利用。開玩笑的時候，他的眼睛是一泓清澈的湖水，像個大孩子似的；而更多的時候，他的臉就寫著個小小的「壞」字。壞壞的眼神，壞壞的嘴角那絲玩世不恭的笑，那種帥帥的壞帶著一股風流，能讓小女生的春心氾濫得一塌糊塗。如果我這是初遇見他，想必也會挺不住。

菸絲在燃燒，那紅色於黑暗之中若隱若現。我繼續灌著啤酒，那冷冽而醇厚的液體就這麼順著喉嚨進入了五臟六腑，身子有了微微的寒冷。就在我以爲咱們會這樣沉默到地久天長時，童遙開口了：「這次的傷，又要休養多久？」我問：「什麼？」我想，其實我是聽懂了的，可是我不願承認。童遙的耐心有的是，他繼續道：「上一次失戀，你休養了將近五年。這一次失戀，又要休養多久？」我看著星空，那是一種深紫的顏色，「按照規律來說，應該也是五年。」童遙呼出了一口菸，「那就是說，妳將近三十歲才會再談戀愛了？」他呼出的菸相當帶有技術性，嫋嫋繞繞的，十足優雅。「或許吧，誰知道呢？」我的眼睛還是盯著江面上的天，城市太亮了，繁星全都隱藏了。童遙繼續問：「妳還在想著溫撫寞嗎？」他吹出的煙包裹著我，爲這深秋的季節帶來一股暖意，那輕飄的姿態讓人回憶起許多的過往。我伸出手，想抓住黑暗中的煙，但只是徒勞。也許是這深秋的夜，也許是這江邊的靜謐，也許是我喝多了酒，總之，我對童遙說了實話：「我覺得，我是忘不了溫撫寞的……同樣的，我也忘記不了盛悠傑。」「不奇怪。」童遙轉頭看著我，眼中映著清秋的光，「寒食色本來就是個念舊的人。」我仰頭，灌下了一口啤酒，「說得好像你很瞭解我似的。」童遙回憶道：「我還記得，高二時我看妳錢包舊了，就買了個新的送妳做生日禮物，雖然妳後來都是用我送的那個新的，卻還是將舊的好好收著，捨不得丟。當時我就想，這女的還眞念舊。」

我再次仰頭喝了一大口啤酒，「這確實是個要命的缺點。」童遙道：「也不一定。凡事都有壞有好。」又一股寒風吹來，我瞇起了眼睛。童遙問：「那麼，妳現在敢見溫撫寞了嗎？」我沒有考慮，立即搖了搖頭：「不敢。」頓了頓，又道：「不只是溫撫寞，盛悠傑也是一樣，我都不敢再見他們……或許有人在感情上是豁達的，說丟就丟，毫不拖泥帶水……但那不是我寒食色，我真的挺怕見老情人的。」童遙道：「那不見就是了。反正世界這麼大，或者真能一輩子見不上呢。」我問：「但，那應該算是一種逃避吧？」「或許有一天，妳在逛街時會突然遇見他們其中一個，那時妳可能會像被雷電擊中，發覺自己還是愛著他，便衝上去纏住他，愛得個天翻地覆，海枯石爛。但也有可能，妳的靈臺瞬間清明，發覺自己原來已經將他放下了……這些都是不可預知的，事情只有在當下才能真相大白。所以在那一刻到來之前，暫時就順著自己的意識去逃避吧，畢竟……」童遙看我一眼，接著搬出了他的口頭禪：「一切都是命啊。」黑暗中，童遙這副深沉的模樣頓時讓我生出了……想扁他的念頭。

正在這時，背後忽然傳來窸窸窣窣的腳步聲，還沒回過神來，就聽見一個低沉的聲音威脅道：「你們，想被劫財還是劫色？」剛喝下去的啤酒瞬間化做冷汗從我的每個毛孔湧出。真是烏鴉嘴說不得啊，果真遇上搶劫強姦犯了！關鍵時刻，我氣沉丹田，眼含凶光，全身驟然起了一層狂傲的殺氣，接著我雙臂一振，一個凌厲的黑熊掏心，抓住童遙同學的衣襟，然後……將他往背後的搶劫強姦犯那邊一推，並大聲道：「這位大哥你將就點，這小子的菊花比大姑娘還新鮮，把他的色給劫了吧……童遙，保重，兩個小時後我會來接你的！」說完，趕緊拔腿落跑，但童遙卻拉住了我。我死命拍打掉他揪住我的手，狠心道：「童遙，沒關係，這種事一回生二回熟，上天賜予你華麗麗的前列腺，不用就這麼擱著也是可惜了，所以說……快去死吧，放開我！」童遙冷靜地說道：「他是我的朋友。」原來是虛驚一場，我也瞬間冷靜了下來。

轉頭，看見一個年輕男人，穿得挺時髦的，右耳垂上有個耳釘，在黑暗中閃閃發亮，映出了他嘴角邊那絲曖昧的笑。他看看我，對著童遙道：「童哥，又是一個啊？」我當然明白他所指，忙澄清道：「沒，我是他親姐姐。」那年輕小子拿著一雙眼睛在我和童遙的臉上掃過來掃過去，最後道：「怎麼看起來不太像啊？」童遙正兒八經地說道：「意外！我媽在懷她時，肚子不小心撞了一下，正好撞到她臉了……所以說，這是一場悲劇。」我記得，有句成語可以形容此刻的我——「自取其辱」。年輕小子摸摸腦袋，想必也弄不清我們在搞什麼，便扯到其他的事去了：「童哥，我們和趙三在比賽，你也來吧，來了我們鐵定贏。」童遙轉頭看我一眼，問道：「想刺激一下嗎？」我巴不得有什麼刺激發生，免得我整天沉浸在悲春傷秋的情緒裡。

於是，我們三人來到了濱江路上。這裡路寬車稀，因此一到晚上便有許多人在這裡賽車。當然，大多都是紈袴子弟，每個男的都開著一輛好車，抱著一個好妞；那些妞確實是尤物，一個個腿長腰細屁股翹，還有那胸部，一個頂我的兩個。

66 你家小弟弟長歪了

我拉了拉童遙，在自己胸前做出了山丘的形狀，嘴成「〇」形。接著悄聲道：「那些胸眞不是蓋的，打架時，只要抓住敵人的腦袋往自己胸上一按，立刻讓對手窒息而亡，太有殺傷力了。」童遙同學伸手摸摸我的腦袋瓜子，微笑看著我，道：「乖，不要逼我在這裡扁妳。」不想讓他在朋友面前丟臉，我知趣地噤聲了。但事情很少能按照你的想法來發展的，很明顯，我說這句話的意思是——我還是讓童遙丟臉了。

因爲緊接著，一個看起來似乎是童遙同學死對頭的紈袴子弟走了過來。我冷眼望去，發現那人全身穿戴名牌，頭髮也精心打理過，同樣是兩隻眼睛，一個鼻子，一張嘴，哪部分都沒少，但氣質不太行，比咱們家童遙同學差遠了；具體點說，很像是古惑仔電影裡最先出場，臭屁兮兮牛哄哄拽雞雞說了一大堆，接著去砸別人鋪子，但一分鐘後就被男主角打趴的那種人。這人雖然不怎麼樣，但他身邊的妞超強，那身材，該凸的地方死命地凸了出來，該凹的地方死命地凹了進去；胸部起碼三十四E，腰肢想必只有二十吋，還有那短裙下的長腿，白皙纖細筆直，讓男人不由得想像它們夾在自己腰上的情景；這些也都算了，最主要的是，那女的還長了一副清純相貌，水盈盈的眼睛，我見猶憐的尖下巴，小巧挺翹的鼻粱，淡粉色的唇，還有柔順的長髮，能讓男人生出無限的保護慾望；當然，保護完之後就留給自己蹂躪了。清純的容貌，高眺惹火的身材，據說，這種女孩子是最受男人歡迎的。

而反觀童遙身邊的妞——不才的在下我，卻穿著一套只比睡衣稍稍正式一點的運動衫，三個月沒修剪的頭髮就這麼披散著，臉上脂粉未施（但這詞在我身上並不是褒義）；總而言之，寒磣得很，寒磣得很啊。那男人對著童遙道：「童總，好久不見了，還以爲你怕了我不敢來比了呢。」語氣和他的外貌一樣臭屁兮兮，一樣的牛哄哄，一樣的拽雞雞。童遙同學不在意，若無其事地回道：「確實是有點怕……今年的前幾次比賽，趙公子爲了顧及我的面子，總是故意放水輸給在下，我贏得都不好意思了。」這番明褒暗貶、暗諷明刺的話，配上童遙同學嘴角那絲意味深長的笑，殺傷力簡直和趙公子身邊那妞的三十四E胸部一樣大。趙公子吃了啞巴虧只能憋著，臉上的毛細血管「劈里啪啦」地全部爆裂，整張臉都紅了。憋了半天，沒憋出一個屁來，於是只能將火往我身上發。他拿著一雙眼睛從我的頭頂瞧到腳趾，再從腳趾瞧回頭頂，最後輕蔑地笑笑，道：「童總，換口味了？這女的是從垃圾箱撿來的？」趙公子形容得也不無道理，和他身邊的妞比起來，我確實是這麼回事。於是，我道：「沒，是我自己從垃圾箱爬出來之後，他才撿到的。」想必那時，我因爲還處於失戀的混亂期，頗覺得這句話很有笑點；說完之後，自己在一旁捂住肚子，笑得稀里嘩啦的。

抹去眼角的笑淚，抬頭一看，發現眾人都用一種怪異的目光看著我，而童遙同學則已經躲到車屁股後面蹲著哭去了。爲了挽回面子，我只能集中火力猛攻趙公子……的小雞雞。我從褲袋裡掏出一張名片遞給他，然後以無比誠懇的語氣說道：「同學，你可能還沒意識到……你家小雞雞長歪了，眞的，仔細看，向右邊歪。不過別害怕，我們醫院正舉辦優惠活動，生殖美容手術打八折，我可以爲你主刀。」聽完這話，趙公子剛才被童遙激怒而赤紅的臉，開始一點點的綠了。這時，他身邊那個天使面孔、魔鬼身材的妹妹一手托腮，恍然大悟道：「原來你是眞的歪啊，我以爲是我喝醉了，眼花呢。」於是趙公子的臉，成功的全綠了。周圍先是寂靜，然後忽地起了一陣輕微的哄笑聲。我轉過頭，對著那群紈袴弟弟們繼續誠懇地發著名片，誠懇地說道：「其實，十男九歪，歪是正常的。這位同學你也別笑，你家小雞雞還歪到左邊了……我的媽，這位同學你更厲害，居然往裡面歪，有個性，我喜歡。」接下來又是一陣寂靜，所有紈袴弟弟們的臉開始劃一的、一點點的變綠。乍看，還眞讓人以爲春回大地了。而童遙同學則早就跑到江邊去哭了。

名片發完之後，大家都強行將剛才那個場景刪除，強行命令自己當我不存在。但是經過我面前時，他們都齊一地側著身子，不欲讓我看見自己的命根子，以免我的火眼金睛再瞧出什麼不對勁來。經過這麼一役，趙公子又決定將在我身上受到的氣，轉移到童遙同學身上。他這個歪雞雞的小子繼續用拽雞雞的話道：「童總，今天我們就帶著各自的女人比一場，輸的人叫對方一聲『哥』，怎麼樣？」童遙本來就是帶我來尋刺激的，於是便答應了。規矩就是，趙公子帶著他那天使臉蛋、魔鬼身材的妞，童遙同學帶著我這從垃圾堆撿來的妞，同時飆車，看誰最先到達終點。車程大約二十五公里，雖然路面平坦，但還是有好幾個急轉彎道，頗考驗技術。我坐進車裡，將安全帶繫好，神情緊張，嚴陣以待；反觀童遙同學卻是一臉輕鬆，手指在方向盤上一下下地拍打著。我額上滲出冷汗，忍不住問道：「究竟能不能贏啊？」「放心好了。」童遙同學微微側過頭，嘴角一歪，又擺出那種壞壞的笑，「我不會讓妳丟臉的。」我本來也想拍著胸口保證自己絕不會讓他丟臉，但這個誓言確實有難度，還是噤聲爲妙。

一個穿著超短裙、緊身毛衣的性感妞站在前面，將手中的小紅旗一揮，兩輛車瞬間像閃電衝了出去。因爲速度很快，所以帶動了周圍氣流的流動；也就是說，在我們駛出去的瞬間，我看見舉著小紅旗的妞，她的超短裙被強風給掀起來了。我忍不住喚了一聲：「哇，那妞穿的是丁字褲……而且沒除草！」話音剛落，車子「吱呀」地歪了一下。在童遙同學幽靜得嚇人的目光中，我死死閉住了自己的嘴。兩輛車在寬闊而寂靜的道路上奔馳著，像兩隻黑色的猛獸緊緊追咬著彼此。由於我在出發時的那一聲吼讓童遙同學失了神，車子打滑，此刻稍稍落後。但他還是不慌不忙，沉著冷靜，一直專注地盯著前方，眼睛像墨色的蒼穹，讓人忍不住想進入裡面觸摸，探究。我安心了，不知道爲什麼，挺相信他的；所以即使落後，我也悠閒地伸個懶腰，蜷縮在副駕駛座上。童遙同學果然沒有讓我失望，在臨近第一個轉彎道時，他猛地加速，接著一打方向盤，搶先占了內側車道，重新竄到趙公子的前面去了。接下來，趙公子就一直被甩在距離我們五公尺遠的後方，怎麼也追不上來。

我側過頭，看向窗外。那些流光成爲一條條絢爛的線條，拖曳著，在我的眼前劃過。靜謐的道路，靜謐的車室，靜謐的世界。我的胸口忽然感到窒悶，酒氣上湧，我……想吐了。但考慮到現在在比賽，而且如果童遙輸了，就要喊趙公子一聲「哥」，這可是很丟面子的事情，我絕對不能害了童遙，於是，我努力地忍耐著。我閉上眼默唸著：「我不想吐，我不想吐，我眞的不想吐……寒食色，忍耐，忍耐，堅持就是勝利。妳不是曾經憋大便憋了五個鐘頭嗎？這次妳也可以的。」但是這麼一來我的頭更加昏眩，胃裡不時有濁物上湧，都被我死咬住牙關硬生生憋了回去。正在我求生不得求死無門時，車忽然停下了。然後童遙打開車門，把我拉到路邊，輕聲道：「吐吧。」我像是得到聖旨般蹲在地上，「哇」的一聲吐了出來，沒吐過的人，永遠也不知道吐的難受。那些濁物湧了上來，像是要讓我窒息般難受得眼淚刷刷往外冒。第一輪吐完了，中間還有點緩衝，我推開童遙，道：「我吐一會兒就好了，你快追上去，千萬別叫那個趙公子『哥』啊。」這句話剛說完，第二輪又開始了，我又再次翻江倒海地吐了起來。童遙一手幫我挽住頭髮，一手輕輕拍撫著我的背脊。「哭吧，」童遙道：「東西吃壞了就要吐，情緒壞了就要哭。」他這番看似沒來由的話，深深擊中了我內心深處。

我的淚水立即像傾盆大雨般灑落下來，止都止不住。是的，自從盛悠傑走了之後我就一直忍耐著。我們的分手是和平的，所以我認爲我不應該哭，所以我任由情緒腐爛在心中，啃噬全身的力氣。可是，那些淚水是存在的，一直都在積聚著，而直到今天，我終於找到了發洩點，將那些情緒一股腦地倒了出來。我哭得撕心裂肺，聲嘶力竭，連指尖都在顫抖，像是要將一顆腐爛的心給哭出來。在那一刻，我什麼也不管，什麼也不顧，只想痛痛快快地哭一場。整個江邊就只有我的哭聲，急促地，淒厲地，不停地迴響著。到最後時，我整個人把頭埋在童遙懷中，哭得一哽一哽的，像斷了氣。童遙什麼也沒說，只是不斷地摸著我的頭，無聲的安慰讓我的心慢慢安寧下來。漸漸地，我止住了哭泣，全身瞬間輕鬆了許多。

不知過了多久，贏得比賽的趙公子帶著一群見證人找到我們，得意地說道：「童總，不好意思，這次沒讓你，我贏了。願賭服輸，怎麼樣，該叫一聲『哥』了吧。」童遙微微一笑，道：「趙哥……咱們下次再繼續吧。」趙公子笑得口歪眼斜的，「喲，這聲『哥』可眞受用。好，我等著下次再聽你叫。」沒等童遙說話，我就將他拉走，一邊嘀咕道：「眞是的，還什麼下次啊，這種連雞雞都長歪的人，咱們不跟他玩了。走，回家！」說完，我將童遙推上了車，他一踩油門，我們便揚長而去。不過，從後視鏡裡，我依稀看見了一顆綠油油的腦袋。可憐的趙公子。

那天晚上，發洩完情緒之後，我就振作了起來，心，頓時輕了許多。

我並不是將盛悠傑放下了，而是將他鎖在心中另一個祕密的地方；那是我的回憶，沒有人能夠碰觸。

値得一提的是，那天之後，眞的有五個紈袴弟弟來找我做手術，治療他們的小弟弟；於是那個月，我的獎金猛漲，可喜可賀。

67 在那遙遠的斷背山上

自從在那個晚上發洩完之後，我就從床上起來了。

老院長認為我是被盛悠傑甩了，他想，這件事於他也是有些責任的。於是他這位出名的鐵公雞，破天荒地沒有因我那三個月的無故曠職而扣我的薪資；除此之外，還甚悲戚地拍著我的肩膀，承認自己的過錯：「寒食色同志，是我考慮不周啊，我怎麼會想到喊妳去色誘啊，哎，爛泥巴就算黏性再強，哪裡又敷得上好牆嘛？癩蛤蟆就算武功再高嘛，啷個追得上天鵝嘛？女追男雖然只是隔層紗嘛，但那也要美女撒……」老院長沒能說完，就被尚處於混沌狀態、而且吃了豹子膽的我給拍到牆壁上。後來，打掃廁所的大嬸每每看見我，都會豎起大拇指，誇我是幫助她消滅屎娃的好女孩。

忽然，一陣風颳得緊，如冰刀一般。我收回飄散的思緒，忙將落地窗關上，走進浴室梳洗。洗畢，才剛打開浴室門，便看見睡眼朦朧的小乞丐已經在廚房忙開了。小乞丐現在也不去乞討了，白天被我養著，晚上便到喬幫主家睡覺，當然，只是很純潔地睡沙發；想也知道，喬幫主那身材，小乞丐那小身板哪能承受得住啊。當然我也不能白養他，為了壓榨乾小乞丐的最大剩餘價值，我不僅逼他幫我打掃屋子，還逼他去偷學喬幫主的做菜手藝。一開始他死都不願意，但被我用平底鍋拍過兩回後，也只能乖乖地去學回來；悟性不錯，幾個月下來，也學了有六分像。所以每天早上，他都要努力地從溫暖被窩中掙扎爬起，跑來我家為我弄早餐。

我來到飯桌前坐下，閒閒問道：「今天吃什麼？」小乞丐道：「牛奶，麥片。」「乓」的一聲，小乞丐的腦袋瓜子又被砸了。他轉過頭來，一雙璀璨的眼睛盛滿了熊熊的怒火，就這麼盯著手拿平底鍋的我。別說，小乞丐的頭還眞硬，光這個月就讓我拍壞三個平底鍋了。敗家子。「老女人，妳做什麼？」小乞丐火了，「瘋了，每天都拍我，很好玩嗎？」別說，確實是挺好玩的。我質問道：「你居然偷懶，只給我弄麥片，我寒食色是那種吃素的人嗎？」他從我的腳趾瞧到我的頭頂，再從我的頭頂瞧回我的腳趾，最後道：「將就點吧！妳身上的肉都擠起堆了，我這麼做是好心幫妳減肥……啊！」我看著手中的平底鍋，泫然若泣，又報銷了。小乞丐捂住自己的頭，雙眼噴火，鼻孔不停地翕動著。我鄙夷，秤秤自己的斤兩吧，想學人家福爾康福大爺，先去把你那秀氣的鼻孔塞兩顆鋼珠撐大了再說。我威脅道：「別瞪了，等會兒眼珠子瞪出來，我當龍眼把你給吞了。」小乞丐臉上的怒容經久不散，他「咚」的一聲將麥片擱在桌上，氣呼呼地道：「來吃吧！」我用勺子舀起那清湯寡水的麥片，皺著眉頭吃了一口，淡淡威脅道：「小乞丐，如果你明天再敢偷懶，我就自己做早餐了。」小乞丐大喜，「眞的？」我用勺子不斷翻動著麥片，嘴角勾起一抹嗜血的笑，「當然是眞的，我做的第一道菜，就是油炸你的命根。」小乞丐眼皮跳了跳，道：「妳以爲我會怕妳啊？」我笑，奸計得逞的那種笑。不怕？不怕你幹嘛夾緊雙腿？

反正閒著也是閒著，我一邊看報紙，一邊問道：「小乞丐，你究竟是什麼人啊？」小乞丐的眼皮又跳了一下，隔半晌他反問：「妳問這個幹嘛？」我道：「如果你家有錢，我就把你給綁架了，勒索他們贖金啊。」小乞丐道：「我家沒錢！」我從鼻子中哼出一聲，這年頭叫囂自己沒錢的人，都是些巨富。我再問：「你以後有什麼打算？」小乞丐認眞說道：「如果妳嫌棄我，我可以走的。」我抬起眼睛瞅著他——水噹噹的臉蛋，水盈盈的眼睛，水嫩嫩的唇，簡直就是一枚百年難得一遇的小正太，嫩得人心都軟了。於是，我陰笑冷笑獰笑奸笑淫笑傻笑皮笑肉不笑，甚至還學童遙那樣壞壞地笑，直到感覺嘴角有抽筋跡象，才道：「我怎麼會嫌棄呢？不過，看你長得這麼俊，說不定哪天晚上我一個激動就把你吃了，到時候可別怪我沒事先通知你一聲。」小乞丐身子抖了兩抖，腿夾得更緊了，話也說得混沌了：「我……我諒妳也不敢。」我放下報紙，挑起眼睛，一字一句地說道：「跟你說實話吧，我現在就等你長到十八歲，成年之後，就算我把你連皮帶骨頭吞下肚子也不犯法……別再夾腿了，小心你家小弟弟窒息！」聞言，小乞丐的臉一點點的紅了，那嫩耳朵紅得都透了明。他低下頭，裝做吃麥片的樣子，不理會我；不過，看也看得出，食不知味啊。我歎口氣，語重心長地說道：「其實，等你再長大點就知道了，親情眞是世界上最珍貴的東西，連刀都割不斷的。雖然有時候親人之間會互相傷害，但說到底，他們對你的愛才是最深的……你這麼一聲不響地跑出來，這麼久也不和他們聯絡，你家裡人一定急瘋了。」聞言，小乞丐的身子怔了怔。話說完，我繼續翻看報紙。良久，小乞丐的聲音從碗裡傳出，悶悶的：「爲什麼妳今天要……關心我？」「因爲，」我舀了一大勺麥片，放在嘴中，抓緊時間嚼了嚼，接著吞下，誠實地說道：「我在醞釀晨便。」然後，我起身，拿著報紙向浴室走去，背後，傳來小乞丐的作嘔聲。拉完便便後，我吩咐小乞丐洗碗，打掃屋子，接著朝醫院走去。

那些早餐攤子蒸騰出了嫋嫋的白色熱氣，街上所有人都穿著厚厚的大衣，急匆匆地穿梭著。我縮著脖子，盡量將臉埋在圍巾裡，只露出兩隻眼睛。這天氣可眞冷，還好診間有暖氣，不然鐵定會被凍僵。如同往常，來到醫院後，我脫下外套，穿上白袍，然後拿起抹布擦拭桌子。盛悠傑的桌子，現在，空空如也，但我每天還是會認眞地擦拭乾淨。很多事情到最後都會成爲過往，可是，那些回憶會成爲手中帶著淡淡澀味的香氣，縈繞不散，而我也永遠不會遺忘。這些日子以來，靈臺似乎清明了許多。我想，今後自己還是會戀愛，或許愛得遠不如和盛悠傑這般激烈，不如和溫撫寞那般溫存，但我還是會等待，等待合適的時間，合適的人。就像某位有才人士說的——「請轉告王子，老娘還在披荊斬棘的路上，還有雪山未翻，大河未過，巨龍未殺，帥哥未泡……叫他繼續睡死沒關係。」是的，我會繼續披荊斬棘，找到屬於自己的那個人。或許我愛他不會再愛得這麼深，但那將是最適合我的人。

將抹布掛在門後，我無意間低頭，頓時傷感得眼淚都要落下來了。我的胸部又縮回B罩杯了。慘絕人寰。

我將雙手放在兩個饅頭上，頓時淚水四濺，鼻涕狂飆。以前一隻手根本就罩不住，而現在我的胸部活像去衣索比亞逛了一圈回來似的。正當我緬懷著自己逝去的豐滿，卻聽見一陣倒抽冷氣聲。抬頭，看見一對男人站在診間門口，正目瞪口呆地看著我。我愣了三秒鐘，接著若無其事地解釋道：「胸部保健操，每天早上要揉一揉，預防乳腺癌和下垂。」「噢。」那對男人恍然大悟，顯然是信了我的話。我之所以用「一對」這個量詞，是因爲這兩人一看便知是在遙遠的斷背山上放羊玩的。我不得不承認，老院長人雖然老，但腦袋瓜子還是很不錯的，很有經營天分。可不是嗎，他推出「割一贈一」割包皮優惠活動，就是爲了吸引斷背山上這群人；而且，取精室中也新添了不少ＧＶ片，實在是做到了解放思想，實事求是，與時俱進，開拓創新。所以不用說，這一對又是一起來割的。

我取過病歷，詢問道：「叫什麼名字？」那個腹肌胸肌肱二頭肌全硬得像石頭、發達得一塌糊塗的男人道：「我叫慕容壽。」「刷」的一聲，我的鋼筆歪斜了一下——受？受？受？受？受？一旁，那個柔弱得風一吹就要搖上一搖的小排骨道：「我叫王力功。」「刷」的一聲，我的鋼筆又歪斜了一下——攻？攻？攻？攻？攻？這個世界，太瘋狂啦。其實認眞說來，我對斷背山上的這群人又愛又恨。你想啊，這世界上本來帥哥就不是很多，但就在這些數量不是很多的帥哥之中，還有一部分內銷了，不對我們女性出口，想起來就讓人捶胸頓足。但有時候我又寧願看兩個帥哥在一起，那場面夠讓人意淫，美不勝收。抹去口水，我開始工作，清清嗓子，詢問道：「你們，誰先割？」名字叫小受、實際身分是小攻的慕容壽拍拍胸口，道：「我先來吧。」我喚來小劉幫忙備皮，正準備打麻藥，那個名字叫小攻、實際身分是小受的王力功像忽然想起什麼似的，一把將我拉住，問道：「對了，醫生，割了之後，是不是一個星期後才能做愛做的事情？」同房就同房吧，還做愛做的事情，說得這麼隱晦委婉，要不是我寒食色腦袋天生齷齪，哪裡能省悟呢？我糾正道：「不是一個星期，是一個月內忌房事。」小受的臉上呈現痛苦神色，道：「一個月？時間能不能縮短一點？」我搖搖頭：「不行。」

小受失望了，但隨即又試探地問道：「如果在一個月內忍不住做了，應該也不會出什麼大差錯吧。」我狠心地戳破他不切實際的想法：「命根，會裂開。」聞言，小受的臉「刷」的一聲白了下來。眞是造孽喲。

我不動聲色地把手從他的手中拉出來，準備下針。誰知小受「咚」的一聲跺了一下腳，然後將小攻拉起來，深情地說道：「壽，我實在忍受不了一個月沒有你的日子，咱們不做了，回家吧。」小攻則寵溺地摸摸他柔軟的髮，溫柔地說道：「好。」然後，兩人便手牽著手，眼望著眼，一起朝門口走去。留下我和小劉，下顎雙雙脫臼。但才剛跨出一步，小受突然轉過頭來，詢問道：「醫生，妳剛才那套胸部保健操一共有幾節啊，能不能教教我？」我將手往嘴上用力一拍，將脫臼的下巴拍回原處，接著道：「很簡單，上下左右各自搓十下就行。」「謝謝醫生。」小受說完之後，繼續恢復剛才的姿勢，和小攻手牽著手，眼望著眼，離開。

小劉拿著小攻的幾撮毛，怔怔地說道：「寒醫生，我覺得自己剛才似乎被一道雷給劈了。」我拍拍她的肩膀，茫然道：「小劉，我也是被雷得外焦內嫩……同志，共勉之吧。」

68 美女啊美女，流氓啊流氓

想必是上天爲了補償我被雷劈到，當天下午，童遙同學便來到了我的診間中。我用力地眨眨眼，道：「海綿體又骨折了？」童遙來到我面前，眼睛盯著我的胸部，笑得人畜無害，回擊道：「胸部又縮水了？」幾天不見，這孩子的嘴巴確實有長進，正好戳到我的痛處。想到那縮水的兩個饅頭，我心戚戚，既而黯然，只能像疲軟的小弟弟般癱在椅子上，用下巴磕桌子。

「客戶送了點贈品，我估計妳用得上。」童遙將東西放在我面前。定睛一看，發現是PAUL&JOE搪瓷蜜粉。不錯、不錯，我正琢磨著是不是該去弄一盒，他就給我送來了。看在禮物的分上，我決定原諒童遙對我胸部的侮辱。我問：「對了，你今天來是專門給我送這個？」「沒，有個朋友的酒吧開張，要我過去捧捧場，我看妳最近也挺無聊的，就想叫妳一起去。」童遙揚揚下巴，「怎麼樣，晚上有空嗎？」我打開蜜粉，輕輕擺弄著，「晚上我忙得很。」童遙揚揚眉毛，「有什麼事？」我道：「約會。」「和隱形人約？」童遙笑了，他每次笑都是右邊嘴角會抬得高一些，奇怪的是，這樣非但不顯得怪異，反而有種獨特的味道。「你又知道我最近沒有遇上合適的對象？」我故意逗他。當時，童遙站在窗前，在我這麼說之後，他轉過頭來，眼中泛起一抹若有若無的笑。「我就是知道！」他這麼說。我覺得，一定是我的額頭上鐫刻著「剩女」兩個字，怨不得別人眼尖。這麼一想，我心戚戚，既而黯然，於是我又開始用下巴磕桌子了。「妳就算是磕出個洞來也沒用。」童遙將我拉起，道：「走吧，先去吃飯，接著再去喝酒。」我抬起眼皮，「你請？」「妳認爲自己應該問這個問題嗎？」童遙調整了一下領帶，而且微微側了一下頭，那漆黑的髮絲滑落幾縷在額上，拂啊拂的。確實，大家熟得都要爛掉了，哪次我和他出去自己掏過一分錢呢？於是，我一個電話將柴柴叫來，本來還想叫喬幫主的，但他老人家除暴安良去了，沒找到人，便只能叫小乞丐充數了。飯飽之後，我們坐上童遙的車，來到他朋友的那間酒吧。

酒吧坐落在市中心繁華地帶，規模還挺大的，不過想也知道，和童遙混的那群人沒幾個是善良老百姓。進去之後，發現裡面裝潢得很豪華，頗有格調。舞臺上，一群身材爆好的妹妹正在勁舞，將氣氛引導得頗爲火熱，反正我一進去，便想到了紙醉金迷，燈紅酒綠，外加燒錢。在這裡消費一晚，想必抵得上我一個月薪資。童遙因爲有貴賓卡，在服務生的帶領下，我們便直接進入了貴賓包廂。而酒和零食剛上來，一個男的就進來了，笑道：「童哥，你來了？」我定睛一看，發現那人挺眼熟的，再看他右耳垂上的耳釘，頓時想起來了——這不就是幾個月前，在江邊被我誤認爲是搶劫強姦犯的那位嗎？耳釘弟弟看見我愣了一下，馬上道：「姐姐，妳也來了。」看他嘴還滿甜的，我也挺高興，便隨口問道：「最近怎麼樣？」誰知，聞言，耳釘弟弟臉色一白，立刻夾緊雙腿，下意識把手放在褲襠前，僵硬地笑著，道：「不錯、不錯，我已經……已經把它給掰正了……姐姐，不用擔心。」敢情認爲我是在問候他家小弟弟呢。真失望，沒想到耳釘弟弟是個和我一樣思想齷齪的人。耳釘弟弟看起來似乎挺忙的，「童哥，你帶著姐姐和朋友們好好喝吧，有什麼事叫我一聲就是。」童遙道：「都是自己人，就別客氣了，你去招呼其他客人吧。」等耳釘弟弟離開後，我問道：「原來這間酒吧是他開的？」童遙把酒打開，倒上，「他算是二分之一的股東。」我好奇：「那另二分之一的股東是誰？」童遙淡淡說道：「道上的大哥。」我皺眉，「你認識這些人？」「不熟，但出來做生意，總還是要接觸的。」童遙輕描淡寫地說道：「再說，酒吧生意沒人罩著，怎麼可能吃得開？」其實我也清楚，童遙出來做生意，三教九流都必須認識，只不過平時他在我們面前總是嬉皮笑臉的，就像高中時那樣，又或許在我們面前，他是不設防的吧。

「別愣著，來划拳。」童遙今天的興致挺高的，「今天晚上一定要把你們灌倒兩個。」於是，我、柴柴和小乞丐開始和他對決。童遙先是和小乞丐玩骰子，沒幾分鐘，小乞丐便喝得臉紅彤彤的了。雖然包廂裡燈光黯淡，但他那張水嫩的臉實在誘人，我和柴柴都用力掐了兩把。接著童遙又和柴柴對決，玩「十五二十」，雖然柴柴是箇中高手，但比起童遙這種在酒池肉林打滾的人，等級還是差了些，於是乎也被灌得微醺了，和小乞丐一起倒在沙發上睡著。看來，革命的重擔就在我一個人肩上了。我捲起袖子，開始和童遙來了場頂級高手的對戰；當然了，頂級高手自有頂級高手的玩法。我們玩的是「流氓美女警察拳」。第一局，童遙雙手圈住自己的臉蛋，嬌羞地叫出「美女啊美女」，而與此同時我則雙手襲向他的小咪咪，流著口水叫出「流氓啊流氓。」美女慘遭流氓侮辱，童遙同學喝下了一大杯酒。第二局，童遙做出從腰間拔槍的姿勢，雄赳赳氣昂昂地叫出「警察啊警察」，而與此同時我則雙手撫摸著自己的下巴，以討打般的嬌媚叫出「美女啊美女」，警察難過美人關，童遙同學再次喝下一大瓶酒。第三局，我作勢從腰間掏了一下，拿著一把虛擬的槍，喊道：「警察啊警察」。童遙同學這次運氣不錯，叫的是「美女」。認賭服輸，我一仰脖子，灌下了一大杯。喝下之後，我有了疑問：「你幹嘛不出『流氓』？難道是不好意思做出我剛才的那種下流姿勢？」

童遙右邊嘴角一抬，笑如朦朧春月柔化了人心。他微微側過頭看著我，而我也同時看著他；眉宇濃得恰到好處，眼睛挾著深邃的笑意，鼻梁勾勒出俊挺的弧度，嘴唇性感得讓人手心癢癢，想伸出手沿著他的唇形撫摸上那麼一圈。他的臉似乎正浮動著靉靆春雲，帶著一種壞壞的豔色，我正欣賞得入了迷，童遙的話傳來：「妳的胸實在太小，我怎麼能讓我的手降低標準去抓呢？」我鄙夷，「你個海綿體骨折的倒楣孩子，還敢說我？」童遙往後一靠，雙腿交疊，右手搭在沙發背上，左手放在膝蓋上，那乾淨的、骨節分明的手指就這麼閒閒地敲打著。此刻，他的眼裡帶著一種迷離而優雅的光，「所以說，咱們倆算是難兄難弟了。」童遙提議：「不如，我們來做個約定吧。」我倒了一杯酒，邊喝邊問道：「什麼約定？」童遙的眼睛微微眨動，整張臉綻放出夜色的幽靜與神祕，「如果咱們倆到了三十五歲還沒有對象，就乾脆結婚算了……妳說怎麼樣？」聞言，我一手托腮，思考，認眞地思考，認認眞眞地思考——三十五歲，那應該是個寂寞的年齡，或許那時我眞的會結婚。我的眼睛往童遙身上瞟上兩眼，看著他那張充滿旖旎風流的臉，看著他嘴角那絲壞壞的笑，看著他那雙長腿；皮囊是不錯，配我絕對是我占便宜，更重要的是有了他這個備胎，我今後的十年就可以不用慌張了，反正到最後的最後總還有個童遙，不至於成爲老姑婆。想到這兒，我朝童遙伸出小指頭，道：「來，打鉤鉤，一百年不許變！」童遙微笑著向我伸出了小指頭，漾出的笑意頗有些深沉的味道。當手指碰觸在一起時，我忽然想起了什麼，突兀地問道：「對了，高三時，你是不是把我的物理課本從教室窗戶丟下去？」童遙不明所以，「什麼？」我咬住牙齒輕輕地吸氣，努力回憶著：「上次同學會時，我站在我們班的窗臺前忽然想起這件事，究竟是你把我的物理課本扔下去，還是我把你的物理課本扔下去了？我記得我們好像沒吵過架啊，怎麼就動起手來了？」「都不是，」童遙拿起杯子喝了一口酒，接著透過杯中琥珀色的液體看向我，「是我把自己的物理課本丟下去了。」我重重地將雙手一擊，道：「我就記得有這回事……欸，你爲什麼要丟自己的課本？」童遙將睫毛一垂，遮住了眸子裡那道流光，他說：「我也忘記了。」以此結束了這場對話。

正在這時，門被推開，耳釘弟弟慌慌張張地走進來，道：「童哥，實在對不起，剛接到消息，說東區大刀要來鬧場子。不巧的是，雲哥今天也帶著兄弟們在這兒，想必雙方是要幹一場的。麻煩你們先走一步，免得等會兒打起來把姐姐們給嚇到了。」雖說我非常喜歡看人打架，但那只限於在電視上，現實生活中那種血沫橫飛、斷胳膊斷腿的場面還是受不住的。於是乎，我趕緊把小乞丐和柴柴叫醒。誰知，兩人醒了後，就要上廁所；柴柴占據了包廂裡的洗手間，小乞丐只能到外面的公用洗手間。我剛把東西收拾好，發覺自己也開始尿意膨脹，便跑到洗手間前敲門催促柴柴，誰知那女人居然說自己在上大號，一時半會兒出不來。沒辦法，我只能步小乞丐的後塵，到公用洗手間上。誰知正來到洗手間門口，便看見小乞丐像見了鬼似地從裡面衝出來。我一把拉住他，皺眉問道：「你怎麼了？」小乞丐剛想說什麼，但眼睛一瞥向我的背後，便立刻慌了神，使出吃奶的力氣想甩掉我緊拽著他衣服的手；可惜的是，我當時也使出了吃奶力氣死死抓住他。這時，我聽見背後傳來一個低沉威嚴的聲音：「站住！」顯然是對小乞丐說的。我順著聲音望去，看見了一個男人。走廊裡的燈光幽暗，我瞧得並不清晰，但是那人的一雙銳利鷹眸卻將我震懾在原地，只見他的身形高大強壯，渾身上下散發出一種黑暗王者的氣息。

趁著我失神的當兒，小乞丐忽然將我往那人的方向一推，自己則像隻兔子般一溜煙逃走了。被這麼一推，我立刻失去了平衡，直直撞進了那高大男人的懷中；第一個感覺就是，這男人的肌肉還眞硬，但下一秒這男人就讓我知道，他的肌肉很軟，我的意思是和大理石相比的話——因爲，他居然沒有一點憐香惜玉的意思，順勢便將我往地上一丟。我的屁股，生生和地面來了一場親密接觸。

69 屁股與臉蛋的親密接觸

我痛得淚花四濺。

透過朦朧的淚眼，我看著那男人朝小乞丐追去的身影，心中對他發出了無比長時的謾罵，對象上至他的祖宗八代，下至他的子女孫輩，都沒有逃脫；謾罵內容主要是涉及生殖器方面的名詞，我承認，我不厚道。罵完之後，等屁股上的痛稍稍好一點，我去洗手間釋放了內存，接著便一瘸一拐地朝原路走回。但非常不幸的是，我迷路了。是的，這裡的包廂長得都差不多，而且走廊光線又十分黝黯，再加上我辨識方向的能力非常差；基於以上原因我迷路了，看來得找個服務生問問。

老天待我不薄。我才剛這麼想，就有個服務生朝我跑來。他跑得可眞快啊，活像逃命似的——額前的頭髮本來是以髮膠固定成一片，現在全部翻起，像片黑色菜葉般矗立在頭上。用老院長的話說，就是「跑得飛叉叉的」。我想問他四〇三號包廂在哪個方向，但才剛開口說了個「請」字，「問」字還在喉嚨打轉，他就從我身邊「嗖」的一聲竄過去了，順便掀起陰風陣陣。這孩子，服務態度才叫一個差噢，得讓耳釘弟弟好好調教一番才是。誰知，下一秒，我就知道那服務生逃命的原因了。因爲，左邊走廊的盡頭有一大群穿著黑衣、手中拿著鐵棒、看上去就不是好人的人，正氣勢洶洶地往這邊走來。難不成，這就是耳釘弟弟口中來鬧事的東區大刀的手下？我頓時又被嚇得尿意膨脹，雙腿也開始軟了。沒多想，我連忙拔腿也朝剛才服務生逃命的方向跑去，但只跑了五步，便看見那個頭上頂了片黑色菜葉的服務生又奔了回來。我剛想問爲什麼，但還沒開口就看見答案了——走廊的右邊，一群同樣穿著黑衣、手中拿著鐵棒、看上去就不是好人的人，也氣勢洶洶地走來。看來是道上雙方火拚，我和這可憐的服務生被夾在中間動彈不得；原來上個廁所，也能把人的命給上丟了。

我和服務生就這麼手足無措地站在原地，看著兩隊人馬朝我們逼近。然後就在雙方距離我們三公尺遠的地方，他們停住了。我和服務生稍稍鬆了口氣，想著，這架似乎打不起來。但一秒鐘後，兩邊爲首的人同時喊了聲：「殺！一個活的也別留！」然後就各自舉著武器朝對方衝去。我和服務生被嚇得屁滾尿流，慌亂之間，我發現自己背後有個包廂，忙打開門，拉著那倒楣的服務生進去了。誰知，門沒一會兒就被人撞開，那些人一邊打一邊擠了進來。我和服務生又忙向洗手間跑去，但運氣實在壞到連喝個涼水都塞牙縫，嫁個有錢人都陽痿，放個屁都不小心從嘴裡出來；我的意思是，洗手間的鎖有點問題，無法從裡面反鎖，沒辦法，我和服務生只能用力抵住門。雖然我的力氣在女人當中算是大的，但這倒楣透頂的服務生卻是時下流行的美少男一類，身子異常孱弱，所以加總起來，我們的實力就下降了。於是要不了一分鐘，便有個光頭衝了進來，我忙求饒：「大哥饒命，我們是無辜群眾啊！」光頭眼中泛著淫光，嘴角吐著泡沫渣渣，色兮兮地說道：「如果答應我的要求，我就不打你們。」我閉上眼，內心掙扎許久，最終覺得還是命比較重要。於是我將牙一咬，把手張開，道：「來吧，我寒食色紅顏薄命，今日便是我的劫數，你想怎麼樣就怎麼樣吧！」誰知，光頭拿著自己的一雙綠豆眼上上下下打量了我一番，從鼻子哼出一聲，「妳想得美！」我愣住，「那你想做什麼？」光頭摸著下巴，咧開嘴，露出兩顆黃燦燦的門牙，看著倒楣的服務生，笑得才叫一個淫蕩喲，「我要的是他！」我吁出一口氣，接著揮揮手，道：「那你自己把他拉出去吧。」服務生頓時面如死灰，哀哀欲泣。

光頭淫笑著，將鐵棍放在洗手檯上，接著就走上前去拖服務生。服務生花容失色，看上去甚是讓人憐惜。而且由於那光頭的動作粗暴，服務生華麗麗的小肩膀就這麼露了出來；我雙眼一瞇，胸腔頓時生出一股豪邁之情——媽媽的，我都沒上，你還先上了。沒多想，我直接拿起洗手檯上的鐵棍，朝光頭那鋥亮鋥亮的頭用力敲去。「咚」的一聲悶響，光頭在原地晃了三晃，接著就四腳朝天倒在地上。誰知，這邊光頭剛倒下，又有一個刀疤臉推門進來，看見地上的光頭，眼中凶光大盛，「你們兩個居然敢打我的兄弟，找死！」接著他就舉起鐵棒向我揮來。我忙矮身一躲，避開了那致命一擊。他一擊不中，身子向前傾，竟三兩步跨到了服務生面前；想必是看服務生比較好欺負，便又舉起鐵棒，朝他的腦袋瓜子砸去。服務生閉上雙眼，淚盈於睫，我心中又不忍了，於是手中拿著鐵棍的我，順勢朝刀疤臉的菊花處一捅。「噉」的一聲慘叫，刀疤臉丟下鐵棒，捂住自己的菊花，像蝦子般在原地跳了起來。這次，倒楣的服務生比較爭氣，趕緊撿起鐵棒狠狠朝刀疤臉的腦門一砸，於是，刀疤臉也陣亡了，敵人簡直就如螞蝗般的存在。

我和服務生剛休息了一分鐘後，又一個手臂紋著一條龍的混混衝了進來。看見地上倒著的兩人，他眼睛一亮，「眞是得來全不費工夫，這兩個人居然落在我手中了。」原來他們不是兄弟，是死對頭；俗話說，敵人的敵人就是我的朋友，想到這，我鬆懈了。誰知那紋身混混嘴角泛起一絲奸笑，舉起鐵棍就要向我打來。我不服氣，忙做個暫停的姿勢，問道：「我們幫你滅了他們，你不感激就算了，怎麼還要恩將仇報？」「沒辦法，」紋身混混繼續奸笑，「免得你們出去到處吹噓是自己把他們撂倒的，影響我邀功。」我雙目一凜，警告道：「我可是預備黨員，你敢對我不敬，黨組織是不會放過你的！」誰知那紋身混混的腦袋一點也不機靈，還是持著鐵棍朝我的腦袋瓜子揮了過來。我用手指著他的背後，驚訝地說道：「你看！」紋身混混繼續獰笑，「妳當老子傻啊，會相信妳？哈哈哈哈……啊！」隨著服務生的一擊，他就這麼倒下了，我覺得可惜，如果他相信我不就沒事了。爲了讓他長點記性，我褪下他的褲子，用橡皮筋在他的小弟弟處用力拴了個蝴蝶結，本來還想在那兒寫個「寒食色到此一遊」，但這孩子先天不足，小弟弟面積太小，根本寫不下，我只能作罷。

好不容易，等外面的聲音小了點，我和服務生便打開門走了出去。黝黯的光線下，我看見包廂裡橫七豎八倒了許多人，腦袋瓜子都是血，全都處於昏迷狀態。而包廂中間，則站著一個背對我們的男人——高大的身影，全身散發著威嚴的氣息，身體的每一條弧度都是危險。這不就是那個追殺小乞丐、而且還把我摔在地上的人？在那瞬間我斷定，他不是個好人，而且還是個大大的壞人，所以我們應該遠離他。話說，我身旁這服務生果眞是個倒楣的孩子啊。一來是閱歷不夠，看不清形勢，二來想必是剛才在洗手間殺紅了眼，他居然拿著鐵棒朝那男人的腦袋瓜子敲去；我並不是說不可以敲，但要敲就要敲得有技術可言。這倒楣的服務生居然大喊一聲「看招」，接著再跑上去敲，他這麼做的潛臺詞不就是——「大哥，我來偷襲你了，注意了！」我嚴重懷疑這孩子武俠片看多了；古裝武打片都是這樣演的，即使是那種獐眉鼠眼的反派，在偷襲之前也會先大叫一聲看我某某某某掌，或是某某某某針。但，那是電視啊！所以，鐵棒連那男人的髮絲都沒挨到，倒楣的服務生就被一腳踹到牆上當藝術品去了。這時，又一個拿著鐵棒的人走進來，大喊道：「雲易風，我跟你拚了！」可惜，豪言才剛出口幾秒鐘，他的鐵棒就被那叫雲易風的男人搶了過去，接著腦袋瓜子便開了花。這男人似乎是天下無敵，但我寒食色卻是天下無敵升級版；我的意思是，在雲易風集中精力對付來人之時，我悄悄潛伏到他的背後，神不知鬼不覺對著他的後腦勺敲了下去。我用的是自己吃奶的力氣，所以天下無敵的雲易風晃了兩晃，倒在地上。終於，世界和平了。我吁出口氣，跨過倒在地上的他，快步朝門口走去。但就在這時，我的腳踝卻被一隻大手緊緊抓住，我的心頓時停止跳動。媽的，原來這雲易風是天下無敵最新版，被我敲了居然沒暈！完蛋了，這次我的腦袋會被敲得稀巴爛。

被他抓住時，我的身子是朝前猛進的，可卻因爲突然的阻力，令我不由自主往後猛倒，接著我的屁股便重重地坐在一個奇形怪狀的東西上。說是奇形怪狀也不盡然，那東西更像是一顆球形，但球面一點也不光滑，有個很高的凸起，像是骨頭；而在那高高凸起的下方，是一個洞；在那高高的凸起上方，是兩個洞。我仔細想了想，忽然省悟那是一個人的臉，而且還是雲易風的臉！其實，我寒食色的膽子是很小的，所以被這麼一嚇，加上猛地一坐，我不小心就放了個屁；是的，我坐在雲易風的臉上放了一個屁。意識到這一點，我趕緊手忙腳亂地從地上爬起，戰戰兢兢地一看，卻發覺雲易風雙眼緊閉，已經徹底昏死過去。究竟是被我的肥屁股坐暈的，還是被我的屁臭暈的，這是個問題。於是，我便一手托腮認眞地思考，但只思考了三秒鐘就趕緊拔腿走了；那屁的味道實在是太鮮活了，連我自己都受不了。出門，趕緊向右轉，我記得那是去大廳的路，但沒跑幾步，就遇上熟人了。

我見喬幫主帶著自己的手下來了，有如遇上救世主，趕緊撲過去，道：「幫主啊，你終於出現了！」喬幫主看了我一眼，道：「快出去吧，童遙受傷了。」我心猛地一跳，趕緊朝大廳奔去。此刻，大廳燈光大亮，音樂也停止了，地上散落著玻璃碎片，還有滴滴血跡。一群混混正被警察叔叔押制住，蹲在地上，乖乖就逮。而我一眼就看見，中間的沙發上，柴柴和耳釘弟弟正圍著一個血人……那是童遙。

（請繼續閱讀續集——《吾乃食色2》）

國家圖書館出版品預行編目資料

吾乃食色（1）／撒空空著；──初版──臺中市：好讀，2012.10

冊；　公分，──（真小說；20）（撒空空作品集；01）

ISBN 978-986-178-250-8（平裝）

857.7　　101014523

好讀出版

真小說 20

吾乃食色（1）

作　　者／撒空空
總 編 輯／鄧茵茵
文字編輯／簡伊婕
美術編輯／鄭年亨
行銷企畫／陳昶文
發 行 所／好讀出版有限公司
台中市 407 西屯區何厝里 19 鄰大有街 13 號
TEL:04-23157795　FAX:04-23144188
http://howdo.morningstar.com.tw
（如對本書編輯或內容有意見，請來電或上網告訴我們）
法律顧問／甘龍強律師
承製／知己圖書股份有限公司　TEL:04-23581803

總經銷／知己圖書股份有限公司
http://www.morningstar.com.tw
e-mail:service@morningstar.com.tw
郵政劃撥：15060393 知己圖書股份有限公司
台北公司：台北市 106 羅斯福路二段 95 號 4 樓之 3
TEL:02-23672044　FAX:02-23635741
台中公司：台中市 407 工業區 30 路 1 號
TEL:04-23595820　FAX:04-23597123

初版／西元 2012 年 10 月 1 日
定價／250 元
如有破損或裝訂錯誤，請寄回知己圖書台中公司更換

Published by How-Do Publishing Co., Ltd.
2012 Printed in Taiwan

ISBN 978-986-178-250-8

讀者回函

只要寄回本回函，就能不定時收到晨星出版集團最新電子報及相關優惠活動訊息，並有機會參加抽獎，獲得贈書。因此有電子信箱的讀者，千萬別吝於寫上你的信箱地址

書名：吾乃食色（1）

姓名：__________ 性別：□男□女 生日：____年____月____日

教育程度：________________

職業：□學生 □教師 □一般職員 □企業主管

□家庭主婦 □自由業 □醫護 □軍警 □其他__________

電子郵件信箱（e-mail）：____________ 電話：________

聯絡地址：□□□ ____________________

你怎麼發現這本書的？

□書店 □網路書店（哪一個？）________ □朋友推薦 □學校選書

□報章雜誌報導 □其他________________

買這本書的原因是：________________

□內容題材深得我心 □價格便宜 □封面與內頁設計很優 □其他________

你對這本書還有其他意見麼？請通通告訴我們：

____

你買過幾本好讀的書？（不包括現在這一本）

□沒買過 □ 1 ～ 5 本 □ 6 ～ 10 本 □ 11 ～ 20 本 □太多了

你希望能如何得到更多好讀的出版訊息？

□常寄電子報 □網站常常更新 □常在報章雜誌上看到好讀新書消息

□我有更棒的想法________________

最後請推薦五個閱讀同好的姓名與 E-mail，讓他們也能收到好讀的近期書訊：

1. ________________________
2. ________________________
3. ________________________
4. ________________________
5. ________________________

我們確實接收到你對好讀的心意了，再次感謝你抽空填寫這份回函

請有空時上網或來信與我們交換意見，好讀出版有限公司編輯部同仁感謝你！

好讀的部落格：http://howdo.morningstar.com.tw/

請填妥後對折黏貼，直接投郵即可，無須貼郵票。

廣告回函
台灣中區郵政管理局
登記證第 3877 號
免貼郵票

好讀出版有限公司　編輯部收

407 台中市西屯區何厝里大有街 13 號
電話：04-23157795-6　傳真：04-23144188

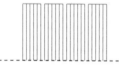

沿虛線對折

購買好讀出版書籍的方法：

一、先請你上晨星網路書店 http://www.morningstar.com.tw 檢索書目或直接在網上購買

二、以郵政劃撥購書：帳號 15060393 戶名：知己圖書股份有限公司並在通信欄中註明你想買的書名與數量

三、大量訂購者可直接以客服專線洽詢，有專人爲您服務：
客服專線：04-23595819 轉 230 傳眞：04-23597123

四、客服信箱：service@morningstar.com.tw